Amour... :
INTGRALE
ANDREW GREY

Amour... : INTGRALE
ANDREW GREY

Publié par
DREAMSPINNER PRESS

5032 Capital Circle SW, Suite 2, PMB# 279, Tallahassee, FL 32305-7886 USA
www.dreamspinnerpress.com

Édition e-book en français : 978-1-64405-941-8
Édition imprimée en français : 978-1-64405-947-0
Première édition française : mars 2021
v 1.0

Édité aux États-Unis d'Amérique.

AMOUR... SANS HONTE

I

QUAND GEOFF Laughton reprit conscience, il était dans un lit qui n'était pas le sien, pressé contre un corps immense, chaud et suant, la fenêtre laissant entrer le soleil déjà levé.

— Eh bien, quelle sacrée nuit, marmonna-t-il dans sa barbe en faisant l'effort de bouger ses jambes.

Assis au bord du lit, la tête dans les mains, il tenta de se rappeler où il pouvait bien être. Ah oui ! Il était sorti en boîte la veille au soir avec Lonnie et Juan.

Il se tourna vers l'homme allongé sur le ventre sous les draps.

— Mon Dieu…

Il se souvenait maintenant – enfin, partiellement. Il y avait eu des shots de tequila, et ensuite il avait dansé avec un arbre.

— L'arbre, c'est probablement lui.

Comme d'habitude, tout lui revint alors d'un seul coup : il dansait, il se jetait au cou de son partenaire, lui grimpait dessus… Bon Dieu, il lui avait même collé une main dans le slip.

Un nouvel élancement douloureux dans le crâne le fit se lever et tituber jusqu'à la salle de bains. Il ne se donna pas la peine d'allumer la lumière, vu qu'il ne trouverait sans doute pas l'interrupteur, et réussit à atteindre le lavabo. Il ouvrit le robinet, plongea les mains sous le jet d'eau fraîche et s'aspergea le visage avec un grognement de soulagement lorsque l'eau lui picota la peau.

— Au moins, je suis vivant.

Il ferma le robinet puis utilisa les toilettes, et c'est d'un pas un peu plus sûr qu'il retourna dans la chambre, où il trouva son compagnon de lit réveillé et en train de gémir.

— Quel jour on est ? dit-il en se tenant la tête et en geignant doucement. Oh putain, je déteste la tequila.

Il leva les yeux vers Geoff, ceux-ci étant aussi rouges que ceux de Geoff lorsqu'il les avait vus dans le miroir.

— Dieu merci, on est dimanche, répondit Geoff.

Puis il se mit à chercher ses vêtements. Il trouva son pantalon au pied du lit et l'enfila.

— Parle pour toi. Moi, je bosse aujourd'hui, dit le colosse en jetant un coup d'œil à l'heure. Merde, il faut que j'y sois dans une demi-heure.

Il se leva péniblement et traîna des pieds vers la salle de bains, fermant la porte derrière lui tout doucement.

3

Geoff inspecta la pièce et réussit à localiser le reste de ses vêtements. Une fois habillé, il n'avait décidément aucune envie de faire des mouvements brusques. Il se traîna jusqu'à la cuisine.

— Dieu existe !

Il y avait une cafetière, branchée, prête à l'emploi. Geoff la mit en route et elle se chargea du reste ; la pièce s'emplit bientôt de l'arôme paradisiaque du café frais.

Geoff entendit la douche se mettre en route, puis s'arrêter quelques minutes plus tard. Il fouilla dans les placards et en sortit deux tasses. Elles semblaient propres, à la différence du reste de l'appartement. Il attendit que le café finisse de se préparer puis en versa deux tasses et retourna vers la chambre.

La porte était entrouverte et… euh… Gary, oui, c'était bien ça, Gary… s'habillait. Geoff poussa la porte et lui tendit une tasse pleine sans rien dire.

— Oh ! Merci, j'en avais vraiment besoin, dit Gary, puis il en but une gorgée avant de poser sa tasse sur la table. Il faut que je sois parti dans deux minutes.

Geoff hocha la tête, but son café – merde, qu'est-ce qu'il était bon – et fit demi-tour pour laisser Gary s'habiller tranquillement. Quand celui-ci émergea de la chambre, Geoff avait fini sa tasse et se sentait de nouveau humain. Enfin, plus ou moins.

— Merci, Gary. À un de ces jours.

— Ouais, okay… Merci.

Gary finissait son café quand Geoff quitta l'appartement, descendit les escaliers, et franchit la porte de l'immeuble datant des années soixante-dix. Dehors, l'air frais contribua à lui éclaircir les idées. Il parcourut le parking à la recherche de sa voiture, avant de la découvrir de l'autre côté de la rue.

Il fouilla sa poche pour y prendre la clé, s'installa au volant et démarra pour faire le trajet jusque chez lui – enfin, ce qui lui servait de chez lui.

La vieille guimbarde ne lui fit pas défaut, et il se gara sur sa place de parking réservée avant de prendre le chemin pavé qui menait à son immeuble. Il était plus récent que celui de Gary : années quatre-vingt, chic, et non pas soixante-dix. Il y entra, puis gravit l'escalier jusqu'à son appartement.

Il n'y avait pas grand-chose à l'intérieur : un canapé, une télévision sur son meuble télé. Geoff jeta ses clés sur le comptoir et lança un regard plein de convoitise à la porte de la salle de bains. Il fallait absolument qu'il se lave de toute cette sueur, cet alcool, ce sexe. Geoff se rendit directement dans sa chambre, meublée aussi simplement que le reste de son appartement : un lit et une commode. Il se déshabilla puis entra dans la salle de bains.

— Oh merde !

Ses cernes étaient sombres, sa peau pâle et terreuse.

— Le miroir ne ment jamais, hein ?

Geoff entama l'opération nettoyage en se brossant les dents, puis se rasa avant d'ouvrir le robinet de la douche et de se glisser sous le jet d'eau. Le jet lui

4

fit un bien fou – purifiant, rafraîchissant. Il se savonna bien fort et sentit enfin les restes de la nuit s'échapper par la bonde.

Le téléphone sonnait lorsqu'il sortit de la douche. Il se passa une serviette autour des hanches et courut y répondre.

— Geoff ? C'est Raine. Comment va ta gueule de bois ?

Raine faisait exprès de parler si fort, Geoff le savait.

— Salaud.

Un rire lui parvint de l'autre bout de la ligne.

— En fait elle n'est pas si terrible… ça pourrait être pire, en tout cas. Et la tienne, elle est comment ?

Encore un rire.

— Je n'ai jamais la gueule de bois, tu te souviens ?

C'était un de ces tours cruels du destin : Raine pouvait boire comme un trou, il ne semblait jamais en ressentir aucun effet le lendemain matin.

— On va prendre un café ?

— Okay, donne-moi un quart d'heure. Je te retrouve au coin.

Geoff se sécha et se rhabilla, enfilant un sweater parce que le fond de l'air printanier était frais. Il quitta l'appartement à pied pour se rendre au café du coin d'un pas guilleret.

Le café était plein à craquer, mais il avisa la tête de Raine, reconnaissant sa chevelure frisée d'un noir de jais, et se dirigea vers sa table.

— Je n'ai rien pris ; si je vais commander au comptoir, je perds la table, dit Raine.

— Pas de problème, je vais commander pour toi. Un grand crème ?

Raine acquiesça en souriant, et Geoff prit position dans la file d'attente. Cela prit un bon moment mais il finit enfin par retourner à leur table, avec deux cafés et deux pains au lait sucrés dans les mains. Il avait besoin de sucre. Absolument.

— Merci, Geoff.

Raine prit la tasse qui lui revenait tandis que Geoff s'asseyait.

— Tu as l'air cadavérique, dit Raine en sirotant son café.

— Merci, sympa. Prends pas de gants surtout.

Raine rit.

— C'est la vérité !

Raine était un type direct, qui n'y allait jamais par quatre chemins. Au moins avec lui on savait toujours à quoi s'en tenir, parce qu'il allait toujours droit au but.

— Tu brûles la chandelle par les deux bouts depuis un petit moment.

— Je sais, concéda Geoff.

C'était vrai. Depuis qu'il était arrivé en ville six mois auparavant, tout frais émoulu de son école, avec un diplôme de comptabilité et une libido à tout casser, il s'était quasiment donné pour mission de voir combien d'hommes il pouvait collectionner… Et ça devenait lassant.

Raine sirotait toujours son café.

5

— Faudrait que tu te calmes, que tu te détendes un peu. La baise ne fait pas le bonheur.

Et voilà – encore un des dictons de Raine. Il en avait pour toutes les circonstances.

— Non, mais en attendant on s'éclate bien, dirent-ils à l'unisson.

Ils éclatèrent de rire, et l'humeur sombre de Geoff s'évapora. Raine lui mettait du baume à l'âme. Même lorsqu'il était au trente-sixième dessous, il pouvait toujours compter sur l'humour irrévérencieux et le caractère affable de Raine pour l'en sortir.

— Non mais sérieusement, Geoff, tu abuses un peu du buffet "mecs à volonté".

— Je sais.

Ils finirent leurs cafés et pains au lait.

— On devrait aller voir un film, s'amuser un peu. Je crois que ça te ferait du bien, dit Raine.

Geoff fit semblant de consulter un agenda invisible.

— Ah mais c'est que j'ai une journée tellement chargée : ménage de l'appartement, lessive… je ne sais pas si je peux caser ça quelque part.

— Le sarcasme ne te va pas au teint.

Riant tous les deux, ils débarrassèrent leur table avant de quitter le café.

Raine et Geoff passèrent le reste de la journée ensemble, d'abord au cinéma, puis à faire un peu de shopping. Comme ils étaient fauchés tous les deux, ils firent plus de lèche-vitrine que d'achats, et finirent ensuite à l'appartement de Raine pour une soirée passée à regarder des films. Geoff fila tout droit au lit lorsqu'il rentra chez lui.

Geoff devait être au bureau à huit heures lundi matin, et il était presque en retard. À la différence des semaines précédentes, il avait bien dormi cette nuit et n'avait pas passé sa soirée à draguer des mecs. Il arriva pile à l'heure et rangea calmement ses affaires personnelles avant de démarrer son PC pour se mettre au travail. Il avait obtenu ce poste de comptable d'équipe pour une chaîne de magasins directement à la sortie de son école. Le travail lui plaisait, et ses collègues étaient plutôt gentils, mais ils étaient plus vieux, pour la plupart, et ce n'était pas évident de s'en faire des amis. La seule exception était Raine. Geoff l'avait rencontré le premier jour, et ils étaient vite devenus très copains. Malheureusement, c'était le seul véritable ami que Geoff s'était fait. Oh bien sûr, il avait des connaissances et des potes avec qui sortir, mais Raine était son seul véritable ami, et il menait une vie assez solitaire.

Il était plongé dans le registre des comptes fournisseurs, cherchant à corriger une contradiction, lorsqu'une toux discrète l'interrompit.

— Geoff, Kenny voudrait te voir. Il est dans son bureau.

Kenny était le chef du service comptabilité, et lorsqu'il demandait à voir quelqu'un, on ne le faisait pas attendre. Il n'était pas méchant mais exigeait de son

6

équipe une ponctualité parfaite ; arriver en retard à une de ses convocations était un signe de manque de respect.

Une heure plus tard, Geoff revenait à son bureau, chargé de résoudre plusieurs mystères supplémentaires. C'était ça qu'il aimait vraiment, qu'il aimait le plus. Les nombres lui parlaient, et il avait le chic pour creuser et découvrir les erreurs qui se cachaient dans un bilan, aussi petites soient-elles. En un rien de temps, il avait acquis la réputation de mettre le doigt sur les petites boulettes avant qu'elles deviennent de gros problèmes.

La seule chose qu'il n'aimait pas tant que ça dans son travail était sa solitude. Il passait le plus clair de son temps la tête dans les chiffres, et une toute petite fraction de sa journée à travailler avec d'autres personnes. Il aurait préféré pouvoir faire les deux.

À midi, Raine vint le chercher à son bureau, et ils mangèrent ensemble rapidement avant de se rendre à la salle de gym de la boîte pour compenser les excès du weekend. Une fois changés, ils choisirent chacun un tapis de jogging et se mirent en marche. Ils étaient les seuls dans la salle, comme d'habitude.

— J'envisage de chercher un autre boulot, dit Raine.

— Pourquoi ?

Rien que d'y penser, Geoff eut un frisson. Que ferait-il s'il ne voyait plus Raine tous les jours ?

— Je stagnerai toujours, ici. Kenny ne m'aime pas, il ne me filera jamais une promotion.

Raine était entré dans la boîte un an avant que Geoff n'arrive, mais ce dernier semblait décrocher des dossiers plus intéressants ; ses efforts étaient plus reconnus. Ne sachant quoi répondre, Geoff se concentra sur son jogging, accélérant sur le tapis roulant. Raine remarqua sans doute l'air inquiet de Geoff, et lui dit :

— Ne t'inquiète pas, on sera toujours amis.

— Je sais, mais… ça va être mortellement ennuyeux ici, sans toi.

— Ce n'est sûrement pas l'opinion de Kenny, mais… c'est sans doute vrai.

La modestie ne faisait pas partie des qualités de Raine.

— Tu sors ce soir ? demanda Raine.

— Non. J'ai décidé de lever le pied, trouver d'autres trucs à faire.

Geoff buvait beaucoup trop ces temps-ci, son foie et son portefeuille apprécieraient tous les deux une accalmie.

— Mais demain soir, peut-être.

On ne peut pas non plus rester tout le temps à la maison.

Raine se mit à rire.

— Ah, j'ai eu peur !

Geoff rit aussi, et la conversation en resta là jusqu'à la fin de leur jogging.

Le modeste vestiaire était vide quand ils s'y retrouvèrent. Geoff enleva ses vêtements pleins de sueur pour aller prendre une douche rapide. Il avait à peine ouvert le robinet lorsqu'un coup fouetté aux fesses le fit sursauter.

— Holà ! s'exclamatil.

Sa peau piquait là où Raine l'avait frappé avec sa serviette. Geoff tordit la sienne pour riposter, mais Raine l'esquiva facilement. Ils riaient de nouveau tous les deux quand Geoff se glissa sous la douche en se massant la fesse douloureuse.

Raine l'attendit patiemment tandis qu'il se séchait et s'habillait, et ils retournèrent ensemble au bureau.

Geoff se remit tout de suite au travail, passant le registre au peigne fin pour localiser l'erreur qu'il savait cachée là. Il remarqua bien une certaine effervescence, des voix qui chuchotaient avec animation, mais il n'y fit pas attention. Les rumeurs se propageaient dans l'entreprise à la vitesse du son, mais il faisait bien attention à ne pas se trouver embarqué dans ces jeux.

Il venait de trouver l'erreur et il se préparait à saisir la correction dans le système lorsqu'on frappa doucement à la paroi de son bureau. C'était Angela, la directrice du service aux comptes fournisseurs.

— Geoff, je voudrais te présenter Garrett Foster, le nouveau manager aux comptes fournisseurs.

Geoff se leva pour saluer son nouveau boss, tendant la main, et le regarda droit dans les yeux. Bon sang… Il retira presque sa main mais se retint, faisant un effort pour garder une expression neutre.

— Enchanté de vous rencontrer, Garrett, le salua Geoff.

Le grand blond lui adressa un large sourire, puis il répondit :

— Je suis impatient de travailler avec vous, Geoff.

Il serra la main de Geoff, la gardant un peu plus longtemps qu'il n'aurait dû avant de lâcher prise. Geoff réprima un frisson. Avec un de ses grands sourires hypocrites, Angela mena Garrett plus loin pour rencontrer le reste de l'équipe.

Geoff s'affala dans sa chaise. Quelques minutes plus tard Raine se tenait à son bureau.

— Est-ce que c'est… ?

Geoff confirma lentement de la tête.

— Monsieur Vaniteux en personne, oui.

Rain se mit à rire et dut se couvrir la bouche de la main pour éviter d'être entendu.

— T'as Monsieur Vaniteux comme patron.

Geoff mit la tête entre ses mains.

— Mon Dieu. Je savais bien que ça allait me rattraper un jour.

Raine se pencha plus près.

— Qui aurait pu prévoir que ce serait si tôt ? ditil en le regardant avec sympathie. Désolé, mon pote.

Puis il repartit.

Geoff essaya de se concentrer mais il n'y arrivait pas. Il avait passé la soirée avec le nouveau manager, Garrett Foster, environ un mois auparavant. Ça s'était plutôt bien passé, mais Garrett – qui portait à ce moment-là le nom de Phillip – s'était avéré un amant égoïste. Les murs de sa chambre étaient couverts de miroirs ! Raine et Geoff l'appelaient Monsieur Vaniteux parce que la chanson [1] lui allait comme un gant. Cet homme n'avait jamais rencontré un miroir qu'il n'aimait pas. Geoff n'avait pas eu la moindre envie de le revoir, et que Garrett soit devenu son boss était une complication dont il se serait bien passé.

À l'heure de quitter le bureau, Raine le rejoignit sans tarder, et Geoff rassembla rapidement ses affaires pour qu'ils puissent partir au plus vite.

— On dîne dehors ?

Geoff n'avait pas vraiment envie de sortir.

— Non, je vais rentrer.

On récolte ce que l'on sème.

— Alors on commande une pizza, et on se pose devant la télé.

Raine savait ce dont Geoff avait besoin même quand Geoff lui-même l'ignorait.

— Okay.

Ils quittèrent les bureaux de la boîte pour se rendre chez Geoff, d'où ils commandèrent une pizza. Ils venaient de la finir quand le téléphone sonna.

— Geoff, c'est Len.

Il semblait tendu, au bord des larmes. Geoff se raidit.

— C'est ton père, continuatil.

Son père se battait contre le cancer depuis un moment, mais la dernière fois que Geoff lui avait parlé, il avait dit qu'il se sentait bien, vraiment bien.

— Tu veux que je rentre à la maison ? demanda Geoff.

— Oui, dit Len, sa voix se brisant. Geoff, il est mort.

Les larmes coulaient clairement à l'autre bout du fil, et Geoff sentit ses propres larmes monter, sa gorge se serrer.

— Je serai là au plus vite.

Geoff raccrocha et se tourna vers Raine, lèvres tremblantes, tentant de se contrôler.

— C'est mon père. Il est mort cet après-midi.

Raine l'attira contre sa poitrine et le serra fort, lui prêtant son épaule pour pleurer.

Quand les larmes se furent taries, Raine passa à l'action.

— Il faut que tu y ailles. Tu prends la voiture ou l'avion ?

Geoff s'essuya les yeux à l'aide de sa manche.

— Je ferais mieux de conduire. Ça ira aussi vite.

---

1 En anglais, "Mr. Vain", qui est un titre chanté par le groupe Culture Beat.

— Il faut qu'on prépare tes bagages. Ne t'en fais pas pour le boulot ; demain matin, j'expliquerai à Kenny ce qui s'est passé, et tu l'appelleras quand tu auras le temps.

Quand Raine le quitta pour rentrer chez lui, les bagages étaient prêts, la voiture déjà chargée. Il ne lui restait plus qu'à rappeler Len et à se mettre en route dès le lendemain matin.

II

LORSQU'IL ARRIVA au sommet de la colline qui offrait une vue directe sur la maison, les silos et la grange, rien à la ferme ne lui sembla différent. Ici, dans le Midwest, c'était une ferme. Dans le Far West on aurait appelé ça un ranch. Geoff arrêta la voiture et en sortit pour profiter de la vue. Non, rien ne paraissait différent. Les champs étaient pointillés de bétail, et il apercevait même quelques chevaux dans les corrals autour de l'écurie.

Mais il ressentait la différence. Il savait que son père ne se précipiterait pas à sa rencontre, comme toujours, pour le serrer dans ses bras. Il savait que la cuisine ne fleurerait pas le pain frais, que la salle de bains n'embaumerait pas l'eau de Cologne de son père.

— Eh ben, murmura Geoff dans sa barbe, contemplant la ferme familiale avec une intense tristesse.

Il respira profondément puis remonta en voiture pour finir la route, passant entre les deux colonnes de brique carrées surmontées de lampes pour prendre la grande allée qui menait à la maison. Il se gara et éteignit le moteur. Dès qu'il ouvrit la portière, trois chiens, galopant aussi vite que leurs vieux os le leur permettaien, se précipitèrent sur lui depuis le porche.

— Bonjour les gars, comment ça va ? Geoff s'agenouilla pour mieux distribuer caresses et grattouilles, et recevoir en échange bisous mouillés de chiens et battements de queue. Il eut beaucoup de mal à ne pas éclater en sanglots.

La porte moustiquaire claqua.

— Ton père aimait ces bêtes presque autant que toi.

Geoff se redressa tandis que Len descendait les marches pour le rejoindre. Il se trouva enveloppé dans une étreinte familière, aimante et réconfortante qui vainquit ce qui restait de sa résistance, et le barrage céda. De grosses larmes roulaient sur ses joues, allant se perdre dans la chemise de Len pendant qu'il sanglotait contre son épaule.

Quand les grandes eaux furent calmées, ils se séparèrent, s'essuyant tous les deux les yeux de la main, puis montèrent les marches jusqu'au large porche de la maison.

— Qu'est-ce qui s'est passé, Len ? Il avait l'air d'aller si bien la dernière fois que je suis venu.

— Entre donc. J'ai préparé le déjeuner ; on va causer.

Len ouvrit la porte pour laisser entrer Geoff.

11

Comme d'habitude, ils traversèrent le porche et le salon pour se rendre immédiatement dans la cuisine. Geoff prit place à la table où il s'était autrefois assis, étant enfant.

— Ça sent divinement bon, Len.

— J'ai préparé tes pancakes préférés. Pas aussi bons que ceux de ton père, mais ils ne sont pas trop mal.

Len posa devant lui une pile de pancakes sur une assiette, ainsi que du café fort, du beurre, du vrai sirop d'érable, ainsi que tout ce qui faisait de cette table celle de sa famille. C'était de loin le repas favori de Geoff.

Il fit un effort pour ne penser à rien et se mettre à manger. Aussitôt qu'il prit une première bouchée avalée, que le sirop descendit le long de sa gorge, il se détendit un peu : il était bien à la maison. C'était le goût même de chez lui. La douleur manqua de le submerger, mais il la repoussa. Il ne s'était pas rendu compte qu'il avait faim avant d'entamer le repas, mais son appétit revint au galop. Len posa sa propre assiette sur la table et ils mangèrent ensemble, en silence, chacun plongé dans ses pensées.

— Nous avons rendez-vous aux pompes funèbres cet après-midi, à deux heures.

Geoff continua de manger.

— D'accord.

Ce fut tout ce que Len dit de tout le repas, et c'était tant mieux ; ils étaient toujours perdus dans leurs pensées respectives. Quand il eut fini son assiette, Geoff se sentit mieux, un peu plus résistant, un peu plus capable de maîtriser ses émotions, même si le chagrin était toujours là, juste sous la surface.

Il se leva, mit son couvert dans l'évier et ouvrit le robinet pour commencer la vaisselle.

— Je vais le faire.

Geoff sourit, et imita son père :

— Règle numéro un de cette maison : qui fait à manger ne fait pas la vaisselle.

À ces mots familiers, Len et Geoff eurent tous les deux un petit sourire. Len finit son repas et apporta son couvert à l'évier.

— Je vais voir si tout va bien dehors, et après il faut qu'on parle. Je reviens tout de suite.

Il sortit par la porte de derrière, et Geoff le regarda traverser la pelouse en direction des granges.

Len et son père étaient en couple depuis aussi longtemps que Geoff se souvenait. La mère de Geoff était morte quand il avait six mois, un an et demi plus tard son père avait rencontré Len, et voilà. Ils étaient en couple depuis vingt ans. Étant enfant, Geoff l'avait toujours appelé Len, mais il était un vrai père pour lui, tout autant que son propre père l'avait été. C'était Len qui lui avait appris à monter son premier cheval, Len qui avait soigné ses genoux écorchés. Geoff soupira longuement.

— J'ai vraiment eu de la chance.

Il se remit à sa tâche et finit la vaisselle, qu'il mit à sécher dans l'égouttoir. Len étant toujours à l'écurie, Geoff parcourut la maison. Le salon était confortable, les murs couverts de photos encadrées. Geoff s'arrêta devant une photo de lui, enfant, monté sur son premier poney, Len et son père de part et d'autre irradiant de fierté. À côté, une photo de Len et son père ensemble, jeunes et beaux, les bras sur l'épaule l'un de l'autre.

La voix de Len ramena Geoff au présent.

— Celle-ci date quasiment du moment de notre rencontre.

Geoff décrocha la photo du mur.

— On y voit clairement de l'amour.

Il ne l'avait jamais remarqué avant, mais c'était indéniable.

Len lui prit la photo des mains et traça du doigt la silhouette du père de Geoff.

— Cliff était tellement spécial. Je l'ai aimé au premier regard.

Une larme roula sur sa joue tannée.

— Cette photo a été prise le même jour où nous avons fait l'amour pour la première fois, sous un arbre au bord du ruisseau.

Quelques années plus tôt, le jeune Geoff avait trouvé désagréable l'idée que ses parents faisaient l'amour, mais il avait mûri et grandi, aidé son père dans l'élevage du bétail, et son attitude avait évolué. Il y avait eu des nuits d'été, dans son adolescence, toutes fenêtres ouvertes, où il avait entendu Len et son père dans leur grand lit. Ils avaient toujours fait de leur mieux pour ne pas faire de bruit, mais il les avait entendus quand même.

Len raccrocha la photo au mur et s'assit dans son fauteuil.

— J'ai des choses à te dire.

Geoff prit place dans le fauteuil voisin.

— Que s'est-il passé ?

— Le cancer continuait d'évoluer, et les médicaments ne faisaient pas grand-chose, alors ton père a cessé tout traitement, juste après ta dernière visite.

La voix de Len ne tremblait pas, et Geoff se demanda comment il faisait.

— Au fil des semaines, la maladie empirait. Il s'affaiblissait, et la douleur empirait ; la plupart du temps il pouvait à peine sortir du lit. Et puis avant-hier, quand je me suis réveillé, il était levé, habillé, dans la cuisine, en train de faire du pain.

Len se tut un instant, et Geoff attendit la suite.

— C'est là que j'ai compris.

— Compris quoi ?

Len ne répondit pas.

— Len ?

— Ton père et moi, on en avait parlé, dès qu'il a eu son diagnostic.

Len parlait d'un ton si détaché…

— Qu'est-ce qui s'est passé ?

— On a passé la journée ensemble, assis là, à parler, à se rappeler, rien que tous les deux. Il était de nouveau lui-même, mais je savais bien que c'était son dernier gros effort, comme un été indien. Cette nuit-là, nous nous sommes couchés ensemble, et quand je me suis réveillé il pouvait à peine soulever la tête.

Len renifla discrètement.

— Je l'ai laissé dormir, et un peu plus tard il a réussi à se lever et s'installer sur le canapé dans le petit salon à l'étage. C'est là que je l'ai trouvé quand je lui ai apporté ses médicaments.

Len avait toujours l'air détaché, et Geoff sentait bien qu'il y avait quelque chose.

— Len, qu'est-ce que mon père ne voulait pas me dire ?

Len jeta un coup d'œil rapide à Geoff, et eut un faible sourire.

— Il ne voulait pas que je te le dise.

C'était bien son père, toujours à le protéger.

— Mais que s'est-il passé d'autre ?

Geoff savait que Len ne lui mentirait pas, mais il pouvait ne pas tout lui dire, s'il pensait que l'entière vérité causerait de la peine à Geoff.

Len se redressa sur sa chaise.

— On en a parlé dès qu'il a été diagnostiqué.

— Parlé de quoi ?

Geoff connaissait bien son père mais il ne voyait pas où Len voulait en venir.

— Geoff... Vers la fin, la douleur était devenue insupportable. Les médicaments n'y faisaient presque rien.

Ses larmes coulaient sur ses joues, à présent.

— Ton père en pleurait ; il m'a supplié de faire cesser la douleur. Je l'ai aidé à se remettre au lit, et j'ai laissé les médicaments sur sa table de nuit. Pendant que je préparais le petit-déjeuner, il a avalé tout le flacon.

Geoff était stupéfait.

— Pourquoi ne m'a-t-il pas... ?

— Il savait bien qu'il ne serait pas capable de passer à l'acte si tu étais là. Est-ce que tu pourras un jour me pardonner ?

Len éclata en sanglots et enfouit le visage dans ses mains.

— Il n'y a rien à pardonner.

Geoff se leva pour venir s'agenouiller près de Len, et prit dans ses bras cet homme qui l'avait élevé.

— Qu'est-ce qu'il aurait gagné ? Quelques semaines en plus de souffrance atroce ? Pourquoi est-ce qu'on te demanderait de le traiter avec moins d'humanité et de compassion qu'un cheval ?

Geoff pleurait, lui aussi, mais il était important qu'il arrive à s'exprimer là-dessus.

14

— Ce que tu as fait est une preuve d'amour, le véritable amour, et je ne suis pas sûr que j'aurais eu la force de faire ce que tu as fais pour lui.

— Tu ne m'en veux pas ?

Geoff fit non de la tête.

— Non. Il est mort du cancer, tout simplement. Si je devais accuser qui ce soit ce serait la maladie. C'est tout.

Geoff tendit un mouchoir à Len.

Len s'essuya les yeux et se moucha.

— Le certificat de décès dira qu'il est mort des suites du cancer. Doc George m'a dit de ne pas m'inquiéter, qu'il s'en occupe.

— J'aurais juste voulu pouvoir lui parler une dernière fois.

Geoff se releva pour retourner s'asseoir.

— La dernière fois que tu es venu, il était encore capable de faire des choses, de profiter de ta compagnie. C'est mieux que tu te souviennes de lui comme ça, heureux, vif, aimant comme il l'était encore. Plutôt que ce qu'il était devenu à la fin.

Chacun enfoncé dans son fauteuil, Geoff laissa son esprit assimiler ce qu'il venait de découvrir. En voulait-il à Len? Non, il ne pouvait pas lui en vouloir. Len avait agi avec la plus grande humanité. Évidemment, son père lui manquait énormément, et ça allait durer un long moment, mais à présent, il fallait qu'ils tiennent le coup des jours à venir : les visites et condoléances, les funérailles, l'inévitable buffet du deuil apporté par voisins et connaissances qui emplirait la cuisine de gratins de légumes et Dieu sait quoi d'autre.

— Len, tu m'as dit qu'on avait rendez-vous à deux heures ?

— Oui.

Len avait l'air fatigué, épuisé.

— Alors c'est l'heure d'y aller.

Len se leva avec effort, et ils quittèrent ensemble la maison. Ils prirent place dans le camion de Len et firent le trajet en silence, Geoff au volant.

Ils passèrent les heures qui suivirent à choisir un cercueil et régler les détails des funérailles. Le directeur des pompes funèbres les guida dans ce processus et leur fut d'une aide très précieuse.

— Est-ce que vous voulez quelque chose de particulier pour le service ?

— Oui. Cliff voulait tout particulièrement que ce soit Geoff qui fasse son éloge funèbre. Il ne voulait pas que ce soit un prêtre.

Geoff tombait des nues. Serait-il capable de faire l'éloge public de son père ?

— Est-ce que vous voulez le faire, jeune homme ? dit le directeur, semblant lui aussi surpris.

— Oui.

Imaginer qu'un étranger, quelqu'un qui connaissait à peine son père, puisse venir parler de lui à ses funérailles… Ce ne serait pas juste.

— Oui, je le ferai.

15

Enfin, tout fut arrangé, et ils purent rentrer à la ferme. Geoff fut surpris de trouver une voiture garée devant, au contraire de Len qui semblait s'y attendre. À l'intérieur, Geoff fut ravi de découvrir sa tante Mari, la sœur de son père. Elle le prit dans ses bras et le serra très fort avant de se remettre à s'affairer.

— Assieds-toi donc, Mari, ça me rend nerveux.

Elle se laissa tomber sur le canapé.

— Vous avez tout arrangé ?

— Oui. Si les gens veulent aller le voir, c'est à six heures demain, et l'enterrement sera jeudi, à quatre heures.

— Est-ce que Cliff a fait un testament ?

Len opina.

— Oui, pas de problème de ce côté-là. Il faut juste tenir le coup des prochains jours.

Geoff se leva, lassé d'être assis à se morfondre.

— Len, viens, allons faire un tour a cheval. Je crois qu'on a besoin de s'éclaircir les idées.

Il se tourna vers sa tante et lui dit :

— On revient dans un petit moment.

— Je garde la maison.

Et elle le ferait. Tante Mari était exceptionnelle. Le père de Geoff avait deux autres sœurs, deux emmerdeuses qui ne manqueraient pas de pointer leur nez bientôt, mais Mari saurait bien s'en dépêtrer.

Geoff et Len se rendirent ensemble à la grange, et admirèrent les majestueuses têtes des chevaux émergeant des stalles. Geoff distribua à chacun une petite gâterie et une caresse pour dire bonjour. La stalle du fond lui serra le cœur ; c'était celle de Kirpatrick, la monture de son père. Geoff lui tapota le nez gentiment et lui donna quelques carottes.

— Tu veux faire une promenade, petit père ?

Geoff était la seule personne en dehors de son père que le cheval acceptait de porter.

— Je vais le seller pour vous.

Geoff se retourna ; un des garçons d'écurie se tenait près de la porte avec la couverture, la selle et la bride de Kirk.

— Merci...

— Joey, précisa le jeune homme.

Il posa la couverture et la selle sur la paroi de la stalle et s'avança pour étriller le cheval.

— Il adore qu'on l'étrille.

C'était vrai, Kirk semblait accompagner les mouvements de la brosse. Le geste du palefrenier était sûr, efficace, et très vite le cheval fut pansé, sellé, et prêt pour la promenade.

Geoff remercia le jeune homme et mena Kirk par la bride hors de l'écurie en compagnie de Len, qui menait sa propre monture.

— Allons jusqu'à la rivière, dit Len en enfourchant son hongre alezan.

Geoff acquiesça d'un geste, enfourcha l'étalon noir de jais de son père, et ils se mirent en route, contournant la grange pour traverser le pré.

Chevaucher donna à Geoff un sentiment de légèreté et de liberté. Enfant, monter à cheval avait été son plus grand bonheur. Une fois dans la prairie, il laissa Kirk galoper librement, le vent fouettant ses cheveux et sa chemise tandis que l'animal cavalait. Une partie du chagrin de la journée se dissipa, et le moral de Geoff remonta un peu, emporté par la joie du cheval.

Il retint le cheval à l'approche de la limite du pré. Kirk ralentit au trot, puis finalement au pas.

— Tu es un bon cheval, tu le sais ça ?

Geoff flatta le cou du cheval en attendant Len.

— Ça fait du bien, dit Geoff.

— Je n'en doute pas.

Len avait un petit sourire, lui aussi. Puis il continua :

— Il voudrait qu'on soit heureux.

— Je le sais bien. C'est juste que c'est dur, là, maintenant.

— Allez, viens. J'ai quelque chose à te montrer.

Len ouvrit la marche et descendit le long du chemin boisé qui menait à la rivière, serpentant entre les grands arbres et les buissons plus bas. Une fois au bord de l'eau, il bifurqua pour suivre un chemin plus étroit sur cinquante mètres environ avant de descendre de cheval.

— C'est là.

Geoff regarda autour de lui. L'eau scintillante faisait danser des étincelles parmi les feuilles.

— C'est là que papa et toi– ?

— Oui. C'est ici que nous avons partagé des tas de premières fois, et que nous venions discuter quand nous ne voulions pas être entendus par certaines petites oreilles.

Len contempla l'endroit.

— Je ressens sa présence, ici, c'est comme s'il était là, avec nous.

Il secoua la tête pour disperser son chagrin et regarda Geoff avec une expression grave.

— Tu as une décision à prendre. Ton père a mis les terres, la ferme, et tous les comptes bancaires à son nom et au tien, il y a environ cinq ans de ça.

Geoff ouvrit la bouche pour parler mais Len l'arrêta.

— Ça t'appartient, maintenant, et il va falloir que tu décides. Tu pourrais tout vendre – et ça te rapporterait un bon paquet – mais tu n'aurais plus rien, rien de ton patrimoine et de ton héritage. Ces terres ont appartenu à ton arrière-grand-père, et elles sont à toi maintenant.

17

— C'est pour me dire ça que tu voulais me faire venir ici ?

— Non. Je t'ai amené ici pour te dire que je sais bien que tu n'es pas heureux. Et ne va pas t'imaginer un instant que ton père et moi ne nous sommes pas rendu compte que tu couchais avec tous les hommes qui croisent ton chemin.

Geoff s'indigna.

— Comment– ?

Len le fit taire.

— Je sais ce que c'est, j'ai fait la même chose avant de rencontrer ton père. C'est une grande solitude, un vide, et ce n'est pas du tout satisfaisant, surtout quand on compare avec ce que c'est que se réveiller aux côtés de quelqu'un qu'on aime.

La colère de Geoff retomba comme un soufflé en entendant la vérité des mots de Len.

— Je sais que tu aimes ton boulot, mais est-ce que c'est vraiment comparable à monter Kirk et galoper dans le pré comme tu viens de le faire ?

Geoff avait l'impression que Len cherchait à lire quelque chose sur son visage.

— Ton père voulait que tu reprennes les rênes ici. Seulement il n'imaginait pas que ça se présenterait si tôt. Ni lui, ni moi.

— Je ne sais pas quoi répondre.

Len se rapprocha et le serra fort dans ses bras.

— Tu n'as pas besoin de répondre tout de suite. Il faut juste que tu décides ce que tu désires vraiment.

— Mais je suis comptable.

Len éclata de rire, un vrai rire, le seul depuis que Geoff était arrivé.

— Et la ferme est avant tout une entreprise ; une entreprise très prospère, d'ailleurs. Geoff n'y avait encore jamais pensé sous cet angle – à ses yeux, c'était chez lui, tout simplement.

— Allez, viens. Rentrons avant que les vautours n'encerclent ta pauvre tante.

— Vas-y, toi. Je vous rejoins dans une minute.

Len enfourcha son cheval et reprit le chemin dans l'autre sens, abandonnant Geoff à ses pensées.

— Et toi, Kirk, tu en penses quoi ?

Le cheval secoua la tête de haut en bas, puis de gauche à droite.

— Ouais. Moi aussi.

Geoff remonta à cheval et ils retournèrent à la ferme. Dès qu'ils furent dans le pré, Kirk se remit au galop, encouragé par Geoff.

Ils étaient tous les deux hors d'haleine quand Geoff mena Kirk dans sa stalle. Il lui ôta la selle et le brossa de nouveau, puis vérifia qu'il avait bien de l'avoine et de l'eau avant de ranger la bride et la selle. Joey était dans la pièce où on rangeait les selles, en train de nettoyer et de ranger.

— Tu travailles ici depuis combien de temps ? lui demanda Geoff.

Joey se retourna avec un sursaut.

— Euh… Depuis un mois environ. Len m'apprend à monter à cheval en échange de mon travail à l'écurie.

— Je m'appelle Geoff, dit-il en tendant la main et le jeune homme la lui serra. Enchanté de te rencontrer.

— Je suis désolé, pour votre père. Il était très gentil.

— Merci. As-tu bientôt fini ce que tu fais ici ?

— Oui, j'ai presque fini.

— Alors tu devrais nous rejoindre à la maison et dîner avec nous, qu'en penses-tu ? Je suis sûr qu'il y a de quoi nourrir une armée.

— Merci. Je finis juste de ranger. Len m'a demandé de bien nettoyer cette pièce.

Geoff se souvint d'avoir eu tout autant d'énergie lorsqu'il avait appris à monter à cheval ; Len était le centre de son monde, à l'époque.

— D'accord, mais ne traîne pas trop.

À la maison, c'était le tumulte. Les deux autres sœurs de son père, Janelle et Victoria, étaient arrivées, et elles s'affairaient en tout sens. Len était assis dans son fauteuil, visiblement fatigué et complètement débordé par les événements.

— Geoff ! s'exclama tante Vicki.

Elle le serra brièvement dans ses bras et retourna à la cuisine.

Sa tante Janelle apparut dans l'escalier avec à la main un sac clairement bourré à craquer.

— Geoff.

Elle descendit le reste des marches et déposa son sac près de la porte d'entrée avant de le prendre dans ses bras. Len ne prêtait pas attention à ce qui se passait, et Geoff lut le chagrin sur son visage.

— Qu'y a-t-il là-dedans ? demanda Geoff, en désignant le sac du doigt.

— Rien d'important.

En soupirant, Geoff alla jusqu'à la porte et se saisit du sac, qu'il renversa sur le canapé. Comme il l'avait deviné, il contenait la courtepointe en patchwork de sa grand-mère. D'aussi loin qu'il s'en souvienne, sa tante et son père s'étaient toujours disputés à son propos.

Il souleva la courtepointe et la lui tendit.

— Va la remettre à sa place.

Elle ouvrit des grands yeux, puis tout son visage s'adoucit de larmes.

— Ton père m'a dit qu'elle–

Geoff sourit, puis se mit à rire.

— Arrête avec tes larmes de crocodile, et va ranger ça.

Il la lui mit dans les bras et la regarda remonter l'escalier bruyamment. Elle revint quelques minutes plus tard, les mains vides.

— Si tu veux quoi que ce soit, demande-le. J'y réfléchirais.

Elle ouvrit la bouche pour répondre… et la referma sans rien dire.

Sans un mot de plus, Geoff se rendit dans la cuisine, où il trouva sa tante Mari en train de préparer le dîner.

— Merci, dit-il, et il l'embrassa sur la joue.

— Combien serons-nous pour le dîner ?

Geoff lut dans ses yeux une lueur d'espoir.

— Quatre, dit-il avec un sourire en coin. Joey nous rejoint pour manger dès qu'il a fini à l'écurie.

— Et elles ? demanda Mari en faisant un signe en direction du salon et de ses deux sœurs assises sur le canapé.

Geoff fit non de la tête. Il avait besoin de tranquillité, et Len aussi. Ces deux-là étaient capable de le faire repartir en courant à Chicago, heureux de leur échapper. Son père avait toujours réussi à tolérer ses deux sœurs aînées, mais Geoff ne les avait jamais aimées.

Mari sourit, et commença à mettre la table. Geoff retourna dans le salon, où ses deux tantes le fusillaient du regard, Len affalé, misérable, dans son fauteuil.

— Len, on va dîner dans quelques minutes.

Sans attendre de réponse, Geoff se dirigea vers le placard de l'entrée pour en sortir les manteaux de ses tantes.

— Merci d'être venues, dit-il, avant de les embrasser sur les joues. On se voit demain.

Il les aida à enfiler leurs manteaux, et elles partirent en silence.

Len se redressa sur sa chaise et fit claquer sa main sur son genou.

— Nom de Dieu ! Ça fait une éternité que j'essaye de trouver un moyen de les faire partir, ces emmerdeuses, dit Len, puis il se rencogna dans son fauteuil, l'air bien plus détendu. Tu sais que tu n'as encore rien vu…

— Je sais. Mais ça m'a fait du bien. Elle est toujours…

Geoff n'arrivait pas à mettre le doigt dessus, mais sa tante Janelle lui avait toujours semblé fausse. Oh, elle faisait et disait tout comme il faut, mais dans ces yeux se cachait une grande froideur.

— Avant, je croyais qu'elle nous détestait parce qu'on était homos, mais je n'en suis plus si convaincu. Je pense que c'est peut-être bien le fait que Cliff et moi avons réussi à être heureux ensemble ; Dieu sait qu'elle n'y est jamais arrivée, dit-il en hochant la tête. Je ne sais pas pourquoi ta tante Vicki la supporte ; elles ont toujours été complices comme cochon.

Janelle ne s'était jamais mariée ; selon Geoff, c'était parce que personne ne pouvait la supporter bien longtemps. Mais tante Vicki était plutôt gentille, en général. Tant que Janelle n'était pas là, elle était même super. Cependant, à la minute où Janelle pointait son nez, Vicki se métamorphosait en emmerdeuse. Il ne pouvait s'empêcher de se demander comment son oncle Dan et ses deux cousins, Jill et Christopher, pouvait supporter ça.

Quelques minutes plus tard, Joey les rejoignit et tira Geoff de ses pensées familiales, Dieu merci. On se lava les mains avant de passer à table, et la discussion au cours du dîner porta sur les chevaux d'abord, puis d'autres sujets, mais jamais sur son père.

Len commenta, entre deux bouchées :

— On dirait que tu as pris une décision.

En face de lui, Geoff le regarda droit dans les yeux, et il aurait juré sur la Bible qu'il avait aperçu un petit sourire en coin, comme si Len avait toujours su quelle serait sa réponse.

— Oui, dit Geoff en se levant et en portant son assiette à l'évier. Je vais revenir m'installer ici. C'est chez moi.

III

DEUX SEMAINES plus tard, Geoff avait chargé toutes ses possessions à l'arrière du camion emprunté à la ferme. Dieu soit loué, il ne pleuvait pas. Les obsèques de son père s'étaient bien déroulées, avec beaucoup de larmes et encore plus de souvenirs et de déambulations dans le passé. Geoff avait effectivement prononcé l'éloge funèbre, et été surpris de découvrir qu'il faisait pleurer la plus grande partie de l'assistance. Heureusement, il s'était débrouillé pour retenir ses propres larmes jusqu'à la fin de son discours. Après être retourné à son siège il s'était épanché sur l'épaule de Len.

Quelques jours plus tard, il était revenu à Chicago pour démissionner et vider son appartement. Monsieur Vaniteux avait exprimé sa surprise et insinué qu'il ne serait pas contre revoir Geoff un de ces jours, mais Geoff l'ignora complètement, et passa le plus gros des deux semaines qu'il lui restait à transmettre ses dossiers à ses collègues.

Raine était très déçu que Geoff s'en aille, mais il avait fait contre mauvaise fortune bon cœur.

— Tu pourrais venir avec moi, lui dit Geoff.

— Et qu'est-ce que je ferais dans une ferme ? avait raillé Raine.

Ils avaient ri tous les deux, et décidé de sortir ensemble boire un dernier verre avant le départ de Geoff. Ils partageaient une vraie amitié, et Geoff avait fait promettre à Raine de venir lui rendre visite un de ces jours.

Le trajet de retour fut agréable ; Geoff conduisit paisiblement, fenêtres ouvertes, écoutant de la musique à la radio. Il arriva juste avant midi, et se gara dans l'allée. Len étant sorti travailler, la maison était entièrement silencieuse. Geoff déchargea partiellement le camion. Le reste pouvait attendre. Lorsque Len revint, Geoff avait préparé le déjeuner et l'attendait pour manger.

— Qu'est ce tu vas faire du reste de ta journée ? demanda-t-il en s'asseyant.

— Je vais finir de décharger, et m'occuper des chevaux. Je voudrais préparer une stalle pour Princesse. Elle ne devrait pas tarder à mettre bas maintenant, à moins que ça n'aie eu lieu pendant mon absence ?

— Non, on dirait que ça va arriver dans les prochains jours. Je serai avec les garçons dans la prairie ouest, pour contrôler les clôtures. J'ai l'intention d'y mettre une centaine de bêtes bientôt.

Ils se mirent à table.

— Comment ça s'est passé, là-bas, ton boulot, ton ami Raine ? demanda Len.

— Au boulot pas de problème, mais c'était plus dur de dire au revoir à Raine. C'est le meilleur ami que j'aie eu depuis longtemps.

Geoff mangeait vite ; il avait beaucoup à faire et voulait s'y mettre le plus vite possible.

— J'ai pensé que je regarderais les comptes, ce soir, pour en prendre connaissance, dit-il.

Avant de partir, il avait découvert que la ferme employait trois hommes à temps plein, plus quelques temps partiels pour aider aux corvées de maintenance comme nettoyer les stalles ou rentrer le foin.

— Est-ce que tu peux remettre ça à demain ? Il y a quelque chose dont je voudrais te parler, ce soir, lui dit Len.

— Bien sûr, répondit Geoff, puis il débarrassa la table et mit les assiettes dans l'évier. Je ferai la vaisselle plus tard.

Il retourna dehors pour finir de décharger le camion. Une fois toutes ses affaires dans la maison, il alla en camion jusqu'à l'écurie et se mit au travail pour préparer la plus grande stalle afin qu'elle puisse accueillir la mise bas imminente de Princesse. Après ça, il nettoya plusieurs autres stalles, abreuva tous les chevaux, remplit leurs mangeoires de foin et d'avoine. Joey arriva tandis qu'il finissait, et il descendit du foin du haut de la grange avant de balayer le sol.

— Tu te joins à nous pour dîner, Joey ?

— Je ne peux pas ce soir. Ma mère prépare un dîner bien spécial pour mon anniversaire, dit-il paraissant très excité.

— Alors rentre chez toi, va faire la fête !

Geoff le chassa gentiment de l'écurie et le regarda courir, enfourcher son vélo et pédaler comme un dératé en direction de chez lui. Len et ses hommes arrivaient justement à la maison, et Geoff se demanda un instant ce qui se passait avant de se souvenir que c'était vendredi, jour de la partie de poker organisée par Len.

Le poker hebdomadaire était une tradition à la ferme depuis… toujours. Geoff se souvenait encore d'avoir, enfant, passé des soirées assis auprès de Len à le regarder jouer, apprenant du même coup.

— Geoffy… tu viens te prendre ta raclée, ce soir ? l'interpella l'un des gars.

— J'arrive tout de suite ! répondit-il avec un grand sourire.

Fred l'avait toujours appelé Geoffy – il était bien la seule personne sur terre qui pouvait se le permettre. C'était bon d'être à la maison. La vie en ville avait été chouette, mais les gens d'ici le connaissaient depuis toujours, ils avaient de l'affection pour lui.

Les choses avaient changé, cependant. Avant, c'était son père le patron. C'était lui qui prenait les décisions pénibles. Geoff n'était pas impliqué à l'époque, il n'avait pas besoin de se préoccuper des conséquences. Mais à présent il était lui-même le boss, et tous à la ferme allaient se tourner vers lui, et attendre de lui qu'il prenne toutes les décisions.

Ça le rendait nerveux. Bien sûr, il avait Len pour lui donner des conseils et l'épauler, mais la ferme, les bêtes, et les gens qui y travaillaient, tous dépendaient maintenant de lui pour leur subsistance ; ils étaient maintenant sous sa responsabilité.

D'un seul coup, l'énormité de ce qu'il venait d'endosser lui apparaissait.

— Nom de Dieu, qu'est-ce que je vais faire ?

Il s'appuya au mur de la grange et se força à respirer profondément.

— Tu vas mettre un pied devant l'autre, et faire les choses une par une. Voilà ce que dirait papa, poursuivit-il et il inspira de nouveau. Oh putain, et maintenant voilà que je parle tout seul. Mais reprends-toi donc, ne fais pas l'enfant. Tu as grandi ici. Tu sais très bien quoi faire.

Son sentiment de panique diminua, et il se sentit moins oppressé.

Reprenant ses esprits, il retourna dans la grange, vers la stalle de Kirk. Sa majestueuse tête noire pointa au dessus de la paroi dès qu'il s'approcha. Geoff prit une carotte et la tendit au cheval, lui caressa le nez. Les grands yeux profonds le scrutaient.

— T'es quelque chose, toi.

Len avait tenté pendant des années de convaincre le père de Geoff de faire castrer son cheval, mais Cliff n'avait rien voulu savoir, et Geoff n'avait pas l'intention de le faire non plus. Après une dernière caresse aux naseaux, Geoff quitta l'écurie pour rentrer à la maison.

Dans la cuisine retentissaient les voix et rires des quatre hommes en pleine partie, qui discutaient et plaisantaient librement.

— Allez, Geoff, prends donc une chaise.

Il prit place sur la chaise que lui offrait Fred, et Len l'inclut dans la distribution des cartes du nouveau tour. Simon continua ses plaisanteries.

— Pete, est-ce que tu as vu Joey étriller Kirk cet après-midi ?

Pete, un petit mec râblé, ne pouvait jamais s'approcher de Kirk sans que le cheval ne tente de le mordre. Non qu'il laisse Simon, surnommé Bosselé, s'approcher de lui non plus, mais Pete, lui, se vantait depuis toujours de son bon rapport avec les chevaux.

Une chips au fromage vola par-dessus la table.

— Ferme-la donc, Bosselé.

Il avait visé juste, et la chips fit une trace de poudre orange sur la chemise de Simon.

— Est-ce qu'on va finir par jouer ? grommela Pete, le nez dans ses cartes.

L'ambiance se calma tandis que les mises s'accumulaient sur la table. Il n'y avait pas de sommes mirobolantes en jeu, oh non. Geoff croyait se souvenir que quelqu'un avait un jour gagné la somme incroyable de cinq dollars, il y avait de cela des années. Ces mecs là ne jouaient que pour le plaisir du bluff.

Geoff ne put se retenir, et il se joignit aux taquineries.

— Enfin, les gars, Kirk est doux comme un bébé.

Fred ricana.

— Seulement parce qu'il t'aime bien, toi.

— Et Joey, apparemment.

Que l'adolescent soit dans les petits papiers de l'étalon amusait énormément Geoff. Il avait toujours pensé que les chevaux ont la capacité de sentir ce qu'il y a dans le cœur des hommes, et Kirk était une bête particulièrement perspicace. Qu'il apprécie Joey en disait long sur le jeune homme, à son avis. Et en plus il était joli garçon comme tout. S'il avait été un peu plus vieux… Geoff se força à penser à autre chose et misa posément, un full à la main.

Bosselé enchérit gros, comme souvent, ce qui voulait dire qu'il bluffait sans doute. Geoff demanda à le voir.

— Brelan de neufs, annonça le grand homme tout en nerfs en posant ses cartes en souriant, l'air satisfait.

Geoff sourit à son tour et dévoila sa main.

— Full.

Bosselé grogna et jeta le reste de ses cartes sur la table pendant que Geoff ramassait le pot.

— Joey a l'air d'être un bon gars, dit-il, et la conversation autour de la table cessa d'un coup. Quoi ?

Il ne s'attendait pas à ce qu'un simple commentaire provoque un tel effet. Len se pencha sur la table, parlant bas, d'un ton sérieux.

— Il a perdu son père il y a un an, et sa mère fait ce qu'elle peut, mais ce n'est pas facile. Joey traînait autour de l'écurie depuis un bout de temps, et il m'a enfin demandé combien ça lui coûterait de prendre des leçons d'équitation. Je lui ai dit que s'il était prêt à aider dans l'écurie, je lui donnerais les leçons gratuitement. Tu aurais dû voir son visage, on aurait dit un sapin de Noël tellement il s'est illuminé. Rien que ça, ça valait au moins un an de leçons.

Geoff le croyait bien volontiers.

— Qu'est-ce que tu mijotes ?

Len voyait bien qu'une idée prenait forme dans sa tête, mais Geoff secoua la tête ; il n'était pas encore prêt à en parler.

Geoff tapota l'épaule de Len en passant près de lui.

— Grand tendre, va, dit-il en se dirigeant vers le frigo. Quelqu'un veut une boisson ?

La conversation autour de la table reprit.

— Je prendrais bien une bière.

Geoff en sortit deux, tendant une des bouteilles à Len avant de se rasseoir. Fred ramassa les cartes et se mit à les battre pendant que les mises de départ s'accumulaient.

— Il paraît que ta tante Janelle est complètement enragée après toi.

Pete sortait avec Jill, la cousine de Geoff. Leur relation était sérieuse, et Janelle partageait toujours ses humeurs avec Vicki et ses enfants. Len grommela quelque chose – on aurait dit "vieille sorcière" – mais Geoff ne s'émut pas.

— Elle a essayé de piquer un truc dans la maison quand elle est venue nous voir à la mort de papa. Je l'ai prise la main dans le sac et je l'ai obligée à le rendre, évidemment qu'elle est furieuse. *Vieille sournoise.*

Fred intervint.

— Cette femme est la créature la plus rancunière et revancharde qui soit.

La donne étant faite, la partie commença.

— Je m'en fiche. Elle peut bien aller se faire voir avec sa rancune. Je ne vais pas la laisser me voler quoi que ce soit sans rien dire. Merde, elle a de la chance que je n'aie pas appelé la police après son départ.

Geoff trouvait qu'il était grand temps de changer de sujet.

— Alors, Pete, comment ça va avec Jill ?

Les enchères progressaient en même temps que la conversation.

Pete rougit immédiatement. Il était le plus jeune du groupe, sans compter Geoff, et il était amoureux de Jill depuis le lycée. Deux ans plus tôt il avait enfin réussi à se décider à lui demander de sortir avec lui. Ils étaient devenus inséparables.

— Tout va bien.

Fred en dit plus :

— Pete va la demander en mariage, dès qu'il aura de quoi acheter une bague.

Pete avait toujours l'air gêné.

— Ce qui ne devrait plus tarder, dit-il.

Geoff lui sourit.

— Tant mieux pour toi ! C'est une gentille fille, elle mérite quelqu'un de bien.

Sa cousine était, effectivement, gentille, pas très intelligente mais elle avait les pieds sur terre, et elle était très douce et maternelle. Ils formeraient sans doute un couple solide et feraient de bons parents.

— Qu'est-ce que ça fait d'être le Boss ? Bosselé demanda, compliquant les choses, comme d'habitude.

Geoff réfléchit très vite pour trouver une bonne répartie.

— Je ne sais pas encore ; on verra ce que ça me fait de signer ton chèque.

Un chœur de "Ooooooh" retentit, puis tout le monde se mit à rire. Geoff connaissait ces gars depuis longtemps ; pas un ne lui était inconnu, mais il sentait bien que ça avait un petit peu changé. D'habitude, ils le taquinaient et se moquaient un peu de lui. Maintenant, mis à part Fred, personne ne le faisait vraiment. Geoff en connaissait la raison et savait que c'était inévitable, mais il ne savait pas ce qu'il en pensait.

Geoff passa son tour et posa ses cartes, se contentant d'observer le reste du tour et la conversation confortable, taquineries comprises, de la table. Rumeurs et cancans circulaient.

— Bosselé, t'es au courant que le vieux Jones dit qu'il a vu un ours sur ses terres ? demanda Len.

Bosselé rit.

— Ouais. Comme quand il avait vu un gorille il y a deux ans, et que c'était juste un gros corbeau et beaucoup trop de whisky.

Tous rirent sauf Len.

— Oui, bon, restez quand même sur vos gardes.

— On n'a pas vu un ours dans le comté en vingt ans. Je parie que c'était un des ours mascottes de la marque de bière qu'il a vu au fond de son verre, conclut Bosselé.

La partie s'arrêta vers neuf heures, comme d'habitude. Les gars donnèrent un coup de main pour débarrasser avant de se mettre en route. La plupart vivait à quelques kilomètres de la ferme.

— Len, tu savais que c'était l'anniversaire de Joey aujourd'hui ? demanda Geoff.

Len fit non de la tête.

— Je l'ai vu à l'écurie avec ses vieilles baskets, son jean complètement rapiécé.

— Où veux-tu en venir ? le questionna Len en lui lançant un regard noir. Tu ne veux plus le voir ici, c'est ça ? continua-t-il en fronçant les sourcils. Je t'ai élevé mieux que ça.

— T'énerves pas, le calma Geoff.

Qu'est-ce qui rendait Len aussi furieux, tout d'un coup ?

— Je me disais que demain, je pourrais l'emmener en ville, et on lui ferait un cadeau d'anniversaire. Je pensais à, disons, une paire de bottes, un bon jean tout neuf, peut-être un chapeau. S'il se retrouve dehors, au soleil, il lui en faudra un.

Len lui tourna le dos, et Geoff comprit qu'il tentait de cacher son émotion.

— J'oublie parfois à quel point tu ressembles à ton père.

— Je suis tout autant ton fils que le sien. Ne l'oublie pas.

Geoff lui tapota l'épaule avant de se retirer dans l'ancien bureau de son père pour le laisser seul. Jetant un œil, il trouva les registres et les comptes sur le bureau et commença à les feuilleter. Il fut bientôt clair qu'ils n'étaient pas à jour, ce qui n'était pas étonnant, et Geoff s'assit au bureau et se mit au travail.

Une heure plus tard, il avait reconstitué ce que son père faisait et compris ce qu'il fallait faire pour mettre les livres de comptes à jour. Il prit aussi note qu'il lui faudrait aller à la banque pour discuter des comptes de la ferme, se renseigner sur l'état des comptes personnels de son père, et découvrir ce qui se cachait derrière ce compte que son père avait marqué "en cas d'urgence".

Len frappa au chambranle de la porte.

— Est-ce qu'on peut discuter ?

Geoff referma les registres et éteignit la lumière.

— Au salon ?

Len fit oui de la tête et Geoff se leva pour lui emboîter le pas.

Len s'installa dans son fauteuil.

— J'ai décidé de déménager.

— Quoi ? Pour aller où ?

Ce n'était pas une bonne nouvelle. Geoff ne voulait pas que Len s'en aille.

— Non, pardon... Je voulais dire que je veux changer de chambre. La maison t'appartient, et tu dois pouvoir te servir de la chambre principale, et...

Geoff le laissa continuer sans l'interrompre.

— Dormir dans cette chambre sans Cliff... Je croyais que je pourrais y rester, mais je ne peux pas. Elle comporte trop de souvenirs, finit Len.

Geoff n'était pas sûr de pouvoir utiliser cette chambre non plus, mais il comprenait ce que Len ressentait.

— Je t'aiderai à déménager, quand tu voudras.

— Merci.

Len plongea sa main dans l'une de ses poches et en retira une enveloppe.

— Ton père m'a demandé de te donner ça quand tu aurais pris une décision au sujet de la ferme.

Il lui tendit l'enveloppe et se leva.

— On se voit demain matin, dit-il, et il se retira à l'étage.

Geoff fixa du regard l'enveloppe qu'il avait à la main. Son nom était inscrit dessus, dans l'écriture bien reconnaissable de son père. Puis il l'ouvrit enfin, et en sortit une lettre manuscrite.

Mon fils chéri,

À l'heure qu'il est je suis sûr que Len t'a raconté ce que j'ai fait, et pourquoi. Je sais que tu es sans doute en colère, mais il s'agissait de mes volontés. Ces derniers mois n'étaient que douleurs constantes causées par le cancer et examens médicaux. Je suis désolé de ne t'avoir rien dit, mais je sais bien que tu aurais essayé de me dissuader, et je n'ai jamais pu te refuser quoi que ce soit.

J'ai demandé à Len de te donner cette lettre une fois que tu aurais pris la décision de garder ou de vendre la ferme. Au cas où tu te poserais la question, je sais déjà ce que tu as décidé de faire, et je suis fier de ton choix de conserver la ferme. Tu représentes la quatrième génération qui s'en occupe, et je sais que tu la laisseras à ton tour à la génération d'après, aussi saine et prospère que je te la laisse. Tu aimes ces terres autant que moi ; c'est dans tes veines.

Il y a des choses que je vais te demander de faire pour moi. Prends soin de Len, je t'en prie. C'est l'amour de ma vie. J'ai eu la chance incroyable de vous avoir, toi et lui. J'espère qu'il trouvera quelqu'un avec qui être heureux, et il ne faut pas que tu l'en empêches. Il mérite tout le bonheur possible ici-bas, tout comme toi. La vie d'un fermier peut être très solitaire, alors trouves-toi quelqu'un à chérir, qui t'aime en retour. Ça change tout.

Et finalement, je voudrais te dire à quel point je t'aime, et comme je suis fier de t'avoir pour fils. Tu as illuminé mes jours. La première fois que je t'ai pris dans mes bras, je ne concevais même pas qu'on puisse me voler mon cœur en un instant, mais il a suffi d'un regard de tes grands yeux bleus et j'étais conquis. En grandissant, tu es devenu un homme extraordinaire, avec une énorme capacité à aimer, à te soucier des autres. Tu rencontreras bien des épreuves dans les années à venir, mais quoi qu'il arrive, s'il te plaît, reste le même homme aimant et généreux que tu es aujourd'hui.

Je t'aime, toujours,

Papa.

Les yeux de Geoff le piquaient et sa gorge se serra pendant qu'il finissait la lettre puis la repliait dans son enveloppe. Il retourna dans le bureau pour la ranger dans le plus haut tiroir, éteignit les lumières et monta à l'étage, les mots de son père sonnant à ses oreilles.

IV

GEOFF N'AVAIT jamais eu besoin d'un réveil pour se lever le matin – enfin, pas quand il n'avait rien bu – et ce matin-là ne fut pas une exception. Il faisait encore nuit mais Geoff était déjà levé, douché, habillé, et en train de petit-déjeuner à la cuisine avant d'aller à l'écurie pour sa promenade à cheval matinale. On frappa doucement, et il ouvrit la porte, découvrant Bosselé sur les marches, l'air inquiet.

— Il y a un truc que tu devrais venir voir.

Geoff était dubitatif, mais il suivit Bosselé qui traversa la cour, entra dans l'écurie et alla jusqu'à la dernière stalle, de laquelle dépassait une paire de bottes noires. Il jeta un œil dans la stalle et fut surpris d'y voir une paire de jambes, et, en se penchant, la silhouette d'un garçon endormi. Il faisait encore très sombre dans l'écurie, la faible lumière de l'aube entrant par les fenêtres et la porte ouverte, mais c'était assez pour que Geoff note qu'il ne s'agissait pas d'un garçon ordinaire. Après son visage endormi, il remarqua le pantalon noir qui dépassait du manteau, noir aussi, qui lui tenait lieu de couverture, et le chapeau à large bord, noir, qu'il avait soigneusement posé sur la mangeoire vide. Mais que pouvait bien faire un jeune homme Amish à dormir dans son écurie ?

Geoff n'eut pas le temps de s'attarder sur la question car quelques secondes plus tard, le garçon ouvrit les yeux, et ils s'emplirent immédiatement de peur. Il se leva d'un bond et s'enfuit en courant dans la cour comme un lapin de garenne. Bosselé jeta un regard à Geoff et lui courut après, mais Geoff le rappela.

— J'y vais. Toi, tu te mets au travail.

Bosselé acquiesça, et Geoff ramassa le chapeau et les bottes avant de sortir. Le soleil se levait à peine, et il aperçut le jeune homme, debout au bord de la route, qui regardait en direction de l'écurie. Geoff se dirigea lentement vers lui, agissant avec lui comme avec un cheval effrayé, évitant les gestes soudain.

— Tu as oublié tes bottes et ton chapeau.

Geoff les lui tendit, et comme le garçon ne s'approchait pas, il se pencha lentement pour les poser par terre.

— Tout va bien, je ne te veux aucun mal, dit-il, puis il recula et le jeune homme s'avança, enfila ses bottes et prit son chapeau. Pourquoi dormais-tu à l'écurie ? Où est ta famille ?

— *Rumpspringa.*

Geoff ne connaissait pas ce mot, qui semblait provenir d'une langue étrangère.

— Je ne sais pas ce que ça veut dire.

Le jeune homme – Geoff voyait bien maintenant que ce n'était définitivement pas un petit garçon – se redressait et le regardait droit dans les yeux de ses yeux bleus intenses.

— C'est le temps que je dois passer hors de ma communauté.

Geoff hocha la tête sans vraiment comprendre, ne sachant pas grand-chose du mode de vie Amish hormis quelques on-dits. Mais si ce jeune homme était censé vivre hors de sa communauté et qu'il dormait dans sa grange, il était clair qu'il n'habitait nulle part.

— Est-ce que tu as faim ?

Le jeune homme se tendit, immobile, comme s'il hésitait à partir en courant, oscillant entre écouter sa peur et écouter son ventre.

— Oui.

Geoff sourit, et lui tendit la main.

— Je m'appelle Geoff, et ceci est ma ferme.

Le jeune Amish regarda autour de lui, son regard englobant la maison et les granges, et son visage s'émerveilla progressivement.

— Je m'appelle Elijah, Elijah Henninger.

Il serra la main de Geoff avec hésitation.

— Eh bien Elijah, suis-moi, on va te trouver de quoi petit-déjeuner, dit Geoff, puis il fit demi-tour et se dirigea vers la maison, non sans vérifier qu'Elijah le suivait. Ne t'inquiète pas. On va entrer dans la maison, c'est tout.

Il les mena dans la cuisine par la porte de derrière. Elijah le suivit, et ôta son chapeau dès qu'il mit le pied à l'intérieur, ne sachant ni où se mettre ni quoi faire.

La surprise sur le visage de Len lorsqu'il avisa le jeune Amish qui se tenait dans sa cuisine était immanquable, mais heureusement Elijah inspectait le décor du regard, et il ne vit rien. Geoff fit semblant de ne pas l'avoir remarqué non plus, et prit la parole comme si de rien n'était.

— Est-ce que le petit-déjeuner est bientôt prêt ?

L'espace d'un instant, Len le dévisagea comme s'il lui avait poussé une nouvelle tête, puis ses manières reprirent le dessus.

— Encore dix minutes environ.

— Bien, dit Geoff, puis il fit signe à Elijah de s'approcher. Len, voici Elijah ; il va se joindre à nous pour le petit-déjeuner. Elijah, je te présente Leonard – Len. C'est le contremaître de cette ferme.

Geoff n'allait surtout pas essayer d'expliquer leur relation, et apparemment Len le comprit, prêt à se mettre sur la même longueur d'ondes.

Geoff indiqua à Elijah une chaise et ce dernier s'assit, déposant son chapeau sous son siège.

— Merci, monsieur.

Len se remit à ses préparations et mit la table pour trois pendant que Geoff servait trois verres de jus d'orange.

— Qu'est-ce que c'est ? demanda Elijah en pointant son verre du doigt.

31

Nom de Dieu… Quelle découverte.

— C'est du jus d'orange. Goûte, vas-y.

Elijah eut l'air dubitatif mais il avala une gorgée, sourit, et en reprit une autre avant de reposer son verre. Puis il attaqua sa nourriture sans hésitation : les œufs, pancakes, et pain grillé disparurent rapidement, suivi du jus d'orange. Il avait vraiment très faim. Geoff le regarda du coin de l'œil, mangeant son petit-déjeuner et buvant son café. Il en avait servi une tasse à Elijah, qui l'avait goûté, avait eu un frisson, et ne l'avait pas touché depuis.

Len regardait Elijah avec une drôle d'expression.

— Je te connais… dit-il, puis la mémoire lui revint. Je te vois à la boulangerie quand j'achète du pain.

Un claquement dehors les surprit, faisant sursauter Elijah, et Fred entra précipitamment dans la cuisine. Il fit de grands yeux en découvrant le jeune homme.

— Len, c'est Princesse ; elle a du mal avec le poulain. J'ai appelé le véto, mais elle est déjà en visite. Son secrétariat dit qu'elle viendra aussi vite que possible.

— Bordel de merde, jura Len avant de bondir de sa chaise, d'attraper sa veste et de quitter la maison, Fred sur les talons.

Geoff avala le reste de son café cul sec, comme un alcool fort, et prit lui aussi sa veste. Il ne voyait pas ce qu'il pouvait faire pour aider, mais il n'allait sûrement pas rester assis là pendant qu'une de ses juments souffrait.

— Viens, on y va ! dit-il en tendant à Elijah son manteau et il sortit en courant, Elijah lui emboîtant le pas.

— Est-ce que vous vous y connaissez en mise bas de poulains ? lui demanda Elijah derrière lui.

Geoff avait assisté à plusieurs naissances et connaissait le déroulement des événements, mais il n'avait jamais prêté main forte, et n'avait jamais été témoin d'une naissance difficile. Il répondit sans ralentir.

— Pas vraiment.

Dans l'écurie, les chevaux étaient très agités. Geoff s'adressa aux hommes rassemblés autour de la stalle de Princesse.

— Sortez les autres chevaux d'ici.

Ils réagirent rapidement, ouvrant les stalles, mettant les licols aux bêtes pour les mener hors de l'écurie. Progressivement, le bruit et l'agitation cessèrent, et Geoff dirigea son attention vers Princesse. C'était déchirant. Elle était couchée sur le flanc, couverte de sueur, haletant comme à l'issue d'une course. Elle secouait la tête en tout sens et ses yeux suppliaient qu'on l'aide. Geoff recula d'un pas et se cogna contre Elijah.

— Pardon, s'excusa-t-il.

Il priait de tout son cœur que la véto arrive vite.

Elijah jeta un œil dans la stalle ; Geoff se poussa. Elijah regarda un moment puis se tourna vers Geoff et lui tendit son chapeau et son manteau, remontant ses manches. Sans un mot, il entra dans la stalle. Il palpa le ventre de la jument paniquée tout en lui murmurant des paroles rassurantes.

— Le poulain est à l'envers. Ce n'est pas trop grave, mais il faudrait le retourner, déclara-t-il, puis il se releva. Y a-t-il un endroit où je peux me laver les mains ?

Geoff lui indiqua la pièce d'eau à côté de la sellerie, et le regarda entrer à l'intérieur. Il entendit l'eau couler, et Elijah en ressortit en maillot de corps, retournant immédiatement dans la stalle. Geoff n'en revenait pas de sa transformation. Le garçon hésitant qui avait fui en les voyant plus tôt dans la matinée avait disparu, remplacé par un grand jeune homme sûr de lui qui semblait savoir ce qu'il faisait.

Elijah se remit à parler tout bas, apaisant de la voix la jument qu'il palpait de nouveau.

— Je vais avoir besoin d'aide.

Geoff et Len le rejoignirent dans la stalle, attendant ses instructions.

— Je vais essayer de retourner le poulain. Il faut que vous fassiez le maximum pour qu'elle reste le plus calme possible.

Geoff s'assit près de la tête de Princesse et lui flatta le cou en murmurant, sans perdre des yeux ce que faisait Elijah. Len s'agenouilla dans le dos de la jument, lui aussi dispensant caresses et murmures pour l'apaiser.

Elijah se positionna derrière Princesse et, lentement, il inséra d'abord une main puis l'autre. La jument se mit à bouger, mais Geoff réussit à la calmer.

— J'y suis presque ; faites juste en sorte qu'elle reste immobile.

Princesse tressauta comme si elle essayait de se relever ; Len et Geoff firent de leur mieux pour la calmer et la garder immobile. Elijah recula, les mains libres.

Une minute plus tard, un petit sabot émergea, puis un autre, suivi de la tête, des épaules, et – zoum – tout le reste du poulain. Elijah se fit discret et Len prit les devants, vérifiant que tout allait bien, tirant le poulain à l'écart pour que Princesse aie la place de se relever, ce qu'elle fit immédiatement. Alors Len sortit de la stalle lui aussi, et tous contemplèrent le petit poulain, allongé sur la paille. En quelques minutes il avait déjà tendu les jambes et essayé de se lever. Après plusieurs essais il se retrouva debout sur des jambes tremblotantes, retomba, se releva. Cette fois il réussit à faire quelques pas hésitants en direction de sa mère et se mit à téter.

Toute l'écurie soupira de soulagement, les hommes souriants, félicitant Elijah. Il se contenta de sourire, et retourna dans la pièce d'eau pour se laver les mains.

La porte de l'écurie s'ouvrit puis se referma, laissant entrer Jane Grove, la vétérinaire, qui se précipita vers eux.

— Où est Princesse ?

Geoff désigna du doigt la stalle et la regarda entrer, puis s'arrêter net sous le choc de la surprise. Elle s'attendait à tout sauf à voir un poulain déjà né, debout, en plein tétée.

— Je croyais qu'il y avait un problème.

33

— Il y en avait un. Le poulain était à l'envers et il fallait le retourner.

— Qui l'a fait ?

Elle dévisagea les hommes un par un. La porte de la pièce d'eau s'ouvrit et Elijah en sortit, revenant vers Geoff qui lui tendit son manteau et son chapeau.

— Elijah.

Elle sourit et lui demanda :

— Comment as-tu su ce qu'il fallait faire ?

Elijah lança un regard à Geoff, l'air incertain. Puis il répondit enfin, s'adressant à Geoff.

— Une des juments de Papa a eu le même problème il y a environ un an, et j'ai aidé Papa à retourner le poulain. Il m'a dit ce qu'il fallait faire, à quoi il faut faire attention.

— Je vais les examiner, juste par précaution.

Jane retourna dans la stalle et Len resta avec elle ; Geoff et Elijah quittèrent l'écurie.

— Merci. Le temps qu'elle arrive, ç'aurait probablement été trop tard et nous aurions perdu soit Princesse soit le poulain. Je te dois beaucoup.

Le visage d'Elijah afficha de la surprise, puis il fit un grand sourire.

— Vous ne me devez rien.

Il enfila son manteau et son chapeau, et se dirigea vers la route.

— Où vas-tu ?

Elijah haussa les épaules

— C'est mon année hors de la communauté, je dois subvenir à mes besoins et faire mon chemin dans le monde.

— Est-ce que tu serais intéressé par un job ?

Geoff jugeait qu'Elijah possédait des compétences utiles à la ferme ; il savait s'y prendre avec les animaux, et ne rechignerait pas au travail agricole. Geoff était certain qu'Elijah saurait se rendre utile.

— J'ai besoin d'un homme de plus pour nous aider, et il faut que tu gagnes ta vie dans le monde. Est-ce que ça pourrait être ici ?

Elijah avait l'air déchiré.

— Vous êtes sérieux ? Et je vivrais parmi les Anglais ?

Geoff ne comprit pas le sens de sa dernière phrase.

— Je suis sérieux, mais je ne suis pas anglais.

Elijah rit et s'expliqua :

— "Les Anglais", c'est comme ça que nous appelons ceux de l'extérieur, qui ne sont pas Amish.

— Oh.

Geoff lui sourit. Il ne pouvait pas s'en empêcher ; le sourire d'Elijah était éclatant, contagieux. Il était beau quand il souriait. Geoff s'en voulut d'avoir de telles pensées, et il se força à revenir sur le sujet du travail.

— Eh bien… Veux-tu travailler ici ? Parmi les Anglais ?

Le terme l'amusait beaucoup.

Elijah regarda la ferme, ses bâtiments, la maison ; il était clairement intrigué.

— D'accord.

Cela fit plaisir à Geoff.

— Alors allons te trouver un endroit où vivre.

Geoff mena le jeune homme dans la maison, à l'étage. La vieille ferme avait quatre chambres, et Geoff ouvrit la porte de celle qui se trouvait le plus loin de la chambre de Len et de la sienne, pour donner à Elijah un peu plus d'intimité. C'était aussi la pièce que son père utilisait comme chambre d'ami, et en tant que telle elle disposait de son propre cabinet de toilette, ce qui serait plus simple pour le jeune homme. La chambre était petite, simple, et ne contenait pas grand-chose d'autre que le lit et la commode que Geoff avait ramenés de Chicago.

— Vous voulez que j'habite ici, dans votre maison ?

Geoff ne savait pas quoi répondre. Ils n'avaient pas de dépendance habitable ou de dortoir ; les hommes vivaient chez eux, soit seuls soit en famille, et un dortoir n'avait jamais été nécessaire.

— Tu ne peux pas vivre dans l'écurie, et il va bien falloir que tu habites quelque part si tu travailles ici.

— Sans doute… Mais je ne voudrais pas déranger.

Geoff secoua la tête.

— Il n'y a que Len et moi dans cette grande maison. Ce n'est pas la place qui manque.

Il montra à Elijah où se trouvaient les toilettes, puis ils redescendirent dans la cuisine, où il prépara le café. Len arriva au moment où il le café finissait de s'écouler.

— C'était quelque chose, hein ? dit Len.

— Oui. Elijah savait exactement quoi faire.

— Où est-il ?

Geoff le chercha du regard et aperçut un mouvement.

— Dans le salon. Je l'ai embauché dans la matinée.

Les yeux de Len s'écarquillèrent.

— C'est son année hors de la communauté, et il doit se débrouiller, gagner sa vie. Et Dieu sait qu'on a bien besoin d'aide ici ; il s'y connaît en travaux de la ferme.

Len lui jeta un drôle de regard, mais ne dit rien.

— Je l'ai installé dans la chambre du fond, ajouta Geoff.

— Il lui faudra des vêtements, dit Len. Il n'a probablement rien de plus que ce qu'il a sur le dos.

— J'allais emmener Joey en ville pour lui offrir son cadeau d'anniversaire. Je vais demander à Elijah s'il veut venir avec nous.

Geoff partit à sa recherche et le trouva sur le porche de devant, entouré de chiens qui se grimpaient les uns sur les autres pour mieux recevoir les caresses et grattouilles qu'il distribuait. Elijah riait à gorge déployée tandis que les chiens lui donnaient des bisous baveux au visage et le léchaient avec enthousiasme.

Geoff rappela les chiens :

— Allez les gars, lâchez-le. Il sera là pour un bout de temps.

Elijah se releva et rentra dans la maison avec l'air heureux, toujours souriant. Il s'assit sur la même chaise qu'au petit-déjeuner pendant que les autres se servaient un café.

— Tu travailles bien à la boulangerie, n'est-ce pas ? demanda Len.

— Oui monsieur. Je travaille auprès de mon oncle lorsqu'il a besoin d'aide, généralement le samedi, quand il y a du monde.

Len hocha la tête.

— Je savais bien que tu me disais quelque chose.

Elijah baissa les yeux.

— Je suis désolé de ne pas vous reconnaître, monsieur.

Geoff eut l'impression qu'Elijah avait voulu ajouter quelque chose, mais qu'il s'était retenu.

— Oh, je ne m'attendais pas à ce que tu le fasses.

Geoff finit rapidement son café et posa sa tasse dans l'évier.

— Je vais en ville cet après-midi et je me demandais si tu voudrais m'accompagner. Il te faudra d'autres vêtements, pour travailler.

Elijah regarda sa tenue.

— Je n'ai pas beaucoup d'argent, sûrement pas assez pour acheter des vêtements dans un magasin.

— Ne t'inquiète pas pour ça.

Elijah releva brusquement la tête et s'exclama :

— Non ! Je ne peux pas vous laisser m'acheter des choses. Ce ne serait pas juste.

— Et bien tu peux me rembourser en travaillant pour moi, proposa Geoff et la flamme dans les yeux d'Elijah diminua à ces mots. Je t'achèterai les vêtements, et on retiendra leur prix sur ta paye.

Geoff comprenait le désir d'éviter d'avoir une dette envers qui que ce soit, et encore plus envers un étranger.

— Ça te va ?

Elijah hocha la tête ; il avait l'air content.

On frappa à la porte de derrière et Len alla ouvrir, revenant avec Joey derrière lui qui portait un plat enveloppé d'aluminium.

— Bosselé m'a dit que vous vouliez me voir, dit-il, déposant son plat sur le comptoir. Maman m'a donné du gâteau pour vous.

— Joey, je sais que c'était ton anniversaire hier, et pour ton cadeau je vais t'emmener en ville. Len me dit que tu deviens un cavalier émérite, et je crois qu'il est temps que tu en aies l'apparence. Il te faut des bottes, un chapeau, et un jean pour monter. Ça te dit ?

Le garçon le regarda avec une joie pure ; la surprise l'avait rendu sans voix. Geoff lui sourit.

— Tiens-toi prêt à partir dans une demi-heure.

Joey fit oui de la tête, souriant toujours, et repartit. Len et Geoff le regardèrent traverser la cour au galop.

Len finit son café et se mit à faire la vaisselle, demandant :

— Tu vas aller à Ludington ou à Scottville ?

La ferme était située entre les deux bourgs.

— Il nous faudrait deux trois trucs du magasin de bricolage, si tu vas à Scottville, poursuivit-il.

— Alors ce sera Scottville.

Len mit la main à la poche et en sortit une liste qu'il tendit à Geoff. Il avait triste mine.

— Ça va ?

— Ça ira. Il me manque, c'est tout.

Geoff hocha la tête et se retira, laissant Len à ses pensées.

Il trouva Elijah de nouveau sur le porche à jouer avec les chiens ; le jeune homme se releva dès qu'il vit son employeur.

— Est-ce que vous achetez des cadeaux d'anniversaire à tous ceux qui travaillent ici ?

— Non, répondit Geoff, surpris de la question, puis il comprit. Oh... le père de Joey est mort l'an dernier, et sa mère a du mal à joindre les deux bouts.

Elijah médita là-dessus quelques minutes.

— Donc vous vous servez de son anniversaire comme excuse pour lui acheter ce dont il a besoin sans le mettre dans l'embarras ?

— En quelque sorte, oui.

Geoff réfléchit pour trouver un moyen d'aider Elijah à comprendre.

— Dans votre communauté, quand quelqu'un a besoin de quelque chose, tout le monde l'aide, n'est-ce pas ?

Elijah fit oui de la tête.

— Eh bien c'est plus ou moins pareil à la ferme. Joey a besoin de quelque chose, et il travaille dur pour nous. Si Len et moi lui procurons ce qu'il lui faut, ça lui fait plaisir et ça l'aide en même temps.

— Papa dit toujours que les Anglais ne font jamais rien sans attendre quelque chose en retour.

Ça ne surprit pas Geoff. La plupart des gens ont des préjugés sur ceux qui ne sont pas comme eux.

— Parfois, le bonheur est la seule récompense que l'on cherche à obtenir. L'expression sur le visage de Joey quand je lui ai annoncé ce qu'on allait faire a bien plus de valeur que l'argent.

Ils traversèrent la cour. Joey était à l'écurie, il épandait du foin dans une stalle fraîchement nettoyée.

— Tu es prêt ? demanda Geoff.

Joey hocha la tête tout en défaisant une meule de foin qu'il étala au sol. Puis il déclara :

— Je suis prêt.

Il était évident, à le voir marcher jusqu'au camion, que Joey était excité. Ils s'installèrent tous les trois dans le véhicule, Joey au milieu et Elijah contre la porte. Au démarrage, Geoff vit qu'Elijah saisissait la poignée au-dessus de la porte.

— Joey, je te présente Elijah. Il va travailler à la ferme.

— Salut, Eli.

Ils se serrèrent la main, Elijah tendant celle qui n'était pas crispée sur la poignée.

— Moi c'est Joey. Ravi de faire ta connaissance.

Geoff pensait qu'Elijah réagirait mal à ce qu'on l'appelle Eli, mais il ne dit pas un mot là-dessus. Ils suivirent les routes de campagne en direction du petit bourg rural de Scottville. Geoff se gara devant l'épicerie dans la Grand Rue, et ils descendirent du camion, Eli avec l'air un peu nauséeux.

— Ça va, Eli ?

Joey le tint par le bras jusqu'à ce qu'il ait retrouvé son équilibre.

Eli se tenait bien droit, et ses couleurs commencèrent à revenir.

— Je n'ai pas l'habitude de rouler en voiture... Papa ne le permet pas. Quand Maman est tombée malade, il a insisté pour l'emmener chez le docteur dans la carriole, même lorsque le fermier du bout de la route a proposé de les conduire en voiture.

Geoff ne trouvait pas ça très prudent et un peu trop borné, mais il ne dit rien. De toute évidence, le père d'Eli avait des croyances très fortes, et n'était pas partisan du compromis.

— Entrons à l'intérieur, dit Geoff, menant sa troupe dans le magasin, au rayon vêtements qui se trouvait au sous-sol. Eli, prends ce dont tu penses avoir besoin.

Eli acquiesça et se mit à chercher parmi les vêtements tandis que Geoff amenait Joey vers les chaussures. Il essaya des bottes jusqu'à ce qu'on ait défini sa pointure, et choisit ensuite une paire de bottes de moto noires. Après quoi ils lui trouvèrent un chapeau de cow-boy à sa taille, et un jean boot cut. Joey souriait de toutes ses dents, serrant ses cadeaux dans les bras comme s'ils étaient faits d'or pur. Geoff partit à la recherche d'Eli. Il le trouva debout devant un étalage de jeans, le regard fixe. Le jeune homme ne bougea pas lorsque Geoff s'approcha.

— J'en ai toujours voulu un comme ça, mais comme je savais que Papa ne le permettrait jamais, je n'en ai jamais demandé.

Geoff fouilla dans l'étalage et en extrait un jean à la taille qu'il estimait être celle d'Elijah.

— Essaye-le donc, pour voir s'il te va.

Elijah le regarda comme si on lui faisait une blague.

— Un jean est idéal à la ferme ; ça dure longtemps, ça protège bien les jambes.

Geoff lui montra du doigt les cabines d'essayage et Eli s'y dirigea lentement, comme s'il marchait dans un rêve. Il en ressortit quelques minutes plus tard. Geoff ne s'était pas trompé, c'était bien sa taille.

— Il te faudrait sans doute trois jeans pour commencer, ainsi que plusieurs chemises.

Eli choisit les jeans les plus simples et trois chemises unies, de couleurs sombres. Geoff lui fit aussi prendre une deuxième paire de chaussures et des sous-vêtements. Il demanda au jeune homme s'il voulait un autre couvre-chef, mais Eli dit qu'il se contenterait de celui qu'il avait. Content de lui, Geoff mena Joey et Eli à la caisse.

— Geoff ? C'est moi, Ginny ! Ginny Rogers.

— Oh, salut Ginny, dit-il après un instant d'hésitation, se rappelant qu'elle avait été au lycée en même temps que lui. Ça fait longtemps.

Elle était devenue jolie, alors qu'elle était plutôt disgracieuse à l'époque.

— Oui, un bon moment. Eh bien. Vous prenez tout ça ?

Son sourire était plus appuyé que nécessaire. Elle flirtait avec lui. Il manqua presque de lui signaler qu'elle n'avait vraiment aucune chance, mais il se retint.

— Voici Joey et Eli, dit-il en lui souriant en retour. Les garçons, je vous présente Ginny. On était au lycée ensemble.

Elle s'affaira à encaisser leurs achats, puis il lui tendit sa carte de crédit, signa le reçu, tout cela pendant que Ginny gigotait et souriait continuellement.

Elle mit leurs achats dans des sacs et lui lança un "Reviens bientôt !", avec un sourire plus large encore et un signe de la main tandis qu'ils remontaient l'escalier… et se retrouvaient nez à nez avec tante Janelle.

— Geoff, le salua-t-elle, se forçant à prendre l'air ravi, mais n'ayant pas l'air naturel du tout.

— Bonjour, tante Janelle.

Geoff avait décidé de s'en tenir à une politesse et une gentillesse impeccables ; c'était tout ce qu'elle obtiendrait de lui.

Elle inspecta du regard Joey et Eli, et ses yeux s'écarquillèrent lorsqu'elle remarqua la tenue d'Eli.

Geoff leur demanda tout bas :

— Attendez-moi dans le camion. J'arrive dans une minute.

En aucun cas il ne voulait leur faire subir le venin de sa tante, quelle que soit la mouche qui l'avait piquée cette fois-ci.

Les yeux de sa tante s'étaient assombris.

— Tu corromps les Amish, maintenant ?

Si ç'avait été un homme, Geoff lui aurait fichu son poing dans la figure au beau milieu du magasin.

— Ton père et Len qui vivent ensemble, c'était déjà déplorable, et j'avais espéré que malgré tout tu serais normal. Mais corrompre des enfants…

Ah, le voilà son problème. Il avait toujours pensé que ça participait à son inimitié, mais qu'elle se montre si cruelle… Geoff se reprit en main avant de prononcer des paroles qu'il regretterait plus tard.

— Écoute-moi bien. Len et mon père s'aimaient, ce qui est une chose que tu ne pourras jamais comprendre. Je te suggère de garder ton poison pour toi, ainsi que les idées tordues que tu te fais de leur couple.

Elle fit mine de prendre l'air offensé, au bénéfice des quelques personnes présentes dans le magasin, mais elle ne bernait personne. On la connaissait bien en ville ; Geoff reçut plusieurs regards compatissants.

— Je ne vois vraiment pas ce que tu cherches, et je doute que tu fasses tout ça pour une simple courtepointe en patchwork, mais laisse-moi te dire une chose : tu ne l'obtiendras pas.

Elle prit un air outragé.

— Je ne te demande rien !

— Bien, parfait, alors donne-moi ta clé. Je sais que tu as une clé de la maison depuis des années. Maintenant, tu vas me la rendre.

Elle se mit à bafouiller d'indignation.

— J'ai grandi dans cette maison ! Tu ne peux pas–

— Je peux tout à fait. C'est ma maison, c'est ma ferme.

Il tendit la main, paume ouverte, et attendit. Elle continua de postillonner avec outrage, mais finit par fouiller dans son sac pour en extraire son porte-clés. Après un moment passé à maladroitement la séparer des autres, elle lui tendit enfin la clé. Sans un mot de plus, Geoff fit demi-tour, quitta le magasin et remonta dans son camion, où il posa la tête sur le volant.

— Quelle femme diabolique.

— En effet, Eli… En effet.

Geoff se redressa et mit le contact, puis prit la direction du magasin de bricolage en faisant de son mieux pour se sortir sa tante de la tête. Acheter ce qu'il fallait à Len ne prit pas longtemps.

— Qu'est-ce que vous diriez d'une visite à Dairy Barn ?

Les sourires des garçons lui répondirent, et les dernières traces de la rencontre avec tante Janelle s'évanouirent.

V

LES SEMAINES qui suivirent furent chargées – très chargées – et surtout pour Geoff, qui faisait de son mieux pour mettre à jour les comptes de la ferme ainsi que les registres du bétail. Sans compter que la première quinzaine de mai était en général une période bien remplie, juste avant le moment des semailles. Passant en revue tous les registres de l'exploitation, Geoff fut d'ailleurs surpris de constater le volume de semailles.

Il était assis au bureau en train de vérifier certains papiers lorsqu'il mit la main sur les titres de la ferme et des terres. Apparemment, quelques années plus tôt, le père de Geoff avait acheté un bon paquet de terres quand les prix du marché étaient bas, qu'il avait ensuite conservées. Pour diversifier l'exploitation, il s'était mis à planter du maïs et de la luzerne pour nourrir le bétail, et à vendre le surplus.

— Nom de Dieu.

Geoff vérifia les chiffres une nouvelle fois, n'en croyant pas ses yeux ; la décision de son père s'était avérée bonne, voire très bonne. La moitié de leurs bénéfices provenait du surplus des cultures, et la ferme était maintenant diversifiée. Tout ne reposait plus désormais sur une seule source de revenu.

— Bravo, Papa.

— Qu'est-ce que tu dis ? demanda Len, qui passa la tête dans l'embrasure de la porte, en chemin vers la cuisine.

— Non, rien, je regarde juste les comptes pour tout mettre à jour, je me demande si je vais pouvoir faire aussi bien que mon père.

Geoff continuait à douter de lui-même de temps en temps.

Len s'appuya contre le chambranle. Il n'était encore jamais entré dans le bureau ; il s'appuyait au chambranle mais n'allait pas plus loin.

— Ton père était très fort pour dénicher une bonne affaire et pour en tirer profit, c'est sûr. La ferme était quatre fois plus petite quand il en a hérité. Mais ne te laisse pas démonter par ça, pas du tout. Il n'avait pas ton talent avec les chevaux, et il ne s'entendait pas aussi bien que toi avec les employés. Si je n'avais pas servi de tampon, ils auraient tous démissionné.

— Merci, Len. Parfois je me dis que j'ai accepté une charge trop importante pour moi. Tant de choses dépendent des décisions que je prends… Je ne veux pas me tromper.

— Je suis là ; Fred, Bosselé et Pete sont là ; on aime tous cette ferme autant que toi. On y a tous laissé du sang, de la sueur et des larmes, et on est là pour te soutenir. On va t'aider, et si quelque chose ne va pas, on te le dira, le rassura Len, puis il le dévisagea un moment. Qu'est-ce qui te soucie tant que ça ?

— Je ne comprends pas comment on va pouvoir labourer toute cette terre et semer à temps.

— Mais c'est là que tu te trompes ; on ne laboure pas. En automne on moissonne et on laisse ce qui reste dans les champs. Ça se décompose en majorité au cours de l'hiver, et au printemps on se contente se semer par-dessus. C'est meilleur pour le sol, et ça évite l'érosion de la couche arable. S'il ne pleut pas, on commencera les semailles dans deux ou trois semaines. J'ai déjà demandé à Bosselé de graisser le matériel et de tout préparer.

Geoff se leva et contourna le bureau pour venir prendre Len dans ses bras et le serrer fort.

— Merci.

— Il n'y a pas de quoi avoir peur. Je suis là.

Len le serrait fort en retour, comme toujours.

— Quand tu étais petit, j'ai toujours fait bien attention, parce que je ne voulais pas que tu sois troublé : Cliff était ton père et tu étais son fils, et moi je t'appelais Geoff et tu m'appelais Len. Mais je t'ai toujours considéré comme mon fils.

— Je t'appelais peut-être Len, mais je t'ai toujours considéré comme un père, tout autant que lui.

Et voilà que ça recommençait ; Geoff sentait le chagrin qui menaçait de le submerger. Puis il dit :

— Merde, on dirait des filles.

Ils rirent tous les deux et se séparèrent. Cette phrase était devenue le slogan de leurs moments trop larmoyants. Geoff s'essuya les yeux et retourna au bureau. Il avait des questions à poser à Len, mais elles lui échappèrent quand le téléphone sonna.

— Âllo.

— Geoff, c'est toi ? Alors, enfin prêt à revenir à la ville ?

La voix sonnait haut et clair à l'autre bout de la ligne.

— Raine ! Comment vas-tu ? Ça fait plaisir d'avoir de tes nouvelles. Je t'ai appelé, mais tu étais sans doute de sortie…

Geoff referma les registres et les livres de comptes, faisant place nette sur le bureau pendant qu'ils discutaient.

— Oui, j'ai bien eu ton message. J'étais au Spank. C'était bondé comme pas permis. Je parie que les sorties te manquent.

Geoff imaginait très bien Raine en train de danser au Spank, à s'amuser comme un fou.

— Je n'ai pas vraiment le temps d'y penser. Je suis bien trop occupé à planifier, faire les comptes, apprendre tout ce que mon père faisait à la ferme. Mais je fais une promenade à cheval tous les jours, et les mecs ici sont vraiment sympas, et j'ai même revu des anciens camarades du lycée.

— Ça doit être bien morne… mais bon, en même temps, c'est aussi morne au bureau depuis que tu es parti.

— Avant que je parte tu pensais quitter la boîte, lui rappela Geoff.

— Je cherche. En tout cas, ce n'est pas Monsieur Vaniteux qui rend ce job plus fun, loin de là. Tout ce qu'il veut c'est qu'on le fasse mousser, et il est d'une bêtise…

Raine se lança dans une série de bruitages pour illustrer cette bêtise extrême, et Geoff éclata de rire. Cela faisait du bien de rire, de vraiment rire.

— Au fait, je suis obligé de te le demander… T'as rencontré des beaux cowboys sexy ? Comme on en voit sur les calendriers, ce genre-là.

Geoff ricana.

— Non. Je n'ai pas vraiment rencontré de mecs du tout, d'ailleurs. Les seuls types ici sont ceux qui bossent pour moi, et la plupart sont mariés. De toute façon, je n'ai pas eu le temps.

Ce qui était vrai. Ses journées commençaient très tôt, et à l'heure du coucher il était épuisé.

— Tu dis que la plupart sont mariés. Mais qu'en est-il des autres ?

On pouvait faire confiance à Raine pour ne rien laisser passer.

Geoff entendit la télévision se mettre en route au salon : Len regardait une sitcom, et les rires en boîte parvenaient jusqu'au bureau.

— Raine, bon Dieu, tu ne voudrais pas non plus que je les prenne au berceau ?

— Et ce gars que tu as découvert dans ton écurie, qui dormait dans le foin ? Il n'avait pas l'air si jeune que ça.

— Eli ?

— Il est bien majeur, n'est-ce pas ? Il est mignon ?

Geoff allait lui répondre quand il se rendit compte de quelque chose. Eli était mignon, c'est vrai… Il était même… Geoff stoppa ses pensées. Il ne fallait pas qu'il pense à Eli de cette façon.

— Alors ? demanda Raine avec insistance.

Geoff refusait catégoriquement de s'avancer sur ce terrain.

— Raine, Eli est Amish.

Il espérait que Raine entendrait à quel point l'idée même était ridicule, et qu'il lâcherait le morceau.

— Tu veux dire… Amish… *Amish*, les vrais qui ont des carrioles à cheval et tout ?

Geoff ne put se retenir de rire. Le ton incrédule de Raine était à se tordre. Pour un type comme Raine, qui ne pouvait pas vivre sans son téléphone portable, son micro-ondes, ses jeux vidéos et toute sorte d'autres gadgets électroniques, l'idée même de se passer de tout ça évoquait un enfer sans nom.

— Oui, Amish "pas d'électricité pas de voiture pas de télé".

— Bon, d'accord, il est un peu handicapé au niveau électronique, mais est-ce qu'il est mignon ?

Geoff refusait d'entrer dans cette discussion. Il baissa la voix, pour éviter que Len ne l'entende, parce qu'il savait quelle impression cela pourrait lui donner.

— Il bosse pour moi. Qu'il soit mignon, super beau, juste sexy, ou un véritable étalon, n'a aucune importance. Je ne peux pas me permettre de penser à lui ou à aucun autre gars qui bosse pour moi de cette façon-là. Ce serait mal.

— Ce serait mal si tu faisais quoi que ce soit, mais tu as quand même des yeux pour voir. Tu peux toujours regarder, non ?

— Raine ! Est-ce qu'on pourrait, s'il te plaît, passer à autre chose ?

— Et de quoi d'autre peut-on causer ? Tu as déménagé pour devenir un pauvre agriculteur, nous abandonnant nous autres à notre triste sort dans la grande métropole.

Raine le plaisantin. Tsk. Geoff était loin d'être un pauvre agriculteur... Après avoir vérifié tous les livres de comptes il était même allé voir à la banque s'ils n'étaient pas erronés. La ferme, en l'état des choses, était prospère, et de plus, son père avait depuis des années mis de côté dix pour cent du bénéfice annuel dans un fonds de roulement pour les cas d'urgence ou les années de vaches maigres. Ces fonds étaient maintenant suffisants pour faire tourner la ferme pendant cinq ans. Ce que Raine n'avait pas besoin de savoir, d'ailleurs. Il sauterait dans sa voiture pour venir immédiatement "aider" Geoff à les dépenser.

— Tu peux toujours venir me voir. J'aimerais bien te voir chevaucher.

Raine à cheval, quelle image.

— Chevaucher quoi ? Je ne chevauche qu'une seule chose, tu le sais bien.

— Si tu n'es jamais monté à cheval, tu ne sais pas ce que tu rates. Une tonne et demi de muscles chauds et trépidants entre tes cuisses. Que demander de plus ?

Ils ricanèrent à cœur joie. Geoff entendit la sonnette de chez Raine à l'autre bout de la ligne, et ce dernier dit :

— Il faut que j'y aille.

— Okay, amuse-toi bien. On se reparle bientôt.

Après avoir raccroché, Geoff se joignit à Len dans le salon.

— Où est Eli ? demanda-t-il.

— Sans doute encore à l'écurie. Tu sais bien qu'il n'en sort jamais avant qu'il fasse nuit noire.

— Je dois reconnaître que ce type bosse dur. Vraiment dur.

Len se redressa dans sa chaise.

— C'est vrai, mais je crois aussi qu'il ne sait pas quoi faire de son temps. Je pense que la vie au sein de sa communauté était très réglementée, très occupée, et maintenant, quand il a du temps libre, il l'occupe en travaillant encore plus.

Geoff hocha la tête, se demandant où Len voulait en venir.

— Tu fais un tour à cheval le matin – emmène-le donc avec toi, suggéra-t-il. Je parie qu'il aimerait ça ; ça te ferait de la compagnie, et ça lui ferait une activité en dehors du boulot.

Sa conversation avec Raine encore fraîche dans son esprit, Geoff déglutit. Mais Len avait raison, ça leur ferait sans doute du bien à tous les deux.

— Merci, Len.

Au lieu de regarder l'écran de télé, Geoff jeta un œil par la fenêtre. La lumière de l'écurie brillait encore. Il quitta le salon puis sortit dehors ; les chiens vinrent immédiatement à sa rencontre.

— Allez, venez, on va voir ce que fait Eli.

Il se dirigea vers l'écurie, les chiens remuant la queue sur les talons.

À l'écurie, il trouva Eli devant la stalle de Princesse en train d'observer mère et fils. Quand les chiens accoururent à lui, il leur sourit et se pencha pour distribuer des caresses.

— Quoi de neuf, Eli ?

Elijah leva les yeux vers Geoff.

— Je regarde juste le poulain.

— Tu sais que tu n'es pas obligé de rester ici. Tu peux entrer dans la maison.

Eli haussa les épaules

— Je sais—

— Qu'est-ce qu'il y a ? *Bon sang, mais bien sûr.* Tu as le mal du pays, c'est ça ?

Pourquoi n'y avait-il pas pensé plus tôt ? C'était probablement la première fois de sa vie qu'Eli était séparé de sa famille. Évidemment que sa maison lui manquait.

— Qu'est-ce que c'est, le mal du pays ? demanda Eli en dévisageant Geoff de ses grands yeux bleus pleins de vague à l'âme.

— C'est quand notre famille nous manque.

— Oui, j'ai le mal du pays, dit-il en baissant les yeux. C'est pas que vous n'êtes pas gentil avec moi…

— C'est parfaitement normal que ta famille te manque.

Geoff s'assit sur une meule de foin.

— La première fois que j'ai quitté la maison, c'était pour aller en camp de vacances à Stony Lake. Je ne partais qu'une semaine, mais dès que mon père m'a déposé et est reparti, je ne pensais plus qu'à rentrer chez moi. Je ne connaissais pas les autres enfants, et tout était différent, même les repas.

— Que s'est-il passé ?

— Au bout de deux heures j'ai fait la connaissance de Matt. Une heure plus tard je m'amusais tellement à nager avec les autres que j'avais oublié que ma famille me manquait. En un clin d'œil, la semaine était finie.

— Et vous étiez content quand votre père est venu vous chercher ?

— J'ai demandé si je pourrais rester une semaine de plus.

Geoff fut amusé de la surprise d'Eli.

— En fait, en une semaine, j'avais mûri un petit peu… j'avais compris que je pouvais m'en sortir tout seul, et m'amuser en même temps.

— Qu'est-ce que vous essayez de me dire ?

— Ce que je veux dire, c'est que tu devrais peut-être essayer d'introduire un peu de divertissement dans ta journée. Faire quelque chose que tu aimes... par exemple, du cheval.

Le visage d'Eli s'illumina, et Geoff ajouta :

— Je fais une promenade chaque matin. C'est une des choses que je fais par plaisir, et je me demandais si tu aimerais te joindre à moi ?

— Aller faire du cheval avec vous ?

— Ouais. Les bêtes ont besoin de bouger, et nous avons besoin de nous amuser. Rien ne t'oblige à venir si tu ne le veux pas. J'ai juste pensé que ça pourrait t'intéresser.

— Tout à fait, oui, merci.

Les chiens s'étaient installés par terre, affalés à leurs pieds les uns sur les autres.

— Est-ce qu'il y a autre chose que tu aimerais faire ? demanda Geoff.

— Mon oncle me permet de l'aider à faire le pain, d'habitude, mais je ne sais pas comment faire avec le four que vous avez ici. Le nôtre est un four à bois.

— Ce n'est pas très difficile. Tu pourrais préparer la pâte, et je t'aiderais pour la cuisson. Mon père faisait très souvent du pain, je sais qu'on a ce qu'il faut. On pourrait faire ça demain soir si ça te dit.

— C'est très gentil à vous.

Eli le gratifia d'un de ses grands sourires. Geoff se surprit à le dévisager – ses grands yeux brillants, ses lèvres voluptueuses, ses cheveux noirs qui bouclaient presque. Geoff cligna des yeux et se leva un peu trop vite, ce qui fit sursauter les chiens. Merde, merde... merde. Il allait étrangler Raine la prochaine fois qu'il le voyait.

— Rentrons à la maison. Il se fait tard, et nous devons nous lever tôt pour notre promenade à cheval.

Il fit demi-tour et quitta l'écurie. Eli le rattrapa dans la cour, et ils entrèrent ensemble dans la maison. Len était endormi dans son fauteuil. Geoff éteignit la télévision, et il se réveilla presque immédiatement.

— Et si tu allais te coucher ? lui suggéra Geoff.

Len acquiesça et se leva, lui dit bonsoir et monta à l'étage.

Ils avaient fini de déménager les affaires de Len dans l'une des autres chambres quelques jours plus tôt, et ils avaient terminé de transférer les affaires de Geoff dans la chambre principale durant l'après-midi. Geoff entendit Len entrer dans sa chambre et fermer sa porte. Eli lui dit bonsoir et monta l'escalier lui aussi ; Geoff le regarda monter puis il se tança intérieurement, et éteignit les lumières. Une fois qu'il eut bien vérifié que tout était fermé, il monta dans sa nouvelle chambre. Ses meubles y étaient, le placard était rempli de ses affaires, mais le lit était celui qui avait toujours occupé cette pièce d'aussi loin qu'il s'en souvienne, d'aussi loin que tout le monde s'en souvienne.

Debout dans l'embrasure de la porte, dans la maison silencieuse, Geoff regarda ce lit, perdu dans ses pensées. *Len et Papa avaient passé leur dernière nuit ensemble dans ce lit, en sachant que Papa n'en pouvait plus et que ce serait probablement leur dernière nuit ensemble. Que s'étaient-ils dit ? Merci pour ces vingt années d'amour – de m'aimer assez pour me laisser partir ? Est-ce qu'ils s'étaient enlacés sans ne rien dire du tout ?* Geoff ne le saurait jamais, et il ne voulait pas vraiment le savoir. *J'espère qu'un jour je trouverais un amour comme le leur.* Avec un petit soupir, il entra dans la chambre et referma la porte.

Il avait émis des réserves à l'idée de dormir dans ce lit, mais Len l'avait rassuré.

— Ce lit porte chance. Ce lit porte chance, je te le dis ! Tes grands-parents et tes arrière-grands-parents s'en sont servi, et ton père et moi nous y sommes aimés pendant vingt ans. Il y a beaucoup d'amour dans le bois de ce lit.

Geoff se déshabilla, ouvrit le robinet et avança sous le jet d'eau chaude. C'était si bon, relaxant ses muscles, délassant après une journée de travail ; son esprit se calmait enfin, et partait en vagabondages. Ses mains aussi vagabondaient, se promenaient partout. Cela faisait un moment qu'il n'avait pas fait ça, et son corps répondait à son toucher. Avec un soupir de bien-être il se pinça les tétons, puis glissa ses mains plus bas, pesant ses bourses de l'une tandis que l'autre se refermait lentement sur son sexe dans une caresse. Dieu que c'était bon. Cela faisait des semaines qu'il n'avait couché avec personne, et tout son corps fourmillait, ses bourses si pleines, si prêtes…

— Oh oui….

Il laissa son imagination conjurer des images d'hommes qu'il avait toujours trouvés sexy : des mecs grands, baraqués, musclés, aux pectoraux bien renflés, aux biceps arrondis. L'eau le martelait sans cesse pendant qu'il se titillait lentement, sensuel : doigts qui glissent de bas en haut, qui tordent ses tétons, qui s'insinuent entre ses fesses…

— Mon Dieu…

Il accéléra, mais rien ne changea vraiment. Quelque chose n'allait pas. Il n'était… pas encore… tout à fait… au point de… Puis soudain, son cerveau visualisa un corps long et fin, une peau lisse, de grands yeux bleus, une chevelure sombre…

— Oh putain…

L'orgasme le traversa avec le fracas d'un train qui s'emballe et, tout tremblant, il déchargea sa semence sur la paroi carrelée.

Geoff s'appuya contre le mur réchauffé par l'eau, pantelant, pendant qu'il se remettait de cette extase incroyable. Quand il eut repris ses esprits, il se savonna entièrement, se rinça, ainsi que la paroi carrelée, avant de fermer le robinet et de s'essuyer. Puis il retourna dans la chambre et se glissa sous les couvertures.

— Nom de Dieu, Raine, je vais te tuer pour ça.

Le diable était sorti de la boîte, cependant, et il allait bien falloir qu'il s'y fasse.

VI

GEOFF AIMAIT le matin à la ferme : le soleil entr'aperçu par la fenêtre, les odeurs de chevaux et de foin, le calme quand tout le monde est encore au lit. Repoussant les couvertures, Geoff regarda autour de lui et, l'espace d'un instant, il essaya de se rappeler où il était, ou plus précisément, pourquoi il se trouvait dans la chambre de Len et de son père. *Ah oui !* – maintenant, c'était la sienne.

Il sortit du lit et passa en vitesse à la salle de bains pour ses ablutions matinales, puis s'habilla rapidement et descendit en silence au rez de chaussée. Len n'était pas encore levé, et Geoff ne voulait pas le réveiller. Il petit-déjeuna rapidement puis sortit de la maison pour aller à l'écurie. Il fut surpris, en ouvrant la porte, d'y trouver Eli qui était déjà en train d'étriller et de préparer les chevaux pour la promenade.

— Waouh, tu n'étais pas obligé de faire ça.

Geoff attrapa les couvertures et en tendit une à Eli pour son cheval, puis il alla chercher les selles.

— Ce n'est rien. J'aime m'occuper des chevaux, et il aime vraiment qu'on l'étrille, dit Eli en désignant Kirk du menton.

Geoff posa la selle sur le dos de Kirk.

— Ça c'est sûr. Il aime qu'on s'occupe de lui.

Geoff mit le licol au cheval, puis le fit sortir de sa stalle et de l'écurie.

— J'ai pensé qu'on pourrait descendre vers la rivière, suggéra Geoff.

— Je vous suis.

Eli enfourcha son cheval et lui fit faire quelques pas dans le pré. Geoff lui emboîta le pas quelques secondes plus tard.

Kirk était nerveux, piaffant d'impatience.

— On se retrouve à l'autre bout !

Geoff éperonna Kirk et l'étalon bondit en avant, traversant la prairie comme un lièvre. Sous lui, Kirk galopait à la vitesse d'une flèche, et Geoff sentait leurs esprits se mêler, leurs corps pris par le même effort. Il le retint à l'approche de l'extrémité du pré, et se retourna pour attendre Eli, qui arrivait au galop un instant plus tard. Cela donna à Geoff l'occasion de le regarder chevaucher Twilight ; on aurait dit qu'ils volaient. Waouh, il était beau en selle... Sexy, même.

Avant qu'il ne puisse se faire lui-même des remontrances pour cette pensée, Eli s'approcha, retenant Twilight. Arborant un grand sourire, il haleta :

— Ça fait du bien !

— N'est-ce pas ? Et ce qu'il y a de mieux, c'est qu'on va pouvoir le refaire au retour.

Geoff ne pouvait s'empêcher de sourire à son tour. L'excitation d'Eli était contagieuse.

— On va les mener par la bride jusqu'à la rivière, et puis on chevauchera vers l'est un petit moment.

Geoff ouvrit la marche le long du chemin. Ils avancèrent en silence, chacun perdu dans ses pensées sous la voûte feuillue, marchant sur un tapis de petites fleurs printanières. En bas, ils s'arrêtèrent quelques minutes à écouter le bruit de l'eau, puis ils prirent le chemin qui longeait la rivière.

— L'été, quand j'étais petit, je jouais tout le temps dans la rivière.

— Elle n'était pas trop froide ?

— Si, mais j'étais un gamin. J'y restais des heures, jusqu'à ce que j'en claque des dents, poursuivit-il, le souvenir le faisant sourire. Avec Len et mon père, on descendait à cheval les jours de grande chaleur, et on se faisait un pique-nique dans la clairière là-bas. Ils bavardaient, et moi je jouais dans l'eau.

Ces souvenirs comptaient parmi les meilleurs de son enfance.

— Je donnerai tout pour pouvoir faire une dernière promenade à cheval en sa compagnie.

— Quand est-ce qu'il est décédé ?

— Il y a un mois environ. Ça faisait un moment qu'il luttait contre le cancer. Il n'avait que quarante-neuf ans.

Geoff ravala l'émotion qui menaçait de le submerger. Il regarda Eli et pouvait quasiment voir les questions qui tournaient dans son crâne.

— Je suis désolé, pour votre père. Et qu'est-il arrivé à votre mère ?

— Elle est morte quand j'étais bébé. Je n'ai aucun souvenir d'elle, rien que les quelques photos accrochées au mur du salon.

Ils arrivèrent à la clairière, et Geoff mit pied à terre. Kirk se mit à brouter flegmatiquement l'herbe fraîche, se déplaçant çà et là.

— On peut s'asseoir un peu, si tu veux.

Eli descendit de cheval, regardant autour de lui, tenant toujours les rênes.

— Ils n'iront nulle part, ils sont bien ici.

Eli avait l'air sceptique mais reposa les rênes sur la selle, et Twilight se mit à brouter, satisfaite, tout comme Kirk.

Geoff s'assit sur un rondin de bois, regardant l'eau, et Eli prit place à côté de lui.

— Je ne voudrais pas être indiscret, mais est-ce que je peux vous poser une question ?

Lentement, Geoff fit oui de la tête.

— Est-ce que Len est votre oncle ?

C'était la question que Geoff redoutait depuis un certain temps. Il avait déjà décidé qu'il dirait la vérité à Eli, mais il ne savait pas comment lui faire comprendre. Il avait fait quelques recherches sur Internet, donc il savait ce que les Amish inculquaient à leurs semblables au sujet de l'homosexualité. Pour être honnête, Geoff craignait que sa réponse ne provoque le départ d'Eli.

— Non. Len était le compagnon de mon père.

Eli ouvrit la bouche pour parler mais Geoff l'arrêta.

— Il y a une chose qu'il faut comprendre, et je vais te demander de garder l'esprit ouvert.

Eli hocha la tête.

— Len et mon père étaient ensemble. Ils s'aimaient, ils prenaient soin l'un de l'autre, et ils m'ont élevé ensemble durant presque toute ma vie.

La mâchoire d'Eli lui en tomba.

— Vous voulez dire que Len et votre père étaient des sodomites ?

— Nous utilisons le mot "gay", mais sinon, oui.

Geoff observa Eli pendant qu'il déglutissait, sans rien dire, le visage indéchiffrable.

— Je sais ce que la Bible dit là-dessus, mais il y a une autre chose qu'il faut savoir. Len et mon père se sont aimés profondément pendant plus de vingt ans. Ils se sont entraidés, se sont portés assistance quand l'un d'eux était malade, ont pris soin de moi – je ne vois tout simplement pas comment un amour tel que le leur peut être considéré comme quelque chose de mal.

— J'ai entendu parler de gens comme eux, mais je n'en avais jamais rencontré auparavant. Len semble si gentil, je…

Eli ne finit pas sa phrase. La confusion se lisait clairement sur sa figure.

— Eli, je sais que c'est difficile pour toi de concilier ça avec ce que l'on t'a toujours inculqué, mais je voudrais que tu réfléchisses à une chose.

Ces incroyables yeux bleus se relevèrent et le fixèrent d'un regard puissant comme un ouragan.

— La Bible dit beaucoup de choses sur tout un tas de sujets, mais la chose principale qui revient tout le temps, c'est que Dieu est amour. Mon père et Len s'aimaient très fort, et en définitive, le reste n'a pas grande importance.

Geoff se releva pour faire les cents pas dans la clairière, flattant le cou de Kirk au passage, tout en attendant la réaction d'Eli.

— Est-ce que ça veut dire que vous êtes… comme eux ?

— Eli, le bon mot est "gay", et, oui, je suis gay, mais ce n'est pas à cause d'eux. Ce n'est pas une chose qu'ils m'ont inculquée. C'est simplement ce que je suis, tout comme j'ai les cheveux bruns et les yeux marron. Ça fait partie de ma personne, j'ai été conçu comme ça.

Eli restait assis, l'expression de son visage indéchiffrable.

— Si ça te met mal à l'aise, je suis désolé, et si tu veux partir, je ferais en sorte que tu reçoives ta paie dès que nous serons de retour à la ferme. Je ne te le reprocherais pas. Je sais que c'est beaucoup te demander.

Geoff voyait bien le trouble dans les yeux d'Eli. Il attendit sa décision.

50

— Len et vous avez été bons envers moi, tous les deux. Et une des raisons pour lesquelles je passe un an loin de ma communauté est que certains de nos enseignements me posent problème. Papa dit que je me montre rebelle, et que mes pensées ne sont pas correctes.

— Que veux-tu dire par là ?

— Vous avez été honnête avec moi, je me dois d'être honnête avec vous.

Geoff se rassit pour l'écouter parler.

— Papa est très attaché aux coutumes d'antan. Certains dans la communauté ont le téléphone, ils prennent la voiture, mais pas mon père. Même pas pour son travail, ce qui est pourtant acceptable, selon les Aînés.

Eli baissa la tête, l'air honteux.

— Eli, tu n'as pas de quoi avoir honte. L'un des avantages d'être gay, c'est qu'on apprend à prendre et à accepter les personnes telles qu'elles sont. Je ne vais pas te juger, je te le promets.

— J'ai toujours eu des différences d'opinion avec mon père. Il dit que le téléphone, c'est mal, et qu'il ne faut jamais l'utiliser, donc il gère toutes ses affaires en personne, face à face. Je lui ai rappelé qu'il est permis d'utiliser le téléphone pour les affaires et qu'il aurait peut-être plus de travail s'il l'utilisait. Pas besoin d'en avoir un à la maison, il pourrait utiliser le téléphone commun, mais il s'est mis à crier et m'a dit de ne pas lui répondre. Comme je ne me suis pas détourné, il m'a frappé à la tête et m'a dit ne plus jamais en reparler.

— Il t'a frappé ?

— Pas fort. C'était seulement pour bien me faire comprendre que je ne devais pas discuter avec lui. Ce que je veux dire c'est que j'ai trop tendance à réfléchir, et souvent, je ne pense pas la même chose que les autres membres de la communauté. Mon père et mon oncle, celui de la boulangerie, ont décidé que je devrais passer un an au-dehors. Ils veulent que je découvre que la vie est dure en dehors de notre communauté, et que je revienne, prêt à me marier, à faire des enfants, et à reprendre l'affaire de mon père.

— Et ta mère ? Qu'en pense-t-elle ?

— Je ne sais pas. Papa régit la famille, et ma mère se plie à ce qu'il décide. Elle n'oserait pas s'opposer à lui. Elle serait traduite devant l'église et humiliée devant tout le monde.

Ça avait l'air terrible.

— Humiliée, c'est à dire ?

— Quand quelqu'un transgresse une des règles de la communauté, on le traduit devant toute la communauté, à l'église, et on expose à tous la transgression. Si la personne le refait ensuite, elle risque d'être chassée.

— Chassée de quoi ? demanda Geoff qui avait un peu de mal à le suivre.

— La communauté exclut cette personne – on fait comme si elle n'existait pas. On l'ignore complètement. J'ai vu ça une fois, il y a cinq ans. Une femme a accusé son mari de rapports conjugaux impropres.

51

Geoff ne voyait pas bien ce que ça voulait dire, mais il décida de ne pas l'interrompre. Eli développa :

— Elle l'avait surpris dans la grange, il se prenait en main.

— C'est interdit ?

Bon Dieu, Geoff était bien content de ne pas être Amish ; il avait fait ça si souvent, adolescent, qu'il aurait sûrement été exclu.

Eli fit oui de la tête.

— D'abord ils l'ont humilié à l'église, ils ont dit à tout le monde ce qu'il avait fait, mais il a recommencé. Cette fois, la communauté entière l'a exclu. Ils refusaient d'avoir quoi que ce soit à faire avec lui, sa femme ou ses enfants. Au final, ils ont quitté la communauté, enfin je crois... En tout cas je ne les ai jamais revus. Il y avait aussi des rumeurs dans la communauté, à propos d'un homme, disant qu'il était...

Eli mit du temps à choisir le mot.

— ... comme Len. Certains l'ont rejeté juste à cause de la rumeur.

— Sévère, dis donc.

En fait, Geoff trouvait ça pire que sévère. Pour les gens qui s'intégraient bien c'était sans doute facile, mais pour ceux qui ne rentraient pas dans le moule, ça devait être très difficile.

— N'allez pas croire que nous sommes tous si durs. Nous savons aussi nous amuser, et ma famille m'aime beaucoup. C'est pour ça qu'ils m'ont offert cette année loin d'eux, pour que je puisse revenir et mieux m'insérer au sein de la communauté.

Geoff regarda sa montre. Ils parlaient depuis un bon bout de temps, et ils avaient du pain sur la planche.

— On devrait rentrer.

Il se leva, attrapa les rênes de Kirk et se hissa aisément sur le dos du cheval, puis attendit qu'Eli enfourche Twilight.

— Quoi que tu décides, je respecterais ton choix.

Eli approcha son cheval du sien.

— J'aimerais rester, si c'est possible. Vous et Len avez été très bons à mon endroit... et l'un des objectifs en restant loin des nôtres pendant un an est de passer du temps auprès de gens qui sont différents de nous.

— J'en suis ravi.

Geoff l'était vraiment. Il s'était demandé comment il allait aborder le sujet avec Eli, mais apparemment le jeune homme avait bien pris la nouvelle, et désirait véritablement rester.

— Hier vous avez dit que vous pourriez me montrer comment faire marcher le four pour que je puisse faire du pain. Est-ce qu'on pourrait faire ça aujourd'hui ? proposa Eli, le regard brillant d'espoir et d'enthousiasme.

— Bien sûr. Quand on aura fini nos corvées.

Ils rebroussèrent chemin en direction de la prairie. Le soleil brillait, chaud, lorsqu'ils sortirent du bois. En arrivant au pré, Geoff regarda Eli lâcher la bride à Twilight ; le cheval partit au galop. Kirk piaffait d'envie de les suivre, et il partit en flèche lorsque Geoff lui donna le signal.

De retour à l'écurie, ils dessellèrent leurs montures et les étrillèrent, puis s'assurèrent qu'elles avaient suffisamment d'eau et d'avoine. Ils retournèrent ensuite à la maison, où Len les attendait, le petit-déjeuner prêt. Eli mangea rapidement, et repartit à l'écurie pour s'atteler à ses corvées.

Len débarrassa son assiette.

— On dirait que votre promenade de ce matin s'est bien passée. Il est si heureux qu'il ne tient plus en place.

— Il m'a demandé de lui montrer comment le four fonctionne, pour pouvoir faire du pain. Je crois qu'il a le mal du pays. C'est vrai que la promenade était exaltante… On est allés jusqu'à la clairière où papa et toi m'emmeniez enfant, pour les pique-niques.

— Je n'y suis pas retourné depuis un moment.

— Il m'a demandé si tu étais mon oncle.

— Qu'est-ce que tu lui as dit ?

— La vérité. J'avais un peu peur de sa réaction, mais je n'ai pas honte de toi, ni de mon père, dit Geoff, puis il sourit. On dirait que notre Eli est un peu rebelle. Il a très bien pris la nouvelle, et il m'a parlé un peu de lui.

— Tu l'aimes bien, hein ?

— Oui, c'est un bon gars, et il est travailleur.

— On ne me la fait pas. J'ai bien vu la façon dont tu le regardes, et les regards qu'il te lance.

Le mouvement de surprise de Geoff fut si soudain qu'il faillit se faire mal, mais Len se contenta de sourire.

— Tu ne vas pas me dire que tu n'as pas flashé sur ce jeune homme si beau, au sourire angélique… et quant à lui, il t'observe.

— Len, écoute… commença Geoff en s'apprêtant à nier fermement, mais il changea d'avis. Il fait partie de mes employés, il travaille pour moi. Je ne peux pas me permettre de penser à lui comme ça, tu le sais très bien. Et pour ce qui est de ses regards à lui, je crois que tu te fais des idées.

— Possible, mais je te connais bien. Sois prudent.

Len se leva. Sa main ferme se posa un instant sur l'épaule de Geoff, puis il sortit, appelant les ouvriers à se rassembler pour se mettre au travail.

Geoff nettoya la cuisine puis s'installa au bureau, et passa sa journée entouré de livres de comptes, qui n'étaient pas encore tous mis à jour. Len lui apporta un sandwich à l'heure du déjeuner, et il le mangea sur place, sans s'arrêter de travailler, décidé à en finir avec cette tâche. Cela lui avait pris plusieurs semaines, mais à la fin de la journée, il avait enfin tout rassemblé et saisi dans l'ordinateur. Il allait pouvoir passer plus de temps à travailler et moins de temps la tête dans les registres.

Il entendit la porte de derrière s'ouvrir tandis qu'il finissait, puis Eli qui l'appelait.

— Je suis dans le bureau.

Le chapeau à la main, Eli apparut.

— Je me demandais si c'était le bon moment...

Eli était capable de travailler jusqu'à l'épuisement mais se retrouvait tout hésitant dès qu'il demandait quoi que ce soit. Geoff savait que cela découlait de son éducation, mais à chaque fois qu'il en était témoin ça le mettait un peu en colère. Il gardait ça pour lui – en faire la remarque à Eli n'aurait servi qu'à le bouleverser, et pourrait être ressenti comme une attaque envers sa communauté.

— C'est le moment parfait. À force de passer tout mon temps dans cette pièce, j'en loucherais presque.

Il referma les livres de comptes, éteignit l'ordinateur et la lumière.

— Allons faire du pain !

Geoff mena Eli dans la cuisine, où il ouvrit des placards pour en sortir des bols, des cuillères et des verres doseur.

— Je sais que ces objets sont sans doute différents ce ceux que tu utilises. J'espère que tu y arriveras quand même.

— Oui, probablement.

Eli le regarda sortir la farine de blé complète. Ça, au moins, lui serait familier : son père l'avait achetée à la boulangerie Amish.

— Que te faut-il d'autre ?

— De la levure, du sel, du lait, un peu de sucre et de l'eau.

Geoff rassembla les ingrédients pendant qu'Eli installait tout de la façon qui lui convenait.

— Il me faut aussi une planche.

Geoff lui en sortit une du placard. Eli se mit au travail, à commencer par mesurer ses ingrédients. Levant les yeux, il sourit.

— Est-ce que vous voulez m'aider ?

Geoff lui sourit, et vint s'installer près de lui.

— Vous pouvez mesurer la farine.

Eli lui indiqua la quantité, et Geoff mesura et versa la farine dans le bol. Il avait presque fini lorsque soudain le sac lui glissa entre les doigts et répandit une poignée de farine sur le comptoir, projetant un nuage blanc qui les enveloppa tous les deux. Au soulagement de Geoff, Eli se mit à rire, et il rit aussi. Ils secouèrent leurs vêtements, mais cela ne fit que répandre de nouveau la farine dans l'air, et elle leur retomba aussitôt dessus, les poudrant de blanc.

— On dirait un fantôme, lui dit Eli en rigolant.

— Et toi, on dirait un bonhomme de neige fou.

Le rire étant contagieux, à chaque fois que l'un arrivait à s'arrêter c'était l'autre qui repartait, faisant de nouveau voler la farine. Len, qui passait par là, entra dans la cuisine, regarda autour de lui, puis ressortit immédiatement, sans dire un mot, secouant la tête.

Ils se calmèrent enfin, et la farine retomba. Les yeux d'Eli étincelaient de joie, et Geoff en eut le souffle coupé ; il se retint pour ne pas se détourner. Ce serait presque sacrilège de ne pas contempler un visage qui rayonnait tant le bonheur.

— Il faut que je débarrasse ma chemise de toute cette farine, finit-il par dire.

Ça commençait à le démanger. Geoff se déboutonna et ôta sa chemise, puis il ouvrit la porte de derrière pour la secouer dehors. Il rentra en se rhabillant, tout en regardant Eli. Len ne se trompait peut-être pas... Eli semblait le regarder de près. Une fois rhabillé, il se remit au travail et finit de mesurer la farine, tout en observant du coin de l'œil Eli, qui à son tour enlevait sa chemise pour en secouer la farine dehors. Geoff ne put l'apercevoir que quelques secondes, mais ce qu'il vit de son torse nu était parfait. *Eh bien...*

Après ça, Geoff se concentra sur sa tâche. Ils finirent de préparer la pâte et la mirent de côté pour la laisser lever. La demi-heure qui suivit fut consacrée au nettoyage de la farine qui avait volé partout, mais Geoff mit beaucoup plus longtemps que ça à se sortir de la tête l'image du torse d'Eli ainsi que son sourire éclatant.

VII

— Nom de Dieu, je suis bien content que ce soit terminé, s'exclama Geoff en entrant dans la cuisine d'un pas raide, accrochant son chapeau au crochet prévu à cet effet, près de la porte. Je vous jure, j'ai bien dû ensemencer la moitié du county de Mason dans la semaine.

Ses jambes et le bas de son dos lui faisaient mal, mais il continuait de bouger, pour éviter les crampes. Len se leva pour lui apporter une tasse de café.

— Tu t'es très bien débrouillé, le félicita Len. Après la pluie de la semaine dernière, j'ai cru qu'on n'arriverait pas à tout planter à temps, mais tu as réussi.

Geoff ébaucha le geste de s'asseoir, puis se ravisa.

— J'ai l'impression d'avoir le siège du tracteur fixé à mes fesses, mais au moins c'est fait.

En fait, il se sentait vraiment bien, comme s'il avait accompli une tâche extraordinaire. Tous les champs étaient ensemencés, et il restait encore une semaine avant le Memorial Day. Bon d'accord, il avait presque failli y rester, mais tout était prêt.

— Est-ce qu'Eli a aimé conduire le tracteur ? demanda Len.

Geoff le regarda, l'air de demander : *Et comment tu sais ça ?*

— Je vous ai vus ensemble en passant quand je suis allé en ville cet après-midi.

— Oui, je pense qu'il a apprécié. Il était nerveux au début, mais petit à petit il s'est laissé aller. Je pense qu'il aime faire des nouvelles expériences.

Eli était bel et bien un Amish rebelle.

— Tu devrais aller te mettre au lit, lui suggéra Len.

Geoff opina et se dirigea vers sa chambre. En chemin, il croisa Eli.

— Tout va bien, Geoff ? demanda-t-il, sa voix pleine d'inquiétude.

Geoff s'arrêta et se tourna vers Eli en lui souriant. Son visage angélique était visiblement tendu, ce qui le toucha.

— Je vais bien, je suis juste épuisé.

— Tu peux à peine marcher.

Eli le prit par le bras pour l'aider à atteindre sa chambre et le fit asseoir au bord de son lit.

— Tu es sûr que ça va ?

— Oui, juste une très, très grosse fatigue.

L'inquiétude sur le visage d'Eli donnait envie à Geoff de tendre la main et de l'embrasser jusqu'à ce qu'un sourire la remplace. D'ailleurs il remarqua qu'il se penchait légèrement en avant… Il se redressa. Il ne pouvait tout simplement pas prendre ce risque. Il avait passé deux semaines à faire de son mieux pour ne pas penser à Eli autrement que comme à un ouvrier agricole, et c'était de plus en plus difficile. De toute façon, il ne savait pas si Eli serait intéressé ou non, et même s'il l'était... Geoff se devait de mettre court à ces pensées. Eli n'était qu'un employé parmi d'autres, et il devait être traité comme les autres gars.

— Merci de ton aide. Tu peux y aller.

Eli se détourna pour partir et lui dit :

— À demain matin.

Lorsqu'il fut parti, Geoff sollicita de nouveau ses muscles douloureux et engourdis. Il se déshabilla et passa à la salle de bains pour se glisser sous le jet brûlant de la douche. L'eau chaude fit des merveilles pour son corps mais ne calma en rien son esprit, et ne chassa pas les pensées qui le hantaient. Il savait qu'il fallait qu'il se reprenne avant de faire quelque chose qu'il regretterait.

— Il faut que j'arrive à garder ça pour moi ; je ne peux pas passer à l'acte, quoi qu'il arrive.

Geoff sentait bien que des sentiments à l'égard du jeune Amish, angélique et innocent, étaient en train de se développer en lui – des sentiments qu'il n'aurait pas dû éprouver, et qui ne devaient en aucun cas guider ses actions.

En soupirant, il ferma le robinet et sortit de la douche pour se sécher. Pour combattre la douleur qui n'allait pas manquer d'arriver il prit un peu d'ibuprofène, puis il se mit au lit et s'endormit immédiatement, la tête à peine posée sur l'oreiller.

Il se réveilla à l'heure habituelle, son corps protestant de façon véhémente au moindre mouvement. Il ne s'était pas senti aussi mal depuis la dernière fois où il avait passé la nuit dehors à boire... et cette fois-là, au moins, il avait baisé. Il força ses jambes à bouger et se rendit à la salle de bains pour reprendre des antalgiques. Sans trop savoir comment, il réussit à s'habiller et se rendre présentable avant de se traîner jusqu'à la cuisine où, Dieu merci, l'attendait un pot de café frais. Il s'en servit une tasse qu'il but en faisant les cents pas pour se dégourdir les muscles.

Une fois sa tasse finie, il la mit dans l'évier et marcha précautionneusement jusqu'à l'écurie pour se remettre dans le bain. Il n'avait aucune intention de faire du cheval – l'idée même de tenter d'enfourcher une monture lui faisait mal aux jambes. Il aperçut un mouvement du coin de l'œil en ouvrant la porte et se dit que ce devait être Eli, s'occupant de Twilight.

C'était bien ça. Eli était dans la stalle de la jument, en train de serrer la sangle de sa selle.

— Bonjour, Eli.

Le sourire d'Eli était si éclatant qu'il illuminait toute l'écurie.

— Bonjour, Geoff. Tu te sens mieux ?

— Oui. Merci de m'avoir aidé.

Eli hocha la tête en souriant, reprenant sa tâche. Geoff approcha la stalle de Kirk, dont la majestueuse tête noire apparut dès qu'il entendit le bruit des pas.

— Bonjour, toi.

Geoff lui flatta le nez, et il s'apprêtait à lui donner une carotte lorsqu'il remarqua son mors et son licol. Jetant un œil plus loin dans le box, il vit que Kirk avait été étrillé jusqu'à ce que sa robe luise, et qu'il avait sa selle sur le dos. Comme tous les matins de cette semaine, où Kirk était déjà sellé et prêt pour sa promenade matinale lorsque Geoff arrivait à l'écurie.

— Eh bien mon gars, apparemment, on va se promener.

Il entendit Eli sortir Twilight de l'écurie, et il ouvrit la stalle de Kirk pour faire de même.

— Merci, Eli, mais tu n'étais pas obligé de le seller à ma place.

Le sourire d'Eli diminua, et Geoff sentit qu'il fallait faire quelque chose – n'importe quoi – pour qu'il redevienne éclatant.

— Il est très beau, dit-il en souriant, et Eli retrouva son sourire.

Ils enfourchèrent leurs montures, Geoff avec plus de précautions que d'habitude, et se mirent en route. Le soleil pointait à peine, et ce matin du mois de mai était frais et piquant. Ils parlèrent peu, chevauchant de concert le long de champs de fleurs sauvages et de pâturages où broutait du bétail.

Eli rapprocha son cheval près de celui de Geoff.

— Geoff, je ne sais pas comment te demander ça mais... ici, chez les Anglais, est-ce que c'est grave si on est...

Il s'arrêta, et Geoff attendit qu'il finisse sa phrase.

— Tu sais... gay ?

Ils n'avaient pas abordé ce sujet depuis leur première promenade quelques semaines plus tôt, et Geoff avait pensé que c'était parce que ça mettait Eli mal à l'aise.

— J'ai réfléchi depuis qu'on en a parlé, et je voulais te poser la question, Eli continua. Dans notre communauté, si quelqu'un était gay, on l'excommunierait... Est-ce que les Anglais font pareil ?

— C'est une question compliquée. Pendant longtemps, on pouvait être emprisonné ou tué pour son homosexualité, mais la plupart des gens aujourd'hui sont plus compréhensifs. Il y a encore des gens qui ne nous acceptent pas, et même certains qui nous veulent du mal. Mais la plupart des gens sont tolérants, et franchement, ils s'en fichent, de nos jours. Par exemple, Bosselé, Pete, et Fred étaient tous au courant pour mon père et Len. Ça leur était égal. Mais par contre, ma tante Janelle refuse toujours de l'accepter, même après tout ce temps.

— Oh.

Eli avait l'air encore plus troublé maintenant qu'avant de poser sa question.

— Laisse moi te poser une question. Le fait que moi je sois gay, ça ne te dérange pas, n'est-ce pas ?

Eli fit non de la tête.

— Et pourquoi ça ?

Eli réfléchit une minute.

— Parce que tu es gentil et que tu as été bon à mon endroit. Et sans doute parce que je pense que tu as raison ; qui nous aimons ne devrait pas avoir d'importance.

— Tu viens de répondre à ta propre question. Ce qui compte c'est d'être bon, de se soucier des autres, de traiter les autres comme nous voulons être traités nous-mêmes, avec respect et dans la dignité. Si nous faisons ça, les bons gens nous prendront comme nous sommes. Les autres peuvent bien aller au diable, dit-il en accompagnant ses paroles d'un geste du bras et en riant légèrement. Est-ce que c'est une réponse qui t'éclaire ?

Eli sourit à son tour.

— Oui.

Ils parcoururent le reste du chemin en silence. Une heure s'était écoulée lorsqu'ils revinrent à l'écurie, et Geoff se sentait nettement plus en forme. Il avait pris l'air grâce à cette promenade, et ses muscles étaient plus détendus, réchauffés. Après avoir dessellé les chevaux, ils rentrèrent pour le petit-déjeuner.

La cuisine embaumait. Geoff s'arrêta pour sentir le parfum du bouquet de fleurs des champs qui trônait sur la table. Len en ramassait toujours, à chaque printemps. Geoff était heureux de voir que Len ne s'empêchait pas de vivre. Jetant un dernier regard au bouquet, il alla à l'évier se laver les mains.

— C'est bien une odeur de pain à la cannelle et aux raisins que je sens ?

Len ne leva pas la tête, continuant à manger ses œufs.

— Ouais.

— Merci de l'avoir fait.

Le père de Geoff faisait du pain, certes, mais Len faisait un pain à la cannelle et aux raisins bon à se damner. Len lui apporta une assiette et la posa devant lui.

— Merci.

— De rien, mais ce n'est pas moi qui ai fait le pain. C'est Eli.

Geoff prit une bouchée de son pain toasté et émit un gémissement de plaisir. Le beurre et la cannelle se mélangeaient parfaitement dans sa bouche, ça avait le goût du paradis.

La porte s'ouvrit, et Eli vint se mettre à table. Len lui apporta aussitôt son assiette.

— Merci pour le pain, il est délicieux, dit Geoff.

Ça lui valut le même sourire que celui du matin, heureux et satisfait.

— Je suis content que ce soit réussi. Je n'en avais jamais fait avant.

Eli attaqua son petit-déjeuner, et Len les rejoint à table avec sa propre assiette. La conversation s'orienta vers les activités de la journée.

— Il faut que je fasse les comptes ; demain, c'est jour de paye, dit Geoff.

Len avala sa bouchée.

— Nous autres, on répare les clôtures ce matin, et cet après-midi on contrôle les troupeaux. Bosselé croit avoir vu des traces de loup, il faut qu'on aille voir ça.

— Je vous préparerai le déjeuner, annonça Geoff.

Puis il porta son assiette à l'évier et se rendit au bureau pour se mettre au travail. Il entendit les deux autres partir, et en soupira de soulagement. Puis il décrocha le téléphone et appela Raine.

— J'espère que ça vaut le coup de m'appeler à cette heure maudite.

Geoff jeta un œil à l'horloge. Il était huit heures passées.

— Je suis debout depuis plusieurs heures… Merde, j'avais oublié qu'il est une heure de moins chez toi. Raine, je suis désolé.

Un bâillement lui répondit.

— Et qu'est-ce qui est tellement important pour que tu n'aies pas la patience d'attendre une heure plus décente ?

— Raine, je ne sais plus quoi faire. J'ai tout essayé, et je n'arrive pas à me le sortir de la tête.

— Quoi ? Qui ? Geoff, mais de qui tu parles ?

— Eli.

Mon Dieu, mais quelle erreur.

— Attends, attends…

Geoff entendait presque le sourire de Raine.

— Tu m'appelles parce que tu t'es entiché de ton Eli et que ce n'est pas réciproque ?

— Non, il n'a aucune idée de ce que je pense de lui. Eli est le jeune Amish qui travaille pour moi.

— Nom de Dieu ! Est-ce que tu es en train de me dire que tu es amoureux d'un mec Amish ? Écoute, je n'ai pas encore le cerveau bien réveillé. Il est tôt. Est-ce que tu pourrais m'exposer la situation clairement, que je puisse essayer de t'aider ?

Geoff prit une longue inspiration.

— Je t'ai déjà parlé d'Eli.

— Attends un peu. Tu m'appelles, tout chamboulé, à l'aube, pour me parler d'Eli. De toute évidence, tu t'en es entiché ?

— Oui, mais il ne faut pas que je m'intéresse à lui comme ça.

— Et pourquoi pas ? Est-ce qu'il sait que tu es gay ?

— Oui, on en a parlé ensemble, je le lui ai dit.

— Est-ce qu'il s'intéresse à toi ?

— Je ne sais pas. Je ne sais même pas s'il est gay, Raine. C'est le premier problème.

Raine essaya de l'interrompre mais Geoff ne fit pas attention et poursuivit.

— C'est son année hors de la communauté Amish. S'il était seulement curieux et que je finissais par lui faire du mal ? Ou pire, s'il se passe quelque chose entre nous et que sa communauté le découvre, l'exclut, et fiche toute sa vie en l'air ?

Il s'imagina des dizaines de possibilités horribles.

— Et s'il t'aimait tout autant en retour ?

Geoff s'arrêta net. Raine enchaîna.

— Tu ne serais pas en train de te poser toutes ces questions si tu n'avais pas d'affection pour lui. Et si lui avait de l'affection pour toi ? Je sais que tu crois au grand amour. Tu en as été témoin, entre Len et ton père. Et si c'était lui, ton amour à toi ?

— Je... ne sais pas ce qu'être amoureux signifie... Pas comme ça. Je n'ai jamais eu que des liaisons sans conséquence et des histoires d'une nuit.

— Et il est peut-être temps que tu le découvres. Je ne dis pas qu'il faut se précipiter, mais je crois que tu devrais réfléchir à tes sentiments en restant honnête avec toi-même, et essayer de déterminer ce que lui ressent.

— Il est tellement innocent, si beau et si gentil. Je risquerais de l'esquinter !

— Mais non. Je te connais. Tu le chérirais, tu lui permettrais d'évoluer, de grandir, comme tu le fais avec ces chevaux que tu aimes tant.

Geoff entendait Raine se déplacer dans son appartement.

— Écoute, chéri, il faut que je me prépare et que j'aille au boulot. Je sais que ça fait cliché, mais je vais te dire d'écouter ce que te dit ton cœur. Il faut que j'y aille ou je vais être en retard. Rappelle-moi plus tard pour tout me raconter. Allez, salut.

Raine coupa la conversation, et Geoff raccrocha le combiné.

Il resta assis à son bureau, ses pensées vagabondant. Pour être franc, Eli lui plaisait... beaucoup. Son allure à cheval, son sourire, ses yeux qui scintillaient quand il était heureux.

— Et merde, je suis foutu. Si seulement je savais ce qu'il ressent.

Le "gaydar" de Geoff avait toujours été plutôt efficace, mais au sujet d'Eli, il n'était sûr de rien.

Au bout d'un moment, il réussit à se reprendre et se mit au travail, rédigeant les chèques pour la paye de ses hommes et mettant à jour les livres de comptes. Le temps qu'il finisse, il était l'heure de s'occuper du déjeuner.

À la cuisine, il prépara des sandwiches en nombre et fit du café. Il avait à peine terminé que la porte s'ouvrit pour laisser entrer les gars. Les jours de réparation des clôtures, c'était plus simple s'ils mangeaient tous à la ferme, et Geoff avait prévu une nourriture copieuse. La conversation tourna autour du boulot ; ce qu'ils avaient déjà fait, et ce qu'il restait à faire pour l'après-midi.

— Les clôtures de la prairie au bout à l'Ouest sont délabrées. Il faut absolument les réparer avant d'y mettre du bétail, dit Len.

— C'est ça qu'on va faire cet après-midi ?

Len regarda Geoff.

— "On" ? Je croyais que tu avais du travail à faire ici.

— J'ai tout fini, je pensais vous donner un coup de main.

Les hommes hochèrent la tête en souriant. Plus ils étaient nombreux, plus tôt ils termineraient.

Le déjeuner fini, Geoff empila les assiettes dans l'évier, retrouva les hommes rassemblés dans la cour, et il les accompagna à cheval jusqu'au pré en question. Ils se divisèrent en équipes : une pour creuser des trous pour les poteaux, une pour poser les poteaux et enfin une pour poser les fils de fer. Geoff et Eli étaient ensemble à la pose de poteaux ; il fallait vérifier qu'ils étaient bien verticaux avant de remplir les trous. Ça leur prit plusieurs heures de travail acharné, mais enfin la clôture fut réparée, à nouveau solide. Quand Len eut vérifié le travail, les gars remontèrent tous dans le camion pour retourner à la ferme. Ils rangèrent leurs outils soigneusement ; Len déclara officiellement la journée terminée, et tout le monde entra dans la maison pour le dîner et la partie de poker hebdomadaire.

Tout le monde sauf Eli, en fait, qui retourna à l'écurie. Geoff le suivit, un peu inquiet.

— Eli, est-ce que tu veux te joindre à notre partie de cartes ?

Eli fit non de la tête.

— Je ne peux pas. Vous jouez au poker, vous faites des paris.

Geoff opina.

— Je vois. Eh bien, tu peux quand même te joindre à nous pour le dîner, et ensuite faire ce que tu veux de ta soirée. Ou tu pourrais regarder la partie, si ça t'intéresse. Mais dans tous les cas, je préférerais que tu ne travailles pas. D'accord ?

Eli opina à son tour, et Geoff le ramena avec lui à la maison.

Tout le monde participa à la préparation du dîner et après avoir mangé, ils restèrent autour de la table à jouer aux cartes en bavardant. Eli était assis à côté de Geoff et le regardait jouer, main après main. À la fin de la soirée, tous débarrassèrent avant de partir pour rentrer chez eux. Eli dit bonne nuit et monta se coucher. Geoff se retrouva seul avec Len dans la cuisine.

— Geoff, tu n'as pas tout à fait l'air dans ton état normal ces derniers temps. Est-ce que tout va bien ? demanda Len en s'asseyant en face de lui, l'air soucieux.

— Oui, je suis juste préoccupé par un truc.

Au soupir de Geoff répondit le sourire avisé de Len.

— Ce truc, ça n'aurait pas un rapport avec Eli ?

Geoff hocha lentement la tête.

— Je n'arrête pas de penser à lui, et je crois que je suis en train de tomber amoureux, mais –

— Tu ne sais pas s'il s'intéresse lui aussi à toi ?

— Ouais.

Len se mit à ricaner, puis à rire franchement, la main devant la bouche pour éviter de faire trop de bruit.

— Nom de Dieu, gamin, qu'est-ce qu'il te faut, qu'il te l'écrive dans le ciel avec la fumée d'un avion ?

Len secouait la tête et continuait de glousser de rire, et la confusion de Geoff ne faisait que croître. Qu'avait-il donc manqué ?

— Laisse-moi voir ça. Tous les matins de cette semaine, ton cheval était étrillé et pansé à en briller de mille feux, déjà sellé, prêt à la promenade.

— Ouais, et alors ? Geoff haussa les épaules et Len fit une moue moqueuse.

— Tous les matins, quand tu descends pour le petit-déjeuner, il y a des fleurs fraîches sur la table.

— Je croyais que c'était toi, tu en ramassais toujours pour Papa.

Len fit non de la tête.

— Ce n'est pas moi. C'est Eli. Et hier, il m'a demandé quel était ton pain préféré, il a cherché une recette pour pouvoir le faire, et il te l'a fait. Tu aurais dû voir son sourire quand tu as dit que tu l'adorais.

— Où veux-tu en venir ?

Len leva les yeux au ciel avec une nouvelle moue.

— Il te fait la cour, espèce de patate.

Geoff en tomba presque de sa chaise. Impossible…

Oh bon Dieu.

Bon Dieu de bon Dieu de merde.

Geoff fit non de la tête tandis que Len lui souriait, opinant.

— Dans la culture Amish, quand on aime quelqu'un, on toilette ses chevaux pour qu'ils soient le plus beaux possible, on astique la selle jusqu'à ce qu'elle brille, et on emmène l'objet de son affection en promenade en carriole. Eli n'a pas de carriole alors il selle ton cheval et cire ta selle, il t'apporte des fleurs, il te prépare tes recettes préférées à manger.

Len se leva.

— Demain, je te suggère de faire savoir au pauvre gars que tu as remarqué ses efforts et que tu es intéressé. Parce que si ne c'est pas le cas, autant qu'il me fasse la cour à moi.

Et sur ces derniers mots, Len monta à l'étage, toujours en hochant la tête avec pitié.

VIII

SAMEDI, GEOFF se leva tôt. Très tôt : le soleil n'était pas encore levé qu'il était déjà sorti du lit, habillé, et à l'écurie.

— Super, murmura-t-il en entrant dans l'écurie toute noire. Je t'ai pris de vitesse, ce matin.

Les grandes têtes des bêtes émergeaient des stalles, et sur le chemin de la sellerie Geoff prit le temps de caresser chaque cheval. Les bêtes étaient en train de perdre leur pelage d'hiver, alors il prit une bonne étrille, une brosse douce et des gâteries avant d'entrer dans la stalle de Twilight.

— Bonjour, ma belle, dit-il en lui flatta le flanc ; sa tête se tourna pour lui lancer un regard curieux. Je sais, je ne suis pas Eli, mais tu vas devoir te contenter de moi.

Il lui donna une carotte puis la mena vers la zone réservée au pansage avant de se mettre à l'étriller. Elle aimait ça, et ondulait un peu sous la brosse.

— Oui, hein, ça fait du bien, la belle. Je sais bien que c'est agréable.

Il lui parlait pour qu'elle reste calme et pour remplir l'heure encore sombre de sons rassurants. Quand il eut fini de l'étriller, il lui passa la brosse douce pour que sa robe soit la plus belle possible. Puis il alla chercher sa couverture et sa selle et les lui posa sur le dos, attacha bien la sous-ventrière, et la ramena dans sa stalle. Il lui mettrait la bride au moment de partir.

Quand Twilight fut prête, Geoff alla chercher Kirk dans sa stalle. À son tour il l'étrilla, le brossa et le sella. Il était tout juste en train de finir lorsqu'il entendit la porte de l'écurie s'ouvrir pour laisser entrer Eli, qui sifflotait doucement.

Il l'entendit s'arrêter pour parler à Twilight.

— Bonjour, ma belle, dit-il avant d'avancer vers la stalle de Kirk. Oh, tu es là.

Eli eut l'air déçu, et il ressortit de la stalle pour retourner voir Twilight. Geoff l'entendit qui retenait son souffle sous le coup de la surprise, puis qui soupirait doucement. Geoff termina de seller Kirk, le sortit de sa stalle, et alla retrouver Twilight et Eli dehors dans l'herbe.

— Merci, dit Eli.

Ses yeux brillaient, et Geoff lui sourit, comprenant que son message avait bien été reçu.

— Je t'en prie. Merci à toi pour les fleurs et le pain à la cannelle.

Ces mots lui valurent un sourire et un scintillement heureux dans les yeux bleus d'Eli. Eli enfourcha son cheval.

— Où allons-nous, aujourd'hui ?

— Pourquoi ne décides-tu pas, cette fois ?

Geoff enfourcha lui aussi sa monture, et attendit qu'Eli ouvre la marche. Il sortit de la cour et, à la surprise de Geoff, s'engagea sur le bas-côté de la route.

— Il y a une rivière, au nord, à un kilomètre environ. En cette saison il devrait y avoir des fleurs des champs merveilleuses.

Geoff lui emboîta le pas en souriant. Au coin de la ferme ils virèrent vers le nord, suivant la route, les sabots des chevaux sonnant parfois sur l'asphalte. Il n'y avait pas beaucoup de voitures ; celles qui les doublaient étaient prudentes.

Alors qu'ils approchaient de la rivière, une voiture les dépassa soudain à toute vitesse en klaxonnant. Le bruit fit sursauter Kirk, qui se cabra, et Geoff décolla. Il était déjà tombé de cheval, et savait comment rouler lorsqu'il atterrissait, mais il était trop près du bord de la route, et il roula dans un ravin qui descendait à la rivière.

— Geoff ! s'écria Eli, apeuré.

Il réussit à s'arrêter de rouler de justesse avant de tomber à l'eau.

— Geoff, appela la voix d'Eli, paniquée. Ça va ?

Geoff avait du mal à reprendre son souffle et ne pouvait pas lui répondre ; il avait eu le souffle coupé en tombant sur le dos. Lentement, il se remit à respirer ; ses poumons se remplirent et se remirent en route.

— Je vais bien, Eli.

Je crois.

— N'essaye pas de descendre, lui ordonna-t-il.

Il entendit une voiture s'arrêter, quelqu'un qui parlait à Eli. Il fit l'inventaire de son état et découvrit qu'il pouvait bouger les bras et les jambes. Ni son cou ni son dos ne lui faisaient mal. Il allait bien. Il se releva doucement.

— Est-ce que Kirk va bien ?

— Oui, répondit Eli qui était clairement inquiet. Une dame s'est arrêtée pour nous aider.

— Bon, bien. Je vais remonter.

Une fois debout, Geoff entama la remontée du ravin. Il était couvert de boue, mais tout semblait bien marcher. Ç'aurait pu être largement pire. Arrivé en haut, il découvrit Eli tenant Twilight par la bride et, selon toute vraisemblance, sa tante Vicki tenant celle de Kirk – qui n'était pas content, secouant la tête et roulant des yeux.

— Merci de t'être arrêtée.

Geoff lui prit la bride des mains et flatta le cou de son cheval pour l'apaiser.

— Tu es sûr que ça va ? J'ai tout vu. Ce salopard ne s'est même pas arrêté !

Elle était indignée pour tout un régiment.

— Oui, je vais bien. Je n'ai mal nulle part, à part à mon orgueil.

Même peu nombreuses, les voitures continuaient de passer, et chacune effrayait Kirk un peu plus.

— On devrait rentrer. Pourquoi ne nous rejoins-tu pas à la ferme pour le petit-déjeuner ?

Sa tante acquiesça et retourna à son véhicule.

— Je vous retrouve là-bas.

Elle se mit au volant, fit demi-tour et disparut.

Geoff se mit en route.

— Il y a un chemin dans les bois qui retourne à la ferme, pas loin. On pourra remonter à cheval quand on ne sera plus sur la route.

— Je suis désolé.

Derrière lui, Eli soupira. Geoff s'arrêta net et se retourna. Le visage d'Eli était défait.

— Tu n'as pas à t'excuser. C'est de la faute du conducteur, pas de la tienne. C'est lui qui s'est mal conduit. Ne sois pas désolé.

Geoff voulait pouvoir apaiser la douleur qu'il lisait dans ses yeux.

— Mais c'est moi qui ai suggéré qu'on passe par ici.

— Eli, tu n'es pas responsable des actions des autres – seulement des tiennes. Et tu n'as rien fait de mal.

Il attendit qu'Eli arrive à sa hauteur.

— Je pense ce que je te dis. Je vais bien, et je te remercie de ta sollicitude.

Il ne put s'empêcher de tendre la main pour caresser la joue d'Eli. Puis il lui dit :

— Merci.

Ils arrivèrent au chemin et purent enfin éloigner les chevaux de la route. Kirk s'était calmé, et Geoff put l'enfourcher de nouveau. Ils parcoururent le trajet lentement. Il n'arrivait pas à oublier la sensation de la joue d'Eli dans la paume de sa main.

De retour à la ferme, ils dessellèrent les chevaux et les mirent au pré pour la journée. Geoff s'adressa à Eli :

— C'est ton jour de congé demain, et j'ai pensé qu'au lieu de faire une promenade à l'aube, on pourrait sortir après le petit-déjeuner, aller quelque part de plus chouette.

Eli acquiesça timidement, tandis qu'ils se dirigeaient vers la maison,

— D'accord.

— Alors on se retrouve dans la cour à neuf heures ? Je m'occupe de tout.

Geoff ne pouvait réprimer un grand sourire. Il venait d'avoir une idée formidable… Il était sûr qu'Eli allait l'apprécier.

À la cuisine, Geoff trouva sa tante Vicki à table, en train de boire un café.

— Je voulais te parler, dit-elle.

Geoff se servit une tasse et vint s'asseoir en face d'elle.

— Janelle m'a raconté l'incident au magasin, poursuivit-elle. Elle m'a dit que c'était toi qui l'avais provoquée.

Geoff essaya de l'interrompre mais elle le fit taire.

66

— Je sais que tu ne l'as pas fait, et je voudrais justement savoir ce qui s'est réellement passé.

Geoff soupira.

— Elle a dit des choses horribles sur Len et Papa, et puis elle m'a accusé de corrompre Joey et Eli. Papa l'a supportée pendant des années, mais je me demande bien pourquoi. Je sais bien qu'elle ne supporte pas que je sois homo.

Tante Vicki soupira à son tour.

— Il y a là toute un historique que tu ne connais pas – et que tu n'as pas besoin de connaître – mais surtout, ta tante Janelle est malheureuse et aigrie. Et j'ai toujours pris son parti… mais il va falloir qu'elle cesse, dit-elle en sirotant son café, puis elle reposa sa tasse. Je voulais que tu saches que je n'ai pas la même opinion qu'elle, et que je lui ai dit qu'il est temps qu'elle laisse tomber.

Elle se leva pour prendre congé.

Geoff était stupéfait. Merde alors. Vicki et Janelle s'entendaient comme larrons en foire depuis la nuit des temps. Il se leva aussi, et la serra dans ses bras.

— Merci.

— C'est ma sœur, et je l'aime, mais elle peut souvent être une sacrée emmerdeuse, déclara-t-elle en lui rendant son accolade. Et je veux que tu saches que cette courtepointe en patchwork n'est rien de plus qu'un symbole. Fais-en ce que tu veux.

Len arriva pour préparer le petit-déjeuner au moment où elle partait, et ils échangèrent un bref salut au passage.

— Qu'est-ce qu'elle voulait ? demanda-t-il en s'attelant à la tâche.

— Me faire savoir qu'elle n'est pas comme tante Janelle.

Geoff la regarda par la fenêtre monter dans sa voiture et s'en aller.

Les gars arrivèrent pendant qu'ils mangeaient, et Geoff leur distribua leurs chèques. Le lundi était jour de paye, normalement, mais Geoff leur avait dit que tout serait prêt samedi, au cas où ils voudraient passer les chercher. Len servit le café, et on bavarda. Il y avait des choses à faire, même si c'était samedi, mais bien moins qu'en semaine. On se partagea les corvées, et bientôt tout le monde se dispersa pour s'y mettre rapidement, histoire de pouvoir profiter du reste de la journée. Joey arriva quand les hommes partaient, et Len l'emmena pour sa leçon d'équitation.

Le reste de la journée s'écoula comme les autres samedis. Il plut dans l'après-midi, et ils passèrent le temps à regarder des films, détendus, Geoff vérifiant de temps en temps les prévisions sur la chaîne météo.

Le lendemain matin, Geoff se leva tôt, brossa les chevaux, et amena devant l'écurie son camion avec la remorque attelée derrière. Il chargea dans le camion les couvertures, les selles et les licols, puis fit monter les chevaux dans la remorque. Étonnamment, autant Kirk que Twilight acceptèrent d'y monter sans renâcler. Ils s'habituaient sans doute à Geoff, ou bien c'était l'effet des petites gâteries qu'il avait placées dans les sacs d'avoine au fond du véhicule. Il ferma les portières.

— Bonjour, Geoff, le salua Eli en jetant un regard curieux sur l'attelage des véhicules. Qu'est-ce que c'est ?

— C'est une remorque à chevaux.

Geoff vérifia que tout était bien fermé, retourna dans la maison chercher la glacière et le panier déjeuner qu'il avait préparé plus tôt, et retrouva Eli au camion.

— Monte, on va faire un tour.

Eli avait l'air dubitatif, mais il prit tout de même place dans le camion. Geoff mit le contact et sortit lentement de la propriété pour prendre la route. Il conduisait prudemment, et opta pour les petites routes de campagne jusqu'à ce qu'ils approchent de la ville. Là, il enfila Ludington Avenue et se dirigea vers le lac. Eli regardait autour de lui, attentif à tout, curieux du paysage qui défilait.

— Est-ce que tu es déjà venu par ici ? demanda Geoff.

Il hocha la tête.

— Papa n'allait jamais qu'à Scottville, et uniquement quand il ne pouvait vraiment pas faire autrement, mais l'été, mon oncle vend du pain sur la route du parc régional et je suis venu plusieurs fois avec lui.

Ils prirent Lakeshore Drive en direction du Nord.

— Est-ce que nous allons au parc ?

— Oui. Je me suis dit qu'on pourrait faire un peu de cheval sur la plage.

Le visage d'Eli s'illumina.

— Je n'ai jamais été plus loin que le point où mon oncle vend son pain.

— Alors c'est ton jour de chance. Voilà ce à quoi j'ai pensé : on se gare, on sort les chevaux, puis promenade sur la plage jusqu'au phare, pique-nique au phare, retour.

Eli était tellement excité qu'il vibrait presque sur place, et Geoff ne put s'empêcher de sourire à la vue d'une telle joie. Il leur fallut encore environ un quart d'heure pour atteindre le parc. Geoff fit signe de la main au garde posté à l'entrée en franchissant le portail, puis il alla se garer dans le premier parking.

— Le lac est juste là, dit Geoff en pointant le doigt dans la bonne direction.

Eli descendit de voiture et partit en courant. Geoff secoua la tête avec un sourire en coin et ouvrit les portières pour faire sortir les chevaux.

Eli revint, visiblement enthousiaste.

— Le lac est tellement grand qu'on ne voit pas l'autre rive !

Geoff aimait tant son innocence, la façon dont son visage s'éclairait quand il découvrait quelque chose, mais ça l'effrayait aussi un peu.

— Il y a une bassine à l'arrière du camion. Est-ce que tu veux bien la remplir avec l'eau des bidons ? Je veux abreuver les bêtes avant la promenade.

Eli s'affaira rapidement, sortant la bassine, versant l'eau dedans. Il tint Twilight par la bride tandis qu'elle buvait, et Geoff fit descendre Kirk et le fit boire aussi.

— Il va te falloir une veste ; je t'en ai pris une, elle est sur le siège arrière, dit Geoff.

68

Une fois prêts, ils rangèrent la bassine, fermèrent et verrouillèrent les véhicules, et menèrent les chevaux sur la plage.

La brise était fraîche et piquante. Ils montèrent et partirent vers le nord en longeant la plage. Tout sollicitait leurs sens : le bruit des vagues et du vent, les cris de mouette et les cornes des bateaux, les odeurs de la mer et de cheval, le soleil brillant sur les vagues et illuminant le sable… Ils chevauchaient de concert, échangeant parfois des regards pendant que leurs chevaux allaient à l'amble.

— C'est si beau… Je n'imaginais pas…

Le reste de sa phrase fut emporté par le vent, mais Geoff pouvait lire la joie sur le visage d'Eli, et lui retourna volontiers son sourire.

Sous lui, Geoff sentait que Kirk était tendu, désireux de galloper, mais c'était dangereux. Le sable cachait de nombreux objets qu'on ne pouvait voir jusqu'à ce qu'il soit trop tard, c'était trop risqué. Geoff lui parlait doucement pour l'apaiser, continûment, et il sentit que le cheval se détendait petit à petit. La tension quitta progressivement sa monture, tout comme ses propres soucis et inquiétudes se dispersaient dans le vent.

Eli montra du doigt le haut bâtiment qui se dessinait à l'horizon. Geoff retint son cheval et tous deux s'arrêtèrent.

— C'est le phare de Point Sable, lui expliqua Geoff.

— Qu'est-ce que c'est ?

— Les phares servaient aux bateaux autrefois pour déterminer leur position la nuit. Celui-ci date des années 1860. On peut aller jusque-là, et tu pourras monter tout en haut, si tu veux.

— Vraiment ?

— Bien sûr ; allons-y.

Ils se remirent en route, faisant pied à terre à la digue de pierre qui entourait le bâtiment. Eli leva les yeux pour regarder le phare.

— Il y a un escalier dedans. Je vais rester ici avec les chevaux.

Eli opina et se dirigea vers la porte. Geoff attendit, les yeux levés, et dix minutes plus tard il aperçut Eli qui lui faisait des signes au parapet. Il lui répondit, et le regarda faire tout le tour du balcon, examinant le paysage dans toutes les directions. Eli lui fit de nouveau signe avant de disparaître, puis il réapparut en bas, revenant en courant.

— C'était… commença Eli, cherchant les mots pour décrire ce qu'il avait ressenti, sans les trouver. C'était incroyable. Je ne savais pas qu'on pouvait monter si haut, et le vent – c'était comme si le vent voulait que je vole.

— Je sais. On a une très belle vue de la plage et du parc, depuis là-haut.

Le parc était étonnamment vide.

— On peut attacher les chevaux à ce poteau et s'asseoir un moment, proposa Geoff.

Eli lui sourit. Ils attachèrent leurs montures et s'assirent non loin de là, à une table de pique-nique.

— J'ai quelque chose à te dire, et tu vas peut-être trouver ça difficile à entendre… Mais je voudrais qu'il n'y ait pas de malentendu entre nous.

Eli ouvrit grand les yeux, mais il rendit à Geoff son regard, curieux de voir où Geoff voulait en venir.

— Ce n'est pas facile pour moi, continua-t-il.

— Alors parle tout simplement.

Geoff ne put retenir un sourire – une remarque digne des Amish.

— Je crois savoir pourquoi tu panses et selles mon cheval tous les matins, pourquoi tu ramasses des fleurs des champs et prépares mon pain préféré… Et j'ai besoin de te poser la question clairement : est-ce que tu me fais la cour ?

Le sourire d'Eli disparut et le rouge lui monta aux joues ; il baissa les yeux pour fixer la table. *Eh merde, je me suis trompé, et maintenant il est gêné.*

— Je m'excuse si j'ai mal agi, s'excusa Eli avant de se lever et de partir en direction du lac, tournant le dos à Geoff, les épaules basses.

— Eli… Eli, le somma Geoff en se levant à son tour et en lui mettant doucement une main sur l'épaule. Eli…

Il se retourna, les yeux brillant de larmes prêtes à rouler le long de ses joues rouges.

— Eli, tu n'as rien fait de mal. Je t'ai posé la question parce que je voulais en être sûr, c'est tout. Après tout, en t'invitant ici aujourd'hui, je te faisais la cour aussi.

— Ah bon ? demanda Eli en s'essuyant les yeux.

— Viens t'asseoir.

Eli suivit Geoff et reprit place à table, s'essuyant de nouveau les yeux.

— Je voulais juste m'en assurer. Parce qu'il y a d'autres choses auxquelles je voudrais que tu réfléchisses.

Eli opina du chef.

— Tu sais sûrement que ce que tu fais là ne sera jamais accepté par ta famille ni les autres membres de la communauté Amish. Ne t'imagine pas que je n'ai pas d'affection pour toi – j'en ai. Mais je veux que tu saches ce que tu fais, que tu aies conscience de ce que ça signifie, dit Geoff en caressant du bout des doigts le dos de la main d'Eli. Et je veux que tu me parles.

Eli releva la tête et le regarda droit dans les yeux.

— Pour te dire quoi ?

— Je veux que tu utilises des mots… Pour me dire ce que tu ressens, ce que tu crois ressentir. Il faut que je sois sûr que tu n'es pas troublé, incertain, que tu seras heureux de sortir avec moi, que c'est vraiment ce que tu désires. Ça ne fait que quelques semaines que tu es hors de la communauté Amish, et je veux que tu réfléchisses à ce que tu désires vraiment.

— Est-ce que c'est un 'non' ?

Geoff nia de la tête, sans cesser de caresser la main d'Eli.

70

— Non, je dis seulement qu'il faut que tu sois sûr de toi. Moi, je sais ce que je veux. J'en suis sûr. Mais je dois m'assurer que tu sais ce que tu veux parce que, de nous deux, tu as beaucoup plus à y perdre.

Les yeux d'Eli s'éclaircirent et son visage adopta une expression farouche que Geoff ne lui avait jamais vue.

— Tu crois que je ne sais pas ce que je veux ? Ce que je ressens ? Que je suis un gamin ignorant qui n'a pas assez réfléchi pour connaître ses désirs ?

Geoff baissa un peu les yeux.

— Non… Mais j'ai trop d'affection pour toi pour vouloir te faire du mal.

Cette conversation avait pris un tournant inattendu, mais au moins, Eli l'écoutait. Il continua de lui caresser la main ; il avait besoin de maintenir le contact. Au bout d'un moment, il déclara :

— Retournons au camion. J'ai préparé un pique-nique, et après on pourra se promener à cheval dans le parc.

Eli acquiesça de la tête et entreprit de se lever. Geoff tendit la main pour lui prendre la joue, rapprocha son visage et lui donna un unique baiser, tout doux, avant de lâcher prise.

— Tu m'as embrassé, dit Eli en souriant et en se touchant les lèvres du bout des doigts. Une fille m'a embrassé une fois, il y a quelques années.

— Est-ce que ça t'a plu quand elle t'a embrassé ?

Eli eut un sourire en coin.

— Ce n'était pas comme ça du tout, c'est sûr.

Insolent gamin Amish. Geoff leva les sourcils.

— Comme quoi ?

— Comme les feux d'artifices que j'ai vus, une fois, depuis la ferme.

Geoff ne put retenir un sourire à cette description pour un baiser si simple, bien qu'il soit forcé d'admettre qu'elle correspondait bien. Ils enfourchèrent leurs chevaux et repartirent le long de la plage en sens inverse, échangeant des sourires béats comme des gamins qui viennent de découvrir l'existence de la crème glacée. Au camion, ils abreuvèrent de nouveau les bêtes avant de les faire entrer dans la remorque. Le ciel s'était assombri, et ils renoncèrent à la promenade dans le parc ; ils rentreraient à la ferme après le déjeuner.

Geoff sortit la nourriture pendant qu'Eli vérifiait que les chevaux avaient assez d'avoine et de carottes. Le temps qu'il finisse, le pique-nique était prêt, la table mise.

— Geoff, il faut que je te dise quelque chose : les hommes Amish ne font pas la cour à la légère, de façon frivole.

— C'est ce que je pensais.

Geoff lui passa un sandwich et la boite contenant des fruits frais. Eli entama son sandwich avant de le reposer dans son assiette.

— Il y a quatre ans environ, j'étais attiré par Adam, un garçon de la ferme voisine. C'est un de mes amis, et on s'entraidait pour les corvées. C'est là que je

71

me suis rendu compte que je n'étais pas comme les autres, mais je ne savais pas qu'il existait d'autres gens comme moi. Je croyais que c'était l'œuvre du diable ou quelque chose comme ça, et j'ai tenté de changer par la prière. J'ai tant souhaité que ça change, j'aurais donné n'importe quoi pour être comme tout le monde.

Geoff ouvrit un coca et le passa à Eli, qui jeta un drôle de regard à la canette avant de boire une gorgée, puis sourit.

— Je me suis mis à lire ce qu'en disait la Bible, mais ça n'a fait que me troubler davantage. Alors j'ai décidé de ne jamais passer à l'acte, de refouler mes sentiments, tout simplement. Mais tout ce que j'ai fait c'est me réfugier dans le travail et m'éloigner des autres. À mon âge, la plupart des événements de groupe sont organisés pour permettre aux jeunes gens de se faire la cour, alors je les ai évités, j'ai continué de travailler.

— Tu as dû te sentir très seul.

— Oui, très, jusqu'à ce que je vous rencontre, toi et Len, et que je découvre qu'il y a d'autres personnes comme moi, et qu'elles peuvent être aimées pour ce qu'elles sont. Ce qui me stupéfie, c'est justement que je ne suis pas tout seul.

Eli inspira profondément, puis soupira.

— Geoff... Je m'appelle Elijah Henninger, et je suis gay.

Geoff lui caressa la joue, et ils échangèrent un sourire complice lorsque Eli blottit son visage dans la main de Geoff.

Geoff remarqua soudain que le vent se faisait plus violent.

— Désolé, mais je crois qu'il vaut mieux qu'on y aille.

Eli se leva immédiatement et se mit à ranger leur déjeuner à peine entamé, tandis que Geoff rapportait tout dans le camion. Il jeta un œil sur les chevaux une dernière fois, puis ils sortirent du parking et quittèrent le parc.

Dix minutes plus tard, ils quittaient Lakeshore Drive pour prendre la direction est, Geoff accélérant autant qu'il l'osait en direction de la ferme. Il amorça un coup de fil à Len sur son portable et le passa à Eli.

— Len va répondre. Dis-lui qu'on arrive et qu'il va nous falloir de l'aide pour faire sortir les chevaux dès qu'on sera là.

Il entendit vaguement Eli parler à Len pendant qu'il se concentrait sur sa conduite ; les rafales de vent secouaient la remorque.

Au moment où ils arrivaient, la foudre illumina la cour avec un craquement de tonnerre qui les fit vibrer. Geoff se gara devant l'écurie et courut ouvrir la remorque. Len se dépêcha de les rejoindre pour aider, faisant descendre Twilight tandis que Geoff menait Kirk à sa stalle. Len retourna fermer les portières de la remorque puis courut à la maison juste quand il se mit à pleuvoir.

À l'écurie, Geoff débarrassa Kirk de sa selle, sa couverture et son licol, et lui caressa le cou avant de quitter la stalle pour tout ranger. Eli venait de ranger la sellerie de Twilight. La pluie martelait le toit, un vrai déluge.

— Mieux vaut attendre ici que ça se calme un peu.

Eli s'approcha.

— Qu'est-ce qu'on pourrait faire en attendant ?

Il sourit, et Geoff se pencha lentement vers lui jusqu'à ce que leurs lèvres se touchent. Eli émit un gémissement étouffé quand Geoff approfondit leur baiser, un tout petit peu. Eli tenta de le serrer plus près, mais Geoff résista ; sa raison lui dictait qu'il valait mieux y aller doucement. Il se dégagea en souriant à ce visage d'ange.

— Ça s'est un peu calmé. On devrait rentrer.

Il prit Eli par la taille et l'attira dehors, où ils sprintèrent jusqu'à la maison.

Le reste de la journée fut pluvieux. Un peu avant le dîner ils enfilèrent des vêtements de pluie pour aller voir les bêtes avant de se retirer pour de bon à la maison. En fin de soirée, Geoff dit bonne nuit et monta se mettre au lit, écoutant la pluie tambouriner sur le toit. Il était en train de s'endormir quand il perçut, sans vraiment ni le voir ni l'entendre, que la porte de sa chambre s'ouvrait.

— Geoff.

Eli se tenait dans l'embrasure, en pyjama. Il referma doucement la porte et se glissa sous les draps, déformant le matelas de son poids. Geoff l'attira plus près. Bientôt, la chaleur, l'odeur et la respiration d'Eli le bercèrent, et il tomba dans un heureux et profond sommeil. C'était ce qui lui avait manqué toutes ces années : une vraie proximité, une intimité partagée, la pensée réconfortante qu'Eli était là par affection, par amour.

Geoff était cuit.

IX

GEOFF ÉTAIT à son bureau, la tête dans les nuages, rêvassant à Eli au lieu de se concentrer sur ses livres de comptes. Dehors, le soleil de ce début de mois de juin brillait. Les fenêtres étaient ouvertes et une brise agréable soufflait dans la maison. Il aurait dû être content et satisfait, vraiment, mais il était malheureux. Durant la semaine, il avait chopé un rhume on ne sait où dont il n'arrivait pas à se débarrasser. Len l'avait mis en quarantaine, et Geoff avait accepté avec réticence pour éviter de contaminer le reste de son équipe. Il entendait toute la ferme s'agiter, dehors, et ça lui donnait des picotements dans les jambes.

Une quinte de toux le secoua, et il referma le registre et éteignit l'ordinateur. Il ne risquait pas d'accomplir quoi que ce soit, de toute façon. Laissant tomber le travail, il quitta le bureau et s'allongea sur le sofa du salon, rideaux fermés, pour regarder la télé. Il n'y avait que des talk-shows stupides et il abandonna bientôt, éteignit le poste et se traîna de nouveau à l'étage pour se remettre au lit.

Les draps frais lui firent du bien quand il se glissa dessous, dans le lit qui lui semblait maintenant immense sans Eli, qui dormait avec lui presque toutes les nuits exceptée cette dernière semaine. Eli se préparait pour la nuit, puis venait rejoindre Geoff sous les couvertures. Il portait toujours un pyjama en coton ; Geoff, un pantalon de pyjama seulement. Toutes les nuits ils s'embrassaient et s'enlaçaient, mais Geoff n'essayait jamais d'aller plus loin. C'était une décision que Eli devait prendre, pas lui. Il s'était promis de respecter le rythme auquel Eli souhaitait que les choses progressent entre eux, et en avait informé Eli le lendemain matin de cette première nuit passée ensemble,.

En fait, pour être honnête, cette façon de dormir ensemble toutes les nuits était sans doute une des expériences les plus érotiques de toute sa vie. Il avait eu des rapports sexuels très sexy, très athlétiques avec des hommes très séduisants – du genre où on défonce le matelas – mais rien ne lui semblait plus érotique que cet homme si merveilleusement chaleureux, gentil, doux et innocent, avec cet esprit farouche en lui, se glissant dans sa chambre chaque soir pour venir dormir avec lui, pressant son corps endurci à la tâche contre lui, deux fines épaisseurs de coton séparant leurs peaux, son odeur emplissant le nez de Geoff à chaque respiration.

Les paupières de Geoff s'alourdirent tant qu'il les ferma, s'enfonçant dans un sommeil cahoteux et disjoint. Il se réveilla plus tard, incapable de dire quelle heure il était. Il entendait des mouvements dans la maison, et sa chambre était plongée dans le noir. Il avait enfin trouvé une position confortable, alors il resta sans bouger, laissant le sommeil l'envahir à nouveau. Il était surtout soulagé de ne plus être sans cesse en train de tousser à s'en décrocher les poumons. Cette fois il dormit sans rêver, sans penser à rien – un sommeil profond. De rares images d'Eli et de Len lui traversèrent l'esprit, et il lui arriva d'avoir l'impression de nager sous l'eau, mais très vite ce fut le noir et le néant complet.

Il ouvrit les yeux. Il faisait noir dans la chambre, et quelque chose recouvrait le bas de son visage : sa bouche et son nez. Il essaya de l'ôter mais il était trop fatigué, et il abandonna. Quelle importance, de toute façon, puisqu'il arrivait à respirer ? Tournant la tête, il discerna une silhouette sur la chaise à côté de son lit, mais il n'y comprenait rien. Pourquoi Eli serait-il assis dans cette chaise et pas endormi près de lui dans le lit ? Il essaya de parler, mais il avait la gorge trop asséchée et douloureuse pour ça. Et puis il était bien, il avait chaud… Il referma les yeux et lâcha prise.

Quand il les rouvrit, il y avait plus de lumière dans la chambre et il comprit que la chose qui lui couvrait le bas du visage était un masque à oxygène. Il était dans un lit d'hôpital. Il regarda autour de lui ; il était seul. *Je suis là depuis combien de temps ?* Il n'y avait pas grand-chose à voir, mais en levant les yeux il aperçut une horloge numérique indiquant huit heures, du matin sans doute, le dix juin. Le dix juin ! La dernière chose dont il se souvenait c'était de s'être mis au lit deux jours plus tôt. *Eh ben, je devais être vraiment très malade.*

Il entendit des pas et se tourna vers la porte. Eli entra, une tasse de café à la main. Quand il vit que Geoff avait ouvert les yeux, il la posa sur la tablette, lui sourit, et s'approcha à pas rapides du lit pour le prendre dans ses bras.

— J'ai cru… Tu as dormi tellement longtemps…

Son inquiétude et sa détresse étaient presque palpable.

La gorge de Geoff était sèche et il ne pouvait pas répondre, mais il tapota la tête d'Eli avec la main qui n'était pas attachée à la perfusion, fermant les yeux, savourant la pression des bras d'Eli qui l'enlaçaient.

— Eh bien, je vois qu'on va mieux.

Par-dessus l'épaule d'Eli, Geoff vit Len entrer dans la chambre. Len tapota gentiment l'épaule d'Eli pour le faire lâcher prise, mais Geoff fit signe que tout allait bien, et continua de caresser la chevelure sombre d'Eli de sa main libre. Eli avait eu très peur, et il avait besoin d'être rassuré. Len appuya sur le bouton d'appel et une infirmière quadragénaire au visage bienveillant arriva quelques minutes plus tard.

— Est-ce que vous pourriez prévenir le docteur qu'il s'est réveillé ?

— Bien sûr, mais je vais d'abord voir comment il va, dit-elle, puis elle toucha gentiment le dos d'Eli. Mon petit, il faut que je l'examine.

Lentement, Eli lâcha Geoff et se redressa.

— Vous nous avez fait une belle frayeur, mon garçon, poursuivit-elle en lui parlant gentiment, tout en prenant son pouls ainsi que sa température. Presque normale, c'est bien, c'est très bien.

Elle prit des notes sur un calepin puis sortit son stéthoscope pour écouter ses poumons.

— Ah, c'est bien mieux aussi.

Elle remballa son matériel.

— Je vais faire venir le docteur. Avec un peu de chance on va pouvoir vous retirer le masque à oxygène. Et je vous apporte à boire.

Geoff hocha la tête et essaya de la remercier, mais c'était trop dur, et il se contenta de lui sourire. Elle lui sourit aussi, avant de quitter la pièce.

Geoff regarda Len avec l'espoir qu'il lui explique ce qui s'était passé et pourquoi il se retrouvait là.

— On t'a trouvé dans ton lit avec une grosse fièvre, tu suais comme un fou, et on t'a emmené aux urgences. Ils t'ont tout de suite diagnostiqué une pneumonie, mis sous oxygène, et traité aux antibiotiques. Il y a deux jours de ça.

L'infirmière revint et lui ôta son masque, puis coupa l'oxygène.

— Si vous avez du mal à respirer, utilisez le bouton d'appel, je viendrai tout de suite.

Elle lui laissa un verre plein de glace pilée pour l'hydrater sur la tablette. Eli s'approcha immédiatement et s'assit au bord du lit, prenant le verre en main. Il toucha les lèvres de Geoff avec un morceau de glace. Le froid lui fit du bien, et l'eau lui glissa dans la gorge. Déglutir lui donna l'impression que les parois de sa gorge tentaient de broyer quelque chose. Malgré tout, il déglutit de nouveau... ça faisait encore mal, mais un peu moins.

Eli se pencha pour l'embrasser sur sa bouche asséchée. Geoff vit Len écarquiller les yeux, mais il ne dit rien, se contentant de sourire.

— Je...

Dieu, que ça faisait mal de parler.

— ... me suis réveillé, et j'ai vu Eli endormi sur la chaise.

Le glaçon dans sa bouche avait fini de fondre, et Eli lui en donna un autre.

— Tu m'as vu ?

Geoff fit oui de la tête.

— Mais tu n'as pas bougé de toute la nuit, s'étonna Eli.

— Je crois que je me suis juste réveillé quelques minutes... et je me suis rendormi.

Eli le serrait de nouveau dans ses bras.

— Je suis désolé de t'avoir fait peur, s'excusa Geoff.

Parler devenait moins pénible, mais il ne voulait pas en faire trop.

Len se leva.

— Il faut que je retourne à la ferme, déclara-t-il, mais je repasserai cet après-midi. Tu me diras ce que le docteur a dit et quand est-ce qu'ils pensent te laisser rentrer.

Geoff souleva la main et Len la lui prit pour la serrer, avec précaution.

— Tu nous as fait une belle frayeur, fiston, et je suis content que tu ailles mieux. Je te laisse entre de bonnes mains.

Len ne l'avait que très rarement appelé fiston, et toujours lorsqu'il était inquiet ou avait eu peur pour lui. Geoff tira un peu sur sa main, lâchant Eli, pour attirer Len plus près. Ce dernier se pencha pour serrer Geoff dans ses bras.

— On se revoit cet après-midi, dit-il avant de se redresser et de sortir de la chambre, le bruit de ses pas s'évanouissant dans le couloir.

— Est-ce que tu es resté là tout le temps ?

Geoff se sentait fatigué ; il bâilla.

Eli hocha la tête.

— Oui, ou presque. Len m'a ramené un moment à la maison hier après-midi, mais je l'ai harcelé jusqu'à ce qu'il me ramène hier soir.

Eli entreprit de reprendre place sur la chaise, mais Geoff tapota le bord de son lit, et Eli s'y assit.

— Quand je me suis réveillé, je me suis demandé pourquoi tu étais assis dans la chaise et pas dans le lit, mais je n'avais pas la force de chercher à comprendre.

Geoff bâilla de nouveau ; ses paupières s'alourdissaient.

— Tu devrais dormir.

— Et toi aussi.

Geoff se poussa un peu pour lui faire de la place sur le lit.

— Je ne peux pas, je pourrais te faire mal.

Eli commença à se lever.

— Chut, tout ira bien.

Deux chaussures tombèrent au sol, et Eli fut enfin contre lui, sa tête sur l'épaule de Geoff. Peu importe qu'il soit fatigué, et bien qu'il soit dans un lit d'hôpital, son corps réagit immédiatement ; il bougea pour éviter qu'Eli ne perçoive son excitation. Lorsqu'il eut trouvé une position agréable et convoqué des pensées désagréables pour lutter contre son agitation, il soupira, heureux d'avoir Eli près de lui, dans ses bras. Ils s'assoupirent tous les deux.

Geoff faisait un rêve délicieux. La brise tiède de l'été caressait leurs corps enlacés, les lèvres d'Eli se pressaient aux siennes ; au-dessus d'eux un immense arbre leur faisait de l'ombre, ses feuilles murmurant paisiblement, les chevaux non loin.

— Eh bien, que se passe-t-il ici ?

Il fut tiré de son rêve et projeté dans un cauchemar – éveillé – comme un diamant crisse sur un vieux vinyle. Il ouvrit les yeux pour découvrir sa tante Janelle qui fronçait les sourcils. Il les referma et compta jusqu'à dix, espérant qu'elle serait partie lorsqu'il les rouvrirait… sans succès. Eli l'avait entendue aussi et il sauta au bas du lit, cherchant ses chaussures précipitamment, rouge de honte. Geoff lui prit la main.

— Bonjour, tante Janelle.

Tante Vicki et tante Mari entrèrent dans la chambre, et Vicki posa un énorme vase de roses jaunes sur une des tablettes situées dans son champ de vision, avant de se pencher pour lui embrasser la joue et le serrer dans ses bras.

— Bonjour tante Vicki, merci d'être venue.

Elle se recula et tante Mari le prit dans ses bras aussi, et il lui murmura à l'oreille :

— Vous n'avez pas réussi à la laisser à la maison, hein ?

Elle répondit d'un murmure en l'embrassant :

— J'ai bien essayé.

Il se retint de ricaner tandis qu'elle se redressait.

— Je suis si contente que tu te sentes mieux, poursuivit-elle. Je suis venue hier, mais tu dormais, ton garde-malade dans sa chaise.

Tante Janelle s'était approprié la chaise près du lit, prenant ses aises. Eli apporta des chaises en plus pour les deux autres tantes, et se rassit sur le lit de Geoff, tout au bout.

— Les fleurs sont magnifiques, merci.

Tante Vicki sourit ; apparemment les fleurs étaient une idée à elle.

— Est-ce que les médecins t'ont dit ce qui s'était passé ?

— Ils m'ont dit que c'était une pneumonie, sans doute déclenchée par un gros rhume, mais je me sens mieux, et je ne suis plus sous oxygène depuis ce matin. Le docteur n'est pas encore passé me voir mais l'infirmière dit que je vais beaucoup mieux.

Tante Janelle intervint, comme d'habitude, avec toute la grâce d'une scie égoïne interrompant une symphonie :

— Je suis ravie que tu te portes mieux, mais ce que je voudrais savoir c'est ce que tu faisais, dans ton lit, avec lui ?

Geoff vit Eli essayer de se faire tout petit et de disparaître. Geoff décida d'intervenir :

— Tante Mari, Eli est ici depuis deux jours, est-ce que tu veux bien l'accompagner à la cafétéria ? Il doit mourir de faim.

Eli se leva, l'air abattu, misérable. Geoff lui tendit la main et il se rapprocha ; Geoff l'attira dans ses bras et lui murmura à l'oreille,

— Ce n'est pas toi. Je préfère juste que tu n'aies pas à subir sa malice, le rassura-t-il en le serrant fort. Si je pouvais t'embrasser, je le ferais.

Il se dit qu'il faudrait absolument qu'ils en parlent, une fois ses tantes parties. Eli se redressa avec un sourire timide. Tante Mari se leva elle aussi, arborant un grand sourire.

— Allons donc vous trouver à manger, on va papoter.

Elle fit un clin d'œil à Geoff tandis qu'ils quittaient la chambre.

— Vas-tu donc répondre à ma question ? Est-ce que ce garçon et toi êtes... ensemble ?

Janelle grimaçait comme si ça puait le poisson pourri. Geoff reposa la tête sur l'oreiller et contempla le plafond pendant qu'il considérait sa réponse.

— Alors ? pressa-t-elle, sa voix se faisant stridente.

— La réponse à cette question, ainsi que toute autre question ayant trait à ma vie privée, ne te regarde absolument pas.

— En tant que sœur de ton père, ça me regarde tout à fait !

Son ton hautain lui portait sur les nerfs.

— Mais pas du tout. Ma vie privée ne te regarde pas, la ferme ne te regarde pas, et Eli ne te regarde certainement pas.

Geoff se tourna vers tante Vicki.

— Je n'ai pas encore eu l'occasion de voir Jill et Chris. Comment vont-ils ?

Le visage de Vicki s'illumina.

— Je pense que Jill va bientôt se fiancer, mais je crois que tu le sais déjà… Chris entre en deuxième année à l'université.

— Tu devrais leur dire de passer à la ferme un de ces quatre. On ira se promener à cheval. Toi aussi d'ailleurs – si je me souviens bien, tu étais bonne cavalière.

Ces mots lui valurent le sourire d'une tante et une mine renfrognée de l'autre, mais Geoff ignora résolument Janelle au profit de tante Vicki. Il se renfonça dans son oreiller tandis qu'elle lui racontait quelques exploits de jeunesse accomplis en compagnie du père de Geoff. Mari et Eli revinrent bientôt, et Geoff tapota le bord du lit. Eli s'assit tout près, avec un grand sourire. Geoff devina que sa conversation avec Mari s'était bien passée. La visite dura encore une demi-heure, et Janelle finit même par se détendre un peu et se joindre à la conversation.

Quand Geoff se sentit fatigué, ses tantes se levèrent pour partir. Janelle le salua très brièvement et quitta la pièce, tandis que Mari et Vicki prenaient leur temps. Vicki le serra dans ses bras et promit de venir le voir à la ferme avec sa famille. Mari fit de même et lui dit :

— Tu sais que ce n'est pas fini, avec Janelle. Elle ne fait que ronger son frein. Sa rancune n'a pas de borne.

— Je sais.

— Ne t'inquiète pas, je te préviendrai si j'entends quoi que ce soit.

Après un dernier au revoir, elles partirent.

Le docteur arriva quelques minutes plus tard.

— M. Laughton, je suis le docteur North. On dirait que vous allez beaucoup mieux.

Il vérifia le dossier de Geoff, puis tira le rideau autour du lit pour le fermer, laissant Eli à l'extérieur. Il palpa Geoff et écouta sa respiration.

— Vous allez bien. On va vous enlever la perfusion et vous servir le dîner. Il devrait être possible de vous décharger demain, si vous promettez d'éviter toute activité pendant une semaine.

— Est-ce que je peux aller me promener ? demanda Geoff, impatient de reprendre leurs promenades matinales.

— Une promenade en voiture ne devrait pas poser de problème.

Le docteur n'avait pas levé les yeux de ses notes.

— Non, à cheval.

La surprise se peignit sur le visage de l'homme.

— Tant que ce n'est pas trop fatiguant, ça devrait aller. Mais dans tous les cas, pas avant deux ou trois jours.

Geoff opina de la tête, et le docteur remonta ses couvertures avant de repousser le rideau contre le mur.

— Je repasserai demain matin, et je verrai si on peut vous renvoyer chez vous.

— Merci.

Le docteur repartit. Un peu plus tard, un repas fut servi à Geoff. Il mourait de faim, et, étonnamment, la nourriture n'était pas mauvaise.

— De quoi avez-vous parlé avec tante Mari ?

Eli reprit sa place sur la chaise.

— De toi, surtout, et de ta tante Janelle. Mari m'a dit de ne pas l'écouter, qu'elle est juste très amère.

— Elle l'est, confirma Geoff en ne s'arrêtant pas de manger, tout à sa faim soudaine et dévorante. Je ne voulais pas que tu penses que je ne voulais pas de toi ici, mais je ne voulais pas non plus qu'elle soit méchante avec toi. Elle a bien essayé, mais je ne l'ai pas laissée faire.

Geoff caressa le bras d'Eli.

— Elle peut être vraiment rancunière et vindicative, termina-t-il.

— Je te crois sans problème. Elle a le même air que Papa quand il veut nous faire comprendre qui est-ce qui commande.

— C'est tout à fait ça. Janelle a l'habitude de commander, et si les gens lui résistent elle complote ou les intimide jusqu'à ce qu'ils cèdent.

En son fort intérieur, Geoff se demanda ce qu'elle allait tenter maintenant. Il finit son repas, puis l'infirmière revint pour lui retirer la perfusion et lui apporter à boire. Après son départ, Geoff demanda à Eli de pousser la porte un peu pour avoir moins de bruit.

— J'ai tellement sommeil.

— Alors repose-toi. Je serai toujours là quand tu te réveilleras.

Geoff tendit la main pour qu'Eli la lui prenne, et il se rendormit en pensant avec plaisir au moment où, de retour à la maison, il pourrait enfin prendre Eli dans ses bras comme il le voulait.

X

GEOFF ÉTAIT impatient… très, très impatient. Il venait de passer trois jours, trois glorieux jours d'été, enfermé à la maison. Il voulait faire un tour à cheval et passer du temps avec Eli, mais surtout, surtout, il voulait sortir de la maison. Il avait déjà fini de saisir dans l'ordinateur tous les comptes de la ferme et mis tous les registres à jour. Et au-delà de tout, il en avait marre de dormir seul. Il n'avait pas pu prendre Eli dans ses bras comme il le voulait depuis cet après-midi à l'hôpital où ils avaient fait une sieste ensemble.

Sa dernière nuit à l'hôpital, il avait fallu qu'il convainque Eli de retourner à la ferme avec Len au lieu de passer une troisième nuit à dormir dans la chaise. *De toute façon, maintenant qu'il avait repris conscience, il doutait que l'hôpital autorise Eli à rester.*

Il entendit la porte de derrière s'ouvrir et se refermer, suivi d'un bruit de pas, et le lumineux visage d'Eli apparut dans l'embrasure du bureau.

— Qu'est-ce que tu fais debout ? Tu es censé rester au lit.

— Je n'en peux plus ! Et puis je ne fais rien de fatigant, juste de la compta.

Mais Geoff leva néanmoins les mains en l'air, faisant le geste de se rendre. Son amoureux Amish, plutôt silencieux, désireux d'éviter tout conflit, s'était immédiatement transformé en adjudant à la minute où Geoff était rentré de l'hôpital : vérifiant qu'il prenait bien ses médicaments, qu'il se reposait, et qu'il obéissait en tout point aux instructions du docteur. L'expression sévère d'Eli se radoucit.

— Ne te fatigue pas. Je veux que tu ailles mieux.

Ses yeux bleus scintillèrent de malice.

— Si tu es sage et que tu te reposes, peut-être que demain on pourrait aller faire un tour…

Alléluia ! De l'air frais, l'occasion d'enfourcher Kirk, peut-être même un moment seul en compagnie d'Eli. C'était presque assez pour le persuader de passer le reste de la journée au lit… Presque. Il se sentait bien, il respirait sans encombre et n'avait pas le souffle court.

— Okay, je vais y aller mollo, c'est promis.

Eli le rejoint au bureau et se pencha.

— Bon, puisque tu promets d'être sage…

Il l'embrassa, sa langue caressant les lèvres de Geoff jusqu'à ce qu'elles s'écartent. Leurs baisers avaient toujours été doux, tendres, et initiés par Geoff, mais celui-ci fut différent. Qu'Eli prenne l'initiative était incroyablement sexy, et nom de Dieu, il savait embrasser. Le baiser s'approfondit, Geoff sentit la main d'Eli sur sa nuque et ne put retenir un gémissement. Eli se retira, ses yeux ressemblant à deux lacs profonds.

— N'oublie pas ta promesse.

Si c'était ça la récompense qu'on obtenait en étant sage, nom de Dieu, Geoff allait se tenir comme un ange.

Il éteignit l'ordinateur et rangea les registres avant d'aller s'installer au salon devant la télévision. Il fit une sieste de quelques heures devant les talk-shows de la fin d'après-midi.

L'odeur du dîner en provenance de la cuisine le réveilla, ainsi que la sensation de quelqu'un qui s'asseyait sur le sofa. Il pensait que c'était Eli, mais lorsqu'il ouvrit les yeux c'était Len qui se penchait sur lui.

— Le dîner sera bientôt prêt.

Geoff hocha la tête et se redressa.

— J'ai réfléchi à quelque chose… Avant, on élevait un bouvillon de concours qu'on présentait à la foire du canton.

— Oui, c'est une des choses qu'on a laissé tomber quand ton père est tombé malade. Pourquoi ?

Geoff remuait sur le canapé, cherchant une position confortable.

— Je crois que j'aimerais qu'on recommence à le faire.

— Est-ce que tu veux bien partager toute l'étendue de ta pensée sur le sujet ?

Geoff réfléchit à voix haute, exposant à Len le plus gros de son idée.

— Je pense que c'est une très bonne idée, dit Len. On va lui en parler et voir si ça l'intéresse.

Il tapota l'épaule de Geoff avant de repartir.

— Oh, et j'ai appris que les Winters cherchent à vendre leur champs et leurs pâturages.

Les champs des Winters étaient mitoyens de nombreux champs à eux, et seraient de belles acquisitions pour la ferme.

— Demande combien ils en veulent, dit Geoff, je ferai des calculs pour voir combien on peut se permettre de payer… Et on verra si c'est raisonnable ou non, financièrement.

Len lui sourit avec fierté tandis que Geoff se levait et retournait dans son bureau pour se mettre à calculer tout ça.

Le dîner se passa calmement, mais Geoff remarqua qu'Eli lui lançait des regards et des sourires, l'air de dire : *je sais quelque chose que tu ignores…* Cela éveilla sa curiosité. Après avoir mangé, Geoff insista pour participer au débarassage, et il essuya la vaisselle avant de monter se coucher.

Il venait d'éteindre la lumière et de se mettre au lit quand sa porte s'ouvrit ; un rai de lumière brilla l'espace d'une seconde avant de disparaître.

— Eli ?

— Oui, Geoff, c'est moi.

Il faisait si noir qu'il ne voyait quasiment rien, mais il sentit le moment où Eli s'assit sur le lit. Eli souleva les couvertures et vint blottir son corps tout près du sien. Ses mouvements étaient différents de d'habitude. Par le passé, Eli avait toujours fait attention de cacher à Geoff son excitation, mais cette fois-ci Geoff sentait le sexe d'Eli contre le sien, de taille conséquente.

— J'ai bien cru que j'allais te perdre, et je me suis juré que si tu guérissais, je te montrerais… je te montrerais à quel point… dit Eli d'une voix chancelante. … À quel point je t'aime.

C'était à peine plus qu'un murmure. Geoff sentit son corps se contracté ; Eli venait de lui déclarer son amour. Lui-même savait, depuis un petit moment déjà, ce qu'il ressentait pour Eli.

— Moi aussi, je t'aime.

Il le lui avoua sur le même ton, un murmure intime et tendre, rien que pour lui.

— Pourquoi tu ne me l'as pas dit plus tôt ? demanda Eli.

Geoff ne voyait pas son visage dans le noir, mais il pouvait sentir son souffre contre ses lèvres.

— Je craignais de te faire peur, et je ne voulais pas te mettre la pression.

Geoff s'attendait à un baiser, mais il reçut au contraire une tape sur l'épaule.

— Et voilà, une fois de plus tu penses que je ne suis qu'une petite fleur des champs fragile que tu dois protéger, dit Eli, le ton de sa voix s'étant un peu durci. Mais ce n'est pas vrai. Il y a des choses que j'ignore, et où j'aurais besoin de ton aide, mais je ne suis pas fragile, et je n'ai pas besoin qu'on me protège, en tout cas pas de toi.

Pour souligner ses propos Eli embrassa Geoff avec fougue, avec force, lui suggérant ce qu'il désirait sans aucun malentendu possible. Geoff reçut le message cinq sur cinq et lui rendit ses baisers passionnés. Eli le manœuvra de telle sorte qu'il soit allongé sur le dos, Eli au-dessus, lui coupant le souffle avec ses baisers fougueux, pressant et frottant son corps qui vibrait d'excitation contre celui de Geoff.

— Je veux te voir.

— Tu veux allumer la lumière ? dit Eli sur un ton scandalisé.

— Non, mais… attends, laisse-moi bouger.

Eli se décala et Geoff se leva, se dirigeant à tâtons vers la commode. Il y trouva les allumettes qu'il gardait en cas de panne d'électricité, en craqua une et alluma la petite bougie posée sur la commode. Elle illuminait juste assez la chambre pour faire briller les yeux d'Eli. Geoff revint au lit.

— Où en étions-nous ?

Il attira gentiment Eli sur lui, et Eli se pencha pour prendre ses lèvres à nouveau, reprenant là où ils s'étaient arrêtés. Hésitant, Geoff glissa une main lentement sous le haut de pyjama d'Eli, caressant du bout des doigts le bas de son dos.

— Je peux ?

Eli lui répondit par un baiser ardent, se trémoussant contre lui, et Geoff l'enserra dans ses bras et glissa les deux mains sous le tissu de son pyjama pour caresser son dos puissant et en apprendre les contours, traçant chaque muscle, chaque courbe de ses doigts. Les petites bosses de ses vertèbres, les fossettes au bas de ses reins, la courbe de ses omoplates, tous glissèrent sous la caresse de ses doigts tandis que Geoff prenait la mesure de cette étendue de peau si douce, si souple, qu'il avait tant désiré toucher depuis cette vision fugace des semaines auparavant. Son corps lui criait d'aller plus vite, plus loin, son désir s'intensifiant, mais il le refoula, se contrôla pour rester calme en se rappelant que c'était la première fois pour Eli, et qu'il voulait – qu'il fallait – que ce soit spécial, exceptionnel... ce qui demandait de la patience.

Eli l'embrassait toujours et se lança dans sa propre exploration, ses mains chaudes caressant le torse nu de Geoff, glissant le long de ses côtes. Geoff saisit l'ourlet du haut de pyjama d'Eli et tira vers le haut. Eli se sépara de lui juste le temps de le retirer. Ses lèvres revinrent immédiatement sur celles de Geoff, son baiser plus ardent encore, sa langue agile tandis que leurs poitrines se pressaient l'une contre l'autre avec une sublime sensation de peaux qui se touchent. Geoff enveloppa Eli de ses bras et l'attira encore plus près, tenant sa tête d'une main glissée dans ses cheveux bruns, mordillant tendrement ses lèvres.

Geoff se redressa lentement.

— Allonge-toi, chéri, demanda-t-il à Eli.

Sa bouche descendit lentement le long de son cou jusque dans le creux de l'épaule avec des petits coups de langue, et lorsqu'il se mit à sucer et lécher cette zone, Eli gémit doucement à son oreille. Geoff descendit, parsemant la poitrine d'Eli de baisers, savourant sa peau si douce puis capturant entre ses dents un de ses tétons durcis.

— Oh putain... tes tétons sont parfaits.

Geoff mordilla et lécha ce petit téton si tendu, et Eli commença à en vibrer d'excitation dans ses bras. Sa peau avait un goût merveilleux, sucré-salé, avec une pointe de musc et de sueur.

— Geoff...

Il lui sembla qu'Eli prononçait son nom – ce que sa bouche émit ressemblait plus à un cri de plaisir étouffé. Il releva la tête pour vérifier qu'il ne lui faisait pas mal.

Eli le regarda, les yeux écarquillés.

— Pourquoi tu t'arrêtes ? geignit-il, soulevant sa poitrine contre le visage de Geoff pour en demander encore.

— Je ne voulais pas te faire mal, mon tigre.

Eli se tortilla quand Geoff dessina des lèvres une ligne de baisers en se dirigeant vers son deuxième téton, autour duquel il dessina des cercles à l'aide de sa langue avant de donner un coup de langue rapide sur son téton durci. Eli se trémoussait contre lui, le souffle court, gémissant de plus en plus. Si Geoff avait un fétiche, c'était bien les tétons – des petits tétons bien fermes, juste assez grands pour qu'il les chatouille de la langue – et ceux d'Eli étaient absolument parfaits. Et mieux encore, Eli était apparemment très sensible.

Geoff sentit Eli poser les mains sur ses épaules, puis il fut repoussé contre l'oreiller. Il attira Eli avec lui. Une bouche s'attaqua à un de ses tétons, à l'aide de la langue et des dents, lui faisant subir exactement le même traitement qu'il avait infligé à Eli.

— Oui !

Encouragé, Eli le mordilla un peu plus fort tandis que Geoff frémissait.

— Sois prudent avec tes dents, léger.

Eli obéit, et Geoff crut qu'il allait exploser.

— Oh, ouiiiii !

Il sentit le sourire d'Eli contre sa peau tandis qu'il changeait de côté, raclant légèrement de ses dents le deuxième petit bouton ; Geoff en reçut comme une secousse qui courut le long de ses nerfs jusqu'à l'entrejambe.

— Mon tigre, c'est incroyable…

Eli continua de faire tourner sa langue autour du téton de Geoff tout en insinuant ses mains sous lui et dans son pantalon de pyjama pour lui saisir les fesses. Geoff prit son visage entre ses mains et l'attira près de lui pour l'embrasser fougueusement avant de les faire rouler sur le matelas. Profitant d'un autre baiser, il se décala un peu pour faire courir ses mains sur les hanches d'Eli et retirer son pantalon de pyjama. Une fois la tâche effectuée, il s'assit sur ses talons pour le regarder.

Eli était encore plus beau que Geoff l'avait imaginé. Une peau lisse d'un rose pâle, agrémentée de touffes de poils bruns là où il faut, une verge longue et charnue qui se recourbait vers son nombril, et des muscles endurcis au travail palpitant juste sous sa peau.

— Montre-moi ce que tu aimes te faire, mon tigre.

Geoff caressait la peau douce de ses grandes jambes puissantes ; Eli le regardait de ses grands yeux écarquillés.

— Qu'est-ce qu'il y a ? interrogea-t-il Eli.

— Je ne l'ai jamais fait. Enfin, bon, une ou deux fois peut-être.

Soudain, une expression que Geoff ne pouvait qualifiée que de "honteuse" se dessina sur le visage angélique d'Eli.

— La honte n'existe pas ici, pas dans cette maison, et encore moins dans mon lit, dit Geoff en se penchant pour embrasser et lécher un des creux de son pubis. Il n'y a rien de honteux à exprimer son amour, poursuivit-il en embrassant Eli jusqu'au genou. Rien ici n'est honteux, insista-t-il en remontant le long de son corps, déposant des baisers sur son chemin. Rien du tout.

Ses lèvres arrivèrent à l'aine d'Eli, et il fit courir sa langue le long de son sexe avant d'envelopper de la main le membre rigide, chaud et velouté. Il fit bouger sa main lentement, observant le prépuce glisser sur le gland puis se retirer.

— Tellement beau.

Geoff se pencha de nouveau, ses lèvres presque au contact du gland. Eli en eut le souffle coupé, et haleta

— Mais qu'est-ce que tu fais ? s'exclama-t-il alors que Geoff ouvrait la bouche pour l'engloutir.

Il descendit jusqu'à la base, ouvrant sa gorge pour pouvoir le prendre tout entier, et Eli émit toute sorte de halètements. Geoff remonta puis redescendit, cette fois avec une forte succion, savourant le goût acidulé et salé de son amant.

— Je peux ? gémit Eli lorsque Geoff glissa ses mains sous ses fesses pour l'encourager à bouger, et Eli se mit à donner des petits coups de reins sans cesser ses gémissements de plaisir.

Geoff sentait bien qu'Eli n'allait pas tarder à jouir ; ses plaintes montaient dans les aigus et se faisaient plus fortes. Geoff était transporté d'entendre Eli faire tout ce bruit.

Eli se mit à trembler, se retenant, mais son besoin était trop puissant et il finit par jouir, frissonnant, larmoyant, laissant enfin libre cours à des années de désir refoulé. Geoff ne voulait pas manquer une goutte et il avala encore et encore alors qu'Eli tressautait sous lui.

— Je suis là... le rassura Geoff, l'encourageant à se détendre, à reposer la tête sur l'oreiller, et le prit dans ses bras. Tu es si beau quand tu jouis.

Eli reprit son souffle progressivement et il se mit à frétiller contre Geoff... puis il le poussa à son tour contre l'oreiller avant de l'assaillir de baisers sur la bouche, dans le cou, sur la poitrine. Il continuait de descendre, et Geoff sentit des doigts qui l'encerclaient, montant puis redescendant en lui serrant le sexe.

— Est-ce que ça te fait du bien ?

La langue d'Eli courut sur toute sa longueur, hésitante, puis il lécha le gland et le prit entre ses lèvres.

— Sois prudent, mon tigre.

Geoff respirait à peine. Il avait pensé qu'Eli serait plus réticent que ça, et voilà qu'il méritait effectivement bien le surnom que Geoff lui avait choisi. Eli continuait d'en prendre de plus en plus dans sa bouche, suçant fort.

— Bon Dieu.

L'humidité chaude le serrait, le possédait, l'attirait plus loin ; Eli suçait fort avant de le relâcher puis recommençait sans cesse. C'était sans finesse, mais son enthousiasme rendait Geoff fou. La pression interne de l'orgasme montait très vite.

— Eli...

Sa jouissance lui échappa en un clin d'œil, et il n'eut pas le temps de prévenir Eli avant de se vider dans sa bouche. Geoff sentit qu'Eli avalait, mais c'était trop pour lui. Il se redressa à genoux sur le matelas, souriant, s'essuya la bouche de la main et puis se la lécha. Geoff émit un grognement – quel spectacle décadent. Nom de Dieu, et dire qu'il avait cru qu'Eli serait timide... Il se retrouvait au lit avec un quasi-dévergondé plein d'initiative.

Geoff s'écroula sur l'oreiller et Eli l'embrassa tendrement.

— Quand est-ce qu'on recommence ?

Geoff jeta un œil vers le bas et, effectivement, Eli était déjà prêt à repartir. Geoff lui sourit.

— Okay, tigre, allonge-toi sur le dos.

Le matelas tangua quand Eli se dépêcha d'obéir. Geoff prit place entre ses jambes écartées.

— Je te donne pour mission de me dire ce que tu aimes.

Eli, les yeux écarquillés, fit oui de la tête. Geoff s'installa entre ses longues jambes et prit dans sa bouche une des bourses d'Eli, et bientôt les deux. Eli émit immédiatement des murmures de plaisir. Geoff lâcha ses bourses dodues et lui souleva les genoux, poussant ses jambes repliées contre sa poitrine. Il se pencha pour lui lécher la raie.

— Geoff –

— Tu aimes ça ?

— Oh mon Dieu… oui.

Geoff continua, sa langue descendant de plus en plus bas, s'approchant lentement de sa destination ultime.

— Tu es sûr ?

Eli rejeta la tête en arrière et gémit doucement quand la langue de Geoff dessina un cercle autour de son orifice, puis titilla sa peau plissée. Eli en devint fou, donnant des petits coups de reins pour se rapprocher de la figure de Geoff et respirant par à-coup.

— J'en déduis que tu aimes ça…

Geoff n'obtint qu'une réponse inintelligible et poussa sa langue plus loin, fermement. Il prit la main d'Eli et la lui plaça sur le sexe, et Eli se mit à se masturber tout en gémissant et en geignant tandis que Geoff le perçait encore et encore de sa langue. Ses muscles se contractèrent et tout son corps se raidit.

— Je t'aime.

Geoff fixa le visage d'Eli, et regarda son tigre droit dans les yeux pendant qu'il prenait sa jouissance, se couvrant de semence en rubans tout en lui faisant une déclaration d'amour.

Geoff déplia les jambes d'Eli sur le matelas et se dirigea vers la salle de bains, d'où il revint avec un linge mouillé d'eau chaude et une serviette. Il nettoya tendrement Eli et le sécha, puis lança les deux linges dans la salle de bains. Quand il se retourna, Eli était en train de se lever pour retrouver son pyjama. Geoff l'arrêta en le prenant dans ses bras.

— Tu n'en as pas besoin… Viens te coucher avec moi.

Eli acquiesça et Geoff l'attira dans le lit. Ils se glissèrent ensemble sous les couvertures et Eli se blottit tout contre Geoff. La chambre étant de nouveau silencieuse, ils entendaient les bruits nocturnes du dehors. La brise d'été leur apportait par la fenêtre le bruit des criquets, qui leur servit de berceuse.

XI

Geoff se réveilla nimbé de la lumière matinale qui pointait par la fenêtre et tout enveloppé de la douce chaleur de son amant endormi près de lui – son nouvel amant, si beau, si tendre et si sexy. La lumière lui donna enfin l'occasion de l'admirer dans toute sa gloire. Des jambes longues et puissantes, couvertes d'un duvet de poils sombres, des fesses bien hautes, fermes, aux fossettes ravissantes, douces et lisses au toucher, et un dos musclé irradiant la chaleur. Geoff roula sur le côté et Eli se blottit, dos contre sa poitrine ; l'érection de Geoff s'inséra doucement entre les fesses de son amant tandis qu'il lui caressait la poitrine et le ventre.

Eli tourna la tête.

— Bonjour.

— Bonjour, mon tigre, dit Geoff en l'embrassant tendrement et Eli lui sourit. J'adore te sentir contre moi.

La main de Geoff qui se promenait sur la poitrine d'Eli descendit le long de son ventre et caressa son érection. Eli geignit doucement et remua des hanches pour offrir à Geoff un accès plus aisé.

— Tellement beau ; j'adore ces bruits que tu fais rien que pour moi.

Geoff fit un nouveau mouvement et lui passa le pouce sur le gland ; Eli se mit à onduler. Geoff se rallongea, encourageant Eli à se retourner et à s'allonger sur lui, leurs lèvres se touchant, leurs corps connectés de la tête aux pieds. Eli ondulait doucement, et leurs sexes se frottaient l'un contre l'autre.

— Mon tigre, si doux.

Eli gémit et remua, l'embrassant fougueusement, et Geoff continua de le caresser et de le cajoler sans pouvoir se lasser de cet homme si merveilleux qui se jetait à corps perdu dans l'amour. Eli faisait presque des bruits de chaton, gémissant doucement de plaisir, et Geoff se mit à faire du bruit lui aussi, rendu fou par la sensation de la peau d'Eli contre la sienne.

— Geoff, je vais…

Geoff fit glisser ses doigts le long du dos d'Eli, puis sur ses fesses, et il introduisit un doigt entre les fesses et pressa doucement contre son orifice.

— Geoff ! cria Eli, en rejetant la tête en arrière tandis qu'il éjaculait entre eux.

Geoff lui emboîta aussitôt le pas. Il enlaça Eli et l'apaisa par ses caresses, câlinant son tigre et le couvrant d'amour et de baisers pendant qu'il redescendait de son petit nuage orgasmique. Puis leur parvint le bruit de quelqu'un bougeant dans la maison. La rêverie interrompue, Eli, nerveux, se mit à gigoter.

— Tout va bien, détends-toi, lui dit Geoff.

— Mais Len…

Geoff ne put retenir son sourire.

— Je pense qu'il est déjà au courant.

Le regard d'Eli, tout à la porte, revint sur lui.

— Nous n'avons pas été extrêmement discrets la nuit dernière, ni ce matin d'ailleurs.

Eli se mit à rougir mais Geoff l'embrassa, faisant glisser leurs lèvres ensemble.

— Aucune honte, souviens-toi.

Geoff lui-même ne savait pas vraiment comment se sentir concernant le fait que Len les entendent faire l'amour, mais il ne voulait pas le montrer à Eli.

Lentement, ils se levèrent. Geoff ramassa la serviette qu'il avait utilisée la veille et essuya le ventre d'Eli, puis le sien. Eli ramassa son pyjama qui traînait par terre et l'enfila, puis lui vola un baiser et quitta la chambre. Geoff sifflotait lorsqu'il entra dans la salle de bains pour ses ablutions. Regardant la douche, il eut soudain un flash d'Eli et lui ensemble sous le jet... une image mentale qu'il dut repousser pour pouvoir vaquer à ses occupations matinales.

Geoff entendit qu'Eli était déjà dans la cuisine, discutant avec Len, avant d'y arriver.

— Eli et moi sommes d'accord : tu peux faire une promenade à cheval aujourd'hui, mais après, tu feras une sieste, repos uniquement. Tu peux t'occuper de la compta si veux... Demain, tu pourras faire quelques corvées physiques faciles.

Len avait l'air si sérieux... Puis il sourit soudain, et secoua la tête.

— Désolé. Je ne devrais pas te donner des ordres. Mais j'espère que tu vas y aller mollo une journée de plus.

Geoff leva les mains, cédant.

— Mais oui, promis. On pourrait peut-être aller à cheval dans la prairie sud, contrôler cette portion du troupeau et revenir. Comme ça je fais ma promenade et je vous aide quand même en même temps.

— Bon, d'accord, mais n'en fais pas trop.

Geoff acquiesça, et Len et Eli continuèrent à discuter des corvées du jour pendant qu'ils prenaient le petit-déjeuner. Les gars débarquèrent à la fin du repas, les ordres du jour furent distribués, et ensuite ils se dispersèrent.

Geoff finit de déjeuner et fit la vaisselle avant de se rendre à l'écurie. Eli avait déjà préparé et sellé son cheval, et chacun enfourcha sa monture. Ils se mirent en route. Ça faisait du bien de prendre de nouveau l'air et le soleil. Kirk piaffait d'impatience, mais Geoff le retint. Il ne pensait pas être prêt pour un vrai galop, et de plus, le chemin était un petit peu caillouteux.

— Je me demandais, dit Geoff. Est-ce que tu voudrais aller voir ta famille ? Tu ne les as pas vus depuis que tu es arrivé ici. Je pourrais t'emmener, si tu veux.

— J'avais l'intention de demander à Len s'il voulait bien m'y emmener.

Geoff regarda Eli en se demandant s'il était censé être vexé.

— Tu ne peux pas m'y emmener. Je sais qu'ils remarqueraient la manière dont je te regarde, et ce serait un problème.

— Je suis désolé.

Geoff se désolait en effet de savoir que son affection pour Eli était un problème pour lui. Eli tira les rênes pour retenir Twilight, et Geoff l'imita. Eli se rapprocha lentement.

— Aucune honte, tu te souviens ? lui rappela-t-il.

Le cuir de sa selle grinça quand il se pencha pour embrasser Geoff. Au contact de ses lèvres, il oublia tout. Les chevaux, le champ, la ferme, tout s'évanouit. Puis soudain les lèvres se retirèrent, le monde se remit en route, et son cerveau se remit en marche.

Eli avait raison ; Geoff ne savait pas s'il pourrait empêcher que sa joie se lise sur son visage quand il le regardait. Il détestait se cacher du regard des autres, mais dans ce cas précis il n'y avait pas d'autre possibilité pour Eli, à part choisir de couper les ponts avec sa famille, ce que Geoff ne serait jamais capable d'exiger de lui. Puis une autre pensée le traversa : et si Eli décidait de partir ? C'était son année hors de la communauté, mais s'il décidait d'y retourner ? Geoff ne put retenir un frisson de peur à cette idée. Eli le remarqua.

— Qu'y a-t-il ?

Geoff repoussa sa peur, peu désireux de discuter de ça maintenant.

— Rien.

Il ne pouvait pas se résoudre à exprimer sa crainte – et si elle se réalisait parce qu'il en avait parlé ? Il écarta cette idée et embrassa de nouveau Eli, puis ils se remirent en route. Il chevauchait en silence, perdu dans ses pensées. *C'est bête. Il est là, à portée de main, et je m'inquiète de ce qui pourrait se produire au lieu de profiter de ce que j'ai.* La peur diminua, et il se tourna pour sourire à Eli. Au fond de lui, il espérait qu'ils seraient ensemble pour longtemps, mais il accepterait le temps qu'Eli était prêt à lui accorder.

Ils atteignirent la prairie sud, où tout semblait bien se passer. Le niveau dans les auges des bouvillons était un peu bas mais il y en avait assez pour la journée. Geoff nota qu'il faudrait vérifier que les gars les remplissent avant demain.

À sa grande surprise, Geoff se sentit fatigué, et ils firent demi-tour vers la ferme. Une fois rentrés, Eli le chassa de l'écurie.

— Je vais m'occuper des chevaux. Toi, va t'allonger un moment.

— Merci.

Il n'y avait personne, et Geoff se permit de donner un petit baiser à Eli avant de retourner à la maison. Il venait de s'installer dans le canapé quand le téléphone sonna. Il décrocha, s'attendant à un téléprospecteur.

— Geoff, c'est Raine.

— Raine, je suis ravi d'avoir de tes nouvelles. Comment vas-tu ?

Ils ne s'étaient pas parlé depuis quelques semaines.

— Je vais bien. Je suis en train de planifier des petites vacances et je me demandais si ton offre tenait toujours ? Je pensais venir te voir dans quelques semaines, si ça te va.

Geoff sortit son agenda pour voir si quoi que ce soit de spécial se profilait.

— A priori, ça devrait le faire. Je note ça dans l'agenda de la ferme.

— Quoi, tu veux dire que tu mets 'Raine' entre 'vêlage' et 'traite des vaches' ?

— Non, plutôt 'Geoff sera absent quelques jours pour faire visiter le coin à son ami Raine'. Mais je pourrais aussi te prévoir un temps de nettoyage des écuries ou d'épandage de fumier…

Il espérait qu'Eli se joindrait à eux. Il fallait qu'il vérifie avec Len que la ferme pouvait se passer d'eux pendant quelques jours, mais ça ne poserait sans doute pas de problème.

— Tu ne me ferais pas ça, dit Raine.

— Pas si tu te tiens bien.

— Tu m'en demandes sacrément beaucoup.

— Je sais que c'est dur, surtout pour toi, mais je te promets qu'on fera en sorte que ton séjour ici soit mémorable.

Geoff était surexcité à l'idée que Raine vienne lui rendre visite. Il s'était vraiment demandé si son ami se déciderait un jour à venir.

— Je n'en doute pas, et je t'appelle dans un jour ou deux pour te donner mes dates exactes une fois qu'elles auront été approuvées.

— Super, dit Geoff en étouffant un bâillement.

— Se lever tôt commence à devenir difficile ?

— Non. J'ai attrapé un rhume qui a dégénéré en pneumonie il n'y a pas longtemps, et je suis encore un peu fatigué. Pas de quoi s'inquiéter. Je te raconterai tout quand tu seras là.

Geoff se rencogna dans le canapé, confortablement installé.

— Okay, si tu le dis…, dit Raine sur un ton sceptique.

— Non, je vais bien, je te promets. L'adjudant Eli m'a à l'œil, il s'assure que je n'en fais pas trop, dit-il en bâillant de nouveau. Appelle-moi quand tu connais tes dates, et je mettrais en place un programme pour ta visite.

Ils raccrochèrent et Geoff reposa le téléphone avant de s'allonger, les yeux fermés. Il avait seulement l'intention de se reposer quelques minutes… mais se réveilla seulement au contact d'une bouche se posant sur la sienne.

— C'est l'heure de manger.

Geoff ouvrit les yeux et Eli l'embrassa de nouveau. Sans hâte, il se leva et lui emboîta le pas. Dans la cuisine, Len mettait la table pour lui et Joey, qui arrivait justement par la porte de derrière.

— Salut, Geoff, fit-il avec un grand sourire.

— Salut Joey. Jour de leçon ?

— Ouais, Len va me montrer comment faire du saut d'obstacle ! Des petits seulement, pour améliorer ma posture.

Geoff se mit à manger, et Len et Eli le rejoignirent à table.

— Je voulais savoir si tu serais intéressé par une proposition de travail ?

— Moi ? demanda Joey, surpris.

— Oui, toi. Avant, à la ferme, on élevait un bouvillon de concours qu'on présentait à la foire du canton. On a gagné quelques rubans au fil des années, et j'aimerais qu'on recommence. Je pensais que ça t'intéresserait peut-être de nous aider. Je me disais que Len et toi pourriez désigner deux bouvillons du troupeau et les transférer à l'étable. Ce serait ta responsabilité de les nourrir, de les abreuver et de nettoyer leurs stalles. L'an prochain à la foire tu les présenterais… Et puis après la vente aux enchères, le bénéfice serait partagé entre la ferme et toi.

Joey avait le sourire jusqu'aux oreilles.

— Vraiment ?

— Oui, vraiment.

Len donna un petit coup d'épaule à Joey.

— Après ta leçon, on ira jeter un œil aux jeunes bêtes, voir si on peut en choisir deux.

Toujours souriant, Joey se mit à manger deux fois plus vite. Quand il eut fini, il partit en courant à l'écurie se préparer pour sa leçon.

Après avoir mangé, Geoff prit un cachet, dit à Len qu'il ferait la vaisselle un peu plus tard et se rendit au bureau, fermement décidé à abattre du travail. Après quelques heures de boulot, de nouveau épuisé, il éteignit l'ordinateur et monta à l'étage. Geoff tira les rideaux pour faire le noir dans sa chambre, se glissa dans son lit en sous-vêtements et s'endormit très vite. Il se réveilla au son de la porte qui s'ouvrait puis se refermait ; quelqu'un vint s'asseoir sur le lit.

— Mon tigre ?

— C'est moi, oui.

Il pouvait déceler un sourire dans la voix d'Eli, puis une peau douce caressa la sienne. Geoff se retourna pour faire face à Eli et se blottit contre lui.

— C'est merveilleux, ce que tu as fait pour Joey, dit Eli.

— Ce n'est une offre de boulot.

Un boulot mutuellement profitable.

— C'est bien plus que ça et tu le sais très bien. Tu aurais très bien pu choisir les bouvillons et les élever toi-même sans trop d'efforts, et garder tout l'argent.

Eli l'embrassa tendrement sur le front.

— C'est très gentil de ta part d'aider Joey comme ça, sans même qu'il s'en rende compte.

Geoff attira Eli plus près de lui et se rendormit. Il était un homme neuf lorsqu'il se réveilla quelques heures plus tard, bien plus en forme. Il était seul dans le lit, et entendait des voix dans la maison. Il s'habilla en vitesse et descendit au salon, qui était rempli de monde.

— Est-ce que nous t'avons réveillé ? demanda tante Vicki, tout sourire, en le serrant dans ses bras.

— Non, il était temps que je me lève.

Geoff regarda autour de lui, et sourit à son oncle Dan et ses cousins, Jill et Chris. Il serra la main de Chris et prit Jill dans ses bras. Quelques minutes plus tard Eli arriva, et Geoff le présenta à son oncle et à ses cousins.

— Qui veut faire une promenade à cheval ? proposa-t-il.

— J'espère que ça ne te dérange pas. Tu m'avais dit de passer... dit Vicki d'un ton hésitant.

— Mais pas du tout. Venez donc à l'écurie, invita Geoff, on va seller les chevaux.

Eli les emmena à l'écurie, et montra l'exemple pour le brossage et l'installation des selles. Puis on mena les chevaux au manège. Jill et Chris n'avaient pas beaucoup d'expérience, et Eli les aida, leur apprenant à mieux diriger et contrôler leurs montures. Geoff menait Twilight par la bride pour Vicki, qui l'enfourcha comme une écuyère ; ses connaissances en équitation, qu'elle n'avait pas utilisées depuis des années, lui revinrent sans heurt. Eli enfourcha Kirk et les rejoignit tandis qu'ils faisaient des tours de piste, donnant à Jill et Chris des conseils.

Geoff resta au bord de la piste, appuyé sur la barrière au coté de l'oncle Dan, à les regarder.

— J'aimerais te remercier, dit soudain Dan.

Geoff se tourna pour dévisager son oncle.

— Je ne sais pas ce que tu as fais, mais pendant longtemps, j'avais comme l'impression que j'avais épousé Janelle en même temps que Vicki ; certains jours je me demandais si elles n'étaient pas sœurs siamoises.

Oncle Dan avait l'air plus à l'aise qu'il ne l'avait jamais été.

— Hier soir, Janelle était en train de déverser son venin habituel, et Vicki a explosé.

Dan regardait sa femme faire preuve d'assurance sur son cheval avec une fierté évidente.

— Elle lui a dit qu'elle en avait assez. 'Cliff était gay, son fils est gay, il va falloir que tu t'y fasses.' Quand Janelle a refusé d'arrêter de dire des méchancetés, Vicki l'a envoyée au diable, lui a demandé de partir, et lui a dit de ne revenir que quand elle aurait rejoint le vingt-et-unième siècle, conta Dan avec un sourire narquois. J'entends encore la porte claquer sur ses talons – le bruit le plus doux que j'aie jamais entendu.

Le sourire jusqu'aux oreilles, oncle Dan frémissait de bonheur.

— Je n'ai jamais compris ce qui l'avait rendue si méchante, déclara Geoff, ni pourquoi Papa l'a supportée toutes ces années.

Dan écarquilla les yeux.

— On ne te l'a jamais raconté ?

Il délibéra intérieurement pendant une minute.

— Oui, j'imagine qu'ils ont préféré ne pas te le dire.

Il se pencha, avec l'air de celui qui s'apprête à raconter une histoire.

— À l'époque de mes vingt ans, Janelle a rencontré un gars dont elle est tombée raide amoureuse. Ils sont sortis ensemble pendant quelques semaines, et puis elle l'a invité chez elle pour qu'il fasse la connaissance de sa famille. Malheureusement, cet homme était Len. Il a échangé un regard avec ton père et c'était fini.

— Oh putain ! s'exclama Geoff, ne pouvant s'empêcher de sourire.

— Ouais, elle n'a jamais pu pardonner à son frère de lui avoir piqué son amoureux, même si Len a toujours dit qu'ils étaient seulement amis, et que Janelle avait exagéré leur relation. Pour être franc, j'aurais plus tendance à croire Len. Janelle voit des offenses partout, même où il n'y en a pas.

— Et c'est pour ça que Papa l'a supportée toutes ces années. Il devait se sentir plus ou moins coupable.

— Il n'y avait pas de quoi. Il est tombé amoureux. Len n'aimait pas Janelle, et ne l'aurais jamais aimée. Mais oui, c'est vrai, je crois qu'il se sentait coupable toutes ces années parce qu'il était heureux et qu'elle ne l'a jamais été. Même si, ça aussi, c'est de sa faute à elle.

— Pauvre Janelle, dit Geoff en secouant la tête.

L'expression de Dan se durcit.

— Ne t'en fais pas pour elle. Tout ce malheur et cette peine, elle les a cherchés. Elle aurait pu pardonner, passer à autre chose, tourner la page. Elle a choisi la rancune, et c'est ce qui l'a rendue amère.

Son visage s'illumina soudain. Geoff leva les yeux et vit sa tante qui se dirigeait vers eux, avec toute la grâce et la poigne d'une écuyère accomplie.

— De quoi parlez-vous donc ? demanda-t-elle.

Geoff sourit.

— On se raconte les potins.

Vicki eut l'air dubitatif, mais Geoff lui adressa un sourire en coin.

— Ceux qui croient que les femmes ont le monopole des potins n'ont jamais mis les pieds dans un bar gay. Ces divas n'ont rien à envier aux femmes, elles vous ridiculiseraient en un instant.

Son oncle ricana, et tante Vicki rit si fort qu'elle en hennit. Eli, qui venait de ramener Kirk à sa stalle, les rejoignit à la barrière pour regarder les cavaliers.

— Hé, mon tigre, dit Geoff.

Ces grands yeux bleus brillèrent dans sa direction quand Geoff glissa son bras autour de la taille d'Eli pour l'attirer tout près de lui. Eli lança un coup d'œil à Dan, qui n'eut pas de réaction particulière, et Geoff le sentit se détendre. C'était la perfection : des chevaux, des cavaliers heureux, son incroyable amant à ses côtés pour en profiter avec lui, entouré des personnes qu'il aimait.

XII

GEOFF ÉTAIT allongé, éveillé, et regardait par intermittence Eli qui dormait. Le sommeil lui échappait, il avait à peine fermé l'œil de toute la nuit.

— Qu'est-ce qui ne va pas ? demanda Eli, la voix toute ensommeillée.

— Je crois que j'ai trop fait la sieste dans la journée.

Ce n'était qu'une fraction de la vérité, mais Geoff hésitait à admettre le reste. Len avait promis d'emmener Eli voir sa famille dans la journée et ça lui foutait une trouille bleue pour toute sorte de raisons. Et s'ils l'empêchaient de revenir ? Et si Eli ne voulait pas revenir ? Sans parler de la question qui le hantait en ce moment : et si Eli revenait, mais qu'il était malheureux ? Les autres possibilités, il saurait s'en accommoder, mais l'idée qu'Eli pourrait être malheureux lui était insupportable. Absolument insupportable.

Geoff se fit violence pour couper court à ces pensées. C'était l'année d'Eli hors de la communauté et ils avaient encore beaucoup de temps à passer ensemble avant qu'il n'ait besoin de décider ce qu'il allait faire.

La voix ensommeillée d'Eli interrompit sa réflexion.

— Retourne-toi, je vais te masser le dos.

Geoff se retourna, non pas pour qu'Eli lui masse le dos, mais pour lui faire face. Puis il l'embrassa, laissant les questions qui le tourmentaient se dissoudre. L'important était le moment présent, ici, maintenant. Les grands yeux d'Eli s'ouvrirent, brillants comme des feux dans la pénombre.

— Je t'aime, dit Geoff avant de l'embrasser à nouveau, se rapprochant pour presser leurs corps ensemble, roulant sur Eli, le maintenant fermement sur le matelas, ses mains vagabondant, ses lèvres le savourant... Il n'en avait jamais assez, apparemment.

Eli gémit, bouche contre bouche ; il goûtait Geoff, l'explorait, semblait poursuivre un goût tout juste hors de portée. Geoff voulait lui demander ce qu'il cherchait, ce qu'il voulait, mais il aurait fallu mettre un terme à ce baiser et il ne le pouvait pas... Pas tout de suite. Au lieu de ça, il tendit l'oreille. De tout petits gémissements le guidèrent sans sa quête. Ces bruits de plaisir l'aiguillonnèrent, l'excitant encore plus.

Il quitta enfin les lèvres d'Eli, déposant des baisers le long de son cou, goûtant sa peau légèrement humide, un tant soit peu musquée, et si entièrement Eli. Sa langue trouva un téton et concentra ses efforts sur cette cible de chair ; Eli feula tandis que Geoff le mordillait et le suçotait d'un côté tout en titillant l'autre de la main. Oh oui... Encore ces sons, cette "musique d'amour" qu'Eli composait pour lui seul.

— Geoff, oh oui, c'est si bon.

Ce corps extraordinaire ondula sous lui lorsqu'il mordilla le petit bouton de chair, et la musique que faisait Eli changea : plus brûlante, plus pressante.

Il se détacha et donna à Eli l'occasion de se détendre un peu pendant qu'il continuait son exploration le long de son corps si délicieux, léchait le contour de son nombril. Il descendit encore, effleurant de la langue l'érection d'Eli, frottant son nez contre ses bourses charnues. Puis il souleva ses jambes et lécha un chemin en direction de son orifice le plus intime.

— Geoff…

Eli ne put retenir un petit cri involontaire quand Geoff fit tournoyer sa langue autour de la peau toute plissée.

— Comme ça ? Geoff insista, suçant et léchant la peau d'Eli, prêtant attention à la "musique" qui s'intensifiait, devenait plus aiguë, son tempo s'accélérant. J'adore tous ces bruits que tu fais pour moi.

La langue de Geoff testa l'orifice et il sentit que le muscle se détendait, et Geoff y alla franchement. Chaque léchouille, chaque intrusion provoquait chez Eli des bruits merveilleux qui faisait s'emballer le cœur de Geoff. Il tendit la main vers la table de nuit pour saisir le flacon, et se lubrifia les doigts. Eli cria de plaisir quand Geoff taquina son orifice de ses doigts glissants. Lentement, Geoff lui introduit une phalange.

Eli en voulait plus et se pressa contre lui.

— C'est si bon…

Geoff traçait des petits cercles et son doigt glissa un peu plus avant ; le passage si lisse le tenait comme un étau. Il poussa plus loin, son doigt tout entier. Il le courba, cherchant, et Eli cria lorsqu'il trouva la petite boule de nerfs et la caressa tendrement.

— Qu'est-ce que c'est que ça ?

Geoff sourit et embrassa Eli.

— C'est ton corps qui m'indique comment je peux te faire l'amour, et t'emmener au paradis.

Eli écarquilla les yeux.

— Oh, emmène-moi au paradis, Geoff, emmène-moi.

Geoff l'embrassa fougueusement et continua de caresser cette zone du doigt tandis qu'il frottait leurs corps l'un contre l'autre. Eli feulait sans cesse maintenant, donnant des coups de reins langoureux.

— Je t'aime, mon tigre, mon doux tigre.

Eli rejeta la tête en arrière, les yeux grand ouverts dans l'extase ; Geoff le sentit se raidir dans ses bras avant de sentir la chaleur de sa semence contre son ventre.

— Je t'aime, Geoff.

— Je t'aime, mon tigre.

La chaleur du corps d'Eli et ses baisers le propulsèrent à son tour vers l'orgasme. Eli enfonça sa langue profondément dans la bouche de Geoff, l'embrassant intensément, les mains saisissant ses fesses pour presser leurs corps l'un contre l'autre plus fort et donner à Geoff la friction dont il avait besoin pour s'envoler avec un cri de plaisir et se répandre sur le ventre d'Eli.

Doucement, Geoff se remit à bouger, retirant doucement son doigt et se soulevant tout en embrassant Eli tendrement pour lui signifier tout ce qu'il représentait pour Geoff. Eli prit son visage entre ses mains pour lui rendre ses baisers, lui montrant que son message d'amour avait bien été reçu.

Puis son tigre prit le contrôle et les fit rouler sur le lit, pressant Geoff contre le matelas en l'embrassant furieusement, son corps frottant contre Geoff. Mais l'intensité s'atténua bientôt et leurs baisers se calmèrent, devinrent plus langoureux, plus profonds, leurs caresses lentes et tendres.

— Mon tigre…

— Je t'aime.

Geoff passait ses mains en longues caresses des épaules d'Eli au bas de son dos pendant qu'ils reprenaient leurs souffles. Puis Eli se détacha et se leva du lit. Il revint avec une serviette douce et essuya Geoff d'une caresse.

— Tu crois que tu vas pouvoir dormir maintenant ?

Geoff était déjà en train de s'endormir quand Eli se remit au lit, tira le drap sur eux et l'embrassa. La dernière chose dont il eut conscience fut les mains d'Eli lui caressant le dos.

GEOFF SE réveilla plusieurs heures plus tard, après un sommeil lourd, et découvrit Eli endormi auprès de lui. Surprenant, étant donné qu'Eli était encore plus matinal que lui.

— Mon tigre, dit-il en lui caressant doucement le dos.

Eli répondit d'un marmonnement :

— Congé, rendors-toi.

Super. Geoff se renfonça dans le lit, attirant Eli tout près, et sombra de nouveau dans le sommeil.

Lorsqu'il se réveilla de nouveau, Eli était en train de se lever.

— Où tu vas ? demanda Geoff, se retournant en bâillant.

Eli eut l'air surpris.

— Me laver et m'habiller.

Geoff repoussa les couvertures et prit la main d'Eli pour le mener à la salle de bains.

— Je crois qu'il est grand temps que je te montre comme ça peut être amusant de se laver ensemble.

Geoff mit la douche en marche et se glissa sous le jet, tirant Eli par la main pour qu'il le rejoigne. Il pressa une dose de shampooing dans sa main et se mit à

97

masser la tête d'Eli pour le faire mousser dans sa chevelure noire. Eli se penchait en arrière. S'il avait été un chat il aurait clairement ronronné.

— Rince-toi les cheveux, mon tigre.

Eli pencha la tête sous le jet pendant que Geoff faisait mousser le savon entre ses mains pour pouvoir nettoyer toute cette peau si douce.

— C'est vraiment agréable, murmura Eli.

— N'est-ce pas ? Lève les bras.

Geoff lui savonna les aisselles puis les flancs, et s'approcha pour un baiser.

— Tourne-toi.

Eli obéit, et Geoff lui savonna le dos, puis passa du temps sur ses jambes et ses fesses, insinuant ses doigts par-dessous pour lui taquiner les bourses.

— Geoff...

Eli se retourna, et son sexe pointait tout droit en direction de son amant. Geoff sourit et se mit à genoux pour le prendre dans sa bouche, suçant lentement.

Les genoux d'Eli se mirent à bientôt à trembler ; il gémissait de plaisir en donnant des coups de reins.

— Geoff, je ne peux pas... je vais...

Geoff poussa Eli contre la paroi carrelée et le suça plus vigoureusement, désireux de goûter ce que son amant lui donnerait. Eli jouit avec un petit cri de plaisir, expulsant sa semence dans la bouche de Geoff. Puis ses genoux cédèrent et il glissa contre le mur. Geoff le prit dans ses bras et le serra tendrement en l'embrassant.

— Tu es tellement joli, tu le sais ? Tu es l'homme le plus joli que je connaisse.

Eli donna à Geoff une tape sur l'épaule.

— Ce n'est pas vrai. Les femmes sont jolies.

— Tout comme toi, mon tigre. Mon joli tigre.

Geoff taquina l'épaule d'Eli de la langue.

— Arrête ! s'exclama Eli en riant.

Il tenta de repousser Geoff, sans vraiment y mettre du sien, en gigotant et en ricanant. Mais Geoff le tenait par le cou.

— C'est ton tour maintenant, dit Eli.

Geoff opina et le libéra, puis il se leva et se tint tranquille tandis qu'Eli lui shampouinait la tête. Les doigts qui lui massaient le cuir chevelu lui faisaient un bien fou et il s'abandonna à la sensation. Puis les mains quittèrent sa tête et revinrent pleines de savon lui caresser la poitrine.

— Si je suis joli, alors tu es...

Eli s'arrêta pour réfléchir, les mains toujours en mouvement, puis il sourit tout à coup.

— ... Un étalon.

Sa main descendit plus bas sur l'érection de Geoff, et la caresse fit palpiter son cœur.

— Un étalon, hein ?

Dieu que ça l'excitait.

Eli hocha la tête, continuant de le caresser, une main après l'autre glissant le long de son sexe.

— Oui dit-il en serrant le poing. Un grand et puissant étalon. Mon étalon.

Eli le fit se retourner et le poussa contre le mur de la douche tout en lui caressant l'intérieur de la cuisse, et lui demanda d'écarter les jambes. Geoff sentit de nouveau des doigts saisissant son érection et il gémit. Puis ce fut la sensation d'une langue brûlante le long de la raie de ses fesses, puis taquinant son orifice, et il se mit à geindre, un geignement continu et implorant

— Eli…

Le plaisir, si exquis, le rendait complètement fou.

— Détends-toi, bel étalon, c'est à mon tour de te faire l'amour.

Et l'amour il lui fit. Ces doigts et cette langue si brûlante propulsèrent Geoff à des hauteurs vertigineuses. De tous les partenaires qu'il avait eus, seuls quelques-uns avaient accepté de faire cela pour lui, et ça l'excitait au plus haut point. Il se mit à onduler des hanches, et à chaque mouvement Eli serrait son érection et enfonçait sa langue magique en lui.

— Eli…

Geoff arrivait à peine à respirer tant la pression montait en lui, la langue d'Eli tournoyait, la traction de ses doigts…

— Si bon… Sexy…

Geoff vit des feux d'artifices lorsqu'il jouit, projetant son sperme contre le mur et sur les doigts d'Eli. Son amant se déplaça derrière lui, lui caressant le dos pendant qu'il reprenait son souffle.

L'eau, refroidissant, leur signifia qu'il était temps de sortir de la douche. Eli ferma le robinet et ouvrit la porte puis tendit une serviette à Geoff, les yeux étincelants. Geoff se pencha pour lui voler un baiser.

— Qu'est-ce que tu penses de cette méthode pour se laver ?

Du tac au tac, Eli lui rétorqua :

— Ça me donne des raisons supplémentaires de me salir.

Ils se séchèrent, et Geoff passa à Eli un peignoir de bain. Après un dernier tendre baiser, Eli partit s'habiller.

Plus tard, dans la cuisine, Geoff se servit une deuxième tasse de café pendant qu'Eli finissait son petit déjeuner.

— Quand est-ce que tu pars ? demanda Geoff en reposant la cafetière.

La porte de derrière s'ouvrit, et Len entra à grandes enjambées.

— Prêt à partir ? demanda-t-il à Eli.

Eli finit en hâte les dernières bouchées de son assiette et se leva. Il se dirigea droit vers Geoff et lui passa les bras autour du cou.

— À plus tard.

Il l'embrassa fermement, le serra brièvement dans ses bras, et lui pelota même une fesse avant de sortir rejoindre Len au camion.

Ils étaient à peine partis depuis dix minutes que Geoff faisait déjà les cent pas comme une bête en cage, regardant par la fenêtre au moindre bruit. *C'est ridicule.* Il se fit des remontrances et alla au bureau pour passer en revue les idées qu'il avait au sujet des terres des Winters. Une petite idée mijotait dans sa tête. Il décrocha le téléphone.

— Bonjour Frank, ici Geoff Laughton. Len me dit que vous cherchez peut-être à vendre ?

— Oui, avec Penny on projette de partir en retraite. Pourquoi, ça vous intéresse ?

Son ton était prometteur. Geoff savait que Frank et Penny avaient eu un peu de mal ces derniers temps. Vieillissant, Frank avait eu quelques ennuis de santé, et il n'avait pas pu faire tout ce qu'il aurait fallu faire, ce qui avait eu pour conséquence des années de vaches maigres.

— Oui, je crois. J'ai une proposition dont j'aimerais vous parler. Je me demandais si Penny et vous seriez libres maintenant pour venir prendre le café ?

Il y eut un silence, puis Frank revint au bout de la ligne.

— Penny dit que ce serait avec plaisir.

Geoff entendait le sourire de Frank dans sa voix.

— À tout de suite, alors.

Geoff raccrocha et mit en route une nouvelle cafetière, puis il disposa sur la table des cookies et des tranches du pain maison d'Eli.

Il entendit le vieux camion avant de le voir remonter l'allée. La pauvre guimbarde avait bien besoin de réparations. Puis il entendit Pete qui sortait de l'écurie pour saluer Frank et Penny.

— Ton camion fait de drôles de bruits, Frank.

— Ouais, dit Frank, le ton de sa voix traduisant clairement que ce n'était qu'un problème de plus parmi beaucoup d'autres.

— Tu viens voir Geoff ?

Frank avait sans doute opiné de la tête.

— Je vais jeter un œil à ton camion pendant ce temps.

Ce fut Penny qui répondit :

— Merci.

Geoff alla leur ouvrir la porte et les faire entrer, puis les invita à s'asseoir.

— Frank me dit que tu as une proposition à nous faire pour la ferme.

Geoff leur servit chacun une tasse de café.

— Oui, c'est vrai. J'aimerais vous la racheter, mais je ne peux pas vraiment y mettre le prix auquel vous vendez. Ceci dit, je crois que je pourrais faire passer la pilule autrement. Au lieu de vous acheter toutes les terres ainsi que tout le matériel, je propose de vous acheter toutes les terres à l'exception de l'hectare sur lequel se trouvent la maison et la remise où vous rangez le matériel. Ainsi vous pourriez facilement vendre le matériel ailleurs pour compenser, si vous voulez.

Frank était sceptique.

— Pourquoi tu ferais ça ? Tu pourrais payer le prix demandé, et vendre le matériel toi-même ; ça te rapporterait plus.

— Oui, je pourrais sans doute le faire. Mais si on s'arrange comme ça, vous pourriez garder votre matériel et le louer lorsque les gens du coin ont besoin de matériel supplémentaire pour semer ou pour récolter. Si vous en avez envie, bien sûr. Je n'ai pas besoin de matériel, j'en ai déjà assez comme ça.

Penny et Frank étaient pensifs.

— Il y a quelque chose d'autre que j'aimerais faire, ajouta Geoff.

— Quoi donc, fiston ?

— Je voudrais t'embaucher pour la planification des cultures.

Les yeux de Frank s'écarquillèrent.

— Personne ne s'y connaît mieux que toi sur la rotation des cultures, la gestion des champs, sur ce qui pousse le mieux à quel endroit, sur les périodes auxquelles il faut semer et tout et tout. Avant, c'est papa qui s'en chargeait, et pour être franc je ne m'en suis pas trop mal sorti cette année, mais ce n'est pas mon fort.

Frank avait l'air troublé.

— Mais si je vends, c'est justement parce que je n'arrive pas à semer ni à récolter dans les champs que je possède.

— Je ne veux pas que tu fasses ça. Je veux que tu fasses la planification à ma place. J'ai des gars qui peuvent s'asseoir au volant d'un tracteur pour semer ou pour faire les moissons. Ce qu'il me faut, c'est une personne qui décide de ce qu'on doit planter, où le planter, et qui nous dise quels champs enrichir et fertiliser. J'ai au moins vint-cinq hectares qui devraient donner plus.

Geoff fit une pause pour les laisser digérer sa proposition.

— Il vous reste encore beaucoup de belles années devant vous, et ce n'est pas parce que vous ne pouvez plus faire le boulot physique que vous n'avez plus rien à offrir.

Frank et Penny sourirent. Geoff poursuivit.

— Ceci dit, je veux que vous soyez bien conscients de ce que je vous demande. Si on rajoute vos terres aux miennes, j'aurais près de cinq cents hectares de culture, sans parler des six cents têtes de bétail qui résident sur cinq cents autres hectares que je possède. Ton boulot serait de décider ce qu'on doit planter et où, quels sont les champs qui ont besoin d'être enrichis, et cætera, pour s'assurer qu'on récolte assez pour nourrir les bêtes et avoir un excédent. Prends ton temps, penses-y. Préviens-moi quand tu auras pris une décision.

Frank et Penny échangeaient des sourires. Frank se pencha en avant, les mains autour de sa tasse de café.

— Si j'peux me permettre, comment vas-tu payer pour tout ça ?

— Papa était malin. Très malin. Il a mis de côté une fraction de son bénéfice pour les cas d'urgence et pour que la ferme puisse se développer. Donc, pour te répondre, je paierai cash.

Frank émit un sifflement, mais n'ajouta pas un mot. Penny et lui finirent leur café et lui dirent bientôt au revoir. Geoff les accompagna dehors ; Pete refermait justement le capot du camion.

— Ça devrait aller mieux maintenant, Frank.

Frank le remercia et se mit au volant. Il mit le contact, et ils s'en allèrent. Geoff remarqua que le moteur ronronnait comme un chat.

— C'était vraiment gentil de ta part, Pete.

— À en voir leurs sourires quand ils sont sortis de ta cuisine, tu as dû être très gentil avec eux aussi.

Pete repartit à l'écurie pendant que Geoff rentrait à la maison en secouant la tête. Il entendit le bruit d'un tracteur qui démarrait quelques minutes plus tard, et vit Pete se mettre en route avec un chargement pour les bêtes.

Geoff fit la vaisselle puis s'installa au salon devant la télé. Il avait eu une matinée fructueuse et maintenant il fallait qu'il se repose un moment, surtout s'il voulait pouvoir faire un peu de cheval dans l'après-midi.

La télévision bourdonnait, imperturbable, et Geoff appuya sa tête en arrière et somnola. Il se réveilla en sursaut lorsque la porte de derrière claqua, accompagnée de la voix d'Eli, qui arriva presque en bondissant dans le salon, l'air heureux, tout en ébullition.

— Comment s'est passé la visite ? demanda Geoff.

— Bien. Ils étaient contents de voir que j'avais trouvé un boulot et que je m'en sortais bien.

Le sourire d'Eli s'amenuisa.

— Papa n'a pas beaucoup parlé, ce qui signifie qu'il se figurait que je serais déjà prêt à rentrer à la maison, mais Maman est très contente que je travaille avec des chevaux et que je fasse des découvertes. Elle a dit que je tiens ma curiosité de son côté de la famille.

Eli s'assit près de Geoff.

— Donc ça s'est bien passé, conclut Geoff.

Et Eli était revenu, et semblait heureux d'être là. Ce qui était une très bonne chose aux yeux de Geoff.

Len passa la tête par la porte.

— J'ai vu Pete dans la cour. Il me dit que Frank et Penny sont venus.

— Oui, je leur ai proposé d'acheter leurs terres.

— Je croyais qu'ils en demandaient plus que ce que nous étions prêts à payer, dit Len, l'air troublé.

Geoff lui fit signe de venir s'asseoir.

— J'ai retravaillé les chiffres, baissé le prix, offert de leur laisser le matériel puisqu'on n'en a pas besoin, et je crois bien que je nous ai embauché du même coup un planificateur pour les cultures.

— Planificateur ?

Le cerveau de Len semblait tourné à mille à l'heure.

— Explique-moi un peu ça.

— Tu sais bien que nul ne sait mieux que Frank ce qu'il faut semer. J'ai rendu mon offre plus alléchante en lui proposant de planifier nos semailles.

— Il n'a pas réussi à planter ses propres cultures. Comment va-t-il planter les nôtres ?

Geoff sourit.

— Len, je n'ai pas dit planter pour nous, mais *planifier* pour nous.

Len comprit tout à coup, et se tapa la cuisse.

— Une idée de génie ! Et il peut soit vendre son matériel, soit le louer pour compenser la différence de prix.

Geoff se recula dans le canapé avec un sourire.

— Exactement.

— Tu crois qu'il va accepter ?

Frank et Penny lui avaient paru plutôt contents en partant, mais Geoff ne dit rien, se contentant de hausser les épaules.

— S'ils acceptent, il faudra qu'on embauche un autre employé à temps plein pour pouvoir accroître le troupeau. Je voudrais au moins deux cents têtes de plus.

Len rumina là-dessus un petit moment.

— On s'occupera des détails s'ils acceptent ton offre, au moment où ils le feront, dit-il en se levant. On t'a rapporté le déjeuner. C'est au frigo.

Un instant plus tard, Len ressortit par la porte de derrière.

— Tu as encore sévi, n'est-ce pas ? dit Eli.

Geoff se rapprocha de lui et goûta ses lèvres si tentantes.

— C'est-à-dire ?

— Tu as aidé ces personnes sans qu'elles se rendent compte qu'elles recevaient de l'aide.

Geoff haussa les épaules. Il avait simplement proposé un arrangement mutuellement profitable, mais le sourire d'Eli était tout bonnement gratifiant, quelle que soit son origine. Quoi qu'il ait fait, il continuerait de le faire tant que sa récompense serait de tels sourires.

— Allez, viens, tu vas déjeuner et faire une sieste pour qu'on puisse aller faire une promenade cet après-midi.

Eli mena Geoff dans la cuisine puis, après son déjeuner, à l'étage.

Après une courte sieste, Geoff émergea et se rendit à l'écurie où il retrouva Eli qui nettoyait les stalles au côté de Joey.

— Oh, tu es debout ! dit Eli.

Geoff bâilla avant de lui sourire.

— Ouais. Tu es prêt pour une promenade ?

— Bien sûr, on a presque fini.

Geoff se tourna vers Joey.

— Tu veux venir avec nous ?

Joey lui répondit par un grand sourire et un hochement de tête.

— Alors sois prêt dans vingt minutes.

Ils travaillèrent ensemble pour finir plus rapidement de nettoyer la stalle avant de seller les chevaux et de se mettre en route. Joey galopait en tête tandis qu'Eli restait en arrière avec Geoff.

— Raconte-moi comment s'est passé ta visite chez ta famille.

Eli le regarda et lui dit :

— Je ne veux pas t'ennuyer avec ça.

Geoff tendit la main pour lui tapoter la cuisse, se voulant rassurant.

— Papa voulait savoir quand est-ce que je rentrerais à la maison pour pouvoir préparer mon baptême à l'église. Il m'a dit que plusieurs filles attendent mon retour pour faire ma connaissance.

— Qu'est-ce que tu lui as dit ?

Un nuage passa sur le visage d'Eli, si lumineux en temps normal.

— Que je n'étais pas encore prêt à revenir. Ça l'a énervé. Il pensait vraiment que je serais déjà prêt à revenir, et il n'aime pas les surprises. Je crois qu'il comprend, mais il est quand même déçu.

Geoff lui jeta un regard curieux, et Eli souffla.

— Je pense qu'il est probablement en colère, qu'il pense que je le défie – comme si j'avais changé de camp, que j'étais "passé chez les Anglais". Il m'a vraiment culpabilisé. Mais j'ai adhéré à la règle de Geoff.

— Qu'est-ce que c'est, la règle de Geoff ?

— Aucune honte.

Eli lui sourit avant d'éperonner son cheval, et Geoff lui emboîta le pas.

XIII

— QUAND EST-CE que Raine vient, déjà ?

Eli et Twilight s'approchèrent au trot, adoptant sans peine le rythme de Kirk et Geoff.

— Il devrait arriver d'ici quelques jours.

Geoff observa Eli qui se mordait la lèvre, signe infaillible que quelque chose le préoccupait.

— Qu'y a-t-il ?

— Est-ce que Raine et toi… Est-ce que tu l'as aimé ?

Eli était si mignon, à mordiller sa lèvre inférieure, une légère touche de peur dans les yeux. Geoff ne voulait pas qu'Eli se sente menacé ou qu'il ait peur, mais ça lui montrait à quel point son amant tenait à lui.

Geoff fit non de la tête.

— Non, Raine et moi sommes juste amis. Nous n'avons jamais été amants.

C'était au tour de Geoff d'être nerveux. Il n'avait jamais parlé à Eli de sa vie de bâton à Chicago, et il ne savait pas comment celui-ci allait réagir.

— J'ai connu beaucoup d'hommes quand je vivais à Chicago, mais Raine n'en fait pas partie.

Eli parut troublé et lui demanda :

— Qu'est-ce que tu entends par "connu beaucoup d'hommes" ? Que tu as eu des rapports sexuels avec beaucoup d'hommes ?

Geoff acquiesça lentement.

— Est-ce que tu les aimais, ces hommes ?

— Non, c'était purement sexuel.

Eli retint son cheval.

— Et avec moi, c'est purement sexuel aussi ?

La douleur qui se lisait sur le visage d'Eli brisa quasiment le cœur de Geoff, et son ventre se noua. Comment expliquer à Eli la vie sexuelle superficielle et vide de sens qu'il avait vécue avant de le rencontrer ? Comment lui faire comprendre qu'il n'était pas un genre de prédateur pervers ? Les paroles d'Eli lui revinrent : "Parle tout simplement."

Geoff retint lui aussi sa monture et vira pour mener Kirk auprès d'Eli, assis en selle, l'air dévasté.

— Non. Ça n'a jamais été purement sexuel avec toi. Ma vie à Chicago était très différente. Je passais une grande partie de mon temps dans les bars ou les clubs en quête de sexe, et la plupart de mes nuits au lit avec des étrangers. Je me sentais seul, et tout ce sexe était vide de sens, et ne me satisfaisait pas. J'ai mis du temps à me rendre compte combien ma vie était superficielle. Je n'imaginais pas à quel point le sexe pouvait être merveilleux avant de te rencontrer et de tomber amoureux de toi, dit Geoff en tendant la main pour toucher la jambe d'Eli. Avec eux, ce n'était que du sexe ; avec toi, c'est faire l'amour – rien à voir, rien à voir du tout. Et pour rien au monde je ne voudrais retourner à cette vie.

Geoff se pencha pour combler l'espace qui les séparait.

— Je t'aime, et je suis désolé si mes actions passées te font du mal. Rétrospectivement, si je pouvais le changer je le ferais, mais je ne peux pas. La seule chose dont je suis sûr, c'est que ça me permet d'apprécier à quel point tout est merveilleux avec toi. Et ça l'est : merveilleux, spécial, excitant.

— Tu le penses vraiment ? l'interrogea Eli, semblant soulagé mais se disant sûrement que c'était trop beau pour être vrai. Ce ne sont pas juste des paroles en l'air ?

— Bien sûr que je le pense vraiment.

Eli avança un tout petit peu, pour que leurs lèvres se touchent tendrement. Geoff voulait l'attirer contre lui, l'embrasser ardemment. Lui faire l'amour, là, au beau milieu du pré, lui prouver exactement combien il comptait à ses yeux... Mais ça allait devoir attendre, parce que Kirk secouait la tête avec une impatience croissante.

— Je t'aime, mon tigre. Toutes ces choses que j'ai vécues avant de te rencontrer ne sont rien à côté de ce que nous avons. Et quand cette promenade sera finie, je vais te montrer exactement à quel point je t'aime.

— Est-ce une promesse ?

Les yeux d'Eli étincelaient de nouveau de cette joie qui faisait toujours tressauter le cœur de Geoff dans sa poitrine.

— Mon tigre, c'est plus qu'une promesse. C'est un fait indéniable. Profitons d'abord de cette chevauchée, et on rentrera pour... une autre chevauchée.

Geoff lui fit un clin d'œil et Eli écarquilla grand les yeux. Geoff, ricanant, donna une chiquenaude à ses rênes. Kirk fila en trombe, Eli et Twilight sur les talons. *Oh oui, ce vent contre son corps était aussi doux que le serait bientôt le corps d'Eli dans ses bras.* Cette pensée l'aiguillonna et il éperonna son cheval, qui accéléra encore, traversant le pré comme une flèche.

— Ralentis, Kirk, ordonna Geoff en tirant sur les rênes pour le faire ralentir, riant et reprenant son souffle alors qu'Eli arrivait près de lui. Allez, rentrons. J'ai quelque chose de spécial à te montrer.

— Spécial..., dit Eli, ses yeux étincelants. Comme un cadeau ?

— En quelque sorte, mais c'est encore mieux, vraiment beaucoup mieux.

Geoff trouvait la lueur du regard d'Eli très prometteuse : affamée, en quelque sorte, digne d'un tigre.

— On fait la course ! s'exclama Eli en lui faisant un clin d'œil et en éperonnant Twilight qui repartit à travers la prairie en galopant tandis qu'il éclatait de rire.

— Eh, c'est de la triche !

Geoff lui donna la chasse, laissant Kirk galoper tout son soûl. Il n'eut pour toute réponse qu'un rire et un "wouhou". Ils firent la course sur toute la longueur du pré, Eli en tête, Geoff le rattrapant, puis ils retinrent leurs montures et rentrèrent au pas, en riant, à l'écurie. Ils dessellèrent les chevaux en un temps record.

Quand Geoff eut fini, il referma la stalle de Kirk et découvrit Eli, appuyé au chambranle de la porte de l'écurie.

— Tu en as mis du temps, dit Eli, des étincelles dans les yeux.

Geoff rit et se pencha en avant pour saisir Eli et le soulever par-dessus sur son épaule. Ses pieds pédalaient dans le vide, son corps musclé gigotait sans cesse.

— Je te tiens, mon tigre.

Geoff donna à Eli une tape sur les fesses et l'emporta au travers de la cour, dans la maison, et en haut des escaliers. Puis il le renversa sur le matelas. Eli rebondit en riant.

— Si tu veux ta surprise, déshabille-toi donc.

Ses mains volèrent et ses vêtements s'envolèrent au pied du lit. Eli se retrouva nu très vite, allongé sur le lit à attendre. Plus lentement, Geoff ôta sa chemise puis son pantalon, et il monta sur le lit à quatre pattes comme un félin en chasse.

— Je t'aime, mon tigre.

Il s'empara des lèvres d'Eli, les mordillant et les suçotant.

— Je veux te faire un cadeau spécial.

Il abaissa lentement son corps sur celui d'Eli, peau contre peau. Leurs mains se caressèrent mutuellement, leurs lèvres explorèrent : une dégustation, une exploration amoureuse.

— Quel est ce cadeau si spécial ? demanda Eli.

Il frémissait sous Geoff, l'excitation montant. Geoff utilisa l'avantage que lui donnait son poids pour les faire rouler sur le lit de telle façon qu'Eli soit au-dessus de lui, sans desseller leurs lèvres.

— Je te veux, mon tigre. Je veux te sentir en moi.

Eli s'immobilisa, levant la tête pour fixer Geoff du regard.

— Tu es sûr ? Je n'ai encore jamais fait ça.

— Je n'ai jamais été plus certain de quoi que ce soit. Je veux que tu me fasses l'amour.

Geoff souleva ses jambes et en enveloppa la taille d'Eli, dont les mains brûlantes descendirent en le caressant sur ses hanches puis ses fesses. Eli saisit le flacon sur la table de nuit et se lubrifia les doigts avant de lui en enfoncer un.

— C'est bien ça que tu veux ?

Son doigt trouva immédiatement la zone du plaisir de Geoff qu'il titilla, caressant le bouton de nerfs. Geoff répondit de la tête, incapable de parler tant le plaisir étant grand, la bouche ouverte sur un cri étranglé tandis qu'Eli joignait un second doigt au premier, les tournant lentement en lui.

— Oui, continue comme ça.

Eli retira ses doigts puis les enfonça de nouveau.

— Oui... c'est vraiment bon... Prépare-moi bien, mon tigre. Je te veux tellement.

Geoff vibrait, allongé sur le lit, impatient que son tigre lui fasse l'amour. Eli se déplaça ; ses doigts avaient quitté Geoff, laissant derrière eux une sensation de vide. Puis, avec une lenteur presque insupportable, Eli le pénétra, et ils furent joints pour la première fois.

Depuis que Geoff s'était remis de sa pneumonie, ils avaient fait l'amour tous les jours, mais jusqu'à présent jamais de cette façon. Avant ce moment, ils ne s'étaient jamais unis dans cet acte si sensuel. Et maintenant Eli était en lui, l'emplissait, lui faisait l'amour. Il savoura cet écartement, la brûlure suivie d'un plaisir pur qui était presque trop intense. Eli était en lui. Son Eli. Son tigre.

— Est-ce que ça va ? Je ne veux pas te faire mal, dit Eli, les yeux grand ouverts. Tu es si chaud autour de moi, c'est si bon.

Eli était essoufflé, son excitation quasiment palpable.

— C'est comme... un paradis glissant et brûlant, ajouta-t-il.

— C'est parfait ; tu es parfait.

Geoff regarda Eli droit dans les yeux tandis qu'il se mettait en mouvement, d'abord lentement, précautionneusement, puis avec de plus en plus d'assurance. Eli varia l'angle et le tempo plusieurs fois, et Geoff crut qu'il allait en exploser de plaisir. Chaque mouvement, chaque caresse l'emmenait plus haut. Puis Eli se pencha pour saisir du bout des dents un de ses tétons ; il suça fort et Geoff décolla, jouissant de toutes ses forces, le ventre enrubanné de sa semence.

— Mon tigre !

Tous ses muscles se tendirent dans l'extase et il sentit la jouissance d'Eli qui l'emplissait de chaleur.

Eli s'effondra sur lui, pantelant, et Geoff le serra dans ses bras, haletant. Eli se détendit progressivement, reprenant son souffle, et son sexe se retira de Geoff.

— Est-ce que je m'en suis bien sorti ?

— Mon tigre, tu as été fantastique.

Geoff se pressa contre lui et les lia d'un baiser profond, utilisant ses lèvres et sa langue pour exprimer tout l'amour qu'il portait à Eli au lieu d'utiliser des mots. Geoff savait bien qu'il avait bouleversé son amant innocent avec sa confession au sujet de ses anciens exploits, et il voulait désespérément le rassurer. Eli était très rapidement en train de devenir extrêmement important à ses yeux, et il ne voulait pas courir le risque de le blesser.

— Est-ce que tu es sûr que je vais te suffire ? Est-ce que tu ne risques pas de te lasser ?

Geoff, attristé, perçut le doute et un soupçon de peur dans la voix de son amant. Il les fit rouler pour se retrouver au-dessus.

— Tu me suffis amplement. D'ailleurs, c'est plutôt moi qui devrait m'inquiéter de devoir tenir la cadence.

Ils échangèrent un baiser plus heureux, et Geoff balaya du doigt les cheveux d'Eli qui lui tombaient dans les yeux.

— Et je me lasserai peut-être de toi dans quatre-vingt ou quatre-vingt-dix ans, mais je crois que je vais prendre le risque, poursuivit-il en lui souriant. Et toi ? Je suis le seul amant que tu aies jamais connu. Est-ce que tu pourras te contenter de ça ?

C'était au tour d'Eli de sourire.

— Je veux bien essayer, en tout cas.

— Ah, tu veux bien, hein ?

Geoff se mit à lui chatouiller le flanc, et Eli tenta de se dégager en se tortillant, riant tout en essayant de se protéger.

— Geoff !

Eli gigotait et gloussait de rire. Geoff s'arrêta un instant, et Eli en profita pour le chatouiller à son tour. Bientôt, ils roulaient tous les deux sur le lit en proie à des éclats de rire.

Ils furent interrompus par un coup ferme à la porte d'en bas. Geoff enfila son pantalon, donna à Eli un dernier petit baiser, et ramassa sa chemise qu'il boutonna en descendant l'escalier à toute vitesse.

— J'arrive !

À la porte, il découvrit Frank Winters qui l'attendait, l'air inquiet.

— Frank ! Entre donc.

Lentement, le vieil homme gravit les marches du porche et entra dans la cuisine. Il semblait nerveux et très mal à l'aise.

— Que se passe-t-il ? Tu as l'air bouleversé, dit Geoff.

Frank fixait le sol des yeux.

— Tu sais que nous sommes amis avec ton père et Len depuis des années ? Geoff opina.

— Mais malgré cela, je ne crois pas que je peux te vendre la ferme. Ce ne serait pas bien.

— Pas bien ? Je ne suis pas sûr de comprendre, dit Geoff en lui tirant une chaise. Assieds-toi, et racontes-moi ce qui se passe.

— Je…, commença Frank, sa gêne étant de plus en plus visible.

— Frank. Dis-moi simplement ce qui se passe.

Geoff s'assit, attendant que Frank fasse de même.

— J'ai reçu un coup de fil de la sœur de Penny hier, et elle nous a dit qu'on allait vendre la ferme à un…

Frank déglutit.

— Je ne peux même pas le répéter, poursuivit-il. Elle dit qu'on va vendre la ferme à quelqu'un qui couche avec un enfant.

Geoff mit quelques instants à déchiffrer ces paroles.

— *Quoi* ? demanda-t-il, abasourdi. Et tu crois que je suis…

Geoff se leva si vite qu'il fit tomber sa chaise.

— Le fait même que tu croies ce mensonge insensé est dégoûtant !

Geoff contrôlait à peine sa colère. Frank garda les yeux baissés sur la table, en proie à une gêne immense. Geoff respira profondément pour tenter de se calmer. Il entendit Eli qui arrivait dans la cuisine.

— Est-ce que tout va bien ? J'ai entendu des éclats de voix, dit-il.

— Oui, tout va bien. Je me suis juste énervé. Frank, je voudrais te présenter Eli.

Geoff regarda Frank lever les yeux sur Eli puis les écarquiller avant de lui serrer la main.

— Enchanté de faire votre connaissance, Frank.

Puis Eli s'adressa à Geoff :

— J'ai quelques trucs à finir.

Il prit congé, serrant à nouveau la main de Frank en lui lançant un "content de vous avoir vu" avant de se rendre à l'écurie.

Frank eut la décence d'avoir l'air honteux.

— Est-ce que c'est… ?

— Quoi, Frank ? L'homme avec qui je suis ? Oui, c'est lui, et ce n'est pas un enfant. Il a presque vingt ans !

La voix de Geoff trahit son agitation.

Frank se leva, l'air contrit.

— Je suis désolé, Geoff. J'aurais dû venir t'en parler, vérifier les faits au lieu de croire la rumeur. J'aurais pourtant dû savoir qu'on ne peut pas croire les ragots. Je suis désolé.

Frank se prépara à partir.

— Avant que la sœur de Penny n'appelle, on avait décidé d'accepter ton offre… enfin, si tu veux toujours acheter nos terres. Et, que ce soit clair, je serais très content de planifier tes cultures.

Frank tendit la main et Geoff la lui serra pour sceller leur accord.

— Ne t'en fais pas, le rassura Geoff. Si on m'avait dit la même chose à propos de quelqu'un avec qui je pensais faire affaire, j'aurais hésité moi aussi. Je suis content qu'on ait pu éclaircir tout ça.

— Moi aussi, dit Frank en se levant pour partir. Je suis désolé. J'aurais dû savoir qu'il ne fallait pas écouter la sœur de Penny. Elle a toujours colporté des potins.

Frank le remercia encore d'être si compréhensif, puis lui dit au revoir. Geoff le regarda partir en se demandant où cette rumeur avait bien pu naître. Vivre près d'un petit village avait ses avantages : les gens s'entraidaient et se connaissaient les uns les autres. Mais c'était aussi une source de problèmes. Tout le monde savait ou bien croyait savoir ce qui se passait chez les autres, et on causait beaucoup. Une remarque innocente en passant pouvait facilement prendre des proportions incroyables, déformée à chaque nouveau récit des événements. Il était content, au moins, qu'Eli n'ait pas eu vent de cette rumeur ridicule.

Geoff se leva pour sortir, se dirigeant vers l'écurie. Il lui restait beaucoup à faire s'il voulait pouvoir prendre des jours de congé lors de la visite de Raine. Il avait promis à Len que l'écurie serait bien rangée, et toutes les stalles nettoyées.

Eli ne chômait pas. La moitié des stalles étaient déjà propres, et il en avait attaqué une de plus quand Geoff le rejoignit.

— Tu veux que je t'aide ?

Eli sourit.

— Ce ne serait pas de refus, mais il faut aussi ranger la sellerie, et je ne sais pas comment tu veux l'organiser, dit-il en déposant dans la brouette une pelletée de paille souillée.

— Alors je vais m'y mettre, et je te donnerai un coup de main pour les stalles après.

Geoff y passa plusieurs heures, s'assurant que tout était bien propre et rangé à sa place.

Quand il eut fini, il se mit à la recherche d'Eli, qu'il trouva dans la toute dernière stalle. Impossible de s'en empêcher : il observa Eli qui s'affairait à étaler de la paille dans la stalle, reluqua avec plaisir ses muscles qui se contractaient quand il souleva la meule de paille.

— Tu prends du bon temps, à me regarder travailler ?

— J'aime te regarder, quoi que tu fasses, dit Geoff avant d'entrer dans la stalle pour l'aider à étaler la paille. Ça va être super d'avoir Raine en vacances.

— Tu crois qu'il va m'apprécier ?

— J'en suis sûr. Il va être jaloux… Il te voudra pour lui tout seul.

Geoff ricana en finissant le travail.

— Il faut qu'on réfléchisse à ce qu'on pourrait faire une fois qu'il sera là. Des choses que tu as envie de faire toi aussi.

— Tu ne vas vouloir passer du temps seul avec ton ami ? demanda Eli, se mordillant de nouveau la lèvre inférieure.

— Je voudrais passer du temps avec mon ami et mon amant, tous ensemble. J'ai pensé qu'en plus des promenades à cheval, on pourrait aller faire un tour en bateau sur le lac Michigan, et peut-être retourner au parc régional pour nager et faire une marche, si Raine est d'accord. Qu'est-ce que tu en dis ?

Eli referma la porte de la stalle, maintenant propre.

— J'en dis qu'on va bien s'amuser. Je me demandais… Est-ce que Raine sait faire du cheval ?

Geoff fit non de la tête et Eli eut un sourire espiègle.

— Ça promet d'être intéressant, apprendre à monter à un gars de la ville, s'amusa-t-il.

Geoff lui sourit et tendit le bras pour lui prendre la main et le ramener à la maison.

XIV

GEOFF ENTENDIT une voiture arriver devant la maison. Il courut au-dehors sans hésitation, descendit les marches à la volée et atteignit la voiture de Raine pratiquement avant qu'il n'ait fini de freiner.

— Raine !

La portière s'ouvrit et Raine sortit, se retrouvant immédiatement enveloppé dans les bras de Geoff, qu'il serra fort en retour.

— Bon Dieu, c'est bon de te revoir. Comment s'est passé la route ?

— C'était long et fatiguant. Je boirais bien un verre.

Voilà bien Raine tel qu'il le connaissait.

— On va rentrer à l'intérieur et te trouver ça, dit Geoff, puis il fit le tour de la voiture. Ouvre-moi le coffre, que je t'aide à décharger tes affaires.

Il y eut un clic et le coffre s'ouvrit.

— Nom de Dieu ! Tu comptes rester combien de temps, un mois ?

Il y avait tellement de bagages dans le coffre qu'il s'attendait presque à ce qu'elles lui explosent en plein visage.

— Bon sang, on dirait que tu as emporté tout ce que tu possèdes.

— Je ne savais pas de quoi j'allais avoir besoin ici, à la ferme.

Geoff était stupéfait. En secouant la tête il saisit deux valises, et Raine se chargea des sacs supplémentaires avant de refermer le coffre et de le suivre dans la maison.

— C'est vraiment chouette, dit Raine après avoir posé ses sacs, en regardant autour de lui. Confortable, accueillant – pas du tout ce à quoi je m'attendais.

— Et si je peux me permettre, à quoi t'attendais-tu ?

Geoff croisa les bras sur sa poitrine et attendit avec un sourire sarcastique la réponse de Raine.

— Je ne sais pas, peut-être des têtes de cerfs accrochées au mur et des peaux de bêtes par terre. En tout cas, ni canapés en cuir ni gros fauteuils confortables, déclara Raine, l'air franchement impressionné. Et je ne m'attendais pas du tout à une immense télé à écran plat.

Geoff leva les yeux au ciel.

— On a tout ce qu'il faut ici, télévision satellite comprise. Mais à cette période de l'année on passe la plupart du temps dehors.

Il mena Raine à l'étage, vers la dernière chambre libre.

— On va te mettre là.

Geoff posa les valises près de la commode.

— La salle de bains est au bout du couloir, dit-il en regardant Raine de haut en bas. Tu vas peut-être vouloir te changer.

Il essaya de ne pas montrer son amusement, mais échoua complètement. Raine portait un jean Armani et un t-shirt fin col bateau avec des ailes dessinées dessus, estampillé Armani Exchange en travers de la poitrine.

— Quoi, ma tenue n'est pas assez bien pour toi ?

— On va faire du cheval, pas un défilé de mode. Un jean et un t-shirt normaux suffiront. Je te prêterai des jambières.

Raine eut un sourire pervers.

— Ooooh, des jambières.

Geoff ignora complètement son insinuation sexuelle.

— La couture intérieure du jean irrite la cuisse à cause du frottement, ce que les jambières permettent d'empêcher. Elles n'ont vraiment rien de sexy.

Geoff s'interrompit – elles pourraient peut-être l'être. Il faudrait voir la réaction d'Eli si Geoff se présentait en ne portant qu'une paire de jambières. Ça pourrait être intéressant.

— Âllo la lune ? Ici la Terre.

— Désolé. Change-toi, et rejoins-moi à la cuisine. Je te ferai visiter.

Il ferma la porte derrière lui et redescendit l'escalier.

À la cuisine, il prépara de quoi grignoter et quelques sodas pendant que Raine se changeait.

Geoff lui tendit un coca quand il arriva.

— Quand est-ce que je fais la connaissance d'Eli ?

— Il est en train de travailler à l'écurie, mais il va venir avec nous en promenade, répondit-il en posant sur la table un plateau de sandwiches. J'ai pensé que tu aurais faim.

— Merci. Est-ce qu'il y a du rhum pour diluer ça ? dit-il en remuant la canette sous le nez de Geoff.

— Non. Tu ne boirais pas avant de te mettre au volant, n'est-ce pas ?

Raine acquiesça.

— Eh bien par ici, on ne boit pas avant de monter à cheval.

Raine accepta sa réponse et but une gorgée de son soda tout en prenant un sandwich. Ils discutèrent pendant que Raine mangeait, mettant Geoff au courant des dernières nouvelles du bureau ; c'était facile de reprendre le fil de leur amitié comme lorsqu'il vivait à Chicago. Geoff s'était demandé si les choses entre eux auraient changé, et il fut soulagé de constater qu'ils reprenaient leurs marques aisément. Raine finit rapidement son casse-croûte et ils se dirigèrent vers l'écurie, traversant la cour en échangeant des plaisanteries.

— Elle est grande comment, ta ferme ? demanda Raine qui tournait la tête en tous sens pour regarder alentour.

— En ce moment, huit cent hectares environ. Mais je suis sur le point d'acheter des terres qui vont rajouter cent hectares de plus. On a plus d'un millier de têtes de bétail.

Raine siffla, roulant des grands yeux.

— C'est la seule possibilité pour faire du bénéfice, poursuivit-il. Les petites fermes ne survivent pas, sauf si elles font quelque chose de très spécial.

Geoff ouvrit la porte de l'écurie, et ils entrèrent dans la sombre fraîcheur. Son nez s'emplit de l'odeur des stalles propres et de la paille fraîche.

— Eli est probablement avec Twilight.

Geoff montra la voie et ouvrit la porte de la stalle en question. Eli s'y trouvait effectivement, en train d'étriller la robe noisette. Il leva les yeux et sourit à Geoff.

— J'ai presque fini.

Geoff opina et referma la porte, puis mena Raine à la stalle suivante.

— Je te présente Belle. Elle sera ta monture pour la durée de ton séjour. Elle est très gentille, très accommodante, l'informa-t-il alors qu'une grande tête émergea de la stalle. Attends-moi là.

Geoff alla chercher quelques carottes dans le panier de gâteries.

— Tiens, donne-lui en une, dit-il en passant une carotte à Raine. Ouvre la main bien à plat.

Raine regarda Geoff, puis le cheval, et recula d'un pas.

— Elle ne va pas te faire de mal ; ouvre bien ta main, c'est tout.

Geoff fit une démonstration, et Raine l'imita, tendant la main à Belle. Elle abaissa la tête et aspira la carotte entre ses lèvres pour se mettre à mâcher.

— Bravo ma fille, la félicita Geoff en lui flattant le nez. Allez, approche, elle ne te fera rien.

Raine fit un pas hésitant en avant, et lui caressa le nez comme Geoff.

— Son poil est doux…, dit-il, puis il continua à caresser Belle, lentement. Est-ce que Belle est une abréviation de Bellamundo ?

Geoff rit doucement.

— Non, c'est une abréviation de Tinkerbell, la fée Clochette.

— Je vais monter un cheval qui s'appelle Tinkerbell ? Eh ben merci, bravo, s'exclama Raine en levant les yeux au ciel avant d'éclater de rire. Une tante qui chevauche une jument au nom de fée, c'est bien vu.

Une stalle s'ouvrit et se referma, et Eli apparut à leurs côtés.

— Raine, je te présente Eli, dit Geoff qui ne pouvait s'empêcher de sourire. Eli, voici mon meilleur ami, Raine.

Eli tendit la main, mais Raine avança d'un pas pour envelopper le jeune homme de ses bras. Geoff vit la surprise sur le visage d'Eli, qui néanmoins serra Raine dans ses bras avant de se dégager de l'étreinte.

— Je suis très heureux de faire ta connaissance, Eli. Geoff m'a tellement parlé de toi, dit Raine en regardant Geoff, puis Eli, puis Geoff à nouveau, arborant

114

un grand sourire. Il faut quelqu'un de vraiment spécial pour le faire sourire comme ça. Il n'a jamais autant souri de tout le temps où il vivait à Chicago.

Eli se rapprocha de Geoff et lui passa un bras autour de la taille.

— Belle est déjà sellée, et j'ai étrillé Kirk et Twilight, annonça Eli.

Geoff tourna la tête pour l'embrasser en remerciement.

— Je vais finir de harnacher Twilight et tu finis Kirk, et on sera prêts pour la promenade. Tu veux commencer par des tours au manège ?

— Oui, et après on pourra faire un petit tour. J'ai pensé qu'on pourrait aller nager. La journée va être chaude.

Eli sourit et ils se tournèrent vers Raine.

— Ça te va ? lui demanda Geoff.

— Parfaitement, oui. Je suis déjà en train de shvitzer comme un fou.

Eli se contenta de secouer la tête et retourna seller son cheval, ne prenant même pas la peine de demander ce que voulait dire Raine.

— Dis donc, il est adorable, murmura Raine.

Geoff lui répondit très sérieusement.

— C'est l'homme le plus gentil, tendre, et aimant que j'aie jamais rencontré. Il ne fait jamais preuve d'égoïsme, il bosse plus dur que tout le monde, et il fait passer tout le monde avant lui.

— Alors pourquoi tu t'inquiète comme ça ?

Raine le connaissait si bien.

Tous les doutes, toutes les inquiétudes de Geoff remontèrent à la surface.

— Que se passera-t-il si je ne suis pas assez bien pour lui ?

— C'est une réponse à la noix. De quoi est-ce que tu as peur, exactement ?

Bon Dieu, il avait oublié qu'il n'arrivait jamais à cacher quoi que ce soit à Raine. Il lisait en Geoff comme dans un livre ouvert.

Geoff baissa la voix.

— Et s'il s'en va ? Il est Amish, c'est son année hors de la communauté. S'il décide d'y retourner ? dit-il, sa voix ne pouvant s'empêcher de trembler.

— Tu l'aimes vraiment, n'est-ce pas ? Genre – complètement parti, amoureux, tu l'aimes.

Geoff acquiesça lentement.

— Alors je ne peux te dire qu'une chose : profites à fond du temps qui t'es donné. Tu ne peux pas contrôler ses sentiments ni sa décision de repartir ou non. Tout ce que tu peux faire c'est lui montrer combien tu l'aimes et profiter du mieux que tu peux du temps qu'il vous reste.

Raine l'enveloppa dans ses bras.

— Len et ton père ont eu vingt ans ensemble, et ça ne leur a pas suffi, dit-il en le serrant plus fort. S'il y retourne, est-ce que tu regretteras le temps passé ensemble, ou est-ce que tu en chériras le souvenir ?

Geoff n'avait pas besoin de réfléchir pour répondre.

— Je le chérirai.

— Et bien la voilà ta réponse. Ce n'est pas plus compliqué que ça.

— C'est si simple, vraiment ?

Raine recula pour le regarder droit dans les yeux.

— Tu peux passer ton temps à t'inquiéter, ou tu peux faire de ton mieux pour avoir, s'il s'en va, le plus de souvenirs possible à chérir, dit-il, son expression solennelle ne bougeant pas. Profites à fond de ce que tu as. Ça ne dure jamais assez longtemps, peu importe la durée. Demande à Len.

Raine regarda autour de lui.

— Je croyais que tu devais seller ton cheval.

Geoff devait effectivement seller son cheval, et il ne voulait pas qu'Eli se doute qu'ils avaient parlé de lui. Il mena Raine à la sellerie et lui passa la couverture et le licol de Kirk avant de saisir la selle pour l'emporter dans sa stalle. Il ouvrit la porte et commença à le seller.

— Hello mon gars, tu es prêt pour la promenade ?

Le cheval secoua la tête – il était prêt à se dégourdir les jambes, pour sûr.

— Pourquoi tu t'approches si près ? Il ne risque pas de te marcher sur les pieds ?

Raine avait peur d'entrer et se tenait à l'extérieur de la stalle, ce qui était sans doute pour le mieux.

— Je le touche pour qu'il sache où je suis et que je ne le prenne pas par surprise. Et si je me tiens si près, c'est parce que s'il donne un coup de sabot, il ne pourra pas me faire trop de mal parce que le coup n'aura pas beaucoup de puissance, lui expliqua Geoff qui installait la selle tout en continuant à parler sur un ton paisible et rassurant. Kirk est un étalon, il a du répondant, donc il faut bien le calmer. Il ne permet qu'à Eli, Joey, Len et moi de s'approcher. Il essaye de mordre ou de frapper tous les autres.

Du coin de l'œil, Geoff vit Raine reculer encore plus.

— Est-ce que tu peux attraper quelques carottes et me les passer ?

Raine se déplaça doucement, gardant le cheval à l'œil pendant qu'il attrapait les carottes.

— Mets la main bien à plat comme je t'ai montré.

Raine regarda Geoff comme s'il était cinglé mais fit quand même ce qu'il disait. Kirkpatrick baissa la tête pour ramasser la carotte qu'il mâcha paisiblement. Raine en présenta une seconde, et tendit lentement la main pour caresser son long nez sombre.

— Il t'aime bien.

— Tu dis ça parce qu'il ne m'a pas bouffé la main ?

— Tu viens de lui donner à manger, ça aide. Il adore qu'on lui flatte le cou.

Geoff finit de seller le cheval et quitta la stalle pour aller voir où en était Eli. Il venait de finir lui aussi. Geoff mena Belle au manège.

— On enfourche toujours son cheval par la gauche, expliqua Geoff en enfourchant Belle en guise de démonstration. À ton tour, essaye. Pied gauche dans l'étrier... Bien... Et maintenant lance ta jambe droite par-dessus...

Raine était assis sur le cheval et avait l'air très mal à l'aise.

— Et si elle s'enfuit à toute allure alors que je suis sur son dos ?

— Elle ne va pas s'enfuir avec toi. Maintenant, écoute-moi bien. Pour l'arrêter, tu tires sur les rênes. Pour tourner, tu laisses les rênes lui toucher le cou du côté où tu veux tourner, et elle tournera. Pour lui dire d'avancer, tu claques tout simplement de la langue, et tu lui touche les flancs avec tes talons, doucement.

Geoff claqua de la langue et Belle avança.

— Maintenant, essaye de tourner à gauche.

Raine lâcha les rênes sur son cou et Belle tourna à gauche, décrivant un cercle.

— Souviens-toi, ce n'est pas une voiture. Elle ne réagira pas instantanément.

Raine rit, et fit partir Belle de l'autre côté.

— Bien, maintenant tire sur les rênes.

Il le fit, et la jument s'arrêta.

— Okay, continue comme ça et fais-lui faire le tour de la piste pendant que je vais chercher Kirk.

Eli sortit de l'écurie et mena Twilight sur la piste puis l'enfourcha. Il fit trotter sa monture devant Belle pour ouvrir la marche et, comme s'y attendait Geoff, Belle lui emboîta le pas sans broncher. Geoff retourna à l'écurie chercher Kirk. Il le fit entrer sur la piste et, après avoir refermé la barrière, enfourcha sans peine son étalon.

Après plusieurs tours de piste, Eli ouvrit la barrière et Geoff fit sortir Kirk, suivi de Raine et Belle. Eli ferma la marche. Ils traversèrent le pré, en direction d'un chemin tout tracé.

— Il faut que j'aille contrôler un de nos pâturages, on va faire l'aller-retour à cheval.

Eli acquiesça d'un signe de la main, et Raine sourit. Il avait l'air content, et se fichait probablement de leur destination.

En chemin, Raine et Eli se mirent à discuter. Geoff écouta la conversation qui se déroulait derrière lui.

— Ça fait combien de temps que tu montes à cheval ?

— J'ai grandi Amish, donc j'ai appris à monter tout petit. On avait un poney ; j'ai appris avec elle.

— Ça fait quoi de ne pas avoir de voiture ?

— Une chose qu'on n'a jamais eue ne manque pas... Ce qui est le plus dur c'est qu'on ne peut jamais se rendre quelque part dans l'urgence, et que parfois les gens ne sont pas patients lorsqu'on se déplace avec la carriole, dans la rue. Avant d'arriver ici, je n'étais monté qu'une seule fois en voiture, et ça remonte à quand j'étais petit, avec Mama.

— Comment ça se passe là-bas ? Que fait-on pour s'amuser ?

— Avant de venir ici, ma vie était centrée sur ma famille. Dans la journée, je travaillais avec Papa ou avec mon oncle. Parfois dans l'après-midi mes petits frères et sœurs jouaient dehors avec nos amis.

— Tu allais à l'école ?

— Oui, jusqu'à mes quatorze ans, à peu près. Après je suis allé travailler avec Papa, j'ai appris la menuiserie.

Geoff les écoutait parler. Dans les conversations qu'il avait eu avec Eli, ils n'avaient pas abordé tous les sujets dont il parlait avec Raine, et Geoff trouvait intéressant de l'entendre parler de son enfance.

— Je ne suis pas un mauvais menuisier, mais pas aussi doué que Papa, loin de là, alors je travaille aussi à la boulangerie avec mon oncle. Je suis bien meilleur là qu'en menuiserie. C'est comment, Chicago ?

Geoff n'écouta pas vraiment Raine parler de Chicago à Eli, et se concentra surtout sur le pâturage. De gros points noirs se déplaçaient sur le fond vert, broutant l'herbe. Geoff observa le bétail qui paissait, puis il sortit son téléphone de sa poche.

— Pete, c'est Geoff. Amène-toi vite au pâturage nord-est avec deux fusils à lunette, tout de suite !

Geoff fixait du regard un point noir se déplaçant d'un pas lourd à l'orée de la forêt, à l'écart du troupeau.

— Est-ce que c'est un ours ? demanda Raine, le montrant du doigt en tremblant presque.

— Précisément. Descends de ton cheval et fais-lui faire demi-tour, mène-la par la bride.

Raine suivit les instructions de Geoff et s'éloigna.

Geoff mit pied à terre ; Eli était déjà au sol, près de Twilight.

— Je vais accompagner Raine, m'occuper des chevaux.

— Merci.

Eli emmena les chevaux, et un instant plus tard le bruit d'une portière se faisait entendre. Pete s'approcha en hâte.

— Je m'occupe du premier coup, dit Geoff, prépare-toi à tirer le second.

Geoff lui prit un fusil des mains et le stabilisa sur un des poteaux de la clôture pour viser soigneusement avec la lunette et bien préparer son coup. Il pressa lentement la gâchette et le coup partit, explosif. L'ours se dressa immédiatement sur ses pattes arrière, et Pete tira à son tour. Le bétail réagit en s'éloignant, et l'ours retomba à terre, immobile.

— Bien visé, Pete ! Bravo ! dit Geoff en lui tapant dans le dos.

— Tu veux que j'aille vérifier qu'il est bien mort ?

— Si tu veux bien... C'est toi qui l'as abattu, c'est ta prise. J'appellerai Chasse et Pêche dès que j'arriverai à la maison.

— Et s'il nous mettent une amende ?

— Je paierai, ne t'en fais pas. Quoi qu'il en soit ce sera toujours moins cher qu'un ours qui me bouffe mon troupeau.

— D'accord... Je vais appeler les gars pour qu'ils m'aident à le charger dans le camion.

— Merci.

Geoff rendit son fusil à Pete et se dirigea vers Eli et Raine qui l'attendaient sur le chemin avec les chevaux.

— Vous l'avez tué ?

Geoff acquiesça et aida Raine à remonter en selle avant d'enfourcher Kirk à nouveau. Ils repartirent en direction de la maison. Raine et Eli reprirent leur conversation, mais Geoff ne dit rien. Il détestait devoir tuer des animaux, par exemple les ours. Il savait que c'était nécessaire de le faire quand ils menaçaient son bétail, mais ça ne l'empêchait pas de détester ça.

De retour à l'écurie, Eli aida Raine à descendre de Belle et à la mener à sa stalle pendant que Geoff s'occupait de Kirk.

— Je vais m'occuper des selles avec Raine ; va passer ton coup de fil.

Geoff opina et embrassa Eli avant de rentrer à la maison. Il contacta les autorités pour rendre compte de l'incident, précisa qu'il y avait des témoins impartiaux. On lui dit que quelqu'un passerait à la ferme le lendemain.

Il entendit Raine et Eli entrer par la porte de derrière.

— Les gars, je suis dans le bureau !

Il se leva pour les rejoindre au salon.

— Vous êtes prêts à aller nager ? demanda Geoff, impatient.

Raine et Eli étaient d'accord, et ils montèrent à l'étage se changer. La porte de derrière s'ouvrit de nouveau, Len entrant précipitamment. Geoff lui raconta ce qui s'était passé, précisant qu'il avait déjà passé le coup de fil.

— Ça va ? Je sais ce que tu ressens quand tu es confronté à ce genre de situations.

— Oui, en fait, ça va. Il menaçait clairement le bétail, il n'y avait pas d'autre solution. D'ailleurs, quand tu verras Pete, dis-lui qu'il peut espérer un bonus. C'était un sacré beau coup de fusil.

Len hocha la tête en souriant.

— On va aller nager dans le canal. Tu veux venir ?

— Non, je vais me la couler douce ce soir.

Geoff hocha la tête puis se rendit à l'étage pour rejoindre Eli dans sa chambre.

— Est-ce que ça va ? Tu es bien silencieux...

Eli était tout près et en profita pour embrasser Geoff passionnément. Puis il se reprit, se souvenant de ce qu'il avait à faire.

— Je vais charger le camion pendant que tu te changes, proposa-t-il.

— Merci, mon tigre.

La porte se referma derrière Eli, et Geoff se changea rapidement puis redescendit. Tous trois montèrent dans le camion et partirent en direction du parc.

Geoff se gara juste devant l'entrée du parc, là où la rivière Au Sable se jette dans le lac Michigan. L'eau y était en général plutôt chaude, et il y avait un courant agréable pour les nageurs. Ils déchargèrent leurs affaires et le panier du pique-nique, posèrent le tout sur le sable et se préparèrent pour entrer dans l'eau.

Eli avait emprunté un short de plage à Geoff. Raine ôta sa chemise et son short, sous lequel il portait un maillot de bain rose modèle micro-bikini, puis testa l'eau du pied avant d'y entrer.

— Est-ce qu'il a le droit de porter un truc comme ça ?

Eli semblait presque scandalisé, et Geoff n'avait pas de mal à comprendre pourquoi. Le maillot de bain était microscopique.

— Oui, il a le droit.

— Ce n'est pas un peu trop petit ?

— Sans doute, oui, et tel que je connais Raine il l'a mis exprès pour voir comment les gens allaient réagir. Il adore être au centre de l'attention.

Geoff se pencha plus près d'Eli et lui dit :

— Je parie qu'il t'irait vraiment bien.

Eli était maintenant scandalisé pour de bon, et regardait Geoff comme s'il était fou.

— Pas ici, mon tigre, le rassura-t-il. Mais peut-être à la maison, dans ma chambre. Tu serais vraiment sexy en portant un truc comme ça… ou en l'enlevant.

Raine était effectivement la cible des regards, qu'il ignorait superbement. Geoff savait que c'était pourtant la seule raison pour laquelle il portait ce maillot – enfin, ça et le fait qu'il était ouvertement gay, fier de l'être, et assez viril pour porter du rose.

— Allez, viens nager, dit-il à Eli.

Geoff avait besoin d'oublier ses soucis et de se détendre, d'oublier l'ours. Raine avait bien raison, il fallait qu'il arrête de s'inquiéter pour des choses sur lesquelles il n'avait aucune prise. Eli était là, avec lui. C'était suffisant, et il allait en profiter tant que ça durait.

Il courut dans l'eau, Eli sur les talons, et laissa le courant l'entraîner gentiment vers le lac.

— Je sais que c'était difficile pour toi de tuer l'ours, dit Eli.

Geoff hocha la tête. Eli lui frotta gentiment la jambe du pied.

— Ça fait partie de ce que j'aime chez toi.

Geoff se tourna vers lui, dubitatif.

— Quoi, que je sois une mauviette ?

Il se sentait très lâche. Eli fit non de la tête.

— Non, que tu aies des remords à tuer un ours. Ça signifie que ça ne te laisse pas indifférent, même lorsqu'il s'agit d'un ours que tu as dû tuer pour protéger ton bétail. Ça montre que tu as un cœur, et j'aime ça. C'est sexy.

Geoff n'en croyait pas ses oreilles.

— Sexy ? Tu aimes ça ?

120

Il avait toujours pensé qu'il était une mauviette. En grandissant, il n'était jamais allé chasser, et il n'avait appris à tirer que parce que son père et Len lui avaient forcé la main. Il était devenu assez bon au tir sur cibles, mais n'avait jamais voulu tirer sur des bêtes vivantes. L'incident du jour ne représentait que la deuxième ou troisième fois qu'il avait ne serait-ce que pointé son arme sur un être vivant. Découvrir qu'Eli pensait qu'une chose qu'il avait toujours considérée comme une faiblesse chez lui était admirable renforça encore son amour pour lui. En un instant l'eau était devenu le dernier endroit où il voulait être – il se demanda à quelle vitesse ils pourraient rentrer à la maison et filer dans sa chambre.

— Geoff, prêt pour le pique-nique ? l'interpella Raine depuis la rive.

Bon Dieu, ce gars-là n'avait vraiment honte de rien – il se tenait debout, là, pratiquement nu au bord de l'eau. Un groupe d'adolescentes assises non loin l'observait en gloussant. Elles se trompaient de cible… Geoff suivit Eli qui sortait de l'eau, le regard fixé sur ses fesses dans son maillot mouillé.

Ils étalèrent sur le sable leurs serviettes et la couverture pour le pique-nique. Geoff sortit la nourriture pendant qu'Eli enfilait sa chemise ; Raine s'allongea sur sa serviette pour donner à la cantonade une occasion de l'admirer.

— T'es vraiment la reine des effrontées, commenta Geoff.

— Ben tiens. J'aurais pu mettre un string, tu sais, dit Raine en se relevant un peu, s'appuyant sur les coudes.

— Tu te ferais probablement arrêter.

Eli était visiblement choqué.

— Qu'est-ce que c'est, un string ? C'est encore plus petit que ça ?

— Ouais. Disons qu'il n'y a pas de tissu derrière, ça te met les fesses à l'air.

Geoff secoua la tête. Eli eut un véritable frisson.

— Jamais de la vie, dit Eli en lançant une serviette à Raine. Couvre-toi donc avant de manger.

Raine le regarda, puis enroula la serviette autour de sa taille.

— Merci, dit Eli.

— Il aime bien commander, hein ? dit Raine, semblant un peu vexé.

— C'est pas pour rien que je l'appelle tigre.

Geoff distribua les assiettes et les canettes de soda. Ils mangèrent et bavardèrent presque jusqu'au crépuscule. Puis après un dernier tour dans l'eau, ils remballèrent tout et retournèrent au camion. Geoff les ramena à la ferme, mais non sans s'arrêter pour manger une glace.

À leur arrivée, la maison était silencieuse. Raine leur souhaita bonne nuit et monta à l'étage. Geoff rangea les affaires de pique-nique et prit le temps de bavarder avec Len avant de monter à son tour. Il fut accueilli dans sa chambre par une vision de toute beauté : Eli, nu, allongé sur son lit. Un seul problème… son tigre dormait déjà. Geoff se déshabilla et fit ses ablutions sans faire de bruit avant de se mettre au lit. Eli remua à peine quand il l'embrassa tendrement. Il s'endormit tout de suite.

121

XV

QUAND GEOFF se réveilla il se crut au paradis – ce ne pouvait être que le paradis. La lumière matinale se reflétait dans la chevelure sombre ; Eli avait la tête sur sa poitrine et le caressait, titillant un téton de la bouche. Geoff gémit doucement et déposa un baiser sur sa tête tout en glissant les doigts dans ses cheveux. Leurs lèvres se rencontrèrent en un baiser profond et Eli se déplaça pour s'asseoir sur les hanches de Geoff.

— J'ai envie de toi, Geoff. J'ai tellement envie de toi.

La bouche d'Eli le rendait dingue, et Geoff le serra dans ses bras, l'embrassant de plus en plus passionnément, déchaîné.

— Qu'est-ce que tu veux, mon tigre ? demanda Geoff en glissant les mains le long de son dos et en lui pelotant ses fesses extraordinaires.

— Ça ! Je veux ça !

Eli se cambra quand Geoff fit glisser un doigt entre ses fesses.

— Oui... C'est ça que je veux... Toi !

La bouche d'Eli se fit plus brutale, sa langue exigeante ; le tigre s'emparait de ce qu'il voulait.

— Tu en es certain ? lui demanda Geoff après ce baiser fougueux.

Ce serait la première fois pour Eli, et Geoff voulait être sûr que c'était vraiment ce qu'il désirait. Il ne voulait pour rien au monde lui faire mal ou le pousser à faire quelque chose s'il n'était pas prêt... Mais la réponse d'Eli était claire, se traduisant par le frémissement d'excitation parcourant son corps tout entier, par sa réaction à chaque caresse de Geoff.

— Oh oui. Je veux que tu m'aimes.

Geoff le serra fort dans ses bras, leurs peaux se touchant le plus possible.

— Je t'aime déjà...

Lentement, langoureusement, Geoff les fit rouler sur le matelas, les jambes d'Eli se plaçant autour de sa taille, montrant ainsi clairement ce qu'il désirait. Geoff attrapa le flacon sur la table de nuit et se lubrifia les doigts, puis se mit à taquiner son petit orifice.

Eli gémissait de plaisir tandis que Geoff titillait les petits plis en une caresse circulaire, lentement, introduisant son doigt.

— Geoff...

Il adorait entendre Eli dire son nom comme ça, les bruits incroyables qui montaient de sa gorge. Il enfonça son doigt plus loin.

— C'est bon ? demanda-t-il en recourbant son doigt et en frottant gentiment.

— Oui ! s'écria Eli, et il poussa de ses hanches contre la main de Geoff pour qu'il s'enfonce plus loin dans son corps si chaud et si étroit.

Geoff retira son doigt et en introduit deux, qu'il écarta doucement, et qu'il fit tourner. Les gémissements d'Eli se firent plus fort ; il geignait quand Geoff retirait ses doigts et feulait de plaisir quand ils s'enfonçaient de nouveau.

Il était si serré, si chaud, Geoff se demandait comment il allait pouvoir se retenir. Il émanait de lui une chaleur folle.

— Tu me rends fou de toi, dit-il.

Il retira ses doigts lentement et dévisagea Eli, dont les yeux étaient écarquillés de désir, et dont le corps vibrait presque, allongé, là, les jambes écartées.

— Geoff, je t'en prie, va plus vite.

Les yeux d'Eli étaient deux lacs de passion, tellement profonds ; Geoff n'avait jamais rien vu d'aussi beau. Il se pencha pour embrasser son amant avec fougue en même temps qu'il le pénétrait doucement, le dévisageant pour mesurer sa réaction.

Eli ouvrit les yeux plus grands encore à la sensation de son muscle se déployant pour la première fois. Geoff se tint immobile.

— Ça va ?

Eli ne répondit pas tout de suite, et Geoff se mit à reculer.

— Non, ça va. Je me sens… plein.

Avec un petit soupir d'aise, Geoff recommença à s'enfoncer, tellement attiré par la chaleur d'Eli qu'il n'était pas sûr de pouvoir s'arrêter. Une petite éternité de plaisir plus tard, ses hanches buttèrent contre le corps d'Eli.

— Geoff, je peux quasiment sentir ton pouls qui bat en moi.

Geoff sourit, et contracta ses muscles.

— Geoff ! Tu danses à l'intérieur de moi…

Geoff se retira lentement, retenu par le corps d'Eli, si serré autour de lui. Eli gémit, d'abord doucement puis plus fort quand Geoff le pénétra de nouveau plus profondément.

— Tu es tellement excitant, tellement sexy, dit Geoff.

— Je m'enflamme, j'ai l'impression d'être en feu… Je brûle pour toi, dit Eli avant de tendre la main pour lui caresser du bout des doigts la poitrine et le ventre. J'ai envie de toi, Geoff. Je veux te sentir.

— Tu vas me sentir.

Geoff maintint le rythme, lent et régulier, lui faisant ressentir chaque coup de reins.

— Tu vas me sentir demain quand tu seras à cheval, quand tu seras en train de marcher, quand tu seras assis à table.

— Mon Dieu…

Eli avait le souffle lourd, profond ; ses pupilles étaient dilatées. Geoff enveloppa son sexe de la main et le caressa au même rythme qu'il lui faisait l'amour.

— *Geoff !*

123

Il sentit Eli tressauter dans sa main quand il jouit, son corps onduler tandis que Geoff le rejoignait dans l'extase, irrémédiablement attiré par l'étreinte d'Eli qui serrait son sexe comme un étau.

Lentement, avec réticence, Geoff se retira, rompant leur contact intime. Après un nettoyage sommaire, Geoff attira Eli dans ses bras.

— Je t'aime.

Eli se retourna pour l'embrasser.

— Je t'aime aussi.

Ses yeux se fermèrent et il se rendormit bientôt. Geoff ne tarda pas à faire de même.

Il se réveilla ensuite aux bruits de la ferme. Il y avait du mouvement dans la maison. Il se dégagea lentement de l'étreinte de son amant endormi et s'habilla en silence puis quitta la chambre pour le laisser dormir. En bas, Len était dans la cuisine.

— Raine repart demain ? demanda-t-il, servant à Geoff une tasse de café.

Geoff acquiesça.

— C'est quoi le programme pour aujourd'hui ?

— Je ne sais pas. Je pensais qu'on resterait dans le coin. Une promenade à cheval, une journée calme avant le trajet du retour. C'était chouette de l'avoir en visite.

Len sirotait son café.

— Oui, ça se voit. Vous avez l'air de vous être bien amusés tous les trois, dit-il avant de finir sa tasse et de la déposer dans l'évier. Eh bien, bonne journée !

Geoff prit place à table en souriant, savourant son propre café. Un bruit de pas se fit entendre et Eli entra dans la cuisine. Il se servit une tasse.

— Pourquoi tu ne m'as pas réveillé en même temps que toi ?

— Tu dormais si profondément, je n'en ai pas eu le courage.

Eli se pencha pour lui faire un doux baiser.

— Je me suis dit qu'on se la coulerait douce aujourd'hui, et qu'on se ferait peut-être un restaurant ce soir. De la pure détente, dit Geoff.

Eli s'assit précautionneusement sur sa chaise et Geoff lui sourit.

— Tout va bien ?

Eli lui rendit son sourire.

— Je suis un peu endolori, mais c'est une sensation presque agréable, comme si je te sentais encore en moi.

Geoff dissimula son sourire derrière sa tasse de café. Cela lui plaisait beaucoup qu'Eli puisse encore le sentir, et penser que ça allait durer une bonne partie de la journée...

— Bordel, mais comment faites-vous donc pour vous lever aussi tôt tous les jours ? s'exclama Raine avant de bâiller et de se laisser tomber sur une chaise. Nom de Dieu, même le soleil n'est pas encore réveillé.

Geoff se leva pour lui servir un grand café, qu'il lui tendit entre deux bâillements.

— Je nous ai programmé une journée cool aujourd'hui : une petite promenade à cheval, et puis relaxation. Avec un restau ce soir. Nous avons deux ou trois corvées à faire. Tu peux rester ici et te détendre.

Raine opina de la tête, et continua de siroter son café pendant que Geoff et Eli partaient à l'écurie.

Ils passèrent plusieurs heures à nettoyer des stalles, puis rangèrent leurs outils et reprirent la direction de la maison. Ils furent surpris de trouver Raine dehors, appuyé à la barrière de l'enclos, à regarder le poulain et sa mère.

— Quel âge a-t-il, déjà ? demanda-t-il.

— Deux mois environ.

— Qu'est-ce qu'il est beau.

Geoff s'appuya contre la barrière aussi, passant le bras autour de la taille d'Eli.

— C'est Kirk le père.

Ils observèrent le jeune poulain qui gambadait autour de sa mère.

— Je n'aurais jamais pensé que vivre à la campagne pouvait être une chose merveilleuse, déclara Raine avant de faire face à Geoff. Je pensais que tu étais cinglé de quitter Chicago, mais je vois bien que c'est toi qui avais raison. Tu es vraiment heureux ici, et là-bas, tu ne l'étais pas.

Geoff tenta de le contredire, mais Raine l'en empêcha :

— Pas aussi heureux qu'ici.

L'estomac de Geoff gronda, signe qu'il était temps d'aller manger.

Après le repas, ils passèrent l'après-midi à chevaucher et à se détendre jusqu'à ce qu'il soit l'heure d'aller se préparer pour le dîner.

Geoff retrouva Eli et Raine au salon.

— Est-ce que vous êtes prêts, tous les deux ?

— On t'attendait !

Geoff roula des yeux en direction de Raine puis les mena jusqu'au camion. Ils se mirent en route vers la ville, de bonne humeur, heureux d'être ensemble. Geoff allait être triste de voir Raine repartir.

Il traversa la ville avant de se garer près d'un de ses restaurants habituels, un qui avait une belle vue sur le lac. Il donna son nom à l'hôtesse et on les installa à une table près des baies vitrées.

— Geoff, ce restaurant est tellement beau, dit Eli qui ouvrait grand les yeux en regardant autour de lui et il prit le menu que lui tendait la serveuse. Je ne suis jamais allé dans un restaurant aussi raffiné.

Geoff serra brièvement le genou d'Eli pour le rassurer.

— Profites-en et détends-toi, c'est tout.

Eli lui sourit et ouvrit son menu. Leur serveur vint les saluer, leur fit la liste des spécialités du jour et prit leur commande de boissons. Raine et Geoff prirent chacun un verre de vin et Eli demanda un soda.

Ils bavardèrent en riant tout en consultant le menu. Raine fut le premier à poser le sien.

— Je vais prendre la perche, déclara-t-il.

— Je n'arrive pas à me décider entre le saumon et le canard, leur fit savoir Geoff. Et toi, Eli ?

Eli posa son menu sur la table.

— Je ne sais pas vraiment.

Il avait l'air un peu dépassé. Geoff se pencha vers lui.

— Tu veux que je commande pour toi ?

Eli fit non de la tête.

— Je veux seulement éviter de te faire honte en me conduisant mal.

— Ça ne se produira pas, mon tigre. Détends-toi. Profites-en.

Geoff s'approcha encore plus près.

— Tu ne peux pas me faire honte tant que tu te conduis de la même façon que d'habitude. D'accord ?

Eli hocha la tête et reprit son menu.

— Je vais essayer le canard.

— Alors je prends le saumon, dit Geoff.

Le serveur vint prendre la commande, repartit puis revint quelques minutes plus tard, apportant les boissons et leurs salades. Ils discutèrent agréablement. Geoff regardait Eli du coin de l'œil ; il semblait mal à l'aise et peu sûr de lui, comme quelqu'un qui n'est pas dans on élément.

— Eli, regarde là-bas, dit Geoff en lui indiquant une table avec des enfants. S'ils peuvent manger ici et mettre de la nourriture partout, tu n'as vraiment pas de quoi t'inquiéter.

Il lui serra brièvement la cuisse, et Eli sembla enfin se détendre.

Le serveur apporta leurs plats, qui avaient l'air succulents. Eli eut quelques hésitations vis-à-vis de son canard mais en fin de compte il s'en sortit bien. C'était délicieux et nourrissant ; quand on leur proposa du dessert, tous trois refusèrent. Raine se jeta sur l'addition quand elle arriva, et donna une tape sur la main à Geoff qui essayait de s'en emparer.

— C'est le moins que je puisse faire pour vous remercier tous les deux de m'avoir offert des vacances si agréables.

Il tendit sa carte bleue au serveur.

— Merci, Raine, dit Eli.

Après avoir eu l'air si nerveux auparavant, il avait maintenant une mine réjouie et rassasiée.

— Oui, merci… tu n'étais pas obligé de faire ça, dit Geoff.

— Bien sûr que si, dit Raine en signant le reçu. Maintenant, tais-toi.

Ils se levèrent et quittèrent le restaurant en saluant le personnel. Dehors, la nuit tombait à peine quand ils remontèrent la rue jusqu'au camion.

— Eh, bande de tapettes !

126

Geoff regarda autour de lui.

— Ouais, pédale, c'est bien à toi que j'cause !

Geoff et Raine pivotèrent brusquement pour faire face à trois mecs sur leurs talons.

— On a entendu parler de toi.

C'étaient trois jeunes, avec une dégaine de lycéens faisant partie de l'équipe de football qui venaient tout juste d'obtenir leur diplôme ; Geoff était certain de les avoir déjà croisés en ville.

— Eli, cours vite au camion.

Eli émit un petit cri et détala.

— On sait tout sur toi. C'est lui le gamin avec qui tu couches ?

Geoff ne leur tourna pas le dos, et se mit à marcher à reculons. Les mecs avancèrent ; l'un d'entre eux se saisit de Raine et le serra.

— On en a entendu des belles à ton propos. On dirait que tes proches ne sont pas ravis que tu couches avec des petits garçons.

Le type le plus proche de Geoff le poussa et le fit tomber sur le trottoir. Geoff eut juste le temps de se rouler en boule avant de recevoir des coups de pieds dans le flanc et dans la jambe.

D'autres passants dans la rue s'arrêtèrent. Il entendit quelqu'un dire : "Appelez la police !" puis quelques secondes plus tard, quelqu'un parlait au téléphone.

— Allez les gars, faut qu'on se casse !

Les trois jeunes prirent la fuite en courant.

Lorsqu'il les entendit s'enfuir, Geoff se déroula et essaya de se lever. Il avait mal au côté, mais rien ne semblait cassé. C'est sa jambe qui le faisait le plus souffrir.

— Raine, ça va ?

Les passant qui s'étaient arrêtés avaient aidé Raine à se relever.

— Oui, je crois.

— Où est Eli ?

Geoff avait mal à la jambe et il allait sans doute avoir d'énormes hématomes pendant un temps, mais tout avait l'air de marcher, et sa douleur au côté, Dieu merci, diminuait déjà.

— Je crois qu'il est au camion.

Geoff avisa Eli, debout près du camion, l'air complètement choqué. Une sirène retentit et une voiture de police arriva un instant plus tard, tous feux clignotants.

Les policiers émergèrent de leur véhicule et Geoff leur fit signe. Ils posèrent toutes sortes de questions sur l'incident, et Geoff leur relaya l'accusation dont il était la victime. Bien évidemment, cela ne laissait pas les policiers indifférents et avant de repartir, ils allèrent au camion discuter avec Eli. Après ce qui sembla être des heures, ils furent enfin autorisés à rentrer chez eux. Il demanda à Raine de prendre le volant tendis qu'Eli l'aidait à monter dans le camion.

Le retour fut sinistre. Geoff avait mal partout, et le moral au plus bas. Quand ils arrivèrent à la ferme, Eli et Raine l'aidèrent à descendre du camion et à monter les marches de la maison. Len était au salon.

— Qu'est ce qui s'est passé ?

Geoff se laissa tomber dans un fauteuil et lui raconta l'incident. Eli était assis sur le canapé et ne le quittait pas des yeux.

— Mais pourquoi faire ça ? demanda Len qui avait l'air inquiet.

— Un des gamins a dit que "mes proches ne sont pas ravis que je couche avec des petits garçons". Je pense que quelqu'un a lancé une rumeur selon laquelle j'ai une relation sexuelle avec un mineur.

Len bondit.

— Quelle salope ! s'écria-t-il.

— On ne sait pas si c'est elle, dit Geoff, mais il n'avait pas l'air très convaincu.

— Oui, mais c'est précisément le genre de truc qu'elle est capable de faire. Ragoter en ville partout où elle passe. Merde, elle n'a même pas besoin de mentir. Il suffit qu'elle brode un peu sur la vérité et hop, les commères s'en donnent à cœur joie.

Geoff était trop fatigué pour démêler tout ça maintenant. Il se leva doucement, serra brièvement Raine et Len dans ses bras, et monta en boitant douloureusement dans sa chambre.

Il commença par prendre un anti-douleur, puis il se déshabilla et se mit au lit. Allongé là, il entendait les voix monter du salon, et ses pensées tournèrent vers le souvenir de son père et ensuite vers Eli. Les larmes lui vinrent et il les essuya, refusant de pleurer, mais elles continuèrent de couler. *Peut-être que j'aurais mieux fait de repartir au lieu de m'installer ici. J'aurais dû vendre la ferme quand j'en avais l'occasion. Et s'ils s'en étaient pris à Eli ou Raine ?*

Il s'apitoyait tant sur lui-même qu'il n'entendit même pas la porte s'ouvrir puis se refermer... Mais il sentit soudain Eli l'entourer de ses bras, et l'étreinte provoqua un torrent de larmes.

— Je suis désolé, tellement désolé, s'excusa Geoff.

Il sanglotait si fort qu'il en avait mal partout.

— Tu n'y es pour rien, le calma Eli en le berçant doucement. Allonge-toi.

Eli l'installa confortablement sur les oreillers quand les sanglots se calmèrent, puis il se leva. Geoff s'attendait à ce qu'il parte, mais Eli faisait juste un petit tour à la salle de bains ; il revint très vite et se mit au lit. Il tint Geoff dans ses bras jusqu'à ce qu'il s'endorme.

Geoff passa une très mauvaise nuit. Sa jambe lui faisait mal et il se réveilla de nombreuses fois, mais au moins, Eli était là aussi. Quand il se réveilla le matin, il était seul au lit... Mais il entendit Eli dans la salle de bains. Geoff repoussa les couvertures et regarda son flanc. Sa hanche et son mollet étaient couverts de contusions violet sombre, et sa jambe était douloureuse, pleine de courbatures. Il se leva lentement et enfila un pantalon et une chemise.

Eli émergea de la salle de bains, semblant aussi mal en point que Geoff. Il enfila sa robe de chambre, embrassa Geoff en passant, et partit s'habiller dans sa chambre. Geoff passa à la salle de bains, puis descendit.

Raine était déjà levé et buvait un café.

— Comment va ta jambe ?

— Elle porte toutes les couleurs de l'arc-en-ciel, mais sinon, elle ne va pas trop mal.

Geoff prit place à table et Len lui apporta un café avant de s'asseoir à son tour.

— La police a appelé ce matin. Ils ont trouvé les trois gars qui vous ont attaqués. Ils avaient passé la journée d'hier à boire. Le policier m'a dit qu'ils sont en cellule, inculpés pour violence. Et aussi qu'ils ont avoué les faits, une fois qu'ils avaient dessoûlé, lui expliqua Len avant de prendre une gorgée de son café. L'un d'eux est le neveu de Frank et Penny Winters.

Geoff soupira et se contenta de boire son café. Il n'avait rien à dire.

Raine finit sa tasse.

— Il faut que je me mette en route. Tu m'accompagnes dehors pour me dire au revoir ?

Ils croisèrent Eli qui arrivait au bas de l'escalier, et Raine le serra dans ses bras. Il lui dit quelque chose à l'oreille que Geoff n'entendit pas. Ils allèrent à la voiture.

— Tu as toutes tes affaires ? demanda Geoff.

— Len m'a aidé, tôt ce matin. Écoute. Prends bien soin de toi, et ne te laisse pas abattre, okay ? C'était juste une bande de gamins débiles qui avaient trop bu. Et en plus, il faut que tu t'occupes d'Eli.

Raine soupira quand il vit l'expression de Geoff, et lui donna une tape amicale sur l'épaule.

— Il a tout vu et tout entendu, hier soir, et il se sent encore plus mal que toi. Toi tu as vécu à Chicago, tu as déjà vu ce genre de trucs… Pas lui.

Raine le prit dans ses bras et le serra bien fort.

— Prenez soin l'un de l'autre. Vous vous êtes vraiment bien trouvés…

Il serra une dernière fois Geoff dans ses bras puis prit place au volant, mit le contact, et partit en lui faisant un au revoir de la main.

Raine avait raison ; Geoff avait déjà vu ce genre de choses. Il se reprit et retourna dans la maison. Len préparait le petit déjeuner.

— Tu sais où est parti Eli ?

— Il a pris un truc à grignoter et il est parti à l'écurie.

Len lui servit une assiette.

— Mange d'abord.

Geoff opina et partagea un petit-déjeuner sain et nourrissant avec Len. Quand il eut avalé la dernière bouchée, Len le chassa gentiment :

129

— Maintenant tu peux le rejoindre. Allez, va.

— Merci.

Geoff se rendit à l'écurie, mais il la trouva silencieuse et déserte ; la stalle de Twilight était vide.

— Il a sûrement besoin d'un peu de temps pour réfléchir, dit Len, lui tapotant l'épaule en passant sur le chemin du manège.

Joey l'attendait déjà à la barrière avec un grand sourire, prêt pour sa leçon. Geoff fit demi tour et repartit vers la maison, comme sur pilote automatique.

Au bureau, il démarra l'ordinateur et se mit au boulot. Il fallait mettre certains registres à jour, passer des commandes, relire des contrats immobiliers. Il se força à ne penser à rien d'autre qu'au travail, ne s'arrêtant que brièvement pour un rapide déjeuner sur le pouce. À cinq heures de l'après-midi, il avait fini tout ce qu'il avait à faire. Les registres étaient à jour, le contrat relu, et il avait pris rendez-vous avec le notaire pour finaliser l'achat des terres des Winters.

Il se leva, ressentant chaque courbature, et se rendit à l'écurie. Eli était dans la stalle du jeune poulain, vérifiant son état de santé, travaillant calmement.

— Eli, est-ce que tu as bientôt fini ?

Eli se retourna et Geoff vit que des larmes coulaient sur son visage.

— Oui.

Nom de Dieu, je n'aurais pas dû le laisser seul toute la journée.

Eli ramena le poulain dans son pâturage, les joues toujours baignées de larmes. Geoff s'avança pour le prendre dans ses bras mais Eli l'arrêta d'un geste.

— Je vais bien, Geoff, dit-il avant de s'essuyer le visage du revers de la main et de se reprendre. J'ai fini. Est-ce qu'on peut rentrer à la maison pour parler ?

— Oui. Je crois qu'il le faut, en effet.

Geoff le prit par la main et le mena à l'intérieur de la maison, dans le salon. Il le fit asseoir sur le canapé, s'assit près de lui, et attendit patiemment.

Les larmes d'Eli se remirent à couler, en silence.

— Je ne sais pas comment te le dire…

— Je sais que tu es bouleversé par ce que tu as vu hier soir, et c'est normal.

Eli s'essuya de nouveau les yeux.

— Ce n'est pas seulement ça. J'ai entendu ce qu'ils disaient. Je sais que ta tante a répandu cette rumeur vicieuse, ces mensonges sur nous.

Il renifla, et Geoff voulut le prendre dans ses bras, mais Eli esquiva.

— Dans une communauté Amish, personne ne se fait battre, et on ne répand pas de tels mensonges. On s'entraide, on se soutient les uns les autres.

Il pleurait de plus en plus, et Geoff sentit ses propres yeux s'emplir de larmes.

— Si cette rumeur arrive jusqu'à ma communauté, ma famille sera exclue… Ce sera comme s'ils n'existaient plus aux yeux du reste du groupe. Mon oncle, mon père et ma mère, mes frères et mes sœurs, ils seront tous exclus. Je ne peux pas laisser faire ça.

L'estomac de Geoff se noua.

— Qu'est-ce que tu veux dire ?

Eli lui fit face.

— Je dois repartir. Il faut que j'y retourne, pour le bien de ma famille, dit-il avant de couvrir son visage de ses deux mains et de laisser les sanglots le submerger.

XVI

GEOFF SE rapprocha. Il ne pouvait pas rester là sans rien faire, il fallait qu'il console Eli. Il le prit dans ses bras et Eli se laissa aller contre lui, appuyant sa tête sur l'épaule de Geoff en sanglotant toujours.

— Tu es sûr que tu ne dramatises pas les choses ?

Eli se dégagea de l'étreinte.

— Tu ne comprends pas ! cria-t-il entre deux sanglots. Je t'aime plus que tout, mais je ne peux pas laisser ma famille en subir les conséquences !

Sa colère diminua aussi vite qu'elle était apparue.

— J'y ai réfléchi toute la journée. J'ai su ce qu'il fallait que je fasse dès que je me suis levé ce matin… Tout ce que j'ai fait aujourd'hui, c'est chercher un moyen de te l'annoncer sans avoir à te briser le cœur… pour ne pas que tu ressentes cette souffrance horrible que je ressens.

Ses larmes reprirent de plus belle ; cette fois Eli ne se retenait plus. Il se blottit dans les bras de Geoff, le serrant fort, très fort, tout son corps secoué de sanglots.

Geoff aurait pu dire à Eli qu'il ferait n'importe quoi pour qu'il reste. Il aurait vendu toutes ses possessions et déménagé à l'autre bout du pays, il l'aurait supplié à genoux de rester s'il avait pensé un instant que ça pouvait le convaincre de rester, mais rien n'y ferait. Geoff aimait Eli, du plus profond de son cœur et de son âme, et l'une des choses qu'il aimait chez lui était le fait qu'il soit la personne la plus généreuse et la moins égoïste qu'il ait jamais connue. Comment pouvait-il exiger de lui qu'il change sa nature profonde pour rester à ses côtés ? Il s'aperçut qu'il ne le pouvait pas.

— Tu es tellement, tellement bon, lui dit Geoff en peignant des doigts la chevelure de son amant. Et je t'aime tant.

Les sanglots d'Eli commençaient à se calmer.

— Je suis coincé, il n'y a pas de bonne solution. Si je reste, tu seras à moi, mais ma famille en souffrira et je ne pourrais plus jamais les revoir. Si je m'en vais, j'abandonne la personne que j'aime le plus au monde, mais je ne condamne pas ma famille à l'exclusion de la communauté.

— Mais ils n'ont rien fait du tout.

— C'est ça le pire, hein ? Ils seraient coupables par association, et condamnés quoi qu'il arrive. Pas officiellement, bien sûr, mais on les traiterait différemment. Papa est très respecté, c'est un des chefs de la communauté, mais il serait mis à l'écart, toute ma famille serait forcée de vivre en marge. Dans la rue, les gens les éviteraient. Ils iraient acheter leur pain ailleurs. Ils n'achèteraient pas de meubles chez mon père, et ne l'aideraient pas s'il avait une grosse commande à remplir.

Eli regarda Geoff dans les yeux.

— Je ne vois pas d'autre solution, conclut-il.

Le cœur de Geoff se fendait. Il savait qu'il allait bientôt perdre Eli, l'homme qu'il aimait, mais ce qui le faisait souffrir le plus était de voir la douleur d'Eli. Il allait devoir le laisser repartir ; il n'avait pas le choix.

— Quand repars-tu ?

Eli renifla.

— Je devrais partir tout de suite, pour ne pas prolonger toute cette peine et cette souffrance.

— Non ! Tu peux partir demain matin. Je voudrais encore une nuit avec toi, une dernière chance de te tenir dans mes bras, de te faire l'amour… de se dire au revoir. J'en ai besoin pour pouvoir m'en souvenir pour le restant de ma vie.

Eli se leva, essayant de maîtriser ses émotions.

— J'en ai besoin aussi.

Il monta l'escalier en reniflant, et Geoff entendit la porte de sa chambre se refermer. Il hésita à le suivre, mais renonça. Il lui fallait un temps de réflexion… Non, il lui fallait tout sauf ça. Il ne lui restait que quelques heures à passer avec Eli, il allait en profiter au maximum.

Geoff monta à l'étage et frappa à la porte d'Eli.

— Eli… C'est moi.

Doucement, la porte s'ouvrit, révélant des yeux rougis de larmes.

— Viens là, lui dit Geoff en tendant les bras vers lui.

Eli hésita avant d'accepter l'étreinte de Geoff, qui le serra fort. Il ne risquait pas de refuser quoi que soit qui lui permette d'avoir Eli dans ses bras.

— Tout va s'arranger.

— Comment ?

— Je ne sais pas. J'aimerais le savoir. Y a-t-il des choses que tu dois faire avant de repartir ?

Eli fit non de la tête.

— Je n'ai pas grand-chose à emporter.

— Oh.

Geoff se pencha pour embrasser Eli. Il savait bien que chaque baiser pouvait être leur dernier, et il voulait que chaque baiser compte, celui-ci comme les autres. Eli se laissa aller contre lui, et Geoff en profita, savourant ses lèvres sensuelles, sa bouche si douce, avant de s'écarter.

— Je reviens dans une seconde.

Geoff descendit à la cuisine où il prépara un dîner simple, arrangeant quelques petites choses à manger sur un plateau. Il fit un bref détour par le salon puis monta le plateau à la chambre d'Eli. Il frappa à la porte, et Eli lui ouvrit, ne portant que le fameux bikini rose.

133

Les yeux de Geoff lui sortirent de la tête.

— Qu'est-ce que c'est que ça ?

— Raine me l'a laissé, et je voulais vraiment le mettre, pour toi.

Geoff déposa le plateau sur la commode puis ôta sa chemise et son pantalon, pour se retrouver face à Eli en sous-vêtements.

— Je nous ai pris de quoi manger. Comme ça on est rien que tous les deux.

Ils s'embrassèrent, un baiser tellement brûlant qu'il fit trembler les genoux de Geoff. Il guida Eli jusqu'au lit et l'aida à s'installer confortablement avant d'apporter le plateau, puis le rejoignit, assis sur le couvre-lit. Il avait fait exprès de ne choisir que des choses qui se mangent avec les doigts. Il prit une grappe de raisin qu'il porta aux lèvres d'Eli, grain par grain. Eli fit de même et lui donna des fraises une par une, et Geoff ne manqua pas une occasion de lui lécher les doigts. De la langue, des doigts, des lèvres : peu importait comment il touchait Eli du moment qu'il le touchait. Geoff essayait d'accumuler toute une vie de caresses et d'effleurements en quelques heures.

Quand ils eurent fini de manger, Geoff alla reposer le plateau sur la commode. Debout au pied du lit, il contempla Eli, véritable vision divine, allongé sur le lit dans le minuscule maillot de bain rose qui ne laissait pas grand-chose à l'imagination. Il voulait mémoriser cette image, la graver à jamais dans sa mémoire pour s'en souvenir pour toujours. Puis, lentement, il monta à quatre pattes sur le lit et avança vers Eli. Doucement, avec précautions, leurs lèvres se touchèrent et leurs langues se caressèrent.

Ils n'étaient pas pressés, et ils laissèrent l'excitation monter en eux lentement. Eli gémit de plaisir lorsque Geoff s'allongea sur lui et que leurs peaux se touchèrent enfin. D'une seule main, Geoff déshabilla d'abord Eli, puis lui-même, se pressant contre lui – tout son être réclamait ce contact intime, chaque cellule de sa peau mourait d'envie de se frotter à Eli le plus possible.

Ils firent l'amour pendant des heures, Eli possédant Geoff puis Geoff possédant Eli. De la main, de la bouche, de la langue et des doigts, ils se caressèrent, se savourèrent l'un l'autre… Se donnèrent mutuellement tout ce qu'ils pouvaient désirer, tout ce qu'ils pouvaient s'offrir. Des heures durant, ils s'aimèrent, doucement, lentement, puis plus vite, plus fort – rien d'autre n'avait d'importance. Ils avaient tant besoin l'un de l'autre ; ils s'aimèrent entièrement, sans réserve. C'était leur dernière fois, et ils en profitèrent au maximum, se dévorant, s'emplissant l'un de l'autre ; ils mémorisèrent le moindre muscle, le moindre contour, le moindre goût, la moindre odeur…

Aux environs de minuit, satisfaits et vidés, ils se pelotonnèrent ensemble au milieu du lit et s'étreignirent, conscients que c'était pour eux la toute dernière fois.

— J'ai quelque chose à te donner.

Geoff se leva pour aller à la commode.

— Je voudrais que tu emportes ça avec toi, dit-il à Eli en lui remettant une petite photographie. Len l'a prise peu après mon retour à la ferme.

Eli tendit la main pour saisir le cliché, une larme roulant le long de sa joue.

— Je n'ai rien à te donner...

— Je n'ai besoin de rien.

Geoff éteignit la lumière et reprit Eli dans ses bras. Il hésitait à fermer les yeux, parce qu'il craignait qu'Eli soit déjà parti quand il les rouvrirait. Il se dit qu'il ne pleurerait pas, qu'il allait tenir le coup tant qu'Eli était là. Il aurait tout le temps de s'effondrer une fois que son amant serait parti, et Geoff savait qu'il ne pourrait y échapper... Mais pas en présence d'Eli. Il finit par s'endormir tard dans la nuit, rapidement réveillé par un mouvement dans le lit – mais ce n'était qu'Eli qui se retournait dans son sommeil, et Geoff sombra de nouveau.

Quand il ouvrit les yeux, le soleil se levait à peine. Eli était encore endormi à côté de lui, et Geoff avait peur de le réveiller en bougeant. Il savait qu'une fois qu'Eli aurait repris conscience, ce serait le début de la fin. Il se contenta de respirer calmement en le regardant. Ses lèvres bougeaient tout doucement dans son sommeil ; ses paupières frémissaient parfois. Geoff contempla sa poitrine, si douce, cette étendue de peau immaculée qu'il aimait tant caresser, et son épaisse chevelure sombre. Nom de Dieu. Il ne pourrait plus jamais voir la robe sombre et luisante de Kirk sans penser aux cheveux brillants d'Eli.

Cette pensée le fit presque éclater en sanglots, mais il la refoula et reposa la tête sur l'oreiller. Eli cligna des yeux, révélant leur belle couleur bleue, puis ils s'ouvrirent, et Geoff l'embrassa tendrement. Tout en lui rendant son baiser, Eli se rapprocha et le serra fort dans ses bras. Puis il s'assit, lentement. Tous deux savaient bien que plus ils retarderaient son départ, plus ce serait dur.

— On se retrouve en bas, dit Eli en se glissant hors du lit, quittant la chambre sans un mot de plus.

Un peu plus tard, Geoff sortit à son tour du lit, enfila un jean et une chemise. Faisant de son mieux pour ne penser à rien, il passa à la salle de bains pour se brosser les dents, puis mit ses chaussures et descendit. Eli l'attendait en bas, portant les mêmes vêtements que lorsqu'il était arrivé, ressemblant de nouveau à un jeune homme Amish irréprochable.

— Tu veux que je t'emmène en voiture ?

Eli fit non de la tête.

— Non, je vais marcher.

Geoff opina, paralysé. Il ne savait pas quoi faire. Finalement, Eli s'approcha et le serra dans ses bras, puis leva la tête pour l'embrasser tendrement. Puis il se dégagea, lui tourna le dos, et franchit la porte. Dehors, Geoff entendit les chiens se précipiter vers lui pour quémander des grattouilles, et quelques minutes plus tard, ce furent les pas d'Eli qu'il entendit descendre les marches du porche.

Geoff resta debout là, immobile, pendant longtemps. Il forçait sa respiration à rester régulière, comme s'il n'était pas sûr que ses poumons continuent à fonctionner s'il s'arrêtait d'y penser. Lentement, finalement, il fit demi-tour et remonta l'escalier en traînant les pieds. Sur le palier, il remarqua que la porte de la chambre d'Eli était ouverte. Il sut alors que, dans son esprit, cette pièce resterait à jamais la chambre d'Eli. Il y entra.

Les jeans et les chemises qu'Eli avait portés durant son séjour à la ferme étaient étalés sur le lit, ainsi que le maillot de bain rose et un mot. D'une main tremblante, Geoff saisit la feuille de papier.

> *Geoff, mon bien-aimé,*
>
> *Je n'ai rien à te donner d'autre, alors j'ai pensé te laisser ce mot. Au moment où j'écris ces mots tu es encore couché dans l'autre chambre, et j'entends encore à mon oreille le doux son de ton souffle.*
>
> *Je veux en profiter pour te remercier : de m'avoir accueilli, de m'avoir offert un endroit pour vivre, et par-dessus tout, de m'avoir aimé comme tu l'as fait. Tu m'as appris que je mérite d'être aimé, et je t'en serai éternellement reconnaissant. Où que j'aille et quoi que je fasse, je ne cesserai de penser à toi souvent. Je me souviendrai toujours de toi, chevauchant Kirk, filant à travers la prairie comme pour rattraper le vent en personne, et de ton visage quand nous faisions l'amour.*
>
> *Je ne t'oublierai jamais. Aussi longtemps que je vivrai, quoi que me réserve la vie, tu seras toujours avec moi. Je ne pourrais jamais monter à cheval, apercevoir un champ de fleurs sauvages, ou passer le long d'un pré où paissent des bœufs sans penser à toi, et à l'amour qui nous a unis.*
>
> *Je t'aimerai à jamais,*
> *Eli.*

Quand il vit qu'Eli avait inscrit "Ton Tigre" sous sa signature, Geoff lâcha la feuille de papier. Elle tomba en voletant.

Toute pensée abolie, Geoff retourna dans sa chambre, referma la porte et s'appuya contre elle. Ses genoux cédèrent et il glissa à terre. Il se couvrit le visage des deux mains et ses émotions déferlèrent ; il sanglota sans retenue, tout son corps secoué par la douleur.

Ses larmes taries, enfin, Geoff se releva. Debout au pied du lit, il eut un flash de clairvoyance, et entrevit la réponse à la question qu'il s'était posée le jour où il avait emménagé dans cette chambre.

Fixant le lit – ce lit qu'il avait partagé avec Eli, le même lit que son père et Len avait partagé – il sut, soudain. Il sut avec certitude comment Len et son père avaient passé leur dernière nuit ensemble. Il espérait pour eux qu'ils avaient fait une dernière fois l'amour, mais il ne faisait aucun doute qu'ils s'étaient enlacés, et il avait la certitude que le moment venu, Len avait laissé son père partir, comme Geoff venait de laisser partir Eli.

Il savait qu'ils s'étaient parlé, s'étaient déclaré leur amour mutuel, dit à quel point ils comptaient l'un pour l'autre. Geoff savait aussi que ce matin-là, ils s'étaient dit au revoir et s'étaient embrassés pour la dernière fois. Il pouvait presque voir, dans son esprit, Len se lever et quitter la pièce, laissant les cachets sur la table de nuit, faisant pour le mieux malgré sa propre douleur.

Il s'était demandé, ce jour-là, comment on peut remercier quelqu'un pour vingt ans d'amour. Il savait comment, maintenant. Même s'il n'avait eu Eli que pour deux mois, il savait. La réponse était tellement simple :

Ce n'était pas la peine.

— Geoff, l'interpella la voix de Len au rez-de-chaussée.

Geoff força ses jambes à marcher, ouvrit la porte et descendit dans la cuisine.

— Veux-tu dire à Eli que son petit-déjeuner est prêt ?

Geoff secoua la tête.

— Eli est parti.

— Parti ? Parti où ?

Geoff fit l'effort de prononcer les mots en espérant qu'il n'allait pas s'effondrer :

— Il est reparti dans sa communauté. Il est parti.

— Mon Dieu, Geoff. Je suis tellement désolé.

Len vint à lui et le prit dans ses bras. Geoff essaya de retenir ses larmes mais il le ne put pas ; elles lui roulèrent le long des joues.

— Merci, Len.

L'étreinte se relâcha et Geoff se laissa tomber sur une chaise, fixant d'un regard vide la nourriture posée devant lui. Il se força à manger quelque chose, lentement, mais il n'avait aucun appétit. Il renonça, repoussa sa chaise et remonta à l'étage. Ses pieds le menèrent droit à la chambre d'Eli.

Lentement, avec précautions, il prit les vêtements empilés sur le lit et les remit dans la commode. Il ramassa la feuille de papier tombée par terre, la plia soigneusement et la rangea dans un des tiroirs. Puis il se ravisa, la reprit, et quitta la chambre en refermant la porte. Dans sa chambre à lui, il ouvrit le petit tiroir qui contenait la lettre de son père, et ajouta la lettre d'Eli dans l'enveloppe.

La fenêtre laissait entrer les bruits ordinaires de la ferme, lui rappelant que la vie continuait malgré son cœur brisé. Geoff fit un gros effort pour reposer l'enveloppe et fermer le tiroir, puis pour redescendre et sortir à l'écurie entamer les corvées de la journée. Il se mit au travail immédiatement, à commencer par le nettoyage des stalles qui en avaient besoin, pour s'occuper. Cette stratégie semblait être efficace jusqu'au moment où il ouvrit la porte de la stalle de Kirk et aperçut l'étalon noir. Des visions d'Eli déferlèrent dans son esprit : ses yeux étincelants, sa chevelure sombre brillant sous le soleil matinal… Geoff referma la porte et repartit sans un mot vers la maison.

XVII

Geoff se réveilla à l'heure habituelle, et sourit en palpant le lit autour de lui. Puis il se rendit compte qu'il était seul, et son sourire s'évanouit. La scène s'était répétée toute la semaine. Les toutes premières secondes, il avait oublié qu'Eli était parti, et il était heureux. Ensuite, le restant de la journée représentait un effort. Les choses auxquelles il prenait plaisir d'habitude étaient devenues pénibles. Il continuait à faire une chevauchée matinale, mais sans y prendre plaisir. Il le faisait parce que les chevaux avaient besoin d'exercice et non par désir.

Il repoussa les couvertures, se força à sortir de son lit, s'habilla et descendit à la cuisine. Len était déjà là, et ils discutèrent des tâches du jour en buvant le café.

— Joey m'a demandé si on aurait du travail à lui donner. Je crois qu'il lui faudrait un boulot pour l'été.

— Bien sûr. Embauche-le pour l'été. Il ne sera pas de trop.

Eli étant parti, il leur manquait une paire de mains, et ils allaient avoir des projets supplémentaires une fois que le contrat de vente concernant la ferme des Winters serait signé.

Len lui sourit.

— Je savais que tu dirais ça… Il commence dès ce matin.

Geoff secoua la tête.

— Pourquoi ne pas me dire que tu l'as embauché ? Je te fais confiance. C'est toi le contremaître après tout, dit Geoff avant de finir son café. Il faudrait qu'on se mette à la recherche d'un autre gars à plein temps. Je crois qu'on va en avoir besoin, surtout une fois qu'on aura augmenté l'effectif du troupeau.

— Je m'en occupe.

Len termina son café tandis que Geoff posait sa tasse dans l'évier et sortait. Pour la première fois en une semaine il se rendit directement à la stalle de Kirk. Il l'étrilla et le sella.

— Prêt pour une promenade, mon gars ?

Le cheval était impatient, piaffant dans sa stalle. Geoff finit de le préparer et le fit sortir, puis l'enfourcha.

— Allez mon gars, allons-y.

Il éperonna sa monture, et Kirk partit au galop, comme une flèche. Ce n'était pas la première fois, mais ce matin, la vitesse et le vent commencèrent à lui éclaircir les idées. Il avait passé son temps à résister à l'idée de tourner la page, mais il se rendit compte qu'il le fallait vraiment.

Kirk ralentit en atteignant l'autre côté du pré. Geoff le fit volter et l'éperonna de nouveau. Un deuxième sprint leur fit du bien. Ensuite, Geoff fit ralentir Kirk au trot et ils prirent la direction d'un autre pâturage pour aller jeter un œil au troupeau.

Cette longue promenade avait vraiment fait du bien à Geoff. Après avoir dessellé Kirk, il le mena au manège avant de retourner à la maison. En chemin il croisa Joey qui arrivait.

— Bonjour.

— Bonjour, Geoff ! le salua l'adolescent, visiblement excité à en croire son sourire. Merci pour le boulot ! Je promets de faire de mon mieux.

— Je sais bien, Joey. Qu'est-ce que Len t'a donné pour commencer ?

— Il m'a dit de balayer l'écurie, de nettoyer les stalles et de veiller à ce que la sellerie soit bien organisée, prête à l'usage.

Le sourire de Joey s'estompa quand il se concentra pour bien se remémorer ses tâches.

— Il m'a aussi demandé de décompter la quantité de paille utilisée, pour lui permettre de savoir combien il faut en engranger pour l'hiver.

— Excellent. Nous aurons sans doute besoin de toi aussi pour poser des clôtures dans une semaine ou deux.

Geoff repartit vers la maison, mais se retourna :

— Viens à la maison pour le déjeuner !

— Maman m'a préparé un repas, dit Joey en lui montrant le sac en papier kraft qu'il tenait à la main.

— D'accord, mais tu diras à ta mère que tu manges avec les gars à partir de maintenant.

Ces mots lui valurent un grand sourire. Joey était bon travailleur ; Geoff savait très bien qu'il mériterait tout à fait sa part. De plus, cela serait plus pratique pour sa mère de ne pas avoir à se préoccuper de lui acheter ou préparer le déjeuner.

— Je lui dirai ! s'exclama Joey avant de lui faire un signe de la main en partant vers l'écurie pour se mettre au travail.

La bonne humeur de Geoff fut interrompue lorsqu'il entendit des voix au salon alors qu'il entrait dans la maison. *Qu'est-ce qu'elle fait là ?* Il entra dans la pièce et constata que beaucoup de ses proches s'y trouvaient. Ses trois tantes, l'oncle Dan, ses cousins Jill et Chris ainsi que Len étaient tous installés dans le salon.

— Qu'est-ce que vous faites tous là ? demanda Geoff, ne pouvant s'empêcher de fusiller sa tante Janelle du regard.

— Nous sommes venus partager une bonne nouvelle, dit tante Vicki.

Elle rayonnait, et Geoff cessa de se concentrer sur Janelle pour examiner sa cousine Jill, et plus précisément sa main. Pete s'était enfin décidé à faire sa demande.

— Oh, je vois que le temps des félicitations est venu ! dit-il en serrant fermement sa cousine dans ses bras. Tu as beaucoup de chance.

— Merci ! dit Jill, éclatante de joie.

— J'ai quelque chose à te donner. Attends, je reviens tout de suite.

Geoff monta dans sa chambre pour chercher ce qu'il lui fallait, puis il redescendit au salon.

— Tiens, je tiens à t'offrir ceci en cadeau de mariage.

Il entendit nettement tante Janelle qui retenait son souffle.

— Ça appartenait à ton arrière-grand-mère. Avec sa mère, elles l'ont elles-mêmes réalisée pour son mariage, et puisque tu es la première de notre génération qui va se marier, je pense qu'elle te revient de droit.

Elle prit la courtepointe, les yeux écarquillés par la surprise, et la déplia soigneusement.

— Merci, Geoff.

Elle lui donna une nouvelle accolade puis se rassit pour mieux admirer son cadeau.

Tante Mari changea de sujet.

— Geoff, si nous sommes venus c'est surtout parce que nous nous faisons du souci pour toi. Depuis le départ d'Eli, tu n'es plus le même.

Geoff ne la contredit pas, mais il n'avait pas non plus l'intention de faire semblant d'être heureux. Janelle renifla.

— Je vais bien. Je vais m'en remettre ; ça prend du temps, c'est tout.

Geoff ne pensait pas s'en remettre de sitôt, mais il ne voulait pas l'attrister.

— Si tu veux mon avis, tu es bien mieux sans lui. Maintenant tu peux te trouver une gentille fille et te marier.

Le ton supérieur de Janelle fit le même effet à Geoff que le son désagréable qu'un crissement d'ongle sur un tableau noir. La colère l'envahit, et il se tourna vers elle d'un bloc.

— Un jour, il faudra bien que tu te mettes en tête que je suis homosexuel. Je ne rencontrerai jamais de fille avec laquelle je me marierai et aurai des enfants. Ça n'arrivera pas, un point c'est tout.

Sa colère menaçait de le submerger. Il la retenait depuis plus d'une semaine, et elle refusait de se laisser contenir plus longtemps.

— Et si tu crois que je ne sais pas que c'est toi qui répands des rumeurs en ville, tu te trompes.

— Je dis ce que je pense !

— Tu répands des mensonges, oui. Des mensonges qui nous ont valu une *agression* la semaine dernière.

Geoff entendit des cris étouffés mais il continua dans sa lancée.

— Des mensonges qui ont fait du mal à la personne que j'aime le plus au monde. Quelqu'un de si attentionné et si gentil qu'il a préféré partir pour éviter que *tes* mensonges ne fassent du mal à sa famille !

Geoff s'essuya les yeux et poursuivit.

140

— Et ça me fait du mal à moi. Un membre de ma propre famille a délibérément répandu des mensonges pour me faire du mal. Eh bien j'espère que tu es contente : ça a marché. Il est parti, et sans lui je suis misérable.

Geoff se tourna pour partir, puis se ravisa.

— Sors d'ici. Je ne veux pas de toi chez moi.

— Quoi ? s'exclama Janelle qui avait de nouveau pris son ton supérieur.

Geoff craqua :

— Je veux que tu dégages d'ici ! cria-t-il en la désignant du doigt. Tu as cinq minutes pour sortir de chez moi, espèce de salope mauvaise et sans cœur, ou bien j'appelle la police !

Il lui montra la porte.

— Dégage !

Janelle se leva.

— Viens, Victoria, on s'en va, dit-elle en se dirigeant vers la porte.

— Je n'irai nulle part. Geoff est mon neveu, et il a raison. Tu es vraiment une salope rancunière, et j'en ai marre de toi.

Janelle avait l'air d'un poisson sur un hameçon, la bouche grande ouverte.

— Et comment je vais rentrer chez moi ?

— On te ramènera quand on sera prêts à partir, dit Vicki en prenant ses aises comme si elle venait tout juste d'arriver.

Geoff regarda sa montre et céda :

— Tu peux rester jusqu'à ce qu'ils s'en aillent. Mais je ne veux pas te voir ni t'entendre. Va t'asseoir sur le porche. Peut-être que les chiens viendront te tenir compagnie, s'ils ont pitié de toi. Après ça, je ne veux plus jamais te voir ni te parler.

La colère de Geoff avait fait son temps, et commençait à s'estomper.

— Excusez-moi un moment, dit-il en tournant les talons, puis il quitta la pièce pour aller s'asseoir à la cuisine.

Quelques minutes plus tard, Mari et Vicki prirent place en face de lui.

— Je ne lui demanderai pas pardon, pas la peine de me le demander. Je souffre en ce moment, et c'est en partie de sa faute, dit Geoff.

— Tu t'en remettras, tu rencontreras quelqu'un d'autre. Ce n'est pas la fin du monde.

Il savait que tante Vicki disait cela pour l'aider.

— Ça y ressemble beaucoup pourtant, dit-il en les regardant dans les yeux. J'ai passé beaucoup de temps à Chicago avec beaucoup d'hommes différents. Putain, il m'arrivait même de coucher avec trois ou quatre mecs différents dans la semaine, mais je n'ai jamais ressenti ce que je ressens pour lui.

Elles ne comprenaient pas, donc il essaya de leur expliquer d'une autre manière :

— Est-ce que vous croyez que chaque personne a une âme sœur, une personne qui vous complète d'une façon que vous n'auriez jamais pensé possible ?

Elles opinèrent toutes les deux.

141

— Eh bien, Eli était mon âme sœur – j'en suis certain. Je le ressens avec chaque cellule de mon corps. Et il est parti. Il est à moins de quinze kilomètres d'ici, et c'est comme s'il était à l'autre bout du monde. Merde, il est dans un autre monde – un monde complètement différent.

Vicki lui prit la main.

— Chéri, c'est lui qui a décidé d'y retourner. Tu le sais bien.

— Je le sais. Il a choisi d'y retourner parce que les rumeurs qu'elle a lancé pouvaient faire du mal à sa famille. Si la communauté apprenait qu'il est homosexuel, toute sa famille serait exclue. Ne comprenez-vous pas qu'il a sacrifié son propre bonheur pour protéger sa famille ?

Deux paires d'yeux troublés le regardaient sans comprendre.

— Il est homosexuel. En partant d'ici, il s'est condamné à vivre un mensonge pour le restant de sa vie. Il se mariera probablement, il aura sans doute des enfants, mais sa femme ne le rendra jamais vraiment heureux, quoi qu'elle fasse, et elle ne saura pas pourquoi, et il ne pourra jamais le lui dire. Je sais bien que je suis malheureux, mais je sais surtout qu'il sera malheureux toute sa vie.

À leurs visages, ses tantes avaient l'air de commencer à comprendre.

— Mon Dieu, il est en prison, dit Mari, la main devant la bouche.

— Et il est condamné à perpétuité, termina Geoff.

Il n'essayait plus de masquer la douleur dans sa voix. Il avait une idée assez claire de la vie misérable qu'allait mener Eli.

— Qu'est-ce qu'on peut faire ?

— Rien. La seule personne qui peut y faire quelque chose c'est Eli, et il a fait son choix. Ça fait mal, mais sa capacité à se soucier des autres est l'une des raisons pour lesquelles je l'aime. Je ne peux pas attendre de lui qu'il se soucie moins de sa famille que de moi.

C'était vrai. Jamais Geoff n'aurait forcé Eli à choisir entre lui et sa famille.

— Il faut que tu tournes la page, dit Vicki.

Geoff fit non de la tête – tante Vicki n'arrivait pas à comprendre. Mais elle faisait l'effort d'essayer, et il lui en était reconnaissant.

— Tante Vicki, si Eli était une femme, est-ce que tu me dirais la même chose ?

Geoff vit presque l'ampoule s'allumer au-dessus de la tête de sa tante.

— Oh mon Dieu. Je... Nous serions là pour toi et nous te laisserions faire le deuil de cette relation.

Avant même que Geoff puisse opiner, elle se levait pour se précipiter vers lui et le prendre dans ses bras.

— Prends tout le temps qu'il te faut. Nous sommes à tes côtés. On se fait du souci pour toi, c'est tout.

— Je sais, et je vous en remercie, dit Geoff en la serrant dans ses bras avant de se lever. Est-ce que vous vouliez faire une promenade à cheval ?

— Pas aujourd'hui, dit-elle en jetant un coup d'œil en direction du porche. Je devrais ramener Janelle chez elle avant qu'elle explose.

— Je pensais tout ce que j'ai dit, insista Geoff en regardant ses deux tantes. Je ne veux plus jamais avoir affaire à elle. Il y a assez de haine et de préjugés dans ce monde, je ne veux pas voir ça dans ma famille, et je n'en veux pas dans ma maison.

— Tu sais qu'elle sera présente au mariage de Jill.

Geoff ne voulait surtout pas créer de difficultés à sa famille.

— Tant que vous ne nous placez pas à la même table, tout ira bien, déclara-t-il en leur faisant un clin d'œil.

Elles le serrèrent dans leurs bras avant de rejoindre le reste de la famille au salon.

— Dan, on devrait rentrer. Geoff a des choses à faire.

Tout le monde se leva et, après s'être dit au revoir, s'en alla. La maison redevint calme et silencieuse ; il ne restait que Len, assis dans son fauteuil.

— Je suis allé à la boulangerie ce matin. J'y ai vu Eli.

Une petite lueur d'espoir s'alluma dans la poitrine de Geoff, puis elle s'éteignit aussitôt.

— Comment va-t-il ?

— Je n'ai pas eu l'occasion de lui parler – son oncle était là. Mais il m'a souri. Son oncle m'a reconnu, il m'avait vu quand j'avais amené Eli voir sa famille. Il m'a dit qu'Eli allait bien, qu'il s'adapte tout à fait, et qu'il projette de rejoindre la communauté la semaine prochaine, dit Len en lançant un regard interrogateur à Geoff. Ce sont les mots qu'il a utilisé, mais je ne sais pas ce que ça veut dire.

Les jambes de Geoff tremblèrent puis cédèrent et il s'affala sur le sofa pour éviter de tomber à terre. Ça y est, d'ici une semaine...

— Ça veut dire que la semaine prochaine, Eli va être baptisé et intégrer leur église. Qu'il va prendre la place qui lui revient en tant que membre adulte de la communauté Amish.

Geoff s'attendait à ce que cela arrive tôt ou tard, mais rien que d'en entendre parler, il se trouvait bouleversé. Sa dernière lueur d'espoir venait de lui échapper.

Tous les jours, il avait espéré qu'Eli lui reviendrait, qu'il trouverait un moyen, qu'il changerait d'avis. Il se rendait compte maintenant à quel point c'était ridicule de sa part. Il fallait qu'il tourne la page. D'une façon ou d'une autre, il allait falloir qu'il apprenne à vivre le reste de sa vie sans Eli. Geoff se releva et se retira dans son bureau, refermant la porte sans violence. Il venait de s'asseoir quand on frappa doucement.

— C'est ouvert.

Len entrouvrit la porte et entra.

— Jusqu'à maintenant, je n'ai pas réussi à me forcer à venir dans cette pièce. Elle me rappelait trop Cliff.

Len se tenait debout devant le bureau, et regardait autour de lui.

143

— Je le vois encore assis là à travailler, à faire des projets, ou en train de fumer un de ses fameux cigares à la fenêtre en espérant que je n'en saurais rien.

La voix de Len était prudente, presque hésitante.

— J'ai eu Cliff pendant vingt ans, et j'ai profité de chaque minute avec lui. Je sais que tu n'as eu Eli que pour quelques mois, mais ça ne rend pas la perte de son amour moins importante ou moins terrible.

Len s'assit, et Geoff regarda cet homme qu'il considérait comme son père partager avec lui sa douleur.

— Je peux te dire que ça s'arrange. Il me manque toujours, et ça ne changera pas. Chaque matin, quand je me réveille, il y a trente secondes où j'ai oublié qu'il n'est plus là, et puis je m'en souviens.

Geoff contempla ce regard qui l'avait vu monter à cheval la toute première fois, qui avait suivi ses matches de baseball, qui avait veillé sur lui lorsqu'il était malade, et il se rendit compte de la chance qu'il avait. Il se leva pour venir prendre Len dans ses bras.

— Papa, je t'aime.

— Papa ?

— Oui. Je pense qu'il est grand temps que j'arrête de t'appeler Len. Tu es mon père tout autant qu'il l'était, et je vais t'appeler ainsi.

Len s'essuya les yeux.

— J'ai eu tant de chance d'avoir deux pères.

Ils restèrent enlacés un instant, reniflant tous les deux dans ce moment de deuil partagé. Puis Len se dégagea et s'essuya de nouveau les yeux.

— Allez, il faut qu'on arrête avant de se mettre à sangloter comme des hystériques à la Sally Field dans Steel Magnolias.

Puis Len s'écria : "I wanna know whyyyy?" et son imitation, quasi parfaite, les fit éclater de rire tous les deux. Puis ils se remirent de leurs émotions et retournèrent au travail, et Geoff fut forcer d'admettre qu'il se sentait un peu mieux.

XVIII

KIRK ET Geoff filaient à travers le pré ; la vitesse et le sentiment d'union avec son cheval lui éclaircissaient les idées. Il s'empêchait de se souvenir combien les chevauchées matinales avec Eli lui manquaient. Il ne pouvait pas se le permettre. Il fallait qu'il mette de côté son chagrin s'il voulait pouvoir tenir la journée. Mais la nuit… oh, la nuit, c'était une autre histoire.

Geoff retint son cheval et bâilla. Il ne dormait pas très bien ces temps-ci. Chaque nuit, dès qu'il s'endormait, il rêvait d'Eli, puis se réveillait terriblement déçu. Deux nuits auparavant il avait rêvé qu'Eli était revenu. Les détails du rêve avaient été si nets, si réalistes, que quand il s'était réveillé, l'absence d'Eli l'avait frappé comme s'il le perdait de nouveau.

— Désolé mon gars. Je ne pense pas avoir été de très bonne compagnie ces derniers temps.

Le cheval hocha la tête de haut en bas comme pour indiquer qu'il était d'accord. Geoff lui tapota le cou gentiment.

— Pas besoin d'acquiescer, tu aurais pu me mentir, dit Geoff.

Kirk choisit cet instant-là pour tourner la tête vers lui et le contempler de ses immenses yeux marron.

— D'accord, d'accord, on rentre.

Geoff lui fit faire demi-tour et l'éperonna pour qu'il se mette au trot.

— Nom de Dieu, voilà que je converse avec un cheval.

Tout en trottant vers l'écurie, Geoff ricana.

Dans la cour, il mit pied à terre et mena le cheval par la bride jusqu'à sa stalle. Après l'avoir dessellé, il le mena au paddock. Dehors, il s'arrêta pour regarder le poulain qui courait et gambadait sous les yeux de sa mère. Princesse s'approcha de lui d'un pas lent. Il lui caressa le nez et lui donna quelques carottes.

Il se détourna en soupirant pour retourner à la maison, et vit la voiture de tante Mari garée devant. Il consulta sa montre par habitude. Il devait se passer quelque chose – il n'était pas encore huit heures. Tante Mari avait beau avoir grandi à la ferme, elle était rarement levée avant neuf heures le weekend.

La porte claqua derrière lui quand il pénétra dans la cuisine en demandant :

— Qu'est-ce qui t'amène par ici à cette heu – ?

Geoff s'interrompit, le souffle coupé en voyant les yeux bleus d'Eli.

Sa tante sourit.

— J'ai récupéré un auto-stoppeur en me rendant en ville.

145

Geoff l'entendait bien parler, mais il n'avait d'yeux que pour Eli. Mari et Len se levèrent, et Geoff eut vaguement conscience qu'ils quittaient la pièce. Dans sa poitrine, son cœur bondit, mais il se retint.

— Tu es là pour une visite, ou bien pour de bon ?

La possibilité qu'Eli revienne pour de bon faisait nettement partie de la catégorie trop-beau-pour-être-vrai. Il pouvait lire de l'incertitude et de l'inquiétude dans le regard d'Eli.

— Si tu veux bien de moi. Je veux dire – j'aimerais rester, mais si tu ne veux pas de moi comme ça, je peux comprendre. Mais quoi qu'il en soit, j'ai besoin d'un travail.

— Si je veux bien de toi ?

Les pieds de Geoff avancèrent sans même qu'il leur en donne l'ordre

— *Si je veux bien de toi ?*

Puis il se trouvait juste là, tout près, attirant Eli dans ses bras pour le serrer fort.

— Je ne te laisserai plus jamais repartir.

La bouche de Geoff s'écrasa sur celle d'Eli, ses doigts glissèrent dans ses cheveux pour rapprocher son visage en un baiser plus pressant, ses bras l'enlaçant étroitement.

— Geoff, je...

Mari ne finit pas sa phrase, mais Geoff l'entendait à peine, de toute façon, et il n'interrompit pas leur baiser pour autant. Tout son être se pressait contre Eli, s'imprégnait de la sensation de son corps si proche, de la douceur de ces cheveux sous ses doigts. Le goût de ses lèvres, l'odeur de sa peau, ses gémissements discrets – tout se combinait pour emplir et bouleverser ses sens, et à cet instant il n'existait rien d'autre à ses yeux. La maison aurait pu prendre feu que Geoff l'aurait à peine remarqué. Eli était là, dans ses bras, il l'embrassait, il l'enlaçait, et c'était tout ce qui comptait.

Le claquement de la porte de derrière le ramena à l'instant présent, et il se dégagea de leur baiser, lentement, regardant Eli droit dans les yeux.

— Est-ce que tu es vraiment revenu ? Ce n'est pas une illusion ? Je ne suis pas en train d'imaginer tout ça ?

— Non, pas d'illusion. Et ce n'est pas ton imagination non plus.

Les yeux d'Eli se troublèrent.

— Je resterai aussi longtemps que tu voudras de moi.

Sa voix était encore un peu nerveuse. Geoff le serra bien fort, se réjouissant de le sentir entre ses bras.

Len entra dans la cuisine d'un pas rapide.

— Je sors pour mettre les gars au boulot sur les clôtures.

Geoff opina de la tête et le regarda par-dessus l'épaule d'Eli, qu'il n'était pas encore prêt à lâcher.

— Est-ce que tu va rester ? demanda Len.

146

— Oui.

— Très bien, dit Len avant de poser sa tasse dans l'évier. Ne le fais plus jamais souffrir comme ça.

— Je ferais tout ce qui est en mon pouvoir pour que ça n'arrive plus.

Len menaça Eli d'un regard noir, puis se permit un tout petit sourire en coin avant de quitter la cuisine en claquant la porte.

Geoff était partagé entre mener Eli à l'étage pour lui arracher ses vêtements, et découvrir ce qui s'était passé, pourquoi Eli était revenu. Le bruit des gars dans la cour l'aida à choisir, et il lâcha Eli pour le mener dans le salon.

— Je pensais ne jamais te revoir. Non pas que je me plaigne, mais que s'est-il passé ?

Geoff s'assit sur le canapé et fit asseoir Eli près de lui.

— Tout le temps où je n'étais pas là, j'étais misérable. Je pensais à toi dès que je n'étais pas occupé, alors j'ai travaillé le plus possible, dit Eli en s'appuyant contre Geoff, ayant lui aussi besoin de sentir sa présence. Quand je suis arrivé à la maison, tout le monde était très content, on m'a bien accueilli. Au début tout se passait bien. J'étais de retour parmi les miens, tout était familier… Mais tu n'étais pas là.

Eli s'arrêta pour s'essuyer les yeux.

— Je serais incapable de te dire combien de fois je me suis retourné pour te dire quelque chose avant de me rendre compte que tu n'étais pas là. J'ai même prononcé ton nom une ou deux fois ; heureusement que mon père ne m'a pas entendu.

Il fit une pause, puis inspira profondément.

— Papa était tellement heureux de mon retour. Il m'a pris au boulot avec lui, pour que je l'aide à l'atelier, et il a arrangé la date de mon baptême à l'église. Pour lui, j'étais de retour dans la famille et tout était parfait.

Geoff opina lentement du chef.

— Len m'a rapporté que ton oncle disait que tu allais devenir un membre adulte de la communauté. Quand il m'a dit ça, j'ai cessé d'espérer. Jusque-là j'avais continué à attendre, je pensais que tu changerais peut-être d'avis, que tu me reviendrais. Mais après ça j'ai cessé d'espérer.

— Je suis désolé.

Geoff secoua la tête en dénégation, incapable de former des mots… il laissa son baiser parler pour lui. Eli l'accueillit volontiers, laissant Geoff le presser contre les coussins du canapé. Geoff pouvait à peine penser. Eli était là, et c'était tout ce qui comptait. Les explications pouvaient bien attendre ; son corps et son esprit réclamaient Eli à grands cris. Il fallait qu'il le touche, qu'il le sente. Geoff se força à se lever et aida Eli à se mettre debout, puis il le mena à l'étage dans sa chambre en le traînant presque.

Il claqua la porte du pied, remarquant à peine le bruit tandis qu'il s'avançait vers Eli comme un chat sur sa proie. Geoff défit les boutons de sa chemise, l'ouvrit, la fit glisser de ses épaules jusqu'au sol. Il avançait sans quitter Eli des yeux. Eli recula jusqu'à ce que ses genoux rencontrent le bord du lit, et Geoff continua d'avancer. Il défit sa ceinture qui tomba avec un bruit sourd. Ses chaussures firent de même, rebondissant au sol en quittant ses pieds. Son pantalon s'ouvrit presque de lui-même, et il se débarrassa du jean d'un coup de pied, complétant la piste qu'il laissait derrière lui.

Eli n'avait pas bougé, suivant le moindre mouvement du regard, et Geoff aurait juré percevoir dans ses yeux la même passion qui l'animait. Atteignant enfin sa proie, Geoff saisit le chapeau qu'Eli tenait encore à la main et le lança au loin, puis attrapa Eli par la chemise pour l'attirer plus près. Leurs bouches s'écrasèrent l'une contre l'autre avec passion ; l'esprit de Geoff était consumé par le désir. Il tira sur le tissu et les boutons volèrent, arrachés de la chemise, avant de rebondir par terre en tintinnabulant. Le tissu se déchira quand Geoff déshabilla Eli, lui ôtant sa chemise pour que leurs poitrines puissent enfin se presser ensemble. C'est seulement à ce moment que son désir prédateur fit place à une passion enfiévrée.

Ses mains ne se lassaient pas du dos d'Eli, le caressant et le pelotant sans répit. Sa poitrine était soulevée de halètements. Les tétons d'Eli, pointés, rigides, lui frottaient le torse.

— Oh oui, grogna Geoff.

C'était exactement ce qu'il voulait.

— Enlève ton pantalon si tu ne veux pas que je le déchire, ordonna-t-il à Eli.

Geoff ne pouvait détacher ses yeux d'Eli pendant que ce dernier défaisait sa ceinture et faisait tomber son pantalon sur ses chevilles, et puis Geoff le plaqua sur le lit. Il retira les chaussures de son amant et tira sur son pantalon pour le lui enlever, avant de le jeter par-dessus son épaule. Il le dévora des yeux en avançant à quatre pattes sur le lit, en faisant glisser ses mains le long de ses jambes et de sa poitrine.

— J'ai rêvé que tu me revenais, toutes les nuits pendant deux semaines. Chaque matin en me réveillant je me demandais où tu étais, pourquoi tu n'étais pas dans mon lit.

Geoff s'arrêta à califourchon sur la taille d'Eli, le maintenant bien en place sur le matelas.

— Chaque matin j'étais heureux pendant quelques secondes, le temps que je me souvienne pourquoi tu n'étais pas là, poursuivit-il.

Geoff prit les poignets d'Eli dans ses mains et les plaça au-dessus de sa tête.

— Tu m'as manqué comme ma main ou mon pied me manquerait. Sans toi, je n'étais plus entier.

Il se pencha en avant pour embrasser l'homme allongé sous lui. Eli frémissait.

— Tu m'as manqué aussi, déclara Eli. À chaque fois que je sentais l'odeur du foin ou que je montais à cheval, je pensais à toi. Quand Len est entré dans la boulangerie, je me suis retenu de toutes mes forces pour ne pas courir vers lui.

Quand il est parti, je me suis retenu de crier pour lui demander de m'emmener avec lui.

Les yeux d'Eli brillaient de larmes. L'ardeur de Geoff en fut calmée un instant, et il lâcha les poignets d'Eli pour le prendre dans ses bras et le serrer fort.

— Je ne te laisserai plus repartir comme ça. Je n'ai pas protesté cette fois-ci, mais la prochaine fois je me battrais comme un beau diable.

Geoff l'embrassa à nouveau. Ce fut un baiser moins brutal cette fois, moins possessif, plus aimant. Ses mains glissèrent le long de la poitrine d'Eli, appréciant la sensation de cette peau si douce et chaude ; elles se souvenaient du grain de sa peau, des contours de son torse.

Eli gémit doucement tout en l'embrassant lorsqu'une main caressa son ventre et s'insinua sous la ceinture de son slip. Sous le coton, les doigts de Geoff s'enroulèrent autour de sa verge drue et soyeuse.

— Geoff, Eli geignit, tout en donnant un coup de reins. Personne ne me touche comme tu sais le faire.

— J'espère bien.

Geoff fit monter et descendre sa main lentement, et sentit qu'Eli se raidissait plus encore sous cette caresse.

Eli sourit contre sa bouche.

— Tu sais très bien ce que je veux dire.

Geoff savait, en effet, mais il aimait néanmoins à l'entendre. Utilisant ses doigts, il fit glisser le tissu plus bas sur les hanches d'Eli, afin qu'il enlève son slip. Puis il ôta son propre caleçon et le lança au loin. Le corps d'Eli, son érection frottant contre la sienne, lui donnait la sensation de rentrer à la maison. Voilà ce qui lui avait tant manqué : cette proximité, cet amour. Maintenant qu'il avait un peu repris ses esprits, il sentait presque son cœur soupirer de soulagement.

Geoff fit courir ses lèvres sur Eli, retrouvant son odeur et son goût : la sensation de ses tétons si drus, son ventre plat, l'odeur enivrante à l'approche de son sexe. Il fit glisser sa langue le long de sa hampe et la fit tournoyer autour du gland ; la saveur intime d'Eli lui emplit la bouche. Il en voulait plus, encore, il n'en pouvait plus. Il ouvrit grand la bouche et engloutit Eli profondément en un seul geste.

— Geoff, mon Dieu !

Geoff sourit tout en bougeant la tête de haut en bas, ses lèvres glissant le long de la verge d'Eli ; il écoutait avec attention la musique délicieuse qui émanait de son amant. Cela le fascinait et l'excitait énormément qu'Eli produise ces sons en réponse au plaisir qu'il lui procurait. Personne n'avait jamais entendu ces bruits-là sortir de la gorge d'Eli – personne sauf Geoff. La mélodie se faisait plus pressante, et Geoff recula, laissant Eli reprendre son souffle.

— Pas encore, mon tigre. Je vais te faire attendre.

Ça lui valut un gémissement plaintif, et un instant plus tard Eli renversait leurs positions sur le lit : son tigre prenait ce qu'il voulait. Le poids d'Eli enfonçait maintenant Geoff dans le matelas, et ce n'était pas ce dont il avait envie, pas tout de suite.

— Relève-toi, mon tigre.

Eli bougea, et s'assit à califourchon sur les hanches de Geoff. Ce dernier glissa les mains sous les fesses d'Eli et le souleva puis le tira plus près, jusqu'à ce qu'il soit assis sur sa poitrine. Il l'encouragea à s'allonger en arrière et attira ses hanches vers lui. Geoff tendit le cou et donna un coup de langue à l'orifice d'Eli. La musique se remit en route sans plus attendre tandis qu'Eli remuait pour se rapprocher encore. Geoff y mit les doigts aussi, écartant la peau plissée tout en jouant de la langue.

— Oh, ça m'a tellement manqué. Tu m'as manqué tout le temps, gémit Eli.

— Je sais, mon tigre. On va rattraper le temps perdu.

Geoff contemplait avidement la peau plissée qui pulsait quand il soufflait dessus. Les plaintes érotiques d'Eli montaient de son corps alangui sur celui de Geoff. Il lui caressa le ventre d'une main tout essayant de le rendre fou de désir avec les doigts de l'autre.

— Geoff, j'ai envie de toi… Je n'en peux plus.

Ça se voyait ; au-dessus de lui, Eli vibrait d'impatience, son corps tremblant, et gémissait de plus belle.

— D'accord, mon tigre.

Geoff humidifia un de ses doigts et l'enfonça profondément. Le corps de son amant l'attirait avidement, le brûlant presque tellement il était chaud. Eli se trémoussait autour de cette intrusion, en demandant plus sans un mot, et Geoff lui offrit un second doigt qu'il aspira immédiatement, jouant des hanches avec plaisir.

— Geoff, j'ai besoin de toi, je te veux tellement. Je veux ton sexe.

— Dans une seconde, promis. Je veux juste vérifier que tu es bien prêt.

Mais Eli se retira lui-même des doigts de Geoff et s'assit. Il cracha dans sa main pour lubrifier l'érection luisante de Geoff puis se mit en position et descendit sur lui, l'engloutissant d'un seul mouvement.

— Oui ! s'écria Eli quand il fut enfin assis sur les hanches de son amant.

Geoff crut que sa tête allait exploser. Toutes ses terminaisons nerveuses étaient en pleine surcharge sensorielle. Putain, qu'est-ce que c'était sexy quand son tigre prenait ce qu'il voulait sans demander.

Geoff se mit en mouvement mais Eli l'arrêta d'un geste.

— C'est moi le tigre.

Il se souleva puis redescendit brutalement.

— Elijah–

Geoff ne respirait plus, le souffle coupé, et il s'était à peine remis qu'Eli recommença, lui coupant de nouveau le souffle.

— Mon tigre–

150

— Oui, exactement, dit Eli en se soulevant de nouveau. C'est moi le tigre, c'est moi qui commande, déclara-t-il, puis il redescendit d'un coup. Je t'aime, Geoff. Tu m'appartiens !

Cette fois, il serra Geoff de toutes ses forces avant de se mettre à le chevaucher comme s'ils étaient poursuivis par tous les chiens de l'enfer. Geoff essaya bien de parler, de gémir, mais il ne pouvait que s'accrocher et laisser Eli faire ce qu'il voulait. Il sentait la pression monter en lui. Il souleva la main pour masturber le sexe d'Eli.

— Jouis, mon tigre. Je veux te voir jouir sur ma queue.

Les yeux d'Eli se plissèrent et son rythme devint irrégulier. Il cria et éjacula sur le ventre de Geoff. La pression qui pulsait autour de lui, les muscles d'Eli qui le serraient, poussèrent Geoff à l'orgasme et il bascula dans l'extase, profondément enfoui dans son amant, des étincelles derrière ses paupières.

Lentement, Eli se souleva et se retira, les faisant geindre tous les deux quand Geoff glissa hors de lui. Après un nettoyage rapide ils s'allongèrent ensemble, enlacés, leur besoin le plus urgent maintenant satisfait.

— Je croyais que je t'avais perdu à jamais. Qu'est-ce qui t'a fait revenir? demanda Geoff.

Eli avait la tête sur son épaule et traçait des cercles du doigt sur sa poitrine.

— En fait, c'est ma mère.

Geoff tourna la tête pour le regarder dans les yeux. Il n'en croyait pas ses oreilles.

— Elle m'a pris à part hier et m'a dit qu'elle voyait bien que j'étais malheureux. Elle m'a demandé si j'avais rencontré quelqu'un au-dehors, et il n'y avait pas moyen que je lui mente... Alors j'ai dit que oui.

— *Alors pourquoi es-tu revenu ? lui avait demandé sa mère en faisant sa couture.*

Eli avait baissé la tête, incapable d'expliquer vraiment.

— *Le monde des Anglais est dur, cruel.*

Elle répondit sans interrompre son travail.

— *Je sais qu'il peut être cruel, mais tu as rencontré l'amour, et c'est quelque chose de trop précieux pour y tourner le dos, dit-elle avant de reposer sa couture. Tu es malheureux, et même si je ne veux pas que tu t'en ailles, je veux, comme toute mère, que mes enfants soient aussi heureux que possible.*

Elle regarda autour d'elle pour vérifier que personne d'autre ne l'écoutait.

— *Il faut que tu y retournes. Une fois que tu auras prononcé tes vœux et que tu seras baptisé, tu seras prisonnier pour le reste de ta vie.*

Eli tenta de protester, mais elle le fit taire.

— *Mon frère aîné était comme toi, dit-elle, souriant à ce souvenir. Il est parti pour son année au-dehors, comme toi, puis il est revenu, cachant sa véritable nature. Il a rejoint la communauté, s'est fait baptiser, s'est marié. Il a passé le reste de sa vie misérable. Ton père pense que c'est parce que le démon l'habitait.*

Elle secoua la tête lentement.

— *Loin de moi l'idée de contredire ton père, mais je sais que c'était parce qu'il avait trouvé son bonheur au-dehors et qu'il lui a tourné le dos. Il a regretté sa décision jusqu'à sa mort.*

Elle essuya une larme.

— *Que dois-je faire ? lui demanda Eli.*

— *Sois honnête avec ton père, comme tu l'as toujours été. Dis-lui ce que tu ressens, et demain matin, tu partiras. Il sera sans doute en colère un moment, mais il s'en remettra.*

Elle déglutit.

— *Après demain, il sera trop tard.*

Geoff se rapprocha, serrant son doux amant dans ses bras.

— Qu'est-ce qu'il a dit quand tu lui as parlé ?

— Pas grand-chose. Il a eu l'air déçu, mais il a aussi eu l'air de comprendre. Peut-être que Maman lui avait parlé avant. Je ne suis pas sûr. Il m'a dit qu'il voulait que je revienne leur rendre visite, donc je crois que tout ira bien.

— Je sais que tu ne pourras jamais leur parler de nous.

Geoff était triste de penser qu'Eli allait devoir cacher sa véritable personnalité à sa famille.

— Mais si quelqu'un le découvre ? demanda-t-il.

— On s'inquiétera de ça le moment venu, si ce moment arrive, dit calmement Eli. Maman m'a aidé à prendre conscience qu'il faut que je sois honnête avec eux, comme je le suis avec moi-même. Être honnête avec moi-même, ça veut dire être ici, avec toi. De toute façon, avec le temps qui passe, ma présence dans la communauté va s'estomper. Ils continueront à vivre sans moi.

Geoff tourna la tête pour l'embrasser tendrement.

— Non seulement tu es l'homme le plus gentil, doux et généreux que j'aie jamais connu, mais tu es aussi le plus courageux.

— Mais non, pas du tout.

— Bien sûr que si. Il faut beaucoup de courage pour tout abandonner au nom de l'amour.

Eli avait abandonné sa famille et la seule vie qu'il ait connu pour Geoff. Il espérait qu'il serait à la hauteur.

— Je n'ai rien abandonné, dit Eli en roulant sur le flanc. Bien au contraire : j'ai tout ce dont j'ai besoin, puisque je t'ai, toi.

Geoff lui fit face.

— Alors on a de la chance tous les deux, d'appartenir l'un à l'autre.

Il s'approcha de lui pour l'embrasser à nouveau et le pressa contre lui ; son corps réagit immédiatement à ce contact. Eli l'arrêta gentiment.

— Il faut que je me mette au boulot. Je ne veux pas décevoir le patron…

— Je le connais ; il peut être sacrément chiant parfois.

Eli se leva, ses pas étaient hésitants.

152

— Je le sais bien.

Geoff tenta de lui donner une tape sur les fesses mais Eli l'évita facilement et ramassa ses vêtements en riant. Il montra à Geoff sa chemise.

— Je pense que je ne vais pas pouvoir remettre ça.

— J'ai rangé tes vêtements dans la commode, dans ton ancienne chambre.

Geoff enfila son pantalon et boutonna sa chemise.

— Ancienne chambre. Tu ne veux pas de moi ici ? Mais je croyais que–

— Eli, je te veux ici, avec moi, dans cette chambre. Quand je t'ai demandé si tu restais, je voulais dire ici, dans cette chambre, dans ce lit, pour toujours.

Eli lui sourit et lui bondit dans les bras.

— Oui ! Oui ! Oui !

Ils s'embrassèrent de nouveau, et malgré leurs efforts préalables pour l'éviter, leurs vêtements se retrouvèrent de retour par terre. Les corvées, le reste du monde pouvaient bien attendre – pour l'instant, ici, il n'y avait rien qu'eux deux.

ÉPILOGUE

GEOFF SE réveilla tôt, très tôt. Il avait du pain sur la planche et il ne voulait pas qu'Eli soit au courant. Il sortit du lit délicatement, alla doucement à la salle de bains où il avait caché ses vêtements. Il réussit, Dieu sait comment, à s'habiller dans le noir sans se casser la figure. Puis il rouvrit doucement la porte, traversa la chambre sur la pointe des pieds et s'éclipsa. Il descendit l'escalier précautionneusement et enfila son pantalon de neige, ses bottes, ses gants, son bonnet et son manteau. Emmitouflé comme un Inuit, il traversa le plus silencieusement possible la cour enneigée pour se rendre à l'écurie.

Geoff alla tout droit à la sellerie et retira une partie du cadeau de Noël d'Eli qu'il déposa près de la porte pour ne pas l'oublier en partant. Puis il passa de stalle en stalle, emplissant les mangeoires de foin, vérifiant le niveau des abreuvoirs. De chaque stalle, une longue tête royale le contemplait. Pendant des années, la partie écurie de la grange s'était trouvée plus grande que nécessaire : la ferme n'avait tout simplement pas besoin de vingt chevaux. Mais depuis qu'Eli s'était mis à enseigner l'équitation avec l'aide et la bénédiction de Len, Geoff et lui avaient décidé de peupler quatorze stalles avec des chevaux locataires, les montures de ses élèves. Ils n'avaient que brièvement fait de la publicité, mais le bouche à oreille avait très bien fonctionné dans le milieu équestre, et Eli avait réputation d'être un excellent professeur d'équitation. Après deux mois seulement, ses classes étaient déjà pleines et il avait une liste d'attente.

Petit à petit, Geoff se réchauffa en travaillant, et il finit par enlever son manteau. En une heure il avait abreuvé et nourri toutes les bêtes. Il visitait chaque stalle, donnant à chaque bête une carotte, vérifiant que tout allait bien. Ensuite il vérifia que les deux bouvillons avaient à boire et à manger, eux aussi. Joey s'acquittait fidèlement de sa tâche et ils grandissaient bien, mais Geoff avait tout spécialement demandé à Joey de ne pas venir aujourd'hui.

En dernier lieu, il s'arrêta à la stalle du poulain. Il était éblouissant, et il y en aurait bientôt deux autres : sa mère ainsi que Twilight étaient toutes les deux pleines de poulains de Kirk. Geoff espérait que l'un des deux hériterait de la robe d'un noir profond de l'étalon. Il vérifia que toutes les portes des stalles étaient bien fermées avant de retourner à la maison, emportant sa surprise.

Traversant la cour enneigée, il s'arrêta au milieu et prit le temps de contempler les alentours. Ces derniers mois avaient été heureux et malheureux à la fois. La perte de son père l'avait bouleversé, mais sans elle il n'aurait jamais rencontré Eli. Quelle pensée douce et amère, vraiment. Le rachat des terres de Winters s'était déroulé sans heurt. Frank avait déjà planifié les cultures de l'année à venir pour toute la superficie, et ils avaient commencé à faire des projets pour les années suivantes. Il s'était même mis à bricoler de-ci de-là dans la grange, donnant un coup de main pour des réparations. Il existait aussi une possibilité de rachat de quelques champs à foin, mais ce serait pour plus tard. La ferme était prospère, et la plus grande partie de l'argent dépensé pour le rachat récent de terres avait déjà été remplacé. La vie était belle, indéniablement.

Geoff commençait à sentir le froid malgré toutes ses couches de vêtements, et il se remit en route vers la maison. Il ramassa une brassée de bois avant d'entrer par la porte de derrière.

La maison était encore silencieuse. Il déposa le bois près du fourneau et entreprit d'ôter ses vêtements d'extérieur. Du placard du fond de la buanderie, il retira le reste des cadeaux de Noël et les plaça sous le sapin. Avec un sourire de conspirateur il remonta ensuite à l'étage, se déshabilla et se remit au lit.

Eli s'enroula autour de lui mais se recula soudainement.

— Eh ben dis donc, où tu t'es fourré ? Je refuse de faire des câlins à un glaçon.

— Ce glaçon vient de nourrir et d'abreuver tous les chevaux pour que tu puisses rester au lit ce matin.

Eli l'embrassa précautionneusement.

— Merci, mais ne me touche pas avec tes membres tout froids.

Eli voulut mettre de la distance entre eux, tombant presque du matelas quand Geoff essaya de lui caresser les fesses.

—Arrête ça ! Tu es trop glacé.

Geoff se poussa.

— C'était pas vraiment froid… dit-il en attrapant et en attirant Eli contre lui. Ça c'est froid.

Eli frissonna et tenta de se dégager, mais Geoff le tenait fermement.

— Tu es bien chaud, c'est agréable.

Eli lui donna une tape.

— Et toi tu es méchant.

Mais il se laissa faire et se détendit petit à petit, se rapprochant encore à mesure que Geoff se réchauffait.

— Seulement, ne me touche pas avec tes pieds glacés.

— Je t'aime trop pour te faire ça.

Geoff lui-même avait l'impression que ses pieds étaient des glaçons.

— Joyeux Noël, mon tigre.

Il blottit son nez dans le cou d'Eli, et suça gentiment sa peau si chaude.

— Joyeux Noël, dit Eli en roulant sur le flanc pour se presser encore plus contre lui. Je t'aime.

Eli se mit à mordiller son oreille.

— Est-ce que c'est l'heure des cadeaux ?

Avant même que Geoff ne puisse réagir, Eli avait sauté du lit et il courait à la salle de bains en riant comme un gamin. Secouant la tête, Geoff se leva et enfila chaussettes et survêtement, puis il descendit au rez-de-chaussée.

Eli s'était quelque peu déchaîné avec les décorations de Noël. Il y avait des rameaux de pin suspendus partout. La maison toute entière sentait la forêt. Eli n'avait jamais eu de sapin de Noël auparavant, et Len l'avait emmené avec lui lorsqu'il était allé en choisir un à couper. Len rapporta qu'Eli avait insisté pour qu'il prenne celui-là, dont la cime touchait le plafond. Geoff brancha les décorations lumineuses et prit du recul. Sur l'instance d'Eli, ils n'avaient utilisé que des décorations faites maison, et ils avaient passé de nombreuses soirées à fabriquer des étoiles en papier, à peindre des objets en bois et à faire des guirlandes de pop-corn et de canneberges. Geoff se retourna pour regarder Eli descendre l'escalier.

— Je pensais que tu avais été un peu trop loin, mais c'est le plus bel arbre de Noël que j'ai jamais vu.

Il était époustouflant, couvert des décorations qu'ils avaient fabriquées ensemble.

Eli se laissa enlacer.

— Qui vient pour le repas ?

— Tante Mari, tante Vicki et sa famille, ainsi que Frank et Penny Winters.

— Je devrais plutôt poser la question la plus importante : qui s'occupe de cuisiner pour tout ce monde ? Ne prétends pas que c'est toi.

Geoff rit.

— Tante Mari et tante Vicki s'en chargent. Enfin, pour la majeure partie, sans compter toute la pâtisserie que tu nous as concocté ces derniers jours.

Eli avait embaumé la maison de l'odeur délicieuse des petits gâteaux en train de cuire, du pain frais, même des bonbons – assez de gâteries pour faire fondre le plus endurci des cyniques.

— Tu as vraiment rendu ce Noël spécial. Je sais que c'est dur pour toi d'être loin de ta famille…

— Ma famille, c'est toi. Et oui, ce Noël est vraiment très spécial, c'est vrai.

Ils s'embrassèrent tendrement dans la lumière tamisée des guirlandes clignotantes.

— Tu es si joli, si séduisant. Je t'aime tant, déclara Geoff en lui penchant doucement la tête en arrière et en l'embrassant encore.

Leurs corps se pressèrent l'un contre l'autre spontanément, comme une évidence. Geoff fut tenté – ne serait-il pas merveilleux de faire l'amour au pied de leur arbre de Noël ? Mais Len allait bientôt descendre de sa chambre.

— Est-ce que tu veux ton gros cadeau maintenant, ou bien plus tard ?

— Qu'est-ce que tu as manigancé ? demanda Eli, ce à quoi Geoff répondit par un sourire en coin et un haussement d'épaule. Je crois que je vais attendre.

Geoff mit une autre bûche dans le fourneau et passa à la cuisine pour mettre la cafetière en route et commencer à préparer le petit-déjeuner. Comme il l'avait prédit, Len fut attiré par l'odeur alléchante et arriva bientôt en bâillant.

— Qu'est-ce que vous avez donc, tous les deux, à vous lever avec les poules même un jour de congé ? dit-il dans un autre bâillement. Tu es pire que quand tu étais gamin.

— C'est Noël ! répondirent Geoff et Eli à l'unisson, et ils se mirent à rire.

Len se contenta de secouer la tête et d'aller à la cuisine se servir une tasse de café fumant. Il s'installa dans son fauteuil tandis que Geoff et Eli, près du sapin, distribuaient les cadeaux. Eli fut le premier, tendant à Geoff une boîte bien enveloppée. Geoff défit le papier et eut le souffle coupé. C'était un magnifique assortiment d'accessoires de bureau en bois, visiblement fabriqués par Eli lui-même.

— Merci, dit Geoff en serrant Eli dans ses bras.

— J'ai pensé que tu pourrais t'en servir quand tu fais la comptabilité.

Geoff tendit à Eli le paquet qu'il avait apporté de l'écurie un peu plus tôt.

— Ceci est pour toi, de la part de Papa et moi, dit Geoff en jetant un œil vers Len et sourit.

Eli ouvrit son cadeau et les regarda tous les deux, perplexe.

— Désolé, mais je ne comprends pas...

Geoff lui expliqua :

— C'est une plaque sur laquelle on inscrit un nom, comme celles qu'on met sur les stalles.

— Oui, je sais bien, mais pourquoi est-ce qu'il y a "Tigre" d'inscrit dessus ?

Geoff se pencha vers lui :

— Je sais bien que je t'appelle mon tigre, mais qu'y a-t-il d'autre à la ferme qui s'appelle ainsi ?

Eli ouvrit grand les yeux.

— Tu m'offres le poulain ?

Eli s'assit par terre, une larme roulant sur sa joue.

— Joyeux Noël.

Eli se releva d'un bond et serra brièvement Len dans ses bras avant de se précipiter dans ceux de Geoff pour le serrer fort.

— Merci.

— Mais de rien, mon chéri.

Len se leva pour finir de préparer le petit déjeuner. Geoff et Eli le rejoignirent quelques minutes plus tard.

APRÈS LES festivités, le grand repas de midi, et la foule familiale rassemblée sous leur toit, le calme de la fin d'après-midi était le bienvenu.

— Merci pour ce Noël fabuleux, dit Eli qui contemplait le sapin brillant de mille feux. Où Len a-t-il dit qu'il allait ?

— Chez Chris, pour quelques heures.

Eli se rapprocha.

— Ça te fait quoi, qu'il se soit mis à sortir avec quelqu'un ?

— Je suis très content pour lui. Il a traversé une période vraiment difficile avec le cancer de Papa, et s'il se sent prêt à faire de nouvelles rencontres, ça me réjouit. Et puis Chris est un type super, qui a l'air de vraiment l'apprécier. Pour tout te dire, je suis tellement amoureux que j'ai envie que le monde entier soit amoureux aussi.

Geoff avait embauché Chris à la fin de l'été. Len et lui s'étaient tout de suite bien entendus, mais ils ne sortaient ensemble que depuis un mois.

— Papa m'a dit qu'il veut y aller doucement.

Eli se blottit contre Geoff.

— C'est ce qu'il dit, mais je vois bien la manière dont son visage s'illumine quand ils sont ensemble.

Eli lui sourit. Oh, Geoff connaissait très bien cette réaction dont parlait Eli ; il avait vu le visage de son propre amant s'illuminer souvent ces derniers mois.

— Regarde, dit Geoff en pointant la fenêtre du doigt.

Il s'était mis à neiger doucement sur fond de crépuscule.

— C'est tellement beau… poursuivit-il.

Ils se tinrent enlacés, debout, à regarder la neige tomber. Bientôt ils s'embrassaient, lentement, intensément.

— J'ai un cadeau de plus à t'offrir, mais il est un peu différent cette fois-ci. C'est un projet sur lequel on pourrait travailler tous les deux.

Eli le dévisageait. Geoff poursuivit.

— Frank a une vieille carriole dans son garage. Il y a du boulot, et j'ai pensé qu'on pourrait s'y mettre ensemble. Il faudra aussi dresser un cheval pour la tirer… ça pourrait être fun.

Eli écarquillait les yeux.

— Elle est toute simple ?

Geoff fit non de la tête.

— Non, elle est décorée : noire, avec des volutes dorées et des coussins rouges. Il y a vraiment beaucoup à faire, mais je me disais qu'on pourrait l'emmener à la foire l'an prochain, si on a fini à temps.

— Tu es si bon avec moi, dit Eli en se rapprochant encore plus de lui, ce qui n'était pas une mince affaire. Oui, bien sûr, j'adorerais travailler sur ce projet avec toi. Quand est-ce que je peux la voir ? demanda-t-il, ses yeux brillants d'excitation.

— On ira la chercher demain, avec le camion.

Dehors la lumière du jour faiblissait, et la pièce s'assombrit, illuminée seulement par le sapin de Noël.

Eli mena Geoff au canapé, et lorsqu'il se fut assis, prit place à califourchon sur ses genoux. Il le pressa contre les coussins et s'empara de sa bouche pour un baiser passionné.

— Je t'aime.

Geoff laissa aller sa tête en arrière tandis qu'Eli saisissait l'ourlet de son sweat-shirt et tirait vers le haut pour le lui enlever.

— Je t'aime aussi, mon tigre. Plus que quiconque, plus que tout.

Il sentit qu'Eli frissonnait à ses mots. Il continua :

— Pendant les deux semaines où tu n'étais plus à mes côtés, je m'étais renfermé sur moi-même, j'avais bloqué toute émotion, toute pensée – je ne voulais que toi.

Eli se releva, ôta sa chemise et baissa son pantalon. Sans un mot, il donna à Geoff une tape sur la hanche, et Geoff se souleva pour qu'Eli puisse lui enlever son survêtement. Puis Eli revint s'asseoir sur ses cuisses, et Geoff put apprécier la sensation de sa verge dure et brûlante se frottant contre son ventre.

— Je ne veux plus jamais vivre sans toi, poursuivit-il pendant que les mains d'Eli parcouraient tendrement sa poitrine. J'ai besoin de toi comme j'ai besoin d'air.

Geoff caressa les épaules d'Eli et fit glisser ses mains le long de son dos avant de saisir ses fesses si fermes. Leur baisers se firent plus pressants, plus implorants. Leurs mains, affamées de contact, devinrent avides. Geoff attira Eli à lui, poitrine contre poitrine, peau contre peau. Eli geignit doucement quand Geoff insinua la main sous lui et effleura du bout des doigts son orifice.

— Geoff, oh, tes mains – j'en veux, plus.

Geoff approcha une main des lèvres d'Eli et lui glissa deux doigts dans la bouche. Eli les aspira profondément, suçant fort, faisant tournoyer sa langue autour. Puis Geoff retira ses doigts de la bouche de son amant pour les presser contre l'orifice de ce dernier, le titillant d'un mouvement circulaire. Eli gémit lorsque Geoff enfonça son doigt en lui lentement, d'abord une phalange, puis deux.

— Tu aimes ça mon tigre ?

Geoff, lui, adorait ça. À chaque mouvement de son doigt, Eli frétillait sur ses genoux, son corps brûlant et sa verge drue frottant contre la peau de Geoff.

— Oui, oh, vas-y.

Eli jeta sa tête en arrière et se cambra, se tenant aux épaules de Geoff. Ce dernier ajouta un doigt de plus et les écarta une fois à l'intérieur de son amant, effleurant délibérément la zone si sensible qui faisait vibrer et gémir Eli.

— C'est ça que tu veux ? demanda Geoff, ce à quoi Eli acquiesça alors que ses yeux se fermaient. Et ça, qu'est-ce que tu en dis ?

Geoff pivota la main, ses doigts tournant en profondeur, et Eli trembla entre ses bras, la peau parcourue de frissons.

— Geoff, j'ai besoin de toi, vite.

Eli entoura le cou de Geoff de ses bras, le pressant fort contre lui pendant que Geoff continuait de jouer de son corps comme d'un instrument de musique.

— Je sais, mon amour.

Doucement, Geoff retira ses doigts et se pencha pour saisir le flacon au sol. Une fois lubrifié, il s'enfonça lentement dans son amant. Le visage d'Eli s'illumina alors que Geoff se glissait en lui, les unissant l'un à l'autre.

— Tu es tellement beau comme ça. J'adore te sentir autour de moi, dit Geoff avant de donner un coup de reins profond.

Eli rejeta la tête en arrière avec un cri quand Geoff l'emplit ainsi, puis se retira pour recommencer plus profond encore. Geoff adopta un bon rythme ; Eli lui rendait coup de reins pour coup de reins, synchrone. Leurs bouches se trouvèrent, un baiser enflammant leur passion d'autant plus.

— Geoff... Je t'aime.

— Moi aussi, mon tigre, je t'aime.

Eli le prit par surprise en se soulevant haut pour retomber sur lui fort, profondément, avant de recommencer.

— Je ne vais pas tenir longtemps si tu continues comme ça, l'avertit Geoff.

Eli se contenta de sourire et continua de la même façon.

— Mon tigre, branle-toi, je veux que tu jouisses en même temps que moi.

La main d'Eli se mit en mouvement, glissant le long de son érection. Geoff le regardait avidement rouler des yeux sous l'effet du plaisir, son visage tout entier transformé par les sensations.

— C'est ça chéri, baise-moi, montre-moi comme c'est bon.

Eli ouvrit les yeux d'un seul coup, la tête en arrière, et gémit doucement. Geoff sentit contre son ventre la chaleur de son orgasme. Les contractions d'Eli et sa chair brûlante se combinèrent pour faire basculer Geoff ; sa jouissance déferla comme une vague et il se vida dans l'extase au plus profond de son amant.

Puis Eli l'enlaça tendrement, abreuvant sa bouche de doux baisers apaisants tandis qu'il se retrouvait ses esprits.

— Je t'aime, je t'aime tellement, murmurait Eli en l'embrassant, lui caressant la tête des deux mains, le rassurant pendant qu'il redescendait d'un des plus intenses orgasmes de sa vie.

Chaque fois qu'il faisait l'amour à Eli, il avait l'impression que c'était encore plus merveilleux que la fois précédente, et aujourd'hui ne dérogeait pas à la règle.

Eli se leva et alla chercher du papier absorbant à la cuisine, puis revint pour procéder à un essuyage minutieux. Geoff s'allongea sur le canapé et Eli vint se blottir contre lui. Geoff tira la couverture sur eux et entoura Eli de son bras, sa poitrine pressée contre le dos de son amant. Dehors, le jour continuait de s'estomper.

— Tu dis tout le temps que je suis joli. Est-ce que tu m'aimeras encore quand je serai vieux ?

Geoff caressa le ventre d'Eli.

— Elijah...

Geoff l'appelait rarement par son vrai prénom, et Eli se tourna pour le regarder droit dans les yeux.

— Je ne t'aime pas parce que je te trouve joli... Je te trouve joli parce que je t'aime.

Geoff lui donna un tendre baiser, et ils regardèrent ensemble la neige tomber alors que le jour laissait place à la nuit.

AMOUR... ET COURAGE

PROLOGUE

— MONSIEUR PARKER, l'éclairage est-il prêt ?

— Oui, monsieur Stevens, je suis prêt à commencer dès que vous l'êtes. *Je suis prêt depuis une demi-heure* . Il alluma le projecteur, le pointa au centre de la scène et attendit le début de la répétition générale.

— Danny, Sandy, on y va ?

Pendant les répétitions, monsieur Stevens, le professeur de théâtre, mettait un point d'honneur à appeler tous les acteurs par leur nom de scène. Il avait l'intime conviction que cela les aidait à se mettre dans la peau de leur personnage. Len, qui avait assisté à de nombreuses répétitions depuis la passerelle de service, avait quant à lui plutôt l'impression que cela troublait les acteurs plus qu'autre chose, mais qui était-il pour oser donner son avis ?

Derrière les rideaux, tous les acteurs répondirent en chœur :

— Oui, monsieur Stevens !

La répétition commença. La tâche de Len consistait à diriger l'un des deux projecteurs. À mesure que la répétition se déroulait, sa meilleure amie Ruby et lui, suivaient les ordres qu'on leur avait donnés et éclairaient la scène tel qu'on le leur avait demandé.

Ils étaient amis depuis l'école primaire mais, même s'il avait l'impression qu'elle en pinçait pour lui, il ne faisait rien pour encourager ses sentiments. Elle était sa meilleure amie et il ne voulait pas gâcher leur amitié par une aventure amoureuse. D'ailleurs, s'il était tout à fait honnête avec lui-même, elle n'était pas son genre. Pas du tout, *du tout* son genre, mais il ne s'autorisait pas trop à penser à cela.

Elle se pencha près de lui et lui frôla le bras.

— Je ne comprends pas pourquoi tu t'es porté volontaire pour faire ça. Ne te méprends pas, ça me fait plaisir, mais ce n'est pas vraiment le genre de choses que tu fais d'habitude.

C'était vrai, il ne l'aurait pas fait par pur plaisir, mais le professeur de théâtre, qui était également son professeur de français, avait promis une meilleure note à tous les élèves qui participeraient à la pièce du lycée.

Il se tourna vers Ruby l'espace d'une seconde.

— Je ferais n'importe quoi pour réussir cette matière !

Et il focalisa de nouveau toute son attention sur la scène, concentré sur la tâche qui lui incombait.

— En plus, murmura-t-il doucement en pointant le projecteur sur Sandy, c'est plus amusant que ce que j'avais imaginé.

C'était vraiment amusant mais il était exclu qu'il en dévoile la raison à Ruby. Il élargit le faisceau de lumière pour éclairer à la fois Sandy et Danny et dut se retenir de soupirer. *Mon Dieu, t'es en train de te transformer en fille.* Il chassa cette pensée de son esprit avant qu'elle n'accapare complètement son attention et se força à suivre ce qu'il se passait sur la scène.

Cliff Laughton jouait le rôle de Danny Zuko et tout au long des répétitions, Len n'avait pu s'empêcher de penser à lui. En particulier la nuit, lorsqu'il était seul dans son lit. Ces dernières semaines, Cliff Laughton faisait l'objet de tous ses fantasmes – Len se demandant souvent à quoi il pouvait ressembler sous son blouson noir et son tee-shirt blanc – et ce qui se cachait sous ce jean qui était définitivement trop petit d'une taille.

Len s'arracha à son fantasme juste à temps pour faire ses réglages pour le numéro suivant, 'Une romance d'été'. En toute hâte, il remplaça les filtres et éclaira l'intégralité de la scène au moment où celui-ci commençait.

Len était captivé, fasciné par le numéro de danse, si suggestif qu'il suffirait à séduire quiconque était originaire de la petite ville de Scottsville, Michigan, bien que Len ne s'en rende pas compte. Tout ce qu'il savait, c'était que Cliff se déhanchait sur scène et remuait son petit derrière musclé.

— Elle danse merveilleusement bien, tu ne trouves pas ?

Et merde ! Ruby avait remarqué à quel point il était subjugué par le spectacle qui se déroulait sous leurs yeux. Il acquiesça et soupira de soulagement. Elle pensait son esprit captivé par Sheila Gowell, qui jouait Sandy, et cela l'arrangeait bien.

— Tu l'as dit !

En réalité, il ne l'appréciait guère, elle volait la vedette à Cliff et surjouait son rôle, mais il ne le dirait pas à Ruby. Il ne pouvait pas se permettre que quiconque se rende compte de ses sentiments : on avait beau être en 1979, on était tout de même à Scottsville, Michigan, pas à New York ou à San Francisco, et la perspective que quelqu'un se rende compte qu'il était intéressé par les garçons suffisait à le faire frémir.

— Tout se passe bien, non ? dit Ruby qui s'était approchée de lui, s'inclinant contre la rambarde à mesure que l'action se poursuivait.

Il répondit à voix très basse de manière à ne pas gêner le spectacle.

— Oui, tu as raison.

Il lui sourit et se concentra sur la pièce et les indications qu'on lui avait données.

À l'entracte, il quitta la passerelle et s'approcha de son professeur de théâtre, qui se tenait debout près de la scène.

— Est-ce que l'éclairage vous convient ?

— Oui, tout était parfait.

Len sentit la main de son professeur se poser sur son épaule. Alors qu'il tournait les talons, prêt à remonter sur la passerelle, il vit Cliff au bord de la scène.

— Monsieur Stevens !

164

En prononçant ces mots, Cliff sauta de la scène, perdit l'équilibre et renversa Len au passage, qui se retrouva à terre, Cliff atterrissant sur lui. Len pouvait à peine respirer, non pas parce que Cliff venait juste de le bousculer, mais parce qu'il avait senti la chaleur de son corps à travers ses vêtements lorsqu'il lui était tombé dessus. Lorsque Len ouvrit les yeux, il se retrouva face à face avec Cliff. Son regard était doux et chaleureux et son haleine sentait les tic-tac. Len réagit rapidement et commença à se dégager. Il ne pourrait pas avoir plus honte, il ne pourrait jamais s'en remettre si Cliff sentait son désir durcir dans son pantalon.

— Cliff ! Len ! Est-ce que tout va bien ?

L'agitation autour d'eux mit fin à cette promiscuité soudaine.

Cliff s'était déjà relevé.

— Moi ça va, mais j'ai atterri sur Len.

Il se tourna vers lui, toujours étalé sur le plancher.

— Tout va bien ?

Len saisit la main qu'il lui tendait et se remit doucement sur pieds.

— Ca va, je suis juste un peu essoufflé.

Et franchement soulagé que tu ne te sois rendu compte de rien .

— Ne vous inquiétez pas, ça ira, les rassura-t-il.

Il cessa d'être le centre d'attention et on se remit au travail. Len écouta les instructions de son professeur avant de remonter sur la passerelle.

Ruby se leva et alla à sa rencontre lorsqu'il se replaça à son projecteur.

— Ça va ?

— Oui, ça ira.

— Allez, tout le monde en place, place au deuxième acte !

On baissa l'intensité des lumières du plafond et Len alluma son projecteur, se concentrant du mieux qu'il pouvait sur la scène. Son esprit, lui, était ailleurs. Cliff Laughton. Il avait senti le corps de Cliff Laughton contre le sien. Certes, Cliff lui était simplement tombé dessus, mais cela suffisait à exciter l'imagination d'un adolescent en pleine puberté. Son corps avait réagi avec enthousiasme mais, par chance, il faisait noir et personne ne pouvait le voir à l'exception de Ruby, dont l'attention était portée sur la scène. Il laissa libre cours à son imagination pendant une minute mais s'interdit d'aller plus loin quand il commença à se sentir coupable. *Je ne devrais pas avoir ce genre de pensées, je ne devrais vraiment pas.*

Ruby se retourna.

— Qu'est-ce que tu dis ?

Len se contenta de secouer la tête et elle se remit au travail.

À mesure que la pièce avançait, Len se souvint de toutes les instructions qu'on lui avait données et fit une pause pendant que l'on changeait de décor pour la scène du drive-in. Les lumières étaient faibles et son projecteur n'éclairait que Danny et Sandy pendant qu'il essayait de l'embrasser dans la voiture. Len laissa son esprit dériver vers un nouveau fantasme : il s'imaginait seul dans la voiture avec Cliff, ses mains se promenant sur son corps. En regardant la scène, il sut qu'il ne le rejetterait pas, s'il était certain que personne n'en saurait jamais rien.

L'esprit ailleurs, il se rattrapa in extremis et effectua le changement suivant, ayant tout juste le temps de changer ses filtres et d'ajuster l'éclairage. Cette erreur l'incita à garder son attention focalisée sur le restant de la répétition et celle-ci se termina sans encombres.

À la fin de la répétition, il éteignit son projecteur et le laissa refroidir avant d'aider Ruby à descendre de la passerelle. L'ensemble de la troupe était réuni sur la scène, tous parlaient avec animation, incapables de retenir leur excitation.

— Len !

Il se retourna et vit Cliff s'approcher de lui. Il s'arrêta pour l'attendre.

— Je voulais juste m'assurer que je ne t'avais pas fait mal.

Il secoua la tête.

— Non, tout va bien.

Cliff lui adressa un large sourire et dit :

— J'organise une fête chez moi après la dernière représentation samedi, j'espère que tu seras là.

— Merci.

Cliff resta figé devant lui et Len se demanda s'il avait autre chose à lui dire. Un silence pesant commença à s'installer entre eux.

— J'y serai, ajouta Len.

— Tant mieux, dit Cliff, hésitant à nouveau. Tant mieux…

Cliff fourra ses mains dans ses poches.

— Je me demandais si…

Cliff ne put finir sa phrase car Sheila débarqua de nulle part et le prit par le bras.

— Ah, te voilà ! Je suis prête à y aller, tu es censé me reconduire chez moi, tu te rappelles ?

Elle ignora allègrement Len et tira Cliff vers ses amis qui l'attendaient. Len vit Cliff se retourner brièvement dans sa direction puis il disparut.

— Tu connais Cliff Laughton ? demanda Ruby derrière lui. Dommage que cette conne de Sheila lui ait mis le grappin dessus…

Surpris par les propos de son amie, Len se retourna.

— Eh bien quoi, c'est vrai ! Et il est trop gentil pour l'envoyer bouler. Tu pourrais peut-être me le présenter.

Len savait que Ruby avait un faible pour Cliff depuis le collège.

— En fait, il m'a simplement demandé comment j'allais et m'a invité à fêter la dernière représentation chez lui samedi. Il organise une soirée.

Il se tourna vers elle, détournant son attention de l'endroit où Cliff avait disparu.

— Ça te dirait de venir avec moi ?

Elle lui sourit de toutes ses dents et prit son bras.

166

— Avec grand plaisir !

Elle battit des paupières pour plaisanter et ils rirent tous deux de bon cœur avant de sortir attendre que la mère de Len vienne les chercher.

LE SAMEDI, la mère de Len les déposa tous les deux à la soirée de Cliff, non sans leur avoir d'abord infligé un interrogatoire digne d'un agent de la CIA.

— S'il y a de l'alcool, appelez-moi et je viendrai vous chercher immédiatement.

La mère de Len était formidable, et ni l'un ni l'autre n'avaient envie de la décevoir.

— Je viendrai vous rechercher à vingt-trois heures.

— Oui maman, dit Len en aidant Ruby à sortir de la voiture. Ne t'inquiète pas…

Il se retint de lever les yeux au ciel car il savait qu'elle s'en rendrait compte. Il n'y avait rien qui lui échappait.

La fête avait lieu dans le jardin où l'on avait allumé un feu et dressé un buffet. La plupart des invités étaient déjà là et ils les saluèrent. Il connaissait tout le monde mais c'était le propre des petits lycées : tout le monde connaissait tout le monde.

— Len, Ruby, salut ! les salua tous les deux Cliff.

Il leur fit visiter les lieux, Sheila se collant à lui comme une moule à son rocher.

La pièce du lycée avait rencontré un franc succès, chaque représentation s'était jouée à guichets fermés, et après des semaines de répétitions, les membres de la troupe étaient devenus proches.

— Est-ce que vous allez au bal de fin d'année ?

Len se retourna et vit Brenda, une des Pink Ladies, s'approcher de lui.

— Non, malheureusement je dois travailler.

Len savait que cela avait déçu Ruby mais il n'avait pas voulu qu'elle se prive de faire la fête pour autant.

— Mais Ruby y va avec Brad.

Brenda rit bêtement et entraîna Ruby avec elle vers le groupe des filles. Cela ne manquait jamais de surprendre Len que filles et garçons, qui allaient au lycée ensemble tous les jours, assistaient aux mêmes cours et mangeaient ensemble le midi, se séparaient systématiquement lorsqu'ils sortaient du lycée.

Len se dirigea vers le groupe des garçons et entendit Cliff dire :

— Elle me rend dingue, elle est complètement folle cette fille. Qu'est-ce qu'elle croit ? Qu'on sort ensemble ou quoi ? La pièce est terminée, je ne suis pas Danny et elle n'est pas Sandy !

— Alors dis-lui qu'elle ne t'intéresse pas parce que, tu peux me croire, elle est persuadée du contraire.

Cliff s'apprêtait à dire quelque chose lorsque l'un d'eux dit :

167

— Il paraît qu'elle couche.

— Tu plaisantes, elle est pire qu'une nonne.

Cliff fit une grimace que Len ne put voir et tout le monde se mit à rire. Finalement, les filles se joignirent à eux et les couples se formèrent petit à petit. Ruby était en pleine conversation avec Brad et Len fut heureux de voir que tous les deux semblaient bien s'entendre. Ruby n'était qu'une amie et il savait qu'elle ne serait jamais plus que ça. La simple pensée qu'autre chose puisse se passer entre eux l'effrayait.

Len s'amusait bien, il discutait avec d'autres garçons près du buffet. C'était une soirée fraîche mais sans être froide, et tout le monde était agréable et sociable. Pendant la soirée, il jeta un œil aux couples qui partaient s'isoler dans un coin plus tranquille.

— Len, dit Cliff en s'approchant de lui, puis-je te parler un instant ?

— Bien sûr.

Cliff le mena à l'écart vers l'une des granges et Len le suivit, se demandant ce qu'il pouvait bien lui vouloir.

— Je voulais te demander quelque chose.

Cliff ne tenait pas en place, manifestement nerveux.

— L'autre jour, dit-il, s'arrêtant puis reprenant son discours, pendant la répétition générale, quand je t'ai bousculé…

Len s'apprêtait à voir son monde s'effondrer. *Cliff s'en est rendu compte.* Comment allait-il s'y prendre pour lui expliquer ce qui s'était passé ?

— Écoute, Cliff, c'était un accident…

Il commença à bégayer et à regarder autour de lui, essayant de déterminer la meilleure façon de s'échapper.

— Je sais, je ne voulais pas te bousculer, j'ai eu peur de t'avoir fait mal. Monsieur Stevens m'a passé un sacré savon le lendemain.

Len respirait à nouveau, sa voix reprenant son ton normal.

— Non, j'ai juste eu le souffle un peu coupé mais c'est vite passé.

Cliff se pencha vers lui, approchant son visage de celui de Len.

— Tant mieux, j'ai eu peur de t'avoir endommagé quelque chose d'essentiel, si tu vois ce que je veux dire.

L'instinct de Len lui dicta de feindre ne pas comprendre.

— Comment ça ?

— J'ai senti ton…

Cliff leva les yeux et son regard croisa celui de Len. Ce dernier fut surpris de n'y voir ni dégoût, ni condamnation, ni fin du monde. Len avala sa salive et attendit de voir ce que Cliff allait faire. Il s'attendait au pire mais, au lieu de cela, Cliff plongea son regard dans le sien. Il eut l'impression que Cliff s'approchait de lui et se demanda s'il allait l'embrasser. Il ferma les yeux et sentit quelque chose contre ses lèvres. *Il n'en revenait pas, il était en train d'embrasser Cliff Laughton,*

168

ou bien était-ce Cliff qui l'embrassait ? Peu lui importait, c'était comme si l'un de ses rêves devenait réalité.

— Cliff !

La voix de Sheila fit l'effet d'un coup de poignard dans la nuit. Ils s'éloignèrent l'un de l'autre et se redressèrent juste au moment où elle put les apercevoir.

— Je t'ai cherché partout.

Elle se rendit compte de la présence de Len.

— Salut, Len.

Bon Dieu, pourquoi avait-il fallu qu'elle se pointe à ce moment-là ?

Len eut envie de crier. Il se ressaisit, effaçant le sentiment de déception de son visage.

— Salut, Sheila.

Elle s'agrippa au bras de Cliff et l'entraîna plus loin de moi, ne se rendant manifestement pas compte de ce qui venait de se produire, de la scène à laquelle elle avait failli assister. Cliff essaya de prendre le contrôle de la conversation.

— Sheila, il faut qu'on parle.

— Et comment ! Il y a plein de choses qu'il faut qu'on règle pour les vacances.

Cette fille était déterminée, il fallait au moins lui accorder ça. Elle savait ce qu'elle voulait et tous les coups étaient permis pour parvenir à ses fins.

Len les observa tandis qu'ils s'en allaient et vit Cliff se retourner à nouveau dans sa direction. Il fut surpris de constater qu'il semblait déçu.

Il se reprit et s'éloigna de la grange pour rejoindre la fête. Ruby et Brad étaient encore en train de discuter. Jetant un œil à sa montre, il se rendit compte qu'il ne restait qu'une demi-heure avant que sa mère n'arrive et s'assit près du feu, discutant avec ses camarades. Une des filles lui demanda à l'oreille :

— Tu n'es pas trop déçu, pour Ruby et Brad ?

Il sourit.

— Ruby et moi ne sommes que des amis.

Il entendit une voiture arriver dans la cour et vit que c'était celle de sa mère. Il avait espéré revoir Cliff avant de partir mais il était introuvable. Même Sheila avait rejoint la fête, l'air définitivement sombre. Len salua ses camarades, alla chercher Ruby et tous deux montèrent en voiture.

Sa mère leur demanda comment s'était déroulée la soirée et Ruby lui raconta tout en détail. Alors qu'ils quittaient la propriété, Len tordit le cou, dans un dernier effort pour apercevoir Cliff, jusqu'à ce que la ferme disparaisse dans l'obscurité.

169

I

LEN S'ÉVEILLA lentement, dans les bras de Tim, l'esprit toujours embrumé par le sommeil, la chaleur de leur corps les protégeant de la fraîcheur de l'air conditionné. Il se plaisait ici, à cet endroit précis, en cet instant. Pas de pression, pas d'attentes, pas de secret, il s'agissait de quelques heures de ce qui semblait être un bonheur volé. Il commença à sortir du lit mais l'étreinte de Tim se resserra doucement autour de ses épaules.

— Pourquoi es-tu si pressé ?

Il ne savait pas quoi répondre, sauf que cela lui semblait la meilleure chose à faire. Après tout, n'était-ce pas la manière dont cela se passait à chaque fois ?

— Je ne sais pas.

Se redressant au-dessus de lui dans son lit, Tim le regarda.

— Moi je sais.

Pris par surprise, Len ne sut quoi répondre.

— Tu ne veux pas que je me fasse des idées, ajouta-t-il

— Qu'est-ce que tu veux dire ?

Len observa le visage de son amant, de cet homme plus âgé, aux rides naissantes autour des yeux et au front qui commençait à se dégarnir. C'était un beau visage, doux et chaleureux, qui lui allait très bien.

— Tu ne veux pas que je m'imagine qu'il y ait quoique ce soit de plus entre nous. On se voit une fois par mois, on dîne tous les deux, on regarde un film puis on finit au lit. C'est comme ça et ça nous convient, à toi comme à moi, mais dès que c'est terminé, tu as l'impression de devoir t'en aller tout de suite.

Tim semblait si déçu que Len voulut l'embrasser pour le réconforter, sans succès.

— Je sais que je ne suis pas l'amour de ta vie, tu n'as que vingt-et-un ans et moi bientôt quarante... Tu as toute la vie devant toi.

Il marqua une pause et Len attendit patiemment qu'il reprenne son discours. Tim soupira.

— Tout ce que j'essaie de te dire, c'est que tu n'es pas obligé de t'en aller si vite. Ce n'est pas en une demi-heure que je vais tomber amoureux de toi, ajouta-t-il.

— Je ne veux surtout pas être injuste envers toi, tu es un très bon ami, dit Len.

Len essaya de s'expliquer. Tim avait été un *très grand* ami, il l'avait connu une année auparavant, alors qu'il feuilletait des magazines gays dans la seule libraire du comté qui proposait ce genre de littérature. Excité au possible par sa lecture, il n'avait pas quitté des yeux ce bel homme un peu plus âgé qui s'était dirigé vers la section où il se tenait, faisant son maximum pour ne pas laisser transparaître sa gêne. Tim lui avait avoué plus tard qu'il avait dû se retenir de rire en apercevant le visage apeuré de Len. Mais plutôt que de rire, il s'était décidé à lui parler et tous deux avaient engagé une véritable conversation. Ce fut ce jour-là que Len avait réalisé qu'il y avait d'autres hommes comme lui, des hommes qui aimaient les hommes, mais qui ne se travestissaient pas, qui n'étaient pas efféminés ou ne zézayaient pas non plus. C'étaient des hommes ordinaires qui se conduisaient de manière ordinaire.

Alors que la conversation était déjà bien engagée, Tim lui avait proposé d'aller boire un café. En voyant la réaction de Len, paralysé comme un cerf pris dans les feux d'une voiture, il l'avait rassuré en lui affirmant qu'il ne s'agissait que d'un café et qu'ils pourraient continuer leur conversation.

— D'accord, avait dit Len.

Il était nerveux mais il l'avait suivi dans un petit café au coin de la rue où ils s'étaient assis dans un coin. Tim s'était présenté, puis ils avaient commencé à parler. Enfin non, Tim avait parlé pendant que Len s'était contenté de l'écouter. Une fois leurs cafés terminés, Tim lui avait donné son numéro, lui demandant de l'appeler s'il avait envie de le revoir. Len tenait encore la carte dans sa main quand Tim avait quitté le café.

Il l'avait appelé quelques jours plus tard et ils s'étaient revus pour dîner, puis tout s'était enchaîné.

Sur le lit, Len se retourna et passa ses mains dans le cou de Tim.

— Tu es l'une des personnes les plus merveilleuses que j'ai eu la chance de rencontrer.

Tim sourit.

— Non, je suis juste un vieil homme qui a la chance de goûter aux plaisirs de ton corps une fois de temps en temps.

Len sut par son sourire qu'il avait en partie raison. Il tapota doucement le côté du lit de son amant.

— Mais si, tu l'es, vraiment.

Len était sincère, Tim lui avait énormément appris, non seulement au lit mais il l'avait aidé à s'accepter tel qu'il était.

— Tu es un très bon ami, dit-il.

— Toi aussi.

Tim embrassa Len sur le front puis le matelas s'inclina alors qu'il se levait. Len le suivit et commença à s'habiller. Il y avait quelque chose de différent dans leur rituel et en reboutonnant son pantalon il se rendit compte que Tim l'incitait à le quitter. Il finit de se rhabiller en se demandant ce qu'il ressentait.

— Tu vas me manquer, dit Len.

Il s'était assis au pied du lit et nouait ses lacets.

— Tu vas me manquer aussi, mais c'est certainement mieux ainsi.

Len se releva et regarda son amant, vêtu seulement d'un peignoir. Tim le tira vers lui et le serra très fort dans ses bras. Len eut l'intuition que Tim était davantage peiné qu'il ne le laissait paraître. Au bout d'un long moment, Tim desserra son étreinte.

— Je te raccompagne à la porte.

Ils traversèrent ensemble le petit appartement et Len remarqua les cartons empilés dans l'entrée et comprit ce qu'il se passait.

— Tu déménages ?

— Oui, j'ai obtenu un bon poste à Chicago et je ne peux pas refuser leur offre, surtout pas maintenant, en pleine crise économique.

— Je comprends, dit Len en ouvrant la porte. Au revoir Tim.

— Au revoir Lenny. J'espère que tu seras heureux dans ta vie.

Len lui sourit alors que la porte se refermait doucement. Il savait qu'il serait heureux. S'il y avait une chose que Tim lui avait apprise, c'était de s'accepter tel qu'il était. Il n'était pas encore prêt à l'annoncer à ses proches mais il pouvait au moins se l'admettre à lui-même et il ne se détestait plus. Une fois, Tim lui avait dit qu'il n'y avait rien de mal à être gay ou à être soi-même. Il l'avait seulement prévenu qu'il fallait être prudent.

Sans se retourner, Len rejoignit sa voiture, prit place au volant et rentra chez lui. Il jeta un coup d'œil à sa montre et poussa un soupir de soulagement : l'heure était loin d'être tardive et sa mère ne lui en tiendrait probablement pas rigueur.

Après le lycée, il avait trouvé un emploi en ville dans une usine de pièces détachées pour les trains, mais cela n'avait pris qu'un an avant qu'il soit licencié à cause de la crise économique. Sa mère l'avait alors poussé à reprendre ses études et il s'était inscrit à l'université. Ce fut une excellente décision. Étudiant médiocre au lycée, Len révéla tout son potentiel à la fac : ses notes étaient bonnes et il avait même trouvé un emploi à mi-temps dans une ferme de la région.

En arrivant chez lui, il gara sa voiture dans la cour de la petite maison que sa mère et lui louaient. Elle l'attendait dans le salon, devant la télévision.

— Tu t'es bien amusé ?

Il dut se retenir d'afficher un trop grand sourire.

— Oui, ça a été, merci.

Il avait eu le temps de réfléchir dans la voiture. Bien que Tim lui manquerait, il était heureux qu'il ait décroché un bon poste. De plus, il avait raison, il était temps pour eux de passer à autre chose avant de trop s'attacher l'un à l'autre. Tim avait été un excellent mentor et Len ne l'oublierait jamais.

— Il y a du courrier pour toi sur la table, on dirait que tu es invité à un mariage !

— Au mariage de qui ?

Sa mère haussa les épaules et reprit son émission. Elle travaillait dur, depuis toujours, et il avait toujours souhaité trouver un moyen d'aider davantage sa mère, mais à chaque fois qu'il avait évoqué l'éventualité de travailler à plein temps et de laisser tomber ses études, il avait essuyé un refus catégorique de sa part.

Il entra dans la cuisine et vit la grande et belle enveloppe posée sur la table. Il la prit et l'examina avant de l'ouvrir et de briser le sceau.

— Ruby va se marier, dit-il à sa mère.

— C'est super. Et qui est l'heureux élu ?

— Cliff Laughton.

Eh bien, si ça ce n'était pas une surprise ! Il n'avait plus beaucoup revu Cliff depuis ses dix-sept ans mais il se souvenait de cette soirée et de ce quasi-baiser, ou du moins il lui semblait que cela avait été un quasi-baiser, il ne se le rappelait plus très bien.

— Quand aura lieu la cérémonie ?

— Dans trois semaines.

— Tu vas y aller ?

— Oui, je pense.

Il avait pris sa décision rapidement. Il n'avait pas revu Ruby depuis quelques temps mais la perspective de la revoir lui réchauffait le cœur.

LE MARIAGE fut magnifique. La cérémonie religieuse eut lieu dans une petite église de campagne située à un kilomètre de la ferme de Cliff, qui allait désormais devenir le nouveau foyer de Ruby. En acceptant l'invitation, Len s'était demandé s'il connaîtrait beaucoup de monde et constata rapidement que c'était le cas. Il eut l'impression que rien n'avait changé et que tous avaient envie de savoir ce que leurs vieux amis devenaient. Après la cérémonie, il se rendit à la réception et prit place à sa table, à côté d'anciens camarades de lycée. Cela ressemblait presque à une réunion de promo.

Sa voisine de table lui mit un petit coup affectueux dans les côtes. C'était Raelyn et elle lui souriait.

— Alors Len, est-ce que tu vois quelqu'un en ce moment ?

Il pensa à Tim.

— Pas en ce moment, non.

— Tu te rappelles de Brenda Grant ?

Il acquiesça et s'efforça à jouer les intéressés. Il commençait à être fatigué qu'on essaie de le caser à tout bout de champ avec la première venue.

— Elle vient juste de se séparer de Brad et m'a dit qu'elle aimerait bien te revoir.

Il remercia le ciel qu'elle n'ait pas téléphoné.

— Ce serait sympa de la revoir, dit-il, pensant que sa réponse ne l'engageait à rien.

Raelyn sourit à nouveau.

— Super, il faudra que je lui dise.

Len fut à deux doigts de pousser un grognement mais se retint, et le sujet de conversation changea. Il fut question des derniers ragots jusqu'au tintement des verres qui indiquèrent l'heure des toasts et remerciements. Le garçon d'honneur fit son discours et porta un toast, puis le dîner fut servi, suivi des traditionnels jeux de mariage.

Len observa les jeunes mariés ouvrir le bal, tous deux souriaient et avaient l'air heureux. À les voir ainsi, il se replongea dans ses souvenirs et se dit qu'il avait été bien bête. Tim l'avait prévenu de ne jamais tomber amoureux d'un hétéro. Et même si Len ne pouvait être sûr de ce qu'il se serait passé s'ils n'avaient pas été interrompus ce soir-là, il se rendait de mieux en mieux compte que tout cela avait dû être le fruit de son imagination. À la fin de la première danse, la piste se remplit de couples.

Puis ce fut l'heure de la danse de la mariée, tous les hommes participèrent aux frais de la lune de miel puis l'invitèrent à danser à tour de rôle. Ruby lui sourit quand il s'approcha d'elle et ils se mirent à danser.

— Ça me fait vraiment plaisir que tu sois venu.

— Moi aussi. Depuis que j'ai reçu ton invitation, je n'attendais plus que de te revoir.

Ils dansèrent harmonieusement, tout avait toujours été harmonieux entre eux.

— Vois-tu quelqu'un en ce moment ? demanda-t-elle.

— Oui, mais plus maintenant.

La réponse lui était venue tout à fait naturellement. Il savait qu'il exagérait ce qu'il avait vécu avec Tim mais il fallait bien qu'il réponde quelque chose.

— Et comment était-il ?

Len fut à deux doigts de trébucher mais Ruby se contenta de sourire et ne s'arrêta pas de danser, serrant sa main plus fort dans la sienne.

— Comment… ?

Il se força à continuer de danser, même quand son estomac se retourna et qu'il fut pris de nausées.

Elle sourit.

— Comment je l'ai su ? Disons que plusieurs indices m'ont mis la puce à l'oreille. Ça fait déjà un certain temps que je le sais.

Et toujours en souriant.

— Ne t'en fais pas, je ne le dirais jamais à personne.

— Est-ce que Cliff le sait ?

Son sourire s'élargit à nouveau.

— Bon Dieu, non ! Tu plaisantes ? Même Sheila n'est pas une aussi grande commère que lui.

Son sourire s'effaça un peu.

— Personnellement, ça ne me dérange pas, et je n'ai aucune raison de le dire à qui que ce soit. Mais sache que cela ne change rien entre nous, que tu es toujours mon ami et que tu m'as manqué.

Avant qu'il n'ait pu dire quoi que ce soit d'autre, il sentit une main taper sur son épaule, lui indiquant que c'était le moment de passer son tour. Il lâcha sa main et plutôt que de s'en aller tout de suite, il l'embrassa tendrement sur la joue.

— T'es vraiment une fille géniale.

Puis il s'en alla et laissa sa place à celui qui attendait derrière lui.

Avant de rejoindre sa table, il mit un point d'honneur à saluer Cliff. À sa plus grande surprise, il se souvenait de lui.

— Len ! Je suis content que tu sois venu.

— Je t'en prie. Merci pour l'invitation.

Il jeta un regard à la mariée, qui dansait à présent avec un homme âgé.

— Ruby est vraiment quelqu'un de bien. J'espère que vous serez heureux ensemble.

— Merci Len.

Len ne savait pas trop quoi ajouter. Il était hors de question qu'il aborde le sujet de ce baiser qu'ils avaient partagé, ou du moins celui qu'il pensait avoir partagé, des années auparavant. Il décida de serrer la main du jeune marié et retourna s'asseoir. Plus tard dans la soirée, on tamisa les lumières et on continua à danser. Les jeunes mariés faisaient un tour de table, discutant avec leurs invités et recevant leurs vœux. Ils passèrent brièvement à sa table puis Len décida qu'il était l'heure de s'en aller. Il salua tout le monde puis rentra chez lui.

À la maison, sa mère était assise dans le salon et regardait la fin d'une rediffusion de *Fantasy Island*. Elle se tourna vers lui et sourit.

— Comment était le mariage ?

— Très bien, on a bien dîné et j'ai partagé une danse avec Ruby. On n'a pas eu le temps de discuter longtemps mais elle m'a dit qu'elle m'appellerait bientôt.

Il s'assit sur le sofa et desserra sa cravate, portant son regard alternativement sur la télévision et sur sa mère.

L'émission toucha à sa fin et elle éteignit la télévision.

— Cette émission va me manquer quand ils arrêteront la diffusion.

C'était son émission préférée et elle n'en ratait jamais un seul épisode.

— Quelque chose te tracasse ? demanda-t-elle.

— Oui, enfin…

La révélation de Ruby l'avait véritablement surpris. Il avait toujours été proche de sa mère et il n'aimait pas lui cacher des choses, surtout quand ce n'était plus un secret pour d'autres. Il redoutait juste sa réaction.

Elle s'assit à côté de lui et posa sa main sur son genou.

— Ce n'est pas grave mon chéri, tu sais que tu peux tout me dire.

Il ne savait pas comment lui annoncer et finit simplement par dire :

— Maman, je suis gay.

Il se tourna vers elle pour observer sa réaction, elle s'était figée l'espace d'une seconde.

— C'est tout ? Je pensais que tu allais m'annoncer quelque chose que je ne savais pas.

Len fut plus surpris que jamais.

— Tu le savais ? Ce n'est pas vrai ! Tout le monde est au courant ou quoi ?

— Je ne crois pas. Qu'entends-tu par *tout le monde* ?

— Ruby m'a dit la même chose tout à l'heure.

Ce n'était pas la réaction qu'il attendait de sa mère mais il lui en fut tout de même reconnaissant. Et s'il devait être vraiment honnête avec lui-même, il n'était pas non plus sûr de la réaction à laquelle il s'attendait.

— Je ne sais pas comment Ruby l'a su mais tout ce que je peux te dire c'est qu'une mère connait son enfant.

Elle se mit à bailler et se leva.

— Je vais me coucher, dit-elle avant de se pencher et de l'embrasser sur le front avant de quitter la pièce. On en reparlera demain.

Len resta assit sur le sofa à réfléchir. Son secret le plus intime, le plus sombre, était connu de deux personnes et elles ne l'avaient pas rejeté. Il savait que ce ne serait pas toujours aussi simple mais cela lui réchauffa le cœur. Réconforté par cette pensée, il partit se coucher.

II

QUELQUES SEMAINES plus tard, Len fut presque surpris lorsque Ruby l'appela. Les cours du semestre d'été touchaient à leur fin et ils se donnèrent rendez-vous pour déjeuner au restaurant universitaire. Une fois servis, ils s'assirent à une table dans un coin, dont la vue donnait sur le ravin et la crique situés derrière le bâtiment.

— Alors, dis-moi ! Vois-tu quelqu'un en ce moment ?

Elle prit une bouchée de sa salade, les yeux pleins d'excitation.

— Non, je voyais quelqu'un de temps en temps, mais il a quitté la ville.

Len prit sa première bouchée, attendant la réaction de son amie.

— Je suis désolée.

Il pouvait déceler une lueur de sympathie dans ses yeux.

— Il ne faut pas. En fait, ce qui va le plus me manquer, c'est son amitié.

Il prit une autre bouchée de son plat.

— Il a été la première personne que j'ai rencontré qui comprenait ce que je ressentais.

Ruby hocha la tête et resta silencieuse.

— En rentrant de ton mariage je l'ai annoncé à ma mère.

Le sourire de Ruby s'effaça.

— Comment l'a-t-elle pris ?

— Très bien, elle m'a dit qu'elle le savait déjà, m'a embrassé et est allée se coucher. On en a reparlé plus longuement le lendemain après-midi. Je ne crois pas qu'elle comprenne tout mais au moins elle me soutient et c'est tout ce que je pouvais espérer.

Il but une gorgée de soda.

— Mais assez parlé de moi, raconte-moi tout. Comment va ta vie de jeune mariée ? D'ailleurs, comment as-tu rencontré Cliff ?

Elle sourit de tout son cœur et cela fit énormément plaisir à Len. Ruby avait toujours été spéciale à ses yeux et il avait regretté de ne pas être resté en contact avec elle après le lycée. C'était de sa faute, il ne restait jamais en contact avec qui que ce soit. Il était devenu très solitaire. Son besoin de protéger son secret primait sur n'importe quoi d'autre, l'empêchant de se rapprocher de quiconque.

— Après le lycée, j'ai revu Cliff au mariage de ma sœur. C'est un ami de mon beau-frère. On était tous les deux célibataires à l'époque et il m'avait toujours plu. On a passé la soirée à discuter puis il a voulu qu'on se revoie. Après ça, tout s'est fait naturellement. Et il est vraiment merveilleux.

Son visage rayonnait.

— Et vous habitez où ?

— Chez ses parents, en tout cas pour l'instant. La ferme est immense. Mais on économise pour acheter notre propre maison.

Elle fit une grimace.

— Son père est gentil mais il veut absolument tout contrôler. Pas étonnant que sa mère soit partie il y a si longtemps. Je ne crois pas que j'aurais pu le supporter non plus, il est tellement vieux jeu.

Elle se pencha vers lui.

— Lorsque nous sommes rentrés de notre lune de miel, mes parents nous ont invités à dîner Cliff et moi, et son père m'a demandé ce que j'allais lui préparé à dîner avant de partir.

Elle rit.

— Je lui ai répondu que c'était son fils que j'avais épousé et non lui, que le bar de Steve était ouvert jusqu'à minuit et je lui ai jeté ses clefs à la figure. Il rouspétait encore quand nous avons quitté la maison.

Len ne put s'empêcher de rire aussi, la situation était tellement cocasse. Tout cela lui avait manqué, son sens de l'humour, son énergie. Elle n'avait pas changé depuis le lycée, mis à part que l'époque de la puberté était terminée et qu'elle était désormais plus sûre d'elle. Il trouva également très agréable d'être en compagnie de quelqu'un avec qui il pouvait simplement être lui-même, quelqu'un à qui il n'avait rien à cacher.

Leurs rires s'estompèrent et elle se pencha vers lui, s'assurant que personne autour ne l'entendait.

— Parle-moi de lui alors, comment était-il, gentil ?

— Gentil, ça oui. Il s'appelait Tim et… commença-t-il avant d'hésiter. Il était plus âgé que moi.

Un sourire un coin se dessina à nouveau sur les lèvres de son amie.

— Quel âge ?

— Presque quarante ans.

Ruby n'eut pas du tout la réaction qu'il attendait.

— Et était-il canon ?

Len rit à son tour.

— Ça t'amuse de parler de tout ça ?

— Évidemment, deux hommes ensemble, c'est sexy. Allez, raconte !

Il n'arrivait pas à croire qu'il était là, attablé au restaurant universitaire avec sa meilleure amie du lycée, à discuter de sa vie amoureuse.

— Si tu veux vraiment le savoir, oui, il était canon, et gentil. C'est grâce à lui que j'ai compris que je n'étais pas seul, qu'il y avait d'autres hommes comme moi. C'était un ami, avant toute chose.

— L'aimais-tu ?

— Je suppose, mais je n'étais pas *amoureux* de lui, si tu vois ce que je veux dire. On savait tous les deux que ça ne durerait pas et on s'est quittés en amis. Ce n'est pas comme si on avait eu une rupture difficile ou quoi que ce soit.

Le départ de Tim avait été dur pour Len mais pas pour les raisons qu'il s'était imaginées. L'amitié et la complicité qu'ils partageaient et le fait de pouvoir être lui-même à ses côtés lui manquaient toujours. Ça et leurs incroyables parties de jambes en l'air, mais il n'avait pas l'intention de partager cela avec Ruby, elle voudrait sûrement connaître les détails et il était hors de question qu'ils abordent ce sujet !

Il jeta un coup d'œil à sa montre et fut surpris de constater à quel point le temps était vite passé.

— J'ai cours dans quinze minutes.

Ils se levèrent et Len s'occupa de disposer de leurs plateaux.

— Je te raccompagne jusqu'à ta voiture.

Il ramassa son sac et enfila son blouson avant d'accompagner son amie sur le parking.

— Ça m'a fait plaisir de te voir.

Il ne savait pas trop comment la saluer mais elle mit fin à son embarras en le prenant dans ses bras.

— Je me suis bien amusée, je t'appellerai à l'occasion et on pourrait aller dîner ?

Elle sourit en montant dans sa voiture.

— Je te promets que ce n'est pas moi qui ferai la cuisine.

Ils rirent tous les deux alors qu'elle refermait la portière de sa voiture avant de s'en aller. Il la regarda partir puis se rendit en cours.

RUBY TINT à nouveau sa promesse et le rappela. Ils commencèrent à se voir de temps en temps. Ils sortaient soit pour un déjeuner soit pour un dîner et Cliff se joignait parfois à eux. Len appréciait ces sorties qui lui donnaient l'occasion de voir du monde. Et même si leurs dîners à trois étaient très agréables, il affectionnait particulièrement ses tête-à-tête avec Ruby, qui étaient l'occasion pour lui de se lâcher réellement.

Environ une année après son mariage, lors d'un déjeuner, Ruby pénétra dans la cafétéria d'un pas léger, l'air plus enjoué que jamais. Remarquant sa jovialité manifeste, Len sourit, se demandant ce qui pouvait la rendre si heureuse.

— Allez, assieds-toi et raconte-moi ce qui te rend aussi raDieuse !

Elle se tortillait sur sa chaise.

— Je suis enceinte ! dit-elle avec un sourire rayonnant, j'accouche en juillet. J'espère que ce sera une fille ! Cliff, lui, espère que ce sera un garçon, évidemment.

— Évidemment.

Il se leva et la prit dans ses bras. Son bonheur donnait l'impression qu'elle débordait d'énergie.

— Qu'est-ce que tu veux manger ?

— Quelque chose de léger, je ne supporte plus mes nausées matinales, mais elles devraient bientôt passer d'après le médecin.

Elle jeta un œil à la carte.

— Je serais prête à me damner pour un bon gros hamburger mais ce ne serait pas raisonnable. Je vais prendre une salade.

— Tu ne peux pas nourrir ton bébé qu'avec de la salade, tu manges pour deux ! Prends le burger.

Elle fit un petit bond sur sa chaise et accepta. Len s'occupa d'aller chercher leur repas et revint quelques minutes plus tard.

— Si c'est une fille, j'aimerais bien l'appeler Bethany, mais je n'ai pas réfléchi à un prénom pour un garçon. J'imagine que si c'est le cas, je laisserais Cliff choisir.

Elle prit une bouchée de son hamburger et poussa un petit gémissement de bonheur en mâchant.

— Qu'est-ce que ça lui fait de devenir père ?

— Pour être tout à fait franche, j'appréhendais un peu sa réaction, mais ça l'a rendu fou de joie, dit-elle avant de rire. Puis il m'a emmenée dans la chambre.

Un sourire apparut aux coins de ses lèvres.

— Donc, toi tu as le droit d'entendre les moindres détails de ma vie amoureuse, aussi pitoyable soit-elle, mais moi je n'ai pas droit à une seule miette de la tienne ?

En réalité, il n'était pas réellement intéressé par les détails de sa vie amoureuse, mais il fallait bien qu'il l'embête un peu.

— En parlant de ça, as-tu rencontré quelqu'un récemment ?

Elle lui posait la question à chaque fois qu'ils se voyaient. Il aurait pu jurer qu'elle était à deux doigts de faire la tournée des bars et de rechercher quelqu'un pour lui.

— Non, mais je n'ai pas vraiment eu le temps d'y penser. Entre les cours et mon boulot à la ferme, je n'ai pas le temps de me consacrer à quoi que ce soit d'autre. J'espère que quand j'en aurai fini avec la fac j'arriverai à trouver un bon poste, mais je n'ai pas trop d'espoir. Il faudra peut-être que je déménage pour trouver une bonne situation.

Il se rendit compte qu'il désirait vraiment changer de sujet.

— Comment ça se passe avec le père de Cliff, toujours sur ton dos ?

Elle sourit.

— Non, il ne me demande plus de faire la cuisine et de toute façon, je suis loin d'être un cordon bleu.

— Tu ne sais pas faire la cuisine ?

— Je sais préparer un bol de céréales.

— Des céréales, tu veux dire des flocons d'avoine ?

— Des cornflakes plutôt !

Ils rirent tous les deux. À chaque fois qu'ils se voyaient, elle arrivait toujours à le faire rire, ils passaient toujours de bons moments ensemble. Le repas se poursuivit et Ruby avala son hamburger en trois bouchées. Bon Dieu, cette fille avait un sacré appétit ! Depuis qu'ils s'étaient rencontrés il l'avait rarement vue manger autre chose qu'une salade. Elle devait bien s'accommoder de sa grossesse.

— Vas-tu organiser une fête pour le bébé ?

— J'imagine que mon amie Barbara en organisera une mais je suppose qu'elle me fera la surprise.

Len se dit qu'il faudrait qu'il pense à trouver un beau cadeau pour elle et le bébé. La conversation continua jusqu'à ce que les cours reprennent. Comme à son habitude, il la raccompagna à sa voiture.

— Combien de temps te reste-t-il avant d'obtenir ton diplôme ?

— Un seul semestre, je devrais avoir terminé en décembre.

Elle ouvrit sa portière et grimpa dans sa voiture.

— Il faudra qu'on fête ça.

Il se contenta de sourire. Elle ferma la portière de sa voiture et s'en alla.

— IL EST adorable, dit Len, penché au-dessus du relax posé sur une chaise entre Ruby et lui. Je n'arrive pas à croire que tu aies laissé Cliff choisir son prénom, quel courage !

— Je sais, je n'arrive pas à croire qu'il ait choisi un prénom aussi banal que Geoff... Même pas Jeffrey, non, *Geoff.*

Elle prit la couverture de son nouveau-né entre ses mains en s'asseyant.

— On a évité le pire, il pensait lui donner le nom de son père, Howard. Si on y réfléchit, son choix n'était finalement pas si mauvais.

Elle s'adressa à son bébé :

— N'est-ce pas mon Geoffy ?

Tout en dormant, il agrippa son doigt et le porta à sa bouche.

— Il te ressemble.

Il lui ressemblait vraiment. Il avait de grands yeux, des boucles blondes et son visage était doux et mignon. Elle sourit et lorsqu'il se leva pour aller chercher leur déjeuner, elle l'arrêta.

— Reste avec le bébé, je m'en occupe.

Len acquiesça et se tourna vers le nouveau-né.

— Salut, mon grand.

Les yeux de Geoff s'ouvrirent lentement et il remua un petit peu, portant ses poings à sa bouche et agitant ses petits pieds en l'air, donnant des coups dans le vide. Len tendit son doigt vers lui et le bébé l'attrapa gentiment en commençant à se tortiller. Au plus grand bonheur de Len, il ne pleura pas et leva ses grands yeux pleins de curiosité vers lui.

— Tu as faim, n'est-ce pas ? Je suis sûr que tu as faim.

181

Ruby s'approcha de la table avec leur repas.

— Voilà le déjeuner !

Elle posa les plateaux sur la table et prit place sur sa chaise.

— Je crois qu'il a faim.

— Il n'a pas mangé depuis deux heures, tu as probablement raison.

Ruby le prit dans ses bras, sortit une couverture de son sac et lui donna le sein.

— Comment ça va, toi ? Vois-tu quelqu'un en ce moment ?

— Non, mais j'en ai bientôt fini avec les cours. Mes examens commencent dans quelques jours.

Il se concentra sur son plat, faisant tout son possible pour ne pas regarder son amie pendant que son bébé prenait son repas.

— As-tu trouvé un emploi ?

— Si seulement ! J'ai quelques entretiens d'embauche cette semaine, j'espère que je serais pris quelque part. Ma mère travaille comme une folle depuis des années, elle mérite de souffler un peu.

— Et si tu déménageais ?

Elle plaça la couverture au-dessus de son bébé.

— J'y ai pensé mais elle a besoin de moi pour l'instant. Dès que je commencerais à travailler, je pourrais contribuer financièrement, elle en a bien besoin.

Len continua son repas et Ruby picora sa salade tout en nourrissant son bébé. Au bout d'un certain temps, elle le repositionna sous la couverture et aborda une fois de plus des sujets dont Len n'avait pas très envie de parler. Elle le remit dans le relax où il s'endormit rapidement.

— Il ne vous réveille pas la nuit ?

— Pas encore mais ça viendra bien assez tôt.

Elle mangea avec appétit maintenant que le bébé était endormi.

— Alors, pourquoi ne vois-tu personne ? l'interrogea-t-elle en jetant un regard autour d'eux et elle baissa la voix de manière à ce que personne ne les entende. Tu es à l'université maintenant, il doit bien y avoir des homosexuels ici.

— Je sais mais ce n'est pas ma priorité en ce moment.

La vérité était qu'il avait peur d'être rejeté, il ne savait pas comment faire le premier pas. Et comment savoir s'il plaisait à quelqu'un ? Il se sentait mal à l'aise et manquait d'assurance.

— Tu ne peux pas rester…

Elle ne put finir sa phrase, quelqu'un s'approcha de leur table.

— Ruby ! C'est bien toi ?

— Salut Janelle, tu connais Len Parker ? Nous sommes allés au lycée ensemble.

— Je ne crois pas… Enchantée. Je suis la sœur de Cliff.

182

Ils échangèrent quelques plaisanteries et Len invita Janelle à se joindre à eux. Ils discutèrent jusqu'à ce que le bébé se réveille et Ruby quitta la table car il était temps de le ramener à la maison.

Len se leva, la prit dans ses bras et lui offrit son cadeau. Elle sourit tout en déchirant le papier. À l'intérieur se trouvait un petit pull bleu et des cubes alphabet en bois.

— C'est ma mère qui a tricoté le pull et c'est moi qui ai fabriqué les cubes.

Ruby le serra fort dans ses bras et Len eut l'impression qu'elle était sur le point de verser une larme alors qu'elle s'en allait.

— Je t'appelle bientôt, dit-elle en s'adressant à Janelle.

Elles s'embrassèrent de loin et elle se dirigea vers la sortie.

Len et Janelle continuèrent à discuter jusqu'à la reprise des cours.

— On n'avait pas un cours ensemble le semestre dernier ?

Elle sourit et acquiesça.

— Il me semble bien. Tu avais fait une présentation sur l'insomnie, non ?

— C'est ça, et toi sur l'avènement de l'ordinateur !

Ils rirent tous les deux et se demandèrent comment cela se faisait qu'ils ne s'étaient pas croisés auparavant. Elle finit de manger et comme leurs cours avaient lieu au même endroit, ils s'y dirigèrent ensemble.

Len obtint son diplôme et fut engagé en tant que comptable chez un concessionnaire. Ce n'était pas le boulot dont il avait rêvé mais il travaillait à plein temps et dans des conditions optimales. Il continua de voir Ruby de temps à autre mais son emploi du temps lui accordait désormais moins de liberté. Cela ne les empêchait pas de se téléphoner plus souvent, l'occasion pour Ruby de raconter son expérience de jeune maman et de lui raconter comment se passait la croissance de Geoff.

Cela faisait un an qu'il travaillait à la concession quand, en prenant son déjeuner, il jeta par hasard un œil sur les titres d'un journal qui traînait sur la table. En survolant les premières pages, une histoire retint particulièrement son attention et il ne put s'empêcher de pousser un cri et de laisser tomber sa fourchette : alors que Ruby et son beau-père étaient en voiture, celui-ci avait prit un virage trop serré et avait perdu le contrôle de son véhicule. Ils avaient fini leur course contre un arbre et aucun des deux n'en avait réchappé.

III

Le bruit de quelqu'un toquant à sa porte tira Len de son profond sommeil. C'était sa mère.

— Len, tu vas être en retard au boulot.

— Merde !

Il jeta un coup d'œil à son réveil et poussa un soupir de soulagement, il n'était pas encore en retard.

— Merci maman.

— Je t'en prie mon chéri.

Il entendit le bruit de ses pas s'éloigner et s'habilla avant de se rendre dans la cuisine. Son café était déjà servi et le pain grillé sauta du toaster au moment où il s'assit. Quelques minutes plus tard, sa mère posa deux assiettes sur la table et ils prirent leur petit-déjeuner.

— Tout va bien mon chéri ? Tu ne dis rien…

Il laissa échapper un soupir.

— Ruby me manque toujours un peu.

Elle lui manquait vraiment, c'était la seule personne à laquelle il avait pu véritablement se confier. Sa mère l'avait bien soutenu et faisait son possible pour le comprendre, mais c'était difficile pour elle et il le savait. Il savait aussi qu'elle était déçue car elle ne deviendrait jamais grand-mère et ne pourrait jamais marier son fils. Mais les conversations avec Ruby lui manquaient.

— Je sais qu'elle te manque, mais Janelle a l'air d'une fille bien non ?

Elle savait qu'il était gay mais elle ne pouvait s'empêcher d'espérer que ce n'était pas irrémédiable. Len ne lui en voulait pas. Il ne pouvait pas car, parfois, lui aussi le souhaitait, il voulait être normal, être comme tous les autres.

Len haussa les épaules et but une gorgée de son café.

— Elle est très sympa et on s'amuse bien mais ce n'est pas comme avec Ruby.

Personne n'était comme Ruby. Il se disait parfois que s'il avait dû épouser une femme, cela aurait été Ruby… à condition qu'ils ne fassent pas l'amour.

— Je sais, c'est très difficile de perdre sa meilleure amie. Imagine ce que doit ressentir Cliff : il a perdu sa femme. L'as-tu revu depuis l'enterrement ?

Elle commença à manger.

— Je l'ai croisé quelques fois en ville. Je l'ai vu la semaine dernière avec Geoff. C'est vraiment le portrait craché de sa mère. Et il marche maintenant. Il était si mignon, il faisait des petits pas agrippé à la main de son père.

Il termina son petit-déjeuner et mit son assiette dans l'évier.

— C'est jour de paye aujourd'hui, je me disais que nous pourrions sortir dîner tous les deux ?

— N'es-tu pas déjà censé sortir avec Janelle ce soir ?

— Oui, tu as raison, j'avais complètement oublié.

Il retourna à sa chambre en courant et se prépara pour aller travailler.

— À plus tard !

Il entendit sa mère lui répondre alors qu'il refermait la porte et il se dirigea vers sa voiture. Le trajet pour se rendre au travail ne durait qu'une dizaine de minutes et chemin faisant il écouta les informations à la radio locale. Il était en retard de quelques minutes quand il arriva et il se gara à sa place habituelle, entra dans la concession par la porte de service et alluma les lumières du bureau avant d'établir son planning pour la journée.

Ce fut une journée productive à la concession et elle passa anormalement vite pour un vendredi. Juste avant le déjeuner, il reçut un coup de fil de Janelle lui confirmant qu'elle le retrouverait à dix-huit heures au restaurant. Il venait juste de raccrocher quand il remarqua son patron, debout sur le pas de la porte.

— Len, pourrais-je vous parler un instant ?

Il était en train de distribuer les fiches de paie des employés et il rangea celles qui restaient dans son tiroir. Il jeta un œil à Keith, son supérieur, et vit l'expression sur son visage. Il la connaissait bien, cette expression, il l'avait déjà vue auparavant. Inspirant profondément, il le suivit jusqu'à son bureau.

— Asseyez-vous, je vous en prie.

Len s'assit et attendit.

— Croyez-bien que je ne vous convoque pas par plaisir.

L'homme à la stature imposante se pencha en avant pour croiser le regard de Len.

— Comme vous le savez, les affaires ne vont pas très bien depuis quelques mois et il faut se rendre à l'évidence, cela ne s'arrangera pas du jour au lendemain. J'ai bien peur qu'il ne faille que l'on se sépare de vous.

Len avait déjà entendu ces mots-là et cela lui faisait d'autant plus mal de les entendre une deuxième fois. Les deux fois, il avait été employé pendant plus d'un an, et les deux fois, il commençait à peine à s'intégrer, à nouer des amitiés, à déjeuner avec ses collègues et non plus seul, quand cela arrivait.

— Je comprends.

— Écoutez Len, je suis vraiment désolé. Vous travaillez bien et on ne vous renvoie pas à cause de vos performances.

Il lui tendit une enveloppe.

— Je vous appellerai dès que les affaires reprendront, nous serions ravis de vous avoir de nouveau parmi nous, vous êtes un bon élément. Je vous ai écrit une excellente lettre de recommandation et vous aurez droit à un mois de salaire en compensation, ainsi qu'une semaine de congés payés.

Il se leva et Len fit de même.

185

— Je suis vraiment désolé, Len.

— Moi aussi.

Keith jeta un œil à sa montre.

— Rassemblez vos affaires et rentrez chez vous.

Il ouvrit le tiroir et récupéra sa fiche de paie.

— Merci pour tout, Keith.

Il rassembla ses affaires et s'en alla après avoir salué ses anciens collègues. Le trajet de retour fut incroyablement court et il n'y avait personne à la maison quand il gara sa voiture dans la cour. Il rentra chez lui et posa ses affaires sur la table, avant de s'asseoir dans le canapé du salon.

— Tu t'en sortiras, cela t'est déjà arrivé.

Il se leva, se dirigea vers la cuisine et se servit une bière. Il but une grande gorgée avant de retourner, en soupirant, dans le salon.

La porte d'entrée s'ouvrit, se referma et il entendit sa mère entrer dans la maison.

— Tu vas être en retard à ton dîner si tu ne te dépêches pas.

Len se leva et alla la retrouver dans la cuisine.

— J'ai été licencié.

Il lui montra la lettre et lui répéta ce que son supérieur lui avait dit.

— Je suis désolée mon chéri. Es-tu sûr de ne pas vouloir annuler ton dîner avec Janelle ?

Il se força à se secouer.

— Non, je ne peux pas me laisser abattre. Je ne vais pas lui poser un lapin. Dès lundi, je me mettrai à la recherche d'un nouveau boulot. Je m'en suis déjà sorti une fois, il n'y a pas de raison que je ne m'en sorte pas cette fois-ci.

Le fait d'avoir prononcé ces mots lui remit du baume au cœur et il vida le restant de sa bière dans l'évier avant de filer se changer sa chambre.

Une demi-heure plus tard, il était en route vers le restaurant. En arrivant dans le parking, il remarqua que Janelle venait d'arriver et qu'elle se dirigeait vers la porte. Faisant son possible pour oublier ses tracas et s'interdisant d'y penser, il sortit de sa voiture et alla à sa rencontre.

— Je ne t'ai pas fait attendre, j'espère ?

Elle lui répondit en souriant tandis qu'il lui tenait la porte.

— Non, je viens d'arriver.

— Tant mieux !

Il la débarrassa de sa veste et une serveuse les mena à leur table. Le restaurant n'avait rien de chic, c'était un restaurant familial sans prétention, mais la carte était fournie et les plats nourrissants.

— Janelle, Len ! Qu'est-ce que je vous sers ?

— Salut Lacy, comment vas-tu ?

— Pas trop mal.

Son sourire s'effaça un petit peu mais elle continua.

186

— J'ai appris ce qui t'était arrivé à la concession. Mais tu trouveras autre chose rapidement, j'en suis sûre !

Len avait connu Lacy en première année d'université. Elle ne s'en sortait pas et avait décidé d'abandonner au bout d'un semestre. Elle gardait néanmoins toujours le sourire, donnant le sentiment de ne jamais se laisser abattre, ce qui suscitait chez Len une grande admiration.

— Merci Lacy.

Len remarqua l'air interdit de Janelle, son visage affichant une expression qu'il ne parvint pas à décoder. Janelle reposa la carte.

— Pour moi, ce sera du poisson et un Coca Light.

— Et pour moi, un hamburger avec des frites.

Lacy lui sourit à nouveau et s'en alla déposer leur commande en cuisine.

— Que s'est-il passé à la concession ?

— Les affaires n'allaient pas très bien et il fallait qu'ils fassent des économies. Comme j'étais le dernier à avoir été engagé, ils m'ont licencié.

Il haussa les épaules et fit son possible pour rester positif, tout en admirant la vitesse à laquelle la nouvelle de son renvoi avait fait le tour de la ville. Il s'efforça d'adopter un ton détaché.

— Je me mettrai à chercher autre chose dès lundi. En tous les cas ne t'inquiète pas pour moi. Et toi, comment vas-tu ?

Elle lui raconta toute une litanie de choses qui lui étaient arrivées durant la semaine.

— J'ai été engagée au sein du service clientèle de la compagnie des télécoms, je commence lundi.

Elle avait l'air vraiment heureux et Len fit de son mieux pour être content pour elle. Ce n'était certainement pas de sa faute à elle s'il avait été renvoyé et elle avait tous les droits d'être heureuse.

— Lorsque papa est mort, j'ai touché son assurance-vie, mais je vais la mettre de côté en cas de force majeure. Maintenant que j'ai un travail, je vais pouvoir être entièrement indépendante.

Ils cessèrent de parler pendant qu'on les servait mais Janelle reprit son histoire dès que Lacy fut repartie. Len l'écouta parler et sourit à mesure qu'elle lui racontait tous les détails de son nouvel emploi, ne s'arrêtant de parler que pour respirer ou prendre une bouchée de son plat. Elle rayonnait. La mort de son père avait été un choc terrible pour elle, au point qu'elle avait quitté la maison familiale et qu'elle s'était installée chez sa tante. Len finit son dîner et écouta Janelle parler. Elle avait fini de manger et dégustait maintenant son café.

— Dis-moi, Len, je viens d'avoir une idée. Mon frère aurait bien besoin d'aide à la ferme mais il lui faut des personnes en qui il peut avoir confiance.

Len n'était pas sûr d'être fait pour ce travail.

— Mais je n'y connais rien. J'ai de l'expérience avec les chevaux, je sais monter, mais ton frère s'occupe plutôt de bovins, non ?

187

— Oui, et alors ?

— Eh bien, je n'y connais rien.

Elle rit en buvant une gorgée de son café puis redevint sérieuse.

— Ce n'est pas grave. Depuis la mort de mon père et de Ruby, Cliff a du mal à s'en sortir entre la ferme et l'éducation de Geoff. Il a besoin d'aide et tu as besoin d'un emploi.

Dit comme cela, sa proposition paraissait raisonnable.

— Et en quoi pourrais-je l'aider ?

Elle secoua la tête d'un air exaspéré.

— Si ça ne t'intéresse pas, ce n'est pas grave. Je pensais juste que comme tu cherchais du boulot...

Len sourit et tenta de désamorcer la tension qui s'était installée entre eux.

— Tu as peut-être raison, ça ne peut pas me faire de mal de toutes les façons...

— Super ! J'appellerai Cliff ce soir et le préviendrai que tu passeras le voir.

Janelle arborait maintenant un sourire raDieux et Len réalisa qu'elle l'avait mené exactement là où elle le voulait. On aurait presque pu croire qu'ils étaient ensemble. Dès qu'ils eurent fini leurs cafés, Len demanda l'addition.

Après avoir payé, ils quittèrent le restaurant et Len raccompagna Janelle à sa voiture.

— Merci Janelle, je passerai le voir demain. Qui sait, peut-être que je serais à même de l'aider ?

Il lui tint la portière pendant qu'elle montait dans la voiture. Elle démarra et le salua d'un geste de la main. Il monta à son tour dans son véhicule et rentra chez lui.

En arrivant chez lui, il gara sa voiture à côté de celle de sa mère et entra dans la maison. Comme il s'y attendait elle regardait la télévision dans le salon.

— Comment ton dîner s'est-il passé ?

Il s'assit dans le canapé.

— Bien. Janelle m'a dit que son frère recherchait de la main-d'œuvre pour l'aider à la ferme et m'a demandé de passer le voir demain.

Elle tourna la tête, l'air sceptique, mais se tut.

— C'est un boulot comme un autre et un peu d'argent ne peut pas me faire de mal. Je pourrais au moins faire ça le temps de trouver autre chose.

— C'est vrai que ça ne peut pas te faire de mal d'aller lui parler.

Len n'était pas sûr que ce soit vrai. Il n'avait pas revu Cliff depuis la mort de Ruby. Il avait été invité à dîner chez eux à plusieurs reprises mais, à chaque fois, Cliff s'était montré poli mais distant. S'il devait être tout à fait honnête avec lui-même, il n'était pas sûr que Cliff ait envie qu'il travaille à la ferme, surtout lui. À chaque fois qu'il revoyait Cliff, la première chose à laquelle il pensait était cette

188

fameuse soirée, ce baiser d'une seconde que Cliff et lui avaient partagé. Il savait bien qu'il ne le devrait pas mais il ne pouvait pas s'en empêcher. Cliff Laughton était déjà le centre de tous ses fantasmes bien avant ce baiser et quant à être à ses côtés tous les jours...

— Len !

En entendant son nom, il revint sur terre.

— Excuse-moi, maman, tu disais ?

— Est-ce que Janelle t'a dit à quelle heure tu devrais passer ?

— Non, elle ne m'a pas donné d'horaire précis mais j'irai dans la matinée.

Il fallait qu'il arrête de laisser son esprit vagabonder de la sorte. Cliff avait épousé Ruby et ce qui s'était passé au lycée était de l'histoire ancienne. D'autant plus que Cliff avait dû se laisser emporter par le moment et avait sûrement regretté son geste dès la seconde suivante.

— Je vais prendre une douche et aller me coucher.

Il se leva péniblement du vieux canapé et se dirigea vers sa petite chambre. Il prit un pantalon de jogging et un tee-shirt dans son placard et se rendit dans la salle de bain. Après s'être déshabillé, il entra dans la douche. L'eau chaude lui fit du bien et évacua une bonne partie des tensions de la journée et Dieu savait qu'il y en avait eues ! Commençant à se détendre, il sentit certaines parties de son corps durcir. Cela faisait un certain temps qu'il n'avait pas... évacué la pression, et son corps était manifestement prêt. Doucement, il fit glisser ses mains le long de son torse, se caressant. Il eut envie de gémir mais se retint ; les murs étaient épais comme du papier. Il ferma sa bouche et continua à se toucher, laissant son esprit vagabonder. Il ne fallut pas longtemps avant qu'une image apparaisse devant ses yeux, un visage aux yeux profonds, d'épais cheveux bruns et des lèvres qui n'attendaient que les siennes. Il fut incapable de se retenir de prononcer son nom.

— Cliff...

S'efforçant d'effacer cette image de son esprit, il essaya de penser à autre chose, à quelqu'un d'autre, qui que ce soit, mais il n'y parvint pas. Son esprit ne voulait pas coopérer et la douche ne l'aida pas non plus, l'eau devenant subitement froide.

Il venait de sortir de la douche quand il entendit sa mère l'appeler. Entourant sa taille d'une serviette, il entrebâilla la porte.

— Qu'est-ce qu'il y a, maman ?

Elle était au téléphone mais raccrocha bientôt.

— C'était Janelle, elle m'a dit que tu devais passer dans la matinée, mais pas trop tôt.

C'était vraiment étrange, les fermiers étaient des lève-tôt d'habitude, ils dépendaient du soleil pour travailler.

— D'accord, maman. Merci.

189

Il referma la porte et finit sa toilette avant de pendre sa serviette et d'enfiler ses vêtements. Après s'être assuré de laisser la salle de bain propre derrière lui – sa mère l'ayant bien éduqué – il sortit et rejoignit sa mère dans le salon. Après lui avoir souhaité bonne nuit, il retourna à sa chambre et se mit au lit.

IV

Il était neuf heures du matin lorsque Len arriva à la ferme des Laughton. Il avait supposé que pour une ferme ce serait suffisamment tard et il se gara près de la grange où stationnaient quelques véhicules. Il ne semblait y avoir personne mais il entendit un tracteur au loin et comprit que les hommes étaient déjà au travail. Traversant le jardin, il remarqua que certaines choses avaient changé depuis le décès de Ruby.

— Mon Dieu ! Mais qu'est-ce qui se passe ici ?

Il comprit que le moral était loin d'être au beau fixe à la ferme. Le jardin autour de la maison n'avait pas été tondu depuis des semaines et l'herbe avait tout envahi. Les bâtiments semblaient en bon état mais le reste avait l'air quelque peu négligé. Marchant le long du chemin, il frappa à la porte de la cuisine et attendit qu'on lui réponde.

— Oui ?

— Cliff, c'est Len Parker, Janelle m'a dit de passer. Elle m'a dit que tu avais besoin d'aide.

Cliff avait très mauvaise mine : des cernes sombres sous les yeux, le visage émacié et la peau cireuse. Il n'y avait plus rien de l'homme que Len connaissait depuis des années.

Cliff passa ses doigts dans son épaisse chevelure hirsute.

— Entre donc.

Il fit un pas vers la porte pour l'ouvrir mais dut s'arrêter et Len vit une paire d'yeux surmontée d'une tignasse blonde se cacher entre les jambes de Cliff.

— Moi, c'est Len ; tu dois être Geoff, n'est-ce pas ?

Le petit garçon mit son pouce dans sa bouche et acquiesça avant de se cacher à nouveau. Cliff prit le petit garçon, qui était toujours en pyjama, dans ses bras et ouvrit la porte pour laisser entrer Len.

La cuisine n'était pas rangée, la vaisselle débordait de l'évier et divers ustensiles de cuisine étaient empilés sur la table. Cependant elle n'était pas particulièrement sale, seulement mal rangée, comme si Cliff ne savait que faire pour mettre de l'ordre. *Mais que lui arrivait-il donc ?* Il dirigea Len vers le salon, qui était dans le même état que la cuisine, excepté qu'à défaut d'ustensiles, c'était des jouets de toutes sortes qui recouvraient tous les meubles. Cliff débarrassa deux chaises et ils s'assirent.

— Désolé pour le bazar… Alors, comment est-ce que tu vas ?

— Ça peut aller, je travaillais à la concession jusqu'à hier. Janelle m'a dit que tu aurais besoin d'aide ?

Il tendit à Cliff sa lettre de recommandation.

— Oui, j'ai dû renvoyer l'homme qui s'occupait de la grange il y a quelques semaines et je n'ai pas réussi à trouver quelqu'un pour le remplacer.

On dirait plutôt que tu n'as pas vraiment eut le courage de chercher. Len se garda bien de lui faire la réflexion, même s'il avait terriblement envie de le lui dire.

— J'ai travaillé dans une écurie et je sais monter. Ma mère n'avait pas les moyens de m'offrir des cours d'équitation quand j'étais plus jeune alors j'ai dû travailler pour me les payer.

Travailler dur même.

Il attendit de voir ce que Cliff dirait mais celui-ci se contenta de rester affalé sur sa chaise, son fils dans les bras. Il était perdu, complètement perdu, et Len s'en rendit compte mais ne pouvait rien dire, alors il attendit.

— Peux-tu commencer dès aujourd'hui ? Le salaire est de deux cents dollars par semaine.

À peu près ce que je gagnais à la concession.

— Oui, bien sûr.

Len sourit et observa le jeune garçon relever sa tête des épaules de son père et lui jeter un coup d'œil avant de chercher à redescendre. Il se tint aux pieds de son père l'espace d'une minute avant de s'approcher de Len.

— C'est le portrait craché de sa mère.

Il n'avait pas pu s'empêcher de faire la remarque et le regretta instantanément. Cliff se contenta d'acquiescer mais ne dit rien de plus. Il n'était plus du tout l'homme volontaire et plein de vie qu'il avait été avant le décès de sa femme.

— Eh bien, je vais me mettre au travail alors.

Il avait enfilé des habits de travail avant de venir, juste au cas où.

Il se leva et Geoff fit un pas en arrière, le regardant de haut en bas.

— T'es 'ran.

On aurait pu croire qu'il avait dit *Téhéran* mais Len comprit ce qu'il avait voulu dire et s'agenouilla devant lui.

— Toi aussi tu seras grand un jour.

Après avoir affectueusement ébouriffé les cheveux de l'enfant, il se leva et sortit de la maison. Il s'arrêta à sa voiture pour récupérer son chapeau avant de se diriger vers la grange. Il fit un pas à l'intérieur et eut un mouvement de recul devant l'odeur qui y régnait.

— Bon Dieu !

Il ouvrit les portes et aéra la grange avant d'y pénétrer. Quatre têtes dépassaient des box et il se présenta aux chevaux. Il y avait douze box au total : quatre étaient occupés, quatre étaient sales et les quatre derniers semblaient vides. Len eut l'impression que son prédécesseur s'était contenté de déplacer les chevaux plutôt que de nettoyer les box.

— Quel bordel !

Il poursuivit son exploration de la grange et entra dans la sellerie. Elle était à l'image du reste de la ferme, complètement en désordre, et la moitié des harnachements traînaient par terre.

— Je crois que je sais ce qu'il me reste à faire…

Derrière la dernière stalle, Len trouva une brouette, une pelle et une fourche. Il se mit à l'ouvrage et commença à nettoyer le plus sale des box, versant la litière souillée dans la brouette et la déversant sur ce qui lui semblait être un tas de fumier. Cette tâche l'occupa pendant des heures. Puis, il ajouta de la paille fraîche saupoudrée de sciure.

À midi, il avait déjà nettoyé quatre box et remplacé l'eau et le foin des chevaux. Il retourna à sa voiture et en sortit son déjeuner, s'asseyant à l'ombre pour se restaurer. La chaleur de la fin du mois d'avril était agréable et permettait de travailler confortablement. Il ne faisait ni trop chaud ni trop froid. Tout en mangeant, il observa la maison. Il n'avait vu ni Cliff ni personne d'autre de toute la matinée.

Son repas terminé, il se remit au travail et nettoya les quatre box restants et la grange en elle-même. Quand il eut fini, elle reluisait. Jetant un coup d'œil à sa montre, il se rendit compte qu'il était un peu plus de quinze heures. Il se rendit dans la sellerie et commença à y mettre de l'ordre. Il ramassa les équipements qui traînaient par terre, les démêla et les rangea par ordre et par catégorie.

— Quel travail, on dirait que personne ne s'est occupé de cet endroit depuis des mois.

— Ce n'est pas tout à fait faux.

Len sursauta et se retourna en entendant une voix derrière lui. Un homme grand et mince se tenait face à lui, appuyé contre la porte.

— Excusez-moi, je ne m'étais pas rendu compte qu'il y avait quelqu'un. Len Parker.

Il tendit la main.

— Fred Jenkins. Est-ce que c'est Cliff qui t'as engagé ?

— Oui, il m'a dit que celui qui s'occupait de la grange avant moi avait démissionné.

Fred eut un large sourire, pas tout à fait plaisant.

— Il n'a pas démissionné, on a fait fuir cet espèce de bon à rien de fainéant.

Len se demanda s'il fallait qu'il s'inquiète.

— Tu as accompli plus de travail dans cette grange aujourd'hui que l'autre en une semaine.

Le sourire de Fred changea et devint beaucoup plus sincère.

— J'ai bientôt fini, les box sont propres et je ne vais plus tarder à finir de mettre de l'ordre dans la sellerie. Il faut juste que je descende du foin du grenier, que je m'assure que les chevaux ont tout ce qu'il faut pour la nuit et j'aurai terminé pour la journée.

— Je vais t'aider à descendre le foin, il faut bien s'assurer d'utiliser les bottes les plus anciennes en premier.

Len acquiesça et sourit avant de continuer à mettre de l'ordre dans la sellerie. Quand il eut fini, la pièce avait été balayée, remise en ordre et nettoyée. En refermant la porte derrière lui, il vit Fred donner de l'eau aux chevaux.

— Je me suis dit qu'un peu d'aide ne te ferait pas de mal. On s'occupe du foin ?

Fred le précéda dans le grenier et Len ne put retenir un sifflement d'admiration en voyant le grenier pratiquement plein.

— On avait beaucoup plus de chevaux mais suite à la mort de Monsieur Laughton et à cause de cet imbécile de Holder en charge de la grange, la plupart de nos employés à mi-temps sont partis.

Il secoua la tête et mena Len vers l'arrière de la grange, qui était vide sur un quart de sa surface.

— Voilà le foin le plus ancien. Pas qu'il soit vieux à proprement parler mais on se sert de celui-là en premier.

Il souleva une trappe dans le plancher et ils commencèrent à y jeter des bottes de foin.

— Qu'est-ce qu'il se passe ici ? Je n'ai pas vu Cliff de toute la journée.

Fred secoua la tête et haussa les épaules avant de jeter une autre botte par la trappe.

— J'aimerais bien le savoir mais personne ne comprend vraiment. On se contente tous de faire de notre mieux.

— À quelle heure arrivez-vous tous le matin ?

— La plupart d'entre nous arrivent à sept heures mais on évite de faire du bruit par rapport à Geoff.

Len ne crut pas que cela puisse être la vraie raison. Il avait remarqué les cannettes de bière dans la poubelle de la cuisine et savait que les cernes sous les yeux de Cliff ne venaient pas seulement du manque de sommeil, mais il ne dit rien.

— Le dimanche, nous n'avons pas grand-chose à faire ; on nourrit les chevaux et on s'occupe des affaires urgentes. En général, on termine aux alentours de midi.

— Fred ! appela une voix de l'extérieur de la grange.

— Je suis dans la grange, Randy !

Un homme à la carrure massive pénétra dans la grange d'un pas lourd.

— Salut, dit-il avant de s'arrêter en apercevant Len mais surtout surpris par l'odeur de grange propre. C'est toi qui remplaces Holder ?

Lenny fit un signe de tête et eut le bonheur d'entendre Randy prendre une grande inspiration.

— Ah, ce que j'aime l'odeur d'une grange propre. Randy Marsh.

— Len Parker.

Ils se serrèrent la main, celle de Randy écrasant celle de Len au passage.

— Tu as fait tout ça en une seule journée ?

Len sourit et acquiesça, content d'avoir fait bonne impression.

— Tu feras largement l'affaire, dit Randy.

— Y a-t-il d'autres employés ou seulement vous deux… enfin, nous trois ?

— Il n'y a que nous, répondit Randy en plissant les yeux, comme s'il essayait de se souvenir de quelque chose. Je t'ai déjà vu dans les parages.

— J'étais un ami de Ruby, on était… commença-t-il, s'interrompant pour avaler sa salive. De très bons amis, depuis le lycée.

Ils inclinèrent tous les trois doucement la tête. Puis Randy fit un signe de tête pour désigner la maison.

— Il n'est plus le même depuis qu'elle a disparu.

— J'ai connu Cliff au lycée ; il était très différent à l'époque.

Len faillit en dire davantage mais se retint. Il n'avait pas envie de parler dans le dos de leur patron, même si tous les trois ressentaient de la peine pour lui. Il changea de sujet.

— Comment fonctionnez-vous par ici ?

Les deux hommes échangèrent un regard, puis Fred lui répondit :

— Lorsque Carter était vivant, on le retrouvait tous les matins et il nous donnait ses instructions avant qu'on ne se mette au travail. Mais ces derniers temps, on est livrés à nous-mêmes, alors on s'occupe de ce qu'il y a à faire.

Len jeta un œil autour de lui, à la grange et à tout ce qui l'entourait.

— Cela vous dérange-t-il si je me joins à vous demain ? La gestion de la grange ne me prendra pas énormément de temps alors, si vous le souhaitez, je peux peut-être vous aider.

Les deux hommes échangèrent un regard et finirent par acquiescer. Randy répondit :

— Toute aide est la bienvenue. À demain, sept heures.

Len se remit au travail, remplissant les mangeoires de foin et caressant la tête de chaque cheval à mesure qu'ils pointaient le bout de leur museau.

— Ça vous dirait une petite friandise ? Je vous amènerai des carottes demain.

Les chevaux inclinèrent leurs têtes majestueuses de haut en bas, comme s'ils avaient compris ce que Len avait dit. Après avoir jeté un dernier coup d'œil à la grange, il referma la porte et traversa le champ qui servait désormais de jardin aux Laughton.

En s'approchant de la maison, il remarqua que la porte de derrière était ouverte. Le petit pied de Geoff se posa sur la première marche du perron, bientôt suivi du reste de son corps. Len cria son nom, il n'avait pas envie qu'il tombe.

— Geoff !

— Wen… les s'vaux, les s'vaux !

Geoff pointa la grange du doigt. Il se retourna et descendit la seconde marche en s'accrochant à la première, avant de courir à travers le jardin aussi vite que ses petites jambes le lui permettaient.

— Les s'vaux, les s'vaux !

Len prit le garçonnet dans ses bras.

— Tu veux aller voir les chevaux ?

Geoff fit un grand signe de tête en guise d'approbation. Len jeta un autre regard à la maison silencieuse en se demandant à nouveau ce qui pouvait bien clocher et décida que cela ne ferait pas de mal à Geoff d'aller voir les chevaux.

— Qui est-ce qui t'a habillé mon grand ?

Geoff portait toujours son pantalon de pyjama mais avait retiré le haut et n'avait plus que son maillot de corps sur le dos et une paire de chaussettes bleues mais pas de chaussures.

— Moi.

Il avait l'air très fier de lui.

— D'accord. Allez, viens, on va aller voir les chevaux.

Il mit le petit garçon sur ses épaules, qui se réjouissait d'aller voir les chevaux. Len ouvrit la porte de la grange et les larges têtes apparurent dans les box, observant leurs visiteurs.

— S'val ! S'val !

Geoff se dirigea vers le cheval le plus proche.

— Allons voir Belle, elle est très gentille.

Belle lui avait semblé être la jument la plus docile quand il avait nettoyé les box. Len souleva Geoff à hauteur de la jument et le garçon lui caressa le museau.

— Zentil s'val, zentil s'val ! s'écria Geoff de sa petit voix chantante.

— Geoff ! Geoff, où es-tu ?

Len entendit la voix de Cliff venant de l'extérieur, il semblait un peu paniqué.

— On est là, Cliff, tout va bien.

Des pas lourds se firent entendre derrière eux tandis qu'il tenait toujours Geoff à hauteur de la jument.

— Un s'val papa ! Un s'val ! S'val, s'val, s'val !

Le bonheur dans la voix de Geoff résonnait à travers la grange.

Len jeta un œil vers Cliff et vit que la panique et l'inquiétude commençaient à disparaitre de son visage. Cliff s'approcha et Len rendit Geoff à son père.

— Lorsque je l'ai trouvé, il sortait de la maison pour aller voir les chevaux.

— Merci Len.

Len lui adressa un petit signe de tête et regarda Geoff se pencher vers Belle, essayant de la caresser à nouveau.

— Rentrons à la maison préparer à dîner, d'accord, mon grand ?

Cliff et son fils sortirent de la grange.

— Le s'val papa ! Le s'val.

— Je sais, mon chéri, on reviendra demain.

Une lueur de bonheur apparut dans le regard de Cliff lorsqu'il parlait à son fils.

— Promis ?

Len resta un moment dans la grange à caresser Belle puis finit par s'en aller. Il referma la porte derrière lui et se rendit à sa voiture. Puis il ouvrit la porte et s'écroula sur le siège conducteur.

— Putain, je suis crevé !

Il démarra et prit la direction de sa maison. Il fit le trajet en pilotage automatique et il s'écroula à moitié une fois arrivé chez lui.

— J'en conclus que tu as été embauché ?

— On ne peut rien te cacher !

Il s'affala sur l'une des chaises de la cuisine, posant sa tête sur la table.

— On aurait dit que personne n'était entré dans la grange depuis des semaines. La ferme est vraiment en piteux état.

— N'a-t-il pas suffisamment de personnel ?

La mère de Len se tenait devant la cuisinière et préparait le dîner.

— Je n'en sais rien mais je n'ai pas vu Cliff de la journée. Il n'a pas bougé de sa maison.

Len ne fit pas part à sa mère de ses soupçons.

— J'ai rencontré ses employés. Ils ont l'air sympa et s'inquiètent aussi pour lui.

— As-tu envie de l'aider ?

Sa mère avait commencé à sortir des assiettes et il se força à se lever pour l'aider à mettre le couvert.

— Je ne sais pas ce que je peux faire.

— Tu peux commencer par bien travailler et être là pour lui quand il en a besoin, même s'il ne s'en rend pas compte.

— Comment fais-tu pour être aussi intelligente ?

Elle posa les assiettes sur la table et Len leva les yeux vers elle.

— Est-ce qu'on peut vraiment se permettre de manger du steak ?

— Il était en promotion et maintenant que tu travailles à la ferme, tu vas avoir besoin de force.

Elle avait tout à fait raison. Il coupa sa viande et porta sa fourchette à sa bouche. Dès qu'il goûta à sa viande, il se rendit compte qu'il avait une faim de loup et dévora son repas.

— Merci, maman, c'était délicieux.

Il mit son assiette dans l'évier et s'assit pour tenir compagnie à sa mère pendant qu'elle finissait de manger.

— Va donc te coucher. Tu travailles demain, non ?

Il se dit qu'il faudrait qu'il pense à appeler Janelle pour lui dire qu'il avait été pris à la ferme.

— Seulement jusqu'à midi.

Il se leva avec peine et se traîna jusque dans la salle de bain pour prendre une douche.

Une demi-heure plus tard, une fois propre et détendu, il s'assit devant la télévision et se rendit rapidement compte qu'il tombait de fatigue. Il souhaita bonne nuit à sa mère et se mit au lit, tombant dans un sommeil aussi profond qu'un coma, ne se réveillant qu'au son de son réveil beuglant à plein volume dans ses oreilles.

V

LES PREMIERS rayons de soleil perçaient à peine au-dessus des arbres lorsque Len arriva à la ferme. Tout était silencieux et immobile. Len se gara à la même place que la veille et sortit de sa voiture, refermant la portière avec précaution. La fraîcheur matinale le frappa au visage tandis qu'il traversait la cour en direction de la grange.

— Bonjour mes chéris !

Il alluma la lumière et fut accueilli par des têtes encore endormies qui pointèrent hors de leur box. Quelques-unes d'entre elles poussèrent même le vice jusqu'à bailler devant lui.

— Ça ira comme ça, j'ai du travail à faire moi !

Len se dirigea vers le robinet pour remplir les abreuvoirs d'eau et les mangeoires de foin.

— Je vous laisse manger un moment, après vous irez tous dehors.

Il aimait parler aux chevaux et ceux-ci semblaient toujours réagir au son de sa voix. Il saisit le balai et commença à nettoyer l'intérieur de la grange et les box vides.

— Eh bien, que vois-je là ?

Len s'agenouilla et trouva une chatte et sa portée, recroquevillée sous l'une des mangeoires. Sa présence la rendait nerveuse et Len décida de la laisser en paix.

Après avoir ouvert les portes menant aux pâturages, il s'assura que les chevaux avaient de l'eau dans leurs abreuvoirs et les laissa sortir pour qu'ils se dégourdissent les jambes. Il leur donna à chacun une carotte. La grange désormais vide, il s'arma de la brouette et nettoya de fond en comble chacun des box, remplaçant la litière sale par de la sciure fraîche. Il venait juste de terminer lorsqu'il entendit une voiture arriver dans la cour. Posant son balai dans un coin, il alla à la rencontre de Fred et de Randy qui venaient tous deux dans sa direction.

— Tu es arrivé tôt.

— Oui, j'ai mis les chevaux aux pâturages et nettoyé la grange pour la journée.

Len s'appuya contre la porte d'un box vide et Fred s'assit sur une botte de foin.

— Il faut qu'on aille s'occuper du bétail. Il y a quelques barrières à réparer et il va pleuvoir cet après-midi.

— Avez-vous besoin d'aide ?

— Non, ça ira, cela ne devrait pas nous prendre trop de temps. Qu'est-ce que tu vas faire aujourd'hui ?

— Je vais essayer de réparer la barrière du manège. Je voulais dire à Cliff de mettre une annonce dans le journal pour remplir les box et faire la promotion du manège, pour attirer du monde, mais il est hors d'usage pour l'instant.

Len jeta un œil en direction du jardin.

— Je pensais aussi tondre le jardin ; personne n'aura envie de venir si l'endroit reste dans cet état.

Len fit un pas vers la porte de la grange et observa le jardin. Randy s'approcha de lui.

— Ne fais pas trop de bruit. Cliff te passerait un sacré savon si tu réveillais Geoff.

Len observa la maison et vit la porte de derrière s'ouvrir, un visage au boucles blondes les observant à travers la moustiquaire, essayant de l'ouvrir pour les rejoindre.

— Je ne crois pas que ce soit Geoff que l'on risque de réveiller. Je pense plutôt que c'est Cliff qui fait la grasse matinée. Probablement en train de cuver ce qu'il a bu hier soir.

Une fois de plus, Len n'avait pas pu s'empêcher de l'ouvrir, sachant très bien qu'il aurait mieux fait de se taire.

Randy n'avait pas l'air convaincu.

— On ne l'a jamais vu boire.

Lorsque le vin est tiré, il faut le boire.

— Hier, la poubelle de la cuisine était pleine de cannettes de bière vides. Je crois qu'il prend la plupart de ses repas sous forme liquide ces derniers temps.

Len regarda ses deux collègues.

— Peut-être aurais-je mieux fait de me taire…

— Il faut qu'on fasse quelque chose pour lui.

Len sourit à Fred, surpris par sa réaction.

— La première chose que l'on va faire est de cesser de nous apitoyer sur son sort. On a une ferme à faire tourner et c'est beaucoup de boulot, alors il faut s'y mettre. Allons-y.

— Mais on a besoin du tracteur pour… dit Randy avant de marquer une pause et d'afficher un large sourire. D'accord, j'ai compris. Je marche avec vous. Réveillons-le.

Randy se dirigea vers le hangar et grimpa sur le tracteur, mettant en marche le moteur dans la foulée. Fred grimpa à son tour et ils se mirent à l'ouvrage tous les deux, passant dans la cour avec le tracteur avant de prendre la direction de la route. Alors que le son du tracteur s'évanouissait au loin, Len pénétra dans le hangar et monta sur le tracteur-tondeuse. Il alluma le contact et le moteur se mit en marche. Après avoir passé la première, il sortit du hangar, se dirigea vers le jardin et fit descendre la lame de coupe de la tondeuse pour commencer le grand ménage.

Le soleil brillait dans le ciel pendant qu'il tondait.

— Hé !

Il entendit quelqu'un l'appeler. Il éteignit la tondeuse et le moteur.

— Len, qu'est-ce que tu fais à cette heure ?

Il leva les yeux et vit Cliff à la fenêtre de sa chambre.

— Je tonds le champ qui te sert de jardin, ça se voit, non ?

Len ne prit pas la peine d'attendre une réponse, il ralluma la tondeuse et mit les gaz, couvrant la voix de Cliff qui hurlait. Il continua de tondre, s'occupant du jardin derrière la maison puis de celui de devant. En approchant de la maison, il aperçut Geoff se tenant à la fenêtre du salon, sa main collée à la vitre, le saluant d'un petit geste. Len rit et le salua à son tour, voyant Geoff sautiller sur place. Il n'avait aucun mal à imaginer les rires de Geoff résonner à travers la maison. Au passage suivant, Geoff n'était plus à la fenêtre et Len finit de tondre le jardin avant de passer aux zones herbeuses autour des granges. Après avoir fini, il rangea la tondeuse dans le hangar avant de couper le moteur.

— Qu'est-ce que tu fous ? s'écria Cliff en traversant le jardin comme une furie, Geoff dans les bras. Tu as réveillé Geoff avec tout ton bazar !

— Dis plutôt que je *t'ai* réveillé, oui !

Len défia Cliff du regard, il savait qu'il mentait.

— J'ai vu Geoff jouer dans le salon bien avant de commencer à tondre. S'il y a une personne qui dormait encore, c'est bien toi, et cela ne te ferait pas de mal de te réveiller un peu !

— Pour qui te prends-tu ?

Geoff commença à pleurer et Cliff baissa le ton en ajoutant :

— Aux dernières nouvelles, on était chez moi ici.

Sa mâchoire était serrée et prononcer ces paroles lui avaient demandé un effort.

— Alors conduis-toi comme un patron, Cliff ! Tes hommes font de leur mieux pour pas que cette ferme coule mais ils ont besoin de toi. Bon Dieu ! Regarde autour de toi ! Cette grange est vide alors qu'elle devrait être pleines de chevaux et te rapporter gros. Ton grenier est rempli de foin et tes champs en produisent en trop grande quantité par rapport à tes besoins. Ton jardin avait l'air d'un champ, ta ferme est vraiment en piteux état. Et je ne parle pas de la grange ! Cela faisait des mois qu'elle n'avait pas été nettoyée.

— La grange, c'est à toi de t'en occuper, si tu ne t'en sors pas…

— Ne joues pas au con avec moi ! La grange est propre et la sellerie en ordre, les chevaux sont dans les champs et ton jardin est tondu. En ce qui me concerne, je me débrouille très bien. Et toi, comment t'en sors-tu ?

Len regardait son patron d'un air furieux, décidé à ne pas se laisser faire. Mais il ne put s'empêcher de constater que le regard de Cliff était bouillant, que ses lèvres étaient si charnues et désirables quand il était en colère. Il eut envie de l'embrasser à nouveau. Il se rendit compte que sa colère s'estompait puis se rappela que ce qui s'était passé entre eux ne se reproduirait jamais. La frustration l'envahit à nouveau et son regard durcit.

— Wen, s'val ! S'val !

Geoff commença à s'agiter pour descendre des bras de son père mais Cliff tourna les talons en direction de la maison. Geoff poussa une plainte à glacer les sangs. Cliff fit alors demi-tour et jeta Geoff dans les bras de Len avant de repartir dans l'autre sens, jurant dans sa barbe. Len attendit qu'il soit arrivé au niveau de la porte.

— Savoure bien ta bière !

Cliff se figea l'espace d'un instant puis disparut dans la maison, claquant la porte suffisamment fort pour faire vibrer les vitres.

Len regarda Geoff, ses yeux étaient immenses.

— Cwiff con, dit Geoff en se mettant à rire comme s'il avait dit la chose la plus drôle du monde. Cwiff con.

Il rit à nouveau puis pointa le doigt en direction de la grange.

— S'val.

— D'accord, on va aller voir les chevaux.

Il prit la direction des pâturages, Geoff sur ses épaules. Le petit garçon, comme la veille, était toujours en pyjama mais au moins ce n'était pas le même.

— Regarde, ils sont dehors. Comme ça, ils peuvent jouer et courir.

Geoff observa les chevaux et essaya de les appeler, mais ils étaient trop heureux d'être à l'extérieur et ne firent pas attention à lui.

Len se demanda si Cliff reviendrait chercher son fils.

— Eh bien, on dirait que tu vas pouvoir m'aider à travailler.

Il fit sauter Geoff dans ses bras, ce qui l'amusa beaucoup et le fit rire longuement.

— On va voir ce qu'on peut faire.

À côté de la grange, Len trouva une vieille roue de tracteur. Assis là où Len l'avait installé, Geoff l'observa déposer la roue suffisamment loin du manège. Il trouva également du sable qui avait l'air de provenir d'un chantier et en remplit l'intérieur de la roue.

— Il te plaît ton nouveau bac à sable ?

Geoff ne perdit pas un instant avant de se ruer vers son nouveau terrain de jeu, grimpant sur la roue et creusant le sable avec ses mains.

— Il faut qu'on te trouve des jouets.

Prenant Geoff dans ses bras, il le ramena à la maison et ouvrit la porte de derrière.

— Cliff ?

Personne ne répondit.

Len supposa qu'il devait être à l'étage et s'avança dans le salon.

— On va te trouver des jouets pour ton bac à sable.

Dans un coin, derrière une chaise, il dénicha une pelle et un seau. Avec l'aide de Geoff, il le remplit de voitures et camions miniatures.

— Cliff, Geoff est avec moi, je l'emmène au manège.

Il n'obtint toujours pas de réponse. Et merde ! Peut-être était-il allé trop loin mais Dieu savait que Cliff avait besoin d'être un peu secoué.

— Allons jouer dans le sable.

— Papa, sable !

— Tu veux aller jouer ?

Geoff courut à la fenêtre et pointa un doigt en direction des chevaux.

— S'val !

— Allons-y, alors !

Len le reprit dans ses bras et jeta un coup d'œil vers la maison toujours silencieuse avant de se diriger avec Geoff en direction du manège. Le déposant près de son bac à sable, il lui donna ses jouets et le petit se mit immédiatement à l'ouvrage, creusant le trou le plus profond qu'il pouvait réaliser.

Geoff occupé, Len inspecta les barrières autour du manège. Les poteaux avaient l'air en bon état mais certaines des traverses avaient besoin d'être réparées et le manège était plein de mauvaises herbes. Il passa l'heure qui suivit au niveau du sol, à arracher les hautes herbes indésirables. Il n'avait aucun mal à les arracher et le manège retrouva très vite une allure décente. Geoff jouait toujours dans le sable, il s'amusait comme un petit fou.

— Hé, Geoffy, tu fais un château de sable ?

Geoff était tellement pris par son jeu qu'il ne releva même pas la tête et Len se remit à la tâche.

— Tu t'amuses bien, Geoffy ?

Il n'y avait plus de traces de colère dans la voix de Cliff.

— Salut papa !

Len leva les yeux et vit Cliff accroupi près du bac à sable, parlant à son fils pendant qu'il continuait de creuser et de faire rouler ses voitures sur des autoroutes de sable. Il les observa pendant une minute et se remit au travail, arrachant ce qui restait de mauvaises herbes. Tout en travaillant, il se rendit compte qu'il jetait de temps à autres des petits coups d'œil en direction du bac à sable, mais ce n'était plus Geoff mais son père qu'il observait désormais. La façon dont son corps bougeait, sa façon de jouer avec son fils, ses jeans qui se resserraient au niveau de ses cuisses quand il se baissait. *Je ne peux pas m'infliger ça.* Cliff se retourna et Len baissa les yeux, faisant mine de se concentrer sur ce qu'il faisait. Quand il releva les yeux, Cliff le regardait. Il l'avait remarqué. Il fit comme si de rien n'était et regarda Geoff jouer puis focalisa à nouveau son attention sur sa tâche.

Quelques secondes plus tard, il entendit des pas s'approcher et se stopper à côté de lui. Arrachant les dernières mauvaises herbes, il leva les yeux, son regard se posant directement dans le creux des jambes accroupies de Len.

— Ça m'a l'air bon tout ça.

Il ne pouvait pas avoir plus raison. Du point de vue de Len, tout avait même l'air très bon. Ses jambes musclées et… Len déglutit et se força à regarder ailleurs,

203

priant le ciel pour ne pas rougir. Il détourna son attention de Cliff et se remit au travail.

— Merci.

Il jeta ce qui restait des mauvaises herbes dans un panier et s'assit. Il ajouta :

— Je voulais réparer la barrière mais je n'ai pas trouvé les outils.

Len jeta un œil vers Cliff, qui observait Geoff.

— Tu devrais trouver tout ce qu'il te faut dans le hangar.

Len entendit à peine ce que lui disait Cliff, son esprit vagabondant. Oh, il avait bien entendu les mots qu'il avait prononcés et son cerveau avait bien enregistré l'information, mes ses yeux s'étaient posés sur les lèvres de Cliff, et son cerveau avait court-circuité.

— Est-ce que ça va ?

Il sentit la main de Cliff sur son épaule, sa chaleur se répandant à travers son tee-shirt.

— Oui, ça va, excuse-moi.

Len regarda sa montre pour dissimuler sa gêne.

— Je vais aller voir si je les trouve dans le hangar.

Cliff se releva et, du coin de l'œil, Len l'observa bander les muscles de ses jambes. Malheureusement, il sentit son pantalon se resserrer. Cliff retourna auprès de son fils et Len profita de l'occasion pour se rendre dans le hangar. Il y trouva effectivement des traverses dont il pouvait se servir, se saisit de la caisse à outils et retourna au manège.

Cliff, toujours aux côtés de son fils, leva les yeux dans sa direction.

— As-tu besoin d'aide ?

— Ce ne serait pas de refus.

Il posa la caisse à outils par terre et sortit un marteau pour déloger les parties cassées. Il entendit Cliff demander à Geoff de rester dans son bac à sable.

— Oui, papa.

Geoff ne leva même pas les yeux du trou qu'il était en train de creuser et Len se sourit à lui-même en finissant de retirer la traverse cassée. Cliff ramassa une traverse neuve et la maintint en place pendant que Len la fixait à la barrière à l'aide de longs clous. Un silence sympathique s'était installé entre eux pendant qu'ils travaillaient, chacun d'eux ne parlant que lorsqu'il avait besoin de quelque chose. Len avait tant de questions à lui poser mais les réponses ne le regardaient pas et Cliff était son patron. Ce qui lui importait plus qu'autre chose, c'était de savoir pourquoi son cœur battait si fort dès que Cliff était près de lui. Il s'était mit à battre la chamade dans la maison, la veille, et cela le reprenait aujourd'hui. Il aurait tant aimé pouvoir en parler à Tim mais son ami était déjà parti et il ne savait pas à qui d'autre en parler.

Une voix résonna dans la grange.

— Hé, Len ! As-tu besoin d'aide ?

Il se retourna en criant.

— Nous sommes derrière, dans le manège.

Fred et Randy sortirent de la grange et se rendirent au manège.

— Nous avons fini de nous occuper du bétail, nous nous demandions si tu avais besoin de quoi que ce soit.

Ils remarquèrent en même temps la présence de leur patron.

— Salut, patron.

— Salut les gars.

Il s'approcha d'eux pendant que Len enfonçait le dernier clou.

— Tout s'est bien passé ?

— Pour l'instant tout va bien, répondit Fred. Nous avons nourri le bétail et inspecté les barrières. Elles ont bien résisté à l'hiver mais il faudrait les réparer à certains endroits. Nous nous en occuperons cette semaine.

— Rien d'autre ?

Fred secoua doucement la tête et Cliff reporta son attention sur Geoff qui jouait toujours dans le bac à sable.

— Alors vous pouvez y aller, profitez bien de votre journée.

Ils firent demi-tour et disparurent dans la grange. Ils réapparurent quelques secondes plus tard et s'approchèrent de Len.

— On va déjeuner chez Steve à midi, tu veux te joindre à nous ?

— Avec plaisir. Il faut juste que je range ces outils et que je rentre les chevaux, dit-il avant de lever les yeux vers le ciel dans lequel s'accumulaient des nuages. On dirait qu'il va pleuvoir.

Len rassembla ses outils et s'arrêta au niveau du bac à sable où Cliff aidait Geoff à ranger ses jouets, à son plus grand déplaisir.

— Papa, z'ai encore envie de zouer.

— Je sais mon chéri mais il va pleuvoir. Tu pourras jouer dans la maison.

Une fois les jouets rangés dans le seau, Cliff prit Geoff dans ses bras et prit la direction de la grange, Len le suivant de près, la caisse à outils dans la main.

— S'val, papa, s'val.

Cliff se raidit et eut l'air de perdre patience.

— Geoff, s'il fait beau demain, je t'emmènerais faire un tour à cheval, mais seulement si tu es gentil avec ton papa.

La voix de Len respirait la patience. Les grands yeux du petit garçon s'écarquillèrent et un magnifique sourire apparut sur son visage.

— D'acco', Wen.

Il lui dit au revoir d'un geste de sa petite main pendant que Cliff le ramenait à la maison. Len le salua à son tour et rentra les chevaux dans la grange, les installant dans leurs box tandis que les premières gouttes de pluie s'écrasaient sur le toit.

Randy et Fred l'avaient attendu pendant qu'il finissait.

— Tu peux monter avec nous, on te ramènera.

Len acquiesça et ils montèrent tous trois dans le camion de Fred. Le trajet vers Scottsville était court mais la pluie tombait déjà à verse quand ils arrivèrent au restaurant. Ils se hâtèrent de pénétrer dans l'établissement et s'assirent à l'une des tables vides qui restaient.

— Salut les gars.

— Salut Shell.

Randy rougit en saluant la serveuse. Elle leur tendit à chacun un menu.

— Qu'est-ce que je vous sers à boire ?

Fred commanda une bière, et Randy et Len firent de même.

— Je vous amène ça tout de suite. Savez-vous déjà ce que vous allez commander ?

Elle se tenait aux côtés de Randy et se penchait un peu sur lui.

— Sinon, je peux revenir dans un instant.

— Peux-tu nous donner une minute ?

— Bien sûr, mon chéri.

Elle fit un clin d'œil à Randy et se hâta vers une autre table.

— Tu vois, Randy, je t'avais bien dit qu'elle flirtait avec toi.

Len observa les deux hommes en train de regarder en direction de Shell, qui servait une autre table, se tenant bien droite.

— Elle ne fait ça que pour les pourboires.

Fred eut un sourire.

— Elle ne l'a fait ni avec moi ni avec Len et elle ne le fait pas avec les autres non plus, juste avec toi. Alors sois un homme et propose-lui un rencard, bon Dieu !

Ils jetèrent un œil à la carte et Len remarqua que Randy avait l'air plus nerveux.

— Vous êtes-vous décidés, les garçons ?

Elle se tenait à nouveau juste à côté de Randy, sa cuisse frôlant son bras. Il lui plaisait, c'était évident. Len et Fred passèrent leur commande puis elle retourna son attention sur Randy.

— Et pour toi, qu'est-ce que ce sera, mon chéri ?

— Euh… ton numéro de téléphone ? Enfin, je veux dire…

Le pauvre homme ne s'en sortait pas.

— Je me demandais si je pouvais t'appeler. J'aimerai t'inviter à dîner.

Elle se pencha et écrivit sur sa serviette en papier.

— Avec plaisir, mon chéri.

Quand Randy la regarda bouche bée, il sourit et passa commande. Elle lui sourit en retour et tourna les talons, certaine qu'il la dévorait du regard. Fred lui donna une tape dans le dos.

— Bien joué, mon pote !

Shell revint avec leurs bières quelques minutes plus tard.

— Voilà !

Elle sourit à Randy et repartit avant de faire brusquement demi-tour.

— Vous travaillez toujours à la ferme des Laughton, n'est-ce pas ?

— Oui, dit Fred de l'autre bout de la table. Len a commencé cette semaine.

Shell observa les alentours et se pencha d'un air conspirateur.

— Vous savez qu'ici on entend tous les ragots et il ne faut jamais y prêter trop d'attention, mais j'ai entendu dire que Cliff Laughton avait des problèmes d'argent. Je ne sais pas si c'est vrai mais des types racontaient ça hier.

Elle se redressa.

— Je vous apporte vos plats dans un instant.

Tous trois avaient le regard fixé sur elle alors qu'elle s'éloignait, se demandant quel crédit il fallait accorder à ce qu'ils venaient d'apprendre.

— Est-ce qu'il faut qu'on se mette à chercher du boulot ailleurs ?

— Écoute, Randy, ce ne sont que des ragots. Si Cliff avait des problèmes d'argent, il nous l'aurait dit, non ?

Le regard de Fred se posa sur Randy, puis sur Len. Ce dernier prit la parole.

— Ne vous en faites pas, ce ne sont probablement que des rumeurs. Ce qui importe pour l'instant, c'est que Randy a décroché un rencard. Ou du moins un numéro de téléphone.

La conversation reprit sur un ton léger et ils levèrent tous leur verre à Randy. Leurs plats arrivèrent et ils commencèrent à manger. Ou plutôt, Len et Fred commencèrent à manger. Randy, quant à lui, discuta avec Shell et l'invita à sortir le samedi suivant.

Il pleuvait toujours lorsqu'ils payèrent l'addition et quittèrent le restaurant. Ils se ruèrent vers le camion et y grimpèrent tous les trois. Fred alluma la radio et ils écoutèrent la fin d'*Oh Sherry* de Steve Perry puis les infos. Le reporter blablata un moment et Fred accéléra lorsqu'ils entendirent qu'un incendie s'était déclaré dans une grange mais ils se détendirent tous en se rendant compte qu'il ne s'agissait pas de celle de Cliff. Ils arrivèrent à la ferme et Len se hâta vers la grange pendant que Randy courait à son camion. Puis les deux véhicules quittèrent la ferme. La grange était silencieuse et Len jeta un coup d'œil dans chaque box, s'assurant que chaque cheval allait bien. Il s'apprêtait à partir, quand il entendit la porte s'ouvrir puis se refermer. Il se retourna et vit Cliff et Geoff qui se tenaient sous un gigantesque parapluie. Geoff s'agita pour descendre des bras de son père et courut vers le box le plus proche.

— S'val.

— Quand il a quelque chose en tête, impossible de le raisonner, dit Cliff en lui lâchant la main.

— Je l'avais remarqué, dit Len en s'approchant du petit qui sautillait sur place, essayant d'arriver à hauteur du cheval. Veux-tu lui donner une friandise ?

Le petit garçon s'arrêta et sourit.

— Oui.

— Oui, comment ?

Il l'avait repris gentiment.

— Oui, s'i' te p'aît.

Len le souleva et lui donna un carotte du sac qu'il avait emporté avec lui le matin-même. Le petit garçon la mit immédiatement dans sa bouche.

— Ce n'est pas pour toi, c'est pour le cheval.

Geoff la retira de sa bouche et tendit la main, rigolant lorsque le cheval prit la carotte, ses lèvres frôlant sa petite paume.

— Enco' Wen.

Geoff insista pour donner une carotte à chaque cheval, les goûtant au préalable à chaque fois. Len le tenait dans ses bras pendant qu'il nourrissait les chevaux. Il jeta un œil à Cliff, pour s'assurer que cela ne lui posait pas de problème, et l'expression sur son visage faillit figer Len sur place. Son visage était doux, détendu, un sourire bienveillant s'était dessiné sur ses lèvres et ses yeux pétillaient – c'était le Cliff dont il se souvenait. Len sentit son cœur s'emballer à nouveau. Dès qu'il posa le petit garçon à terre, il se rua dans les jambes de son père en rigolant.

— Il faut que je rentre à la maison.

Len ramassa les carottes et les déposa dans la sellerie. Quand il revint, Cliff tenait son parapluie d'une main et Geoff de l'autre. Len les salua en courant à sa voiture.

— À demain !

VI

LE MINISTÈRE du commerce intérieur a annoncé hier que les faillites de fermes familiales avaient atteint leur plus haut niveau depuis la Grande Dépression. Len éteignit la radio de sa voiture. Voilà bien le genre de nouvelles qu'il n'avait pas besoin d'entendre. Il faisait encore nuit lorsqu'il arriva à la ferme le lendemain matin. Tout était encore trempé à cause des pluies de la veille mais les nuages avaient laissé place à un beau soleil de printemps et tout sécherait très vite. Il mena les chevaux au pré et nettoya les box. Il était en train de finir quand il entendit le téléphone sonner. Se doutant qu'il devait sonner aussi bien dans la grange que dans la maison, il répondit.

— Ferme Laughton, que puis-je pour vous ?

— Dieu merci !

Son interlocutrice semblait éreintée.

— Je me demandais si vous hébergeriez des chevaux.

— Oui, nous avons des box de libres.

Len l'entendit pousser un soupir de soulagement.

— On dispose également d'un manège ainsi que de pâturages.

— Quels sont vos tarifs ?

Len n'en avait aucune idée et se mit à chercher dans la sellerie. Il y trouva une liste des tarifs datant de 1982. Il supposa qu'ils étaient périmés et ajouta vingt-cinq dollars au cas où.

— Cent soixante-quinze dollars par mois.

Il essaya de se rappeler les conditions appliquées à la ferme où il avait pris des cours d'équitation.

— Le premier et le dernier mois sont payables d'avance. Les tarifs incluent le box, le foin et l'avoine, ainsi que le temps passé aux pâturages si vous le souhaitez, expliqua-t-il en comptant les conditions sur ses doigts. Les frais de vétérinaire ainsi que tout supplément seront à votre charge.

— Nettoyez-vous souvent les box ?

Son ton n'avait plus la moindre trace d'anxiété et elle traitait maintenant d'affaires.

— Une fois par semaine au minimum, avec un nettoyage ponctuel chaque jour. J'aime que ma grange soit propre.

— Je suis aussi professeur d'équitation ; cela vous dérangerait si je donnais des cours de chez vous ?

— Pas le moins du monde.

— Pouvez-vous patienter un instant ?

209

— Je vous en prie.

Il l'entendit couvrir le combiné de sa main et attendit qu'elle revienne en ligne.

— Pourriez-vous prendre cinq chevaux ?

— Cinq ? répéta Len, surpris. Oui, nous avons de la place. Puis-je vous demander ce qu'il s'est passé ?

— Notre grange a été frappée par la foudre. Nous avons réussi à faire sortir les chevaux juste à temps mais pas grand-chose d'autre. Si ce n'est pas un problème pour vous, nous allons vous amener les chevaux dans l'heure qui vient. Je m'appelle Nicole Robinson. À bientôt.

Len en croyait à peine ses oreilles. Il espéra que Cliff serait content.

— Je m'appelle Len. Je suis en charge de la grange. Je vous attends.

Il raccrocha le téléphone et s'avança vers la porte. Bon Dieu ! Il espérait avoir fait ce qu'il fallait. La grange était vide ; Cliff l'avait engagé pour s'en occuper et c'était ce qu'il venait de faire. Il sortit de la sellerie et se mit au travail. Il n'y avait pas de litière dans les box vides et il s'occupa de mettre de la sciure fraîche dans chacun d'eux.

— Salut Len.

— Salut Fred.

Il déposa de la sciure fraîche sur le plancher et étala le foin, avant de refermer la porte du box.

— Tu as l'air occupé ce matin, qu'est-ce qui se passe ?

— Connais-tu une certaine Nicole Robinson ?

Fred rit.

— Bien sûr ! Tous ceux qui ont déjà approché un cheval de près ou de loin connaissent Nicole. C'est l'une des meilleures monitrices d'équitation du comté. Elle donne ses cours chez le vieux Padgett, pourquoi ?

— La grange qui a brûlé hier soir doit être celle du vieux Padgett parce qu'elle vient d'appeler. Elle va bientôt débarquer avec cinq chevaux.

En bon commercial, Len sourit, plein de satisfaction.

— Cliff est-il au courant ?

Len secoua la tête.

— Je viens juste de raccrocher et il faut encore que je prépare quatre autres box avant qu'elle n'arrive.

Fred s'empara de la brouette.

— Je m'occupe de t'amener de la sciure. Comme ça, tu n'auras plus qu'à l'étaler. Randy ne devrait pas tarder, il s'occupera du bétail.

Ils entendirent le camion de Randy dans la cour et Len lui expliqua ce qu'il se passait pendant que Fred s'occupait de la sciure. Len retourna à la grange puis, quelques minutes plus tard, le tracteur démarra et Randy se rendit dans les champs. Ils travaillèrent comme des forçats, préparant cinq box, y mettant du foin, de l'eau et un peu d'avoine. Ils étaient en train de finir lorsqu'ils entendirent des pneus crisser sur les graviers de la cour, puis des bruits de pas.

Len referma la porte du dernier box et assista en sortant à un capharnaüm indescriptible. Il y avait trois caravanes de chevaux.

— Bonjours Messieurs-dames.

Tout le monde se tourna vers Len.

— Qui parmi vous est Nicole ?

Une femme trapue d'une quarantaine d'années s'approcha de lui et Len se présenta, lui serrant la main.

— Quel est le problème, madame ?

— Après notre conversation téléphonique, plusieurs propriétaires de chevaux se sont présentés chez nous et ils nous ont suivis, dans l'espoir que vous ayez des box de libres.

Certains propriétaires s'avancèrent vers lui mais Len les arrêta, s'adressant à Nicole.

— Combien de chevaux y a-t-il au total ?

— Sept.

Tous les propriétaires commencèrent à s'animer et Len vit la porte de la maison s'ouvrir et Cliff courir dans sa direction.

— Assez !

Tous se turent en entendant Len crier. Il ajouta :

— Nous avons de la place pour tout le monde, soyez patients.

Cliff s'approcha de Len, lui murmurant à l'oreille.

— Qu'est-ce que c'est que tous ces gens ?

— La grange de Padgett a brûlé hier soir et ces propriétaires ont besoin de box pour leurs chevaux.

Cliff écarquilla les yeux.

— Il y en a sept, peut-être même plus.

Les gens s'impatientèrent à nouveau.

— Je m'en occupe, ajouta Len. Je te tiendrai au courant dès que tout sera réglé.

Cliff fit un signe de tête et retourna vers sa maison juste au moment où Geoff ouvrait la porte.

— Écoutez, avant de faire descendre vos chevaux, je dois vous faire signer ces contrats.

Len les avait trouvés dans la sellerie juste après avoir raccroché. Il en distribua un à chacun, modifiant les tarifs à la main, et les fit remplir, signer et dater par tous. Puis il collecta les chèques de paiement.

— Cinq des box sont déjà prêts donc vous pouvez y amener vos chevaux. Je vais préparer les deux qui manquent.

Fred était resté dans les parages.

— Il faut que j'aille aider Randy.

211

Len sourit.

— Je peux m'en sortir tout seul. Merci de ton aide.

Devant la grange, le premier cheval avait déjà été descendu et fut mené dans son box.

Len était en train de remplir la brouette quand une des jeunes filles qui était arrivée avec les chevaux lui tapa sur l'épaule.

— Ils ont besoin de toi à la grange, je vais m'occuper de ça.

Elle s'empara de la pelle et commença à remplir la brouette à la manière d'un docker.

Len rentra dans la grange et alla à la rencontre de Nicole qui inspectait la grange. Elle sourit.

— C'est une belle grange, très propre. Et le manège est en bon état. Chez Padgett, je louais le manège et les installations contre dix pour cent de mes revenus. Est-ce que ça ira ?

— J'imagine, oui.

— Puis-je vous poser une question ? Pourquoi la grange est-elle si vide ? Elle est propre et en bon état, cela n'a pas de sens.

— Invitez-moi à boire un café un de ces quatre et je vous raconterais tout ça.

— D'accord, vous me raconterez votre histoire et moi j'amènerais le café.

Ils marchèrent vers l'endroit où l'on débarquait les chevaux et Len leur indiqua le chemin vers l'écurie. En un temps record, la grange fut pleine de chevaux accompagnés de leur propriétaires, qui les brossaient, leur faisaient leur toilette et s'occupaient de leurs charges.

Nicole les regarda faire.

— La plupart d'entre eux ont perdu leurs harnachements et leurs matériels dans l'incendie, cela risque de prendre un peu de temps avant que les affaires reprennent mais cela viendra bien assez vite. Avez-vous remarqué que vous aviez de la place pour des stalles supplémentaires ?

Len secoua la tête et elle l'amena vers l'arrière de la grange. Un des côtés était clairement destiné à accueillir le bétail et Len se dit qu'il devait servir en hiver. L'autre, en revanche, était vide.

— Vous pourriez construire quatre à six box supplémentaires si vous le souhaitiez.

— Tant mieux. Il faudra que j'en parle à Cliff mais c'est bon à savoir.

Ils retournèrent à la grange où les chevaux étaient désormais confortablement installés et leurs propriétaires s'en allèrent petit à petit. Len remercia les filles de s'être occupées des stalles et, après s'être assuré que tout était en ordre, il se rendit à la maison. La porte était ouverte et une paire d'yeux l'observait à travers la moustiquaire.

— S'val ! dit une petite voix.

Cliff fit son apparition derrière Geoff et ouvrit la porte.

— Il ne tient plus en place depuis que les chevaux sont arrivés.

Geoff fit un pas en arrière et Len entra dans la cuisine.

— Un café ?

Cliff en versa une tasse et la tendit à Len.

— Veux-tu bien m'expliquer ce qu'il se passe ?

— Apparemment, la grange de Padgett a brûlé hier et Nicole a appelé ce matin pour savoir si nous avions de la place pour accueillir cinq chevaux. Mais elle est arrivée avec deux de plus.

Il remit à Cliff les contrats signés ainsi que les chèques de paiement.

— Ils ont tous payé les premier et dernier mois et Nicole reversera à la ferme dix pour cent de ses revenus pour pouvoir utiliser le manège.

Cliff but son café pendant que Len lui contait les événements de la matinée. Lorsqu'il termina, il regarda sa tasse, puis autour de lui, ses yeux se promenant dans la cuisine qui avait été nettoyée. Len posa enfin sa tasse.

— Je dois te dire quelque chose. Je ne sais pas exactement comment te l'annoncer alors je vais simplement te rapporter ce que j'ai entendu.

Cliff posa lui aussi sa tasse et attendit que Len poursuive.

— Hier midi, on a entendu une rumeur chez Steve disant que la ferme faisait face à des ennuis financiers.

Len reprit sa tasse ; il avait besoin de quelque chose pour occuper les mains.

— Je sais que ça ne me regarde pas et je n'étais pas sûr de devoir t'en parler.

Cliff explosa de rage, frappant la table de ses poings.

— Putain de commères et de ragots à la con !

Len sursauta et Geoff se mit à pleurer. Cliff prit son fils sur ses genoux pour le calmer mais Len put apercevoir la fureur monter dans son regard.

— Je te connais depuis longtemps et Ruby était ma meilleure amie. Je t'en parle uniquement pour t'offrir mon aide. J'ai étudié le commerce et la gestion à la fac et j'ai travaillé au service comptabilité de la concession Ford.

Le débit de ses paroles avait accéléré mais il voulait que Cliff entende ce qu'il avait à dire avant d'exploser une nouvelle fois.

Geoff reniflait toujours quand Cliff l'avait prit dans ses bras et s'était levé. Len le suivit à travers le salon, dans ce qui ressemblait à un bureau.

— Cela fait des mois que j'essaie de mettre à jour la comptabilité de mon père.

Son bureau était couvert de paperasse, de factures et de reçus en tous genres.

— J'ai payé toutes les factures à temps mais la ferme ne nous rapporte pas assez.

— Comment cela se fait-il ? Il doit bien y avoir une raison.

— Tu as raison.

Cliff installa Geoff sur une chaise et se mit à parcourir une pile de papiers.

— Mon père a contracté un prêt de deux cent cinquante mille dollars juste avant de mourir mais je ne sais pas où est parti l'argent. On croule sous les intérêts, je les paie chaque mois, mais je suis obligé de prendre sur mes économies.

213

— Es-tu allé à la banque ?

— Oui mais ils ne savent pas ce qu'il a fait de tout cet argent. Et il a hypothéqué la ferme.

Len commença à comprendre le comportement et l'attitude de Cliff.

— Donc si tu ne paies pas…

Cliff déglutit avec difficulté.

— Je perdrais la ferme.

— L'argent doit bien être quelque part, à moins qu'il ne l'ait dépensé avant sa mort.

— Je sais, mais je n'en trouve trace nulle part.

Cliff semblait de nouveau irrité. On pouvait entendre la frustration dans sa voix.

— D'accord. Ton père est décédé l'année dernière et son testament a été homologué, ce qui veut dire qu'ils devraient connaître le détail de ses possessions.

Cliff secoua la tête.

— Cela fait des années que mon père avait passé la ferme à mon nom et elle m'est donc revenue à sa mort. Mes sœurs ont hérité de son argent et moi de la ferme.

— Et avec la ferme, tu as hérité du prêt qui allait avec.

Cliff acquiesça, la mine déconfite.

— J'ai perdu ma femme et mon père et hérité de ce fardeau, tout ça le même jour.

Avant qu'il n'ait eu le temps de réfléchir – et avant que son instinct d'auto-préservation ne puisse l'arrêter – il s'avança vers lui et le prit dans ses bras. Il ne savait pas quoi faire d'autre, tout ce qu'il savait c'était que son patron et ami souffrait et avait besoin de réconfort. À sa grande surprise, Cliff répondit à son étreinte et Len sentit son corps réagir et le trahir immédiatement.

— Ça va s'arranger, Cliff.

Quand il se rendit compte de ce qu'il avait fait, Len fit un pas en arrière et baissa le regard au sol, perdu, bredouillant.

— On trouvera bien une solution.

Il fallait qu'il trouve un moyen de quitter la pièce, pour cacher sa gêne. Cliff avait dû sentir son… il était impossible qu'il l'ait manquée. Len releva le regard, observant Cliff, qui était passé derrière le bureau.

— Je ne sais même pas par où commencer. Je n'ai absolument aucune idée de la manière dont il aurait pu dépenser cet argent.

Cliff prit un tas de paperasse en main.

— J'ai bien évidemment des prêts à rembourser tous les ans pour l'exploitation de la ferme mais, avec ce nouvel emprunt, tout l'argent que j'avais mis de côté est en train de partir en fumée. Je m'enfonce davantage tous les mois.

Len fut soulagé que Cliff ait été trop préoccupé pour remarquer son excitation. Malgré ce qui s'était passé des années auparavant – et ce qu'il souhaitait désespérément qu'il se produise – il savait que ses sentiments pour Cliff ne seraient jamais réciproques. Il avait été marié, avait eut un enfant et se remarierait certainement un jour.

Il fit de son mieux pour se concentrer sur la situation présente et ne pas abandonner son esprit à sa libido exacerbée.

— Essaye de te mettre à sa place. Si tu avais été ton père, pourquoi aurais-tu contracté un tel emprunt ?

— Probablement pour agrandir la ferme.

Cliff se dirigea vers une armoire.

— J'ai jeté un œil à tous les actes de propriété, aussi bien aux photocopies dans l'armoire qu'aux originaux dans le coffre-fort, il n'y a rien de nouveau.

— D'accord.

Len réfléchit un instant.

— Tu as quelques problèmes à régler et je pense qu'il va falloir qu'on s'en occupe au fur et à mesure. Dans un premier temps, il va falloir augmenter les revenus que génère la ferme. Le destin nous a donné un bon coup de pouce aujourd'hui et on a de la place pour un autre cheval, si ce n'est plus : Nicole m'a montré que nous pouvions construire six box supplémentaires à l'arrière de la grange. Cela permettrait à la ferme de générer davantage de profits à un coût minimal, vu que tu me payes déjà. Nous pourrions également vendre le surplus de foin que nous avons dans le grenier. Nous avons de quoi nourrir tous ces chevaux pendant au moins un an et les moissons ont lieu dans deux mois.

— Bonne idée, je vais mettre une annonce dans le journal.

Cliff avait l'air un peu moins désemparé.

— Ce ne sera pas nécessaire. J'ai déjà vérifié, il y a plein d'annonces de personnes qui ont besoin de foin. Il suffira juste de leur répondre.

— Bon Dieu, tu avais déjà réfléchi à tout ça, n'est-ce pas ?

— Je m'apprêtais à te le suggérer.

Len lui fit part d'une autre idée avant qu'elle ne lui échappe.

— Il va falloir que l'on fasse l'inventaire de tout ce qui est à notre disposition : champs, prés, matériel, équipement, bêtes… absolument tout. Il faut que nous fassions en sorte d'utiliser la ferme à son potentiel maximal.

Il remarqua que Cliff avait l'air sceptique et décida de parler de but en blanc.

— Tu es complètement déconnecté des réalités depuis que Ruby et ton père sont décédés. Fred et Randy se démènent pour toi mais ils ne peuvent pas gérer la ferme par eux-mêmes et je doute que tu saches même où ils en sont. D'ailleurs, je pense que tu devrais aller les voir.

— C'est vrai.

Cliff s'affala sur sa chaise et Geoff grimpa sur ses genoux.

— Et tu devrais retourner faire un tour à la banque. L'argent laisse toujours une trace, il nous suffira de la suivre.

— Je ne sais pas, ils n'ont pas pu faire grand-chose la dernière fois.

Cliff semblait à nouveau anéanti et cela horripila Len. Pendant un moment, il avait pu voir un peu de volontarisme dans le regard de Cliff, mais celui-ci était reparti aussi vite qu'il était venu.

— Je t'accompagnerais, si tu veux.

Il n'était pas sûr que Cliff accepte son offre mais il le lui proposa tout de même. Len était motivé et enthousiaste. Il espérait que Cliff l'imiterait mais il n'était pas certain que cela arriverait.

— Par où commençons-nous, alors ?

Len se leva et alla chercher le journal de la veille que Cliff n'avait pas encore jeté.

— Tu vas commencer par passer quelques coups de fil. Réponds à ces annonces et transforme ce foin qui s'accumule dans ton grenier en argent. S'ils veulent que tu les livres, fais-leur payer la livraison. Tu peux en tirer presque deux dollars par botte.

— Combien de bottes puis-je vendre ?

Len haussa les épaules.

— Je vais aller voir. Il nous faut de quoi tenir trois ou quatre mois, on pourra vendre le reste.

— Je te rejoindrai dans la grange après avoir téléphoné.

Len se leva et quitta la maison, se hâtant vers la grange. Tous les propriétaires de chevaux étaient partis à l'exception de Nicole, qui pansait un cheval dans un des box.

— Nicole, je me demandais si je pouvais mettre votre expertise à contribution ?

Elle leva les yeux.

— J'ai bientôt fini.

La brosse passait gracieusement sur la robe du cheval.

— Voilà, Buster ! Tu es tout propre.

Elle caressa le cheval une dernière fois et sortit du box.

— En quoi puis-je vous aider ?

— On a un excédent de foin, j'espérais que vous pourriez m'aider à estimer ce dont on aura besoin pour les quatre mois à venir, que l'on puisse vendre le reste.

Elle acquiesça et Len la fit monter dans le grenier. Arrivée en haut de l'escalier, Nicole siffla en admirant la quantité de foin accumulé dans le grenier.

— Votre grenier à une capacité de deux mille bottes et vous devez en avoir mille cinq cents. Je pense que vous pouvez en vendre un millier sans problème.

Elle se tourna vers Len.

— Tout cela fait partie de l'histoire que vous m'avez promise, n'est-ce pas ?

— On ne peut rien vous cacher.

Ils redescendirent et Len laissa Nicole avec les chevaux ; lui retourna à la maison. Cliff était au téléphone dans son bureau, sur le point de raccrocher.

— J'espère que n'ai pas exagéré mais j'ai déjà vendu cinq cents bottes en deux appels. On dirait que le mauvais temps de l'hiver dernier a privé beaucoup de monde de foin.

— C'est bien. Nicole m'a dit qu'on pouvait vendre au moins un millier de bottes sans problème.

Len prit peur à l'idée d'avoir à transporter et à déplacer autant de foin.

— J'ai fixé le prix à deux dollars la botte et à deux dollars cinquante en cas de livraison. Ils vont venir les chercher, tu n'auras qu'à compter.

— Quand viennent-ils ?

— Le premier passera aujourd'hui à quatorze heures et l'autre demain à quinze heures. On pourra réexaminer notre situation après leurs passages.

Len passa le reste de la journée à transvaser le foin du grenier à l'écurie et à commencer l'inventaire. Il ne vit ni Cliff ni Geoff et se prit à espérer qu'il était dans les champs. À seize heures, le foin était chargé sur les camions et Len avait le chèque en poche. Leur client partit et, dans la foulée, Len vit Cliff arriver dans son camion, suivi de près par Geoff.

— Ça fait un sacré vide dans le grenier.

Il tendit le chèque à Cliff et Geoff se rua dans la grange, admirant les chevaux.

— J'imagine, oui ! J'ai fait le tour des champs et quelques-uns sont prêts à faucher. Il n'y a que cinquante acres mais c'est déjà ça.

Cliff posa sa main sur l'épaule de Len en lui souriant et ce dernier sentit son cœur s'emballer à nouveau.

— Merci, Len.

— De quoi ?

— De m'avoir réveillé et obligé à bouger mon cul.

Len sentit les doigts de Cliff serrer son épaule. Le geste était sans doute innocent mais il paraissait incroyablement érotique à Len. Il était conscient qu'il devait faire un pas en arrière et se remettre au travail, mais il ne voulait pour rien au monde briser le contact physique établi entre eux. Le bruit d'une voiture dans la cour tira Len de ses pensées et Cliff retira sa main de son épaule.

— Janelle !

Cliff l'appela et Len la regarda sortir de sa voiture.

— Salut Cliff.

Elle prit son frère dans ses bras.

— Salut Len.

Il lui sourit et lui fit un signe de la main.

— Tu ne m'as pas appelée alors j'ai décidé de passer voir comment ça allait.

Elle commença à s'approcher de Len, affichant un large sourire. Cliff l'interrompit et sourit à Len.

— C'est parce qu'il est trop occupé à me secouer.

— Je suis désolé, Janelle. J'aurais dû t'appeler pour te remercier. Laisse-moi t'inviter à dîner vendredi soir en guise de remerciements.

217

— Avec plaisir.

— Tata 'Nell !

Geoff courut vers sa tante et se jeta dans ses jambes. Elle eut l'air légèrement paniquée et lui caressa maladroitement les cheveux. Il prit sa main et la mena vers la grange.

— S'val.

— On dirait bien que tu lui as tapé dans l'œil.

Len n'avait pas entendu Cliff s'approcher de lui et il sursauta doucement.

— Nous ne sommes que des amis.

Et merde, voilà bien la dernière chose dont il avait besoin.

— Je ne crois pas qu'elle voie les choses de cette façon.

Et voilà, exactement ce qu'il voulait éviter ! Janelle s'imaginant qu'elle lui plaisait. En la regardant retourner à sa voiture, il commença à analyser son comportement d'une toute autre manière et ce qu'il vit l'effraya.

Geoff tira sur son pantalon.

— Wen, tour de s'val.

Len prit le tout-petit dans ses bras et l'envoya dans les airs.

— D'accord.

Il jeta un coup d'œil à Cliff et vit qu'il souriait.

— On va seller Belle et après on ira faire un tour de cheval.

— Oui ! s'exclama-t-il en laissant traîner la voyelle.

Le bonheur de Geoff avait relégué tous les autres problèmes au second plan, du moins provisoirement.

VII

— JE NE sais plus quoi faire, maman, je ne sais plus où j'en suis.

Len était assis dans le salon, la tête entre les mains. Il se trouvait face à une situation compliquée depuis plus d'une semaine et son dîner avec Janelle le vendredi passé n'avait fait qu'empirer les choses.

Sa mère s'assit à ses côtés et lui caressa le dos.

— Je sais que tu es un peu perdu, mon chéri, mais il n'y a rien de plus normal. Quand tu m'as dit que tu étais gay, je le savais déjà. Mais la confirmation fut quand même un choc, même si j'ai essayé de te le cacher.

— Pourquoi ne m'as-tu rien dit ?

Il s'inquiétait de lui avoir fait du mal. Elle lui prit la main, la serrant affectueusement dans la sienne.

— Parce qu'il était plus important pour toi de savoir que cela n'avait aucune importance à mes yeux, que je t'aimerais quoiqu'il arrive et le temps passant, j'ai fini par comprendre. En m'ayant dit la vérité, tu n'avais plus besoin de te cacher, en tout cas de moi.

— Cela ne m'aide pas beaucoup.

Sa tête commençait à l'élancer.

— En es-tu sûr ?

Len leva la tête en entendant sa mère prononcer ces mots.

— Il faut que tu sois honnête avec toi-même et envers les personnes qui comptent dans ta vie. Rappelle-toi comme tu étais heureux lorsque tu as pu en parler avec Ruby, sans avoir à te cacher ou à mentir.

Il soupira lourdement.

— Oui, c'est vrai… Elle me manque.

— La plupart des gens te conseillerait de te taire et de ne rien dire à personne et ils auraient en partie raison. Tu n'as pas besoin de crier sur tous les toits que tu es gay mais tu n'as pas besoin de le cacher non plus. Il faut que tu décides quelle vie tu souhaites mener : préfères-tu vivre seul et effrayé ou bien ouvert d'esprit et honnête ?

Elle caressa son genou et se leva.

— Il n'y que toi qui puisse décider de ce que tu veux. Ce n'est pas à moi ni à personne d'autre d'en décider.

Elle éteignit la télévision.

— Je vais me coucher, à demain.

Elle caressa gentiment son épaule puis il l'entendit se diriger vers sa chambre et refermer sa porte.

Len resta assis à réfléchir, immobile. Il aimait travailler à la ferme et ne voulait pas être renvoyé. C'était un dur labeur mais il apprenait beaucoup de Nicole et les gars et lui étaient devenus une véritable équipe. Ils avaient vendu tout le foin qu'ils avaient en surplus et Cliff et lui avaient décidé de garder ce qui restait, pour pouvoir construire quelques box supplémentaires dans la grange. La rumeur s'était déjà propagée et ils avaient accueilli un nouveau cheval la veille. Les douze box à disposition étaient désormais occupés et six autres seraient bientôt prêts. En plus de cela, Cliff avait rendez-vous le lendemain à la banque et avait demandé à Len de l'accompagner. Ce qui lui causait le plus de souci était ses sentiments refoulés pour Cliff. Ils avaient construit les stalles ensemble, déplaçant le bac à sable de Geoff à proximité pour le tenir occupé.

Bon Dieu, Len, il est temps de mettre en pratique tes leçons de vie. Tu as reproché à Cliff de se cacher et de vivre dans son propre monde mais tu fais exactement la même chose.

Poussant un faible grognement, il souleva ses muscles fatigués du canapé et se mit au lit. Ils avaient encore beaucoup de travail le lendemain matin avant leur rendez-vous à la banque.

Len se réveilla à l'heure habituelle et se prépara en silence pour aller travailler : il prit son petit déjeuner, rangea son déjeuner de midi dans un sac et pensa à mettre des vêtements de ville dans sa voiture pour leur rendez-vous à la banque. Comme à l'accoutumée, il faisait encore nuit noire lorsqu'il arriva à la ferme. Comme les chevaux étaient déjà réveillé, il les conduisit aux pâturages et commença le nettoyage quotidien des box. Il nettoya d'abord la plus sale des stalles puis les autres, avant de remplir les abreuvoirs et de distribuer de la nourriture aux chevaux qui n'étaient pas sortis. À sept heures, la porte de la grange s'ouvrit et les gars se joignirent à lui pour ce qui était devenue leur réunion matinale habituelle. Len avait convié Cliff à les rejoindre mais il ne s'était encore jamais présenté devant eux. Ce qui ne l'empêchait jamais de lui en faire un condensé plus tard dans la journée.

— Avant que je n'oublie, l'un de vous pourrait-il rester dans les parages ce matin ? Cliff et moi avons rendez-vous en ville.

Randy eut l'air curieux mais ce fut Fred qui posa la question en premier.

— Cela concerne-t-il les rumeurs que nous avons entendues l'autre jour ?

— Oui. Je n'en sais pas beaucoup plus pour l'instant mais j'essaie d'aider Cliff du mieux que je peux.

Les gars hochèrent la tête et semblèrent satisfaits de sa réponse, mais Len poursuivit.

— Je demanderai à Cliff de vous en parler dès qu'il en saura davantage.

— Merci, Len.

Les gars se mirent au travail et Len reprit son nettoyage des box. Il aimait se débarrasser des tâches les plus ardues tôt le matin, quand il ne faisait pas trop chaud. Il avait presque fini lorsqu'il entendit une petite voix qu'il commençait à bien connaître, suivi de petits bruits de pas.

— Wen !

Il se redressa et le garçonnet se jeta bientôt entre ses jambes.

— Wen !

— Salut Geoff.

Il prit le petit garçon dans ses bras et lui tendit une carotte pour qu'il puisse nourrir les chevaux. Cliff fit son apparition à son tour dans la grange et le cœur de Len s'emballa de manière habituelle.

— Salut Cliff.

Il ne se retourna pas en saluant son patron et se contenta d'observer Geoff nourrir le cheval.

— Il va bientôt falloir qu'on se rende à la banque.

Len eut l'impression de déceler un peu d'inquiétude dans sa voix, ce qui était tout à fait compréhensible, étant donné les circonstances. Il ajouta :

— Je doute qu'ils puissent m'en apprendre plus que la dernière fois.

Len haussa les épaules et reposa Geoff à terre.

— Il suffit de poser les bonnes questions.

Il se retourna pour faire face à Cliff.

— Je te l'ai dit l'autre jour, l'argent laisse toujours une trace et il nous suffit de la suivre. Et cette piste, c'est à la banque qu'elle commence. Je ne sais pas ce que l'on trouvera mais j'ai promis de t'aider.

Len commença à ranger ses outils et Cliff le suivit.

— Geoff, reviens ici ! On va bientôt partir.

Les petites jambes de l'enfant s'arrêtèrent net et il courut vers son père.

— Ca'ion ?

— Oui, on va prendre le camion.

Cliff prit son fils dans ses bras avant de poursuivre en se tournant vers Len :

— Je me demandais pourquoi tu tenais tant à m'aider. Je ne veux pas paraître ingrat, parce que cela me touche beaucoup, mais…

Il bafouilla avant de continuer.

— Tu viens à peine d'arriver et tu as déjà tant fait pour moi.

Len remit soigneusement les outils à leur place et se retourna vers Cliff, dont il ne parvint pas à décrypter l'expression. Un million de réponses différentes lui vinrent à l'esprit mais il choisit la plus simple.

— Ruby était ma meilleure amie et elle vous aimait énormément tous les deux, autant qu'elle aimait cette ferme.

— Oh…

Bon Dieu ! Il n'avait qu'une seule envie : avouer à Cliff ce qu'il ressentait vraiment pour sentir à nouveau ses lèvres contre les siennes, comme lors de ce bref instant qui s'était déroulé tant d'années auparavant, mais il n'y parvenait pas et eut vraiment la sensation d'être un lâche.

— Je vais me changer avant d'y aller, je te rejoins à ton camion dans une dizaine de minutes.

Len se dirigea en direction de sa voiture.

— D'accord, je vais aller habiller Geoff. On se retrouve au camion.

Cliff rentra dans la maison et Len partit se changer dans la sellerie. Il avait amené les vêtements qu'il portait pour travailler à la concession. Il n'avait été licencié que quelques semaines auparavant mais il avait l'impression que cela faisait déjà des années.

En finissant de s'habiller, Len sourit intérieurement. Il se plaisait à la ferme, il aimait travailler au grand air et avait l'impression de servir à quelque chose ou, tout du moins, d'aider. C'était la première fois que cela lui arrivait. Après s'être recoiffé nerveusement, il plia ses vêtements, les reposa sur la chaise et traversa la grange, croisant Nicole en sortant. Ils se saluèrent et il l'informa qu'il serait absent pour quelques heures. Elle lui sourit et le rassura, elle s'occuperait de tout pendant qu'il serait parti.

Cliff était en train d'attacher Geoff dans son siège auto lorsque Len arriva à hauteur du camion et, quelques minutes plus tard, ils étaient en route vers la banque, le petit garçon confortablement installé au milieu des deux adultes, s'excitant joyeusement à chaque fois qu'il apercevait un cheval ou une vache par la fenêtre.

Une fois arrivés en ville, Cliff se dirigea directement vers la banque et gara son camion, détachant Geoff avant de pénétrer dans le bâtiment et de se diriger vers l'accueil.

L'hôtesse lui sourit.

— Puis-je vous aider ?

— Oui, euh, j'ai rendez-vous avec Monsieur Gordon Frisk.

— Très bien, si vous voulez bien me suivre…

L'hôtesse les mena alors vers un petit bureau.

— Asseyez-vous, Monsieur Frisk sera là dans un instant.

Cliff la remercia et s'assit, Geoff fermement ancré sur ses genoux, comme un bouclier.

— Bonjour Cliff, que puis-je faire pour vous ?

Un homme d'une trentaine d'années venait de faire son entrée dans le bureau, parlant avec entrain et serrant la main de Cliff avant de s'asseoir à son bureau.

— Mon père a contracté un très gros emprunt sur la ferme avant son décès et nous n'arrivons ni à mettre la main sur cet argent ni à savoir ce qu'il en a fait. J'espérais que, peut-être, vous pourriez nous venir en aide.

Le banquier saisit un dossier dans son tiroir.

— Comme je vous l'ai déjà dit auparavant…

Len fut profondément agacé par le ton condescendant du banquier, mais ne dit mot.

— Votre père a emprunté cet argent pour la ferme mais il ne nous a pas dit ce qu'il comptait en faire. Je pense qu'il ne voulait pas que cela s'ébruite.

Len ne put s'empêcher de penser : *parce que tout le monde dans cette ville a une grande gueule, y compris vos employés.* Mais il se retint à nouveau.

Cliff lança un regard en direction de Len, comme pour lui donner l'autorisation d'intervenir.

— Lorsque vous lui avez accordé le prêt, a-t-il fait verser l'argent sur l'un de ses comptes ou bien lui avez-vous remis un chèque ?

Monsieur Frisk jeta un œil à ses dossiers puis consulta l'énorme ordinateur sur son bureau.

— Il semblerait qu'il ait déposé cet argent sur son compte épargne.

Len reprit la parole :

— Disposez-vous des relevés relatifs à ce compte ? Il serait intéressant de voir où et quand cet argent a été retiré.

Même si un banquier est incapable de comprendre ce qu'il se passe et d'être un minimum utile...

— Laissez-moi vérifier nos archives.

Le banquier se leva et quitta le bureau. Len se tourna vers Cliff.

— As-tu les relevés de compte ?

— Quelques-uns mais pas tous. Mon père avait l'habitude de faire les choses à sa façon et gardait beaucoup de choses pour lui.

Geoff commença à s'agiter et Cliff lui tendit un camion miniature pour qu'il puisse s'occuper.

— Si mon père avait tout conservé, je ne serais pas dans ce pétrin.

— Il faut que tu te mettes à jour dans tes papiers et que tu les classes avant de les archiver. Tu pourrais engager un comptable pour qu'il t'explique comment faire.

Leur conversation fut interrompue lorsque Monsieur Frisk fit à nouveau irruption dans le bureau, des dossiers à la main.

— Voilà les copies des relevés de compte, dit-il avant de s'asseoir à son bureau et de les parcourir. Il a déposé l'argent sur ce compte-ci.

Il parcourut à nouveau les dossiers et sortit un autre relevé de la pile de papiers.

— Il semblerait qu'il ait retiré près de l'intégralité de la somme un mois plus tard, à l'exception de mille dollars.

Il tendit le relevé de compte à Cliff, qui le transmis directement à Len.

— Comment a-t-il retiré l'argent ? demanda Len.

Monsieur Frisk haussa les épaules et Len leva les yeux au ciel, ne se souciant plus à montrer au banquier qu'il perdait patience.

— Est-il venu récupérer le tout en liquide en le transportant dans une mallette ?

— C'est peu probable.

223

— Alors la banque a dû lui rédiger un chèque, ou bien l'argent lui a été envoyé par mandat postal. Vous devez bien avoir une trace de ces opérations, nous aimerions que vous nous en fournissiez une photocopie.

Len lui rendit la copie du relevé de compte. Le banquier finit par comprendre et il sourit pour la première fois.

— Ah, oui ! Très bien, je reviens tout de suite.

Geoff jouait toujours avec son camion, accroupi sur le plancher, imitant les bruits de moteur. Cliff paraissait nerveux et ne semblait pas avoir envie de parler, si bien que Len se contenta d'attendre en silence.

— Voilà, je l'ai trouvé.

Monsieur Frisk s'assit à nouveau à son bureau.

— Il s'agit en effet d'un chèque, émit à l'ordre de la société Mason County Title.

Il tendit la copie directement à Len cette fois-ci. Ce dernier se leva.

— Pouvons-nous la garder ?

Il tendit la photocopie à Cliff qui y jeta œil, blêmit, puis la lui rendit immédiatement.

— Oui, je l'ai faite pour vous.

Monsieur Frisk se leva à son tour et serra la main de Len. Cliff fit de même, l'air absent, puis ramassa les affaires de Geoff avant de prendre son fils par la main et de sortir de la banque sans prononcer un mot.

Len s'adressa à Monsieur Frisk une dernière fois avant de quitter la banque, suivant Cliff.

— Merci pour votre aide.

Cliff était appuyé contre son camion, l'air épuisé.

— Eh bien, tout ça n'a servi à rien.

— Non, Cliff, nous avons appris beaucoup de choses. Ton père a fait l'acquisition d'un terrain et c'est la Mason County Title qui s'est occupée de la transaction. Tout ce qu'il nous reste à faire, c'est d'entrer en contact avec eux pour nous renseigner sur son acquisition.

Cliff ne l'écoutait pas.

— Qu'y a-t-il ?

Cliff installa Geoff dans son siège auto et l'attacha avant de grimper dans son camion, sans répondre. Len n'insista pas et monta à son tour.

— Le chèque a été émis la veille de sa mort.

— Ce n'est pas vrai ! Tu ne penses pas que…

Cliff soupira et mit le moteur en marche.

— On va très vite le savoir.

Il sortit du parking et se rendit une rue plus loin, se garant devant la Mason County Title. Il éteignit son moteur.

— Papa ? appela Geoff qui s'était rendu compte que son père n'était pas dans son assiette ; il lui tendit son camion. 'A va mieux ?

Cliff prit le jouet et sourit à son fils.

— Merci, Geoff.

Il l'embrassa sur la joue et le détacha de son siège. Après avoir fermé leurs portières, ils se dirigèrent vers l'entrée.

À l'intérieur de ce bâtiment, que l'on avait transformé en bureaux, il ne semblait y avoir personne. Len toussota légèrement et patienta jusqu'à ce qu'une jolie jeune femme s'avance vers eux.

— Bonjour messieurs, puis-je vous aider ?

Geoff s'agita dans les bras de son père et Len prit la parole.

— Nous avons besoin de la photocopie d'un document. Il s'agit d'un acte de vente qui aurait été signé chez vous l'année dernière, expliqua Len en lui tendant la copie du chèque de banque. L'acheteur s'appelait Carter Laughton.

— Oh mon Dieu, mais oui.

La jeune femme se tourna vers Cliff et son regard s'illumina.

— Vous êtes Cliff, le fils de Carter. Jeanie Hudson, j'étais votre baby-sitter quand vous aviez son âge.

Elle chatouilla Geoff gentiment et il se tortilla en rigolant.

— Toutes mes condoléances.

— Merci. Il semblerait qu'il ait effectué un achat immobilier mais je n'ai aucune trace de cette acquisition.

Elle ouvrit le tiroir d'une armoire qui se trouvait à proximité.

— Il devrait se trouver par ici. Oui, le voilà.

Elle en sortit un dossier et l'ouvrit.

— En revanche, il va me falloir quelques minutes pour les photocopier et les faire homologuer. Je vais devoir vous les facturer.

— D'accord, pas de problème. J'ai simplement besoin de ces copies. Pouvez-vous me dire à quelle date a été signé l'acte de vente ?

Elle consulta le dossier.

— Le 24 mars de l'année dernière.

Elle se rendit à l'arrière pour faire les photocopies.

— Je sais pourquoi je n'ai retrouvé aucune trace de ces papiers.

Len se tourna vers Cliff pour voir son visage, attendant qu'il poursuive.

— C'est le jour où mon père est mort. Je suis sûr que Ruby et lui sortaient d'ici lorsqu'ils ont eu leur accident.

— Et que sont devenus ces papiers ?

— Il ne restait plus grand-chose de la voiture ni de l'arbre et je pense que personne ne s'est donné la peine de dresser un inventaire.

Len détourna le regard et changea silencieusement de position sur sa chaise.

Que puis-je bien lui dire pour le réconforter ?... 'Je suis désolé' serait très loin de faire l'affaire.

Il patienta donc en silence jusqu'à ce que la jeune femme revienne avec les photocopies.

— J'ai fait certifier l'acte de vente par un notaire, pour qu'il ait une valeur officielle. L'achat a été enregistré il y a un an.

Elle jeta un coup d'œil à la paperasse.

— Les taxes de l'année dernière ont été réglées au moment de la signature de l'acte. Mais l'impôt foncier de cette année doit être réglé dans les deux mois. Vous vous y êtes pris au bon moment.

Cliff sortit son portefeuille mais elle l'arrêta.

— Ce n'est pas la peine.

Ils la remercièrent à nouveau, quittèrent le bureau et se dirigèrent vers le camion. Au moins, le mystère de l'argent disparu était résolu.

— Pourquoi Ruby était-elle avec lui au moment de la signature ?

Cliff déverrouilla son camion et ouvrit sa porte.

— Je pense qu'on ne le saura jamais. Mais, au moins, nous allons éclaircir un point : on va enfin découvrir ce qu'il a acheté ce jour-là.

Len attacha sa ceinture pendant que Cliff parcourait les papiers que l'on venait de lui remettre. Il laissa échapper un sifflement.

— Putain ! Il a acheté la ferme des Henderson. Il a tout acheté : terrains et bâtiments compris, trois cent vingt acres, même la maison. Et tout ça pour deux cent cinquante mille dollars.

Cliff posa les papiers et démarra le moteur. Il sortit du parking et prit la route de la ferme.

— Dépose-moi à la grange et va y faire un tour, suggéra Len.

Cliff resta silencieux durant le trajet du retour et Len se plongea dans ses pensées. Quelques minutes plus tard, ils arrivèrent à la ferme et Len descendit du camion. Cliff se pencha au-dessus du siège passager et ouvrit la fenêtre.

— Merci Len.

— Je t'en prie, dit-il en souriant, je suis content d'avoir pu t'aider.

Cliff remonta la fenêtre et Geoff salua Len d'un signe de la main. Ce dernier fit de même avant de retourner dans la grange pour se changer et manger son déjeuner avant de se remettre au travail.

Le soleil se couchait lorsque Len, exténué, rangea ses outils et fit rentrer les chevaux, les installant dans leur box pour la nuit avec de l'eau fraîche et du foin. Il rentrait le dernier cheval quand il entendit une voiture se garer dans la cour. Il jeta un coup d'œil et crut apercevoir le camion de Cliff. Une fois qu'il finit, il s'assura que toutes les stalles étaient bien verrouillées avant de refermer la grange et de retourner à sa voiture.

— Len.

Cliff s'avança vers lui dans le jardin. Il remarqua d'autres voitures garées dans l'allée.

— Veux-tu te joindre à nous pour un verre ?

Il reconnut la voiture de Janelle. Il avait fait de son mieux pour l'éviter mais accepta l'offre à contrecœur.

— Avec plaisir.

Il suivit Cliff à l'intérieur de la maison, vivante et pleine de monde. Janelle l'aperçut et se rua vers lui, le prenant par le bras et le présentant à ses sœurs, Victoria et Mari ainsi qu'au mari de Victoria, Dan. Victoria était enceinte et Dan ne la quittait pas d'une semelle. Une fois qu'elle termina les présentations, Janelle flirta avec Len.

— Ça fait un moment que j'attends que tu m'appelles.

— Je suis désolé, j'ai été très occupé à la ferme ces derniers temps et je suis épuisé.

À l'inverse de la dernière fois, il s'abstint de l'inviter à dîner à nouveau et Cliff vola à son secours.

— Len, veux-tu une bière ?

— Oui, merci.

Cliff lui en servit une et Len s'installa sur le sofa, à une certaine distance de Janelle. Cliff entama son discours.

— Je vous ai tous conviés ici ce soir parce que, avec l'aide de Len, j'ai découvert ce qu'il était advenu de l'argent que papa avait emprunté. Il s'en est servi pour acheter la ferme des Henderson.

Janelle se pencha en avant sur sa chaise.

— Alors ça veut dire qu'on est chacun propriétaire d'un quart de la ferme ? On devrait la revendre et récupérer l'argent.

Cliff s'assit.

— Non, ça veut dire que le terrain et la maison des Henderson font maintenant partie de la ferme. Papa a hypothéqué la ferme pour obtenir ce terrain donc ils ne forment plus qu'un.

— Alors pourquoi nous le dire ? Pour te faire mousser ?

C'était une nouvelle facette du caractère de Janelle que Len n'avait jamais vu auparavant et ce n'était pas beau à voir. Mari, la plus jeune sœur de Cliff, se mêla à la discussion.

— Ça suffit, Janelle ! Cliff, qu'essaies-tu de nous dire ?

— Simplement que Papa et Ruby venaient de signer l'acte de vente lorsqu'ils ont eu leur accident.

— Et que vas-tu faire ?

— Je n'en sais rien, je voulais simplement partager ce que j'ai appris aujourd'hui avec vous.

Janelle ne se calmait pas.

— Ce n'est pas juste.

Mari se leva, l'air furieux.

— Et pourquoi donc ? Cliff rembourse ce prêt depuis plus d'un an et en héritant de ce terrain, il a aussi hérité de la dette. Veux-tu travailler sur la ferme des Henderson pour rembourser toi-même le prêt?

— Non, mais…

— C'est bien ce que je pensais, l'interrompit Mari avant de se tourner vers Len. Je suis désolée que vous deviez assister à ces querelles de famille.

— Ce n'est rien, je suis heureux d'avoir pu contribuer à résoudre ce mystère.

— Nous vous sommes tous reconnaissants.

Mari jeta un œil vers la cuisine puis en direction de Cliff.

— Je vais aller préparer le dîner. Je suis sûre que Geoff et lui n'ont pas mangé un repas correct depuis des mois. Joignez-vous donc à nous.

— Merci.

— Janelle, viens-donc nous donner un coup de main !

Len observa Janelle qui arborait désormais un sourire forcé et qui suivit Mari dans la cuisine.

— Wen !

Geoff traversa la pièce à toute vitesse et se jeta sur les genoux de Len.

— S'val.

Il lui montra son cheval en plastique.

— S'val.

— C'est un beau cheval. Il ressemble à Belle, non ?

Geoff hocha la tête avec entrain et fit un câlin à Len avant de redescendre et se diriger directement vers la cuisine.

— Tata Mari, Tata 'Nell ! S'val ! S'val !

Len n'était pas à l'aise parmi la famille de Cliff et n'avait aucune de la manière dont il devait se comporter. En observant Cliff, assis en face de lui, le regard plongé dans sa bière, il eut l'intuition qu'il en allait de même pour lui.

Ils dînèrent calmement dans la cuisine, Mari, Cliff et Dan assurant la majeure partie de la conversation. Len intervint à plusieurs reprises et Janelle, assise à côté de lui, se contenta de fusiller son frère du regard ou de murmurer dans l'oreille de Len. À mesure que le dîner progressait, le ton de la conversation s'allégea et la tension se dissipa quelque peu.

Après le dîner, Janelle demanda à Len de la raccompagner à sa voiture et les autres convives prirent congé à leur tour. Après l'avoir saluée, Len referma la portière de sa voiture et Janelle quitta les lieux.

— On dirait qu'elle t'apprécie vraiment.

Len fit volte-face et regarda Cliff.

— Nous ne sommes que des amis

— Je ne crois pas que cela lui suffise.

Len put percevoir le ton légèrement protecteur dans la voix de Cliff.

— Elle a beau être chiante, elle est quand même ma sœur.

— Je sais et je n'ai aucunement l'intention de lui faire du mal. Mais nous ne serons jamais rien de plus que des amis, je ne lui ai jamais fait miroiter quoi que ce soit d'autre. On a dîné plusieurs fois ensemble mais je ne l'ai jamais touchée ni même embrassée.

A cette pensée, Len réprima un frisson.

— Y a-t-il quelque chose qui cloche entre vous ? Tu as pourtant l'air de vraiment lui plaire.

— Oui... On peut dire ça.

Len passa sa main sur sa nuque. Il n'avait plus le choix, c'était le moment de tout lui avouer.

— Cliff, je suis gay.

Len attendit que Cliff réagisse. Le renverrait-il sur le champ à coup de pieds aux fesses ? Le frapperait-il ? Aurait-il la même réaction qu'au lycée ? Il le regarda droit dans les yeux, dans l'attente d'une quelconque réaction, quelle qu'elle soit.

— Ah ! Euh... Eh bien, à demain.

Cliff fit volte-face et prit la direction de sa maison, refermant la porte doucement derrière lui.

Len resta figé sur place et fixa du regard la porte fermée. Complètement abasourdi, il marcha jusqu'à sa voiture et rentra chez lui. Le lendemain, il ne se souvenait absolument pas comment il était rentré.

VIII

TROIS JOURS. Len se réveilla par la sonnerie de son réveil et se leva comme par réflexe. Trois jours, cela faisait trois jours qu'il avait avoué son homosexualité à Cliff. Trois jours que Cliff restait cloîtré chez lui, l'évitant soigneusement, faisait mine de ne pas le voir. Il comprenait sa réaction mais cela faisait aussi trois jours qu'il interdisait à Geoff de sortir de la maison, du moins lorsqu'il était là. Même ne serait-ce que pour rendre une petite visite aux chevaux. Rien. Len ne savait littéralement plus quoi faire. Une partie de lui l'incitait à continuer à faire profil bas et bosser, ce qu'il avait fait par la suite. Bon Dieu ! C'était ce qu'il avait fait durant toute sa vie.

Une fois levé, il se dirigea d'un pas lourd vers la salle de bain pour prendre sa douche avant de s'habiller. Il prit ensuite le chemin de la cuisine en silence, où il trouva sa mère qui l'attendait, tranquillement assise à table.

— Pourquoi t'es-tu levée si tôt ?

— Je voulais te parler de quelque chose, dit-elle en tirant une chaise et Len s'assit. Je me sens responsable de ce qui t'arrive.

Len se servit une tasse de café.

— Pourquoi ?

— C'est moi qui t'ai poussé à tout dire à Cliff.

Len glissa sa main sur celle de sa mère.

— Non, tu avais raison. Il se peut que je perde mon emploi et une personne qui était en train de devenir un ami, mais tu avais tout de même raison.

Il lui caressa la main et se leva pour préparer son petit déjeuner.

— Je ne pouvais plus vivre dans le mensonge.

Len ouvrit le réfrigérateur et se saisit de la bouteille de lait, puis sortit un bol du placard et se servit des céréales.

— Je ne suis pas le premier à qui cela arrive et je ne serais sans doute pas le dernier. Un jour, Tim m'a dit que faire son coming-out était libérateur mais que cela avait un prix. Je comprends mieux ce qu'il voulait dire.

Len versa du lait dans son bol et commença à manger.

— Maintenant que tu en parles… commença sa mère avant de se lever pour aller chercher un petit bout de papier dans le salon. Un certain Tim a téléphoné hier soir. Il m'a laissé un numéro pour que tu puisses le rappeler dès que tu en aurais l'occasion.

Elle lui tendit le bout de papier.

— Il m'a dit qu'il se levait tôt et que tu pouvais l'appeler avant qu'il ne parte au bureau.

Elle se leva, se dirigea vers sa chambre, puis elle se retourna et sourit en voyant Len qui se dépêchait de terminer.

Une fois son petit déjeuner fini, il mit son bol dans l'évier, jeta un coup d'œil à sa montre et souleva le combiné. Ses doigts tremblèrent et il dut s'y reprendre à deux fois avant de réussir à composer le numéro correctement.

— Tim, c'est Len.

— Len, j'attendais ton appel, dit-il, son sourire s'entendant dans sa voix. Comment vas-tu ? Travailles-tu toujours à la concession ?

— J'ai été licencié. Désormais, je m'occupe d'une grange dans une ferme de la ville. Je me plais là-bas.

Len essaya de ne pas paraître trop confus.

— Mais… Je travaille pour Cliff Laughton.

Il ne savait pas si Tim se rappellerait de lui.

— Le Cliff Laughton qui t'a embrassé derrière la grange au lycée ?

Il n'avait pas oublié.

— Lui-même, répondit Len en laissant échapper un léger soupir. Il s'est marié il y a quelques années et a eu un petit garçon, Geoff. Mais il a perdu sa femme dans un accident de voiture l'année dernière.

— Alors il est disponible.

— Je suppose, oui… Mais je n'en suis pas sûr. Dès qu'il est près de moi, mon cœur s'emballe et à chaque fois que nous travaillons ensemble, j'ai l'impression qu'il me jette des coups d'œil.

Len n'était plus sûr de rien, surtout après ce qu'il s'était passé les trois derniers jours.

— Lui as-tu dit quelque chose ?

Len entendit Tim se déplacer dans son appartement et supposa qu'il devait se préparer pour aller travailler. Il accéléra son débit.

— C'est là que se trouve le fond du problème. Sa sœur et moi sommes amis et Cliff pense qu'elle aimerait que nous soyons plus que ça.

— Calme-toi, Lenny, ce n'est pas grave.

Len prit une profonde inspiration.

— Pour qu'il arrête de spéculer, j'ai dit à Cliff que j'étais… gay.

Il avait hésité avant de prononcer le dernier mot.

— Tant mieux. Comment t'es-tu senti ensuite ?

Len réfléchit avant de répondre.

— Perdu, effrayé, mais également libéré. Un peu tout à la fois.

— C'est une bonne description. Et comment a-t-il réagi ?

— Bizarrement. Il m'a dit 'à demain' et il est rentré chez lui. C'était il y a trois jours et je ne l'ai pas revu depuis. Je crois qu'il m'évite.

Le trouble qui habitait Len depuis sa confession revint l'assaillir cruellement.

— Les autres employés l'ont brièvement aperçu mais, pour ma part, je ne l'ai plus revu. Ni lui ni Geoff.

Il entendit Tim rire doucement à l'autre bout de la ligne.

— Ça n'a rien de drôle.

— Excuse-moi. Laisse-moi simplement comprendre une chose… Ton cœur s'emballe parce que tu es à proximité d'un homme gay ? C'est ton gaydar qui s'active ! C'est une sorte de capacité instinctive à reconnaître quelqu'un qui est du même bord que toi. Il se déclenche lorsque tu es à proximité d'un gay.

— Mais Cliff a épousé ma meilleure amie.

— Ça ne veut rien dire, surtout quand la société pousse les individus à se conduire de manière 'normale'. Voilà ce que j'en pense : patiente encore quelques jours et attends de voir comment ce Cliff réagit. Il va falloir que tu laisses faire les choses. Je sais que c'est compliqué mais sois patient et occupe ton esprit autrement.

Len se rendit compte de son impolitesse ; il monopolisait la conversation avec ses propres problèmes.

— Merci pour le conseil. Comment ça se passe à Chicago ? As-tu rencontré quelqu'un ?

— À vrai dire, oui. Il s'appelle Charlie et il est un peu plus jeune que moi. Nous sommes sortis ensemble un soir et il m'a invité à sortir de nouveau ce week-end.

— Ce doit être une bonne personne.

— Il l'est.

Len entendit Tim s'activer à l'autre bout de la ligne.

— Je suis désolé, je dois y aller ou je vais être en retard. Je suis content de t'avoir eu au téléphone. Je te rappellerai bientôt, je veux savoir ce qu'il va se passer avec Cliff.

— D'accord, merci encore pour tes conseils.

— Je t'en prie, tu sais que je serai toujours là pour toi.

Len avait le sourire aux lèvres en raccrochant le téléphone. Il vérifia l'heure, attrapa son déjeuner et le mit dans sa glacière avant de se rendre à sa voiture.

Comme il s'y attendait, la ferme était toujours endormie lorsqu'il arriva. Les nuits se réchauffaient et, sur les conseils de Nicole, Len laissait la plupart des chevaux passer la nuit dans les pâturages. Il s'assura que toutes ses bêtes allaient bien et profita de ce moment de répit pour nettoyer le dernier box. La grange était désormais presque pleine et accueillait seize chevaux et un poney. Il ne restait plus qu'un box à poney de libre.

Il était en train de balayer la grange quand les gars arrivèrent.

— Salut Fred… Randy.

— Salut Len.

Ils jetèrent tous deux un œil à la grange et prirent une profonde inspiration. La grange sentait bon et respirait la fraîcheur et la propreté. Enfin, autant qu'une grange puisse sentir bon. Len prit la parole.

— Je suis débordé de boulot ici. Comment c'est de votre côté ?

Fred répondit.

— Si tu savais ! Avec les champs de la ferme Henderson, on ne sait plus où donner de la tête. Nous devons avoir fini de tout semer d'ici la fin de la semaine et nous nous demandions si tu voudrais bien nous aider. Je crois qu'il va falloir qu'on trime jour et nuit pour y arriver, à condition qu'il ne pleuve pas, bien sûr.

— Si vous m'apprenez à conduire votre engin, je vous aiderais avec plaisir.

Fred et Randy sourirent tous deux, manifestement soulagés. Fred sortit une feuille de papier de sa poche.

— Voilà le plan, il faut que nous ayons terminé dans dix jours.

Il prit le temps de tout expliquer à Len en détail tandis que Randy s'activait en sortant le tracteur du hangar, remplissant le réservoir, allumant le moteur et finissant par prendre la direction de la route. Fred poursuivit.

— Randy va commencer sans nous et, après le déjeuner, on te montrera ce qu'il faut faire et comment conduire le tracteur, dit-il avant de replier le plan et de le remettre à Len. Je me suis dit que tu serais le plus à même de noter nos progrès.

Fred se dirigea vers son camion.

— Si jamais tu as besoin de moi, je serai dans les champs. Il y a quelques barrières à réparer.

Il fit un signe de la main à Len et grimpa dans son camion. Tandis qu'il quittait la cour, Len ne put s'empêcher de regarder en direction de la maison. Les fenêtres étaient ouvertes et il put entendre Geoff faire *vroum vroum* en jouant aux petites voitures. Il fit un pas en direction de la porte de la cuisine puis s'arrêta net. Il ne pouvait pas forcer Cliff à l'accepter tel qu'il était et il signerait son arrêt de mort s'il essayait. Tournant les talons, il marcha en direction de la grange et s'occupa des chevaux qui étaient restés dans leurs box.

LEN FUT occupé comme jamais durant les deux jours suivants. Il travaillait dans la grange le matin et passait la majeure partie de l'après-midi sur le tracteur à labourer les champs et à semer les graines. Acre après acre, tout passait sous son tracteur et il ne rentrait pas à la ferme avant que le soleil ne soit couché. Sur la feuille que Fred lui avait confiée, il cochait chaque champ à mesure que son travail avançait. La lumière disparaissait rapidement et il se retourna pour s'assurer que le semoir fonctionnait normalement. Tout semblait bien fonctionner lors de son dernier passage dans le champ. Il releva la herse à la dernière seconde, avant de reprendre la route.

— Parfait timing, pensa-t-il en roulant à toute vitesse en direction de la ferme ; le champ qu'il venait de labourer était l'un des plus éloignés de la ferme.

Il commençait à pleuvoir lorsque Len rangea le tracteur dans le hangar. Avec la herse attachée à l'arrière, l'engin n'était pas complètement couvert par le hangar, mais les gars étaient déjà rentrés à la ferme et l'aidèrent à le recouvrir d'une large bâche et à positionner des tendeurs. Fred et Randy s'abritèrent ensuite dans la maison et Len se dirigea vers la grange. Il ouvrit les portes donnant sur les pâturages, menant les chevaux à leurs box, et referma la porte derrière lui. Alors que le dernier cheval pénétrait dans la grange, le ciel s'agita et de grosses gouttes vinrent s'écraser sur le toit.

— Ça va aller, j'ai du foin frais et des friandises pour vous.

Les chevaux n'étaient pas tranquilles mais la voix de Len sembla les calmer. Il mit du foin dans toutes les mangeoires et donna à chaque bête une carotte, leur caressant le museau et leur chuchotant à l'oreille. Une fois tous les chevaux nourris et installés, il s'assura que toutes les portes étaient vérouillées et éteignit la lumière. Debout sur le pas de la porte, il observa les éclairs qui illuminaient le ciel.

— Hé ! Len !

Il regarda en direction de la maison et vit Cliff sur le pas de sa porte. Il fit signe à Len de venir s'abriter et celui-ci poussa un soupir, ferma la porte de la grange et courut en direction de la maison.

— Entre avant d'être trempé.

Cliff lui tint la porte et Len se rua dans l'escalier puis dans la maison. Il enleva ses chaussures trempées et mit sa veste à sécher sur le porte-manteau. Il n'arrivait pas à regarder Cliff dans les yeux et se sentit très mal à l'aise. Au moins jusqu'à ce qu'il entende les petits pas de Geoff se ruant vers lui, son petit corps se collant contre lui et ses petits bras entourant ses jambes.

— Salut, Geoffy.

Il l'observa de ses grands yeux et se mit à parler à toute allure. Len ne put comprendre un seul mot mais saisit tout de même son excitation.

— On s'est installés dans le salon.

Cliff traversa la cuisine et Len prit Geoff dans ses bras. Le tout-petit le gratifia d'un câlin pendant que Len le portait vers l'autre pièce.

— Assieds-toi, Len.

Cliff lui tendit une tasse et Len s'assit sur le canapé, Geoff sautant à ses côtés. Cliff leva les yeux de sa tasse et prit la parole.

— Comment avance l'ensemencement ?

Randy et Fred regardèrent Len. Celui-ci posa sa tasse et sortit le plan dont il se servait pour noter leurs progrès.

— Les semailles sont terminées dans tes champs. Nous avons labouré les terres des Henderson et nous procéderons à leur ensemencement dès que nous pourrons retourner aux champs. Nous aurons certainement terminé d'ici un jour, un jour et demi au plus.

Len ressentit le besoin de s'exprimer de manière solennelle, comme s'il prononçait un discours présidentiel.

Cliff siffla doucement.

— Eh bien, vous avez été rapides.

Len amorça une réponse mais Randy fut le plus rapide.

— On a montré à Len comment se servir du tracteur et il refuse de rentrer avant qu'il ne fasse complètement nuit. Pour te dire, je l'ai même aperçu en train de dîner sur son tracteur hier soir pour ne pas avoir à s'arrêter.

Len baissa les yeux au plancher ; il ne put apercevoir le regard admiratif de Cliff.

— Il arrive à tenir la grange à jour et à nous aider avec les semailles en même temps.

Len leva les yeux quand Geoff se mit à faire rouler un camion sur son bras. Il se tourna vers lui et fit à son tour rouler le modèle réduit sur le ventre du petit garçon, au plus grand bonheur de ce dernier.

Fred et Randy se levèrent et Len reporta alors son attention sur eux.

— On va y aller.

Fred donna un petit coup de coude amical à Randy.

— Ce grand gaillard à rendez-vous avec Shell ce soir.

Randy sourit sans rien dire mais il était de toute évidence heureux. Ils s'en allèrent tous les deux, posant leurs tasses dans l'évier en sortant.

Len se leva pour prendre congé à son tour, il ne se sentait pas à l'aise. Au moins, Cliff lui adressait de nouveau la parole, ou était-ce seulement parce que Fred et Randy avaient été dans les parages ? Geoff sauta du canapé et se précipita dans la cuisine, sautillant près de la table. Cliff se leva également et le rejoignit.

— Il faut que je lui prépare à manger.

Len les suivit et posa sa tasse dans l'évier, s'apprêtant à partir.

— Veux-tu rester dîner ? Je vais le faire manger, mais on pourra parler dès qu'il sera couché.

Len acquiesça et regarda Cliff dans les yeux. Il connaissait ce regard, il l'avait vu des semaines auparavant. Au moins, cette fois, il aurait droit à un dernier repas.

— Veux-tu bien emmener Geoff dans le salon le temps que je prépare le dîner ? Je ne serai pas long.

Len réprima un soupir et prit Geoff par la main, le jeune garçon le tirant vers ses jouets. Geoff s'assit par terre et fit rouler ses camions sur le tapis. Au bout de quelques minutes, il leva les yeux en direction de Len, comme pour lui demander : 'Pourquoi tu ne joues pas ?'. Avec un sourire, Len s'assit à ses côtés et joua avec lui jusqu'à ce qu'il entende Cliff annoncer que le dîner était prêt. Geoff ne tint pas compte de l'appel de son père et Len le prit dans ses bras, le faisant voler jusque dans la cuisine, provoquant chez le tout-petit des rires et des hoquets de joie. Len l'installa dans la chaise haute.

— Pas bébé, g'and garçon.

Len regarda en direction de Cliff, qui souriait.

— Il veut une chaise normale plutôt que sa chaise haute.

Cliff s'approcha de son fils et s'adressa directement à lui.

— Tu as besoin de ta chaise haute, au moins jusqu'à ce que tu manges proprement.

Len vit le garçonnet baisser la tête de déception et Cliff lui installa son plateau, où se trouvaient un plat de pâtes au fromage et un verre pour bébé. Geoff se mit à manger immédiatement et Len remarqua qu'il s'appliquait à ne rien renverser. *Il doit vraiment avoir envie d'utiliser une chaise normale.*

Len tourna le regard en direction de Cliff, l'air impressionné.

— Il déteste sa chaise haute mais il fait n'importe quoi dès qu'on l'installe sur une chaise normale.

Cliff posa deux assiettes sur la table, l'une devant son convive, l'autre devant lui. Len prit une bouchée de son plat et son appétit reprit entièrement ses droits dès qu'elle atteignit son estomac.

— C'est toi qui as préparé ça ?

Il désigna les côtes de porc rôties dans son assiette.

— Non, Mari. Elle m'aide un peu à l'occasion.

Cliff servit le café et ils dînèrent en silence. Len se demanda pour quelle raison Cliff voulait lui parler. Bien qu'il ne soit pas sûr d'être renvoyé, il ne voyait pas ce qu'il pourrait avoir d'autre à lui annoncer. La voix de Cliff le tira de son inquiétude et de ses tourments.

— Je me disais que ce serait une bonne idée d'augmenter notre troupeau de bétail, pour profiter de nos nouveaux pâturages. Nous pourrions sans problème ajouter au moins cent cinquante têtes mais nous aurions besoin de stocker davantage de grains pour cet hiver.

— Pourquoi ? Tu possèdes assez de céréales pour nourrir le troupeau existant, non ?

Cliff hocha la tête en mangeant et Len poursuivit.

— La ferme des Henderson ne possède-t-elle pas de silos ? Tu pourrais les utiliser. Après tout, ils t'appartiennent.

Len coupa un bout de sa viande.

— Si, mais ils sont à l'autre bout de la ferme, à l'opposé de l'endroit où se trouvent les bêtes.

Len déglutit.

— Mais tu pourrais toujours t'en servir jusqu'à ce que tu aies les moyens de les amener ici, d'autant plus qu'ils ont l'air neufs.

— Ils le sont. Ils les ont fait construire il y a seulement quelques années.

Cliff continua de réfléchir tout en mangeant puis dit :

— Ce n'est pas une mauvaise idée. Maintenant que je sais où se trouve l'argent de papa et que j'ai toutes ces terres supplémentaires à disposition, je devrais réussir à engranger assez d'argent pour pouvoir rembourser le prêt. Nous devrions pouvoir les déplacer d'ici un an ou deux.

Geoff interrompit leur conversation en tapant du poing sur son plateau, rigolant quand ils se tournèrent tous deux vers lui.

— Tu voulais juste qu'on s'occupe de toi, hein ?

Cliff se pencha vers son fils et l'embrassa sur la joue.

— Il faut que tu finisses de manger.

Geoff se tourna vers son père et lui fit un bisou baveux avant de replonger dans son assiette. Cliff rit de bon cœur et s'essuya le visage en reprenant son dîner. La suite du repas fut plutôt silencieuse, Geoff captant la plupart de l'attention. Quand il termina de manger, Cliff le débarbouilla et le libéra de sa chaise haute. Le petit garçon courut au salon et bientôt les *vroum vroum* et autres bruits de freins se firent entendre jusque dans la cuisine. Len et Cliff terminèrent de manger et Cliff déposa les couverts dans l'évier.

— Il faut que j'aille le coucher, j'arrive tout de suite.

Len regarda Cliff soulever Geoff dans ses bras et le mener à l'étage. Seul dans le salon, Len se promena de cadre en cadre, jetant un œil aux photos sur les murs et faisant de son mieux pour garder la tête froide. Même s'il était à peu près sûr que Cliff ne le renverrait pas, il ne savait toujours pas de quoi il voulait lui parler. Il s'arrêta devant une photo de famille. Cliff et Ruby posaient ensemble, le père de Cliff à leurs côtés tenant dans ses bras le petit Geoff. *Peut-être va-t-il me demander de ne plus approcher Geoff ?* Il entendit des pas dans l'escalier et se détourna de la photo.

— Tout va bien ?

— Oui, il s'est endormi immédiatement.

Cliff descendit les escaliers et s'approcha de Len.

— Je…

Ils avaient tous les deux parlé en même temps et Cliff leva la main.

— Len, je suis désolé.

Len eut l'impression que Cliff n'avait pas fini de parler. Peut-être allait-il *réellement* le renvoyer.

— Je suis désolé de t'avoir tourné le dos l'autre jour et de t'avoir ignoré cette semaine.

Ce n'était pas du tout le discours auquel Len s'attendait et il dut s'assurer qu'il n'était pas resté bouche bée. Il bredouilla, essayant de comprendre ce que Cliff voulait lui dire.

— Ce n'est pas grave.

— Si, ça l'est. Ce que tu as fait demande beaucoup de courage. M'avouer que tu es gay a dû te demander énormément de cran. Un cran que j'aimerais aussi avoir. Je te dois des excuses. Je suis désolé de t'avoir tourné le dos et, plus que tout, je suis désolé de t'avoir fait attendre cinq ans.

— Pour quoi ?

En guise de réponse, Cliff se pencha vers lui et l'embrassa. Ses lèvres furent d'abord hésitantes, comme si Cliff n'était pas sûr de la réaction de Len mais le baiser se prolongeant, Len laissa échapper un léger gémissement et embrassa Cliff à son tour. Puis, il sentit les bras de Cliff l'étreindre, sa main caressant ses cheveux tandis que le baiser gagnait en intensité et Cliff pressa entièrement son corps contre le sien, des orteils aux lèvres, en passant par le torse. Len n'arrivait pas à croire qu'il était en train de vivre ce dont il avait rêvé depuis cette soirée derrière la grange. Cliff Laughton était en train de l'embrasser ! Bon Dieu ! Il ne se contentait pas de l'embrasser, on aurait dit qu'il s'employait à faire court-circuiter son cerveau. Mais déjà, il sentit la pression contre ses lèvres s'estomper et Cliff fit un pas en arrière, ses yeux plongés dans ceux de Len. Len haletait, perdu dans ses pensées, et gardait ses yeux fixés sur Cliff.

— Ne me fais pas attendre cinq autres années, d'accord ?

Cliff bredouilla.

— Je n'en ai pas l'intention.

Puis il l'embrassa à nouveau. Cette fois-ci, leur baiser dura plus longtemps et fit frissonner Len de tout son corps. Ses sens s'emplirent du parfum de Cliff tandis qu'il inspirait profondément, de sa saveur tandis que leurs langues s'entremêlaient, de la sensation de son corps ferme et puissant contre le sien. Sa tête commença à lui tourner dans un ballet d'arômes de sueur, de foin et d'homme tandis que Cliff le guidait à travers le salon jusque sur le canapé. Ses sens s'embrouillèrent davantage lorsqu'il sentit le corps ferme de Cliff sur le sien. Bon Dieu ! Il était en train de rouler des pelles à Cliff sur son canapé ! C'était tout ce dont son cerveau enfiévré avait toujours rêvé.

— Papa.

Len tira son chapeau à Cliff : il ne se jeta pas hors des bras de Len en faisant mine que rien ne se passait. Il se contenta de lever la tête et de jeter un coup d'œil derrière le sofa. Il donna un dernier baiser rapide à Len puis se remit sur ses pieds et se leva.

— J'arrive tout de suite.

Avant d'aller retrouver son fils, il tendit sa main à Len et l'aida à se relever.

— Il faut que tu t'occupes de Geoff, je vais y aller. À demain.

— Papa.

Ils n'apercevaient que le bas des jambes de Geoff toujours posté en haut des escaliers. Cliff hocha la tête et donna à Len un dernier baiser.

— Merci.

Puis il se dirigea vers l'étage où Geoff l'attendait. Len l'observa monter l'escalier, attendant qu'il disparaisse avant de rentrer chez lui.

Des gouttes de pluie dégoulinèrent de ses cheveux et coulèrent dans son dos lorsqu'il s'installa dans sa voiture et referma la porte. Len arrivait à peine à réaliser ce qu'il venait de se passer. Cliff l'avait embrassé ! Et il ne s'agissait pas d'un simple baiser, non, il l'avait assailli. Len sentait toujours la chaleur et la douceur salée de sa peau sur sa langue. *Waouh.* S'arrachant à sa rêverie, il sortit ses clefs de sa poche et démarra la voiture, prenant la direction de sa maison.

IX

— SALUT, MAMAN.

Len referma la porte, isolant la maison du bruit de la pluie à l'extérieur. Elle détourna son regard de la télévision et lui sourit.

— Comment s'est passée ta journée ?

Elle n'avait pas l'air inquiet mais Len remarqua qu'elle avait jeté un coup d'œil à sa montre.

— Tu rentres tard, ce soir.

— Cliff m'a invité à dîner.

Len retira sa veste et la mit à sécher.

— J'imagine que vous avez dû discuter.

Len sourit béatement.

— On peut dire ça, oui.

Il n'avait vraiment pas envie de rentrer dans les détails avec sa mère.

— Alors tout va mieux entre vous ?

Quand Len ne répondit pas, elle se retourna sur sa chaise. Len tourna le regard vers sa mère à son tour et sourit, avant de fixer son attention sur la télévision sans prononcer un mot.

— À demain.

Len gagna sa chambre, décidé à tout garder pour lui alors qu'il refermait la porte. Il s'assit à l'extrémité de son lit, retira ses chaussures et s'allongea sur le matelas, les yeux fermés.

Cliff était à nouveau là, il pouvait sentir le poids de son corps, ses lèvres s'ouvrirent doucement, ressentant encore l'érection de Cliff contre sa cuisse.

— Putain…

Le pantalon de Len était étroit, douloureusement étroit. Sans réfléchir, Len baissa sa braguette, lui procurant une sensation de soulagement incommensurable. Glissant sa main le long de son estomac, il passa ses doigts sur son sexe et exposa son excitation à l'air libre. Il se remémora la scène du canapé dans son esprit, l'embellissant davantage, à sa convenance. Dans son imaginaire, Geoff ne faisait pas irruption, il n'y avait plus que lui et Cliff. Leurs vêtements disparurent par magie et il pouvait sentir le corps de Cliff, caresser sa fermeté, glisser ses mains sur le bas de son dos et sur ses fesses fermes. Il avait déjà joué cette scène maintes et maintes fois dans son esprit mais, maintenant, elle était bien plus riche, bien plus réelle.

— Cliff…

Len gémit doucement en jouissant. La respiration encore lourde, il s'écroula sur son lit. Retirant son tee-shirt, il s'essuya et s'immergea une dernière fois dans la chaleur de son fantasme avant de se déshabiller complètement. Après avoir enfilé son peignoir, il gagna d'un pas lourd la salle de bain et lança la douche.

L'eau chaude avait un effet relaxant sur ses muscles endoloris tandis que ses mains frottaient sa peau frissonnante. Il ne pouvait s'empêcher de s'imaginer que c'était les mains de Cliff qui caressaient sa peau.

— Len !

Il entendit sa mère l'appeler à travers la porte.

— Janelle au téléphone.

Le fantasme de Len s'évanouit instantanément.

— J'arrive tout de suite.

Se rinçant en toute hâte, il arrêta l'eau et passa une serviette autour de ses hanches avant de se diriger vers le téléphone.

— Salut, Janelle.

— Salut, Len, j'espère que je ne te réveille pas.

— Non, j'étais sous la douche.

Janelle se tut à l'autre bout de la ligne et il frissonna malgré la chaleur ambiante.

— Je me demandais si ça te dirait de venir avec moi voir la pièce de théâtre du lycée vendredi. Ils jouent *Camelot* alors je me disais que ça pourrait être sympa. Ça commence à vingt heures.

Sa voix était sans aucun doute plus grave qu'à l'accoutumée.

Il eut un instant d'hésitation.

— D'accord. Je travaille tard donc je te rejoindrai sur place.

Il dégouttait partout sur le plancher.

— Il faut que j'y aille, on se voit vendredi, vers dix-neuf heures quarante-cinq.

— D'accord, à vendredi.

Elle raccrocha et Len regagna la salle de bain. Après s'être séché, il termina son rituel du soir et se dirigea dans sa chambre, grimpant dans son lit. Il s'endormit dès que sa tête toucha l'oreiller.

SON RÉVEIL sonna à l'heure habituelle mais, ce matin-là, Len se sentit en pleine forme. Il avait dormi comme un bébé et fait des rêves merveilleux ; des rêves qu'il espérait voir se réaliser un jour. Après avoir ouvert ses rideaux, il jeta un œil par la fenêtre et vit que le soleil s'apprêtait à se lever sur une journée sans nuage. Vingt minutes plus tard, propre et habillé, son déjeuner empaqueté et son café ingurgité, il se dirigea vers la ferme, chantant du Culture Club avec la radio. Une fois à la ferme, il gara sa voiture et se dirigea directement vers la grange. L'endroit était loin d'être calme, les chevaux ne tenaient pas en place et l'un d'eux frappait la porte de son box.

240

— Ça suffit, Haven. Calme-toi.

Len s'approcha du cheval en lui parlant, faisant de son mieux pour le calmer. L'animal s'arrêta de taper et Len jeta un coup d'œil dans le box. Il y découvrit un des chats de la grange, étendu sans vie contre le mur du fond. Cela expliquait la nervosité ambiante dans l'écurie.

— Chut, ce n'est pas grave mon garçon, on va te faire sortir.

Len passa d'une main experte le licol autour du cou du cheval et se dirigea doucement vers l'arrière du box avant d'ouvrir la porte. Prudemment, il mena le cheval encore nerveux à l'extérieur.

— Qu'est-ce que c'est que tout ce tintamarre ?

— Salut Nicole.

Il jeta un œil vers le box.

— Venez-donc voir par vous-même.

Elle s'exécuta et soupira.

— Pauvre bête, elle a dû prendre un coup de sabot.

— Oui, pas étonnant qu'ils soient aussi nerveux.

Len s'empara de la pelle et ramassa le chat inerte ainsi que la litière tachée de sang qui l'entourait et l'emporta à l'extérieur. Il creusa un trou à l'écart et enterra le tout avant de retourner à la grange. Le bâtiment était à nouveau silencieux et l'odeur de sang s'était évaporée.

Nicole avait déjà commencé à sortir les chevaux.

— Je dois donner un cours tout à l'heure, ceux-là peuvent rester à l'intérieur.

Elle désignait quatre chevaux. Len acquiesça et termina de faire sortir les chevaux. Les gars arrivèrent et ils se retrouvèrent à l'extérieur, où le soleil brillait. Fred fit un tour derrière la grange puis revint.

— On devrait pouvoir aller aux champs cet après-midi. Le sol a l'air suffisamment dur, il faut juste qu'il sèche encore un peu.

Avant qu'il n'ait pu continuer, la porte de la maison s'ouvrit et Len vit Cliff en sortir, Geoff dans les bras. Il le reposa une fois les marches du perron descendues et le tout-petit se mit à courir le plus vite possible.

— Wen !

Une fois arrivé à sa hauteur, il se jeta dans ses bras, riant à gorge déployée.

— Salut Geoffy.

Fred lui tapa dans la main, suivi de Randy. Ils gardèrent le sourire jusqu'à ce que Cliff se joigne au groupe.

— Randy, lance le tracteur, il reste des champs à labourer et à ensemencer. Fred, occupe-toi du bétail. Et Len…

Cliff fit une pause en le regardant avant de poursuivre :

— Je suis sûr que tu as des box à nettoyer.

Eh bien, qu'est-ce qui lui prend bordel ?

241

— Cliff… Fred nous disait que nous ferions mieux d'attendre cet après-midi avant de s'attaquer aux champs, pour être sûrs qu'ils soient suffisamment secs. Ce serait bête que le tracteur s'embourbe.

Cliff était furieux mais Len n'en tint pas compte.

— Randy et Fred peuvent s'atteler à plein d'autres tâches d'ici là. Quant à moi, je dois nettoyer les box et m'occuper du manège avant le début du cours de Nicole.

Len essaya d'adopter un ton neutre, dénué de tout défi. Cliff le fusilla du regard et Len le lui rendit. Fred prit la parole pour apaiser la tension en tournant son regard vers lui. Tout ceci mit un terme à l'impasse dans laquelle ils se retrouvaient.

— Qu'est-ce que vous avez prévu pour aujourd'hui, patron ?

— Je vais essayer de trouver un moyen de continuer à payer les factures.

Dans 'les factures', Cliff sous-entendait également les salaires de chacun. Fred toussota et s'éloigna. Randy l'accompagna pour qu'ils se mettent au travail. Len reposa Geoff à terre et Cliff le prit par la main pour le ramener à la maison. Le petit garçon, confus, jeta de fréquents coups d'œil derrière lui. Une fois tout le monde parti, Len prit une profonde inspiration avant de se remettre au travail.

Pendant les heures qui suivirent, il passa le râteau dans le manège pour aplanir la surface et nettoya quelques box, s'assurant bien de désinfecter celui où le chat avait trouvé la mort. Nicole passa par la grange au moment où il était en train de terminer et il lui demanda si elle accepterait de lui donner quelques cours de remise à niveau.

— J'ai appris à monter mais je n'ai pas pratiqué depuis des années et j'aimerais bien faire faire de l'exercice aux chevaux.

— Je donne un cours demain après-midi. Joignez-vous à nous. Nous vous accueillerons avec plaisir.

Son offre et son sourire avaient l'air sincère.

— Merci, ce sera avec plaisir.

— Très bien. Le cours commence à quatorze heures.

Des gens commencèrent à arriver et Len se dirigea vers la sellerie avant de monter au grenier. Une fois en haut, il commença à jeter des bottes de foin à travers la trappe.

— Ne remets jamais en question mon autorité devant les autres.

Len se retourna et trouva Cliff, qui le fusillait du regard. Il n'était pas décidé à se laisser faire.

— Alors ne te comporte pas comme un abruti.

Len faillit sourire en voyant l'air surpris de Cliff. Il ne s'attendait certainement pas à cette réaction de sa part.

— Fred et Randy font tourner cette ferme depuis un an sans aucune aide de ta part et ils savent parfaitement ce qu'ils ont à faire. Ils n'ont certainement pas besoin qu'on vienne leur crier des ordres comme s'ils étaient des gamins irresponsables.

Cliff arbora un regard féroce en s'approchant de lui.

— Tu as beau être le propriétaire de cette ferme, continua Len, tu n'es pas le roi du...

Len fut totalement pris par surprise lorsque Cliff l'embrassa avec fougue. Bon Dieu ! Que c'était bon ! Len sentit son indignation s'évanouir tandis que les lèvres de Cliff partaient à l'assaut des siennes, ses dents frottant légèrement contre sa lèvre inférieure. Les mains de Cliff ceinturèrent la taille de Len qui passa ses mains dans le dos de Cliff, saisissant ses fesses et l'empêchant de bouger, ramenant ses hanches contre lui et collant son corps contre le sien. Len ferma les yeux tandis que la pression montait dans le bas de son dos et bientôt il chercha à la soulager en se pressant contre le corps et les lèvres de Cliff. S'il ne le faisait pas, il savait qu'il serait frustré pour le reste de la journée. Cliff fit un pas en arrière, ses yeux plongés dans ceux de Len, qui dut secouer la tête pour mettre fin à ce moment.

— ... monde. Tu n'es pas le roi du monde. Ces gars-là aiment cette ferme autant que toi.

Cliff leva les mains dans un geste de capitulation.

— Ce n'est pas vrai ! Je pensais qu'en t'embrassant j'arriverais à te faire taire.

— Eh non, il te faudra bien plus qu'un baiser.

Len fit un clin d'œil à Cliff et sourit.

— Sérieusement, ils ont pris soin de la ferme pendant que tu pleurais dans ton coin et t'occupais de ton fils. Ils ont vraiment fait un excellent boulot.

— Si j'admets que tu as raison, te tairas-tu pour m'embrasser ?

Cliff saisit Len par le ceinturon et l'attira à lui, écrasant à nouveau ses lèvres contre les siennes. Len, pressé contre les lèvres de Cliff, inclina la tête et toutes ses pensées, à l'exception de celles concernant le moment présent, s'envolèrent de son esprit. Il gémit légèrement, la chaleur de Cliff se répandant à travers ses vêtements. Cliff rompit le baiser mais leurs corps étaient toujours serrés l'un contre l'autre.

— Papa m'a toujours dit que je m'y prenais comme un manche pour gérer les employés de la ferme.

— On dirait qu'il avait raison.

Len ne fit rien pour se libérer de son étreinte, il n'avait pas envie que ce moment prenne fin, il appréciait vraiment de se retrouver dans les bras de Cliff. Il finit par ajouter :

— Il faut que l'on fasse attention.

Len jeta un œil vers l'escalier et fit un léger pas en arrière, rompant leur étreinte.

— Je sais.

Len vit Cliff déglutir et baisser son regard vers le plancher.

— Il faut que j'y aille.

Len ne sut pas comment interpréter la soudaine réticence et timidité de Cliff mais hocha la tête et l'observa descendre les marches. L'avait-il blessé ? Bon Dieu ! Ce n'était pas du tout son intention ! Il voulait seulement lui signifier qu'ils devaient être discrets et s'embrasser dans le grenier n'était pas nécessairement la meilleure des idées. Len se perdit dans ses pensées en finissant de jeter le foin vers le niveau inférieur et referma la trappe une fois qu'il termina. S'il y avait bien une chose qu'il souhaitait plus que tout, c'était de trouver quelqu'un à qui se confier. Mais sa confidente de toujours avait été Ruby et elle n'était plus là. Len se figea en haut de l'escalier.

— Et merde, ça doit bien être lié.

Il fallait juste qu'il trouve un moyen d'aborder le sujet. Il descendit doucement les marches. Le foin était empilé dans l'allée centrale de la grange et Len l'entreposa à proximité des box pour d'évidentes raisons pratiques.

— Len.

Il releva les yeux et vit Fred traverser la grange dans sa direction.

— Est-ce que tout va bien ? Je viens de voir Cliff qui m'a dit que j'avais raison et qu'il valait mieux attendre cet après-midi pour continuer l'ensemencement.

— Tu as raison, dit Len, pour clôturer la polémique.

— C'est juste qu'en général, Cliff ne change jamais d'avis.

Len haussa les épaules et changea le sujet.

— Eh bien cette fois, si.

— As-tu bientôt terminé ?

Len acquiesça et jeta un œil autour de lui pour s'en assurer.

— Dans ce cas, allons nous occuper des champs restants. Il est censé pleuvoir ce soir, il faut que nous ayons terminé les semailles avant.

— D'accord, j'arrive dans dix minutes.

— Retrouve-moi à mon camion.

Fred prit la direction du hangar et Len s'assura de tout fermer à clef avant de le rejoindre. Ils grimpèrent tous deux à l'intérieur et prirent la direction de l'ancienne ferme des Henderson.

— Len, puis-je te demander quelque chose ?

Len se tourna vers Fred.

— Bien sûr.

— Que se passe-t-il entre Cliff et toi ?

— Qui a dit qu'il se passait quelque chose ?

— Personne. J'ai simplement remarqué la manière dont il te regarde et dont tu le regardes.

Fred expira profondément.

— Cliff aimait Ruby mais il ne l'a jamais regardée de cette manière. C'est encore plus évident lorsqu'il te regarde quand tu es occupé à faire autre chose. Et quant à toi, tu lui rends bien ses regards.

Len regarda par la fenêtre, ne sachant pas s'il devait répondre.

— Tu n'as pas besoin de m'en parler. Tout ce que tu as besoin de savoir, c'est que je n'ai aucun problème avec cela.

La tête de Len fit brusquement volte-face pour le regarder. Avait-il bien entendu ? Il bredouilla des paroles incompréhensibles, le ventre noué, se demandant s'il n'allait pas être malade. Fred s'arrêta au bord d'un champ et Len prit de grandes inspirations, faisant son possible pour calmer ses nausées.

— Je connais Cliff depuis bientôt dix ans et j'ai vu cet homme traverser plus d'épreuves que quiconque. Je sais qu'il ne l'admettra pas mais il n'a jamais vraiment aimé les filles. J'ai été un peu surpris lorsqu'il est tombé amoureux de Ruby, mais ils étaient heureux et c'est tout ce qui m'importait.

Len ne put en croire ses oreilles.

— Tout cela ne te dérange pas ?

— Non, et je ne crois pas que ça dérange Randy non plus. Ni toi ni Cliff n'avez à craindre quoi que ce soit de nous, sauf si tu lui fais du mal. Il en a beaucoup bavé. Son père était un homme bien mais il n'y avait pas personne plus bornée et étroite d'esprit. Il ne se gênait pas pour partager ses opinions, si tu vois ce que je veux dire.

Fred sortit du camion et Len fit de même, ne sachant quoi répondre. Il opta pour la réponse la plus simple :

— Merci.

— Je t'en prie. Maintenant, allons voir si les champs sont prêts pour le semis.

Ensemble, ils descendirent le talus vers les terres cultivées.

— C'est suffisamment ferme, nous devrions pouvoir le faire aujourd'hui.

— Tant mieux, allons chercher le tracteur et semons ces graines pour que la pluie puisse faire son travail.

Ils remontèrent dans le camion et reprirent la direction de la ferme. Après avoir pris son déjeuner, Len démarra le tracteur et le conduisit au champs, consacrant le restant de sa journée à l'ensemencement du dernier lopin de terre. Il faisait presque nuit lorsqu'il ramena le tracteur à la ferme ; il le rangea dans le hangar et couvrit la herse avec une bâche. La ferme était silencieuse et personne ne semblait se trouver dans les parages. Len jeta un œil en direction de la maison et vit Cliff à la fenêtre. *Patience, Len, tu dois être patient.* Il le salua d'un signe de la main et Cliff fit de même. Puis Len monta dans sa voiture pour rentrer chez lui.

X

— GARDEZ BIEN vos pieds orientés vers le bas.

Nicole était debout au centre du manège, s'adressant à ses élèves.

— Regardez comment fait Len, sa position est parfaite.

Len sourit intérieurement. Il n'était plus monté à cheval depuis trois ans mais tout lui était revenu dès qu'il s'était installé sur le dos de Belle. *Il faut vraiment que je fasse ça plus souvent.*

— Vous vous en sortez tous très bien. Maintenant, tout le monde au trot et, souvenez-vous, gardez le même rythme que votre cheval.

Len se pencha en avant et Belle se mit à trotter. Il n'eut aucun mal à s'accorder à son rythme et ils trottèrent autour du manège.

— C'est très bien, Len. Allez, encore quelques minutes.

Ils continuèrent à trotter jusqu'à la fin de la leçon, puis Nicole leur demanda de descendre de cheval et de les promener autour du manège pour les reposer.

— Wen !

Il connaissait cette petite voix. En regardant en direction de la grange, il vit Cliff qui retenait Geoff par les épaules, le garçonnet pointant son doigt vers le manège. Len sourit et s'approcha avec Belle.

— Tour de s'val.

— Ça fait une demi-heure qu'il vous observe, dit Cliff.

Len se remit en selle et Cliff lui tendit Geoff. Nicole prit les rênes et guida Belle et ses deux cavaliers autour du manège. Geoff riait et criait de bonheur, caressant la jument de temps à autre.

— Zentil s'val.

Deux tours de manège suffirent. Len rendit Geoff à son père et descendit à son tour du cheval. Il ramena Belle à son box, retira sa selle et son tapis et la brossa gentiment.

— Tu montes vraiment très bien.

Cliff et Geoff l'observaient par-dessus la porte du box.

— Pourrait-on faire une balade demain matin ?

— Ce serait avec plaisir. Mais qui va garder un œil sur le petit Geoff ?

Il se pencha et chatouilla le petit garçon en question.

Cliff retourna Geoff et souffla contre son ventre.

— Tata Mari va venir s'occuper de lui demain matin, elle a besoin de passer un peu de temps loin de Tata Janelle.

Il avait parlé comme s'il s'adressait à un nouveau-né mais ses mots étaient en vérité destinés à Len.

— En parlant de Janelle, nous allons assister à la pièce donnée par le lycée vendredi soir. Vous joindrez-vous à nous, Geoffy et toi?

Il chatouilla le ventre du petit garçon et entendit un petit rire en récompense. Len finit de s'occuper de Belle et sortit du box, refermant la porte derrière lui.

— Je la retrouve juste au lycée pour aller voir la pièce.

Cliff eut un regard suspicieux.

— Cliff, on est juste amis, rien de plus.

— Oh, je n'en doute pas, c'est pour elle que je me fais du souci.

Len savait que Cliff avait toujours pensé qu'il y avait plus que de l'amitié entre sa sœur et lui.

— Mais ce sera une bonne occasion de sortir de la maison.

Len ne put s'empêcher de sourire, peu importe combien il résistait.

— Bien.

Len ne voulait pas les quitter mais il savait qu'il le devait. Il avait encore du travail à faire et s'il ne le faisait pas, personne ne s'en chargerait à sa place.

— J'essaie de monter des projets pour la ferme et je me demandais si tu accepterais d'y jeter un coup d'œil avec moi ? J'espère que je les aurais terminés d'ici la fin de la journée et ton aide serait la bienvenue, histoire de m'assurer que je n'ai rien oublié.

— Avec plaisir. Peut-on s'en occuper demain, après notre balade ?

Il sentit son estomac se serrer. Peut-être allaient-ils faire plus que s'occuper de la comptabilité ? Son attention se focalisa sur les lèvres de Cliff. Bon Dieu ! Il voulait les sentir à nouveau contre les siennes. Il se souvenait parfaitement de tous les détails de leurs baisers de la veille et espérait vivement que cela se reproduirait, peut-être lors de leur balade le lendemain. Len dut réprimer son excitation. Peut-être iraient-ils plus loin le lendemain matin ?

— Bien sûr.

Ils se tenaient debout dans la grange, se souriant comme des imbéciles, ne se quittant pas du regard. Des bruits de pas vinrent briser la magie de l'instant et Fred fit irruption dans l'écurie. L'expression de Cliff changea brusquement et Len eut l'impression de voir un jeune enfant prit la main dans la boîte de cookies. Il quitta la grange précipitamment, sans prononcer un mot.

— As-tu terminé pour la journée ?

— Ouais.

Len vit l'expression entendue sur le visage de Fred et s'appliqua à effacer l'air réjoui qu'il arborait.

— Randy et moi aussi. Nous pensions aller boire une bière en ville, veux-tu te joindre à nous ? Randy semble vouloir aller chez Steve, ce qui veut dire que Shell doit travailler et qu'il a envie de la voir.

— Oui, pourquoi pas ? Il faudra juste que je repasse ici ce soir avant de rentrer chez moi, il va faire froid cette nuit et je ne veux pas laisser les chevaux dehors.

— Tu peux monter avec moi, je te déposerai sur le chemin du retour.

Len hocha la tête et fit une dernière inspection visuelle avant de suivre Fred à son camion.

LEN ARRIVA très tôt à la ferme le lendemain matin. Le soleil pointait à peine au-dessus de l'horizon quand il ouvrit la porte de la grange. La matinée était encore fraîche mais la radio avait annoncé une journée ensoleillée. Il guida les chevaux vers les pâturages, ne laissant que Belle et Éclair dans la grange. Fred lui avait discrètement confié la veille qu'Éclair était le cheval préféré de Cliff. Après un nettoyage complet des box, il vida la brouette et se mit à brosser les chevaux. Alors qu'il s'apprêtait à les seller, il entendit une voiture se garer dans la cour et supposa que ce devait être Nicole. Quelques instants plus tard, il entendit de lourds bruits de pas approcher.

— Cliff ?

— Oui, c'est moi.

Len sentit monter en lui l'excitation qu'il s'était employé à refouler.

— J'ai déjà brossé Éclair, tu n'as plus qu'à le seller.

— Merci.

Len vit Cliff jeter un coup d'œil dans le box de Belle en se dirigeant vers la sellerie et quelques instants plus tard, il revint les bras chargés de harnachements en tous genres. Len finit de brosser la jument et quitta son box pour aller chercher ses harnais. Il ne lui fallut pas longtemps pour la seller et qu'elle soit prête à y aller. Len vint rejoindre Cliff dans le jardin.

— Voulais-tu aller à un endroit en particulier ?

Len caressa Belle en se tournant vers Cliff, qui enfourchait déjà sa monture, et Len put se régaler de la vue de son derrière ferme moulé dans son jean.

— Oui, j'aimerais te montrer un endroit, si tu es d'accord.

Len enfourcha son cheval, le cuir craquant tandis qu'il s'installait sur la selle.

— Ouvre la marche, nous te suivons.

Cliff contourna les prés et traversa le champ derrière la grange, Len sur ses talons. Le soleil était déjà plus haut dans le ciel et réchauffait rapidement l'air. À l'autre bout de la pâture, le bois était très épais et le passage difficile. Cliff les mena sur un chemin à travers les arbres.

— Quand j'étais gamin, je prenais tout le temps ce chemin.

Cliff ralentit son allure pour que Len et Belle puissent se rapprocher.

— L'été, il n'y a rien de plus agréable que l'air frais sous ces arbres.

Ils suivirent la piste, qui était toujours visible, même si elle n'avait pas été empruntée depuis un certain temps.

— Il y a un ruisseau un peu plus loin. Cela ne devrait pas poser de problème aux chevaux mais fais quand même attention.

Len entendit le bruissement de l'eau avant de l'apercevoir et Cliff prit à droite, suivant la piste qui menait à une petite falaise qui surplombait le ruisseau.

— L'été, c'est là que nous venions jouer pour nous rafraîchir.

Cliff sourit et reporta son attention sur la piste devant lui.

— Nous ne sommes plus très loin.

Len n'avait aucune idée de l'endroit où Cliff voulait l'emmener mais il acquiesça et le suivit. Aux arbres succéda une clairière bordant le ruisseau. Cliff s'arrêta en plein milieu et descendit de son cheval ; Len l'imita. Ils attachèrent leurs chevaux à un arbre et Cliff sortit une couverture qu'il étendit sur le sol avant d'inviter Len à s'asseoir. Cliff s'assit à côté de lui et se tourna dans sa direction de façon à lui faire face. Il pensa que Cliff s'apprêtait à lui parler mais en fin de compte il se pencha vers lui et l'embrassa prudemment. Len caressa sa joue et l'embrassa passionnément, goûtant pleinement à la bouche de son amant. Il le gratifia d'un léger gémissement et glissa ses doigts dans sa douce chevelure pendant que son autre main glissait le long de son jean.

Cliff recula légèrement.

— Len, je ne sais pas quoi faire, je veux dire…

Len vit Cliff déglutir avec difficulté et décida de prendre le contrôle de la situation, réunissant à nouveau leurs lèvres tout en se retournant sur la couverture. Son jean était bien trop étroit et se resserrait davantage à chaque seconde qui passait. Le corps de Cliff était à fleur de peau. Se servant de son poids, il retourna Cliff dans l'autre sens, l'installant confortablement sur la couverture tout en continuant à se régaler de sa bouche. Il sentit les mains de Cliff sur son dos, le caressant par-dessus son tee-shirt et il glissa sa main sous le sien, se délectant de la peau lisse et douce de son amant.

Il sentit l'excitation de Cliff contre sa cuisse tandis que leurs corps s'entremêlaient doucement, leurs baisers déterminant le tempo. C'est ce que Len avait toujours espéré, voulu et attendu. Cliff était là, dans ses bras, en train de l'embrasser et il pouvait sentir le grain de sa peau sous ses mains, doux et chaud, bouillant contre son corps. Cependant, il ne comptait pas s'arrêter là. Dans sa passion enfiévrée, il voulait sentir Cliff contre lui, sa peau bouillonnante glisser contre la sienne.

— J'en ai tellement rêvé ! J'en rêve depuis si longtemps.

Len fixa Cliff du regard, s'apprêtant à prendre à nouveau sa bouche, mais ce qu'il vit mit fin à ses ardeurs et il se releva doucement, laissant Cliff respirer.

— Est-ce que tout va bien ?

Cliff ne pouvait soutenir son regard.

— Oui, ça va.

Len savait que Cliff mentait, probablement pour ne pas le blesser, mais il avait déjà vu ce regard des dizaines de fois, il le connaissait intimement. Après tout, son miroir lui avait rendu ce même regard tellement de fois qu'il ne pourrait les compter. Le mot en C. Le fameux mot en C qui l'avait hanté chaque jour avant

249

qu'il ne rencontre Tim. La fameuse Culpabilité qui l'avait dévoré vivant jusqu'à ce qu'il s'accepte tel qu'il était. Aujourd'hui, il pouvait voir ces même sentiments, ce même regard, dans les yeux de Cliff.

Cliff laissa échapper un grognement et se rassit sur la couverture, alors que Len se relevait.

— Pourquoi est-ce que tu t'arrêtes, tu n'en as pas envie ?

Alors que Cliff s'apprêtait à se relever, Len posa une main sur sa cuisse.

— Bien évidemment que j'ai envie de te déshabiller complètement et de caresser chaque parcelle de ton corps. J'ai envie de passer mes mains sur ton torse et de goûter chaque centimètre carré de toi jusqu'à ce que tu me supplies d'arrêter. J'ai envie de t'embrasser, de sentir ta peau contre la mienne, de te tenir dans mes bras et de contempler l'expression sur ton visage lorsque tu ne seras plus capable de retenir ton plaisir.

Les mots lui avaient échappé avant qu'il ne puisse les retenir mais cela lui importait peu, c'était la vérité. Len se rassit et attendit de voir comment allait réagir Cliff, pensant l'avoir un peu effrayé.

— J'ai honte de moi. J'aime le contact de ta peau sur la mienne et j'aime ce que tu me fais ressentir, mais je n'arriverai jamais à chasser ces pensées de mon esprit, peu importe combien j'essaie.

— Quelles pensées ?

Le soupir de Cliff fit s'évanouir en lui toute l'excitation du moment passé.

— Je n'arrête pas de me dire que je suis infidèle à Ruby.

La tristesse lui serra la gorge.

— Elle était mon amie, la meilleure que je n'ai jamais eue, tu sais ?

— Est-ce qu'elle était au courant pour toi ? Le lui avais-tu dit ?

Len acquiesça.

— Oui, elle le savait, sans que je n'aie besoin de lui avouer. Elle l'avait deviné. Le jour de votre mariage, pendant que nous dansions, elle m'a souhaité de trouver quelqu'un qui me rende heureux.

Il caressa la joue de Cliff de ses doigts, il n'avait pas besoin d'en dire plus.

Cliff murmura, presque pour lui-même.

— Elle ne me l'a jamais dit.

— Elle m'avait promis de respecter ma vie privée et, il faut bien le dire, elle tenait toujours parole. Si elle promettait de garder un secret, même la CIA n'aurait pas pu lui tirer les vers du nez.

Len sourit en se remémorant son amie. Cliff sourit à son tour, mais son sourire s'évanouit rapidement.

— Je l'aimais énormément mais il y avait toujours une partie de moi qui était à la recherche de plus. Je ne lui ai jamais avoué et j'ai toujours fait de mon mieux pour ignorer mon penchant parce que je ne voulais pas nous faire de mal, ni à elle ni à moi. Mais il me manquait toujours quelque chose que je n'arrivais pas à décrire et je me sens tellement coupable.

Il ravala sa salive et Len lui laissa quelques instants pour se remettre de ses émotions.

— Elle savait que tu l'aimais et tu l'as rendue heureuse. Je ne l'ai jamais vue plus heureuse que le jour où elle m'a annoncé qu'elle était enceinte ou la première fois que je l'ai vue avec Geoff.

Cliff déglutit de nouveau avec difficulté.

— Mais que penserait-elle de ça ? Moi, nous…

Len resta silencieux, réfléchissant à la meilleure manière de répondre à une question dont personne ne pouvait prétendre connaître la réponse, du moins pour l'instant.

— Cliff, elle le sait maintenant et j'ai une petite idée de ce qu'elle en penserait, mais je ne peux pas y répondre à ta place. C'est une question à laquelle tu devras répondre par toi-même. Tout ce que je peux te dire c'est qu'elle avait toujours, toujours voulu mon bonheur et qu'elle souhaitait la même chose pour toi.

Len plongea son regard dans celui de Cliff, perdu, triste, écartelé par ses sentiments.

— Lorsque vous étiez mariés, lui as-tu toujours été fidèle ?

Cliff hocha la tête.

— Et l'aimais-tu ?

Il acquiesça de nouveau.

— Mais…

— Tu lui as donné tout l'amour que tu avais et c'est tout ce dont elle aurait pu rêver.

Len se leva doucement et se tint debout au bord de la couverture. Il voulait embrasser Cliff, effacer cette expression de son visage, mais il craignait d'ajouter davantage à sa confusion. Il fallait qu'il laisse à Cliff le temps de comprendre ses sentiments. Oh, il aurait probablement pu allonger Cliff sur la couverture et lui faire oublier tout ce qu'il ressentait dans un brouillard de désir, mais ce n'était pas ce qu'il voulait. Il ne convoitait pas seulement le désir de Cliff, il voulait son amour, sa passion. Tendant la main, il l'aida à se relever.

— On devrait y aller, tu ne crois pas ? demanda Cliff.

Cliff ramassa la couverture et Len détacha Belle.

— J'ai attendu cinq ans pour que tu m'embrasses à nouveau, je peux bien attendre un peu plus longtemps pour…

— Tu as dit quelque chose ?

Le cuir craqua lorsque Len remonta à cheval, faisant tout son possible pour cacher sa frustration.

— Non.

Cliff enfourcha à son tour sa monture et ils retournèrent en silence à la ferme, chacun profondément plongé dans ses pensées.

Dans la grange, Len dessella Belle et l'emmena aux pâturages pendant que Cliff dessellait Éclair.

251

— On se retrouve à l'intérieur ? suggéra Cliff, mais Len dut paraître confus car il se sentit obligé d'être plus spécifique. Tu ne te souviens pas ? Tu m'avais promis de m'aider avec mes projets ?

— Je n'ai pas oublié, je te rejoins dès que j'ai terminé.

Cliff s'arrêta et regarda Len. Il ouvrit la bouche et s'apprêta à dire quelque chose mais il se ravisa et fit volte-face avant de quitter la grange. En le regardant quitter l'écurie, Len se demanda ce que Cliff avait voulu lui dire. Il secoua la tête puis partit installer Éclair dans son box avant de sortir de la grange à son tour.

Len entra par la porte de derrière, prit soin de retirer ses bottes dans l'entrée et gagna la cuisine.

— Salut, Len.

— Salut, Mari. Comment ça va au boulot ? J'ai été surpris que tu puisses prendre un jour de congé.

Elle lui sourit.

— Je devais en prendre un et Cliff m'a dit qu'il avait besoin d'aide. Les enfants sont tout excités par les vacances qui arrivent, cela ne leur fera pas de mal de torturer quelqu'un d'autre plutôt que moi, pour changer !

Elle sourit à nouveau et se remit à sa vaisselle.

— Cliff est dans son bureau, l'informa-t-elle.

Len jeta un coup d'œil alentour, se demandant où se trouvait Geoff.

— Merci.

Il traversa le salon et toqua à la porte du bureau. Geoff jouait dans le bureau et Cliff pestait contre son travail et la paperasse devant lui.

— Salut, Wen.

— Salut, Geoff. Ouf !

Il poussa un grognement quand le tout-petit vint s'écraser contre ses jambes. Cliff leva les yeux de ses papiers, pestant toujours.

— Geoff, va jouer avec Tante Mari, s'il te plaît.

— D'accord, papa.

Geoff lâcha Len et sortit en courant du bureau. Quelques secondes plus tard, des rires s'élevèrent de la cuisine.

— Que puis-je faire pour t'aider, Cliff ?

Cliff était toujours de mauvaise humeur.

— Ferme la porte.

Len s'exécuta et son patron lui tendit une feuille de papier où étaient notées toutes les dépenses et ce à quoi elles correspondaient.

— J'ai parcouru cette feuille une bonne dizaine de fois et je n'arrive pas à trouver la moindre erreur !

— Et tu penses qu'il y en a une ?

— J'espère bien, sinon cela voudrait dire qu'il faut que je trouve dix mille dollars pour que nous puissions tenir jusqu'aux moissons. L'année dernière, j'ai dépensé tout ce qu'il restait de mon compte-épargne et des liquidités de la ferme.

Si seulement j'avais pu découvrir l'acte de propriété de la ferme des Henderson l'année dernière. Même en tenant compte des revenus générés par la location des box pour les chevaux, cela ne suffit pas.

Le premier instinct de Len fut de rassurer Cliff mais il décida de s'asseoir et de passer les chiffres au peigne fin, ligne par ligne, mais tout lui sembla juste.

— On va revoir tous les éléments, les revenus comme les dépenses, et on discutera de chaque poste. Peut-être te rappelleras-tu de quelque chose.

Cliff hocha la tête et Len s'assit au bureau. Ensemble, ils passèrent en revue tous les comptes au peigne fin, revenus comme dépenses. Ils se rendirent compte que Cliff avait fait une erreur en estimant le coût de l'essence mais cela ne les mena à rien puisqu'il avait oublié de prendre en compte les frais de maintenance du tracteur. Ils n'étaient pas plus avancés qu'au début.

— Donc, il n'y a pas d'erreur dans les dépenses et les rentrées ne fluctueront pas avant l'automne. Que pouvons-nous faire pour engranger plus de profits ?

Quelqu'un frappa à la porte et interrompit Len dans sa réflexion. Mari passa la tête par l'entrebâillement de la porte.

— Le repas sera prêt dans une heure et je dois être en ville pour treize heures.

— Merci, Mari, répondit Cliff de manière absente avant de s'adresser de nouveau à Len. On à déjà mis à contribution toutes nos ressources.

— N'y a-t-il pas quelque chose que tu pourrais vendre ?

— Il y en a bien une mais ce n'est pas très réaliste. Lorsque papa a acheté la ferme des Henderson, il a tout acheté, maison comprise. Je me disais qu'on pourrait peut-être la vendre mais cela pourrait prendre des mois et, avec les taux d'intérêts actuels, qui pourrait se l'offrir ? Papa n'a pu contracter le prêt qu'à travers les aides gouvernementales pour les fermes familiales.

— Tu vas vendre la maison des Henderson ?

Cliff comme Len se tournèrent vers Mari, se sentant mal d'avoir oublié qu'elle se trouvait dans la pièce.

— J'y réfléchissais, oui. Pourquoi ?

— Janelle me rend folle et je comptais te demander si je pouvais m'installer là-bas. Elle n'est pas très grande et je pourrais la remettre en état.

Len la regarda et une idée lui vint.

— J'ai mieux… Tu pourrais l'acheter !

Cliff et Mari regardèrent Len comme s'il était devenu fou.

— Écoute-moi. La grange est loin de la maison, donc tu pourrais avoir un très joli jardin.

Mari esquissa un sourire.

— Je sais comment est la maison, elle est très jolie, mais je n'en ai pas les moyens.

Len regarda Cliff et Mari.

— Cliff pourrait te vendre directement le terrain, tu n'aurais qu'à lui verser un acompte. Plutôt que de verser de l'argent à la banque, tu paierais Cliff directement.

Cela te permettrait de profiter un taux d'intérêt de neuf pour cent plutôt que de seize pour cent avec la banque. Cliff n'aurait plus de problème de trésorerie et tu aurais ta propre maison.

Cliff et Mari échangèrent un regard et Len perçut pour la première fois une lueur d'espoir dans leurs yeux.

— Vous auriez besoin d'un notaire pour vous aider à rédiger le contrat et j'engagerais quelqu'un pour estimer la maison afin d'être sûr que le prix est correct. Cela résoudrait tous les problèmes.

— Il me reste l'argent de l'assurance-vie de papa. J'avais l'intention de te le prêter mais cette solution est bien meilleure. J'aurais ma propre maison et tu diminuerais tes dépenses et engrangerais plus d'argent chaque mois, le tout sans prêt bancaire.

Len se rejeta sur sa chaise, souriant intérieurement tandis que Cliff et sa sœur discutaient d'un arrangement et de ce qu'ils pouvaient faire. Ils étaient tous les deux si excités qu'ils ne le virent même pas quitter le bureau. Len retrouva Geoff dans le salon en train de jouer avec ses camions miniatures. Après lui avoir dit au revoir, il chaussa à nouveau ses bottes et retourna travailler. Il y avait toujours des box à nettoyer. Len s'empara de la brouette et commença le nettoyage de l'une des stalles.

— Len.

Il sursauta en entendant une voix derrière lui.

— Excuse-moi, je ne voulais pas te surprendre. Je voulais t'inviter à déjeuner avec nous, pour te remercier.

Cliff entra dans le box.

— Je n'arrive pas à croire que tu n'es là que depuis un mois ! Je ne pensais pas que tout pourrait s'arranger de cette façon.

Cliff s'approcha de Len et l'embrassa, leurs lèvres s'explorant mutuellement. Cliff fit un pas en arrière, sourire aux lèvres.

— On mange dans un quart d'heure.

Len hocha la tête, souriant lui aussi.

XI

— Hé ! Maman, veux-tu venir assister à la pièce avec nous ?

Il venait juste de rentrer chez lui et se préparait à sortir à toute allure.

— C'est à dix-neuf heures trente, on retrouve Cliff et Geoff au Dairy Barn pour dîner.

Elle se retourna sur sa chaise.

Je ne sais pas.

— Qu'est-ce que tu as de mieux à faire ? Regarder la télé toute la soirée ? Allez viens, ça sera amusant.

Len était déjà à moitié dans la salle de bain.

— Comment dois-je m'habiller ?

Il pouvait l'entendre gagner sa chambre.

— On va au Dairy Barn puis au lycée, habille-toi normalement, ça fera l'affaire.

Elle rit et il prit ses vêtements avant d'entrer dans la salle de bain. Len ouvrit le robinet et se mit sous le jet d'eau. Il était heureux et avait envie de chanter. Il se lava rapidement et sortit de la douche, se séchant avant de se raser au-dessus du lavabo. Il voulait vraiment être à son avantage ce soir. Il avait l'impression d'être à nouveau au lycée, sauf qu'à l'époque il n'avait jamais été aussi nerveux. Il rinça ce qui restait de mousse à raser sur son visage et se coiffa. Puis il enfila son pantalon et sa chemise, et se rendit compte qu'il s'était retourné pour regarder ses fesses dans le miroir.

— Je suis en train de me transformer en fille, maugréa-t-il.

Il s'assura quand même que son pantalon épousait bien la forme de ses fesses. Enfin, il se dirigea dans sa chambre pour finir de s'habiller. Une fois prêt, il descendit au salon où sa mère l'attendait.

— Suis-je belle ?

— Tu es parfaite, maman.

C'était vrai, elle était resplendissante.

— On y va ?

Il tendit sa veste à sa mère et ils quittèrent la maison, se mettant en route vers le restaurant.

Le parking du Dairy Barn était plein et Len se gara sur la dernière place de libre. Par chance, Cliff et Geoff étaient déjà arrivés et le petit garçon, debout sur sa chaise, surveillait leur arrivée. Il se mit à sauter quand il les vit.

— Wen ! Wen !

Avant que Cliff n'ait pu faire quoi que ce soit, il sauta de sa chaise et courut dans leur direction. Len le souleva alors que Geoff riait. Il le porta à table, l'installant sur le siège à côté de Cliff.

— Cliff, je te présente ma mère.

Cliff tendit la main.

— Ravi de faire votre connaissance, Madame Parker.

— Tout le plaisir est pour moi ; et vous pouvez m'appeler Lorna.

— Et ce petit monstre, c'est Geoff.

Ils s'assirent et la serveuse leur apporta la carte en leur demandant ce qu'ils voulaient boire.

— Que veux-tu manger ? demanda Len à Geoff qui jouait avec ses couverts.

— Des f'ites.

Cliff l'assit dans sa chaise et lui retira les couverts des mains.

— Tu peux manger des frites mais seulement si tu restes assis et que tu es sage.

Geoff, du haut de sa chaise surélevée, laissa son regard se balader dans tout le restaurant.

La serveuse revint avec les boissons et prit leurs commandes avant de se diriger vers la table d'à côté.

— J'ai le sentiment de vous avoir déjà vue quelque part, Lorna. Où travaillez-vous ?

— À l'hôpital. Mais il me semble vous avoir déjà vu plusieurs fois au supermarché avec Geoff.

— J'imagine que dans une ville comme celle-ci, tout le monde se connaît de vue.

Alors, comment vont les affaires à la ferme ?

Cliff sourit et Len admira l'expression de son visage souriant.

— Bien mieux. Mon père avait racheté la ferme des Henderson juste avant sa mort et ma sœur a décidé d'acheter la maison. Nous avons rencontré un notaire aujourd'hui qui va s'occuper des différents contrats et de la division du terrain pour finaliser la transaction. Il dit que tout devrait être terminé d'ici un mois.

L'expression détendue sur le visage de Cliff était comme une bouffée d'air frais. Len ne l'avait jamais vu comme cela auparavant et il ne put s'empêcher de sourire lui aussi, ayant contribué à faire apparaître ce sourire sur le visage de Cliff.

La serveuse revint avec leurs plats et disposa leurs assiettes devant eux.

— Avez-vous besoin d'autre chose ?

Cliff avait déjà commencé à manger et Len répondit.

— Non, merci.

Elle sourit et repartit aussi vite qu'elle était venue.

— Eh bien, ils n'arrêtent pas ce soir.

Cliff donna des frites à Geoff et celui-ci les enfourna dans sa bouche l'une après l'autre, au point de ressembler à un hamster.

256

— Mâche bien avant d'avaler, lui ordonna Cliff.

Len regarda sa mère et ils sourirent tous les deux avant de continuer leur repas. Quand vint le moment de régler la note, Len s'en empara avant que Cliff n'ait pu esquisser le moindre mouvement et se dirigea vers la caisse. Il s'apprêtait à payer quand il entendit derrière lui :

— Que penses-tu faire, exactement ?

Len se retourna et regarda Cliff dans les yeux.

— Je règle la note. Tu m'as suffisamment invité à dîner ces dernières semaines, maintenant, c'est mon tour.

Len paya l'addition et retourna à table. Il remarqua que Cliff avait laissé un pourboire. Ils ramassèrent leurs affaires, quittèrent le restaurant et prirent la direction du lycée.

ILS SE retrouvèrent devant le gymnase qui avait été transformé, pour l'occasion, en auditorium.

— Salut, Len.

Janelle s'approcha de lui, arborant un sourire rayonnant. Il s'effaça quelque peu lorsqu'elle se rendit compte qu'il n'était pas venu seul.

— Salut, Janelle.

Il fit les présentations, acheta les billets et le groupe se fraya un chemin à l'intérieur. Le gymnase/auditorium ressemblait exactement à ce qu'il avait été cinq ans plus tôt lors de leur représentation de *Grease*. Ils s'avancèrent jusqu'à une rangée vide et prirent place. Au grand désarroi de Janelle, Geoff insista pour être assis entre Len et son père. Janelle était un peu de mauvaise humeur mais Len remarqua que sa mère semblait plutôt contente. Avant qu'ils n'aient pu échanger davantage, les lumières se tamisèrent et l'orchestre joua l'ouverture. Len aida Cliff à garder un œil sur Geoff, qui sembla apprécier la musique. Ils avaient pensé qu'il s'endormirait mais Geoff passa la majeure partie du premier acte à écouter la musique et à admirer les acteurs dans leurs costumes brillants.

À l'entracte, Len s'excusa et alla acheter des boissons et des biscuits pour Geoff. En revenant vers le groupe, il vit Cliff et Janelle en pleine discussion. Ils s'interrompirent lorsqu'ils le virent arriver et, à en croire l'expression de Janelle, elle n'était pas très heureuse de ce qui s'était dit.

— J'ai acheté à boire et des biscuits au fromage pour toi, Geoff.

Il tendit un verre à chacun, Geoff prit le paquet et Cliff sortit un verre pour bébé de son sac. Les lumières se tamisèrent de nouveau et le deuxième acte débuta. Cliff rangea ce qu'il restait des biscuits et Geoff s'installa sur ses genoux, s'endormant quasiment immédiatement. Quelques instants plus tard, Cliff signifia à Len qu'il devait se lever et Len prit Geoff. Le tout-petit passa ses bras autour de son cou et posa sa tête contre son épaule, se rendormant immédiatement. Len se décala d'un siège pour que les pieds de Geoff n'écrasent pas la robe de Janelle. Cliff revint s'asseoir et sourit à Len, qui concentra à nouveau son attention sur la pièce. Mais il ne put le faire longtemps. Bientôt, il sentit la main de Cliff contre la sienne. Il le regarda et vit Cliff sourire dans l'obscurité. Sa peau était chaude et douce et son contact si agréable et normal. Il ne dura pas longtemps mais réchauffa tout de même le cœur de Len.

À la fin de la pièce, tout le monde applaudit et les lumières se rallumèrent. Geoff s'agita et Len rendit le petit garçon à son père avant de quitter leur rangée.

— Merci Len, j'ai passé un bon moment, dit Janelle sur un ton neutre, bien qu'elle soit à l'évidence encore contrariée.

— Moi aussi.

Elle sourit et se joignit à la foule avant que Len ne puisse lui offrir de la raccompagner chez elle.

— Ne t'en fais pas, Len.

Il sentit une main se poser sur son épaule.

— Elle s'en remettra.

Il se retourna et vit Cliff qui tenait Geoff dans ses bras.

— Il faut que je le ramène à la maison. À demain, pour notre balade matinale.

Len et Lorna suivirent Cliff à sa voiture et l'aidèrent à installer Geoff dans son siège avant de rentrer à la maison.

— Tu sais, Janelle a des sentiments pour toi.

Len ne quitta pas la route des yeux.

Nous ne sommes que des amis.

— Selon toi, peut-être, mais elle en attend davantage. Je pense que son frère à essayé de lui faire comprendre qu'elle était dans l'erreur et c'est pour ça qu'elle était si froide durant le reste de la soirée.

Il sentit la main de sa mère lui caresser le bras.

— Si j'étais toi je m'éloignerai d'elle quelques temps, elle devrait comprendre.

Len se contenta de hocher la tête, il n'avait pas envie de parler de Janelle. Son esprit était obsédé par une certaine main contre la sienne.

LES CHEVAUX étaient sellés et prêts à être montés lorsque Len arriva à la ferme le lendemain matin.

— D'habitude c'est toi qui t'en occupes, je me suis dit que je te devais te retourner la faveur. En plus, Mari est arrivée hier soir, elle va loger à la maison le temps que Janelle se calme.

— Cela a-t-il un rapport avec votre conversation d'hier ?

— Oui, dit Cliff, puis il s'assura que personne ne pouvait les entendre. Mais je n'ai pas très envie de parler de Janelle, d'accord ?

Len hocha la tête et ils montèrent chacun sur leur cheval.

— Où est-ce que nous allons aujourd'hui ?

— Je pensais que nous pourrions retourner à la clairière près du ruisseau.

Cliff éperonna son cheval et Éclair démarra au quart de tour. Ils galopèrent à travers les pâturages, Cliff riant et défiant Len de le suivre. Il n'était pas aussi à l'aise que Cliff et se contenta de traverser le champ au petit galop, le rejoignant à l'orée du bois.

Le soleil brillait à travers la canopée, tachetant le sol de lumière et réchauffant l'air de la forêt tandis qu'ils cheminaient vers le ruisseau. Le bruit familier de l'eau se fit bientôt entendre alors qu'ils bifurquaient et suivaient le cours. Ils ne parlèrent pas lors de cette balade, ce que Len ne trouva ni gênant, ni inhabituel, mais il remarqua tout de même la couverture attachée à l'arrière de la selle de Cliff. Arrivés dans la clairière, ils descendirent de cheval et Len attacha leurs montures à un arbre d'où ils pourraient paître pendant que Cliff disposait la couverture sur l'herbe douce. Cliff s'assit sur la couverture et Len l'y rejoignit. Il suspecta que Cliff voulait lui parler mais, au lieu de cela, il se servit des lèvres qui fascinaient tant Len pour l'embrasser. Cliff caressa les cheveux de Len et l'allongea sur la couverture.

— Es-tu sûr ?

Len sentit que Cliff ouvrait sa chemise, bouton par bouton.

— Oui, très. Cela fait des jours que je me torture l'esprit en me demandant ce qu'en penserait Ruby et la nuit dernière j'ai eu ma réponse.

La chemise de Len était entièrement déboutonnée à présent et les mains brûlantes de Cliff caressaient son torse. Len se cambra sous ses caresses, désirant sentir ses mains contre sa peau.

— Comment ?

Il commença à son tour à déboutonner la chemise de Cliff mais il se figea, ses mains toujours sur sa poitrine. Il caressa un téton entre ses doigts rendus rugueux par le travail et Cliff émit un petit gémissement.

— Tout ce qu'il me reste d'elle, c'est Geoff, et il t'aime.

Cliff se pencha en avant, mordillant doucement le cou de Len.

— Et je sais qu'elle voudrait que je sois heureux et toi… tu me rends heureux.

Len avait tant de questions à poser mais elles s'envolèrent de son esprit lorsque Cliff posa ses lèvres contre les siennes. Questions, craintes et pensées rationnelles, tout cela disparut tandis qu'il avait la sensation d'atteindre le septième ciel. Leurs langues s'entremêlèrent et Len sentit le corps de Cliff s'appuyer contre le sien. Il passa ses bras autour de la taille de son amant, posant les mains sur ses fesses fermes.

— Tu me rends heureux aussi.

Et comment !

Len glissa ses mains sous la chemise de Cliff, ses doigts et ses paumes glissant le long des muscles fermes de son amant. Cliff releva la tête et Len lui retira entièrement sa chemise. Il faillit jouir en sentant pour la première fois la peau de Cliff contre son torse. Il en rêvait depuis si longtemps ! Leurs lèvres se perdirent dans de fougueux baisers, leurs torses se frottant l'un contre l'autre. Len avait toujours pensé qu'il pourrait mourir heureux s'il avait un jour la chance de voir Cliff de cette manière mais, maintenant que c'était le cas, il en voulait encore davantage. Il en voulait plus, avait besoin de plus et il laissa ses mains prendre l'initiative ; elles glissèrent le long du dos de Cliff, puis à l'intérieur de son jean, le long de ce fessier à la fois ferme et doux.

— Len.

Cliff semblait presque le supplier alors il caressa son derrière en guise de réponse tandis que leurs baisers se poursuivaient. De petits bruits musicaux montaient désormais aux oreilles de Len, une musique passionnée, exaltante, amoureuse. Doucement, il retira ses mains du jean de Cliff et leurs corps roulèrent sur la couverture. Cliff se trouvait désormais sous lui, son corps offert.

— Tu es magnifique, encore plus que je ne l'avais imaginé, et Dieu sait combien je l'ai imaginé.

Len baissa la tête sur la poitrine de Cliff, capturant son téton entre ses lèvres.

— J'ai rêvé de ton corps, de ta saveur.

Sa langue tourbillonna autour du téton qui pointait, excité.

— Des bruits que tu ferais.

Cliff gémit doucement et Len sourit. Il retira sa chemise et porta de nouveau son attention et ses mains sur son amant, les faisant glisser jusqu'à la bosse comprimée dans son pantalon.

— Len, je ne peux pas…

Pris de pitié, Len déboutonna le pantalon de Cliff et le lui enleva, glissant ses mains le long de son sexe. Il observa les muscles du ventre de Cliff se contracter et sa respiration devenir haletante.

— Presque…

Cliff gémit.

Len continua ses attentions sur la verge de Cliff et se pencha au niveau de son oreille.

— Laisse-toi aller, donne-moi tout ce que tu as.

Un long gémissement haletant résonna à travers la clairière lorsque Cliff s'exécuta, jouissant sur la main de Len et le bas de son ventre. Il reposa ensuite sa tête contre la couverture et son corps se détendit.

— C'était magnifique. J'ai adoré que tu plonges ton regard dans le mien lorsque tu as joui.

Cliff se pencha en avant et Len lui donna un baiser, aux anges d'avoir pu offrir tant de joie à Cliff. Leurs baisers se poursuivirent et Len sentit les mains de son amant défaire son pantalon avant de pénétrer timidement à l'intérieur de son caleçon. Quelques instants plus tard, il sentit l'air frais contre sa verge et le toucher timide de Cliff, comme s'il n'était pas sûr de ce qu'il faisait.

— Fais ce qui *te* paraît agréable, murmura Len.

Doucement la main de Cliff commença à s'activer et Len sentit des frissons lui parcourir l'échine. Len était déjà si excité qu'il savait qu'il ne pourrait pas tenir longtemps. Et il avait raison ; il rejeta la tête en arrière en jouissant, le souffle coupé.

— Cliff !

Quand il reprit ses esprits, Len s'allongea sur la couverture, respirant comme un sprinter. Ils restèrent allongés l'un à côté de l'autre, face à face, leurs mains entremêlées et leurs lèvres se touchant. Ils n'échangèrent pas un mot, ils n'en eurent pas besoin, profitant simplement de ce moment privilégié. Ce fut le bruit des chevaux s'agitant à côté d'eux qui les ramenèrent à la réalité. Cliff soupira doucement.

— Nous devrions y aller.

Il était évident qu'il n'avait pas le cœur à partir. Son cœur était juste ici. Len soupira à son tour.

— Je sais. J'ai du boulot et je ne voudrais pas que mon patron pense que je me tourne les pouces.

Il sourit malicieusement et Cliff lui donna une légère tape sur le bras.

— J'ai envie de rester ici avec toi.

Ils s'embrassèrent et roulèrent à nouveau sur la couverture. Enfin, Len s'assit, ses mains et ses yeux reposant sur le corps de Cliff.

— Nous devrions vraiment y aller cette fois. Bon sang…

Doucement il se remit sur ses pieds, son pantalon flottant sur ses chevilles et sa chemise gisant dans les parages. Cliff n'était pas dans un meilleur état : son jean était accroché sur des buissons. Ils rirent tous deux devant leur exubérance et se rhabillèrent. Cliff se servit d'un coin de la couverture pour faire une petite toilette puis détacha les chevaux. Avant qu'ils ne remontent à cheval, Len donna à Cliff un dernier baiser puis ils se mirent en route vers la ferme, un sourire raDieux aux lèvres.

XII

D'après les Anderson, originaires de Maumee, Ohio, le prix du maïs a augmenté de dix cents le boisseau, terminant à deux dollars quarante cents alors que l'on redoute des sécheresses prolongées dans les plaines et le centre du pays.

Le présentateur-radio continua son énumération de l'évolution des prix des matières premières agricoles tandis que Len était en chemin vers la ferme.

Le temps aujourd'hui devrait être en partie nuageux, avec des risques d'orages sporadiques.

— Ça fait une semaine que tu nous dis ça et toujours rien !

Len éteignit la radio de dépit en se garant devant la ferme. Cliff sortit de la maison, Geoff sur ses talons.

— Putain de merde ! Si seulement il pouvait pleuvoir. Ils n'arrêtent pas d'annoncer des putains d'orages mais rien !

Cliff était à l'évidence remonté, même si Len avait une ou deux idées pour le calmer. Ils n'avaient pas pu passer du temps seuls ces derniers jours. Ces dernières semaines, ils partaient en balade quelques jours par semaine, toujours vers la clairière, que Len commençait à considérer comme la *leur*. Mais personne n'avait été disponible pour garder Geoff dernièrement et ils n'avaient pas pu s'isoler depuis une semaine. Avec la sécheresse qui menaçait en plus, Cliff devenait de plus en plus irritable. Alors que Cliff s'approchait, Len vit Geoff trébucher dans le gazon.

— P'tain de me'de !

Le juron du tout-petit raisonna près d'eux.

Len vit Cliff jeter un regard noir à Geoff et posa une main sur son épaule pour le calmer tout en se couvrant la bouche de l'autre pour éviter de rire. Cliff tira Geoff sur ses pieds, décidé à lui mettre une fessée.

— Ce n'est pas nécessaire, Cliff. Il ne sait pas ce qu'il dit, il s'est contenté de répéter ce qu'il t'a entendu dire il y a deux secondes.

Le regard de Cliff aurait pu fendre du béton.

— Si j'avais dit ça devant mes parents, ils m'auraient lavé la bouche au savon.

Len haussa les sourcils.

— Tu n'as pas vraiment retenu la leçon à ce que j'entends.

Cliff finit par sourire et aida Geoff à se remettre sur ses pieds.

— Qu'est-ce qui t'a mis de si mauvaise humeur ?

— Je suis juste inquiet, c'est tout.

Tous les fermiers avaient leurs soucis, Len le savait, après tout ils étaient à la merci d'un élément aussi incontrôlable que la météo.

262

— Je sais, mais cela ne fait qu'une petite semaine, je suis certain qu'il pleuvra bientôt.

Devant l'attitude de Cliff, il n'était pas difficile de comprendre qu'il n'était pas prêt à prendre sa parole pour argent comptant. Len s'assura que Geoff était occupé. Le petit garçon s'était installé dans son bac à sable et jouait joyeusement.

— Viens, j'ai quelque chose à te montrer.

Len mena Cliff à l'intérieur de la grange puis dans la sellerie. Il le tira à l'intérieur et referma la porte derrière eux. Dès qu'il entendit le loquet se refermer, il prit le visage de Cliff entre ses mains et l'embrassa avec fougue.

— Len, on ne peut pas faire ça, pas ici.

Il n'y avait aucune volonté dans sa voix et Len se servit de cet avantage, glissant sa langue le long des lèvres de Cliff, ce qui lui rapporta un léger gémissement.

— Cela m'a manqué.

— À moi aussi.

Len serra fortement Cliff dans ses bras, s'employant à l'embrasser avec le plus de fougue possible.

— Allons nous balader cet après-midi, je crois que nous en avons tous les deux besoin.

Cliff acquiesça, incapable de prononcer un mot en passant sa langue sur ses lèvres humidifiées par les baisers.

— Hier, Mari m'a dit qu'elle pourrait garder un œil sur Geoff pendant quelques heures.

Le regard surpris de Cliff ravit Len.

— Tu lui as demandé ?

— Elle s'est portée volontaire, elle m'a dit que tu avais bien besoin de te changer les idées.

Len relâcha Cliff de son étreinte et rouvrit la porte de la sellerie, alors qu'un Cliff tout-sourire retournait auprès de son fils.

Len se mit au travail mais eut du mal à se concentrer ; il ne pouvait s'empêcher de penser à Cliff. Ils avaient commencé à se voir régulièrement, si l'on pouvait dire, ces dernières semaines, mais ils ne parlaient jamais de rien d'autre que de la ferme. Len espérait que leurs sentiments étaient réciproques et que ce n'était pas que charnel pour Cliff. Il en serait étonné, mais Cliff n'était pas du genre à s'épancher et lorsqu'il le faisait, c'était en général pour hurler.

— Hé, Len ! Salut !

Il tourna la tête et vit Randy qui se tenait debout près du box qu'il était en train de nettoyer.

— Où étais-tu ? Cela fait deux fois que je t'appelle et tu ne répondais pas.

— Excuse-moi.

Il ne s'était pas rendu compte qu'il était plongé aussi profondément dans ses pensées.

— On dirait qu'il va faire chaud encore aujourd'hui.

263

Il regarda vers la porte de la grange.

— J'espère qu'il va enfin pleuvoir.

La pluie était sur toutes les lèvres.

— Ils ont annoncé qu'il devrait pleuvoir mais c'est ce qu'ils disent tous les jours.

Len s'essuya le front, plus par frustration que pour essuyer la sueur.

— Avec le prix du maïs qui augmente et la sécheresse dans les plaines, la ferme sera dévalisée si la moisson est bonne.

Len savait que cela calmerait nombre des peurs de Cliff, améliorant son humeur au passage.

— Si tu as besoin d'aide, appelle-moi. Je vais aller faire un tour du côté du bétail, voir s'ils ont de l'eau. Fred ne bosse pas aujourd'hui.

Len sourit et hocha la tête.

— Tu peux m'appeler aussi en cas de besoin.

Il se remit au travail, chargeant le fumier dans la brouette.

— Len...

Il sursauta en entendant son prénom. Pourquoi tout le monde le prenait-il par surprise aujourd'hui ?

— Salut, Janelle.

Il retint un grognement. Elle avait pris l'habitude de passer à l'improviste à la ferme pendant ses heures de travail et il redoutait de plus en plus sa présence.

— Comment ça va ?

Il s'employa à garder un ton courtois. Ils étaient amis après tout, mais il commençait à se rendre compte que Cliff avait raison et qu'elle avait des sentiments pour lui.

— Ça va. Je suis allée au magasin ce matin et j'ai vu qu'ils organisaient un festival d'été à Ludington. Je sais que c'est un attrape-touristes mais cela pourrait être sympa d'y aller. Je me suis dit qu'on pourrait peut-être y aller tous les deux. Je sais que Cliff te laisserait prendre ta journée.

— Je ne peux pas, dit-il en souriant parce que, cette fois, il avait vraiment autre chose de prévu. Cliff emmène Geoff à la plage et je leur ai promis de les accompagner.

Il était hors de question qu'il brise une promesse qu'il avait faite à Geoffy. Il avait été tellement mignon lorsqu'il lui avait demandé de venir, qu'il n'avait pas pu refuser. *Wen, tu viens à la p'age avec nous ?*

— Tu préfères accompagner un gamin de deux ans à la plage plutôt que de passer du temps avec moi ?

Janelle était hors d'elle. Len posa sa fourche contre le mur et se tourna vers elle. Il s'était employé à éviter cette confrontation mais il ne pouvait plus se défiler.

— Janelle, je t'aime beaucoup et tu es une très bonne amie. Mais c'est tout. Je crois que tu tiens plus à moi que je ne tiens à toi.

Il comprit qu'elle saisissait la teneur de ses propos quand ses yeux commencèrent à s'humidifier.

— Je n'ai jamais voulu te faire du mal mais je pensais que tu avais compris qu'on ne serait que des amis.

Merde, merde, merde ! Ce n'était pas l'endroit pour le lui annoncer mais elle ne lui avait plus laissé le choix.

— Je pensais que… dit-elle en s'essuyant les yeux avant de prendre une profonde inspiration. C'est de ma faute.

Elle pouvait bien dire ce qu'elle voulait, son regard blessé trahissait ses sentiments.

— Je n'ai jamais voulu te laisser croire qu'il y aurait autre chose que de l'amitié entre nous mais si je l'ai fais, j'en suis désolé.

Len ne savait pas quoi ajouter mais heureusement Janelle n'ajouta pas un mot. Elle se contenta de hocher doucement la tête et sortit de la grange. Quelques minutes plus tard, Len entendit le moteur de sa voiture démarrer puis les pneus crisser dans la cour alors qu'elle quittait la ferme. Len se sentit mal pour elle, il avait l'impression que tout cela était de sa faute. Cliff avait raison, il aurait dû l'écouter. Il se prit à espérer qu'elle pourrait s'en remettre et qu'ils puissent redevenir amis, mais il n'en était pas convaincu. Se résignant à accepter la perte de son amie, il ramassa ses outils et se remit au travail.

Randy le rejoignit à midi et ils déjeunèrent ensemble.

— Tu es bien silencieux aujourd'hui. Si j'avais mangé tout seul, cela aurait été pareil.

— Je suis désolé, j'ai eu quelques soucis aujourd'hui.

Il n'arrivait pas à penser à autre chose qu'à Janelle. Il lui avait fait du mal et, même si cela n'avait pas été intentionnel, il ne pouvait pas s'empêcher de le regretter. Randy termina son déjeuner et remballa ses restes.

— S'il pleut, nous pourrons moissonner le foin d'ici une semaine à dix jours. Nous aurons besoin de main d'œuvre pour nous aider. Le foin doit être coupé puis séché durant trois jours, ensuite nous en ferons des bottes et nous les entreposerons dans le grenier. C'est un sacré travail.

— J'ai aidé à entreposer le foin quand j'étais petit mais c'est tout ce que j'ai fait. Je n'ai aucune idée quant au reste de la manœuvre.

Randy eut un sourire malicieux.

— Vu que tu t'en es bien sorti dans les champs l'autre fois, tu pourras t'occuper de la moisson.

— J'imagine que c'est encore un de ces boulots où l'on doit passer des heures assis dans un tracteur ?

— Comment as-tu deviné ?

— Tu es bien trop heureux de me laisser le faire.

Randy détestait être assis dans le tracteur. Il préférait se servir de ses mains plutôt que de passer des heures à cultiver les champs.

— Allez viens, il faut qu'on se remette au boulot. Et juste parce que c'est toi, je vais te laisser le conduire.

Randy lui donna une tape dans le dos et lui sourit avant de quitter la grange.

Alors que l'après-midi s'écoulait, la température et l'humidité continuèrent de grimper. Len s'était débarrassé de toutes les tâches ardues en début de journée et maintenant il tournait en rond dans la grange, nettoyant ce qui avait besoin de l'être et s'assurant que tout était prêt avant de rentrer Éclair et Belle des pâturages et de les seller pour sa promenade avec Cliff.

— J'ADORE CET endroit.

Le ruisseau murmurait doucement à proximité tandis qu'ils se reposaient sur la couverture, dans cette clairière qui était devenue leur jardin secret. La douce brise faisait danser les feuilles mortes et Len était couché sur le dos, Cliff à ses côtés. Jusqu'à présent, Len avait toujours été l'initiateur de leurs parties de jambes en l'air et si l'on regardait les choses en face, de *tout* ce qui avait un rapport avec leur relation. Mais il espérait qu'en étant patient, Cliff prendrait enfin une initiative.

— Moi aussi. J'ai beaucoup de souvenirs dans cette clairière. Je venais ici lorsque je voulais me cacher de mon père. Une fois, j'ai teint son cheval en bleu et je m'étais caché ici pendant des heures, le temps que mon père se calme.

Len glissa sa main sur la jambe de Cliff.

— Et ça a marché ?

— Tu plaisantes ? Il m'a infligé une de ses corrections ! Et pendant un an, il a montré à tout le monde ce que son imbécile de fils avait fait. Il y a encore des membres de ma famille qui me chambre avec ça.

— Quel âge avais-tu ?

Cliff prit l'air malicieux, comme s'il préparait quelque chose.

— J'avais douze ans et j'étais un gamin.

Len attendit.

— Mais grâce à moi le cheval a participé à la parade du Quatre Juillet.

C'en était assez, Len éclata de rire.

— Tu plaisantes ?

— Non, c'est la seule année où il y a eu un cheval bleu dans la parade de la ville. Je l'ai monté à côté d'un cheval blanc et d'un cheval roux, c'était très patriotique.

Len s'apprêtait à rire mais l'envie lui passa lorsqu'il sentit des lèvres se poser sur son cou. Penchant sa tête en arrière, il sentit les lèvres de Cliff remonter jusqu'à ses oreilles puis à sa bouche. Len lui rendit son baiser avec fougue mais garda ses mains solidement ancrées à la couverture.

— Tu sens si bon, murmura Cliff.

Len sentit une main se glisser sous son tee-shirt et glisser sur son ventre, caressant doucement sa peau.

266

— J'ai envie de te déshabiller.

Len sourit contre les lèvres de Cliff.

— Alors déshabille-moi.

Cliff leva la tête et Len vit le désir qui habitait son regard.

— Prends ce que tu veux, tout ce que tu veux, je suis à toi.

Les lèvres de Cliff s'écrasèrent contre les siennes, son baiser était dur et possessif. C'était ce qu'il avait espéré, Cliff prenait enfin l'initiative et partageait ses sentiments, lui faisant comprendre qu'il lui appartenait. Cliff éloigna ses lèvres de celles de Len le temps qu'ils retirent leurs chemises et leurs baisers reprirent, Cliff prenant ce qu'il avait envie de prendre, sa langue dévorant la bouche de Len. Ses mains déboutonnèrent le pantalon de Len, bouton par bouton, puis le baissèrent sur ses hanches.

— J'ai envie de toi Len, j'ai tellement envie de toi.

— Alors fais-moi l'amour Cliff.

Ses lèvres se figèrent et Len sentit le corps de Cliff se raidir, ses yeux plongeant dans ceux de Len. *Et merde, je suis allé trop loin.* Mais Cliff l'embrassa de nouveau, encore plus vigoureusement. Len retira complètement son pantalon, il était désormais allongé entièrement nu sous le corps ferme de Cliff qui se releva, défit son pantalon, ses yeux brillants à la vue du corps de Len offert à lui.

— Est-ce vraiment ce que tu veux ?

Len posa son regard sur celui de Cliff.

— Oui, si toi aussi tu le veux. Je ne veux pas te forcer la main ni te faire dire ce que tu ne penses pas.

Il l'observa faire tomber son pantalon au niveau de ses chevilles. Deux petits pas plus tard, Cliff était entièrement nu, son corps faisant pression contre celui de Len sur le sol doux. Ils joignirent leurs lèvres et Len sentit l'ardeur de Cliff contre sa hanche et sa peau brûlante glisser contre la sienne.

— Cela fait très longtemps que j'attends que tu me fasses l'amour, glissa Len à l'oreille de Cliff. J'ai des sentiments pour toi depuis le lycée et ils se sont transformés en amour depuis ces deux derniers mois.

— C'est vrai ?

Len hocha la tête contre les lèvres de Cliff, pendant qu'il continuait de le caresser. Soulevant ses jambes, il les enroula autour des hanches de Cliff, s'offrant à lui, lui faisant savoir qu'il était prêt à lui offrir ce qu'il avait de plus privé, de plus intime. Les yeux de Cliff brillèrent, comprenant l'invitation tacite et Len crut déceler également de l'amour dans son regard.

Les mains de Cliff glissèrent le long des cuisses de Len jusqu'à ce qu'il caresse son ouverture. La touche légère le mit dans tous ses états et il frissonna contre le corps de Cliff, s'agrippant à lui fermement, comme s'il n'aurait l'occasion de vivre cela qu'une seule fois. Il avait avoué à Cliff ce qu'il ressentait, lui avait dit qu'il l'aimait. Et même si Cliff n'avait rien répondu, son corps et ses mains en disaient long. Cliff baissa légèrement la tête et sa langue décrivit de petits cercles autour de son téton, provoquant sa chair de la manière la plus subtile qui soit.

— Cliff, s'il te plaît, supplia-t-il en sachant qu'il geignait mais il ne s'en souciait guère. Ne me fais pas languir.

— Je n'ai rien. Ça ne va pas te faire mal ?

Sa langue décrivit un nouveau cercle autour de son téton, cette fois-ci avec un peu plus d'ardeur.

— Tiens.

Len lui tendit un petit tube de lubrifiant qu'il avait dans la poche.

— J'ai besoin de toi Cliff. Besoin de te sentir en moi.

— Je n'ai jamais fait ça.

La voix de Cliff était douce, pleine d'inquiétude et de peur face à l'inconnu.

— Commence avec tes doigts.

Cliff acquiesça et, quelques secondes plus tard, Len sentit un long doigt épais s'introduire doucement en lui, décrivant de petits cercles, forçant le muscle et s'enfonçant plus profondément.

— Sens-tu une légère bosse ? Caresse-la doucement.

Len sentit un frisson lui parcourir le dos.

— Est-ce que ça va ?

Cliff commença à retirer son doigt.

— Oui, plus que bien ! Recommence !

Cliff s'exécuta et Len sentit ses yeux se révulser.

— C'est bon, hein ?

— Oui, très bon. Essaye avec un deuxième doigt.

Cliff acquiesça et un second doigt rejoignit le premier. La légère douleur s'évanouit rapidement pour faire place au plaisir tandis que Cliff continuait de masser le même endroit.

— Oui, Cliff, s'il te plaît !

Puis les doigts quittèrent son corps, bientôt remplacés par Cliff lui-même, qui le pénétra doucement et intensément.

— Cliff, tu es si épais.

Il sentit Cliff dépasser son muscle et glisser plus profondément en lui.

— C'est si bon.

Il gémit doucement tandis que Cliff le pénétrait complètement, l'emplissant jusqu'à la garde. Quand son amant s'apprêta à se retirer, Len posa une main sur sa cuisse pour l'arrêter.

— Pas encore.

Cliff hocha la tête, attendit un peu et se retira lentement avant de le pénétrer à nouveau.

— Oui !

268

Encouragé par les cris et halètements de Len, Cliff commença à effectuer un mouvement de va-et-vient plus agressif, s'enfonçant profondément alors que les cris de Len emplissaient la clairière.

— Je suis à toi, Cliff, je suis à toi.

Cliff rua en lui.

— Tu es à moi, rien qu'à moi !

Len attendait ces mots depuis très longtemps. Ils allèrent directement de ses oreilles à son cœur et son corps ne put s'empêcher de réagir : il répandit sa passion en de longs filets blancs sur son estomac et Len sentit la terre trembler sous lui. Cliff atteignit à son tour son apogée et se répandit profondément dans son amant.

Len, encore tout hébété par la passion, plongea ses yeux dans le regard de Cliff tandis que la terre tremblait à nouveau.

— As-tu entendu ?

Cliff hocha doucement la tête.

— Je pensais que c'étaient le son des battements de mon cœur.

Les vibrations se répétèrent, suivies d'un bruit sourd, et Cliff sourit en se retirant du corps de Cliff.

— Pas mal comme bénédiction, non ?

Len lui retourna son sourire et se leva doucement, avant de se rhabiller.

— Reste avec moi ce soir.

Len se figea sur place, une jambe dans son jean.

— Tu es sûr ?

Le regard de Cliff ne lui permit pas de douter.

— Oui. J'ai envie de dormir à tes côtés, de te tenir dans mes bras et de t'aimer toute la nuit.

Len hocha la tête et sourit en enfilant son pantalon, sentant sa peau se réchauffer sous le regard de Cliff. Une fois habillés, ils rangèrent la couverture et remontèrent à cheval, rentrant aussi vite que possible. Lorsqu'ils arrivèrent à la ferme, le ciel s'était assombri et était menaçant. Randy avait déjà rentré la plupart des chevaux et ils l'aidèrent à faire entrer les derniers dans la grange tandis que les premières gouttes de pluie, synonyme de vie, commencèrent à tomber.

XIII

— Tu t'en sors à merveille avec les chevaux, tu le sais ?

Len se retourna vers son amant, qui caressait les naseaux de Belle. Ils étaient seuls dans la grange et l'orage de l'après-midi était déjà passé.

— Ils ont l'air de vraiment te faire confiance.

— Je pense que c'est parce que je leur donne des friandises.

Cliff s'approcha de lui.

— Je pense que c'est parce que tu les aimes et qu'ils le sentent.

Il appréciait cela. Il aimait sentir Cliff près de lui et il adorait le regard possessif et sexy sur son visage.

— C'est vrai, tu as un grand cœur et tu es généreux. Pourquoi crois-tu que Geoffy t'aime autant ?

Il fit encore un pas vers Len et celui-ci riva son regard au sien.

— Tu vas me le faire dire, n'est-ce pas ?

— Oui, Cliff. Même si tu ne me le dis plus jamais, je comprendrais, mais tu dois me le dire au moins une fois. J'ai besoin de l'entendre. Mais seulement si c'est sincère.

Cliff s'approcha davantage, ses pieds frôlant ceux de Len, la chaleur émanant de son corps se répandant entre eux. Il était suffisamment près pour qu'il puisse sentir la respiration de Cliff contre son visage.

— Bien entendu que c'est sincère. C'est pour ça que c'est si difficile à dire, parce qu'une fois dit, on ne peut plus revenir en arrière.

Les lèvres de Cliff étaient si proches de celles des siennes qu'il put sentir leur chaleur.

— Je t'aime, Len Parker.

Un bruit émanant du jardin brisa leur moment d'intimité et ils se séparèrent à contrecœur, soupirant tous les deux, mais ni l'un ni l'autre n'étaient prêt à exposer leur relation au grand jour. Len se tourna vers la porte avant que Cliff ne lui chuchote.

— Il faudra que nous en reparlions.

Len acquiesça en observant un groupe d'enfants – les élèves de Nicole – faire irruption dans la grange, riant et criant tandis qu'ils se mettaient à s'occuper de leurs chevaux. Len ne fut pas surpris de voir que Nicole les suivait de près. Elle se dirigea directement vers lui car elle avait remarqué son air confus.

— Je n'ai pas eu le temps d'annuler la leçon, l'orage est venu trop rapidement. Mais je me suis dit qu'ils pourraient passer un peu de temps à s'occuper de leurs chevaux et à préparer leurs harnachements pour la foire du mois prochain.

— D'accord. Je me suis dit que le manège serait trop inondé pour l'instant, mais cela devrait aller demain.

Il mena Nicole à travers la grange, regardant furtivement en direction de Cliff.

— J'ai réparé le problème lié au drainage, dit-il en pointant une section du manège du doigt. C'est en meilleur état maintenant. S'il ne pleut pas cette nuit, vous pourrez vous en servir demain sans problème.

— Je ne pense pas. Ils ont annoncé d'autres orages pour cette nuit et j'ai annulé tous mes cours de demain matin. Padgett m'a appelée, il est en train de reconstruire sa grange. Il m'a indiqué que nous pourrions y remettre nos chevaux dès le mois prochain.

L'annonce lui fit l'effet d'un choc car il ne s'était pas rendu compte que son contrat avec Nicole n'était que temporaire.

— Je lui ai dit que nous restions ici. La grange est si propre et vous vous occupez tellement bien des chevaux ! On ne peut rêver d'un meilleur endroit.

Len ne put s'empêcher de sourire alors qu'elle se penchait vers lui.

— De plus, entre vous et moi, je n'ai jamais vraiment aimé le vieux Padgett. Il est trop étroit d'esprit, si vous voyez ce que je veux dire.

Len n'en était pas sûr mais il espérait avoir compris ce qu'elle voulait dire. Il voulut lui demander confirmation mais l'un de ses élèves la tira par la manche avant qu'il n'en ait l'occasion. Il retourna à l'intérieur de la grange, où Cliff se trouvait toujours.

— Mari s'apprête à partir. Elle m'a dit que Geoff l'avait rendue chèvre toute la journée en te réclamant toi et un 'tou' de s'val'.

L'imitation de Geoff par son père fit sourire Len.

— Est-ce que tu peux te libérer ? demanda Cliff.

Len rit.

— Oui, bien sûr. Je peux m'occuper de lui. Je n'ai pas dessellé Belle après notre promenade.

Bon Dieu ! Le sourire sur le visage de Cliff valait le détour.

— Je vais aller le chercher, dit-il. Merci.

Cliff jeta un coup d'œil dans la grange et vit le monde qui grouillait, il se pencha vers Len en murmurant.

— Je te remercierai personnellement plus tard.

Len dut se retenir de trembler et de baver d'anticipation en regardant Cliff s'éloigner, ses fesses bien serrées dans son jean.

— C'est un sacré bonhomme, hein ?

Il se retourna, le regard fixé dans celui de Nicole. Et merde ! Elle l'avait vu le déshabiller du regard et il ne savait pas quoi répondre. Elle se contenta de lui sourire et lui tapota l'épaule en criant à ses élèves.

— Retrouvez-moi dans la sellerie dans dix minutes.

— Geoff, va moins vite ! s'exclama Len lorsqu'il vit le tout-petit se ruer dans la grange.

Cliff était sur ses talons et rayonnait de joie. Bon Dieu ! Son sourire se répercuta droit entre ses jambes.

— Wen, tour de s'val !

Len prit Geoff dans ses bras et le petit garçon rit de tout son cœur.

— Oui, on va aller faire un tour de cheval.

— Oui !

Geoff fit une sorte de danse de la joie en se tortillant dans les bras de Len qui tendit le petit garçon à Cliff.

— Je vais aller chercher Belle puis on ira faire un tour dans le jardin. As-tu un appareil photo ? Je veux prendre une photo de vous deux.

— Je vais aller le chercher.

Cliff emporta Geoff avec lui et Len ouvrit le box de Belle et l'emmena dans le jardin. Cliff le retrouva, son fils dans ses bras et l'appareil photo dans sa main. Il posa Geoff à terre et mit l'appareil autour du cou de Len avant de monter sur Belle et de s'installer sur la selle. Len lui tendit Geoff et attendit qu'ils soient installés avant de faire le tour du jardin. Geoff était heureux, il criait de joie, riait et souriait.

— Va, s'val, va.

Après les avoir menés à la barrière, Len s'arrêta et tendit les rênes à Cliff. Il fit quelques pas en arrière, ouvrit l'appareil et prit quelques clichés du père et son fils sur le cheval.

— Tu l'imagines un peu plus âgé, sur son premier P-O-N-E-Y ?

Cliff sourit.

— J'ai eu un P-O-N-E-Y à l'âge de cinq ans, pour mon anniversaire. Elle s'appelait Douce, il n'y avait pas plus gentille qu'elle, je l'aimais plus que tout. La nuit où on me l'a offert, je voulais dormir avec elle, pour ne pas qu'elle 'se sente seule'.

Au grand désarroi de Geoff, Cliff souleva le tout-petit du dos de Belle et le tendit à Len.

— Prends les rênes, c'est à mon tour de vous promener.

Len monta sur le cheval et Cliff mit Geoff dans ses bras, qui se calma immédiatement. Cliff prit quelques clichés d'eux avant de continuer leur promenade à travers le jardin.

— Salut, les garçons ! Voulez-vous que je prenne une photo de vous trois ?

Len se retourna et vit Mari sortir de la maison.

— Je pensais que tu étais partie.

— J'allais partir quand j'ai vu que vous vous promeniez avec Geoff.

Cliff se tourna vers sa sœur.

— Veux-tu faire un tour avec lui ?

— D'abord, je vous prends en photo tous les trois.

Cliff tendit les rênes à Len, prit la pose à côté de Belle, et Mari prit quelques clichés. Puis ils échangèrent tous leurs places et Len mena Mari et Geoff à travers le jardin tandis que Cliff rentrait pour préparer le dîner. Alors qu'il promenait Mari et Geoff, une pensée lui vint à l'esprit. Cliff l'aimait et Geoff aussi. Étant gay, il n'aurait jamais pensé avoir une famille à lui. Certes, c'était davantage la famille de Ruby, mais au fond de son cœur, il sut qu'elle ne s'en serait pas formalisée. En fait, elle serait même heureuse que quelqu'un de cher à ses yeux prenne soin de sa famille. Après quelques tours dans le jardin, Mari et Geoff descendirent du cheval.

— Merci, je n'étais pas montée à cheval depuis des lustres.

— Pourquoi tu ne les monterais pas ? Les chevaux ont besoin d'exercice, tu n'as qu'à me demander et j'en préparerais un pour toi.

— Montes-tu souvent ?

— Cliff et moi partons en promenade trois à quatre fois par semaine.

Il n'allait certainement pas lui dire où ils allaient ni lui raconter ce qu'ils faisaient. Et encore moins l'inviter à les rejoindre.

— Je sais, dit Mari avec un regard étrange. Cliff et toi êtes toujours très heureux et… détendus lorsque vous revenez de vos balades.

Elle arbora un petit sourire en coin et Len dut se convaincre qu'il était impossible que Mari sache ce qu'ils faisaient et qu'elle se contentait que le taquiner, mais il se sentit soudain mal à l'aise.

— Je vais y aller.

Elle rejoignit sa voiture et partit très vite. Len ramena Belle à son box, la dessella et la prépara pour la nuit.

Une fois son travail terminé, il se dirigea vers la maison et toqua à la porte. Cliff apparut presque immédiatement et ouvrit.

— Tu n'as pas besoin de frapper, entre.

Len fit un pas dans la maison et referma la porte-moustiquaire derrière lui.

— Il faut que j'appelle chez moi, pour prévenir ma mère que je ne rentre pas.

— Que vas-tu lui dire ? demanda-t-il, paraissant soudain très inquiet.

— La vérité : je rentrerai demain matin. Elle sait que j'aime les hommes et ce que je ressens pour toi.

— Ah bon ?

Le regard surpris qu'arbora Cliff n'avait pas de prix.

— Oui, je le lui ai dit il y a quelques années. Elle m'a beaucoup aidé, elle est très compréhensive. En y réfléchissant, je ne sais pas pourquoi je craignais tant qu'elle ne me comprenne pas. Elle a toujours été une mère formidable et je me suis demandé plus tard si j'avais vraiment cru qu'elle ne serait plus cette mère extraordinaire sous prétexte que j'étais gay.

La peur nous fait faire des choses idiotes.

Cliff se remit à sa cuisine.

— Si seulement j'avais eu ton courage…

— Tout s'est déroulé pour le mieux. Tu as connu Ruby et puis maintenant tu as Geoff grâce aux choix que tu as faits. Tu t'en sors plutôt pas mal.

— J'imagine, oui.

Len glissa ses bras autour de la taille de Cliff, appuyant son torse contre son dos.

— Oui, tu as raison, j'ai de la chance.

Le son des *vroum vroum* provenant du salon interrompit leur interlude romantique et Len mordilla l'oreille de Cliff avant de le relâcher et de retrouver Geoff dans le salon. Les voitures, camions, chevaux et blocs, tous les jouets avec lesquels Geoff s'était amusé étaient éparpillés dans tout le salon.

— Personne ne t'a jamais appris à ranger tes jouets une fois que tu as terminé ?

Geoff leva ses grands yeux vers lui et secoua la tête.

— Eh bien, on va ranger tes jouets dans la boîte, comme ça tu sauras où les trouver.

Len commença à ramasser les blocs et les rangea dans leur sac avant de le mettre dans la boîte.

— Je te parie que je peux ramasser plus de voitures que toi.

Len se mit à parcourir le salon, ramassant les petites voitures et les rangeant dans la boîte. Geoff l'imita et se mit à courir à son tour, ses petites jambes volant presque.

— Je vais en ramasser plus que toi.

Des cris et des rires s'élevèrent dans la pièce.

— Non, ze vais te bat' !

Il continua de se dandiner sur ses petites jambes. Len remarqua que Cliff se tenait dans l'entrebâillement de la porte, se retenant de rire en regardant Len amener Geoff à ranger ses jouets par la ruse.

— Le dîner sera prêt dans dix minutes.

Len sourit en regardant Geoff ranger ce qu'il restait des voitures dans leur boîte.

— Et maintenant, au tour des chevaux de rentrer à l'écurie.

Il ramassa un sac de toile qui contenait encore quelques chevaux et le tendit à Geoff, qui courait dans tous les sens pour ramasser les animaux restants et les ranger. Ils venaient juste de terminer quand Cliff les appela pour dîner.

Geoff se précipita dans la cuisine. Cliff l'installa sur sa chaise haute et plaça devant lui son plateau avant de tendre à Len une assiette débordant de nourriture. Ils venaient juste de commencer à dîner lorsque le téléphone sonna. Cliff répondit et tendit le combiné à Len.

— C'est ta maman, dit-il sur un ton coquin, sous-entendant que Len allait avoir des ennuis.

— Salut, maman.

— Rentres-tu pour dîner ?

274

— Excuse-moi. J'ai du travail par-dessus la tête à la ferme et j'ai oublié de t'appeler. Je rentrerai dans la matinée.

Elle resta silencieuse… Était-elle en colère ?

— Oh, eh bien il était temps ! À demain matin, alors.

— Merci maman, je t'aime.

— Je t'aime aussi, dors bien.

Il l'entendit rire en raccrochant le téléphone. Len rendit le combiné à Cliff qui raccrocha.

— Est-ce que tout va bien ?

Len sourit.

— Oui, pas un nuage à l'horizon.

Geoff se mit à parler très rapidement pour leur raconter sa journée, mais ils ne comprirent pas tout. Cela n'avait pas beaucoup d'importance de toute façon.

— Il y a du nouveau pour la maison de Mari, on signe le contrat la semaine prochaine.

Cliff semblait soulagé et heureux, sa mauvaise humeur de la matinée totalement estompée.

— C'est super. Ça veut dire que tu t'en sortiras jusqu'aux moissons ?

— Oui et avec l'envolée des prix du maïs, on va peut-être même réussir une belle année.

— J'espère bien.

Ils levèrent leurs verres d'eau, Geoff levant son verre pour bébé, et ils trinquèrent dans la joie et la bonne humeur.

Après le dîner, Cliff emmena Geoff à l'étage et lui fit prendre un bain avant de l'habiller pour aller au lit. Len s'installa devant la télévision et prit une émission en cours de route. Il n'y avait que deux ou trois chaînes mais il était inutile d'en demander davantage.

— Len !

Cliff l'appela du haut des escaliers.

— Geoff voudrait que tu lui lises une histoire.

Len sourit et éteignit la télévision. Une fois à l'étage, il suivit Cliff dans la chambre de Geoff. Il était déjà bordé dans son lit, tenant contre lui une souris en peluche, les yeux brillants d'impatience à la perspective que Len lui lise une histoire.

— Quelle histoire veux-tu entendre ce soir ?

Un berceau trônait toujours dans un coin de la pièce, ce qui fit penser à Len que Cliff avait dû changer le garçonnet de lit très récemment.

— Geo'ge.

Cliff lui tendit l'exemplaire préféré de Geoff, *Curious George,* et Len s'assit au bord du lit et commença sa lecture. Quand il eut terminé l'histoire, Geoff était endormi. Cliff embrassa affectueusement son fils sur le front avant d'éteindre la lumière et de quitter la pièce en compagnie de Len.

— Il faut que je ferme la maison à clef, j'arrive tout de suite.

Cliff sortit de sa chambre et descendit l'escalier. Len s'installa sur le bord du lit et attendit patiemment. Quelques minutes plus tard, il l'entendit remonter. Cliff apparut à la porte, séduisant comme jamais et l'instant d'après il était dans les bras de Len, l'embrassant avec ardeur et l'étendant sur le matelas.

LEN SE réveilla en entendant l'orage gronder au loin, un vent fort faisant voler les rideaux de la chambre à coucher. Un éclair s'abattit dans un vacarme assourdissant qui fit vibrer la terre elle-même.

— Ça va ?

— Oui, j'ai été réveillé par l'orage.

Cliff se racla bruyamment la gorge et se rapprocha de Len, leurs jambes s'entremêlant et leurs lèvres se retrouvant. Un nouvel éclair s'abattit non loin de là, suivi d'un coup de tonnerre encore plus fort que le précédent.

— Papa !

La porte de la chambre, que Cliff n'avait pas fermée entièrement pour pouvoir entendre Geoff, s'ouvrit en grand.

— Papa ?

— Oui, Geoff.

Il traversa la pièce de ses petits pas et grimpa sur le lit. Les deux hommes se jetèrent sur leurs sous-vêtements et se rhabillèrent précipitamment sous la couette tandis que garçonnet, sa souris dans les bras, s'installait entre eux.

— Bonne nuit Papa, 't'aime.

Len entendit Geoff embrasser son père sur la joue puis se retourner.

— Bonne nuit Len, ' t'aime.

Puis il sentit le bisou de Geoff contre sa joue et le petit garçon se coucha sur le côté, sa souris en peluche blottie contre lui. Len sourit et étendit le bras au-dessus de la tête de Geoff et sentit la main de Cliff qui se glissait dans la sienne.

XIV

IL FAISAIT frais quand le soleil se leva ce matin-là, une petite bise s'engouffrant dans la pièce à travers la fenêtre ouverte et la lumière du jour pointait à peine au-dessus de l'horizon. L'horloge interne de Len le réveilla à l'heure convenue et il prit immédiatement la direction de la salle de bain. Une fois lavé, il reprit le chemin de sa chambre d'un pas lourd pour s'habiller puis gagna la cuisine. Il tomba sur sa mère en chemin.

— Je vois que tu es rentré hier soir.

Elle passa le bras autour de son épaule en se dirigeant vers la cuisine.

— Je ne suis resté chez Cliff que quelques jours.

Il aurait voulu passer la nuit chez Cliff plus souvent, mais il ne voulait surtout pas abuser de son hospitalité. Particulièrement parce qu'une relation avec Cliff signifiait également une relation avec Geoff et il n'avait aucune envie de lui faire du mal de quelque manière que ce soit.

— Je sais, je suis contente que tu aies trouvé ton bonheur. J'espère juste que tu ne te précipites pas trop.

Elle alluma la cafetière et se pencha sur le plan de travail.

— Je ne veux pas qu'on te fasse du mal. Nous vivons dans un endroit merveilleux mais les gens ne sont pas tous bienveillants et s'ils apprennent ta relation avec Cliff, cela pourrait avoir des conséquences dévastatrices pour toi.

— Je sais mais on en reparlera le jour où ce sera le cas. Fred le sait déjà et je suis quasiment sûr que Randy aussi.

Il était également persuadé que Mari et Nicole se doutaient de quelque chose mais aucune d'elles n'avaient abordé le sujet directement.

— Je ne dis pas que tout le monde te détesterait. Il y en a qui vous accepteront tels que vous êtes sans problème, mais la haine peut parfois mener à la violence.

Elle servit deux tasses de café et en tendit une à Len.

— Tu seras toujours mon fils et je m'inquiéterai toujours pour toi.

— Je sais, maman.

Len se baissa et l'embrassa sur la joue avant de retourner à sa chambre pour terminer de se préparer afin d'aller travailler. Son café en main, il finit de s'habiller et prépara son sac pour l'après-midi. Cliff et Geoff l'avaient invité à aller à la plage et il était impatient d'y être : du sable chaud, du soleil, Geoff qui s'amuserait et Cliff dans son maillot de bain trempé. Voilà un programme qui valait la peine de se lever tôt.

Une fois prêt, il finit son café, saisit son sac, sortit de sa chambre, déposa sa tasse dans l'évier, embrassa sa mère et quitta la maison. Il démarra la voiture et alluma la radio, comme à son habitude. *Un accident mortel a fait deux victimes et un blessé sur l'autoroute US-10. En attente de l'identification des corps, la police n'a pas encore révélé le nom des victimes.* Le présentateur enchaîna sur un tout autre sujet. *La sécheresse dans les plaines continue de faire grimper le prix des matières premières. D'après les dires des Anderson, originaires de Maumee, Ohio, le prix du maïs a augmenté de cinq cents le boisseau, terminant à deux dollars quatre-vingt-quinze cents. Et le bœuf a augmenté de quatre cents le kilo.* Les informations continuèrent mais Len avait déjà entendu ce qui l'intéressait. Il éteignit la radio et conduisit en silence jusqu'à la ferme.

Une fois arrivé, il se mit immédiatement au travail dans la grange. Il s'efforçait de nettoyer les box tous les jours pour ne jamais se retrouver avec une charge de travail excessive, mais avec le temps clément des derniers jours, les chevaux passaient la majeure partie de leur temps à l'extérieur, ce qui signifiait qu'il n'avait que peu de travail dont il devait s'occuper dans l'immédiat.

— Salut, Len ! Prêt à couper du foin ?

Randy s'approcha de lui, l'air plus heureux que jamais, bientôt suivi par Fred, qui avait l'air tout aussi content de lui.

— Tu souris parce que ce n'est pas toi qui va t'en charger ?

— Oui, je vais réparer des barrières aujourd'hui.

Len préférait de toutes les façons conduire le tracteur plutôt que de réparer les barrières et ne vit aucune raison de protester. Les deux tâches étaient aussi difficiles et harassantes l'une que l'autre.

— Je t'ai sorti le tracteur, je peux te montrer ce que tu as à faire dès que tu seras prêt.

— Merci, dit Len avant de se tourner vers Fred. Et toi, qu'est-ce qui te rend si heureux ?

Randy lui donna un coup de coude dans les côtes.

— Il a un rencard avec Susie Cooper ce soir.

— Ne te moques pas trop de lui. Il ne t'a pas trop chambré quand tu as commencé à voir Shell, tu te rappelles ?

Randy prit un air penaud et ils passèrent en revue leurs tâches pour la journée.

— Je ne serai pas là cet après-midi. Cliff et moi emmenons Geoff à la plage.

Randy et Fred échangèrent un regard avant de jeter un coup d'œil autour d'eux puis de se tourner à nouveau vers Len. Randy demanda à mi-voix.

— Alors, vous deux, c'est du sérieux ?

— Je crois, oui.

Randy hocha la tête mais n'ajouta pas un mot.

— Voulais-tu me demander autre chose ?

— Non, je voulais juste te dire que ma cousine est lesbienne et elle est géniale.

Randy se mit à s'agiter et Fred prit le relais.

— Ce qu'on veut dire, c'est que nous comprenons tous les deux et que cela n'a pas d'importance à nos yeux. Mais ça n'engage que nous, faites quand même attention.

Ils s'égarèrent quelque peu dans leur discours, ne sachant que dire, et Len les tira de leur embarras.

— Merci, ça compte beaucoup pour moi.

C'était vrai. Len s'était attendu à beaucoup de complications – peut-être pas venant de Fred et Randy, vu le discours que Fred lui avait déjà tenu – mais même Mari n'avait pas semblé s'en offusquer en y faisant allusion. Cliff et lui devaient vraiment avoir une discussion à ce sujet.

Fred les remit au travail.

— Il faut qu'on s'y mette.

Randy montra à Len comment se servir de la faucheuse et ils se mirent en chemin vers les champs. Len passa les huit heures suivantes à faucher de grandes bandes de foin pour les laisser sécher après son passage. Malheureusement pour Len, le tracteur ne disposait pas de l'air conditionné et il suait à grosses gouttes. Il revêtit une chemise à manches longues ainsi qu'un chapeau pour éviter les coups de soleil. C'était un travail aussi épuisant que salissant. À seize heures, il remit le tracteur à sa place dans le hangar et éteignit le moteur.

— Est-ce bien Len ou un monstre de poussière a-t-il pris les commandes de mon tracteur ?

Cliff s'approcha de lui et sauta sur l'un des pneus du tracteur, se penchant pour l'embrasser.

— Ça s'est bien passé ?

— Oui, ça va. Tu as l'air heureux, que se passe-t-il ?

— Je le suis. Mari et moi avons signé l'acte de vente aujourd'hui, le prix du maïs et celui du bœuf sont en hausse, et nous allons sûrement réaliser une grande année.

Cliff ne put s'empêcher de lever les yeux vers le ciel.

— Tant qu'il ne pleut pas avant qu'on ait rentré le foin.

— D'abord tu veux qu'il pleuve, puis ensuite l'inverse, il faudrait savoir ce que tu veux !

Len sourit et Cliff lui donna un baiser.

— Es-tu prêt à y aller ?

— Il me reste des champs à faucher mais je me suis dit que je m'en occuperais en rentrant.

— Tu pourras le faire demain.

Cliff, en posant sa main sur sa cuisse, lui fit presque perdre le fil de ses pensées.

Len secoua la tête.

— Non, demain il faut que je retourne le foin que j'ai fauché aujourd'hui, pour qu'on puisse tout faire sécher correctement et le rentrer la semaine prochaine.

Je ne veux pas risquer de le ruiner avec la pluie. Ils en annoncent pour le milieu de la semaine prochaine et je veux en avoir terminé avec le foin d'ici-là.

Len se leva de son siège et sentit ses jambes plier légèrement sous son poids.

— Fais attention en descendant, tu es assis depuis longtemps.

Cliff l'aida à descendre et Len alla chercher ses affaires dans sa voiture avant de les déposer dans le camion de Cliff. Quelques instants plus tard, Cliff et Geoff sortirent de la maison, le tout-petit trépignant d'excitation derrière son père, une pelle et un seau à la main. Geoff se précipita dans le camion et Cliff l'installa dans son siège, le petit garçon n'attendant plus qu'une seule chose : que son père l'attache dans son siège et qu'ils partent.

— Tout le monde est prêt ? demanda Cliff.

Des 'oui' enthousiastes s'élevèrent dans l'habitacle et Cliff démarra, direction le lac.

— Je me suis dit que nous pourrions aller au parc national. L'eau sera plus chaude au lac Hamlin qu'au lac Michigan.

— Ça marche ! N'est-ce pas Geoffy ?

Il chatouilla le ventre du petit bonhomme qui rit de tout son cœur. Geoff s'émerveilla de tout ce qui passait sur la route, montrant du doigt les merveilles qu'il avait devant les yeux.

— Un s'val, Len ! Des cos'ons, Papa ! Regarde ! Regarde !

Ses petites mains pointaient en direction de tous les animaux de ferme qu'ils apercevaient.

En arrivant au parc national, Cliff acheta un ticket et ils prirent la direction du lac. Geoff ne tenait plus en place quand ils arrivèrent sur le parking et ils virent des parents et des enfants éparpillés sur la plage. Cliff porta toutes leurs affaires et Len sortit Geoff de son siège et le porta jusqu'à la plage.

— Pourquoi est-ce que c'est moi qui suis obligé de tout porter ? demanda Cliff de manière taquine en posant leurs affaires sur le sable.

— Demande à Geoff, c'était son idée.

Geoff avait insisté pour que ce soit Len qui le porte jusqu'à la plage, laissant Cliff s'occuper de leurs affaires. Len déposa Geoff sur le sable et le garçonnet s'empara immédiatement de sa pelle et de son seau et se mit à creuser.

— Va te changer, je reste ici avec Geoff, offrit Len.

— D'accord, je reviens vite, et ensuite tu pourras y aller, dit-il avant de se pencher vers son oreille. Je suis impatient de voir tes fesses dans ton maillot de bain.

Merci, Cliff ! Il serait désormais impossible pour Len de s'afficher en maillot de bain. Chaque fois que Cliff adoptait ce ton avec lui, Len sentait monter son excitation à la vitesse de l'éclair.

Cliff se dirigea vers les cabines et Len badigeonna Geoff de crème solaire après lui avoir retiré son tee-shirt. Puis Cliff revint et prit son fils dans ses bras.

— Veux-tu aller dans l'eau avec Papa ?

Geoff hocha la tête et rit alors que Cliff l'emmenait jusqu'à l'eau. Len prit son maillot de bain et fila se changer. La plupart des bâtiments du parc national de Ludington avaient été construits dans les années trente et quarante ; c'était aussi le cas des vestiaires. L'une des caractéristiques les plus remarquables de ces vestiaires était qu'une bouche d'aération reliait le vestiaire des hommes au vestiaire des femmes et l'on pouvait entendre tout ce qu'il se passait de l'autre côté. Pendant qu'il se changeait, Len put entendre des voix provenant de l'autre côté. Il n'y aurait pas prêté attention si une des voix ne s'était pas démarquée. Il l'avait déjà entendue quelque part. Len entra dans une cabine et se changea précipitamment.

Il sortit des vestiaires et alla retrouver Cliff et Geoff au bord de l'eau.

— Wen, zoue avec nous.

Len s'agenouilla dans le sable et commença à aider à la construction du château de sable qu'ils étaient en train d'édifier.

— Janelle est ici.

Cliff arrêta de travailler l'espace d'une seconde.

— Et alors ?

— Il faut qu'on parle.

— J'ai l'impression que je ne vais pas aimer ce que tu as à me dire.

— Ce n'est pas ça, mais il faut que je te dise quelque chose.

Cliff leva les yeux et sourit.

— D'accord.

Ils s'installèrent sur la couverture, d'où ils pouvaient garder un œil sur Geoff. Il était très occupé à creuser le sable de toute façon.

— Alors, quel est le problème ?

— Ce n'est pas vraiment un problème, je voulais juste te dire que les gens commencent à se rendre compte qu'il se passe quelque chose entre nous. Fred et Randy m'en ont parlé aujourd'hui.

Len vit de la peur traverser le regard de Cliff.

— Qu'est-ce qu'ils ont dit ?

— Rien de mal. Ils m'ont demandé si ça devenait sérieux entre toi et moi. En fait, ça ne leur pose absolument aucun problème.

— C'est vrai ?

Cliff ne pouvait pas en croire ses oreilles.

— Oui, ce sont des gars bien et ils tiennent beaucoup à toi et à la ferme.

Cliff secoua doucement la tête.

— Eh bien, je n'aurais jamais cru entendre ça un jour.

— Et je crois que ta sœur, Mari, se doute de quelque chose. Elle a fait allusion au fait que nous rentrions toujours de bonne humeur de nos balades à cheval. Même Nicole Robinson m'en a parlé.

Le regard de Cliff s'obscurcit et Len savait ce qui l'attendait.

— Qu'essaies-tu de me dire ? Que tu ne veux plus qu'on soit ensemble ?

Sa voix s'était faite menaçante.

281

— Non, ce n'est pas du tout ce que j'ai voulu dire. Il faudrait simplement qu'on s'accorde sur la manière de gérer tout cela. Je n'ai honte ni de toi ni de t'aimer. Je ne mentirai jamais si on me posait des questions sur nous, j'ai suffisamment menti dans ma vie comme cela.

Le regard enflammé de Cliff disparut aussi vite qu'il était venu.

— Oh…

Len attendit la réaction de Cliff.

— Je suis d'accord avec toi.

Len n'en revenait pas, il s'était attendu à plus de résistance.

— C'est vrai ?

C'était presque trop facile.

— Oui, je n'ai pas honte de toi non plus. Je ne le crierai pas sur tous les toits mais je ne le nierai pas.

Len répondit, avec un sourire joueur.

— Tu sais, je t'embrasserais bien ici et maintenant, mais j'imagine que cela équivaudrait à le crier sur tous les toits, non ?

— Eh bien, si vous n'avez pas la belle vie !

Ils levèrent tous les deux les yeux et virent Janelle se diriger vers eux, accompagnée de Vicki, qui était maintenant enceinte jusqu'aux yeux. Len remarqua que Cliff ne répondit pas au ton provocateur de sa sœur.

— Salut les filles, vous êtes venues vous rafraîchir au bord de l'eau ?

Vicki commença à déplier la chaise qu'elle tenait entre les mains et Len se leva aussitôt pour l'aider à l'installer sur le sable avant qu'elle ne se laisse tomber en douceur.

— Je transpire comme un bœuf depuis que je suis enceinte et la chaleur n'aide franchement pas.

Len plongea la main dans la glacière qu'ils avaient emmenée et lui tendit un soda frais.

— Merci.

Elle fit rouler la canette sur son visage avant de l'ouvrir.

— Donc il n'y a rien d'anormal à ce que tu emmènes un de tes employés à la plage ?

Bon Dieu, quelle pétasse ! Len commença à se demander comment il avait pu ne pas s'en rendre compte auparavant. Il y avait dû y avoir des signes qui lui avaient échappé.

— Je t'ai dit la semaine dernière que j'avais promis à Geoff de l'emmener à la plage.

Geoff revint en courant vers eux à point nommé, le doigt pointé vers l'eau.

— Wen, nazer, dit-il en s'emparant de la main de Len avant de le tirer en direction de l'eau. Nazer, Wen, nazer.

Cliff prit Geoff par l'autre main pour attirer son attention.

— Est-ce que tu dois aller au pot ?

— Non, papa, répondit Geoff, une expression impayable sur le visage. Nazer.

Len se leva, prit Geoff dans ses bras et l'emmena en direction de l'eau. Des enfants les arrosèrent et Geoff tapa des mains dans l'eau pour les arroser à son tour. Len se baissa pour que seules leurs têtes dépassent de l'eau et sauta en l'air. Geoff rit et cria de joie lorsqu'il recommença. Leurs jeux prirent fin lorsque Geoff prononça le mot magique.

— Pot.

Len se rua hors de l'eau et alla retrouver Cliff, il lui tendit son fils et ils se dirigèrent tous deux vers les toilettes.

— Alors Len, tu apprécies de jouer au papa et à la maman ?

— Excuse-moi ? s'agaça-t-il, exaspéré par son attitude. Ce n'est pas la peine d'être méchante, Janelle. Je croyais qu'on était amis. Je suis désolé que tu aies été blessée mais je n'y suis pour rien.

Vicki, toujours assise dans sa chaise, leva les yeux et intervint :

— Oh non, Janie ! Ça va faire des mois que je t'ai dit que vous n'étiez que des amis. Il ne t'a jamais embrassé, bon sang ! Cela aurait dû te mettre la puce à l'oreille. Tu n'as aucune raison de t'énerver comme ça. En plus, le cousin de Dan serait très heureux de te rencontrer.

Vicki sirotait toujours son soda, agitant un livre pour avoir un peu d'air.

— Bon Dieu ! Qu'il fait chaud !

Vicki se sortit avec effort de la chaise.

— Allez viens Janelle, on rentre à la maison.

Elle replia sa chaise et retourna à sa voiture en se dandinant. Len regarda les deux femmes partir, Janelle suivant de près sa sœur, debout dans le sable. Il n'avait jamais été aussi heureux de voir quelqu'un partir. Alors qu'elles s'en allaient, il vit Cliff et Geoff sortir des vestiaires, Geoffy marchant en sautillant, un large sourire sur le visage. Cliff vit ses sœurs et les salua d'un geste de la main. Elles le saluèrent à leur tour et la voiture démarra.

— Je vois qu'elles sont parties.

— Oui. Je crois que Janelle se doute de quelque chose, elle m'a demandé si j'appréciais de jouer au papa et à la maman.

Geoff s'assit dans le sable à leurs côtés et s'empara de ses jouets pour reprendre son jeu.

— Ne te préoccupe pas pour ça, parfois elle peut vraiment faire ch… commença-t-il, se retenant tout juste de jurer. Mais c'est ma sœur et elle ne me ferait jamais de mal volontairement. Je crois que tu comptais beaucoup plus pour elle qu'elle ne veut bien l'admettre et elle est un peu blessée.

Cliff regarda Geoff. Ils se joignirent tous les deux à son jeu jusqu'à ce que le petit garçon étouffe un bâillement.

— On va y aller dans dix minutes, Geoff.

Le tout-petit ne leva même pas les yeux.

— D'acco', papa.

— Elle s'en remettra, il faut juste lui laisser un peu de temps.

Len espéra qu'il avait raison mais il ne pouvait s'empêcher de se demander comment Janelle réagirait si elle apprenait que l'homme qui lui plaisait était tombé amoureux de son frère. Bon Dieu ! Sa vie était en train de devenir un véritable feuilleton télévisé.

— Geoff, il est l'heure d'y aller.

Cliff emmitoufla son fils dans une serviette et le changea, puis ils marchèrent vers le camion, leurs affaires en main.

— On se changera à la ferme, si ça ne te pose pas de problème.

Len hocha la tête et ils rangèrent leurs affaires dans le coffre avant de quitter le parking.

— Combien de temps avant que tu finisses de faucher tous les champs ?

— Environ deux heures.

— Eh bien, lorsque tu auras terminé, passe à la maison. Après dîner, on pourra aller se laver.

Le regard de Cliff ne laissait aucun doute quant à ses intentions et Len dût changer de position pour ne pas que l'on puisse voir son excitation à travers son slip de bain mouillé. Il avala sa salive.

— D'accord.

— Papa, Len reste dîner ?

— Oui mais il a du travail. Tu seras déjà au lit quand il aura terminé.

— Mais ze veux qu'il me lise Geo'ge.

Geoff était sans aucun doute fatigué, il ne se plaignait jamais de la sorte.

— Si tu es toujours réveillé lorsque j'aurais terminé, je te lirai une histoire, sinon je te la lirai demain, d'accord ?

Geoff sembla apaisé, posa sa tête contre le dossier de son siège-auto et s'endormit bien avant qu'ils ne rejoignent la ferme. Une fois arrivés, Cliff emmena Geoff dans la maison et Len prit la direction de la sellerie, se changea et lança le tracteur. Il finit de faucher les derniers champs en deux heures et quand il revint, Cliff l'attendait sur le pas de la porte, une grande bouteille tout juste sortie du réfrigérateur à la main.

— Je me suis dit qu'une bière ne te ferait pas de mal.

— Merci.

Len l'ouvrit et prit une grande gorgée.

— Geoff est couché et le dîner est prêt. J'ai prévu quelque chose de spécial pour plus tard. J'ai déjà appelé Lorna pour la prévenir que tu ne rentrais pas. Elle a rit et nous a souhaité de bien nous amuser.

— Elle t'aime beaucoup, Cliff.

Il espérait qu'elle l'apprécie beaucoup, car lui-même était déjà bien au-delà de ça.

284

— Je le crois, oui.

Len finit sa bière et mit la bouteille dans la poubelle.

— Entre, que je te nourrisse et te donne de l'amour.

— J'aime ce que j'entends.

Il se pencha vers son amant et sentit les lèvres de Cliff contre les siennes.

XV

Ils dînèrent en silence, rien que tous les deux. Il faisait sombre dans la maison et la seule lampe allumée éclairait la table à manger.

— C'était très bon, dit Len.

— Juste des spaghettis et du pain à l'ail, rien de spécial.

— La nourriture n'a pas besoin d'être classe pour être bonne, tout comme les hommes.

— Il reste le dessert mais on pourra le manger tout à l'heure.

Cliff se pencha près de Len, ses lèvres effleurant à peine celles de son amant.

— Je crois qu'il va falloir qu'on te lave et qu'on détende ces muscles, ou tu vas avoir du mal à marcher demain.

Cliff recula sa chaise et mit ses couverts dans l'évier avant de s'occuper de ceux de Len.

— Monte prendre une douche. Je m'occupe de la vaisselle et je te rejoins.

Repu et trop fatigué pour répondre, Len se leva et monta les marches, traversa le couloir et entra dans la salle de bain à côté de la chambre de Cliff. Il alluma la lumière et referma la porte. Après avoir pris une grande inspiration, il retira doucement son tee-shirt, surpris de constater à quel point ses bras et ses épaules lui faisaient mal. Qui aurait pu croire que conduire un tracteur puisse être aussi physique ? Mais ses douleurs étaient bien réelles. Il plia son tee-shirt et le posa sur le meuble de la salle de bain, déboutonna son pantalon et le baissa avec ses sous-vêtements. Chacun de ses muscles le brûla lorsqu'il se baissa pour enlever ses chaussures avant de retirer complètement son pantalon.

Il se redressa, alluma la douche et laissa l'eau tiédir avant de se mettre sous le jet. L'eau lui procura un bien fou, lavant sa peau et relaxant ses muscles endoloris. Un léger soupir lui échappa quand il posa ses mains contre les parois et laissa l'eau couler le long de son corps. Le rideau de douche s'agita et Len sentit deux mains entourer sa taille et une peau brûlante se serrer contre lui.

— Salut, dit Cliff.

Ses mains glissèrent sur le torse et le cou de Len avant de poursuivre le long de son ventre.

— Salut, toi.

Un léger tremblement résonna dans le torse de Len tandis que les lèvres de Cliff lui dévoraient la nuque.

— Je crois qu'il va falloir qu'on te nettoie.

286

Cliff fit mousser ses mains avant de passer ses doigts glissants et coquins sur tout son corps, lavant la saleté et la terre au savon. Len laissa Cliff faire ce qui lui plaisait. Il était trop fatigué et endolori pour protester ou même retourner la faveur.

— Si tu continues comme ça, ça sera bientôt terminé, dit Len à Cliff qui s'occupait du seul muscle qui n'était pas douloureux, du moins pas à cause du travail.

— Pas avant que tu ne sois au lit. Détends-toi et laisse-moi prendre soin de toi.

Il avait dû s'accroupir car Len sentit ses mains glisser le long de ses jambes et de ses cuisses. Bientôt, ses fesses furent propres et les doigts de Cliff glissèrent le long de son pli. Sans réfléchir, Len fit un mouvement en arrière et Cliff glissa ses doigts près de son entrée.

— Cliff, mon Dieu !

— Détends-toi.

Ses mains remontèrent vers le haut de son dos et pétrirent les muscles de ses épaules.

— Laisse-moi te laver les cheveux.

Len acquiesça et bientôt Cliff passa du shampoing dans ses cheveux, malaxant son scalp, et Len frissonna.

— Rince-toi.

Len fit un pas en avant et l'eau s'écoula à nouveau le long de son corps et rinça le savon.

— Sèche-toi et va t'étendre sur le lit, j'arrive tout de suite.

Len hocha la tête et sortit de la douche. Il se sécha, enveloppa sa taille d'une serviette et s'allongea sur le lit de Cliff, couché sur le ventre. *Mon Dieu, que c'est bon !* Il avait retiré le couvre-lit et la sensation des draps contre son corps était sublime. Une rafale de vent pénétra par la fenêtre et le rafraîchit. Si Cliff ne revenait pas bientôt, il allait s'endormir. Le lit s'inclina légèrement et Len sentit qu'il tirait sur sa serviette et bientôt il se retrouva nu. Des mains parcoururent son dos et il sentit un poids contre ses jambes. Les muscles de son dos commencèrent à se détendre tandis que Cliff les massait avec ardeur.

— Pose ta tête sur l'oreiller.

Len s'exécuta sans réfléchir, son esprit s'envolant déjà. Les lèvres de Cliff se joignirent à ses mains et l'embrassèrent doucement en suivant le parcours de ses caresses. Sur ses épaules, dans sa nuque, le long de son dos, une petite morsure sur ses fesses… Il caressa et embrassa chaque partie de son corps.

— Retourne-toi.

Len se contenta d'exécuter les ordres. Les lumières étaient éteintes et ses yeux s'étaient fermés depuis longtemps. Puis les mains et les lèvres de Cliff se remirent à l'ouvrage ; son cou, ses bras, ses mains, il caressa puis embrassa chaque partie du corps de Len. Il goûta aux plaisirs de son torse et de ses mamelons et caressa son ventre et ses hanches. Len était presque endormi lorsque ses yeux se

287

rouvrirent soudain lorsqu'il sentit une moiteur chaude l'envelopper comme un tunnel.

— Cliff !

— Détends-toi et donne-moi tout ce que tu as.

Puis le flot de paroles s'interrompit quand il s'engouffra à nouveau dans le tunnel.

— J'aime ta bouche.

Sa respiration devint saccadée et irrégulière quand il prit la tête de Cliff entre ses mains et la colla contre lui. Il n'avait plus du tout sommeil.

— Oui !

Il sentit monter la pression et retira ses mains, faisant de son mieux pour prévenir Cliff. Mais Cliff semblait comme possédé et à chaque signal, il ne faisait qu'accentuer ce qu'il faisait, rendant Len dingue jusqu'à ce qu'il ait l'impression de s'éparpiller de tous côtés.

— Cliff !

Il s'efforça de ne pas crier trop fort mais ne put s'en empêcher. Dieu merci, la porte était fermée. Puis son corps tout entier se détendit sur le lit, complètement vidé. Il sentit Cliff grimper le long de son corps, l'embrassant partout, jusqu'à ce que leurs lèvres se rencontrent. Maintenant qu'il était tout à fait éveillé, il était hors de question de laisser Cliff s'en aller. L'entourant de ses bras, il l'attira à lui.

— Je croyais que tu allais t'endormir.

— Tu m'as réveillé.

Len passa ses mains sur le dos de Cliff.

— Que veux-tu ?

— Toi ! Je te veux toi, pour toujours.

Cliff pivota sur le lit, souleva les jambes de Len et les appuya contre ses épaules.

— Qu'est-ce que tu fais ?

Sa langue chaude et humide glissa le long de son pli.

— Cliff...

Sa langue se concentra sur son entrée, décrivant des cercles et Len émit un léger gémissement. Il avait l'impression de se comporter comme une pétasse à deux dollars mais il n'en avait rien à faire. Cliff était en train de lui faire des choses qu'il n'aurait jamais imaginées et la dernière chose qu'il souhaitait était qu'il s'arrête. Cliff lui avait promis de lui donner de l'amour et il ne plaisantait pas. Sa langue s'éloigna et une secousse fit vibrer le lit. Puis il sentit Cliff pousser contre lui et son corps s'ouvrit, comme pour l'inviter, et Cliff le pénétra lentement, l'étirant et le brûlant, jusqu'à ce qu'il ne ressente plus que du plaisir.

— Je vais te faire l'amour comme on ne te l'a jamais fait, alors accroche-toi.

Cliff allait et venait avec une lenteur insupportable, s'appliquant à buter sur l'endroit qui, il le savait bien, rendait Len fou de plaisir. Chaque mouvement aliénait Len plus encore.

— Cliff, s'il te plaît.

Len serra les draps dans ses poings et ses supplications ne reçurent aucune réponse. Sa passion atteignit des hauteurs qu'il n'aurait jamais imaginées. Cliff se pencha en avant et l'embrassa avec fougue, sans briser son rythme.

— Je vais t'aimer comme tu mérites que l'on t'aime.

— Que je le supporte ou pas ?

La vue de Len se brouilla lorsque son regard plongea dans celui de Cliff, observant chaque mouvement, chaque geste, chaque fléchissement de ses muscles.

— Oh, tu vas le supporter, dit-il en se retirant et le pénétrant à nouveau. Je le sais parce que tu adores ça.

Finalement, au grand soulagement de Len, il sentit le rythme de Cliff s'accélérer légèrement et il s'agrippa à lui, bandant tous ses muscles. Il sentit Cliff frissonner et trembler et il recommença jusqu'à ce qu'il perde le contrôle et s'enfonce plus profondément.

— Oh oui, Cliff ! Donne-moi tout ce que tu as…

Les encouragements de Len eurent l'effet escompté et, comme il l'avait promis, Cliff lui offrit la chevauchée de sa vie.

— J'y suis presque.

— Moi aussi, j'attends ton signal.

Cliff commençait à perdre le contrôle.

— Maintenant Len.

Après quelques caresses, Len jouit et il sentit Cliff frémir en lui. La respiration haletante, Cliff se retira et s'étala sur le lit, avant de tirer Len à lui.

— Tu as été magnifique.

— Toi aussi.

Leurs lèvres se rencontrèrent et ils s'embrassèrent doucement, délicatement, leurs mains caressant leurs peaux brûlantes. Complètement épuisé, Len bâilla et ses yeux se fermèrent. Le lit remua légèrement et il entendit des bruits de pas aller et venir. Cliff passa un linge tiède sur son corps et s'allongea à ses côtés.

— Dors, mon amour.

Len était si fatigué qu'il entendit à peine ce que Cliff disait, mais même à travers les brumes de son cerveau endormi, il sourit légèrement et ce fut la dernière chose dont il se souvint avant de tomber dans les bras de Morphée.

QU'EST-CE QUE c'est que ce putain de bruit ? La lumière du jour filtrait à travers la fenêtre lorsque Len ouvrit les yeux mais il sut, avec certitude, que ce n'était pas ce qui l'avait réveillé. Il releva la tête et vit Cliff endormi à ses côtés. En jetant un œil au réveil, il vit qu'il n'était pas encore l'heure de se lever. Puis le bruit d'une porte claquant au premier étage le réveilla complètement.

— Cliff, il y a quelqu'un dans la maison.

— Hmm, quoi ?

Le corps de son amant gigota avant de se coller contre lui. Un ronflement s'éleva à nouveau.

— Cliff, j'ai entendu une porte se refermer en bas. Il y a quelqu'un dans la maison.

Cliff se redressa au bruit de pas montant l'escalier.

— Cliff, t'es réveillé ?

— Merde ! C'est Janelle ! Que fait-elle ici aussi tôt ?

Avant que l'un ou l'autre ne puisse sortir du lit, la porte de la chambre à coucher s'ouvrit et Janelle entra dans la pièce.

— Cliff, il faut que je te parle de la maison que tu as vendue…

Les mots moururent sur ses lèvres lorsqu'elle vit Cliff et Len allongés dans le même lit, nus tous les deux.

— Qu'est-ce qui se passe ici ?

Cliff tira les couvertures sur Len et s'assit dans son lit.

— Devine, Janelle ! On essaye de dormir ! Qu'est-ce que tu fous ici ?

— Je sais que tu te lèves tôt et je voulais te parler de la maison que tu as vendue à Mari, s'expliqua-t-elle en ne parvenant pas à quitter Len du regard, allongé dans le lit de Cliff. Mais ça peut attendre.

Elle fusilla Len du regard.

— Qu'est-ce que tu fous dans le lit de Cliff ?

Len regarda Cliff, puis Janelle.

— Je dors dans le lit de l'homme que j'aime.

La plainte qu'elle laissa échapper ressembla plus à un hurlement d'animal blessé qu'à aucun son réellement humain.

— Quoi ?

Len et Cliff entendirent un 'papa ?' puis des pleurs suivis d'un 'papa !' paniqué. Cliff rejeta les couvertures de côté et enfila un caleçon.

— Descends dans le salon Janelle, il est hors de question qu'on parle de ça dans ma chambre.

Elle croisa les bras sur sa poitrine.

— Je ne vais nulle part.

Cliff se retourna.

— Len, pourrais-tu t'habiller et appeler la police, s'il te plaît ? Préviens-les qu'un intrus s'est introduit dans la maison.

— Tu n'as pas le droit de me faire ça dans ma maison !

Son ton était plaintif et Cliff n'avait pas l'intention de céder.

— Tu n'es pas chez toi, Janelle, tu es chez *moi*.

— J'ai grandi ici.

— Cet endroit… est… ma… maison ! Maintenant descends ton gros cul au rez-de-chaussée ou j'appelle la police pour qu'ils t'arrêtent.

Il pointa le doigt en direction de l'escalier et attendit qu'elle bouge. En voyant qu'elle hésitait il ajouta :

— Ne me pousse pas à te jeter dans les marches parce que j'en meurs d'envie.

Len ne sut pas si ce fut la menace de Cliff, le ton de sa voix ou le feu dans son regard qui finit par la convaincre, toujours est-il qu'elle fit volte-face et descendit l'escalier. Cliff se tourna vers Len, le regard toujours empli de colère.

— Je suis désolé.

— Ce n'est pas ta faute.

Geoff pleurait toujours et ses pleurs redoublèrent d'intensité.

— Va consoler Geoff, je vais m'habiller et je te rejoins en bas.

Cliff secoua la tête.

— C'est à moi de m'occuper d'elle, pas à toi.

— On s'en occupera tous les deux, il est hors de question que je m'éclipse et que je te laisse subir ses foudres tout seul. Rappelle-toi, elle est vexée parce que tu m'as eu et pas elle.

Geoff fit son apparition à la porte de la chambre. Len enfila son pantalon pendant que Cliff prenait son fils dans ses bras pour le consoler.

— Je suis désolé, papa et tata Janelle se sont disputés.

— T'as qu'à di'e que t'es dézolé.

Tout était si simple quand on avait deux ans.

— Len va te remettre au lit et te lire *George,* d'accord ?

Geoff posa sa tête contre l'épaule de Cliff et hocha la tête tandis qu'il le portait hors de la pièce. Len suivit, s'assit sur la chaise et prit le livre pendant que Cliff réinstallait son fils dans son lit. Le petit garçon ne resterait pas éveillé longtemps mais Len ouvrit tout de même le livre et commença sa lecture. Cliff se pencha et l'embrassa tendrement dans le cou avant de se redresser.

— Descends dès que tu es prêt.

Len acquiesça et lut pour rassurer le garçonnet. Geoff s'endormit et Len mit le livre de côté. Il se leva, referma la porte et retourna à la chambre à coucher. Il retrouva la chemise qu'il avait portée la veille, l'enfila et descendit les marches.

Dans le salon, Cliff et Janelle se fusillaient du regard sans échanger un mot. Quand Len entra dans la pièce, Janelle se leva et voulut hausser la voix de nouveau, mais Cliff l'interrompit.

— Si tu te remets à hurler et que tu réveilles Geoff, je peux te jurer que je vais te foutre à la porte.

Il s'approcha d'elle avant d'ajouter :

— Et ne crois pas que ce ne sont que des paroles en l'air. D'accord ?

Elle acquiesça avec froideur.

— Bien, maintenant, peux-tu me dire ce que tu fais là ?

— Je voulais savoir pourquoi tu avais vendu la maison à Mari et pas à moi.

Elle sortit un mouchoir de son sac à main. La colère de Cliff n'avait pas diminué et il n'était certainement pas d'humeur à supporter ses caprices.

— Pour commencer, elle m'a dit qu'elle voulait la maison et nous sommes parvenus à un accord. Elle l'a payée au prix du marché, je suis propriétaire du terrain, c'est tout.

— Mais peut-être que je la voulais, moi aussi. Tu ne nous as rien demandé à Vicki et à moi.

Cliff prit une profonde inspiration.

— Cela ne m'a pas traversé l'esprit. Elle était intéressée par la maison et je la lui ai vendue, c'est tout. Bon, je pense qu'on a fait le tour de la question.

Len fut surpris par la manière dont Cliff menait la conversation mais comprit qu'il devait avoir une raison.

— Concernant ce qu'il s'est passé ce matin, je vais te le dire une seule et unique fois. Len et moi, nous nous aimons. On s'aime et il est le meilleur ami que j'ai jamais eu. Nous sommes ensemble depuis un mois maintenant et nous espérons que cela durera. Cela n'a rien à voir avec toi. Len t'a bien dit que vous n'étiez que des amis, non ?

— Oui, mais…

— Est-ce qu'il t'a embrassée, touchée ? A-t-il insinué qu'il voulait que vous soyez plus que ça ?

Elle secoua la tête.

— Non, mais…

— Mais quoi, Janelle ? Ça te pose un problème que je sois gay ?

Len était impressionné par la manière dont Cliff menait cette conversation : il faisait en sorte que Janelle reste sur la défensive et orientait les questions pour qu'elle ne puisse pas en poser d'autres. Ils remarquèrent tous les deux qu'elle ne répondit pas à la dernière question.

— C'est bien ça, n'est-ce pas ?

— Que suis-je censée penser ? Un garçon me plaît et j'apprends qu'il est gay et qu'il est en couple avec mon frère !

Len prit la parole pour la première fois.

— On ne peut pas répondre à ta place mais il faut que tu comprennes que je n'ai jamais voulu te faire de mal. Je suis désolé que tu aies de la peine mais nous n'aurions jamais pu être plus que des amis.

Elle renifla et s'essuya les yeux avec son mouchoir.

— Il y a une dernière chose à régler. Ici, c'est chez moi. D'accord, tu as grandi ici, tout comme Mari et Vicki, mais si tu refais irruption chez moi comme tu l'as fait ce matin, je ferais changer les serrures. Je te suggère fortement de partir maintenant. Si tu as une question ou si tu veux parler de quelque chose, nous serons ravis de te répondre, mais tu es priée de téléphoner avant de venir.

Len jeta un coup d'œil à sa montre.

— J'aimerais aussi que tu me laisses l'annoncer à Vicki et à Mari. Ce n'est pas de ta bouche qu'elles doivent l'apprendre.

On aurait presque pu voir les rouages tourner dans le cerveau de Janelle.

— Si tu voulais nous faire du mal, tu le pourrais, mais elles voudront m'en parler et je serais obligé de leur dire comment tu l'as appris. Alors, la sympathie que tu auras obtenue d'elle s'évanouira, tu le sais.

— D'accord, tu as raison.

— Je leur annoncerai cet après-midi. Maintenant, il est temps que tu partes, on a du travail. Je t'appellerai cet après-midi pour te dire comme cela s'est passé.

Sans ajouter un mot, elle se leva et se dirigea vers la porte. Elle ne leur accorda ni une parole ni même un regard alors que la porte se refermait derrière elle. Cliff soupira.

— Je vais nous faire du café, je pense que nous allons en avoir besoin. J'ai l'impression que cela va être une longue journée.

XVI

Len rentra chez lui pour se changer.

— Merde ! s'exclama-t-il alors qu'il donnait un grand coup de volant afin d'éviter un écureuil. Fais attention à ce que tu fais, Len !

Son esprit n'était pas du tout à ce qu'il faisait : Janelle l'avait surpris au lit avec Cliff. Il sourit malgré tout, et cela aurait même pu être amusant s'il n'avait pas peur d'elle désormais. Arrivé chez lui, il gara sa voiture à côté de celle de sa mère. Il éteignit le moteur et reposa sa tête sur le volant.

Il ouvrit la portière, sortit de sa voiture et entra dans la maison. Sa mère sortit de sa chambre et referma la porte derrière elle.

— Je ne m'attendais pas à te voir ce matin.

— Il me faut des vêtements propres.

Len remarqua qu'il y avait quelque chose de différent chez sa mère. Elle souriait et avait l'air heureux. Len jeta un œil dans le couloir, en direction de sa porte de chambre. Il se tourna vers elle, en souriant, et elle devint rouge comme une tomate.

— Maman, aurais-tu quelqu'un dans ta vie ?

Elle rougit davantage et hocha doucement la tête.

— C'est super ! Il te rend heureuse ? Il se comporte bien avec toi ?

Elle baissa la voix.

— Oui. C'est l'un des administrateurs de l'hôpital, nous nous fréquentons depuis quelques semaines.

Il baissa la voix à son tour.

— Pourquoi ne m'as-tu rien dit ?

— J'attendais d'être sûre que ce soit sérieux.

— Alors c'est du sérieux ?

Elle hocha la tête et Len sourit, avant de la prendre dans ses bras.

— Je suis très heureux pour toi.

— En parlant de bonheur, comment était ta soirée ?

— La soirée s'est très bien passée mais le réveil de ce matin était un peu bizarre. Janelle nous a tous les deux surpris au lit, vous avez dû l'entendre jusqu'ici !

Est-ce que vous étiez… occupés… à ce moment-là ?

Il remarqua qu'elle se retenait pour ne pas sourire.

— Non, on dormait quand elle a fait irruption dans la chambre.

Sa mère ne put se retenir et éclata de rire.

— Bien fait pour elle ! Elle a toujours été trop curieuse.

— Elle a laissé échapper un sacré hurlement ! On aurait dit un élan en rut.

294

Lorna ne put s'arrêter de rire, jusqu'à en avoir mal dans les côtes. Puis la porte de sa chambre s'ouvrit et un homme que Len ne connaissait pas entra dans le salon.

— Tout va bien, Lorna ?

— Oui, oui.

Elle parvint à reprendre le contrôle d'elle-même.

— Jerry, je te présente mon fils, Leonard. Len, Jerry Foster.

— Enchanté de faire votre connaissance. Lorna m'a beaucoup parlé de vous.

Il tendit sa main et Len la serra.

— Je ne voulais pas vous interrompre, il faut juste que je me change avant d'aller travailler. Je n'en ai que pour quelques minutes et je vous laisse.

Len prit congé et gagna sa chambre, refermant la porte derrière lui. Il se changea en vitesse et remplit un petit sac qu'il avait l'intention de laisser dans le coffre de sa voiture. Une fois prêt, il ouvrit la porte et se rendit dans la cuisine. Lorna l'attendait.

— Cela ne te pose pas de problème, pour Jerry et moi ?

Il la serra dans ses bras.

— Bien sûr que non. Tu mérites d'avoir quelqu'un qui te rende heureuse et il a l'air agréable. Allez, va le retrouver, à ce soir.

Il l'embrassa sur la joue et quitta la maison, le mélodrame qui s'était déroulé en début de matinée entre Janelle et Cliff temporairement oublié.

À la ferme, Cliff l'attendait, l'air très nerveux.

— Mes sœurs viennent pour déjeuner, je leur annoncerai à ce moment-là.

— Cliff, tu n'as aucune raison d'être nerveux. Il s'agit de tes sœurs, de ta famille, elles t'aiment. D'autant plus que je pense que Mari le sais déjà.

— Crois-tu que je devrais en parler à Fred et Randy ?

L'esprit de Cliff vagabondait.

— Ils sont déjà au courant, tu te rappelles ?

Len le raccompagna à la maison.

— Cliff, détends-toi ! Nous n'avons rien fait de mal.

— Je sais ! J'ai seulement peur qu'elles me détestent après ça.

— Elles ne te détesteront pas. Elles ne l'accepteront peut-être pas mais elles ne te détesteront pas. Quoi qu'il arrive, tu seras toujours leur frère. En plus, s'il devait y avoir quelqu'un à blâmer, ce sera moi.

— Toi ? Comment ça ?

— Elles me détesteront pour avoir corrompu leur frère.

Cliff lui lança un regard assassin et Len poursuivit :

— Je peux déjà entendre Janelle : 'Il n'était pas gay avant de te rencontrer', fit-il dans sa plus belle imitation.

— C'est n'importe quoi ! Pour autant que je m'en souvienne, j'ai toujours ressenti ces sentiments. Je me suis simplement voilé la face.

Len ouvrit la porte et accompagna Cliff à l'intérieur.

295

— Je sais et il faut que tu les aides à le comprendre. Mais, Cliff, je ne veux pas m'interposer entre toi et ta famille.

Cela briserait le cœur de Len que Cliff doive renoncer à sa famille pour lui et il ne permettrait pas que cela arrive.

— Qu'est-ce que tu veux dire ? Que si elles ne nous acceptent pas, tu me quitteras ?

Cliff se tourna vers lui, vert de rage.

— C'est ça ? Tu vas jouer les magnanimes et partir pour apaiser ma famille et ensuite quoi ? Tu veux me rendre malheureux et me laisser complètement seul ? Ne t'avise pas une seconde de me faire ça !

Le regard de Cliff était encore enflammé par la colère.

— D'accord ! Nous ferons face ensemble. Mais cela ne va pas être facile, j'espère que tu t'en rends compte.

— Rien n'est jamais facile.

— Ne panique pas. Ce que je vais dire est important. Sais-tu ce que cela va impliquer ? Certains de tes clients ne voudront plus faire affaires avec toi. Tu auras peut-être même du mal à trouver de l'aide lorsque tu en auras besoin. C'est une étape importante. Je ne dis pas qu'il ne faut pas que tu le fasses, je dis juste qu'il faut que tu réfléchisses bien avant de prendre cette décision.

Cliff se calma peu à peu.

— C'est fait, c'est tout réfléchi. Pour la première fois de ma vie, je sais ce que je veux vraiment : toi. Le reste du monde peut bien s'écrouler, je m'en fous. D'autant plus que ce n'est pas moi qui m'occuperais d'aller chercher de l'aide lorsque nous en aurons besoin, ce sera toi.

— Moi ?

Les yeux de Cliff brillèrent de joie.

— Oui, en tant que nouveau contremaître de la ferme, ce sera à toi de t'en charger. J'ai bien compris que j'étais incapable de discuter avec les employés, alors ce sera toi qui t'en occuperas désormais. Ce n'est pas comme si c'était nouveau pour toi, c'est déjà plus ou moins ce que tu fais depuis que tu es arrivé. Comme ça, ce sera officiel.

— Mais Fred et Randy travaillent ici depuis beaucoup plus longtemps que moi !

— Je leur en ai déjà parlé et quand je leur ai dit que j'étais à la recherche d'un contremaître, ils m'ont tous les deux suggéré que ce soit toi. Mais il faudra que tu te charges d'un petit truc en plus…

Les yeux de Cliff brillèrent à nouveau.

— Il faudra que tu organises un tournoi de poker les vendredi soirs, il semblerait que tu n'y aies pas encore pensé.

Cliff l'embrassa et des pleurs résonnèrent depuis le premier étage.

— On dirait que notre moment de répit est terminé. Il faut que je m'y mette de toute façon…

Len l'embrassa à nouveau et sortit tandis que Cliff montait l'escalier pour aller chercher Geoff.

— Retrouve-moi avant le déjeuner et ne passe pas ta journée sur le tracteur.

Il disparut à l'étage avant que Len n'ait le temps de répondre. Il sortit de la cuisine et la porte claqua derrière lui. Len traversa le jardin et se mit au travail dans la grange. Après s'être assuré que les chevaux avaient de l'eau et du foin, il commença son rituel quotidien de nettoyage des box.

Des claquements de portes annoncèrent l'arrivée de Fred et de Randy. Ils se retrouvèrent à l'endroit habituel pour passer en revue les différentes tâches à accomplir dans la journée. Randy accepta en rechignant d'aider Len avec le tracteur puis tout le monde se mit au travail. Len prit le tracteur pour la matinée et Randy s'en chargerait l'après-midi.

LEN RENTRA à la ferme avec le tracteur et se gara dans la cour avant d'éteindre le moteur et d'aller dans la maison. À l'intérieur, Cliff faisait déjà les cent pas, errant de pièce en pièce et trébuchant sur les jouets de Geoff.

— Cliff, ce n'est pas la fin du monde.

— Je sais, je suis juste un peu neveux.

Même sa voix tremblait de nervosité.

— Tu serais moins nerveux si tu t'occupais. Va faire à manger pendant que Geoff et moi rangeons la pièce.

Len et Geoff se mirent à ranger les jouets et bientôt le tout-petit se mit à courir dans tous les sens, ramassant ses jouets pendant que Len le poursuivait à travers la pièce. Une fois les jouets rangés, Len lui en tendit quelques-uns et il se mit à faire rouler ses camions sur les meubles.

Len gagna la cuisine pour s'assurer que Cliff s'en sortait.

— As-tu besoin d'aide ?

— J'ai bientôt fini.

Len voyait bien qu'il était encore nerveux, il glissa ses mains autour de sa taille et le baisa sur la nuque.

— Sois honnête avec elles et rappelle-toi qu'il faut du courage pour faire ce que tu fais.

Ils entendirent des portes claquer à l'extérieur.

— N'oublie pas que c'est ta famille et qu'elles t'aiment.

Len retira ses mains.

— Et essaie de ne pas laisser la frustration te gagner.

Il recula.

— Oh ! Et bien entendu…

Il se ravisa, fit un pas et replaça ses mains autour de la taille de Cliff.

— N'oublie pas que je t'aime, quoiqu'il arrive.

Len recula juste au moment où la porte de la cuisine s'ouvrit. Dan et Vicki entrèrent et Dan aida sa femme à s'asseoir.

— Veux-tu boire quelque chose ?

— Bon Dieu ! Oui !

Cliff servit un grand verre de thé glacé et le posa devant sa sœur sur la table. Elle but le verre d'une traite.

— Merci. Heureusement qu'il ne me reste plus que quelques semaines à tenir.

Elle porta le verre à son front. Dan s'assit à côté d'elle et Cliff lui servit également un verre.

— Tata 'Icky !

Geoff se rua dans la cuisine et elle se baissa doucement et le prit dans ses bras.

— T'es g'osse.

Vicki sourit.

— Je vais avoir un bébé.

Il écarquilla les yeux et fixa le ventre de sa tante.

— Comme moi ?

— Oui, mais pas aussi grand.

Il tourna la tête dans tous les sens, visiblement un peu perdu.

— Comment i' fait pour so'tir ?

Tous les adultes rirent de bon cœur et Vicki lui donna un câlin et laissa échapper un soupir de soulagement lorsque Cliff installa Geoff dans sa chaise et lui servit son déjeuner.

La porte de la cuisine s'ouvrit à nouveau et Mari fit son entrée, un bol de salade entre les mains. Elle posa le plat avant de prendre ses frère et sœur dans les bras.

— Comment te sens-tu, Vicki ?

— Comme un ballon prêt à exploser.

Son mari glissa sa main dans la sienne.

— Il ne lui reste plus que quelques semaines et on fait en sorte qu'elle se sente le mieux possible.

Il caressa son ventre comme tout papa fier le ferait et Vicki lui sourit. Cliff servit un verre de thé glacé à Mari et commença à servir le déjeuner. Elle se leva pour l'aider.

— Alors, de quoi voulais-tu nous parler ?

Cliff prit une profonde inspiration et s'assit à la table, entre ses deux sœurs.

— Janelle était censée venir aussi, mais elle est en retard.

Au même moment, une voiture arriva et quelques instants plus tard Janelle rejoignit l'assemblée, semblant de mauvaise humeur.

— Je vous ai demandé de venir car j'ai quelque chose à vous dire.

298

Len était appuyé contre le plan de travail de la cuisine, en retrait, pour éviter de se mêler à cette réunion familiale, mais Cliff lui fit signe de se joindre à eux.

— Je ne sais pas comment vous l'annoncer, alors voilà…

Janelle l'interrompit.

— Vas-tu le leur annoncer devant Geoff ?

— Bien sûr.

Len se tourna vers Mari et Vicki pour observer leurs réactions.

— Je suis gay et je vais refaire ma vie avec Len, déclara-t-il, puis il se tourna vers Len. S'il est d'accord.

Maintenant que c'était dit et qu'il était impossible de faire marche arrière, Len vit que Cliff se détendait. Désormais, la balle était dans leur camp. Ils restèrent tous deux silencieux jusqu'à ce que Mari se lève et prenne Cliff dans ses bras.

— Je suis contente pour toi.

Len vit Vicki se retourner vers Dan, qui haussa les épaules, comme pour signifier que cela n'avait pas d'importance.

— Et Ruby, est-ce que tu l'aimais ?

— Oui, beaucoup. Mais j'ai toujours été attiré par les hommes, même si je ne me l'étais pas avoué. Len m'a aidé à trouver le courage de m'assumer tel que je suis.

Les paroles de Cliff semblèrent couler de source. Len jeta un coup d'œil vers Janelle et remarqua son air surpris mais elle garda sa rancœur pour elle, il fallait au moins lui accorder cela. Mari demanda avec entrain.

— Alors, est-ce que Len va vivre ici avec toi ?

— Nous n'en avons pas encore discuté.

Vicki fit signe à Cliff de se rapprocher d'elle.

— Est-ce que tu l'aimes ? Te rend-t-il heureux ?

Cliff regarda Len en répondant à sa sœur.

— Oui, je l'aime. Je l'aime énormément et il me rend très heureux.

Vicki se rassit et se mit retirer les couvercles des plats.

— Et si on commençait à manger ! Je suis affamée ! Quand on dit qu'on mange pour deux quand on est enceinte…

Mari se leva et aida Cliff à poser les plats sur la table.

— C'est tout ? fit Janelle en se levant. C'est tout ce que vous allez dire ?

Mari posa les assiettes sur la table.

— Qu'y a-t-il de plus à dire ?

— Que c'est immoral et que c'est un péché, peut-être ? Ou bien que c'est mal, tout simplement.

Mari s'assit et fit passer les plats.

— Tais-toi donc Janelle, tu t'es toujours crue supérieure mais tu n'y connais rien à la vie, passe à autre chose.

Vicki se servit une assiette.

— Tu ne peux pas te battre contre les moulins à vent, Janie. Tout ce qui compte c'est qu'ils s'aiment. Et depuis quand es-tu devenue une grenouille de bénitier ?

Janelle les fusilla du regard.

— Tu ne peux rien y faire. Il te suffit simplement d'accepter les choses telles qu'elles sont et de passer à autre chose.

Len ne pouvait pas en croire ses oreilles. Il s'était douté que Mari les soutiendrait mais il n'avait pas imaginé que Vicki le prendrait aussi bien. Janelle resta figée devant eux pendant un instant, les fusillant du regard, avant de ramasser son sac à main.

— On va bien voir si je ne peux rien y faire !

Puis la porte claqua et ils entendirent sa voiture démarrer et s'en aller. Mari prit la main de son frère dans la sienne.

— Elle s'en remettra, il faut juste lui laisser un peu de temps.

Len n'en était pas convaincu. Il s'assit entre Cliff et Mari. Puis Vicki se mit à rire de manière sarcastique.

— Vous plaisantez ? fit-elle en roulant des yeux, puis elle rinça sa fourchette tout en parlant. Quand l'avez-vous vu changer d'avis à propos de quelque chose ? Elle est têtue comme une mule.

— Que s'est-il passé pour que tu nous fasses cette révélation soudaine ? Vu la remarque de Janelle concernant Geoff, il est évident qu'elle était déjà au courant.

Len se servit en salade et baissa les yeux sur son assiette. C'était à Cliff de répondre.

— Elle est passée à la maison très tôt ce matin pour me demander pourquoi je t'avais vendu la maison des Henderson. Apparemment, elle la voulait aussi. En tous les cas, elle est entrée dans ma chambre et...

Il n'eut pas le temps de finir sa phrase que Mari, Vicki et Dan avaient déjà explosé de rire. Même Geoff se joignit à l'hilarité générale, en profitant pour étaler sa nourriture sur son plateau.

— C'est un réveil que nous ne sommes pas prêts d'oublier.

XVII

— As-tu eu des nouvelles de Janelle ?

Len ramassa la litière sale du box d'Éclair tandis que Cliff tenait Geoff dans ses bras pour qu'il puisse observer ce que 'Wen' faisait.

— Pas un mot et ça ne lui ressemble pas. On a déjà eu des désaccords et des disputes qui n'en finissaient pas… Mais normalement, dès que c'est terminé, on s'explique et on passe à autre chose. Pour être tout à fait honnête, elle a une tellement grande bouche que je suis un peu inquiet.

Cliff installa Geoff sur ses épaules pour qu'il puisse voir.

— Elle s'en remettra, avec le temps.

— Ça fait déjà deux semaines ! Ce n'est pas sa peine de cœur qui m'inquiète. Elle peut vraiment être une pétasse quand elle s'y met et vu comment elle était fâchée, je me demande ce qui va nous tomber sur le coin de la figure.

Len put percevoir l'inquiétude de Cliff dans le ton de sa voix.

— Peut-être devrais-je essayer de lui parler.

Len finit de remplir la brouette et se dirigea vers le tas de fumier, Cliff et Geoff sur ses talons. Quand ils furent arrivés à proximité, Geoff se pinça immédiatement le nez.

— Ça zent pas bon, Papa.

— Oui, c'est vrai.

Cliff reprit la conversation tandis qu'ils retournaient à l'intérieur.

Pourquoi ferais-tu ça ?

Len s'appuya contre sa pelle.

— Cliff, elle a de peine. Dans son esprit, l'homme qu'elle imaginait devenir son petit-ami est désormais en couple avec son frère. C'est douloureux.

Len soupira profondément.

— Même si je ne sais pas encore ce que je lui dirais, j'aurais quand même préféré qu'elle l'apprenne d'une autre manière.

— C'est de sa faute, elle n'avait qu'à pas débarquer sans prévenir.

— Je sais, mais cela ne change rien à ses sentiments.

Len se saisit de sa pelle et se remit au travail, le métal raclant contre le béton.

— Peut-être que Mari pourrait nous aider.

— Peut-être, je vais l'appeler pour voir si elle arrive à convaincre Janelle de nous parler, ou du moins qu'elle lui parle à elle.

— D'accord.

Len finit de nettoyer le box et vida la brouette avant d'y revenir avec du foin et de la sciure propres. Il décida de changer de sujet.

301

— La première fauche de foin a été un succès. Le grenier est au trois-quarts plein et avec les chevaux en plus, et le foin qu'on a vendu, nous utiliserons le reste du foin de l'année dernière le mois prochain. Avec la deuxième fauche, nous devrions avoir de quoi remplir le grenier et nous pourrons vendre le surplus. S'il y a une troisième fauche, ce qui est plus que probable, nous pourrons en faire des bottes pour le bétail.

— On en aura besoin. Avec les naissances de cette année, le troupeau s'agrandit gentiment. J'espère pouvoir l'agrandir davantage l'année prochaine. Nous avons les terres nécessaires pour cela désormais.

— Il faudra peut-être également envisager d'embaucher un employé supplémentaire tant que tu y es.

Len finit de nettoyer le box et rangea ses outils.

— Demain soir, ils tirent un feu d'artifice au lycée. Je me demandais si toi et Geoff voudriez y aller avec moi. Maman y va avec Jerry et nous a proposé de les accompagner. Pour te dire la vérité, je suis curieux à propos de Jerry.

— Ça a l'air sympa.

Cliff chatouilla Geoff.

— Veux-tu aller voir le feu d'artifice demain ? Et manger une glace ?

Geoff rit en essayant de hocher la tête.

— Je crois que nous devrions tous prendre une journée de repos. Dis aux gars de terminer ce qu'ils sont en train de faire et de rentrer chez eux.

Cliff mit Geoff dans son bac à sable et le tout-petit commença un jeu en ignorant leur conversation.

— Je me disais que nous pourrions aller dîner en ville ce soir et qu'après nous pourrions tirer des feux d'artifice bien à nous, qu'est-ce que tu en dis ?

Len lui rendit son sourire coquin.

— Ça marche. Je devrais avoir terminé dans quelques heures. Il faudra que je me lave avant d'y aller par contre.

Len se remit au travail et les élèves de Nicole arrivèrent petit à petit pour leur cours d'équitation. Les gars rentrèrent des champs au milieu de l'après-midi et Len leur donna le reste de leur journée.

— Nous serons là demain matin pour jeter un œil sur le bétail.

Ils s'en allèrent un large sourire aux lèvres. Nicole accepta de s'occuper de la grange avant de partir et Len prit son sac dans sa voiture et se rendit dans la maison où Cliff l'attendait dans son bureau.

— Je vais prendre une douche rapide et nous pourrons y aller.

Cliff regarda sa montre.

— Il n'est pas un peu tôt pour dîner ?

— Pour dîner, si, mais je voulais passer chez l'épicier et au supermarché si ça ne te pose pas de problème.

Cliff reposa ses papiers sur son bureau.

302

— Nous pouvons nous arrêter où tu veux, je n'en peux plus de travailler de toutes les façons. Va te laver. Pendant ce temps, je vais réveiller Geoff pour que nous soyons prêts.

Len aurait adoré que Cliff vienne le rejoindre mais il n'y avait personne pour surveiller Geoff et ce ne serait pas sage.

Il se déshabilla, se mit sous la douche et se lava en vitesse avant de ressortir, de se sécher et de se changer. Quand il eut fini, il fit un nettoyage rapide de la salle de bain et mit son linge sale dans son sac avant de se rendre dans le couloir. Il pouvait entendre Geoff et Cliff parler dans la chambre du tout-petit, probablement pendant que le père changeait son fils.

— Nous allons faire des courses avec Len et ensuite nous irons dîner.

— F'ites ?

— Oui, tu pourras manger des frites.

Len s'appuya contre le chambranle de la porte et observa le père et le fils pendant qu'il finissait de l'habiller. Une fois qu'il eut fini, Cliff souleva Geoff dans les airs et le prit dans ses bras. Il fit imita le bruit d'un moteur d'avion en le faisant voler à travers la pièce. Geoff mit instinctivement ses bras à l'horizontale, comme des ailes ; il devait avoir déjà joué à l'avion des dizaines de fois auparavant. Cliff fit voler Geoff jusqu'à Len et le déposa dans ses bras.

— Wen, s'val !

— Pas maintenant, Geoff, nous devons partir. Mais si tu es gentil, nous aurons une surprise pour toi.

Cliff regarda Len, l'air interrogateur.

— Je me disais que Geoff aura besoin d'une P-I-S-C-I-N-E cet été.

Geoff regarda Len, puis Cliff, essayant de comprendre ce dont ils étaient en train de parler.

— Ah, il en a besoin tu crois ?

Cliff chatouilla doucement le ventre de Geoff.

— Eh bien, seulement s'il est gentil.

Ils rirent tous les trois tandis que Geoff s'employait à s'échapper de l'emprise chatouilleuse de son père.

— Nous y allons ?

Len prit Geoff dans ses bras pour descendre l'escalier puis traversa la maison jusqu'au jardin et le fit sauter doucement en l'air tout le long du trajet, pour le plus grand bonheur du tout-petit. Puis Cliff attacha Geoff dans son siège-auto et une voiture arriva au même moment.

— Tata Ma'i !

Il essaya de sortir de son siège mais il était déjà attaché et dut attendre patiemment qu'elle se baisse dans le camion pour le prendre dans ses bras.

— Salut Mari, qu'est-ce qui t'amènes ?

— Je passais dans le coin et je vous ai vus, alors je me suis arrêtée.

— On va manzer des f'ites.

Geoff n'arrêtait pas de mettre de petits coups de pied dans le siège avant.

— C'est vrai ? Je ne veux pas vous retarder alors.

Len monta dans le camion pendant que Cliff raccompagnait sa sœur à sa voiture. Il savait qu'il y avait toutes les chances pour qu'ils soient en train de parler de Janelle mais il ne voulait pas les interrompre. Ils ne discutèrent pas longtemps et bientôt Mari les salua de la main et remonta dans sa voiture avant de s'en aller.

— Papa, on y va, des f'ites !

Ses petites jambes frappèrent encore plus fort dans le siège avant.

— Oui, oui, on y va.

Cliff monta dans le camion et ils prirent la direction de la ville.

ILS FIRENT leurs courses tous les trois et se rendirent ensuite au Dairy Barn pour dîner. Leurs achats, qui incluaient une piscine pour enfant et des jouets flottants, étaient bien rangés dans le coffre du camion. Il y avait beaucoup de monde au restaurant mais il restait quelques tables de libres et ils s'assirent en attendant un serveur. En constatant que personne ne venait, Cliff jeta un coup d'œil autour de la salle.

— Pourquoi est-ce que tout le monde nous regarde ?

Len haussa les épaules et regarda autour de lui. C'était vrai, ils faisaient leur possible pour passer inaperçus mais ils étaient sans contestation possible l'objet de tous les regards.

— Je crois que les gens sont peut-être au courant.

— Salut, je m'appelle Steve.

Le serveur regarda autour de la table.

— A-t-il besoin d'une chaise haute ?

— Ce serait très gentil.

Il s'éloigna et revint avec la chaise haute pour Geoff. Cliff passa la commande pour lui et Geoff mais Len ne put s'empêcher d'observer la salle. Le serveur s'en rendit compte.

— Ils sont un peu trop curieux.

Il l'avait dit un peu fort et tous les gens présents se remirent à leur dîner.

— On dirait que c'est vous qui faîtes l'objet de tous les ragots ces derniers temps, continua-t-il en levant les yeux au ciel puis il baissa le ton. On croirait qu'ils n'ont rien de mieux à faire que de s'occuper de la vie des autres.

Len passa la commande et fit de son mieux pour ignorer les autres clients qui avaient, pour la plupart, déjà repris leurs conversations. Steve s'éloigna pour déposer leurs commandes en cuisine et leur apporta leurs boissons.

— Eh bien, au moins, on sait à quoi Janelle s'est occupée.

— Il semblerait, oui.

Cliff semblait mal à l'aise et Len n'appréciait pas non plus d'être le point de mire.

— J'aurais dû m'y attendre.

— Essayons de penser à autre chose et d'apprécier notre repas, d'accord ?

Cliff dit qu'il essaierait et se mit à parler pendant qu'ils attendaient leurs plats.

— Voilà, les gars.

Steve revint avec leurs plats et déposa leurs assiettes devant eux.

— Seriez-vous à la recherche de main-d'œuvre par hasard ?

Cliff, surpris, regarda Len.

— J'essaie d'économiser de l'argent pour aller à l'université et j'aurais bien besoin d'un autre boulot à mi-temps cet été. Je n'arrive pas à faire suffisamment d'heures ici.

— Passez à la ferme après le week-end et nous pourrons en reparler, dit Len.

Steve remplit leurs verres et repartit.

— Eh bien, ça alors !

Ils avaient commencé leur repas depuis quelques minutes et avaient déjà bien entamé leurs assiettes quand le couple assis à la table voisine se leva pour s'en aller. Ils devaient avoir dans les soixante-dix ans. Len vit le mari se diriger vers la caisse mais la dame se planta devant leur table.

— Vous devriez avoir honte de vous.

Cliff leva les yeux de son assiette.

— Pardon ?

Elle répondit, entièrement satisfaite d'elle-même et persuadée de son bon droit.

— J'ai dit que vous devriez avoir honte de vous comporter de la sorte.

Cliff ne savait que répondre et resta figé sur sa chaise, bouche bée. Len, de son côté, en avait plus qu'assez de ce genre de personnes.

— Je ne crois pas, non. C'est vous qui devriez avoir honte de votre comportement. Remontez sur votre balai et retournez au pays d'Oz.

Elle ne répondit rien. Elle tourna les talons, leva son nez en l'air et s'en alla tandis que Len faisait sa meilleur imitation de Margaret Hamilton.

— Je vous aurais ma jolie, vous et votre petit chien.

Cliff ricana et même Geoff rit en faisant voler une frite dans les airs.

— D'où est-ce que cela t'es venu ?

— Tim appelait ça 'faire des manières'. Je l'ai entendu dire ça une fois et cela m'est venu tout seul.

Len fit de son mieux pour paraître innocent, mais les éclairs dans ses yeux le trahissaient.

— Ils ne sont pas les seuls à pouvoir dire des méchancetés.

Cliff et Len souriaient toujours en terminant leur dîner et Steve leur amena l'addition.

— Bonne soirée, les gars.

Cliff prit l'addition et se leva pour payer.

305

— Vous aussi, Steve, à bientôt.

Le jeune serveur sourit et hocha la tête avant de se dépêcher de servir une autre table. Cliff régla la note pendant que Len laissait le pourboire puis Cliff revint à la table pour récupérer Geoff et rassembler leurs affaires.

— Allez, on va le ramener à la maison.

Len le suivit au camion et l'aida à installer Geoff dans son siège.

— Je n'avais aucune idée de ce dont les gens étaient capables.

L'ivresse de la confrontation s'était estompée et laissait maintenant place à la crainte. Bien sûr, il n'avait eu aucun mal à répondre à une vieille dame, mais s'il s'était agi d'un homme plus fort, ou même d'un groupe d'hommes ? Qu'aurait-il fait dans ce cas-là ?

— Ce n'est rien par rapport à ce que Tim a pu me raconter, il faut qu'on fasse attention.

— On est à Scottsville, on n'a rien à craindre.

Len se remémora ce qu'il avait entendu lorsqu'il était au lycée, se souvenant à quel point les gens pouvaient être intolérants. Oui, ils étaient à Scottsville, mais c'était une utopie de croire que tous les gens les accepteraient tels qu'ils étaient. C'était la vraie vie et certains se sentiraient menacés par eux.

— Je ne sais pas, peut-être que j'exagère, mais je ne crois pas qu'il faille qu'on prenne de risques, surtout avec Geoff.

Len était silencieux sur le chemin du retour. Cela mit du plomb dans l'entrain de Cliff pour la soirée.

— D'accord, nous ferons plus attention à l'avenir. Je crois que nous ne devrions pas assister au feu d'artifice.

— Nous devons juste être plus prudents, pas nous transformer en ermites. Il faut que nous nous soutenions et que nous prenions soin l'un de l'autre.

— J'adore prendre soin de toi.

Cliff regarda Len, ses yeux brillants d'une lueur sauvage. Len frémit mais les insinuations de Cliff n'eurent pas l'effet escompté. Pris d'angoisse, il se réfugia dans ses sombres pensées.

— À quoi penses-tu ?

Len secoua la tête.

— Je ne veux pas que tu te fâches, mais je ne pourrais plus jamais me regarder dans un miroir si quoi que ce soit arrivait à Geoff à cause de moi parce que je fais partie de ta vie.

Ils étaient arrivés à la ferme et Cliff pila sur ses freins dans la cour. Son regard était empli de frustration et de colère.

— Je croyais que nous en avions déjà parlé, non ?

Len resta assis et regarda ses pieds pendant un moment, avant de relever les yeux.

— Oui et je n'ai pas changé d'avis. J'ai juste peur que quelqu'un vous fasse du mal.

Puis il en prit conscience et il ravala la boule qu'il avait dans la gorge. Il n'avait pas les mots pour le décrire et il ne comprenait pas non plus ce qu'il ressentait, mais ses sentiments étaient très forts.

Cliff sortit du camion et Len le suivit, plongé dans ses pensées. Il s'arrêta à l'arrière du camion et sortit leurs courses. Il installa la nouvelle piscine de Geoff près de son bac à sable, dans un endroit ensoleillé et la remplit à moitié pour ne pas qu'elle s'envole.

— Nazer.

Geoff se rua vers la piscine et s'apprêta à se déshabiller lorsque Cliff le reprit dans ses bras.

— Nazer, papa.

— Tu iras nager demain. Pour l'instant, il est l'heure du dodo.

Cliff déverrouilla la porte de la cuisine pendant que Geoff faisait un caprice dans ses bras. Len déchargea les courses sur la table et les suivit à l'intérieur de la maison. Cliff changea Geoff et le prépara pour la nuit pendant que Len s'asseyait seul dans le salon, perdu dans ses pensées. Il entendit Cliff descendre l'escalier.

— Comment vas-tu ?

— Ça ira.

Cliff s'assit à côté de lui sur le canapé. Il sentit des bras se glisser autour de lui et le tirer contre la poitrine de Cliff.

— Ça va aller, nous ne sommes ni les premiers ni les derniers à qui cela arrive.

Len changea de position pour faire face à Cliff.

— Je sais, mais notre histoire pourrait te coûter ta relation avec ta sœur, te faire détester des gens et même causer des problèmes à la ferme.

— Chut... Je sais tout ça.

Cliff mit sa main sur la nuque de Len et le tira encore plus près de lui.

— Ce n'est pas grave. Nous serons toujours là l'un pour l'autre.

Puis il sentit les lèvres de Cliff sur les siennes et toutes ses inquiétudes s'évanouirent.

— Je t'aime, Len.

Il reposa sa tête contre la poitrine de Cliff, écoutant le battement régulier de son cœur.

— Montons à l'étage, suggéra Len.

Len se leva et Cliff l'imita, avant de l'emmener dans la chambre à coucher. Len se dévêtit et se glissa sous les couvertures et Cliff fit bientôt de même.

— Prends-moi dans tes bras, Cliff.

Son étreinte le rassura. Cliff le tira à lui et son dos se retrouva collé contre la poitrine de son amant alors que ses lèvres parcouraient sa nuque. Cliff avait raison : tout ce qui comptait était l'homme qui le serrait dans ses bras et le petit garçon qui dormait dans la pièce voisine. Voilà ce qui comptait. Quand il se retrouvait dans les bras de Cliff, tous ses ennuis s'évanouissaient. Il s'endormit au son des criquets qui chantaient dans le jardin.

QUELQUE CHOSE clochait. Len s'assit dans son lit et regarda autour de lui. Cliff dormait profondément et ronflait doucement. À travers la fenêtre ouverte, il entendit un cheval hennir, puis un autre.

— Cliff, réveille-toi ! dit-il en secouant son amant avec vigueur. Il se passe quelque chose.

Len sortit du lit avant même d'avoir terminé sa phrase. Il enfila son jean, s'empara de ses chaussures, se rua hors de la chambre, dévala les marches et sortit par la porte de derrière, allumant toutes les lumières sur son passage. En sortant, il entendit les chevaux et vit l'un d'eux s'enfuir de la grange et partir à toute vitesse en direction des champs. Len alluma les lumières extérieures, illuminant le jardin et la porte de la grange d'une lumière puissante.

— Qu'est-ce qui se passe ici ?

Un autre cheval sortit de la grange, suivi par deux hommes.

Pan !

Un coup de feu se fit entendre et Len fit volte-face. Cliff était debout sur les marches du perron, un fusil dressé vers le ciel. Les hommes se ruèrent à travers le jardin en direction de la route et leurs chapeaux s'envolèrent dans leur précipitation. Puis des portes claquèrent, un moteur démarra et s'évanouit rapidement.

— Va voir comment va Geoff, je vais m'occuper des chevaux.

Len courut en direction de la grange. Quelques box étaient ouverts, mais les chevaux étaient toujours à l'intérieur. Len referma les portes, prit la précaution de refermer le portail de la grange et prit quelques carottes en main avant de traverser le jardin. Un des chevaux se tenait près du hangar. Len s'approcha doucement, pour ne pas effrayer davantage le cheval déjà nerveux.

— Bon garçon.

Tendant la main, il lui présenta une carotte et s'empara des rênes et le ramena dans la grange puis dans son box.

— Des dégâts ?

Cliff entra dans la grange, son fusil toujours en main et tendit un tee-shirt à Len.

— Je crois qu'il n'y a que deux chevaux qui sont sortis. J'en ai déjà récupéré un mais l'autre pourrait déjà se trouver à des kilomètres.

Len referma la porte du box.

— Comment va Geoff ?

Len enfila le tee-shirt sur ses épaules.

— Il dort toujours, Dieu merci.

Cliff se détendit quelque peu.

— Reste avec lui, il faut que je retrouve Éclair.

308

Len se dépêcha de seller Belle. Il la mena dans le jardin et grimpa sur son dos.

— Il pourrait lui arriver quelque chose si je ne le retrouve pas. Je rentrerais dès que je l'aurais trouvé.

— Attends un instant.

Cliff se rendit dans la grange et en sortit un instant plus tard, le licol d'Éclair en main.

— Tu vas avoir besoin de ça. Où est-ce que tu vas le chercher ?

— Il a traversé la route, je vais essayer de le suivre. Avec un peu de chance, il sera quelque part sur le terrain de l'université.

Len mit Belle au trot et ils disparurent dans la nuit. De l'autre côté de la rue, en face de la ferme, se trouvait la partie boisée du campus de l'université de West Shore. Les parkings étaient éclairés et tant qu'Éclair resterait sur leur terrain, Len conservait une chance de le retrouver. Len dirigea Belle dans la cour et scruta les environs, tendant attentivement l'oreille. Ensemble, ils traversèrent le parking et les allées de l'université avant d'apercevoir une masse obscure près d'un bâtiment. Len descendit de cheval et mena Belle vers la forme indistincte. Il espérait que la vue d'une jument familière calmerait l'étalon agité. En s'approchant, il entendit Éclair grogner et souffler.

— Ça ira, mon garçon, ce n'est que Belle et moi.

Len sortit une carotte de sa poche et la tendit vers Éclair. Len n'arrêta pas de parler tout en continuant de s'approcher doucement. À son grand soulagement, Éclair attrapa la carotte et Len lui caressa le cou en faisant glisser le licol par-dessus sa tête. Puis il ramena les deux chevaux à la ferme, à travers le campus désert et silencieux.

Les premières lueurs de l'aube faisaient leur apparition dans le ciel lorsque Len et les deux chevaux arrivèrent à la ferme. Len installa Éclair dans son box avant de ramener Belle dans le sien et de lui donner une autre carotte. Il la dessella et retira la couverture de son dos avant de retourner vers la maison. Il fit de son mieux pour refermer la porte silencieusement derrière lui, puis traversa la maison et monta l'escalier sans un bruit. Dans la chambre à coucher, la lumière était allumée et Cliff, bien éveillé, l'attendait dans le lit.

— Tu l'as retrouvé ?

— Oui, il était à l'autre bout du campus mais j'ai pu le ramener.

— Bien. Allez, viens te recoucher.

Il souleva la couverture.

— Cliff, il est presque l'heure de se lever.

— Cela peut bien attendre encore quelques heures.

Len se dévêtit et se glissa sous les couvertures. Les bras de Cliff le serrèrent fortement et il l'attira contre lui.

— Merci d'avoir retrouvé Éclair.

— Je t'en prie.

Les mots avaient à peine quitté les lèvres de Len qu'il s'était déjà rendormi.

309

LEN FUT réveillé par des secousses dans le lit.

— Wen ! Réveille-toi, Wen !

Geoff sautillait sur le lit et dès qu'il ouvrit les yeux, il vit Geoff qui le fixait droit dans les yeux.

— Tour de s'val.

Ce petit n'avait vraiment qu'une seule idée en tête !

— Où est ton papa ?

— Juste ici.

Cliff entra dans la chambre, tout habillé mais pas très propre.

— S'val, Wen, s'val !

— Si je comprends bien, vous vous êtes déjà mis au travail.

— Il a insisté pour m'aider, même si son aide a uniquement consisté à donner des carottes aux chevaux.

Cliff lui tendit une tasse de café et Len la but doucement.

— Merci. Est-ce que tout va bien ?

— Oui, ils n'ont rien fait d'autre que d'ouvrir les portes des box et ils nous ont laissé un petit cadeau.

Cliff lui tendit une paire de chapeaux.

— On dirait que, dans leur hâte de s'enfuir, ils ont oublié ça.

— As-tu appelé la police ?

Avant que Cliff ne puisse répondre, Geoff se leva et se mit à sauter sur le lit.

— Ça suffit Geoffy.

Len posa sa tasse sur la table de nuit et rejeta les couvertures, puis il prit Geoff dans ses bras.

— Allons manger quelque chose.

Len reposa Geoff à terre et enfila un jean propre et un tee-shirt avant de récupérer sa tasse et de le suivre jusqu'à la cuisine. La table était déjà mise et Cliff lui avait confectionné un superbe petit-déjeuner estival.

— J'ai pensé qu'après ce qu'il s'était passé hier soir, tu méritais au moins ça.

Cliff mit Geoff dans sa chaise et posa son bol sur son plateau.

— Alors, quel est le plan pour aujourd'hui ? demanda Len en commençant à remplir son assiette.

— Nous avons du travail à terminer et ensuite nous irons déjeuner en ville.

Len eut l'air sceptique mais attendit que Cliff poursuive.

— Tu sais que tous les ragots passent par chez Steve, alors nous allons déjeuner là-bas. Nous allons lancer notre propre petite rumeur.

Le scintillement dans le regard de Cliff suffit à exciter Len.

— À quoi penses-tu exactement ? dit Len en croquant dans une grosse fraise pleine de jus.

— Non, tu verras au moment voulu.

— Et Geoff ?

— Tata Mari va venir pour le surveiller pendant qu'il est dans sa P-I-S-C-I-N-E.

— Que pense-t-elle de ton idée ?

— Je ne lui en ai pas parlé. Il s'agit de toi et de moi et il faut que nous nous en occupions nous-mêmes. Nous devons leur montrer que nous n'avons pas peur d'eux. Je n'ai pas besoin qu'ils nous acceptent, mais il faut qu'ils comprennent que nous ne nous laisserons pas emmerder.

Len n'était pas aussi convaincu que Cliff mais il était prêt à lui faire confiance. Lorsque le petit-déjeuner fut terminé, Cliff jeta Len hors de la cuisine et celui-ci se dirigea vers la grange pour se mettre au travail. Les gars étaient déjà occupés alors Len se mit au travail, rangeant le bazar qu'il avait laissé la veille et se remettant à la sempiternelle tâche du nettoyage des box. Les chevaux étaient déjà sortis et Len supposa que Cliff avait dû s'en charger pendant qu'il dormait.

Len salua Nicole et ses élèves qui arrivèrent pour leur leçon, descendit du foin du grenier et s'assura que tous les harnachements étaient rangés.

— Len, Mari est là, es-tu prêt à y aller ?

Cliff se tenait debout sur le pas de la porte, à contre-jour.

— J'en ai pour une minute.

Il termina ce qu'il avait à faire et rejoignit Cliff à son camion.

— Sais-tu ce que tu vas faire ?

— Ouais, laisse-moi parler et tout ira bien.

Ils montèrent dans le camion et Cliff les mena en ville, puis il se gara juste devant chez Steve.

Len remarqua les chapeaux sur le plancher du camion.

— Tu emmènes ça ?

Il s'en empara quand il vit Cliff hocher la tête. Ils sortirent tous deux du camion et s'installèrent à la première table venue dans le restaurant. Len vit Shell s'approcher d'eux.

— On ne veut pas des gens comme vous ici.

Len se retourna et fixa un adolescent obèse dans les yeux.

— Des gens comme nous ?

Len entendit la voix de Cliff porter à travers le restaurant.

— Tu veux dire des clients qui payent leur note ? Ou bien ils n'acceptent que les bons à rien de fainéants comme toi dans cet établissement ?

— Des pédales. On ne veut pas de pédales ici.

Cliff se leva et fixa le gamin dans les yeux, de toute évidence conscient que tous les yeux étaient pointés sur lui.

— Et c'est qui, 'on', Henry ? Toi et le type qui nous avez rendu une petite visite cette nuit ?

Cliff prit les chapeaux dans ses mains et les souleva pour que tout le monde puisse bien les voir.

311

— Toi et ton pote, vous êtes partis tellement vite que vous avez oublié vos chapeaux et laissé une longue traînée marron dans mon jardin. Je n'aimerais pas être à la place de celui qui fera ta lessive.

De petits rires se firent entendre à travers le restaurant. Cliff souleva les chapeaux et en plaça un sur la tête de l'adolescent.

— Je te suggère de t'en aller avant que quelqu'un n'appelle la police.

— Tu ne t'en tireras pas comme ça !

— Oh que si !

Cliff s'adressa aux clients du restaurant.

— Tout le monde ici a entendu ce que tu as fait et les menaces que tu as proférées contre moi. S'il m'arrive quoi que ce soit, on saura vers qui se tourner.

Cliff lui tendit l'autre chapeau.

— Rends-ça à Jasper, il doit être en train de le chercher.

Henry regarda tout autour de lui et se rendit compte que la plupart des gens évitaient son regard. Il se résigna à accepter le fait que personne ne le soutenait et quitta le restaurant la tête basse. Cliff se rassit dans sa chaise et se tourna vers Shell.

— Je ne crois pas qu'on nous embêtera de sitôt.

Shell prit leurs commandes en arborant un plus grand sourire qu'à l'accoutumée. Petit à petit, les gens reprirent leurs conversations. Ni l'un ni l'autre ne se firent d'illusion quant au sujet des conversations.

— Es-tu sûr que ces personnes témoigneraient en notre faveur ? demanda Len avant de lever les yeux et de se rendre compte que certains lui rendaient son regard plutôt que de l'éviter.

— Oui, ils ne nous comprennent peut-être pas mais ils nous respectent parce que nous ne nous laissons pas faire.

Shell revint avec leurs plats et disposa leurs assiettes devant eux.

— Bien joué pour Henry, tu t'es bien occupé de lui. Et Steve m'a dit de te dire que vous étiez les bienvenus ici autant vous le souhaitiez.

Ils échangèrent un sourire et entamèrent leurs repas. Len remarqua que des gens leur faisaient des signes de tête ou leur adressaient un sourire en passant devant leur table.

— Finissons notre repas et retournons à la ferme.

— Ça me va, j'ai l'impression d'être dans une vitrine ici.

Len fit tout son possible pour ignorer qu'ils étaient le centre d'attention et termina son repas. Quand ils eurent fini, ils réglèrent leur note et s'assurèrent de laisser un généreux pourboire avant de quitter le restaurant.

— Pendant que nous sommes là, est-ce qu'il y a quelque chose dont tu as besoin ?

— Non, retournons à la ferme, j'ai du travail et il faut que tu ailles vérifier les champs pour t'assurer que tout va bien.

Len acquiesça et ils montèrent dans le camion.

— Je crois qu'on s'en sortira, Len. On aura peut-être encore des ennuis dans le futur mais gageons qu'on ne vivra plus ce qu'on a vécu cette nuit avant longtemps.

Cliff démarra son camion et prit la direction de la ferme, une main sur la cuisse de Len.

XVIII

— Es-tu prêt à aller voir le feu d'artifice ?

Cliff lança Geoff dans les airs puis le serra fort dans ses bras, le père et son fils s'adonnaient à leurs petits jeux joyeux. Cliff regarda Len.

— Le siège-auto est-il prêt ?

— Oui et j'ai préparé de quoi nous restaurer, des couvertures et des jouets pour Geoff dans le coffre.

— Alors allons-y.

Cliff s'apprêtait à fermer la porte quand le téléphone sonna. Il tendit Geoff à Len et rentra dans la maison. De son côté, Len porta le tout-petit jusqu'à la voiture et l'installa dans son siège-auto.

— Papa revient dans quelques minutes et après nous pourrons y aller.

Geoff, fou d'excitation, frappa ses talons contre son siège. La porte passagère s'ouvrit et Cliff grimpa dans le camion avant que Len ne démarre et prenne la direction de la ville.

— C'était Mari, elle nous rejoint sur place.

— Maman et Jerry aussi, on va bien s'amuser.

Len conduisit prudemment à cause de toutes les voitures qui se dirigeaient vers le feu d'artifice. Plus ils s'approchaient, plus le trafic devenait dense et ils firent la queue pour entrer sur le parking. Len baissa la vitre et offrit une donation avant dans se garer à la place que lui désignait un des employés en veste orange. Cliff sortit Geoff de son siège-auto et Len prit leurs affaires dans le coffre. Puis ils se dirigèrent vers le terrain de football du lycée.

Des familles avaient installé des couvertures un peu partout sur la pelouse et Len chercha du regard sa mère et Jerry alors que le soleil commençait déjà à se coucher. Il finit par les trouver au milieu de la foule. Ils leur avaient gardé une place et Len installa la couverture et s'assit. Après avoir fait les présentations, Len sortit les jouets de Geoff et le garçonnet fit rouler ses voitures autour des adultes. Ils discutèrent jusqu'à ce que Mari arrive et s'asseye sur les couvertures. Cliff la présenta à Lorna et Jerry et Geoff tira la manche de Len en pointant du doigt le marchand de glaces. Cliff se leva.

— Je vais acheter des glaces, que voulez-vous ?

Tous passèrent leur commande et Cliff se fraya tant bien que mal un chemin à travers le labyrinthe des couvertures.

— Je viens avec toi.

Mari se leva et tenta de se frayer un chemin à son tour. Geoff s'assit sur les genoux de Len et fit rouler ses voitures sur son bras.

314

— J'avais toujours espéré que tu aurais des enfants, dit Lorna avec regret.

— Je sais, Maman, tu as toujours voulu devenir grand-mère.

Il tourna la tête en direction du marchand de glaces et vit Cliff et Mari faire la queue, plongés dans une conversation.

— Len !

Il tourna la tête et se rendit compte que Lorna lui parlait.

— Excuse-moi.

— Je te demandais comment ça allait.

Len soupira.

— Nous avons eu des ennuis au Dairy Barn l'autre soir.

Il lui raconta son altercation avec la dame âgée. Il lui raconta aussi ce qu'il avait répondu et Lorna et Jerry explosèrent de rire.

— Bien fait pour elle, elle n'a qu'à se mêler de ce qui la regarde, dit Jerry quand son rire s'estompa enfin. Parfois je me demande ce qui peut traverser l'esprit des gens.

— Moi aussi.

Geoff se mit à s'agiter et Len vit Cliff et Mari revenir vers eux, des glaces dans chaque main. Len remarqua que Cliff semblait sur le point d'exploser. Son visage était écarlate et ses bras tremblaient. Il servit les glaces à chacun avant de s'asseoir sur la couverture et d'installer Geoff sur ses genoux. Prétendre que quelque chose n'allait pas était un euphémisme et Len demanda :

— Qu'est-ce qui ne va pas, Cliff ?

À la grande surprise de Len, il secoua la tête et retint ses larmes. Il parvint à marmonner rapidement :

— Je te le dirai plus tard.

Il focalisa ensuite son attention sur Geoff qui dévorait sa glace avec appétit.

Boum !

Geoff sursauta et regarda en l'air à temps pour admirer la première explosion, puis les unes après les autres des traînées de lumières colorées se succédèrent. Geoff s'émerveilla devant chacune d'elles et jetait des regards partout autour de lui, comme pour s'assurer que tout le monde était témoin des mêmes merveilles que lui. Len regarda à peine le spectacle, toute son attention étant accaparée par Cliff et sa mâchoire serrée ; il remarqua que la colère de son amant avait été remplacée par de la crainte. Il regarda Mari mais elle était absorbée par le spectacle.

Quand la dernière explosion résonna au-dessus de la foule, les gens applaudirent et se levèrent tous en même temps. Chacun rassembla ses affaires et tous reprirent la direction de leur voiture. Len prit sa mère dans ses bras pour lui dire au revoir et serra la main de Jerry avant que le couple ne se dirige vers leur voiture. Geoff posa sa tête contre l'épaule de son père et s'endormit quasi instantanément.

Len et Cliff dirent au revoir à Mari dans le parking et elle serra chacun d'eux dans ses bras avant de retourner à sa voiture. Len n'avait qu'une seule envie :

demander à Cliff ce qu'il se passait. Il patienta jusqu'à ce qu'ils aient installé Geoff dans son siège et rangé leurs affaires dans le coffre.

— Que s'est-il passé ?

— Je te raconterai lorsque nous serons à la maison et que Geoff sera couché. Je n'ai pas envie qu'il entende des gros mots et crois-moi, il y en aura un sacré paquet.

Bordel, qu'est-ce qu'il pouvait bien se passer ?

Len monta dans la voiture et conduisit jusqu'à la ferme. Cliff regardait par la fenêtre d'un air absent, sans un mot ni un regard, rien. C'était si inhabituel que Len se mit à se demander s'*il* n'avait pas fait quelque chose pour le mettre dans cet état.

Il gara la voiture à l'emplacement habituel et commença à vider le coffre pendant que Cliff montait coucher Geoff. Len rentra les affaires à l'intérieur et les rangea du mieux qu'il put. Il était en train de terminer lorsqu'il entendit Cliff redescendre l'escalier. Avec un peu d'appréhension, il le rejoignit dans le salon.

Cliff était blanc comme un linge quand il s'assit sur le canapé. Len se posa à côté de lui et Cliff le tira immédiatement vers lui.

— Elle va essayer de me retirer Geoff.

Len n'était pas sûr d'avoir bien entendu.

— Qui ça ?

— Janelle. C'est ce que m'a dit Mari tout à l'heure lorsque nous faisions la queue pour les glaces.

Cliff se leva du canapé, l'air malade.

— Elle n'a pas réussi à avoir Janelle mais elle a parlé à Vicki. Elle a dit que Janelle avait engagé un avocat et me contesterait la garde de Geoff parce que je l'élève dans un environnement immoral.

— Comment peut-elle faire ça ? s'énerva Len, ne pouvant pas en croire ses oreilles. Quelle garce, mesquine et rancunière !

Cliff sourit pendant une fraction de seconde.

— Je t'avais dit qu'il y aurait des gros mots.

— Tu m'étonnes ! Il est hors de question qu'elle te retire Geoff.

Len se leva et fit les cent pas dans la pièce avant de s'arrêter devant Cliff.

— Mari t'as dit ce que Vicki en pensait ?

Cliff mit ses bras autour de la taille de Len et reposa sa tête contre son épaule.

— D'après ce qu'elle m'a dit, elle était profondément choquée. Je crois que Vicki réagirait de la même façon si Janelle essayait de lui retirer son enfant.

— Tu veux que je te dise ? Je crois que tous les trois vous devriez lui parler. Il faut qu'elle se rende compte qu'elle est seule et que si elle tente quelque chose de ce genre, vous ferez front contre elle. Cela suffira peut-être pour la faire changer d'avis.

Cliff soupira.

— On peut toujours essayer.

Le téléphone sonna. Cliff libéra Len et répondit.

— Oui, elle m'en a parlé… On est justement en train d'en discuter.

Le visage de Cliff ne changea pas d'expression. Len s'assit sur le canapé et attendit.

— D'accord, je te verrai à ce moment-là, poursuivit-il en souriant brièvement. J'espère aussi, merci.

Cliff raccrocha et s'affala dans le canapé.

— C'était Vicki. Elles viennent ici toutes les trois demain. Elle a dit qu'elle traînerait Janelle de force s'il le fallait.

— Crois-tu qu'elle viendra ?

— Janelle et Vicki ont toujours été très proches, même lorsque nous étions enfants. Vicki doit être très remontée contre elle. Alors oui, elle viendra si Vicki le lui demande.

Cliff avait l'air épuisé et Len le prit dans ses bras.

— Viens, on va aller se coucher.

Cette fois-ci, ce fut Len qui poussa Cliff jusqu'à sa chambre et ce fut au tour de Len de le bercer dans *ses* bras. Il se déshabilla et prit son amant tourmenté et bouleversé contre lui.

— Personne ne me prendra Geoffy, je ne les laisserai pas faire.

Len tenait Cliff contre lui et le berça gentiment jusqu'à ce que le sommeil succède à la fatigue et à leurs soucis.

— Cliff ?

Len se redressa. Le lit était vide et la maison, plongée dans l'obscurité la plus totale, était silencieuse et immobile. Il se libéra des couvertures, enfila son caleçon et quitta la pièce. Il traversa le couloir à pas feutrés et vit que la porte de la chambre de Geoff était entrouverte ; il jeta un coup d'œil à l'intérieur. Cliff était assis dans une chaise à côté du lit de son fils et le regardait dormir.

— Cliff.

Il leva la tête et regarda d'où provenait le murmure.

— Reviens te coucher.

Cliff lui fit un signe de la tête et se releva doucement. Len le prit par la main et l'emmena dans la chambre. Il pouvait sentir sa crainte dans la manière dont il lui tenait la main et remuait des pieds.

— Ça va aller.

Len aida Cliff à se remettre au lit et retira le caleçon de son amant avec tendresse. Il l'avait fait tant de fois auparavant mais, cette fois-ci, son geste était tendre et affectueux, ne cherchant pas à être sexy. Il retira le sien, se glissa sous la couverture et tira Cliff à lui. Le contact affectueux et tendre de leurs peaux suffit à apaiser les craintes de Cliff.

— Je ne sais pas ce que je ferais si quelque chose lui arrivait… ou si quelque chose t'arrivait.

La voix de Cliff était enrouée, comme s'il avait pleuré. Len caressa ses cheveux et son visage, ses doigts dessinant des formes irrégulières sur sa joue et il sentit son cœur s'emballer dans sa poitrine. Ces simples paroles avaient suffit à effacer toutes ses craintes. Cliff le considérait désormais comme faisant partie intégrante de sa famille. Len avait dorénavant quelque chose qu'il n'aurait jamais imaginé avoir : sa propre famille.

Len murmura à l'oreille de son amant :

— Je ne laisserai jamais personne faire du mal à notre famille.

Cliff se retourna et tira Len à lui, prenant son visage en coupe. Dans l'obscurité, leurs jambes s'entremêlèrent, leurs torses ne firent plus qu'un et leurs lèvres se retrouvèrent.

QUAND LA lumière du matin filtra à travers la fenêtre ouverte, Len se retrouva à nouveau seul dans leur lit. Cette fois-ci, il sut instinctivement où Cliff se trouvait. Il ouvrit la porte du placard et enfila un des peignoirs de Cliff avant de traverser le couloir. Il était endormi sur la chaise à côté du lit de Geoff. Len sourit intérieurement, retourna à la chambre et s'habilla avant de sortir de la maison aussi silencieusement que possible. Len se rendit à la grange et se mit au travail. C'était un jour férié et il aurait moins de travail qu'à l'accoutumée.

— Len, es-tu là ?

Il glissa la tête hors du box et vit Cliff qui tenait Geoff dans ses bras. Le tout-petit était toujours en pyjama et sa tête reposait sur l'épaule de son père.

— Salut. Je suis en train de finir.

Cliff s'approcha de lui et se pencha légèrement en avant pour l'embrasser.

— Mari vient d'appeler, mes sœurs devraient être là dans quelques heures.

— D'accord, je me ferai discret lorsqu'elles arriveront.

Len n'avait pas l'intention de se mêler de leurs histoires de famille.

— Je veux que tu sois là, dit Cliff en basculant d'un pied sur l'autre. Enfin, si tu… bredouilla-t-il.

— Je serai là, si c'est ce que tu veux.

Cliff posa sa main sur la nuque de Len et l'embrassa fougueusement.

— Je te veux avec moi, pour toujours.

Len lui rendit son baiser, les mots résonnant toujours dans ses oreilles. Cliff avait-il bien voulu dire ce qu'il lui semblait avoir compris ? Toutes ses interrogations s'envolèrent lorsque Cliff l'embrassa avec encore plus d'ardeur, envahissant sa bouche avant de l'embrasser plus doucement et de faire un pas en arrière. Il garda la main sur la nuque de Len et lui caressa doucement le cou.

— Reviens vite à la maison, je vais préparer le petit-déjeuner.

— D'accord.

Il ne sut quoi répondre d'autre et se contenta d'observer Cliff qui quittait la grange, Geoff lui souriant dans un demi-sommeil par-dessus l'épaule de son père.

Len rangea les outils, monta dans le grenier et fit descendre le foin dont il avait besoin par l'une des trappes. En bas, il fit une pile des bottes à proximité des box avant de retirer ses gants et de marcher vers la maison.

Geoff était déjà installé dans sa chaise haute et Cliff venait juste de terminer de préparer des pancakes.

— Comment vas-tu faire lorsque tes sœurs seront là ? demanda Len.

Cliff déposa la nourriture sur la table et servit tout le monde en jus d'orange.

— Je crois que je vais laisser Mari et Vicki mener la discussion. Elles seront certainement plus efficaces que moi. Comme ça, je pourrais plus facilement garder mon sang froid parce que sinon, je sais que je pourrais finir par lui hurler dessus. Et toi ?

Len se servit en pancakes avant d'ajouter du beurre et du sirop d'érable.

— Je vais m'asseoir dans un coin et me taire. Je serai là pour te soutenir mais cela vous concerne toi et ta sœur, pas moi.

Geoff tendit la main vers l'assiette de Len.

— Attends une seconde, Geoff, ça arrive.

Cliff posa une petite assiette sur son plateau et Geoff s'empara de sa fourchette pour enfant et fourra des bouts de pancakes couverts de sirop dans sa bouche, le sourire aux lèvres. Cliff tremblait légèrement en faisant passer les saucisses. Len le remarqua mais ne dit rien ; il savait que Cliff était nerveux, voire même un peu en colère, et que ce n'en était qu'une simple manifestation. Len mangea avec appétit mais Cliff ne toucha quasiment pas à son assiette et s'occupait de Geoff, pour s'assurer qu'il ne faisait pas trop de dégâts.

Une fois le petit-déjeuner terminé, ils rangèrent ensemble la cuisine avant de sortir. Cliff tira un tuyau d'arrosage pour l'attacher au robinet, Len remplit la piscine et le petit prince lui-même observait l'opération avec délice sous le regard attentif de Len, qui s'employait à le retenir de sauter tout habillé dans la piscine.

— Nazer, Len. Nazer.

— Quand l'eau aura un peu chauffée.

Len fit un geste de la main à Cliff qui éteignit l'eau et détacha le tuyau. Len prit Geoff dans ses bras et le balança d'un côté et de l'autre.

— Je ne voudrais pas que tu attrapes froid.

Len fit un bisou baveux sur le ventre de Geoff et le petit contre-attaqua en en faisant un sur la joue de Len. Leur jeu fut interrompu par les voitures qui arrivèrent dans la cour. Mari sortit de sa voiture la première et Vicki sortit avec difficulté du côté passager, bientôt suivie de Janelle qui avait pris sa propre voiture, probablement pour pouvoir s'enfuir, si besoin était. Cliff sortit et les rejoignit à la porte, les invitant à entrer. Mari aida Vicki à monter les marches du perron pendant que Janelle traînait des pieds derrière elles, fusillant Len du regard.

— Dépêche-toi, Janelle !

Vicki ne faisait rien pour cacher l'exaspération contenue dans sa voix. Janelle ne dit rien mais s'assura de montrer ce qu'elle ressentait en faisant la tête.

Enfin, elle entra, suivie de Len qui portait Geoff dans ses bras. Le temps qu'il se joigne au reste du groupe, tous étaient déjà installés dans le salon. Len rendit Geoff à Cliff et s'assit au fond de la pièce, où Cliff pouvait le voir.

— Nous savons tous pourquoi on est là, alors pas la peine de tourner autour du pot.

Vicki s'affala dans le canapé et regarda Janelle. Elle poursuivit :

— Le but de ce conseil de famille n'est pas de discuter l'aberrante possibilité que quelqu'un veuille retirer son fils à Cliff.

Elle lança un regard noir à Janelle qui semblait malheureusement indifférente.

— J'ai déjà engagé un avocat qui dit que je pourrais gagner ce procès pour atteinte à la morale.

— Ne dis pas n'importe quoi, répondit Vicki en n'élevant que légèrement la voix. Tout ce que tu as trouvé, c'est un escroc qui va te ruiner. Il n'y a pas un tribunal qui retirera un enfant épanoui à son père pour le donner à une tante célibataire. Surtout si sa propre famille témoigne et présente un front uni contre elle.

Len fut surpris par l'intensité de son discours mais se dit qu'elle avait dû se mettre à la place de son frère et que cela avait dû l'effrayer.

— Que ce soit clair, si tu fais ça, tu ne feras plus partie de notre famille. Le tribunal sera le dernier endroit où tu nous verras et nous parleras.

Vicki regarda Mari, qui hocha la tête.

Les yeux de Janelle s'écarquillèrent, elle n'avait manifestement jamais pensé à ça.

— Mais c'est immoral…

— Bon Dieu, Janelle ! Nous sommes en 1984, pas en 1884 ! Les amours de Cliff ne te regardent pas et, puisqu'on en vient à parler de ça, qui a fait de toi la garante de la moralité ?

Janelle était hors d'elle et leurs réprimandes la hérissaient, mais elle se tint droite et fière dans sa chaise. Elle ne voulait pas abandonner et Vicki était décidée à ne pas la rater.

— Nous sommes ici pour discuter de ton comportement, continua Vicki dont la voix était désormais devenue douce et apaisante. C'est évident que tu as de la peine et que tu veux te venger sur Cliff. N'essaie même pas de le nier, ce n'est pas la peine. Nous avons grandi ensemble, tu te rappelles ?

Vicki regarda Janelle qui tressaillit pour la première fois.

— Qu'y a-t-il, Janie ?

Len observa Cliff depuis sa chaise et attendit la réponse de Janelle. Il se demandait si elle n'allait pas se lever et s'en aller.

— Comment te sentirais-tu si tu te rendais compte que ton petit ami était amoureux de ton frère ?

Elle sortit un mouchoir de son sac et s'essuya les yeux, faisant tout son possible pour ne pas éclater en sanglots.

320

— Il n'a jamais été ton petit ami. Et si tu regardes les choses objectivement, tu te rendras compte que Len n'a été qu'un ami pour toi, dit Cliff en adoptant un ton calme et en faisant de son mieux pour imiter celui de sa sœur. Janie, tu devrais être heureuse pour lui et pour moi. Après la mort de Ruby j'étais complètement perdu et Len m'a aidé à retrouver le droit chemin.

— En faisant de toi un homo !

Cliff rit doucement.

— Il n'a pas fait de moi un homo, je suis gay depuis toujours. Il m'a juste aidé à trouver le courage de l'admettre, à moi-même et à ma famille. Il m'aime, Janie, et je l'aime aussi.

Geoff commença à s'agiter et Cliff le posa à terre. Janelle renifla et Geoff se dirigea vers elle et lui tapota affectueusement la jambe.

— 'A va aller, Tata 'Nell, 'a va aller.

— Janie, arrête d'y penser, dit Vicky, se tortillant sur le canapé et faisant une grimace. Tu seras bien plus heureuse si tu cesses d'y penser et que tu passes à autre chose.

— Que se passe-t-il, Vicki ?

Mari se leva, prit la main de sa sœur et comprit.

— Cliff, veux-tu bien appeler Dan, s'il te plaît ? Dis-lui de retrouver Vicki à l'hôpital, elle est sur le point d'accoucher, dit-elle en aidant Vicki à se relever. Janie, démarre ta voiture et gare-toi devant la maison.

Janelle hocha la tête et se mit sur ses pieds mais avant qu'elle n'ait pu faire un pas, Vicki l'avait prise dans une étreinte.

— Tu t'en remettras, Janie.

Vicki la libéra enfin et se dandina vers la porte d'entrée. Janelle monta dans sa voiture, la conduisit jusqu'en bas du perron et Vicki s'engouffra du côté passager.

Cliff s'approcha de la voiture et Vicki baissa la vitre.

— Dan est en route.

Il se pencha en avant et l'embrassa sur la joue.

— Merci, lui murmura-t-il à l'oreille, tu vas être une maman géniale.

Vicki glissa sa main sur la joue de Cliff.

— Et toi et Len allez être de merveilleux papas.

Vicki rentra sa main dans l'habitacle et Janelle démarra la voiture.

XIX

— CLIFF.

Il se retourna en entendant la voix de Mari.

— Est-ce que ça va ?

Il hocha la tête sans vraiment la voir, ni elle ni qui que ce soit d'autre.

— Il y a quelqu'un ? dit-elle en agitant sa main devant son visage. La Terre appelle Cliff !

— Excuse-moi, j'étais en train de réfléchir.

Geoff traversa le jardin et s'agrippa à la jambe de Cliff, le doigt pointé vers la piscine.

— Nazer, Papa.

Il leva les yeux vers son père, le regard presque empli de détresse. Len se joignit au groupe.

— J'ai du travail à finir, annonça-t-il.

Il s'apprêtait à repartir quand il croisa le regard de Cliff ; il s'arrêta. Mari prit Geoff dans ses bras.

— Allez viens, nous allons te mettre en maillot de bain dans ta chambre. Papa et Len ont des choses à faire.

— Nazer, ouais ! cria-t-il pendant que sa tante le portait à l'intérieur de la maison.

— Qu'est-ce que tu as à faire ?

Len se mit à énumérer la liste des tâches qui lui restaient à accomplir et Cliff le coupa rapidement.

— Steve commence demain, autant lui laisser un peu de travail. En plus, je crois qu'une bonne chevauchée nous ferait le plus grand bien.

— Je vais seller les chevaux.

— Nous n'aurons pas besoin des chevaux.

Les yeux de Len s'élargirent quand il comprit de quel genre de chevauchée Cliff voulait parler.

— Allez, viens.

Cliff le prit par la main et ensemble ils traversèrent la grange, longèrent le manège et prirent un chemin qui traversait les champs. La piste les mena près du ruisseau puis ils prirent un virage, le murmure de l'eau les accompagnant tandis qu'ils longeaient le cours d'eau.

— Je sais que je ne suis pas très démonstratif et que je ne partage pas souvent ce que je ressens.

Ils se retrouvèrent dans leur petite clairière et Cliff s'arrêta ; il posa à terre la couverture qu'il avait prise dans la grange.

— Mais il faut que je te le dise maintenant. Tu es l'homme le plus patient que j'ai rencontré de toute ma vie. Tu as attendu cinq ans pour un deuxième baiser et tu as attendu pendant des semaines que je retrouve la raison afin que je réalise à quel point tu comptes à mes yeux.

Cliff étendit la couverture sur l'herbe, invitant Len à s'asseoir à ses côtés.

— Je veux que tu le saches : je t'aime, Len Parker, je t'aime de tout mon être.

Len se pencha en avant mais Cliff l'arrêta d'un geste et d'un sourire.

— Je veux te demander de t'installer avec moi, avec nous. Sans toi, mon lit, ma maison, ma vie, sont trop vides.

Len déglutit et hocha la tête, incapable de prononcer un mot.

— C'est un 'oui' ?

— Oui, confirma Len en baissant les yeux vers le sol. Je n'arrive pas à y croire, poursuivit-il en relevant les yeux avant de croiser le regard de Cliff qui brillait au soleil. J'ai toujours eu un faible pour toi, depuis très longtemps, avant même que tu ne m'embrasses.

Len se rapprocha un petit peu de Cliff, leurs genoux se touchant lorsque Cliff colla son torse au sien.

— La seule raison pour laquelle je me suis porté volontaire pour la pièce était pour pouvoir te regarder.

— Parfois je me demande ce qu'il se serait passé si Sheila n'avait pas interrompu notre premier baiser.

Len sourit et posa ses lèvres dans le cou de Cliff.

— Moi, je lui en suis reconnaissant.

Cliff fit un mouvement en arrière, le regard plongé dans celui de Len.

— Qui sait ce qu'il se serait passé si elle n'était pas arrivée ? Grâce à elle, tu as épousé Ruby, tu l'as aimée et tu as eu Geoff. Tout arrive pour une raison. Et si tu devais tout refaire, y a-t-il quelque chose que tu changerais ?

Cliff secoua doucement la tête.

— J'ai tout ce que je pourrais souhaiter. Enfin presque…

Len attendit avec suspicion pendant un instant, mais ses lèvres furent prises d'assaut par un baiser à couper le souffle tandis que Cliff l'allongeait sur la couverture.

— Je t'aime, Len Parker, mais je suis loin d'être éloquent quand il s'agit de ces choses-là et je n'ai pas de jolis mots qui me viennent à l'esprit pour te faire partager ce que je ressens.

Cliff déboutonna les boutons de la chemise de Len, l'ouvrit et ses yeux se posèrent avec ravissement sur la vue du splendide torse de Len. Puis, plutôt qu'avec des mots, Cliff laissa ses lèvres exprimer d'une manière différente ce qu'il ressentait. Len émit un léger gémissement tandis que Cliff suçait doucement l'un de ses tétons, frissonnant de plus en plus alors que la succion devenait plus intense.

— Cliff ! Mon Dieu, Cliff !

Len se cambra de plaisir. Les yeux brillants, Cliff releva la tête pour plonger son regard dans celui de Len.

— Tu aimes vraiment ça, hein ?

Len acquiesça tandis que son autre téton était soumis à la même délicieuse torture.

— Je t'aime, Cliff.

Personne n'arrivait à faire aussi bien chanter son corps que son amant le faisait. Il lui suffisait de le toucher ou de poser ses lèvres brûlantes sur sa peau pour le faire haleter de plaisir.

— Je t'aime aussi. Par contre, discuter c'est bien joli mais ce n'est pas tout, je vais te montrer à quel point je t'aime.

Len hocha de nouveau la tête pendant que Cliff défaisait sa ceinture et lui retirait son pantalon, puis son caleçon.

— Je sais ce que tu ressens, Cliff.

Sous le regard presque sauvage de Cliff, il sentit sa peau chauffer et les battements de son cœur résonnèrent dans sa poitrine. Il savait qu'il n'y avait que lui qui verrait ce regard sur le visage de son amant. Ce petit bout de Cliff était à lui et à personne d'autre.

— Mais tu mérites de le ressentir.

Len sursauta légèrement en sentant les mains de Cliff sur sa jambe, dérapant légèrement sur ses poils, ses lèvres succédant à ses mains, embrassant sa peau qui s'échauffait sous le toucher de Cliff. Il sentit les caresses de Cliff remonter le long de sa hanche jusqu'à son ventre. Len y était presque : il ondula vers l'avant pour faire en sorte que Cliff passe la vitesse supérieure. Il envisagea de prendre la situation en main mais décida plutôt d'empoigner la couverture. Il savait que les attentions de Cliff valaient la peine de patienter.

Le poids qui pesait sur son corps disparut et il ouvrit les yeux pour voir Cliff retirer son tee-shirt et son pantalon avant de se retrouver nu à la lueur du soleil. Len profita de cette vue magistrale tandis ce que son amant laissait tomber quelque chose sur la couverture. Bientôt, les lèvres de Cliff furent de retour sur sa peau, le suçant, l'excitant avec son désir, faisant glisser sa peau douce contre lui.

— Cliff, murmura-t-il en tirant les cheveux de son amant et en l'implorant de ses yeux. S'il te plaît…

Il ignorait ce qu'il lui demandait, il en avait juste *besoin*. Il amena les lèvres de son amant aux siennes et lui rendit son amour. Il se perdit profondément dans ses baisers passionnés qui lui coupèrent le souffle. Cliff le dardait de ses yeux et Len trembla sous son regard empli d'amour qui scintillât sous le soleil. Les lèvres de Cliff descendirent sur son corps mais leurs regards restèrent rivés l'un à l'autre. Ses lèvres engloutirent son sexe et il gémit doucement tandis qu'un frisson lui traversait l'échine. Puis la langue de Cliff tourbillonna autour de son gland brûlant et il donna un coup de hanche en avant. Il se damnerait pour que la bouche de Cliff s'agite sur lui. Enfin, cela arriva. Len fut happé au plus profond de sa gorge, dans la chaleur moite de sa bouche.

— Cliff, dit-il en haletant. J'aime sentir ta bouche sur moi.

Sa main caressa le ventre de Len, ses doigts tordirent un téton et il plongea à nouveau sur le sexe de Len, s'oubliant dans le plaisir.

— Je t'aime, Cliff.

Son ventre se contracta et un long frisson l'enveloppa ; il avait la sensation que Cliff allait le faire exploser en le torturant de la sorte. Plus frustrant encore, il savait au son des petits cris et gémissements que Cliff poussait qu'il prenait du plaisir à le torturer ainsi. Len tapa des poings sur le sol, serrant et desserrant les mains lorsque Cliff lui accorda ce dont il avait besoin.

— Cliff !

Il jouit enfin, l'esprit traversé par un éclair de plaisir, et son cri emplit la clairière et résonna jusqu'à la forêt et au ruisseau. Reprenant ses esprits, il vit Cliff avaler tout sa semence. Étendu sur la couverture, comme une poupée désarticulée, il s'attendait à ce que Cliff l'embrasse mais au lieu de cela, il le sentit relever ses jambes dans les airs et exposer son entrée. Sans merci, Cliff se remit à l'ouvrage, ses lèvres et sa langue dansèrent le long de son pli.

— Tu essaies de me tuer ?

— Connais-tu une meilleure façon de succomber que d'être aimé jusqu'à la mort ?

Len ne put penser à *rien* tandis que Cliff explorait son corps avec sa langue. Il s'enfonça dans un oubli total de lui-même, sa tête bercée contre la couverture, alors que l'amour de Cliff le submergeait par vagues successives. Son corps ne lui appartenait plus, il appartenait à Cliff tout comme Cliff lui appartenait. Cliff était en train de marquer Len comme étant le sien et chaque parcelle de son être, chaque synapse de son cerveau court-circuita sous le plaisir de lui appartenir.

Un long doigt épais le pénétra, se retira, puis le pénétra à nouveau. Ses petits gémissements se transformèrent en petits cris lorsque le doigt trouva ce qu'il était venu chercher et que des lumières scintillèrent derrière les yeux fermés de Len.

— Je ne peux plus attendre.

— N'attends plus, Cliff, prends-moi. Prends-moi maintenant.

Le doigt se retira, bientôt remplacé par ce que Len désirait plus que tout. Doucement, sans relâche ni hésitation, il fut pénétré et empli. Leurs corps ne firent plus qu'un lorsque Cliff se pencha en avant pour l'embrasser avec ardeur. Leurs regards s'accrochèrent et Cliff commença à onduler contre lui.

— Tu m'appartiens. Tu fais partie de moi, maintenant et pour toujours.

Cliff continua de se mouvoir profondément en lui, frappant la bosse qui faisait palpiter son cœur.

— Cliff !

Il pouvait sentir son orgasme faire son retour en force, le désir, qui s'était évanoui précédemment, l'enveloppa à nouveau tandis qu'il attrapait sa verge dans son poing.

— Dis-le, Len ! Dis-le avec moi. Pour toujours !

— Oui, pour toujours Cliff. Jusqu'à la fin des temps.

Il sentit l'orgasme de Cliff l'emplir, profondément et chaudement, et sa propre apogée éclata en longs filaments blancs sur sa main. Le souffle coupé, Len sentit tous les muscles de son corps se relâcher. Cliff se retira et Len soupira tandis que son amant quittait son corps. Puis Cliff fut à nouveau près de lui, l'embrassant, le tenant dans ses bras, lui disant des mots doux qui lui réchauffaient le cœur. Ces mots et ces gestes étaient rien que pour lui. Len lui rendit ses baisers avec plaisir et ardeur et il ferma les yeux, se tenant à Cliff comme à une bouée de sauvetage.

Le soleil réchauffa leurs corps alors qu'ils s'endormaient et le vent fit voleter les feuilles près d'eux.

— Cliff.

Son amant lui répondit par un grognement endormi.

— Je crois que nous devrions y aller.

Après tout, le sol n'était pas le meilleur endroit pour faire une sieste.

— J'ai bien peur que tu n'aies raison, mais j'aime être à tes côtés, je préférerais ne jamais devoir bouger.

Cliff finit par se lever à contrecœur et ils se rhabillèrent, leurs caresses et leurs baisers les ralentissant considérablement. Puis, ils prirent le chemin du retour. En s'approchant, ils entendirent des éclats de rires et des éclaboussures.

— Geoff doit encore être dans la piscine.

Len rit.

— Crois-tu qu'il en sortira de son propre gré ?

— Papa ! Wen !

Geoff les aperçut et sortit de la piscine, traversant la pelouse pieds nus pour les retrouver.

— Ze naze.

Cliff le souleva dans les airs.

— C'est bien, chéri, mais il est l'heure de manger maintenant.

Le tout-petit mit ses mains contre ses hanches.

— Papa, ze naze !

Comme si nager était la chose la plus importante au monde.

— Après le déjeuner tu pourras retourner nager et Len t'emmènera faire un tour de cheval.

Cela rassura le garçonnet et Cliff le reposa à terre et l'enveloppa dans une serviette avant de l'emmener à l'intérieur.

— Peux-tu rester pour déjeuner ?

Il regarda sa sœur.

— Non, il faut que j'aille à l'hôpital. Dan a appelé, Vicki est toujours en train d'accoucher.

— Veux-tu que je vienne avec toi ?

— Non, Janelle et moi y serons toutes les deux. Nous t'appellerons lorsque nous en saurons un peu plus.

Elle prit Geoff, qui était toujours enveloppé dans la serviette, dans ses bras.

— Je t'appelle quand on en saura plus. Salut.

— Salut, Tata Ma'i.

Puis elle prit Cliff et Len dans ses bras. Cliff fila à l'intérieur et Len la raccompagna à sa voiture.

— Prends bien soin de lui, dit-elle en jetant un regard vers la maison. Préviens-nous si tu as besoin d'aide pour ton déménagement.

Len dû avoir l'air choqué, mais Mari lui fit un clin d'œil et sourit.

— Intuition féminine.

Elle n'ajouta pas un mot et monta dans sa voiture, le saluant d'un dernier geste de la main en s'éloignant.

CE SOIR-LÀ, Len se mit au lit à côté de son amant nu.

— As-tu parlé à ta mère ?

Len sourit et acquiesça.

— Qu'est-ce qu'elle a dit ?

— Elle m'a serré dans ses bras et m'a souhaité d'être heureux. J'avais peur qu'elle ne se sente seule mais elle n'a rien voulu savoir et m'a même aidé à empaqueter mes affaires.

— Ta mère est vraiment unique en son genre !

— C'est certain.

Len embrassa son amant, l'homme qui partageait sa vie et tandis qu'il éteignait la lumière, il entendit un faible grondement au loin.

— Il n'était pas censé pleuvoir ce soir.

— Va dire ça à Mère Nature !

Len rejeta les couvertures, enfila son jean et une paire de baskets. Cliff se leva à son tour mais Len le fit se rallonger d'un geste de la main.

— Je m'en charge.

Il se dépêcha de se rendre à la grange et d'ouvrir les portes donnant sur les champs, il siffla et bientôt les larges têtes des chevaux apparurent. Len les mena à leurs box. Une fois qu'ils furent installés, il s'assura qu'ils avaient de l'eau fraîche et du foin avant de refermer les portes et de rentrer. Un éclair illumina l'horizon tandis qu'il traversait le jardin et le tonnerre gronda à nouveau, cette fois-ci plus proche et plus insistant.

Len referma la porte doucement derrière lui et monta l'escalier, se dirigeant vers la chambre de Cli... *leur* chambre. Il n'avait pas encore l'habitude de la considérer comme la sienne. Cliff alluma la lumière : il l'avait attendu, assis sur le lit.

— Tout va bien ? Je suis allé jeter un œil sur Geoff, il dort à poings fermés.

— Tout va bien. Ils étaient prêts à rentrer et sont allés tout droit dans leurs box.

Len retira son pantalon et se remit au lit, les bras de Cliff le serrant fort contre lui. Ils s'étaient mis d'accord pour porter un caleçon au lit par rapport à Geoff.

— Mari vient d'appeler. Vicki a eu une petite fille, une petite Jill.

— C'est super ! Alors Geoff a une cousine.

Cliff acquiesça, sa barbe était dure et sexy contre sa peau.

— En parlant de Geoff, penses-tu qu'il va nous rendre visite cette nuit ?

Cliff rit en l'embrassant.

— C'est bien possible.

Il éteignit la lumière. Dehors, le vent se leva et ils entendirent la pluie tomber à torrents sur le toit. Des éclairs éclatèrent et le tonnerre gronda, puis la tempête se transforma en une pluie fine et régulière.

— Je t'aime.

— Je t'aime.

Len sentit Cliff le tirer à lui et leurs lèvres se retrouvèrent dans l'obscurité.

ÉPILOGUE

— QUI A eu cette idée idiote ?

Len attacha une piñata en forme de cheval à la branche d'un arbre du jardin. Cliff jeta un coup d'œil à sa montre et lui répondit en installant des verres et des assiettes à l'effigie de cow-boys sur la table de pique-nique :

— Je crois bien que c'était toi.

— On a encore le temps. Mari a dit qu'elle l'occuperait jusqu'à quatorze heures et ses amis arriveront à treize heures trente, ne t'en fais pas.

— Je ne sais pas pourquoi tu as insisté pour organiser une fête d'anniversaire surprise.

Len descendit de l'échelle et la replia.

— Parce qu'à l'inverse des autres enfants, il n'a jamais demandé à ce qu'on lui en organise une et j'ai pensé que cette année devrait être un peu spéciale. En plus, il verra tous ses amis de la maternelle.

— Comment as-tu fait pour prévenir tout le monde ?

Cliff finit de mettre la table et admira son travail.

— C'est Mari qui s'en est occupée.

Certains parents n'avaient pas voulu que leur enfant participe à la fête mais la plupart les soutenaient et considéraient Len et Cliff comme les pères de Geoff. Len rangea l'échelle dans le hangar. Quand il revint, il vit Fred, Randy et Steve sortir de la grange avec de grands sourires aux lèvres.

— Vous êtes prêts les gars ?

— Oui, il faut juste que j'aille me changer.

Steve avait accepté de s'habiller comme un 'vrai' cow-boy et de laisser les enfants monter Belle à tour de rôle.

— Je me suis dit que je leur ferais faire le tour de la cour et que je pourrais me servir du banc à côté de la grange pour les aider à monter et à redescendre.

— Moi, je m'occupe du barbecue, dit Fred en dépliant un tablier qui disait : 'N'embrassez pas le chef, il est déjà pris.'

Randy rit en le voyant.

— Et moi, je m'occupe des jeux.

— C'est bien.

Len se rendit à l'intérieur et revint avec la glacière.

— Allez, on a bientôt fini.

Ils terminaient les préparatifs alors que les premiers invités arrivaient. Dan et Vicki arrivèrent avec les cousins de Geoff, Jill et le petit Chris. Bientôt le jardin fut plein de petites filles et de petits garçons de cinq ans qui couraient et jouaient à travers le jardin. Le téléphone sonna et Cliff répondit. Après avoir raccroché, il annonça :

— Geoff va arriver dans quelques minutes, que tout le monde se cache.

Les gars aidèrent les enfants à se cacher et Cliff attendit que Mari se gare dans la cour. Geoff sortit de la voiture et jeta des coups d'œil aux alentours. Cliff donna le signal et tout le monde sortit de sa cachette et cria : 'Surprise !'

Geoff, fou de bonheur, laissa éclater sa joie et courut à travers le jardin pour rejoindre ses amis. Steve amena Belle et la fête commença, les enfants jouèrent et montèrent sur le cheval à tour de rôle jusqu'à ce que le déjeuner soit prêt, puis ils dégustèrent le gâteau et les glaces.

Enfin, il fut l'heure d'ouvrir les cadeaux. Geoff s'assit à table et ouvrit chaque cadeau en remerciant celui qui le lui avait offert, comme Len le lui avait appris. Cliff avait l'air plus fier que jamais, Len avait l'impression qu'il était prêt à exploser. Une fois tous les cadeaux ouverts, la fête prit fin et les parents arrivèrent pour ramener leurs enfants à la maison.

Une fois que tous les enfants furent partis, Len fit un geste en direction de Steve qui disparut rapidement dans la grange. Cliff regarda son fils.

— Geoffy, Len et moi nous voulions t'offrir quelque chose de spécial pour ton anniversaire.

Steve sortit de la grange.

— Un poney !

Fou de joie, Geoff sautilla sur place, incapable de contenir son bonheur tandis que Steve menait le petit cheval vers son nouveau propriétaire.

— Il s'appelle Framboise et Len va te donner des cours pour que tu apprennes à le monter.

Geoff fit un gros câlin à son père et se rua vers Len, se lançant dans ses bras pour le gratifier lui aussi d'un câlin. Len prit Geoff dans ses bras et l'installa sur la selle. Il prit les rênes des mains de Steve et mena Geoff et Framboise autour du jardin au son des rires et des cris de Geoff.

— Je vais prendre une photo de vous trois.

Steve alla chercher son appareil photo dans son camion. Len tint les rênes de Framboise et Cliff se mit debout à côté de Geoff et tout trois attendirent que Steve prenne la photo.

— Dîtes 'Ouistiti !'

Ils sourirent et le flash crépita ; leur premier portrait de famille.

AMOUR... SANS LIMITE

À Jackie, celle qui m'a inspiré ce roman.

PROLOGUE

L'AIR, FRAIS et revigorant se plaqua sur sa peau lorsqu'il parcourut pour la dernière fois les routes désertes. Entre ses jambes, le rapide démon violet et blanc exigeait d'être libéré. Il voulait foncer droit devant, à toute allure. Aussi, baissant la tête, il le laissa filer, s'enivrant de liberté, de vent, de route. Par ici, il n'y avait personne. Il était seul, ce qu'il adorait. Demain, il ferait ce que sa mère lui avait demandé et rangerait sa moto, mais aujourd'hui, il s'envolait sur son bolide tout en ailes de métal, pneumatiques et pistons vrombissant.

Le soleil lui parut glorieux, si brillant et si haut dans le ciel. Ses rayons réchauffaient le cuir de son blouson que le vent rafraîchissait. Tout était parfait – il pourrait rouler ainsi éternellement.

La voiture surgit brusquement, en face de lui.

Il ralentit, serrant les freins. Mais ça ne suffit pas, rien ne bougea. Il entendit le crissement métallique, le choc, le claquement. En zigzaguant, il tenta de les éviter.

Trop tard.

Pendant une seconde il crut savoir voler, puis vint la douleur, suivie de moiteur brûlante et de cécité...

Ensuite, ce fut le néant.

I

— COMMENT SE sont passé tes cours ?

Joey pénétra dans la cuisine, la porte de derrière claquant derrière lui tandis qu'il tapait des pieds dans l'antichambre afin de dégager la boue de ses bottes.

Eli se détourna de l'évier dans lequel il nettoyait des légumes.

— Très bien. Ce sont des élèves vraiment intéressants. Je préfère les adultes. Ils sont là pour apprendre à monter et pour ça, ils sont prêts à travailler dur.

Il reprit sa position et se remit au travail.

— Demain, j'aurais les enfants. Eux aussi sont toujours amusants. Ce sont les adolescents que je trouve pénibles... Parfois.

— Merci de me prévenir. Je veillerai à ne pas me montrer.

Pas question qu'il soit là quand les gosses viendraient monter.

Eli posa ses légumes et abandonna son évier pour regarder Joey. Il grommela entre ses dents :

— Tu n'as pas besoin de te sauver ! Les enfants t'adorent, ils me posent toujours des questions concernant 'M. Joey'.

Joey leva les mains jusqu'à son visage, ses doigts traçant la ligne rose des cicatrices qu'il aurait tellement souhaité ne pas porter.

— Je ne supporte ni les regards ni les questions.

Joey vit s'attrister les yeux d'Eli. En général, il détestait ce genre d'expression – sauf chez Eli et Geoff. Il savait qu'avec eux, un tel regard indiquait l'inquiétude, non la pitié. Et Dieu sait qu'il avait déjà reçu toute la pitié qu'il pouvait endurer ! Il évitait d'aller en ville pour ne pas avoir à supporter la compassion des visages qu'il croisait ou les 'tss-tss' réprobateurs.

— Ils ne veulent que ton bien, tu le sais parfaitement. Ils ont de l'empathie pour toi.

— De la *pitié* !

Après avoir craché le mot, Joey regretta son mouvement d'humeur. Eli était l'un des meilleurs êtres humains qu'il connaissait – toujours compatissant, jamais cynique ou ironique, en aucune façon.

— Peut-être... un peu, mais quand même, ils se soucient de toi.

Eli était revenu à son évier.

— Beaucoup de gens se soucient de toi et se contre...

Quand Eli fit une brève pause, Joey vit sa mâchoire durcir.

— ... se contrefichent des cicatrices que tu portes au visage. D'ailleurs, elles se voient à peine.

334

Joey fixa le dos tourné d'Eli qui continuait sa tâche. Il savait ce que ressentaient Eli et Geoff. Il aurait simplement voulu y croire aussi. Mais les deux autres ne s'étaient pas trouvés avec lui dans ce magasin, le mois dernier, quand une mère, en le voyant entrer, s'était enfuie avec ses enfants.

— Je sais. C'est juste… difficile.

Le médecin lui avait affirmé qu'avec le temps, ses cicatrices s'effaceraient. Comme c'était un chirurgien esthétique qui avait œuvré sur son visage, tous les espoirs étaient permis. En attendant, Joey se trouvait hideux.

Sans relever les yeux, Eli continua à préparer le dîner.

— Comment étaient les champs du sud ? Est-ce que la pluie a emporté toute la semence ?

Joey se laissa tomber dans une des chaises de la cuisine, soulagé qu'Eli ait changé de sujet.

— Nan.

En enlevant ses bottes, il s'autorisa un sourire. Il n'était pas encore habitué à vivre ici, dans cette ferme, avec Eli et Geoff. Il avait encore l'impression de devoir surveiller le moindre de ses gestes.

— La semence va très bien, elle commence même à pousser, en quelques endroits. À mon avis, nous nous en tirerons sans dommage.

— Geoff sera soulagé de l'apprendre !

Joey entendit presque le sourire d'Eli qui continuait à s'activer.

— Je suis surpris, enchaîna-t-il, qu'il ne soit pas allé avec toi, pour tout contrôler lui-même.

Joey en était tout aussi étonné. Pour lui, cela comptait beaucoup que Geoff lui ait confié la tâche de vérifier l'état des lieux, sachant qu'il y aurait beaucoup à faire pour réparer les dommages provoqués par les pluies torrentielles. Joey travaillait dans le domaine agricole depuis ses seize ans. À la fin de ses études universitaires, Geoff lui avait confié le poste d'intendant des moissons, parce que Frank Winters prenait sa retraite.

— J'ai eu de la chance, j'imagine… Pete et Hank ont réclamé son aide pour les clôtures des prairies nord.

À peine les mots avaient-ils quitté sa bouche qu'il savait déjà une chose : la chance n'avait eu aucun rôle. Eli avait probablement envoyé les deux hommes à perpette pour s'assurer que Joey puisse tranquillement faire son travail. Il secoua la tête, les yeux fixés sur le dos d'Eli. Cet homme connaissait si bien son partenaire !

— Comment ça se passe avec ta mère, en Floride ? s'enquit Eli.

— Elle commence à s'installer. Elle veut déjà que je descende pour lui rendre visite.

La mère de Joey l'avait élevé toute seule. Une fois son fils muni d'un diplôme universitaire, elle avait vendu sa maison et obtenu un nouveau poste en Floride, affirmant en avoir assez des hivers interminables. Joey était heureux pour elle. Après l'avoir éduqué de son mieux, elle méritait de profiter d'un peu de bon temps.

— Tu devrais y aller ! Ça te ferait peut-être du bien.

Eli alluma le robinet et se mit à rincer ses légumes.

— Je ne crois pas. La Floride au mois de juin, ça ne m'attire pas particulièrement. De plus, j'ai beaucoup à faire ici.

Joey prenait son travail très au sérieux. Il appréciait les responsabilités que Geoff et Eli lui avaient confiées et la confiance qu'ils lui témoignaient, et il ne comptait absolument pas les laisser tomber. Jamais.

— Je lui rendrais peut-être une courte visite cet automne, après les moissons. À ce moment-là, je serais sans doute prêt à retrouver la chaleur et le soleil.

— Pourquoi ne pas aller te rafraîchir ? Le dîner ne sera pas prêt avant une bonne heure et tu travailles depuis le lever du soleil.

Joey ne se donna pas la peine de rappeler à Eli que lui aussi œuvrait depuis l'aube. Il quitta sa chaise et avança jusqu'à l'évier.

— Je peux faire quelque chose pour t'aider ?

— Non, c'est bon. J'ai presque fini. De plus, c'est ton tour de faire la cuisine demain soir.

Quand Eli et Geoff lui avaient offert une chambre d'amis, une fois que sa mère avait vendu la maison, une des clauses de leur arrangement statuait que Joey les aiderait pour la cuisine et le ménage. Il avait aussitôt accepté. Depuis lors, sous l'égide d'Eli, il devenait peu à peu un cuisinier décent.

Joey quitta la cuisine et traversa la maison. Il s'installa dans un des fauteuils du salon et alluma la télévision. Il commença à se détendre – jusqu'au moment où le téléphone sonna. La voix d'Eli lui parvint de la cuisine :

— Tu peux répondre, s'il te plaît ?

— Bien sûr.

Il se leva pour décrocher le téléphone.

— *Geoff ?*

Il reconnut la voix.

— Non, Mari, c'est Joey.

Selon lui, la tante de Geoff était une dame tout à fait remarquable. S'il avait été hétéro, il se serait sans doute intéressé à elle, du moins avant…

— *Salut, Joey, j'espère que mon neveu te traite bien. Qu'il ne te fait pas travailler trop dur.*

En réponse, Joey se mit à rire. Puis Mari reprit :

— *Écoute, il est par là ?*

— Non, il est toujours dehors, avec les autres, à réparer les clôtures. Mais il y a Eli dans la cuisine, il prépare le dîner.

Un bruyant tintamarre retentit au bout du couloir, suivi d'une litanie de jurons. En fait, ces mots n'étaient des 'jurons' que dans le contexte, parce que jamais un homme élevé chez les Amish ne prononçait rien d'ordurier.

336

— À dire vrai, Eli semble avoir quelques problèmes à la cuisine.

— *J'ai besoin d'un coup de main, je ne sais plus quoi faire.*

Il entendit un zeste de panique dans sa voix.

— Que se passe-t-il ? Je leur ferai passer le message.

— *L'Orchestre National des Jeunes arrive aujourd'hui même et voilà qu'une de mes familles d'accueil me fait faux bond, au dernier moment. Il me faut un toit pour un des musiciens, j'espérais que Geoff et Eli seraient d'accord pour l'accueillir.*

La dernière fois qu'elle était venue à la ferme, Mari avait évoqué son idée de faire venir ce groupe en ville. Apparemment, il lui avait fallu passer de nombreux coups de fil, réclamer d'anciennes faveurs et tirer sur toutes les ficelles imaginables pour réussir, mais enfin, la région de Ludington avait été ajoutée à la tournée. Joey savait bien qu'elle ne pouvait laisser un détail tout gâcher.

— *J'ai déjà pris deux des filles chez moi, sinon je lui aurais proposé mon toit.*

— Ne quittez pas, Mari, je vais poser la question à Eli et je reviens tout de suite.

Joey déposa le combiné et se dépêcha d'aller transmettre la demande. Eli, qui passait la serpillière dans la cuisine, leva à peine les yeux pour répondre :

— Bien sûr, il peut venir chez nous. Je lui préparerai une chambre. Demande à Mari quand nous devons le récupérer.

Joey retourna bien vite au téléphone. Mari fut aussi enchantée que soulagée d'apprendre la bonne nouvelle.

— *Leur car devrait arriver au lycée d'ici un quart d'heure. Je vais appeler le coordinateur du groupe et m'assurer que quelqu'un attendra jusqu'à ce que tu arrives. Remercie Eli de ma part.*

Elle raccrocha, Joey se chargea de transmettre son dernier message. Toujours occupé à nettoyer le sol, Eli se redressa de sa position accroupie.

— Pourrais-tu aller le chercher ? J'ai encore du travail à la cuisine et Geoff n'est toujours pas rentré. Je sais que tu n'aimes pas sortir, Joey, je ne devrais pas te le demander, mais…

Joey sentit naître dans ses tripes la brûlure habituelle. Il repoussa cette sensation de son mieux. Il devait beaucoup à Eli et Geoff, il ne comptait pas se laisser entraver par ses propres insécurités.

— Aucun problème.

Il renfila ses bottes et quitta la maison.

Il monta dans sa voiture, descendit l'allée principale puis prit la route en direction de la ville. Il détestait devoir s'y rendre mais il détestait plus encore son malaise à le faire. *Sois un homme – aie des couilles !* Il essaya de booster sa psyché mais en vain. Il ne voyait qu'une chose : la réaction qu'allait avoir ce gamin devant son visage. C'était sans doute un adolescent prétentieux, rejeton d'une famille aisée qui, depuis sa naissance, lui avait tout offert sur un plateau. Après avoir accordé un regard à Joey, ce gosse de riche détournerait les yeux avec une grimace de dégoût. *Tu as intérêt à t'y habituer parce que ça ne changera pas de sitôt,* se dit Joey tout en roulant en pleine campagne, entre les champs récemment ensemencés.

Lorsqu'il approcha des faubourgs de la ville, il ralentit et se dirigea vers le lycée, où il s'engagea sur le rond-point central. Alors qu'il s'attendait à trouver une foule, il ne vit qu'un seul car près duquel se tenaient une dame et un jeune homme. Ce dernier serrait contre lui ce qui paraissait être un étui à violon. Joey se gara derrière le car, coupa le moteur et sortit de sa voiture. La dame fit un pas vers lui. Joey, à la grande surprise, ne nota pas sur son visage la pitié dont il avait l'habitude. Il se demanda presque pourquoi.

— Seriez-vous venu chercher Robert Edward ?

D'un air soulagé, elle jeta un coup d'œil de l'autre côté du parking, où il n'y avait qu'une seule autre voiture. Deux jeunes femmes bavardaient près du véhicule. Manifestement, l'accompagnante avait attendu Joey avant de pouvoir les emmener à bon port.

— Oui, j'imagine. Mari ne m'a pas indiqué son nom. Elle m'a juste demandé de passer chercher un jeune homme.

Joey s'essuya les mains sur son pantalon avant de se tourner vers son protégé.

— Désolé d'être en retard. Je suis Joey Sutherland.

— Et moi Robert Edward Jameson, mais tout le monde m'appelle Robbie.

Il tendit la main, Joey l'accepta, ils échangèrent une ferme poignée de main. Joey fixait Robbie droit dans les yeux, des prunelles immenses et bleues. Il nota le sourire naturel du jeune homme, sans le moindre soupçon de pitié ni même de curiosité. Joey commença à sentir sa nervosité se dissiper.

— Nous devrions mettre tes bagages dans la voiture.

Joey ouvrit son coffre puis se baissa pour récupérer une grosse valise qu'il plaça à l'intérieur. Il remarqua que Robbie n'avait pas bougé ni proposé de l'aider. Secouant la tête, il prit la seconde valise et la mit à côté de la première, tout en marmonnant entre ses dents :

— Il me prend pour qui au juste ? Son valet personnel ?

Il claqua violemment son coffre, puis revint à l'endroit ou Robbie paraissait l'attendre.

— Si vous n'avez plus besoin de moi, tous les deux, je vais y aller.

La dame effleura l'épaule de Robbie en disant :

— Je vous verrai demain pour la répétition de l'orchestre. À neuf heures précises.

Elle commença à s'éloigner en direction de sa voiture. Robbie lui cria :

— Merci de votre aide, Mme Peters.

Joey remarqua son accent sudiste et eut un sourire. Robbie était plutôt mignon et son intonation le rendait adorable. Dommage qu'il soit trop imbu de lui-même pour porter ses propres valises ! Il s'attendrait sans doute à ce que Joey les monte dans sa chambre, une fois à la ferme, et se charge de lui ranger ses vêtements.

338

— Mais de rien, mon cher. Passez une bonne soirée.

La voix de l'accompagnatrice s'étouffa tandis qu'elle se rapprochait de sa voiture.

— Nous devrions y aller, Eli ne va pas tarder à servir le dîner.

Joey fit le tour de la voiture et ouvrit la portière côté conducteur, s'attendant à ce que Robbie fasse de même. En voyant qu'il ne bougeait pas, il revint vers lui et lui ouvrit la portière côté passager.

— Tu sais, je ne suis pas ton chauffeur !

— Je ne te prends ni pour mon chauffeur ni pour mon valet, mais j'ai besoin d'un coup de main, si ça ne te dérange pas.

Robbie lui tendit son violon en disant :

— Pourrais-tu le mettre sur le siège arrière, s'il te plaît ?

Joey obtempéra, en se demandant pourquoi Robbie ne faisait rien de ses dix doigts. Il attendit en regardant Robbie fouiller la poche du veston qu'il portait sur le bras et en tirer ce qui ressemblait à une sorte de bâton blanc replié sur lui-même. Un geste du poignet et l'objet se reconstitua, les morceaux s'assemblant pour devenir une longue canne blanche. Joey cligna des yeux, sidéré. *Ben merde alors !* Robbie était aveugle.

Joey se sentit lamentable et stupide, mais il ne pouvait pas deviner. Ces yeux bleus paraissaient si grands, si brillants.

— Laisse-moi t'aider jusqu'à la voiture.

D'un geste doux, il effleura le bras de Robbie.

— Il y a la marche du trottoir, un pas en avant, et ensuite tout droit.

Robbie avança en tapotant de sa canne le sol devant lui. De son autre main, il effleura la portière dont il suivit l'arête jusqu'au véhicule, puis au siège.

— Voilà, maintenant tu peux t'asseoir.

Désormais capable de se situer, Robbie prit place souplement. Il referma sa porte, plia sa canne et la posa sur ses genoux.

Joey remonta sur son siège et démarra, puis il contourna le rond-point et revint jusqu'à la rue. Il ne savait pas quoi dire – il se sentait bien trop grotesque. Mais comment aurait-il pu savoir que Robbie était aveugle ? Peu importe, il s'était comporté grossièrement, et la cécité de son passager n'avait rien à y voir. Au moins, il savait maintenant pourquoi Robbie n'avait pas réagi aux cicatrices de son visage.

— Je suis désolé.

Robbie tourna la tête en direction de sa voix.

— Pourquoi ?

Il sourit et tout son visage s'illumina. Seigneur, il était adorable ! Et il ne s'agissait pas uniquement de son accent. Cet homme-là était incontestablement mignon.

— Tu ne pouvais pas savoir, et moi aussi ça m'aurait énervé que quelqu'un me laisse porter ses valises et les ranger dans le coffre sans proposer de m'aider.

Son sourire s'élargit.

339

— À dire vrai, j'ai plutôt apprécié ton attitude.

Cette fois, Joey ne comprenait plus rien.

— Pourquoi ?

— Parce que tu m'as traité normalement.

Joey prit un tournant un peu trop brusquement et Robbie bascula vers lui. Il lui fallut un moment pour retrouver son équilibre. Réalisant la situation, Joey ralentit.

— La plupart des gens agissent avec moi bizarrement, parce que je suis aveugle, mais toi, tu as été parfaitement naturel.

— Eh bien, à la ferme, tu n'auras droit à aucun traitement particulier, je peux te l'assurer.

Même si Robbie ne le voyait pas, Joey lui sourit en insistant :

— Là-bas, tout le monde travaille dur, personne ne pourra rester et te tenir compagnie à longueur de journée. Tu seras tout seul la plupart du temps.

— Une ferme ?

Bon sang, le sourire de Robbie devint encore plus éclatant, ce que Joey n'aurait pas cru possible.

— Je vais habiter dans une vraie ferme, avec des chevaux et tout ça ?

— Oui. La ferme Laughton, la plus importante exploitation de tout le comté. Nous avons actuellement plus de mille deux cents hectares, avec mille cinq cents têtes de bétail, ainsi que des chevaux.

Joey continua à parler, évoquant pour Robbie les bâtiments agricoles, les chiens…

— Ce sont Geoff et Eli, son partenaire, qui s'occupent de tout.

Le visage expressif de Robbie ne cacha pas son incompréhension.

— Partenaire, c'est à dire son associé en affaires ?

— Non, corrigea Joey, ils sont partenaires dans la vie.

— Oh.

Si cette révélation surprit Robbie, il n'eut pas le temps de s'y attarder. Aussi, il la rangea dans un coin de sa tête pour y penser plus tard. La voiture ne cessant de rebondir et de zigzaguer, il fit de son mieux pour s'accorder à ses mouvements plutôt que de se raidir. Comme il ne voyait rien, il ne pouvait anticiper, mais il en avait l'habitude. Chaque virage l'envoyait vaciller, d'un côté ou de l'autre. À un moment, après un tournant, il sentit la chaleur du soleil sur son visage. Il chercha dans la poche de son veston une paire de lunettes de soleil pour se protéger les yeux.

— Nous devrions arriver d'ici quelques minutes.

— Tant mieux.

Robbie se tourna vers son compagnon avec un sourire. Il n'avait jamais envisagé de séjourner dans une ferme. Il trouvait cette perspective très excitante, mais également un peu effrayante. Il y aurait beaucoup de choses dont il ignorait tout, il en était conscient, il lui faudrait se montrer particulièrement prudent. Il espérait cependant avoir la chance de faire de nouvelles découvertes.

— Quand nous y serons, auras-tu le temps de me faire faire le tour du propriétaire ?

— Tu veux voir… oh merde !

Robbie entendit l'embarras dans la voix de Joey.

— Je suis désolé.

— Pourrais-tu cesser de t'excuser ?

— Oui, bien sûr.

La voiture heurta une ornière et Robbie rebondit sur son siège, soulagé de porter une ceinture de sécurité.

— Désolé.

Robbie sentit la voiture ralentir, les cahots s'atténuer.

— J'ai besoin de faire le tour de la maison pour m'y reconnaître, je dois apprendre où se trouvent les meubles, les obstacles.

— Tu crois que tu t'en souviendras en une seule fois ?

— En temps normal, c'est le cas. Il ne me faut pas longtemps. À condition que vous ne changiez pas la place des meubles ou que vous n'installiez pas la salle de bain dans une autre pièce, je m'en sortirai.

En entendant le rire de Joey, Robbie gloussa aussi, heureux que son humour soit bien reçu. En suivant les pérégrinations de l'orchestre, il avait séjourné dans de nombreuses familles, et certaines d'entre elles étaient restées si coincées qu'il n'avait jamais pu se détendre en leur compagnie. Bien sûr, il était aveugle, ce n'était pas pour autant qu'il manquait d'autonomie.

— Comment fais-tu ça ? Comment apprends-tu si vite à t'y retrouver ?

Il aimait bien les intonations de Joey – sa voix si calme et musicale, à l'accent adorable. Il haussa les épaules.

— Je suis bien obligé.

Il n'eut pas le temps de s'expliquer davantage parce qu'il fut interrompu par une symphonie familière, du Mozart. Il mit la main dans sa poche et en sortit son téléphone.

— Oui, maman.

— *Tu es bien arrivé ?*

Comme d'habitude, sa voix exprimait une anxiété exagérée.

— Mais oui, bien sûr. Tout va bien. Je suis en route, nous devrions bientôt arriver.

— *Veille bien à ce qu'ils te fassent faire un tour complet des lieux, pour que tu puisses t'y retrouver. Et ne les laisse pas t'installer trop loin de la salle de bain.*

Robbie secoua la tête et leva au ciel ses yeux aveugles. Il souhaita que sa mère puisse le voir, parce qu'elle détestait le voir agir ainsi. Pour une raison étrange, cela l'effrayait, et c'est bien pour ça qu'il avait pris cette habitude.

— Je m'en sortirai, maman. Pas besoin de t'inquiéter pour moi.

Il avait vingt-deux ans, au nom du ciel ! Et elle le traitait toujours comme un bébé.

— Écoute, nous arrivons en ce moment.

Il avait senti la voiture ralentir, entendu un clignotant se mettre en marche. Même s'il ne s'agissait que d'un carrefour, il trouvait l'excuse excellente pour couper court à l'appel de sa mère.

— *Très bien, mon chéri. Je te rappellerai plus tard.*

Il raccrocha et remit son appareil dans sa poche.

— C'était ta mère ?

Robbie entendit crisser des graviers sous les roues de la voiture, il pensa qu'il s'agissait d'une allée particulière.

— Oui.

Sa mère lui téléphonait au moins trois fois par jour pour vérifier ce qu'il faisait. Après six semaines de ce manège, il commençait à en avoir assez. La voiture s'arrêta, le moteur fut coupé.

— Nous y sommes ?

— Ouais. Je vais te conduire jusqu'à la maison et je reviendrai ensuite chercher tes affaires, si ça te va ?

— C'est très gentil, merci.

— Je t'en prie.

Robbie patienta et il entendit cliqueter une ceinture de sécurité – Joey devait l'enlever. Il détacha également la sienne, puis la voiture bougea sur ses amortisseurs lorsque son compagnon quitta son siège. Une porte claqua, la voiture vibra encore sous la force de l'impact. Des pas sur le gravier lui indiquèrent que Joey faisait le tour et s'approchait… Sa porte s'ouvrit, il sentit une main se poser sur son bras.

— Tu peux sortir. Il y a du gravier dans l'allée, aussi fais attention à ne pas glisser.

Robbie laissa Joey le guider. Se redressant, il brandit sa canne.

— Pourrais-tu prendre mon veston ?

— Bien sûr, ne bouge pas.

La main disparut de son bras, mais elle revint quelques secondes plus tard, chaude et souple contre sa peau nue, dans une prise qui n'était pas trop brusque, mais ferme et rassurante.

— Avance un peu pour que je puisse refermer la porte.

Robbie s'exécuta et il entendit claquer sa portière. Puis Joey le guida avec patience autour de la voiture, et vers la maison, sa voix continuant à lui indiquer ce qui se passait.

— Bien, je vais ouvrir la porte d'entrée, tu auras trois pas à faire pour pénétrer dans la maison.

— Donne-moi une seconde.

Joey s'arrêta sans lui lâcher le bras et Robbie inspira profondément. Il huma une odeur complexe : chevaux, paille, foin, fumier... Un cocktail puissant qui lui monta à la tête. Il n'avait jamais rien senti de pareil.

— Qu'est-ce que c'est ?

— Quoi ?

Il entendit Joey renifler et ne put s'empêcher de sourire. L'odeur alentour était si forte qu'il avait du mal à en discerner chaque nuance.

— Est-ce que les chevaux sont proches ?

D'après lui, ce qu'il entendait pouvait être des hennissements, et les étranges claquements provenaient sans doute de leurs fers.

— Oui, il y a un enclos à une quinzaine de mètres.

Robbie était de plus en plus excité.

— Un des chevaux a-t-il pris le galop ?

— Oui, comment le sais-tu ?

Il crut percevoir une note de stupéfaction dans la voix de son compagnon.

— Je sens le sol vibrer sous le choc de ses sabots.

Se retournant, Robbie renifla avidement l'air autour de lui.

— C'est encore plus merveilleux que tout ce que j'avais imaginé !

Il aurait voulu ne jamais quitter cet endroit. Les odeurs, les sons, les vibrations qu'il percevait à travers la plante de ses pieds... tout ça créait pour lui une extase sensorielle.

— Nous devrions entrer. Eli doit nous attendre pour dîner. Mais je te promets qu'ensuite, je t'emmènerai voir les chevaux. Nous irons jusqu'à l'écurie, où tu feras connaissance avec certains d'entre eux.

De nouveau, il y eut ce contact sur son bras, ferme et rassurant.

Tapotant le sol devant lui de sa canne, Robbie sentit où les marches commençaient, il leva le pied et grimpa l'escalier qui menait à la maison. Une fois à l'intérieur, il eut un léger sursaut en entendant se refermer derrière lui l'écran grillagé anti-moustiques. Ensuite, il subit un nouvel assaut d'arômes et de sons étrangers. Il allait vraiment apprécier son séjour dans cette ferme !

D'après les odeurs qui l'entouraient, il pensait se trouver dans la cuisine...

— C'est Robert Edward ? demanda une voix inconnue.

Robbie entendit des pas s'approcher. Joey répondit :

— Oui, Eli, c'est lui.

Robbie tendit la main, une poigne ferme et calleuse se referma sur ses doigts.

— Je vous en prie, appelez-moi Robbie.

— Enchanté de te connaître.

Robbie nota une légère hésitation dans la voix d'Eli, il comprit que son hôte ne s'attendait pas à recevoir un aveugle. À nouveau, la porte arrière s'ouvrit et claqua en se refermant. Des pas lourds et bottés résonnèrent sur le sol.

— Geoff, enlève tes bottes, voyons !

Robbie tenta de retenir son sourire en entendant la douce remontrance. Il entendit un homme s'asseoir et des bottes claquer sur le sol.

— Geoff, je te présente Robbie.

— Ravi de te connaître. J'espère que tu te plairas chez nous.

Le nouveau venu avait une poignée de main solide et un sourire résonnait dans sa voix. Robbie sut, sans l'ombre d'un doute, qu'il était accueilli de grand cœur.

— J'en suis certain !

Bon sang, qu'il était excité ! Il souriait comme un parfait idiot.

— Le dîner sera prêt d'ici dix minutes.

Il sut exactement où se trouvait Eli d'après sa voix. Peu après, la main de Joey revint se poser sur son bras. Pour lui, les inconnus étaient toujours flous. Tant d'indices concernant les gens dépendaient de la vue. Robbie en étant privé, il lui fallait du temps pour se faire une impression en rencontrant des étrangers. Or, avec Joey, cette règle habituelle ne s'appliquait pas. Robbie avait instantanément discerné un profil, et pas celui qu'il avait imaginé au premier abord, en entendant ses grommellements. En fait, c'était venu de son toucher, ferme, mais délicat. Exactement le genre de contact que Robbie appréciait. Il eut un frisson et s'empêcha d'explorer plus avant le sujet. C'était stupide de sa part, il ne devrait pas penser à Joey de cette façon !

La seule chose dont il était certain, c'était que son séjour à la ferme serait formidable. Ces gens et leur foyer lui paraissaient… à part. Il ignorait d'où lui venait cette sensation, mais elle était très forte et Robbie croyait fermement aux énergies, positives ou négatives. Et comme il ne voyait pas, il était particulièrement réceptif à ce genre de courant. Et cette maison, ces hommes, tous irradiaient d'énergie positive. En fait, Joey était la seule exception. Non pas qu'il ait une énergie négative, c'était plus… de la douleur. Robbie l'entendait aussi dans sa voix, juste sous la surface. Il se demandait ce qui l'avait provoquée.

— Je vais te conduire jusqu'à la salle de bain pour que tu puisses te rafraîchir. Après le dîner, je te ferai faire le tour de la maison, puis j'apporterai tes affaires dans ta chambre.

Joey l'emmena jusqu'à la salle de bain. Une fois lavé, Robbie retrouva son chemin jusqu'à la table de la cuisine avec l'aide de sa canne. Joey restait silencieux, mais Robbie sentait sa proximité et son attention, qui n'avait rien de pesant. Une fois assis, il fut servi. D'une voix douce, Joey lui détailla ce qui se trouvait sur la table, sa main guidant la sienne jusqu'à son verre. Chaque fois que Joey le touchait, Robbie ressentait une connexion particulière. Il ne savait pas trop ce que cela signifiait, mais c'était une sensation agréable, incontestablement.

— Mes manières à table laissent à désirer, chuchota-t-il, en espérant que seul Joey l'entendrait. Il m'arrive de laisser tomber de la nourriture sans même m'en rendre compte.

Il sentit une main se poser sur son épaule.

344

— Ne t'inquiète pas de ça. Mange et savoure. Eli est un excellent cuisinier.

Robbie suivit son conseil, se régalant à chaque bouchée.

Au début, il fut le principal sujet de la conversation, chacun des trois autres convives lui posant une tonne de questions. Puis ils passèrent aux affaires de la ferme. Robbie mangeait lentement en les écoutant. Il emmagasinait tout : ce qu'il advenait du bétail, les plans prévisionnels pour s'assurer d'avoir assez de foin, l'état des champs ou des semences… Tout paraissait si normal ! Robbie sourit intérieurement et pensa : *ils me traitent avec tant de naturel.* D'après son expérience, peu de gens agissaient ainsi – et il l'appréciait d'autant plus.

Au milieu du repas, son téléphone sonna. Il posa sa fourchette et récupéra son appareil.

— Bonsoir, maman.

— *Tout va bien pour toi, mon chéri ?*

— Très bien, maman, je suis en train de dîner.

Ces appels incessants commençaient vraiment à l'agacer.

— *Fais attention ! Tu sais que tu as l'estomac délicat. J'espère qu'ils t'ont servi des plats que tu seras capable de digérer.*

— Je vais très bien, maman. Il faut que je finisse de manger pour ensuite faire le tour de la maison. Demain matin, j'ai une répétition, aussi je ne pourrai pas répondre au téléphone.

— *Très bien. Passe une bonne nuit, chéri. Et appelle-moi après ta répétition.*

Elle raccrocha. Robbie se remit à manger. La conversation reprit après cette brève interruption. Robbie fut très soulagé et reconnaissant qu'on ne lui pose aucune question concernant sa mère.

Après dîner, Joey fit faire à Robbie le tour de la maison, lui signalant l'emplacement de tous les meubles, l'emplacement des salles de bain, et de tout ce dont il pouvait avoir besoin.

— Maintenant, je vais chercher tes bagages. Ensuite, je te montrerai ta chambre.

En attendant, Robbie s'installa dans un des fauteuils et s'imprégna des bruits de la maison tout autour de lui. Dans la cuisine, Eli faisait la vaisselle. Robbie entendit tout à coup des éclaboussures et des rires étouffés. Il imagina sans peine que Geoff avait rejoint son partenaire… et que la vaisselle attendrait. Il perçut un doux gémissement et sourit lorsqu'il surprit d'autres bruits d'eau associés, il en était certain, à des baisers.

La porte arrière de la maison s'ouvrit, puis claqua, des pas lourds traversèrent la cuisine.

— C'est bon, j'ai tes valises. Je vais les monter à l'étage mais j'ai pensé que tu préférerais garder ça.

Robbie sentit peser sur ses genoux l'écrin de son violon. D'instinct, il referma les mains dessus.

— Je reviens tout de suite, indiqua Joey.

345

Robbie l'entendit s'éloigner en direction de l'escalier. Suivirent différents autres bruits de portes qui, à nouveau, s'ouvraient et se refermaient.

Il sentit Joey revenir, puis une main lui effleurer le bras.

— Viens, je vais t'emmener à ta chambre.

Comme précédemment, son compagnon le guida, lui faisant traverser les pièces et monter les marches de l'escalier.

— Ta chambre est juste là, à droite, sur le palier. La mienne est en face. Et la porte d'à côté, c'est la salle de bain.

Joey l'y mena pour lui expliquer où se trouvaient les principaux éléments, puis il l'accompagna dans sa chambre.

— Les valises sont sur ton lit. J'ai mis ton veston au pied du lit.

Sans montrer d'impatience, il fit faire à Robbie le tour de la pièce.

— Tu as une table de chevet de chaque côté du lit… à ta droite, une commode.

Robbie caressa de la main le bois lisse du plateau, puis il s'accroupit et ouvrit un des tiroirs.

— Merci.

— Tu veux que je t'aide à vider tes valises et ranger tes vêtements ?

— Non merci. Si je m'en charge moi-même, je retrouverai mes affaires plus facilement.

Déjà, il ouvrait une de ses valises. Il ajouta :

— Par contre, si tu pouvais me donner un coup de main avec mon smoking…

Robbie souleva sa housse qu'il tendit à Joey.

— Aucun problème, je vais te l'accrocher.

Il entendit des mouvements autour de la chambre, la porte d'un placard qui s'ouvrait et se fermait.

— Tu veux redescendre au salon ?

Robbie secoua la tête.

— Non, je vais finir de ranger, ensuite, j'irai me coucher.

— D'accord. Je viendrai te chercher demain, pour le petit déjeuner. Passe une bonne nuit.

Tout en continuant sa tâche, Robbie entendit Joey quitter la chambre et refermer la porte derrière lui. Il était de plus en plus certain que son séjour ici lui plairait. Ces gens-là étaient très gentils.

Il lui fallut un moment pour tout débarrasser et s'assurer qu'il avait bien mémorisé son environnement. Il se rendit aussi plusieurs fois jusqu'à la salle de bain afin de bien reconnaître le parcours. Ensuite seulement, il se déshabilla et se mit au lit.

Il était fatigué mais son cerveau tournait encore à plein régime, aussi resta-t-il les yeux ouverts, couché dans son lit, à écouter ce qui se passait dans la maison. Et à se poser de multiples questions concernant Joey. Cet homme le fascinait, même si Robbie ne trouvait aucune raison logique à son intérêt. Des pas dans l'escalier lui indiquèrent que les autres montaient à leur tour se coucher. Après plusieurs va-et-vient dans la salle de bain, la maison devint silencieuse. Et Robbie était toujours étendu, à réfléchir.

Et tout à coup, il les entendit : des murmures et gémissements qui lui parvenaient à travers les murs. Sachant ce dont il s'agissait, il tenta de les bloquer, mais sans y parvenir. Il avait la sensation d'être un intrus en tendant l'oreille. Les ébats amoureux ainsi surpris soulignaient sa solitude. Robbie n'avait jamais tenu quelqu'un contre lui ni rien accompli de sexuel, mais il se demandait souvent quel effet ça faisait. Il y avait tant d'expériences qu'il n'avait pas tentées ! Et pourtant, les questions qui revenaient le plus fréquemment concernaient la personne qu'il rencontrerait un jour. Quelqu'un qui le caresserait, l'aimerait, et lui ferait connaître ce que Geoff et Eli partageaient...

Finalement, la fatigue fut la plus forte et Robbie s'endormit.

II

Le soleil était à peine levé lorsque Joey se réveilla, son horloge interne refusant de le laisser dormir plus longtemps. Au début, quand il avait commencé à travailler à plein temps à la ferme, il avait trouvé difficile de se lever aussi tôt le matin. Désormais, c'était le contraire, il ne parvenait pas à rester au lit. Repoussant les couvertures, il se leva et passa dans la salle de bain. Dans le couloir, devant la chambre de Robbie, il remarqua la porte légèrement entrouverte. Des ronflements étouffés émanaient de la pièce.

— Rex ! Sors de là !

Le chien, couché au pied du lit de Robbie, l'entendit. Joey le vit soulever la tête, puis la reposer en fermant les yeux.

— D'accord.

Avec un sourire, Joey s'écarta, laissant Robbie et Rex dormir. Après une toilette rapide, il se rendit dans la cuisine pour goûter au café d'Eli.

Il bâilla en se versant une première tasse.

— Bonjour.

— Bonjour. Qu'as-tu prévu de faire aujourd'hui ?

Geoff s'installa à table pour finir son café avant de commencer ses tâches de la journée.

— Il faut que j'aille vérifier tous les champs. Il faudra aussi que quelqu'un emmène Robbie pour sa répétition, à neuf heures.

Il surprit le regard qu'échangeaient Geoff et Eli et se demanda ce qui se passait, mais sans se donner la peine de poser la question. Les deux hommes paraissaient capables de communiquer à volonté d'un seul coup d'œil.

— Moi, je dois surveiller les clôtures et Eli a presque toute la journée des cours et des élèves. Crois-tu que tu pourrais emmener Robbie là où il doit aller ?

Joey hocha la tête en signe d'acceptation. Geoff termina son café au moment où Eli posait devant lui une assiette bien remplie, Joey reçut également la sienne ; il s'assit à table et se mit à manger.

— Quand revient Len ? demanda-t-il.

— D'ici quelques jours. Je pense que Chris et lui ne devraient pas tarder à avoir fait le tour des vignobles du pays.

Geoff sourit et poursuivit son repas. Joey ne fit aucune réflexion, il continua à manger. Len était comme un père pour lui. À seize ans, Joey avait demandé à Len ce que lui coûteraient des leçons d'équitation. Len s'était arrangé pour les lui donner en échange de travail manuel. Un événement qui avait profondément marqué la vie de Joey. Si Len n'avait été au début qu'un maître de manège, il était

348

vite devenu un ami très proche, qui se comportait comme le père que Joey n'avait jamais eu. De plus, Geoff et Eli le traitaient tous les deux comme un frère.

Une fois son repas terminé, Geoff déposa dans l'évier son assiette vide, embrassa Eli avec un 'merci' et sortit pour se rendre aux écuries.

Eli avait quitté son repas des yeux pour suivre le départ de Geoff. Il fit ensuite remarquer à Joey :

— Tu devrais aller réveiller Robbie. Il lui faudra sans doute un moment pour se préparer.

— Tu as raison.

Ayant également terminé, Joey remercia son ami, débarrassa son couvert et prit l'escalier jusqu'à l'étage.

— Robbie ?

Rex, réveillé, leva la tête sans esquisser le geste de se lever. Le dormeur, sous les couvertures, ne bougeait pas.

— Robbie ?

Joey avança jusqu'au lit et le secoua doucement par l'épaule.

— Robbie, il faudrait que tu te réveilles.

Enfin, il vit s'ouvrir les grands yeux bleus. Il regarda Robbie s'asseoir dans son lit, les couvertures qui tombaient le découvrant jusqu'à la taille.

— Quelle heure est-il ?

Robbie paraissait encore groggy. Joey voulut répondre, il essaya de formuler quelques mots, ses lèvres bougèrent, sa bouche remua… mais rien ne sortit. Il ne pouvait pas parler. Il n'était capable que d'une chose : fixer la poitrine lisse de Robbie, sa peau couleur de miel, ses tétons aux tons de bronze. Il faillit tendre la main pour y toucher et réussit de justesse à s'en empêcher. Au bout d'un moment, il retrouva sa voix.

— Un peu plus de sept heures.

Grâce au ciel, Robbie ne pouvait pas le voir, planté là, la bouche ouverte, à le dévorer des yeux. Avec un sourire, il réalisa qu'il pouvait continuer son manège sans conséquence.

— Nous ne savions pas trop le temps qu'il te faudrait pour te préparer, alors je t'ai réveillé un peu tôt. J'espère que tu ne m'en veux pas.

Robbie lui sourit. Rex se souleva, avança, et colla son museau contre la main de l'aveugle, réclamant ses caresses.

— Tu as passé la nuit avec moi pour que je ne sois pas tout seul ?

Robbie gratta la tête du gros chien avant de repousser ses couvertures pour se mettre lentement debout. Puis, en tâtonnant, il avança jusqu'à la commode.

— Tu veux que je t'aide ?

— Non, je devrais m'en tirer tout seul.

— Très bien. Si tu as besoin d'aide, appelle.

Joey quitta la pièce et descendit jusqu'au bureau. Ayant mis au point un projet précis d'ensemencement pour chacun des champs, il voulait avoir avec lui ses plans et y marquer l'état actuel des germinations. Installé au bureau de Geoff, il relut ses notes tout en prêtant l'oreille afin de s'assurer que Robbie n'ait pas besoin de lui.

Il terminait sa lecture lorsqu'il entendit dans l'escalier des pas hésitants, suivis par la cavalcade du chien.

— Je suis dans le bureau ! cria-t-il.

Quelques minutes plus tard, le visage souriant de Robbie apparut à l'entrebâillement de la porte.

— C'est l'heure du petit déjeuner ?

— Bien sûr.

Joey rangea ses papiers dans un dossier qu'il emporta avec lui dans la cuisine où il prépara pour Robbie un rapide petit déjeuner. Quand son hôte eut terminé de manger, il pressa le bouton d'un appareil qui ressemblait à une montre. Joey entendit une voix mécanique indiquer : 'huit heures quarante-cinq'.

— C'est très pratique !

Robbie quitta son siège et ramassa la canne qu'il avait déposée sur la table.

— Nous devrions nous mettre en route. Combien de temps nous faut-il pour rejoindre l'auditorium de l'université communale ?

— Deux minutes, c'est juste au bout de la rue.

Joey prit Robbie par le coude avant d'ajouter :

— Attends, je vais aller chercher ton violon. Ensuite, je t'accompagnerai jusqu'à la voiture.

Quelques minutes plus tard, Robbie était installé, son instrument sur les genoux, et Joey les conduisit jusqu'à l'auditorium.

— Un moment, dit-il.

Il gara la voiture, ouvrit sa portière et fit le tour pour aider Robbie à sortir.

— Je vais t'accompagner à l'intérieur.

Robbie n'avait fait que quelques pas quand la porte de l'auditorium s'ouvrit, un jeune homme dégingandé en émergea et se mit à courir vers sur le trottoir.

— Robbie !

Dès qu'il rejoignit les deux hommes, l'inconnu prit Robbie par le bras et indiqua :

— Je m'occupe de lui.

Avant que Joey ait pu dire un mot, le nouveau venu leva les yeux sur lui. L'expression de son visage changea et prit cet air surpris dont Joey avait l'habitude chaque fois qu'on découvrait ses cicatrices. Très vite, l'homme se reprit, mais Joey n'avait pu manquer son halètement étouffé. Il ressentit une violente déception qui le traversa de part en part.

Ce matin, pour la première fois depuis très longtemps, il ne s'était pas réveillé étreint par son habituel auto-apitoiement. Il avait oublié ses cicatrices, oublié son aspect physique, du moins jusqu'à ce qu'il voie l'expression du visage de cet homme. Et là, pendant une brève seconde, il le détesta avec force. Joey savait bien que ce n'était pas la faute de cet inconnu – d'ailleurs, sa violente antipathie s'effaçait déjà – mais durant cette seconde...

La voix de Robbie le fit émerger de son chaos émotionnel.

— Arie, voici Joey. Joey, Arie est un de mes amis d'enfance.

Le jeune homme tendit la main et se présenta :

— Robert Edward Hawkins.

Joey accepta sa poignée de main, mais il remarqua un détail : la voix d'Arie paraissait normale et pourtant... il y avait sur son visage une expression qu'il n'arrivait pas à comprendre.

— Robert Edward ? Est-ce que ce n'est pas également le nom de Robbie ?

— Si, mais chez nous, on trouve un 'Robert Edward' dans la plupart des familles. C'est à cause de Robert E. Lee. C'est pourquoi je me fais appeler Arie.

À nouveau, quelque chose sonnait faux chez lui sans que Joey réussisse à s'expliquer ce que c'était. La voix semblait aimable, naturelle, mais les mots prononcés ne s'accordaient pas tout à fait à l'attitude.

— Ah...

Joey ne savait trop quoi dire, pas plus qu'il ne savait comment se comporter vis-à-vis d'Arie.

— Combien de temps va durer cette répétition ? demanda-t-il.

— Nous devrions avoir terminé vers onze heures.

Arie lui répondit alors qu'il entraînait déjà Robbie vers le bâtiment. Joey les regarda disparaître, bras dessus-dessous. Arie avait un regard bizarre qu'il n'arrivait vraiment pas à déchiffrer.

Joey retourna dans sa voiture. Il s'apprêtait à démarrer quand il interrompit son geste et se tourna vers la porte, désormais fermée. Il y avait quelque chose de pas net concernant Arie !

Il tourna enfin sa clé et s'éloigna de l'auditorium.

Il n'avait qu'une envie : retourner à la ferme, monter dans sa chambre et se cacher, mais il se força à se mettre au travail. La voiture prit donc la direction des champs, du moins des premiers de sa liste. Il en avait tellement à inspecter !

Quand l'heure fut venue de récupérer Robbie, Joey se retrouva garé devant l'auditorium. Au lieu d'attendre à l'extérieur, il pénétra dans le bâtiment et entendit à travers les corridors le son d'une musique riche et sonore. Sans faire de bruit, il ouvrit une des portes de la grande salle, se glissa à l'intérieur et prit place dans un siège à l'arrière, dans l'ombre.

Son regard trouva instantanément Robbie, assis à l'avant de l'orchestre. Son violon sous le menton, il guidait son archet le long des cordes. Joey ne connaissait pas le morceau qui se jouait mais il sentit d'instinct que Robbie l'appréciait. Le visage du jeune musicien arborait un air émerveillé. Joey le fixa intensément, buvant chacun de ses mouvements, chaque nuance de ses expressions.

Quand la musique s'arrêta, les traits de Robbie se détendirent. Il baissa son violon et le posa sur ses genoux. Joey comprit que le chef d'orchestre donnait des instructions à ses musiciens ; il vit Arie, placé près de Robbie, se pencher pour lui chuchoter quelques mots à l'oreille. Robbie n'eut aucune réaction mais cette fois, Joey déchiffra le visage de son voisin parce qu'il reconnaissait son expression : Arie était amoureux de Robbie.

Joey le vit effleurer doucement le bras du jeune aveugle, glisser jusqu'à sa main, en caresser la peau. Un geste aussi éloquent que si Arie s'était brutalement levé pour hurler son amour au monde entier.

Joey sentit son estomac se crisper de déception. Cela ne dura qu'une seconde, avant de disparaître. Il n'avait aucun droit sur Robbie. Bon sang, il le connaissait à peine, depuis la veille seulement, alors pourquoi se sentait-il abandonné, trahi ? Il pensa d'abord à de la jalousie mais non, ce qu'il ressentait était davantage de l'injustice. Depuis son accident, les gens l'évitaient dès le premier regard qu'ils lui jetaient. Ce qui n'avait pas été le cas avec Robbie, pour des raisons évidentes.

Il entendit un tapotement discret, c'était le chef d'orchestre et son bâton. Joey vit Robbie relever son violon quand les musiciens recommencèrent à jouer. Il ne fallut pas longtemps à Robbie pour se perdre à nouveau dans la musique, son visage retrouvant la même expression éblouie. Joey se demanda ce que ce serait de lui voir un tel air dans d'autres circonstances. Son imagination s'emballant, il fantasma sur un Robbie couché dans son lit, sa peau douce et nue contre ses draps blancs, le corps vibrant d'excitation, et le même air émerveillé au moment de l'orgasme…

Joey étouffa un gémissement et se força à revenir au présent. D'ailleurs, l'orchestre avait terminé le morceau, le chef d'orchestre donna ses dernières consignes aux musiciens avant de les libérer.

Joey attendit à l'écart, au fond de l'auditorium. Il vit Robbie remettre son instrument dans l'écrin avec un soin amoureux. Apparemment, Arie tenta de l'aider à quitter l'estrade, mais il fut repoussé. Robbie déplia sa canne et l'agita devant lui. Prudemment, mais sûrement, il descendit l'escalier. Arie tournait toujours autour de lui, pressant et quémandeur, mais Robbie prit seul l'allée centrale entre les sièges. Joey sourit et secoua la tête. Cet homme était indépendant, il devait le lui reconnaître.

Il se leva.

— Robbie ?

Il prononça son nom à mi-voix, presque avec révérence, certain d'être entendu. Effectivement, Robbie se rapprocha de lui, attiré par le son de sa voix.

— Tu nous as écoutés jouer ?

— Bien sûr.

— Qu'en as-tu pensé ?

— Magnifique.

En prononçant ce mot, Joey réalisa qu'il répondait à la question, mais qu'il exprimait aussi son opinion sur le jeune aveugle.

Lorsque Joey fit quelques pas, Robbie tendit la main pour s'accrocher à son bras. En le guidant hors de l'auditorium, Joey tourna machinalement la tête vers la scène. Devant l'expression du visage d'Arie, il frissonna. Ce n'était plus du venin, mais bien pire. Dès qu'Arie réalisa avoir été surpris, il dissimula ce qu'il éprouvait.

— Je me suis garé sur le parking. Que préfères-tu : que je rapproche la voiture ou bien que nous marchions jusque-là ?

Robbie le regarda, un sourire sur le visage.

— Marchons. Je passe bien trop de temps enfermé à l'intérieur ou en voiture.

Joey les conduisit donc au grand air, puis le long du trottoir, jusqu'au parking.

— Tu sais, je vais devoir travailler cet après-midi…

Il ne savait pas trop comment exprimer ce qu'il désirait. Il reprit :

— Et toi ? Tu dois répéter ou bien tu es libre ?

— Tu crois que je pourrais t'aider ?

Cessant de marcher, Robbie s'immobilisa au beau milieu du trottoir ; il mit ses lunettes de soleil puis renversa la tête en arrière et offrit son visage aux rayons du soleil. Joey l'examinait, conscient que son compagnon appréciait la brûlante caresse sur sa peau.

— Oui, pourquoi pas ? Tu as déjà tenté de planter un jardin ?

En guise de réponse, Robbie éclata d'un rire profond.

— Tu plaisantes ? Je ne me suis jamais sali les mains avec de la terre, sauf occasionnellement, en tombant dedans.

— Cet après-midi, je vais devoir planter des légumes au jardin, maintenant que tous les champs sont ensemencés et commencent leur germination.

Les deux hommes s'étaient remis en marche vers la voiture.

— Écoute, si tu me proposes de venir avec toi, je le ferai volontiers. Je ne suis pas certain de pouvoir t'aider mais, si tu n'as pas peur, je veux bien essayer.

Arrivé devant la voiture, Joey ouvrit la portière de Robbie.

— Dans ce cas, nous avons d'abord besoin de déjeuner, parce que notre après-midi sera bien occupé.

Une fois Robbie installé dans son siège, Joey referma la portière, fit le tour de la voiture, et se mit au volant.

— Explique-moi un peu ce que tu as prévu de faire ? insista le jeune aveugle.

— D'après ce que j'ai compris, ce sera une expérience nouvelle pour toi.

D'un geste rassurant, Joey effleura le bras de son passager.

— Ne t'inquiète pas, je serai là. Tu ne risques rien.

Il ne savait pas trop comment Robbie pouvait l'aider au jardin, mais il trouverait bien quelque chose. Il était convaincu que le jeune homme, aveugle ou pas, était assez tenace pour réussir tout ce qu'il se mettait en tête d'accomplir. Si Robbie lui proposait son aide, de quel droit Joey la refuserait-il ?

Il démarra, quitta le parking, et retourna à la ferme.

ROBBIE SE changea avant de redescendre dans la cuisine, ravi de voir qu'il se déplaçait dans la maison sans problème.

— Tu es prêt ?

La voix de Joey résonna tout autour de lui.

— Oui.

Il sentit une main sur son bras.

— Dans ce cas, allons-y. Nous avons du pain sur la planche.

Robbie laissa Joey l'entraîner dehors et lui faire traverser le jardin.

— J'ai déjà apporté les plantes et la semence dont nous aurons besoin, annonça son compagnon, aussi nous pourrons nous mettre immédiatement au boulot.

— Très bien. Que veux-tu que je fasse ?

Sous ses pieds, il sentit la terre s'enfoncer : le sol était devenu plus mou.

— Assieds-toi, je vais t'expliquer.

Robbie s'exécuta et se mit en tailleur sur le sol meuble.

— En face de toi, il y a une partie du jardin que je viens de bêcher. J'ai planté des poteaux en rectangle, ils sont reliés par un fil métallique, alignés par rangées de trois, avec soixante centimètres d'espace entre chacun d'eux.

Robbie sentit que Joey prenait sa main pour la positionner sur un des poteaux dont il parlait.

— Ici, c'est le coin…

Sa main fut déplacée en direction d'un autre poteau.

— … là, tu es au milieu. C'est l'endroit où nous commencerons à planter. Ce que tu dois faire, c'est creuser un trou au pied de chaque poteau, je te tendrai un plant de tomates, tu le mettras dans le trou, et tu tasseras la terre tout autour.

— Avec ce truc-là ?

Quelque chose de métallique venait de lui être placé dans la paume, Robbie présuma qu'il s'agissait d'une poignée de truelle.

— Oui. Tu es prêt ?

Avec un sourire, Robbie tâtonna autour du poteau central, puis il creusa un peu.

— Ça suffit, la profondeur ?

Joey lui plaça dans la main un petit container en plastique.

— C'est parfait. Maintenant, pose les doigts au sommet de ce pot, écarte-les pour laisser les rameaux de la plante émerger, puis tu le renverses, la terre devrait rester en bloc, bien compacte. Tu mets le tout dans le trou, tu rebouches, et tu tasses doucement.

Robbie suivit ses instructions, il sentit effectivement le petit plant glisser de son emballage ; il tâtonna et retrouva le trou qu'il venait de faire, y planta ses tomates, et lissa le sol au-dessus.

— Comme ça ?

— Tu t'en sors très bien.

Robbie entendit dans sa voix le sourire que Joey devait avoir sur le visage.

354

— Tu crois que tu peux t'en sortir tout seul avec les autres ? Tout ce que tu as à faire, c'est de rester à l'extérieur de l'enceinte délimitée par les poteaux.

— Oui, aucun problème.

Réaliser qu'il s'en croyait vraiment capable le prit par surprise.

— Dans ce cas, je vais placer un plant de tomate près de chaque poteau, tu les trouveras facilement.

Robbie suivit le fil métallique qui reliait deux poteaux, il trouva celui de l'angle, vérifia une dernière fois avec Joey qu'il avait bien compris ses instructions, puis il s'attela à la tâche. Il commençait à peine à creuser son trou quand son téléphone sonna. Grognant doucement, Robbie posa sa truelle et sortit son portable de sa poche.

— Bonjour, maman.

Il avait l'impression qu'elle appelait de plus en plus souvent.

— *Bonjour, mon chéri. Comment s'est passée ta répétition ?*

Elle parlait de façon si naturelle.

— Très bien. Ils nous ont fait travailler sur un nouveau morceau.

— *Tu as eu suffisamment de temps pour l'apprendre ?*

Il sentit grandir l'inquiétude de sa mère et sut que son côté hyper-protecteur venait de se ranimer.

— Oui maman, je n'ai eu aucun problème. J'avais mon exemplaire, j'ai pu l'étudier au cours des derniers jours.

Je sais ce que j'ai à faire, pensa-t-il, sur la défensive.

— *Tu devrais recevoir un exemplaire bien avant les autres, pour que tu n'aies pas à te presser.*

— Maman, ne t'inquiète pas, tout va très bien. Tu avais quelque chose à me demander ? Je suis occupé.

— *Occupé, pourquoi ? Où es-tu ?*

— À l'extérieur.

— *Tu as mis tes lunettes de soleil ?*

Seigneur, elle devenait de pire en pire !

— Oui, maman, bien sûr. Qu'est-ce que tu voulais ?

Il avait pris un ton plus ferme, pour la pousser à raccrocher.

— *Rien de particulier, simplement vérifier comment ça se passait pour toi.*

— Très bien.

Elle tenta de bavarder sur des détails sans importance, mais Robbie n'écoutait plus.

— Au revoir, maman.

Il raccrocha et rangea son téléphone dans sa poche. Il ne s'intéressait absolument pas à la dernière œuvre caritative dont sa mère s'était entichée. Tâtonnant autour de lui, il retrouva sa truelle et se remit à la tâche. Il termina sa seconde plantation et avança jusqu'à la suivante.

Joey avait fini de placer ses plants de tomate au pied de chaque poteau.

— Je peux te poser une question ?

Après avoir avancé, Robbie s'assit au pied d'un poteau, où il commença à creuser.

— Bien sûr.

— Tu es né aveugle ?

— Non. À douze ans, j'ai été malade, très malade, ils ont bien cru que j'allais mourir. J'ai survécu, mais en perdant la vue. Apparemment, le virus s'est attaqué à mon nerf optique.

Il parlait sans cesser de travailler.

— Dans ce cas, tu sais ce que c'est de voir ?

— Oui, en quelque sorte.

Robbie cessa de creuser, il se mit à genoux sur le sol chaud.

— Je crois que ça aurait été plus facile d'être né aveugle. Ainsi, je ne saurais pas ce que j'ai perdu. Mais oui, je sais ce que c'est de voir. Je comprends la plupart des références des 'voyants', en particulier les couleurs.

Il continua ses explications :

— … C'est rare chez les aveugles, parce que les couleurs sont essentiellement basées sur ce que l'on voit.

— Comment apprends-tu un nouveau morceau de musique si tu ne vois pas ?

— Je reçois des partitions écrites en braille. Je dois juste les mémoriser à l'avance parce que, quand je joue, j'utilise mes deux mains.

— Waouh !

Robbie entendit l'admiration dans la voix de son compagnon.

— C'est incroyable ! Tu as de la chance d'être aussi doué !

Quand Robbie se remit au travail, il sentit le sol bouger légèrement et sut que Joey marchait non loin de lui. Il entendit un son qui était une sorte de vibration.

— Qu'est-ce que tu plantes ?

— Des carottes.

La vibration cessa.

— J'ai fini les concombres. J'ai ensuite prévu de mettre aussi des courges, des haricots, du maïs et des radis.

Robbie devina que Joey le regardait lorsqu'il ajouta :

— Tu t'en sors très bien.

— Merci.

Il termina une autre plantation, appréciant le contact du terreau entre ses doigts. Il s'éloigna vers le poteau suivant.

— Je peux moi aussi te poser une question ?

— Ça me paraît équitable.

Mais Robbie remarqua la note d'appréhension dans la voix de Joey. Il termina de tapoter le sol autour de son plant de tomates avant de demander :

— Que t'est-il arrivé… ? Tout à l'heure, lorsque Arie t'a rencontré, j'ai entendu sa surprise. J'ai également noté la même chose, hier, chez Mrs Peters.

Il entendit Joey inspirer profondément, avant de laisser son souffle s'échapper.

— J'ai eu un accident. J'ai été blessé au visage. J'étais en moto, deux voitures s'étaient télescopées, je n'ai pas pu m'arrêter à temps. J'ai eu de la chance, je m'en suis sorti avec quelques fractures, mais aussi des entailles au visage qui étaient plutôt moches.

— Si j'interprète correctement la tension dans ta voix, tu n'as pas envie d'en parler ?

Pour Robbie, la réticence de Joey était immanquable, mais il ne pouvait s'empêcher de penser que c'était un tort. À son avis, un échange de confidences aurait fait le plus grand bien à son nouvel ami.

— Tu as raison.

Robbie hocha la tête et continua son travail, avançant jusqu'au dernier poteau.

— Et ensuite, que voudras-tu que je fasse ?

— Tu veux essayer de planter du maïs ?

La voix de Joey était devenue naturelle, détendue.

— Bien sûr.

Robbie s'amusait beaucoup. Il avait rarement l'occasion de participer à du travail en commun. Chez lui, quand il avait besoin de quelque chose, tout le monde se précipitait pour l'aider. Quand il répétait, il était seul. Ce qu'il accomplissait aujourd'hui était différent, et ça lui plaisait.

Ayant terminé ses plantations, il s'installa et attendit Joey. Il n'eut pas à le faire longtemps, il sentit le contact habituel, à la fois ferme et délicat, sur son bras, pour l'aider à se relever et le conduire vers un autre endroit du jardin. Quand la main de Joey glissa sur sa peau, Robbie ressentit quelque chose de différent, quelque chose qu'il n'avait encore jamais connu. Il s'enflamma, suite à cette simple et innocente caresse. Il sentit Joey le guider vers le sol, une fois de plus. Il s'accroupit avec prudence, son pantalon étant devenu trop serré à l'entrejambe, d'un seul coup. Chaque fois que Joey le touchait, il réagissait. Il fallait absolument qu'il pense à autre chose.

Grâce au ciel, Joey ne parut pas remarquer son état. Il lui donna simplement ses instructions et lui remit tout ce dont il avait besoin pour planter son maïs.

Les deux hommes passèrent le reste de l'après-midi à travailler ensemble au jardin, partageant anecdotes et plaisanteries. Il y avait bien longtemps que Robbie n'avait pas autant ri qu'il le fit ce jour-là, avec Joey. C'était merveilleux de travailler en équipe ! Il regrettait simplement de ne pouvoir être là pour récolter les fruits de leur travail, en quelque sorte.

— Dis-moi, ça te dirait de rentrer à la maison un moment ? Nous pourrions en profiter pour boire quelque chose.

Robbie hocha la tête, marquant son approbation. Joey le ramena jusqu'à la cuisine. Robbie ne se souvenait pas avoir jamais été aussi fatigué et heureux, pas plus qu'il n'avait jamais passé tout un après-midi au grand air, en plein soleil.

Geoff s'activait dans la pièce.

— Alors, tout s'est bien passé ? demanda-t-il.

Robbie pensa qu'Eli devait être là lui aussi, mais sans en être certain.

— Oui, c'était parfait.

Il sourit en direction de la voix, espérant que son hôte le verrait.

— Tant mieux.

Geoff lui apporta une boisson fraîche, qu'il lui plaça dans la main. Le verre était embué.

— Je serai de retour d'ici une heure.

Robbie sirota sa limonade glacée et soupira de plaisir quand le liquide glissa le long de sa gorge parcheminée. Il entendit Eli répondre à son partenaire, ce qui confirmait son intuition.

Une main douce se posa sur son épaule, Robbie reconnut le toucher de Joey.

— Je vais aller prendre une douche. Tu as besoin de quelque chose ?

— Non merci, tout va très bien.

La main disparut, Joey en ressentit une étrange sensation de perte, la chaleur de cette paume lui manquait. Il écouta les pas s'éloigner à travers la maison. Il vida d'un seul coup une bonne partie de sa limonade acidulée, imaginant qu'il s'agissait d'alcool fort – et capable de booster son courage.

— M. Eli, est-ce que nous sommes seuls ?

— Oui. Ce ne doit pas être facile pour toi de discerner qui se trouve dans une pièce.

La voix exprimait tant de gentillesse et de compassion que, d'instinct, Robbie y répondit.

— J'aimerais vous poser une question.

Il déposa avec soin son verre sur la table, veillant à ne pas en renverser une goutte. Il se sentait déjà très gêné, il ne voulait pas en plus se trouver inondé de limonade !

Une chaise crissa sur le carrelage ; il entendit Eli s'asseoir à table, en face de lui.

— Je t'écoute. Qu'est-ce qui te préoccupe ?

Robbie inspira profondément, avant de se lancer :

— Comment avez-vous su que vous étiez...

Il déglutit, se demandant comment il réussirait à prononcer le mot...

— ... gay ?

Il parla dans un chuchotement, comme s'il s'agissait du pire juron existant au monde.

Il sentit Eli lui prendre la main et la presser gentiment.

— Ici, tu peux poser toutes les questions que tu veux.

Robbie attendit, espérant qu'Eli s'expliquerait davantage.

— … mais je ne suis probablement pas le meilleur interlocuteur pour te répondre. Vois-tu, mon expérience est un peu différente. J'ai été élevé parmi les Amish, chez qui l'homosexualité est inacceptable. Je n'étais pas heureux, sans réussir à m'expliquer pourquoi. Ma famille m'a conseillé de quitter quelque temps la communauté. J'avais l'intention d'utiliser ce séjour pour faire de l'introspection.

Robbie écoutait avec attention. Une fois de plus, la chaise grinça sur le sol. Il n'y eut pas d'autre mouvement, la maison était silencieuse. Sauf un bruit d'eau qui coulait, à l'étage…

— J'ai eu de la chance. La première nuit, alors que je ne savais pas où dormir, j'ai trouvé une grange. Geoff m'y a découvert le lendemain, dans une stalle. Il m'a proposé un travail. Ce jour-là a été le plus beau de ma vie.

— Mais comment…

Robbie se sentait bouillonner de frustration. Au même moment, la main d'Eli se posa gentiment sur la sienne.

— Dès que j'ai rencontré Geoff, je me suis enfin senti apaisé, heureux. J'ai deviné pourquoi à la première minute – ou presque. Au fond de moi, je savais que j'avais trouvé ma place, que tout était bien. Ce qui a été vraiment dur, ça a été de l'accepter. Je ne réussissais pas à le faire !

Une fois encore, Robbie sentit Eli le rassurer d'une pression de main.

— C'est Geoff qui m'a aidé à clarifier certaines choses. Être gay, ce n'est pas préférer les parties intimes d'un garçon à celles d'une fille – c'est juste tomber amoureux de l'être avec lequel tu veux passer le reste de ton existence. Aujourd'hui, je ne pourrais imaginer de vivre avec un autre que Geoff.

La profonde émotion qui vibrait dans sa voix troubla brièvement Robbie.

— Vos parents sont-ils au courant ?

— Non. Et pour leur bien, ce ne sera jamais le cas. Ils seraient jugés coupables, par ricochet, et certains membres de leur communauté les rejetteraient. Ils ont déjà des problèmes avec les vrais puristes parce que je suis parti. J'aime Geoff, ma vie est ici, avec lui, mais je ne veux pas pour autant causer du tort à mes parents. Et les tiens, sont-ils au courant ?

— Seigneur, non !

Robbie baissa la tête avant d'avouer :

— Je ne peux pas… je ne peux pas être gay. Ce n'est pas possible.

Il craignit de fondre en larmes et se retint, parce que ce serait bien trop embarrassant.

— Je ne pense pas qu'il s'agisse d'un choix délibéré. La seule option que tu aies, c'est de l'accepter ou pas.

Robbie sentit les doigts d'Eli lui prendre le menton pour lui relever la tête. Il trouva ce geste très étrange, parce que sa famille ne s'était jamais souciée qu'il les regarde ou pas. La seule chose qui comptait pour eux, c'était qu'il les écoute.

— Laisse-moi te dire quelque chose : une fois que j'ai compris qui j'étais, une fois que je l'ai accepté, j'ai été bien plus heureux qu'auparavant.

— Ah oui ?

Robbie sentit une étincelle d'espoir s'allumer en lui.

— Absolument. Geoff m'a dit un jour qu'être gay, c'est d'abord partir en quête de soi-même, pour se comprendre et s'accepter. Et bien entendu, ce n'est pas facile. Mais quand tu atteins ton objectif, tu deviens plus fort. Et de ce fait, plus heureux.

Des pas qui résonnèrent dans la maison marquèrent la fin de la conversation. Robbie entendit Eli se relever et s'activer dans la pièce.

— S'il vous plaît, vous n'en parlerez à personne ?

— Bien sûr que non. Mais réfléchis quand même à ce que je t'ai dit.

Robbie sentit sa main lui tapoter gentiment l'épaule. Juste après, il entendit Joey pénétrer dans la cuisine.

— Joey, s'il te plaît, pourrais-tu courir à l'étable prévenir Geoff que le dîner sera prêt dans quelques minutes ?

Le téléphone de Robbie sonna, de cet air si familier indiquant un autre appel de sa mère.

— Bonsoir, maman.

Il n'avait vraiment pas envie de lui parler en ce moment. Il voulait rester tranquille et prendre le temps de réfléchir. Et plus que tout, il voulait passer un moment avec son violon. Après le dîner, peut-être demanderait-il où il pouvait s'entraîner sans déranger les autres…

— Oui, tout va bien.

— *Je suis heureuse de l'apprendre, chéri. Ton père et moi nous apprêtons à sortir, je voulais te téléphoner auparavant et être sûre que tu saches que nous sommes toujours là si tu as besoin de nous.*

— Tout va bien, je n'ai besoin de rien. Je suis chez des gens qui m'aident, ne t'inquiète pas, maman. Ils sont très gentils.

Délibérément, il n'avait rien dit concernant la ferme, Eli, Geoff ou Joey. Il savait que sa mère s'affolerait, à tous points de vue.

— Tu n'as pas à me téléphoner sans arrêt. Tout va bien.

— *Mais j'en ai envie, chéri.*

Parfois, sa mère se montrait parfaitement obtuse.

— *Je veux savoir que tu te portes bien,* insista-t-elle.

D'accord, mais me téléphoner trois fois par jour est nettement excessif.

— Je sais, maman. Maintenant, je dois y aller. Il est presque l'heure du dîner.

Il lui fit ses aDieux et raccrocha au moment où la porte de derrière s'ouvrait.

Le dîner fut pour Robbie une expérience fascinante, chacun racontant ce qu'il avait accompli durant la journée. Joey répéta plusieurs fois quelle aide admirable Robbie lui avait apportée au jardin. Après le repas, il entraîna même les deux autres pour le leur démontrer de visu. Robbie adora lui voir un tel enthousiasme. Quand les hommes revinrent à la maison, Robbie demanda s'il y avait un endroit où il pouvait s'exercer. Geoff le conduisit dans une pièce qu'il nommait son bureau.

— Tu peux y venir aussi souvent que tu veux. Si tu fermes la porte, personne ne te dérangera.

Perdu dans sa musique, Robbie ignorait combien de temps il joua. Les heures semblaient toujours filer très vite lorsqu'il jouait du violon. Il avait l'esprit rempli de notes et de musique, qu'il laissait simplement lui échapper, ainsi que ses émotions, ses ressentis, ses ennuis... tout lui coulait du bout des doigts pendant qu'il maniait son archet, ses sentiments s'intégrant à sa musique. Quand il fut émotionnellement vidé, il déposa l'extension laquée de lui-même dans son écrin avec son archet, et referma le couvercle avec soin. Il tâtonna jusqu'à la porte et l'ouvrit, s'attendant à entendre le bruit d'une télévision. Au contraire, il fut accueilli par un silence presque total, troublé uniquement par le bruit discret d'une respiration.

— Robbie, c'était magnifique !

La voix de Joey paraissait étranglée d'émotion. Robbie se demanda s'il n'avait pas été un peu trop expressif en jouant, s'ouvrant un peu trop sur ce qu'il ressentait.

— Et maintenant, veux-tu te joindre à nous ? ajouta Joey.

— Merci, mais je crois que je vais monter. Bonne nuit.

Robbie pensait savoir où il se trouvait mais il avait encore la tête qui tournait. Il sentit sur son bras la main de Joey, le conduisant avec fermeté à travers la maison jusqu'aux marches qui montaient à sa chambre. Une fois chez lui, Robbie rangea ses affaires et se prépara à se coucher. Il grimpa dans son lit, se glissa entre ses draps. Il sentit un soubresaut et devina que le chien venait de sauter pour le rejoindre.

— Rex, descends tout de suite !

La voix sévère de Joey appelait le chien, depuis le couloir.

— Laisse-le, il ne me gêne pas. Au contraire, je l'aime bien.

Le chien se blottit à ses pieds, dans un nid de couverture. Joey lui souhaita bonne nuit en grommelant :

— Rex a de la chance !

Eh bien, voilà qui répondait à une des questions que Robbie se posait, mais aurait-il le courage de faire quelque chose pour l'encourager ? Oserait-il ? Le voulait-il vraiment ? Par certains côtés, cette idée le terrorisait véritablement, mais plus il pensait à un contact intime entre lui et Joey, plus il s'excitait – et plus sa curiosité s'éveillait sur ce qu'il ressentirait. Il aimait vraiment le poids de sa main sur son bras...

Étendu sur son lit, le chien contre sa jambe, Robbie laissa son esprit s'évader. S'il avait pu voir, il aurait fixé le plafond, mais dans son état, c'est sur son écran mental qu'il se projetait des images. Il se répéta, encore et encore, les paroles d'Eli. Il s'endormit sans obtenir de vraies réponses.

361

III

— ROBBIE, TU es prêt pour ta répétition ?

Ayant terminé son café, Joey regarda celui qui le fascinait terminer lentement son morceau de pain.

— Oui, il faut juste que je prenne mon violon.

— Je m'en charge. Il est presque neuf heures, je ne veux pas que tu sois en retard.

Les deux hommes se trouvaient seuls dans la maison, les autres étant sortis travailler. Joey retourna au bureau, y récupéra le violon dans son écrin, et revint dans la cuisine.

— Tu te sens capable d'aller jusqu'à la voiture tout seul ?

— Oui, je crois.

— Dans ce cas, je te suis.

Restant quelques pas en arrière, Joey laissa Robbie se débrouiller seul pour atteindre la porte de derrière et sortir de la maison. Il s'émerveilla de voir le jeune aveugle se diriger tout droit jusqu'à la voiture sans jamais dévier. Bien sûr, rien n'avait bougé depuis la veille et le retour des deux hommes à la ferme, mais Robbie possédait un don pour se repérer tout à fait impressionnant.

— Tu es incroyable, tu sais ! fit remarquer Joey.

Il regardait Robbie ouvrir la portière du siège passager et s'installer dans la voiture.

— Je ne crois pas. Mais j'ai eu le temps de m'entraîner à me déplacer sans rien voir, répondit Robbie.

Joey lui tendit son instrument avant de refermer la portière, puis il contourna la voiture et prit place au volant.

— La répétition générale durera jusqu'à onze heures, ensuite nous déjeunerons tous ensemble avant de nous remettre au travail avec d'autres musiciens, des étudiants de la région.

Le visage de Robbie brillait d'excitation.

— J'adore ça, travailler avec les enfants. À Chattanooga, j'ai pris des cours avec une violoncelliste de six ans, également aveugle. J'ai pu l'aider à un moment difficile. Plus tard, sa mère m'a serré très fort dans ses bras en me disant que depuis des mois, elle n'avait pas revu un tel sourire sur le visage de sa fille.

Joey jeta un coup d'œil à son passager au moment où il se gara le long du trottoir, devant l'auditorium.

— Je peux te téléphoner quand j'aurai fini ? demanda Robbie.

— Bien sûr.

Joey lui donna son numéro de portable, Robbie l'enregistra prestement sur son téléphone.

— Quand nous rentrerons à la ferme, ce soir, j'ai dans l'idée de t'emmener à l'écurie pour te montrer quelques-uns de nos chevaux.

— Quand j'étais enfant, avant d'être malade, je voulais un poney. Mais maman n'a pas voulu. J'ai pu en monter un une fois, à une fête foraine, je m'en souviens.

— Tu aimerais apprendre à faire du cheval ?

Joey n'était pas certain que Robbie accepterait, mais il se savait capable de le mettre sur un cheval pour une petite promenade alentour.

— Tu crois que c'est possible ?

Tout à coup, le visage du jeune aveugle exprimait un émerveillement fasciné.

— Bien sûr.

Joey s'apprêtait à en dire davantage quand les portes du bâtiment s'ouvrirent. Arie en jaillit et se précipita vers la voiture, il ouvrit la portière de Robbie.

— Laisse-moi t'aider, dit-il.

Après avoir presque arraché Robbie à son siège, il l'entraîna en le soutenant comme un invalide. Joey faillit se mettre en colère devant la façon dont Arie traitait son ami. Robbie était capable de se débrouiller ! En particulier, il aurait pu se diriger seul jusqu'à l'auditorium. Bien sûr, il avait besoin d'indications de temps à autre, mais certainement pas d'être considéré comme un meuble. Pourquoi ne protestait-il pas ?

Arie claqua la portière avec un regard mauvais à l'attention de Joey. Au bout de quelques pas, il abandonna Robbie et revint à la voiture pour tapoter à la vitre.

Dès que Joey la baissa, Arie passa la tête et indiqua :

— Nous nous chargerons de ramener Robbie cet après-midi.

Joey jeta un coup d'œil par-dessus l'épaule de son vis-à-vis.

— Robbie, tu m'appelles quand tu as terminé, d'accord ?

Tourné vers lui avec un sourire, le jeune aveugle leva son téléphone et acquiesça. Remarquant son geste, Arie se renfrogna, mais sans rien ajouter. Il se contenta de tourner les talons pour rejoindre Robbie, qu'il pressa d'entrer. *Mais qu'est-ce que je t'ai fait ?* Joey réalisa alors que tout recommençait. Il avait momentanément oublié son état... avant de voir l'expression d'Arie. Il leva les doigts vers son visage et traça la ligne rose de ses cicatrices, tout en fronçant les sourcils en direction du bâtiment dont les portes venaient de se refermer.

Joey s'éloigna pour retrouver son travail. Il passa la journée seul, loin de la ferme, loin des autres. À l'heure du déjeuner, il envisagea de retourner manger à la maison, mais non, il n'avait envie de voir personne. Il se souvint avoir lu l'histoire du 'Bossu de Notre-Dame' autrefois, à l'école. Il comprenait très bien ce que Quasimodo avait dû ressentir.

Tandis qu'il regardait le foin dans les champs devant lui, en cherchant à déterminer s'ils étaient prêts ou pas à être moissonnés, il entendit tambouriner des sabots et sut qu'Eli approchait, monté sur Tiger. Le cavalier tira sur ses rênes et descendit de sa monture avec la grâce d'un danseur de ballet.

— Je t'ai apporté ton déjeuner.

Eli fouilla dans les sacoches accrochées à sa selle et en sortit une boîte isotherme qu'il tendit à Joey, ainsi qu'un thermos.

— Qu'est-ce qui ne va pas ? Tu as l'air malheureux.

Joey secoua la tête et détourna les yeux.

— Je me déteste, Eli. Depuis mon accident, je ne supporte plus mon visage.

— Est-ce vraiment ton visage qui te dérange ou bien la façon dont les autres réagissent en le voyant ?

Bon sang, Eli était loin d'être idiot !

— La réaction des autres ne changera pas avant que toi, tu changes la façon dont tu te perçois. Tu n'es ni brisé ni affreux à voir, Joey. Tes cicatrices ont déjà commencé à s'effacer et, d'après le médecin, le temps ne fera qu'améliorer les choses.

Contournant son cheval, Eli ouvrit son autre sacoche et en tira une seconde boîte.

— Je ne te garantis pas que tu redeviendras comme avant ton accident, mais c'est sans importance. Ce qui compte, c'est de savoir si tu veux vraiment laisser ton apparence définir ce que tu es. Voilà ce qu'il te faut décider.

Joey regarda Eli ouvrir sa boîte, en sortir un sandwich, et mordre dedans.

— Je n'aurais jamais cru que tu t'attacherais autant à l'aspect extérieur, remarqua Eli.

Il continua à manger tranquillement sous le regard scrutateur de son vis-à-vis. Peu à peu, Joey retrouva la capacité de bouger. Il ouvrit sa propre boîte et en sortit le sandwich lui étant destiné. Il n'avait vraiment pas faim.

— J'ai la sensation d'être idiot.

Eli déglutit avec un sourire.

— Ce n'est pas le cas. Tu nous fais juste une petite crise d'auto-apitoiement, mais tu te trompes de cible, ton apparence n'a aucune importance.

— Ouais, sans doute.

Joey regarda une dernière fois son sandwich, puis il se mit à manger. L'été s'annonçait précoce, une douce brise caressait les champs de son haleine rafraîchissante.

— Pourquoi ne m'as-tu rien dit jusqu'ici ? demanda tout à coup Joey.

Les yeux d'Eli pétillèrent, comme s'il était au courant d'un secret dont Joey ignorait tout.

— Parce que tu n'étais pas prêt à l'entendre.

— Et maintenant, selon toi, ce serait le cas ?

Eli sourit en mordant une fois encore dans son sandwich.

— Je l'espère, en tout cas. Je ne suis pas certain de pouvoir supporter plus longtemps ta morosité. Même les chevaux commencent à se sentir déprimés.

Ses yeux égayés brillaient d'une lueur malicieuse.

— Et si je vois encore un cheval qui fait le nez, je…

Il éclata de rire et Joey ne put s'empêcher de suivre son exemple.

— Franchement, ce n'est même pas drôle, cette plaisanterie est si éculée !

— Et alors, quelle importance ? Cela t'a fait rire quand même, pas vrai ?

Gloussant toujours, Eli termina son sandwich avant d'ouvrir son thermos dont il but une longue gorgée.

— Merci, Eli.

Ayant terminé son repas, Joey rangea ce qui en restait dans la boîte qu'il rendit à Eli.

— De rien.

Eli récupéra tous les emballages, les siens et ceux de Joey, il les rangea dans ses sacoches de selle.

— À tout à l'heure.

Il remonta à cheval et dirigea Tiger vers la ferme.

Joey le regarda s'en aller. Il se sentait mieux qu'il ne l'avait été depuis bien longtemps. Eli avait raison. Joey n'était pas seul : ses excellents amis tenaient à lui, sa mère ferait n'importe quoi pour l'aider. Il se remit au travail et passa le reste de l'après-midi à peaufiner ses plans pour la moisson, ayant décidé de commencer à couper les foins dans quelques semaines. Lorsqu'il termina, son téléphone sonna. C'était Robbie, pour lui indiquer qu'il était prêt à rentrer. Rangeant ses papiers, Joey les déposa sur le siège arrière de la voiture avant de se mettre en route.

En se garant devant l'auditorium, il vit Robbie qui patientait, Arie à ses côtés. Ce dernier semblait à la fois énervé et très malheureux. En baissant sa vitre, Joey l'entendit se plaindre :

— Robbie, tu n'avais pas à attendre, j'aurais pu te ramener.

— Ça suffit, Arie.

Robbie tendit à Joey son violon et monta dans la voiture, avant de claquer la portière. Il jeta à son ami musicien un dernier aDieu :

— Je te vois demain, avec l'orchestre.

— Très bien.

La voix d'Arie s'était adoucie, paraissant même joyeuse, alors que ses yeux fixaient Joey avec haine. Dès que Robbie remonta sa vitre, Joey démarra en faisant un effort pour ne jeter aucun regard derrière lui.

— Comment ça s'est passé ?

— Très bien. Les enfants étaient vraiment doués, nous travaillerons avec eux durant quelques jours. J'en suis très heureux. Nous les aurons quatre fois seulement au cours des quinze prochains jours et à la fin, tu ne remarqueras pas la différence. Ils sont comme des éponges : ils absorbent tout ce qu'on leur apprend.

— Tu es prêt à faire la connaissance de nos chevaux ?

— Tu plaisantes ? Je n'ai pensé qu'à ça durant toute la journée.

Joey gara sa voiture dans la cour devant l'écurie. Robbie en émergea et patienta, juste à côté.

— Je les entends.

Joey le vit tourner la tête.

— Je ne me trompe pas, ce sont bien les chevaux ?

— Oui. Viens, allons-y, je vais faire les présentations.

Joey conduisit Robbie à l'intérieur de l'écurie, jusqu'à la première stalle.

— Voici Belle, c'est une charmante vieille dame.

Une tête énorme émergea de la palissade, Robbie recula d'un pas en entendant l'animal souffler de l'air par les naseaux.

— N'aie pas peur, elle veut juste te dire bonjour.

Prenant sa main, Joey la plaça sur le cou de la jument, pour que le jeune aveugle puisse la caresser.

— Waouh, sa peau est brûlante !

— Oui, c'est vrai, les chevaux sont de vraies chaudières. En principe, Belle est à la retraite. Elle passe beaucoup de temps à paître, mais de temps à autre, nous la sellons. Elle adore les enfants, c'est une monture idéale pour une initiation. Bien sûr, nous veillons à ne pas la fatiguer, mais elle aime bien qu'on s'occupe d'elle.

Belle fit glisser sa tête contre la poitrine de Robbie.

— Pourquoi fait-elle ça ?

La voix du jeune aveugle paraissait un peu inquiète.

— Elle vérifie juste tes poches, en espérant y trouver une friandise.

Robbie se mit à rire tandis que Belle se frottait à lui.

— Que se passe-t-il dehors ? J'entends des enfants qui paraissent bien s'amuser.

— C'est le cas. C'est une des classes d'Eli, avec les petits.

— M. Joey !

Juste après cette voix perçante et ravie, des petites jambes se mirent à courir en direction de Joey.

— Karl… Pfutt !

L'enfant de quatre ans empoigna les jambes de Joey et sautilla sur place en tirant sur son pantalon.

— Comment vas-tu, bonhomme ?

— Bien.

La tête du petit se renversa en arrière lorsqu'il demanda :

— Qui c'est ?

Il désignait Robbie, resté en arrière près de Belle, toujours occupé à caresser son encolure. Seigneur, Joey aurait bien aimé changer de place avec la jument ! Il aurait adoré sentir la main du jeune aveugle le flatter de cette façon.

— C'est M. Robbie.

366

Karl lâcha ses jambes et se dirigea vers Robbie, les bras tendus pour être soulevé. Bien entendu, Robbie ne le voyant pas, il ne réagit pas. Il continua à frotter la jument.

— Karl aimerait que tu le portes, indiqua Joey.

L'enfant trépignait déjà, les bras toujours en l'air, il s'impatientait.

— S'il te plaît, monsieur, je veux toucher le dada.

Joey alla jusqu'à lui, le prit dans ses bras, le mettant à bonne hauteur. La petite main se tendit aussitôt vers le cou de Belle.

— Pourquoi c'est pas M. Robbie qui me porte ? Il peut pas ?

— Karl, M. Robbie ne voit pas.

L'enfant eut un regard sidéré. Il était si mignon ! Karl, refusant de croire une pareille histoire, agita ses petites mains devant le visage de Robbie. La scène était de plus en plus adorable. Joey ne put s'en empêcher, il se mit à rire.

— Qu'y a-t-il de si drôle ? s'étonna Robbie.

Instantanément, Joey redevint sérieux.

— C'est Karl, il gigote les mains devant tes yeux.

— Et c'est censé être comique ?

À en juger par son intonation, Robbie paraissait attristé, ce qui atteignit Joey en plein cœur. Pour rien au monde il ne voulait que l'aveugle imagine qu'il se moquait de lui.

— Non, c'est juste que Karl ne veut pas me croire.

Remettant l'enfant sur pied, il le poussa doucement dans le dos en direction de la porte de l'écurie. Le petit se mit à courir pour rejoindre ses congénères.

— Je ne me moquais pas de toi, Robbie.

C'était vraiment le comble : lui, se moquer d'autrui pour un défaut physique ? Jamais ! Joey fixa les yeux aveugles et nota qu'ils étaient noyés de larmes. Sans réfléchir, il s'approcha et serra Robbie dans ses bras.

— Je suis désolé, chuchota-t-il. J'ai juste trouvé drôle l'attitude de Karl, je ne riais pas de toi

Il parlait la bouche dans les cheveux de Robbie, en lui frottant le dos. Plus petit, le jeune homme lui arrivait sous le menton, comme conçu pour lui. Seigneur, quel plaisir de le tenir ainsi ! Depuis leur première rencontre, Robbie ne cessait de l'obséder, et l'avoir enfin dans ses bras était comme un rêve devenu réalité.

Joey bloqua rapidement son esprit qui s'égarait. Que lui prenait-il ? Comment osait-il ? Après avoir blessé Robbie, voilà qu'il ne pensait qu'à lui-même et s'enflammait de l'avoir contre lui ?

— Excuse-moi. Je n'aurais jamais dû agir ainsi. Je suis désolé.

Il sentit Robbie s'écarter de lui.

— Je comprends. C'est de ma faute, j'ai réagi trop vivement.

Joey n'avait qu'un seul désir : le ramener dans ses bras.

— Non, pas du tout. À ta place, j'aurais fait la même chose.

367

Voyant que l'expression de Robbie s'adoucissait, Joey poussa un soupir de soulagement : il n'avait pas commis trop de dégâts.

— Tu m'avais promis que je pourrais monter. Est-ce que c'est toujours d'actualité ?

Joey sourit, bien que Robbie ne puisse le voir.

— Bien sûr, laisse-moi juste le temps de seller Belle.

Laissant Robbie continuer à caresser la jument, Joey alla récupérer le matériel dont il avait besoin. Il n'en eut pas pour longtemps pour la préparer.

— Robbie, je vais maintenant ouvrir la porte de la stalle, recule d'un pas, puis fais environ un mètre cinquante sur ta gauche.

Quand Robbie ne se trouva plus sur son passage, Joey fit sortir Belle.

— Il faut que tu suives mes instructions. À environ quatre-vingt-dix centimètres devant toi, il y a une légère pente.

Joey surveillait le moindre mouvement de Robbie.

— Voilà, tu y es, descends. Très bien. Maintenant, encore deux pas. Parfait. Tu es juste devant elle.

Joey regarda autour de lui, réalisant qu'il avait un problème. En temps normal, un débutant n'avait qu'à suivre ses consignes pour monter à cheval, mais avec Robbie, ce serait plus difficile. Joey ne pouvait l'aider s'il continuait à tenir les rênes de la jument. Il la fit donc avancer jusqu'à un poteau auquel il attacha son licol, ensuite, il put revenir vers Robbie et le guider jusqu'à l'endroit où la jument les attendait avec patience.

— Qu'est-ce que je dois faire ?

Joey lui prit la main pour la poser sur un des étriers. Il laissa au jeune aveugle le temps de s'habituer à leur contact, puis il lui plaça la main sur le pommeau de la selle.

— C'est là que tu te tiens pendant que je vais te placer le pied à l'étrier. Ensuite, tu appuies fort, tu te soulèves et tu passes ton autre jambe de l'autre côté, par l'arrière.

Joey tapota la jambe de Robbie, veillant à positionner l'étrier pour qu'il puisse l'enfiler.

— Lève le pied. Maintenant, soulève-toi. Attends, je vais t'aider à l'enfourcher.

Robbie avait déjà le pied dans l'étrier. Il se hissa.

— C'est parfait. Maintenant, glisse ta jambe de l'autre côté et assieds-toi.

Joey l'aida à garder son équilibre durant toute l'opération.

— Tu t'es débrouillé comme un chef. Comment tu te sens ?

— Bizarre.

— Oui, j'imagine que la sensation est un peu différente. Laisse-moi régler tes étriers, ensuite je te ferai faire une petite balade. Au début, tu risques d'avoir du mal à trouver ton équilibre, laisse ton corps suivre le rythme des mouvements du cheval. Dès que tu en as assez, dis-le-moi tout de suite. Et ne t'inquiète pas, tu ne risques rien, je tiens les rênes. Je veux juste que tu t'amuses.

Robbie parut tout à coup très inquiet.

— Et si je tombe ?

— Si tu sens que tu perds l'équilibre, enlève tes pieds des étriers et roule sur toi-même dès que tu seras par terre. Mais je ne pense pas que tu aies le moindre problème.

Joey prit les rênes et tapota le cou de la jument.

— Je vais maintenant la faire reculer et pivoter, ensuite, nous nous mettrons en marche.

Il fit ce qu'il disait, et commença à arpenter la cour de la ferme. Plusieurs voitures apparaissaient dans l'allée, celles des parents venus récupérer leurs enfants après les cours. Aussi Joey préféra emmener Belle et Robbie du côté de la maison.

— Tout va bien ?

— Bien ?

Se retournant, Joey vit le sourire béat qui fendait le visage de Robbie d'une oreille à l'autre.

— C'est absolument génial !

Joey le vit tirer de la poche de sa chemise des lunettes de soleil qu'il plaça devant ses yeux.

— Pourquoi ces lunettes ?

Joey avançait dans le jardin. L'endroit où il allait n'avait aucune importance avec un aveugle mais, s'il devait en croire son expression, Robbie était ravi de l'expérience.

— Mes yeux en eux-mêmes n'ont aucun problème, c'est seulement le nerf optique qui a été atteint. Puisque je ne peux pas savoir où est le soleil, je risque de le regarder en face, ce qui me brûlerait les rétines et serait très douloureux. Aussi, je porte des lunettes de soleil, comme tout le monde.

Joey continuait à marcher.

— Je n'y aurais jamais pensé.

Pendant un moment, ils se promenèrent un silence, Robbie accroché au pommeau.

— Si tu préfères, tu peux te tenir à sa crinière. Elle n'aura pas mal. Et si tu veux davantage de stabilité, referme tes deux jambes autour d'elle en serrant les cuisses.

Ils continuèrent une heure durant. Robbie ne perdit jamais son sourire.

— Je peux rester combien de temps sur son dos ?

Il adorait monter, c'était évident, et tout le monde pouvait le remarquer.

— Nous allons devoir rentrer. Une trop longue initiation provoque des crampes musculaires assez douloureuses. Tu crois que tu arriverais à descendre tout seul ?

— Oui, je pense.

Il paraissait si heureux, avec son sourire lumineux. Joey se demanda malgré lui ce qu'il éprouverait si ses lèvres se pressaient contre les siennes… quel serait leur goût ?

Il arrêta le cheval dans une zone herbeuse.

— Tiens-toi au pommeau et enlève ton pied gauche de l'étrier. Parfait. Maintenant, appuie sur ta jambe droite et fait passer la gauche par-dessus sa croupe. Très bien. Pose le pied par terre et surtout, ne lâche pas ta prise sur la selle avant d'être sûr de ton équilibre.

Robbie suivit ses instructions, une après l'autre.

— Très bien.

Joey le surveillait de près.

— Comme ça, c'est parfait… Avance encore un peu… Très bien. Maintenant, enlève ton pied droit de l'étrier… Et voilà, tu as retrouvé la terre ferme.

— Et maintenant, je fais quoi ?

— Recule, je vais ramener Belle dans sa stalle, ensuite je reviens te chercher.

Après quelques pas, Joey s'arrêta :

— Tu sais, tu étais superbe sur ce cheval, comme si tu étais né pour ça.

En son for intérieur, Joey était certain que Robbie serait superbe n'importe où, tout particulièrement dans son lit. Il ramena la jument à l'écurie, puis revint en courant. Il ramena ensuite dans l'écurie le jeune aveugle qui ne cessait de sourire ou de rire. Joey recevait en plein cœur chaque sourire, chaque rire. Il réalisa qu'il aurait fait n'importe quoi pour voir Robbie aussi heureux.

Lorsque les deux hommes pénétrèrent dans la grange, plusieurs nobles têtes chevalines pointèrent au-dessus des palissades de bois. Robbie se tourna tout à coup.

— Qui est-ce ?

Il désignait du doigt un cheval dont il entendait le souffle lourd, tout proche.

— C'est Tiger, le cheval d'Eli. Il est très amical, mais ne t'en approche pas, il est plutôt tonique.

Alors que Joey avançait pour écarter le jeune aveugle, Tiger le heurtait déjà d'un coup de tête en pleine poitrine. Joey ne put intervenir à temps, il vit Robbie perdre l'équilibre et battre des bras avant de tomber en arrière, de tout son long. Sa tête heurta le sol en béton.

ROBBIE DÉTESTAIT tomber. Il tenta de raidir tous les muscles de son corps, en vain. Il n'avait aucune idée de l'endroit où il atterrirait. Ayant perdu ses repères, il se sentait impuissant. Il entendit Joey crier, mais il ne put rien faire pour garder l'équilibre.

Lorsqu'il reprit ses esprits, il sentit les bras de Joey autour de lui, l'aidant à se rasseoir.

— Robbie, est-ce que ça va ?

— Oui.

Il avait la tête douloureuse. Il leva la main pour toucher l'endroit où il souffrait et sentit ses doigts s'humidifier.

— Apparemment, j'ai une entaille.

— Tu peux te tenir assis ?

Robbie acquiesça d'un mouvement précautionneux. Les mains de Joey disparurent, ses pas s'éloignèrent à la hâte. Très vide, elles revinrent, et un tissu humide se pressa sur sa tête.

— Viens, je vais t'aider à nettoyer tout ça.

La voix était douce mais tendue, comme si Joey était à la fois effrayé et inquiet. Son toucher, cependant, restait tendre et délicat. Après avoir écarté le tissu, Joey tâtonna son cuir chevelu du bout des doigts.

— Ce n'est pas trop profond. Le saignement a déjà cessé.

À nouveau, le tissu fut remis en place sur l'entaille. Pendant un moment, Joey resta silencieux. Puis il chuchota :

— Je suis désolé, Robbie.

D'autres pas arrivaient dans l'écurie, et Robbie reconnut la voix de Geoff, demandant à savoir ce qui s'était passé.

— Je suis tombé.

— C'est de ma faute !

Joey paraissait si coupable.

— Mais non, pas du tout. Je suis tombé, c'est tout. Ce n'est pas la première fois, ce ne sera pas non plus la dernière.

Robbie tenta de se relever.

— Qu'est-ce qui s'est passé ?

C'était maintenant la voix d'Arie. *Que fait-il dans l'écurie ?* se demanda Robbie. Des pas hâtifs se dirigeaient dans sa direction.

— Rien, Arie. Je suis tombé. Voilà tout.

— Que fait-il ici ? Il pourrait se blesser… Il *s'est* blessé.

Robbie n'appréciait pas du tout les accusations d'Arie. Sa chute n'était la faute de personne !

— Arie ! Ce n'est rien.

— Pourquoi tu ne le surveillais pas ? Tu l'as laissé tout seul ?

Robbie commençait à s'énerver : de quel droit Arie parlait-il à Joey d'un ton aussi méprisant ?

— Arie, ça suffit. Ce n'est pas de la faute de Joey. Je tombe parfois, c'est un fait. Arrête d'en faire tout un plat.

— Ces gens-là sont censés veiller sur toi !

Arie s'était calmé, il n'y avait plus aucune violence dans sa voix, redevenue calme et apaisante, comme d'habitude.

— Viens, ajouta-t-il. Je t'emmène.

Robbie refusa l'offre d'un haussement d'épaules.

371

— Je vais très bien, répéta-t-il, en se relevant. D'ailleurs, qu'est-ce que tu fais là ?

Il sentit la main de Joey se poser sur son bras. Il aurait reconnu ce toucher parmi cent autres.

— Je passais juste vérifier comment tu t'en sortais. Je sais que tu mets toujours longtemps à t'habituer aux nouveaux endroits, alors je voulais te proposer mon aide pour te préparer à la répétition de ce soir.

— Tu n'avais pas à te déranger. Je m'en sors très bien. Et si j'ai besoin d'être aidé, Joey s'en chargera.

Robbie n'arrivait pas à croire à la violente colère qu'il ressentait vis-à-vis d'Arie. Comment son ami osait-il faire irruption à la ferme pour jouer au petit chef et dire aux autres ce qu'ils avaient à faire ? Robbie n'était pas un invalide ! À dire vrai, c'était surtout la façon dont Arie traitait Joey qui le crispait. Ce n'était pas de sa faute s'il était tombé. Il aurait voulu le hurler, mais il se contint.

— Je te retrouverai plus tard à l'auditorium.

Robbie entendit Arie s'en aller en tapant des pieds, sans doute pour manifester son dépit.

— Comment était-il ? demanda-t-il. Furieux ?

Les hommes sortirent un par un de l'écurie pour retourner à la maison.

— Hum… oui. Si un regard pouvait tuer, je serais déjà mort.

Robbie secoua la tête, incrédule.

— Arie ? Non, il est doux comme un agneau.

Il sentit chez Joey une tension qui jusqu'ici n'existait pas. Il se demanda ce qui l'avait provoquée. Pourtant, Joey ne s'expliqua pas davantage, il continua à marcher en silence.

— Nous sommes arrivés à la maison, il y a une marche.

— Les garçons, le dîner est presque prêt.

Plusieurs claquements métalliques indiquèrent qu'Eli s'activait. Il s'approcha du jeune aveugle.

— Robbie, on dirait que tu as eu un petit problème.

Eli le guida jusqu'à son siège et s'agita autour de lui, nettoyant la coupure et s'assurant que le blessé n'avait rien de grave.

— Ça va, ce n'est qu'une petite entaille, marmonna Eli, dont les doigts s'écartèrent de lui. Quand dois-tu retourner à l'auditorium ?

— Le concert commence à vingt heures, il faut que j'y sois vers dix-neuf heures trente.

— Nous t'y conduirons tous ensemble. J'ai pris des billets pour chacun de nous.

— Excellente idée ! s'exclama Geoff.

Le plaisir qu'il ressentait s'entendait dans sa voix. Aux bruits qui suivirent, froissements de tissu et cliquettements de couverts, Robbie devina que quelqu'un mettait la table.

372

— As-tu besoin de ta canne ? s'enquit Joey.

Robbie acquiesça. Peu après, il sentit l'objet familier se presser contre ses doigts. Désormais, il connaissait mieux les lieux, aussi alla-t-il seul jusqu'à la salle de bain et referma la porte derrière lui. Il avait la sensation de vivre dans cette maison depuis bien plus longtemps que quelques jours. Mentalement, il savait exactement où tout se trouvait. C'était comme si cette maison, cette ferme... lui était instantanément devenue familière. Comme si elle l'accueillait. Il se lava les mains, les sécha, puis ouvrit la porte et retourna à table, s'installant à la place qu'il avait occupée la veille.

Il entendit une assiette se poser devant lui, Joey lui expliqua où se trouvait tout ce dont il avait besoin. Le menu de ce soir se composait d'émincés de poulet frit, servis avec des petites pommes de terre. Robbie eut un sourire et se mit à manger, lentement.

Dès le premier jour, il avait remarqué que chaque plat était spécifiquement découpé en petites portions. D'ailleurs, même au petit déjeuner, on lui avait servi des toasts découpés en lanières et tartinés d'œufs brouillés. Personne n'avait fait la moindre remarque mais Robbie en avait tiré ses conclusions : c'était pour lui faciliter la tâche, il en était certain. En silence, il remercia Eli et ses nouveaux amis de leurs délicates attentions.

Après le repas, il fut expédié à l'étage pour se préparer. En montant les marches, il nota un autre détail : une ombre le suivait, probablement Rex. Lorsque Robbie ouvrit la porte de sa chambre, il entendit le sommier grincer. Le chien venait de sauter sur le lit. D'ailleurs, maintenant qu'il prêtait l'oreille, Robbie entendait le son sourd et rythmé de sa respiration canine. Il avança pour caresser l'animal.

— Tu es un bon chien.

Une langue humide lui caressa les doigts et la main.

— Tu veux rester et me tenir compagnie ?

Cette fois, le chien lui lécha le visage. Amusé, Robbie lui flatta la tête. Il appréciait le contact de la douce fourrure contre sa paume. Il avait toujours désiré un chien mais sa mère y était allergique.

Il alla jusqu'au placard où il trouva en tâtonnant son smoking qu'il étendit sur le lit. Il ôta ses chaussures et ses chaussettes, puis baissa son pantalon. Il se changea, mettant le bas de son smoking. Il aimait bien le contact frais du tissu empesé sur ses jambes nues. Il enleva son tee-shirt, le plaça délicatement à côté de son pantalon, puis chercha à savoir où se trouvait sa chemise. Il n'arrivait pas à la localiser.

— Si tu veux mon avis, tu t'es fait un ami pour la vie avec Rex.

Robbie sursauta, surpris par la voix de Joey. N'ayant perçu aucun bruit de pas, il ne s'attendait pas à le voir surgir.

Il nota son bref halètement mais ne sut pas à quoi l'attribuer.

— Ça ne va pas ?

— S-si.

Ce bredouillement troubla davantage le jeune aveugle.

— Alors, qu'est-ce qui ne va pas avec ta respiration et ta voix ?

— Tu es magnifique.

Les mots, prononcés d'une voix pantelante, prirent Robbie par surprise. Il n'arrivait pas à en croire ses oreilles.

— Je suis… *quoi* ?

— Euh…

Robbie attendit, espérant que Joey répéterait ce compliment qu'il n'arrivait toujours pas à admettre.

— J'ai dit que je te trouvais magnifique.

Ensuite, plus rien. Robbie se demanda s'il avait bien compris ce qu'il pensait avoir compris. En tout cas, son corps l'espérait.

— Désolé, dit enfin Joey. Je n'aurais pas dû…

Sa voix s'interrompit, ses pas commencèrent à s'éloigner.

— Joey ! Attends…

Les pas s'immobilisèrent.

— Je n'ai pas dit que ça me dérangeait.

Robbie laissa ses mains retomber de chaque côté de son corps, son attention tout entière étant concentrée sur le dernier bruit de pas qu'il avait entendu… Il lui sembla attendre une éternité. La plupart du temps, il acceptait le fait d'être aveugle mais parfois, comme maintenant, il aurait vraiment tout donné pour voir. Il voulait déchiffrer l'expression de Joey, lire dans ses yeux. Peut-être y trouverait-il un indice sur ce que pensait le jeune homme… Mais comme c'était impossible, Robbie ne pouvait que patienter et écouter sa respiration, ainsi que celle du chien, toujours sur le lit. C'était déstabilisant.

— Tu crois vraiment que je suis magnifique ? insista-t-il.

Il ne s'était jamais posé de questions concernant son apparence. Puisqu'il ne voyait pas, qu'est-ce que ça changeait pour lui ? Mais tout à coup, c'était devenu très important.

— Oui…

Ce chuchotement ne fut suivi d'aucun mouvement.

— … absolument magnifique.

Robbie, qui tendait l'oreille, perçut un pas. Puis un second. Et enfin, il fut enveloppé par la chaleur corporelle de Joey. Son ami allait-il l'embrasser ? Et dans ce cas, que ressentirait-il ? Il était prêt à se lancer, mais il ne bougea pas. Il attendit, plein d'espoir.

Une caresse sur la joue… du bout des doigts ; un pouce qui lui effleurait les lèvres. Robbie étouffa un gémissement. Immédiatement, le contact cessa, la main disparut.

— Je suis désolé.

Robbie fit un pas en avant.

— Tu n'as pas à être désolé, sauf de t'être arrêté.

Il tendit les mains et rencontra une chemise tiède, et dessous, des muscles durs.

— Mais tu as gémi… ?

— Parce que c'était agréable.

Robbie se demanda s'il était possible d'entendre quelqu'un sourire. Parce que c'est exactement ce qu'il ressentait en ce moment précis. Les mains revinrent se poser sur lui, les doigts glissèrent sur sa joue. Ne sachant pas quoi faire, Robbie resta immobile et figé, effrayé à l'idée que Joey change d'avis une fois de plus. Soudain, il sentit sur ses lèvres une douce – et brûlante – pression. Il n'était pas tout à fait certain de sa nature exacte.

La pression s'accentua. Et là, il comprit : son premier vrai baiser. Il y répondit avec enthousiasme. Levant les bras, il enlaça le corps de Joey tandis que le baiser devenait plus intime.

Robbie se sentait emporté dans un tourbillon, toutes les émotions possibles s'emparèrent de lui et son corps lui parut en feu. Si c'était cela, être gay – il était prêt à foncer, quitte à envoyer se faire voir le reste du monde ! Son cerveau gardait juste assez de lucidité pour lui permettre de sentir les mains de Joey glisser sur sa poitrine et passer derrière, caresser son dos nu.

— Robbie…

— Ne t'arrête pas.

Si Joey cessait, l'expérience serait terminée, et Robbie n'en avait pas envie. Très vite, les lèvres posées sur les siennes s'adoucirent et s'écartèrent. Robbie sentait toujours le souffle chaud de Joey sur sa peau, il entendait le doux halètement qui faisait écho au sien.

— Je ne peux pas te faire ça. Tu es magnifique, et moi…

— Toi, quoi ?

— Je suis tellement hideux.

Robbie leva les mains jusqu'au visage de Joey, y trouva sa peau, douce et humide. Il essuya les joues trempées de larmes avant de passer les doigts dans ses cheveux.

— Toi aussi, tu me parais magnifique.

Il entendit s'étrangler le souffle de son vis-à-vis, un petit reniflement suivit. Les lèvres de Joey revinrent s'emparer des siennes tandis que ses doigts se resserraient dans ses cheveux. Robbie voulait… Pour la première fois de sa vie, il savait ce que c'était de désirer si fort quelqu'un qu'il ne pouvait cesser de l'embrasser… il aurait préféré cesser de respirer.

La voix d'Eli, en bas des escaliers, arracha les deux hommes à leur transe sensuelle.

— Robbie, il va bientôt falloir que nous partions !

Joey déposa un dernier baiser sur sa bouche avant de s'écarter.

— J'ai besoin de ma chemise, Joey. Je n'arrive pas à la retrouver.

Il entendit Joey se mettre à fouiller dans son placard.

— Tu sais, plaisanta le jeune homme, je ne suis pas certain que tu en aies besoin. À mon avis, si tu te pointes torse nu, les gens ne parleront que de toi ce soir.

Joey eut un gloussement amusé.

— Ce serait un peu embrassant... je veux dire *embarrassant*.

À son tour, Robbie se mit à rire. Peu après, sa chemise lui fut déposée dans les mains. Il l'enfila et frissonna lorsque Joey l'aida à attacher ses boutons de manchettes, ses doigts s'attardant sur sa main.

— Voilà ta cravate et ton veston.

Robbie termina de s'habiller et s'assit ensuite sur son lit. Immédiatement, Rex se rapprocha pour quémander une caresse.

— Est-ce que je ne me suis pas trompé avec mes chaussettes ? Une fois, au cours d'un concert, j'avais mis des chaussettes blanches. Tu imagines la question : 'trouver le violoniste aveugle' ?

Joey riait toujours.

— Tes chaussettes sont parfaites.

Robbie mettait ses chaussures quand il sentit Joey l'embrasser encore.

— Bon, maintenant, il faut que j'aille moi aussi m'habiller. Je reviens très vite.

Dès que Joey eut quitté la pièce, Robbie se releva et s'apprêta à retourner au rez-de-chaussée. Mais son portable sonna. C'était encore sa mère.

— Écoute, maman, je dois me rendre à mon concert, aussi je n'ai pas beaucoup de temps. Je peux te rappeler plus tard ?

— *Je voulais juste te souhaiter bonne chance pour ce soir, chéri, et vérifier que tout allait bien.*

— Mais oui, maman, tout va très bien !

Il ne put retenir l'exaspération de sa voix. Elle l'appelait trois fois par jour et il ne le supportait plus. Il n'était plus un enfant.

— Je te rappellerai plus tard. Je ne veux pas être en retard.

Il était de plus en plus bref au téléphone avec elle. Il raccrochait de plus en plus vite. Il n'avait rien à lui raconter... parce qu'elle l'appelait bien trop souvent.

Il entendit le soupir qu'elle poussa à l'autre bout du fil.

— *Bien sûr, mon chéri.*

En fait, elle était pressée de raccrocher parce qu'elle avait un second appel. Il referma son téléphone, l'éteignit, et le mit dans sa poche. Au même moment, il entendit des pas s'approcher.

— C'est bon, on y va ?

Quand la main de Joey se posa sur son bras, Robbie en ressentit la chaleur à travers sa chemise et sa veste, jusque sur sa peau.

Il prit sa canne et laissa Joey l'emmener jusqu'à la grosse voiture de Geoff. Il monta à l'arrière, du moins c'est ce qu'il présuma. Les portières claquèrent. Son violon fut déposé sur ses genoux au moment où le véhicule se mettait en marche. La distance n'était pas longue, il laissa les voix et les conversations tourner tout autour de lui.

La voiture s'arrêta. Robbie entendit les portières s'ouvrir et la main si familière lui prendre le bras. Malheureusement, la voix d'Arie fit intrusion.

— Attends, je vais t'aider à entrer.

Robbie eut vraiment du mal à se retenir de répondre que Joey pouvait parfaitement s'en charger. Il réalisa cependant le côté pratique de la proposition : Arie et lui se rendaient au même endroit après tout.

Il s'en alla donc avec Arie et suivit ses instructions en silence. Il regrettait que ce ne soit pas la main de Joey sur son bras, la voix de Joey à son oreille. Une fois arrivé derrière la scène, dans les vestiaires destinés aux artistes, Robbie déposa son écrin et en tira son instrument. Il prit son siège et attendit. Arie s'installa à ses côtés, comme de coutume, et se mit à bavarder de musique et autres. Robbie l'écoutait à peine. Il était toujours en colère contre lui, tout en sachant que c'était injuste, son ami ne faisant que s'inquiéter pour lui. Se tournant vers Arie, Robbie ouvrit la bouche, prêt à s'excuser, mais il se ravisa. Pourquoi devrait-il être désolé de revendiquer son autonomie ?

— C'est l'heure.

La phrase coupa net à ses réflexions. Robbie se leva et suivit Arie. Dès qu'il passa la porte qui donnait accès à la scène, il sentit la chaleur des projecteurs sur son visage.

— Merci.

En retour, il reçut un geste affectueux. Il s'assit. Ses oreilles avaient du mal à faire le tri parmi les chuchotements et le brouhaha des conversations diverses, mais il chercha pourtant à discerner une voix particulière, un timbre précis. Et tout à coup, il l'entendit, émergeant de la masse et attirant son attention comme s'il s'agissait d'une cloche tonitruante. Il tourna la tête avec un sourire, en espérant que Joey comprendrait qu'il lui était adressé.

Les spectateurs applaudirent lorsque le directeur de l'auditorium lança les musiciens, l'un après l'autre, transformant le chaos en une explosion de sonorités planifiées. L'auditoire fit silence, puis recommença à applaudir quand le chef d'orchestre apparut sur scène.

Robbie sentit ses pas traverser l'estrade, puis il y eut le tapotement familier de son bâton indiquant qu'il était prêt. Tout aussi familière, suivit la vibration du plancher lorsque le chef d'orchestre y tapa du pied pour marquer la cadence.

Dès la première note, Robbie passa dans un monde parallèle. Comme toujours, la musique l'emportait au rythme des mouvements de son archet sur les cordes de son violon, tous les sens se gorgeaient de pure beauté. Il joua ce soir mieux que jamais. Le sang pulsait dans ses veines, ses oreilles bruissaient des sons produits par les autres musiciens, leurs efforts soutenant son élan. L'auditorium pouvait être comble, il ne jouait que pour Joey. Ses doigts dansaient, gracieux, sur son instrument, son archet devenant une extension de sa main, la musique une amplification de sa voix, de ses émotions – et il transmettait à Joey son bonheur.

Bien trop vite, ce fut fini. Il entendit un tonnerre d'applaudissements tandis que son cœur débordant tambourinait dans sa poitrine, accéléré par l'adrénaline de sa performance. Une tape sur l'épaule lui donna le signal et il se leva comme les autres pour saluer leur auditoire.

Enivré par cette expérience, il retourna dans les vestiaires pour récupérer ses affaires. Il rangea son violon et son archet dans leur écrin de protection et attendit Joey, Eli et Geoff. Mais alors, son téléphone sonna.

Il était tellement excité qu'il prit l'appel de sa mère avec enthousiasme.

— Bonsoir, maman. Tout s'est merveilleusement bien passé !

— *J'en suis heureuse.*

Elle avait une voix étrange, mécontente. Robbie comprit très vite pourquoi.

— *Pourquoi ne m'as-tu pas dit que tu séjournais dans une ferme ? C'est Arie qui m'a prévenue que tu t'étais blessé à la suite d'une chute.*

Voilà qu'Arie agissait maintenant comme l'indic de sa mère !

— Maman, ce n'est rien. J'ai perdu l'équilibre. Je vais très bien.

— *Certainement pas ! Pas dans une ferme avec des animaux et d'énormes engins agricoles aux lames acérées.*

Sa voix dégoulinait d'inquiétude.

Robbie envisageait sérieusement de tuer Arie lorsqu'il répéta :

— Maman, inutile de t'inquiéter. Tout va bien

— *Effectivement. J'ai tout arrangé. Arie réside chez des gens charmants et ils ont accepté de te recevoir.*

— Pardon ?

Sonné, Robbie eut la sensation qu'il venait de recevoir un coup de poing dans l'estomac.

— *Ainsi, Arie sera là pour veiller sur toi, pour t'aider et s'assurer que tout va bien.*

— Je n'ai pas besoin de baby-sitter !

Il savait qu'il parlait trop fort et que les autres allaient l'entendre, mais il était bien trop en colère pour s'en soucier.

— *Tu as cependant besoin d'assistance. Quand Arie m'a raconté que tu étais tombé dans une ferme, que tu saignais, j'ai failli sauter dans le premier avion.*

La voix de sa mère devenait de plus en plus frénétique.

— *Maintenant, écoute-moi bien : tu vas retourner dans cette ferme, avec Arie. Il t'aidera à faire tes valises. Tu diras merci à tes hôtes, mais rester chez eux n'est pas possible.*

Tout d'abord, Robbie envisagea de suivre ces instructions – sa mère l'avait toujours protégé, elle savait mieux que lui ce qu'il fallait faire. Que ce soit dû à son éducation sudiste ou au fait qu'elle l'ait particulièrement choyé ces dix dernières années, il faillit se soumettre. Il se sentait tellement impuissant, vulnérable. Mais il aimait sa vie à la ferme. Il aimait ses nouveaux amis et l'autonomie qu'ils lui accordaient, en l'encourageant à se débrouiller tout seul. Il avait déjà connu à la ferme des expériences que sa mère ne lui aurait jamais permises.

Et plus que tout, il ne voulait pas quitter Joey.

— Maman, arrête de parler et écoute-moi, d'accord ? Je ne suis pas un invalide.

Pourquoi avait-il impression de se répéter de plus en plus souvent, ces derniers temps. Il ne voulait pas quitter la ferme, mais il ne pouvait en avouer à sa mère la véritable raison. Comment expliquer que Joey l'attirait ou qu'il commençait enfin à réaliser la véritable signification d'être gay ? Robbie n'avait jamais parlé à ses parents de son orientation sexuelle et s'il faisait à sa mère des confidences, ce ne serait certainement pas au téléphone.

Joey… Si Robbie était franc avec lui-même, c'était en priorité pour Joey qu'il tenait à demeurer à la ferme. Il voulait recommencer à l'embrasser et… peut-être même faire davantage. Il n'en aurait jamais plus l'opportunité s'il s'en allait.

— J'aime résider à la ferme. Grâce à mes nouveaux amis, je me sens utile.

Sentant bien que sa mère s'apprêtait à argumenter, il continua très vite :

— Oui, maman, *utile*. Je les ai aidés à planter le jardin. Je suis monté à cheval. Ils ne me traitent pas comme un incapable majeur.

— *Mon chéri, tu ne l'es pas.*

— Je sais, maman, mais tout le monde agit comme si c'était le cas, toi y compris.

Il entendit, à l'autre bout du fil, son halètement outragé.

— *Ce n'est pas vrai !*

— C'est ce que tu viens de faire.

Un grand silence suivit son accusation.

— Tu as décidé de ce que ton fils adulte devait faire, sans même te donner la peine de me consulter.

D'autres personnes entrant dans les vestiaires, Robbie baissa la voix pour enchaîner :

— Tu ne m'as pas demandé mon avis, tu n'as posé aucune question, tu as juste pris les décisions à ma place.

— *Mais je m'inquiétais pour toi.*

— Je sais. Mais je ne peux plus supporter ce genre de comportement.

— *Je suis ta mère. Je me fais du souci pour toi.*

— Je sais. Mais c'est inutile, tout va bien. J'aime beaucoup cette ferme. Il y a même un chien qui passe la nuit dans mon lit.

Il n'indiqua pas qui d'autre il aimerait avoir dans son lit, sa mère en aurait fait un choc cardiaque. Ce que Robbie ne souhaitait pas. Il attendit la réponse et n'obtint que du silence à l'autre bout du fil, pendant un long moment.

— *Tu te charges de prévenir Arie ?* dit-elle enfin.

Il sut alors qu'il avait au moins gagné ce round. Ce n'est pas pour autant qu'il évita à sa mère l'estocade :

— Non, tu t'en charges. Mon chauffeur m'attend, je dois y aller.

Il lui fit ses aDieux et raccrocha avec un soupir de soulagement.

— C'était ta mère ? demanda Arie.

Au même moment, le téléphone d'Arie sonnait. Robbie décida de ne pas donner à son ami d'indication sur sa décision. C'était à sa mère de le faire.

— Oui. Et tu devrais répondre.

Une main se posa sur son bras, il en sentit un choc électrique qui lui traversa tout le corps.

— Tu es prêt ? demanda Joey.

— Oui.

— J'ai déjà pris ton violon.

S'appuyant sur sa canne, Robbie laissa Joey le guider jusqu'à la voiture. Ses frissons ne firent que s'aggraver et Robbie se demanda si cette sensation particulière perdurerait si le jeune homme le touchait à d'autres endroits.

Le retour à la ferme ne prit pas longtemps, tout le monde félicita Robbie sur son jeu.

Depuis le siège avant, Geoff, qui conduisait, indiqua :

— Nous n'avons pas souvent l'occasion de profiter de ce genre de choses, tu sais. C'était vraiment exceptionnel. Est-ce que vous jouez toujours les mêmes morceaux ?

— Oui et non. Notre prochaine représentation sera identique, mais pour les deux suivantes, nous jouerons la Neuvième symphonie de Beethoven, avec en solos les artistes locaux et les chœurs. Les spectateurs apprécient tout particulièrement l'Ode à la Joie.

Une fois Geoff garé dans l'allée, Robbie alla jusqu'à la maison, avec l'aide de Joey.

En pénétrant dans la cuisine, Eli demanda :

— Quelqu'un veut-il manger quelque chose avant de monter se coucher ?

— Pas moi, merci.

Robbie bâilla. Il était fatigué maintenant que l'excitation de sa performance retombait.

— Je pense que je vais aller directement au lit. Bonne nuit à tous.

Il s'éloigna en emportant son instrument.

Profitant du retour des quatre hommes, Rex s'était faufilé dans la maison ; il suivit Robbie dans l'escalier et jusque dans sa chambre. Dès que la porte fut ouverte, le chien sauta sur le lit.

Après une rapide toilette, Robbie, torse nu, traversa le couloir et retourna dans sa chambre. Il se heurta à Joey. Le jeune homme l'embrassa sans prononcer un mot. La porte se referma. Robbie fut poussé vers le lit. Des bras forts et des mains musclées par le travail manuel le firent s'étendre.

— Joey ?

Il sentit la poitrine nue du jeune homme se presser sur la sienne, des lèvres dévoraient sa bouche. Son corps tout entier fut envahi des mêmes frissons électriques que naguère, quand Joey avait posé la main sur son bras.

— Nous allons… ?

Il ne put terminer, sa question fut interrompue par un autre baiser. Puis les lèvres s'écartèrent et Robbie pensa que Joey le regardait.

— Je t'en prie… Parle-moi.

— Je voudrais… mais je ne peux pas…

Quelle étrange réponse ! Mais alors, les lèvres revinrent et la passion de Robbie s'enflamma. Il laissa ses mains s'égarer et sentit sous ses paumes des muscles durcis, des épaules impressionnantes de largeur. Il aurait voulu se débarrasser des vêtements restant entre eux deux, mais Joey ne paraissait pas impatient de les enlever. Il ne cessait de l'embrasser comme si sa vie en dépendait. Abandonnant toute idée de discourir, Robbie se soumit en gémissant à cet érotique et incessant assaut.

Tout à coup, les baisers s'interrompirent et le poids de Joey cessa de peser sur lui.

— Je… bredouilla Joey. Comment peux-tu… ? Bonne nuit, Robbie.

Avant que le jeune aveugle puisse réagir ou répondre, il entendit des pas s'éloigner, la porte s'ouvrir et se refermer. Il effleura ses lèvres du bout des doigts, elles le brûlaient encore des baisers de Joey.

— Qu'est-ce qui lui a pris ?

Il ignorait la réponse mais il était tout à fait certain qu'il lui fallait la découvrir. Il faillit se relever pour se rendre dans la chambre de Joey et lui poser la question, mais d'abord, il avait à réfléchir. À réfléchir intensément. Il termina de se déshabiller, rangea ses vêtements dans le placard, et se glissa sous les couvertures. Il sentit Rex se rapprocher de lui.

— Au moins, tu ne m'as pas abandonné.

Son corps était en feu, presque douloureusement. Robbie s'étendit dans son lit et envisagea de se soulager. Il ne le fit pas. Au contraire, il tenta de calmer son cerveau enfiévré afin de pouvoir dormir. Il ne comprenait pas du tout la réaction de Joey. Et ça le troublait. Le jeune homme avait lui aussi été excité… Robbie le savait. Cette idée lui plaisait. Il trouvait enivrant d'attirer aussi fort Joey. Mais son brusque recul était d'autant plus incompréhensible.

— Bon sang, mais qu'est-ce qui lui a pris ?

IV

Joey retourna dans sa chambre et referma la porte avant de s'écrouler contre le panneau. Il avait abusé de Robbie, usant de sa force contre lui ! Comment avait-il pu agir de cette façon ? Il s'était perdu au contact de ses lèvres… et tout à coup, il avait vu son reflet dans le miroir du placard. La réalité lui retombant dessus, il avait su qu'il devait s'en aller. Robbie méritait bien mieux que lui. Bien sûr, il était aveugle, mais ce n'est pas pour autant qu'il devait se contenter d'un homme dont tout le monde s'écartait avec effroi. Joey appréciait Robbie, il avait même pour lui des sentiments plus vifs. Est-ce qu'il avait peur ? Seigneur, oui. Il sentait bien qu'il risquait de tomber amoureux du jeune aveugle, amoureux fou, et bientôt, Robbie s'en irait.

Il s'écarta de la porte et grommela, tout seul dans la pièce :

— Je ne sais plus quoi faire ! Qu'est-ce que Robbie doit penser ?

Il se frappa la tête contre le panneau de bois, puis resta dans la même position.

— Quel idiot je fais !

Il finit par bouger et se prépara à se coucher. Il faillit retourner dans la chambre de Robbie pour tenter de s'expliquer, mais comment ? Il n'était même pas capable de se justifier, à ses propres yeux. Que dirait-il à Robbie ? Il grimpa dans son lit, éteignit sa lampe, et s'allongea, les yeux fixés au plafond. La voix furieuse qui le fustigeait intérieurement ne lui permettait pas de dormir.

Pourtant, il dut somnoler un moment, parce qu'il se réveilla en entendant dans la maison un son étrange. Lorsqu'il ouvrit la porte de sa chambre, il remarqua que celle d'en face, celle de Robbie, était également ouverte. Au bout du couloir, la porte de Geoff et Eli restait close. Suivant le bruit qui l'avait alerté, Joey descendit pieds nus les escaliers et marcha jusqu'au bureau de Geoff. Là, il distingua enfin ce dont il s'agissait : le violon de Robbie.

La musique, douce, étouffée, et triste, évoquait un deuil. Joey se sentit pris aux tripes. Il reconnaissait le sentiment que Robbie exprimait, lui-même l'éprouvait fréquemment. Dans le flot de notes, il discerna ce que Robbie avait ressenti tout à l'heure, dans la chambre, à cause de son départ abrupt : incompréhension et insécurité. Le violon s'interrompit, Joey resta immobile, sans faire de bruit. Puis la musique reprit, des notes longues et mélancoliques qui faisaient échos à ses propres émotions. Il discernait chaque nuance de tristesse et de doute que le jeune aveugle insufflait à son jeu.

Joey fit encore un pas. Maintenant, il se trouvait juste devant la porte. Il leva la main pour frapper puis s'interrompit. La voix dans sa tête recommença à l'insulter, le traitant de peureux. Aussi, après une grande inspiration, il tapa doucement à la porte.

— Robbie, c'est moi.

Quand il ouvrit, il découvrit Robbie dans le bureau. Il ne portait qu'un boxer blanc et tenait son violon par le manche. Il se tourna vers lui, son visage exprimant les émotions qu'il venait de déverser dans sa musique.

— Désolé. Je ne voulais pas te réveiller.

— Je ne dormais pas.

— Moi non plus.

Joey regarda Robbie ranger son instrument dans son écrin. Puis vint la question :

— Pourquoi es-tu parti tout à l'heure ?

— Je… C'est difficile à expliquer.

Refermant l'écrin, Robbie le prit par sa poignée et très lentement, il avança jusqu'à la porte. Il se trouva bientôt nez à nez avec Joey.

— Tu ne veux pas essayer ?

Machinalement, Joey acquiesça, puis réalisant que c'était insuffisant, il chuchota :

— Si.

Robbie resta immobile.

— Je ne bougerai pas d'ici avant d'avoir entendu tes explications. Pourquoi m'avoir traité de cette façon ?

Joey tenta de remettre ses idées en place afin de se justifier.

— Je… je sais bien que tu ne peux pas me voir, mais si c'était le cas, tu ne voudrais pas que je t'approche.

Il se sentait de plus en plus misérable, couard.

— Ah non, ne recommence pas avec cette excuse ! Je veux la vérité. Pourquoi as-tu aussi peur ?

Robbie était peut-être aveugle mais ça ne l'empêchait pas de discerner les choses tout à fait clairement.

— Je l'entends dans ta voix, indiqua-t-il.

— Oui, j'imagine. Je…

Joey oublia ce qu'il s'apprêtait à dire quand il sentit les doigts de Robbie sur son visage, effleurant sur son front, contournant ses yeux, caressant ses joues et suivant la ligne de sa mâchoire. Partout où ils passaient, Joey sentait sa peau se ranimer dans leur sillage. Les doigts glissèrent ensuite dans ses cheveux et dessinèrent ses oreilles, ce qui le chatouilla. Il se mit à rire doucement.

— Tu t'inquiètes vraiment à cause de tes cicatrices ? Elles sont presque guéries. Je te sens frémir chaque fois que je les touche.

Un doigt suivit celle que Joey avait sur la joue droite.

— Ceci n'a rien à voir avec toi. Ces marques ne te rendent pas hideux. Elles sont là, c'est tout.

Les doigts étaient désormais sur sa bouche. Sans réfléchir, Joey les embrassa quand il le put.

— Joey, je suis aveugle. Le monde autour de moi est entièrement noir. Je ne vis qu'à travers le toucher…

Il caressa du doigt le menton de Joey.

— … les odeurs.

Il approcha le nez du cou de Joey et inspira profondément avant de continuer sa liste :

— … les sons.

Il posa l'oreille sur la poitrine de Joey.

— … et les goûts.

Relevant la tête, Robbie embrassa Joey sur la bouche. Puis il chuchota :

— Les apparences n'ont aucune importance pour moi.

Joey sentit ses yeux se gonfler de larmes qui, bientôt, roulèrent sur ses joues. Robbie les essuya, puis il porta ses doigts humides à sa bouche.

— Si je t'ai fait de la peine, déclara Joey, je suis désolé.

Prenant les mains du jeune aveugle dans les siennes, il les serra très fort, les yeux noyés dans ces grandes prunelles bleues qui ne voyaient pas. Pour lui, cette cécité n'avait aucune importance. Il trouvait les yeux de Robbie magnifiques. Il s'écarta d'un pas, sans lâcher sa main, et très lentement, le ramena jusqu'à l'escalier. Il monta vers l'étage.

— Où m'emmènes-tu ?

Robbie paraissait tout à coup peu sûr de lui.

— Dans ta chambre.

— Oh.

Il ne cachait pas sa déception, du moins jusqu'au moment où Joey referma la porte sur eux deux.

— Tu restes avec moi ?

Quand Joey se tourna vers lui, il discerna sans peine l'espoir sur son visage.

— Si tu veux.

Joey sentit les mains de Robbie sur lui, puis il fut enlacé et très vite, embrassé. Doucement, il fit s'étendre le jeune aveugle sur son lit. Robbie l'embrassant toujours, il fit pareil, dévorant ses lèvres douces, cherchant sa langue.

— Qu'est-ce que je dois faire ?

La chambre était obscure. Joey ne voyait rien, il entendait seulement.

— Tu n'as jamais… ?

— Non.

Joey nota l'embarras qui résonnait dans sa voix.

Robbie ajouta :

— J'ai rencontré un jour quelqu'un qui paraissait intéressé, mais…

— Nous irons tout doucement.

Joey le reprit dans ses bras, l'embrassant avec passion et plaquant son corps contre le sien. Il sentait contre sa peau l'excitation du jeune aveugle.

Joey veilla à ce que Robbie soit bien installé, la tête appuyée contre ses oreillers. Après avoir à nouveau embrassé ses lèvres délectables, il déposa une pluie de baisers sur ce corps, doux et brûlant. Il désirait Robbie, tout entier. Il sourit, les lèvres contre sa peau, en le sentant se cambrer et se tordre sous ses caresses.

— Je suis censé ressentir tout ça ?

— Est-ce que c'est bon ?

— Oui, très bon.

— Alors c'est ce que tu es censé ressentir.

Quand Joey titilla de la langue un téton durci, Robbie cria et se souleva pour mieux s'offrir.

— Joey !

Sans répondre, Joey continua à sucer la petite crête érigée. Pendant ce temps, ses mains s'égaraient… partout. Ses paumes glissaient sur les flancs de Robbie, sa poitrine, son estomac souple. Joey voulait découvrir le moindre centimètre carré de ce corps superbe pressé contre le sien. Il en avait besoin. Il voulait tout. Maintenant. Tout de suite ! Comme un affamé de longue date découvrant un buffet bien garni, il était impatient et avide. Il se redressa, goûtant à nouveau les lèvres du jeune homme tout en se collant à lui. Il sentit des bras l'enlacer, le rapprochant encore. Les mains de Robbie parcoururent son dos sans rompre le rythme de leurs baisers sans fin.

— Joey…

Pantelant à présent, Robbie se frottait à lui, plaquant leurs bassins l'un contre l'autre, de plus en plus fort.

Joey devina, au souffle difficile du jeune aveugle, à ses mouvements erratiques, qu'il n'allait pas tarder à jouir. Il aurait aimé le voir, mais l'obscurité l'en empêchait. Il se contenta donc de savourer ses gémissements étranglés, ses frissons de plaisir. Dès que Robbie se perdit dans son orgasme, Joey fit pareil avec un sourire. Ni l'un ni l'autre des deux hommes n'avait enlevé son sous-vêtement.

Quand ce fut terminé, Joey se releva lentement pour débarrasser Robbie de son boxer. Il lui fit un brin de toilette et se déshabilla à son tour.

Il se remit au lit, serra Robbie contre lui et l'embrassa doucement. Un soubresaut du matelas et quelques frémissements lui indiquèrent que Rex les avait rejoints. Joey entendit Robbie glousser contre sa peau.

— Il monte la garde tous les soirs, sans doute pour éviter que les monstres viennent sous mon lit.

Robbie tourna sur lui-même, dans le cercle des bras de Joey, et posa la tête sur son épaule. En même temps, il tenta d'étouffer un bâillement. En vain.

— Bonne nuit, Joey.

Il se pelotonna davantage et très vite, sa respiration régulière indiqua qu'il s'était endormi. Joey le suivit, peu de temps après.

Joey se réveilla quand une main tomba sur son visage avant de disparaître. C'était Robbie qui se débattait et s'agitait en poussant de petits cris. Joey se demanda à quoi il rêvait. Cela ne ressemblait pas à un cauchemar. Très vite, Robbie se calma et se détendit dans le lit. Il ne s'était même pas réveillé. Au cours des deux derniers jours, Joey avait passé son temps à le regarder, mais là, c'était différent. Spécial. Qu'il était beau ainsi endormi ! La pièce était tiède, le soleil levant frappait de plein fouet la façade de la maison. Robbie avait repoussé ses couvertures, se dénudant jusqu'aux hanches.

Tout doucement, Joey suivit des doigts la ligne des os, effleurant la peau soyeuse, descendant de la taille mince jusqu'à… La couverture lui bloqua le passage. Contrairement à la nuit précédente, il voyait désormais. Il voyait la peau dorée, couleur de miel, et les petits tétons qui, hier, s'étaient raidis lorsqu'il avait soufflé dessus. Le menton de Robbie était couvert d'une légère ombre noire, indiquant que sa barbe avait repoussé.

Robbie roula sur lui-même, serrant son oreiller entre ses bras. La couverture glissa plus bas, elle ne cachait plus que ses jambes, exposant un derrière rond et lisse au regard appréciateur de Joey.

Il ne put y résister, sa main caressa le dos souple, le creux des reins, et les rondeurs parfaites jusqu'à la lisière de la couverture.

Des pas dans le couloir firent émerger Joey de sa délicieuse transe érotique. Il aurait adoré paresser au lit mais il avait du travail. Aussi se leva-t-il le plus délicatement possible, puis il se pencha pour embrasser la joue de Robbie, caressant des lèvres la courbe de son cou.

— Hmm…

Sans ouvrir les yeux, Robbie tourna la tête en direction de la douce sensation.

— Dors. Je dois aller travailler.

Un autre murmure étouffé, puis un baiser endormi lui tomba sur la joue. Satisfait, Joey s'écarta. Une fois la porte ouverte, il passa la tête et vérifia si le couloir était désert. C'était le cas. Il le traversa au pas de course, juste à temps, parce que la porte de Geoff et Eli s'ouvrit au moment où il pénétrait dans sa chambre. Il espéra qu'aucun des deux hommes n'avait entrevu son derrière nu.

Il s'habilla rapidement, puis dévala les escaliers et trouva Eli et Geoff assis dans la cuisine, encore à moitié endormis. Chacun avait dans les mains une tasse de café.

— La nuit a été courte ? demanda Joey avec un sourire

À son tour, il se servit du café. Quand il se retourna, il surprit le ricanement entendu que Geoff adressait à son amant. Le regard que les deux hommes échangeaient lui fit comprendre que Robbie et lui n'avaient pas été suffisamment discrets hier soir.

— Qu'y a-t-il de prévu aujourd'hui ? s'enquit Joey.

Il sirota son café et s'installa à table.

— Les gars vont vérifier les pâtures, histoire de s'assurer que tout est en ordre et que le bétail ne risque rien avant que nous le déplacions. Et de ton côté ?

Joey tenta, en vain, d'étouffer un bâillement.

— Il me reste des champs à contrôler. J'ai aussi promis aux gars de les aider pour inspecter les clôtures des pâturages sud.

Geoff acquiesça de la tête.

— Je vais mettre les livres à jour, ensuite, j'ai un rendez-vous à la banque.

Il se tourna vers son amant :

— Et toi, tu as des élèves ?

— Oui, un groupe en fin de matinée et trois cours particuliers cet après-midi.

— Dans ce cas, nous devrions y aller.

Geoff repoussa sa chaise, se leva et traversa la maison en emportant son café. Il disparut dans son bureau. Étant comptable, Geoff passait beaucoup de temps à gérer la paperasserie administrative et légale d'une entreprise aussi active et importante.

Joey alla déposer sa tasse dans l'évier, puis se retournant, il regarda en direction des escaliers.

Eli parut deviner ses pensées.

— Ne t'inquiète pas, je serai là quand il se réveillera.

Joey hocha la tête et quitta la cuisine, il prit un des véhicules de la ferme et s'en alla. Quelques heures plus tard, il avait terminé son inspection, tout était en ordre. Il reprit le chemin de la maison.

Quand il entra dans la cuisine, il y trouva Eli et Robbie. Le jeune aveugle était devant le comptoir, les mains plongées jusqu'au coude dans de la pâte à pain, il souriait d'une oreille à l'autre.

— Joey, c'est toi ?

— Oui, répondit-il en riant. Tu es couvert de farine !

Robbie haussa les épaules et continua son pétrissage avant de demander à Eli :

— Ça va comme ça ?

Eli vint vérifier la consistance de la pâte.

— C'est parfait. Maintenant, sépare-la en deux boules d'égale grosseur et dépose chacune d'elles dans ces deux saladiers. Il y en a un à ta gauche, l'autre à ta droite.

Eli retourna vaquer à ses occupations, laissant Robbie se débrouiller. Joey faillit offrir son aide mais ne le fit pas. Si Robbie avait besoin de quelque chose, il le demanderait.

— Dis-moi, est-ce que tu aurais envie d'un peu d'aventure ?

Robbie avait séparé en deux son pétrin, il tenait une boule de pâte dans chaque main, cherchant à en évaluer le poids. Il les reposa, tâtonna pour découvrir les deux saladiers, et plaça sa pâte dans chacun d'eux.

— Que me proposes-tu ?

Eli lui apporta deux torchons, le jeune aveugle en recouvrit ses saladiers et les mit soigneusement de côté pour laisser le pain lever. Chacun de ses mouvements était accompli avec lenteur et méthode, mais également avec assurance.

— J'ai des clôtures à inspecter, répondit Joey. Je me demandais si tu aurais envie de m'accompagner. Je peux seller Twilight, tu viendrais avec moi.

— À cheval ? Je monterais pour de vrai, derrière toi ?

— Ouais, si ça te dit.

S'il devait en croire ses sourires et hochements de tête, Robbie appréciait réellement son offre.

— Dans ce cas, va te nettoyer. Dès que tu auras fini, nous nous mettrons en route. Tu te sens capable d'aller tout seul jusqu'à l'écurie ou bien tu veux que je t'aide ?

Ce fut Eli qui répondit :

— Va t'occuper du cheval, je me charge d'accompagner Robbie quand il sera prêt.

Joey posa brièvement la main sur l'épaule du jeune aveugle puis, en sifflotant gaiement, il quitta la maison pour se rendre à l'écurie. Une fois à l'intérieur, il brossa Twilight avant de la seller et de la préparer. Il resserrait sa ventrière lorsqu'il entendit Eli et Robbie arriver.

Eli parlait :

— Hier, tu as fait la connaissance de Tiger. Celui-ci, c'est Kirk. Il joue les durs à cuire mais ce n'est qu'une façade.

Jetant un coup d'œil hors de la stalle, Joey vit Eli offrir des rondelles de carottes à l'étalon couleur de nuit.

— Et elle, c'est Belle – en vérité, elle s'appelle Tinkerbelle, mais ce nom était bien trop long. Elle est parfaite avec les enfants, elle aime beaucoup qu'on s'occupe d'elle.

Joey se remit au travail tout en écoutant Eli donner à Robbie des explications. Sans avoir besoin de regarder, Joey savait exactement quels chevaux se faisaient caresser le nez ou l'encolure. Plusieurs fois, il entendit Robbie rire, ou de doux murmures câlins adressés aux gros bébés. Il ne voyait rien, d'accord, mais il discernait beaucoup plus que la plupart des gens. De plus, il n'exprimait ni peur ni malice. Les chevaux le sentaient et pour ça, ils appréciaient le jeune aveugle.

Tout à coup, une vérité frappa Joey : Robbie avait confiance en eux. Il tenta d'imaginer ce que la cécité devait être, toujours avoir à dépendre d'autrui pour savoir quoi faire, où aller ; devoir discerner la réalité de son environnement et les obstacles éventuels, simplement au bruit, ou à de subtils changements d'inflexion dans les voix de ses interlocuteurs… Bon sang, Robbie s'apprêtait à s'en remettre à lui, Joey, quand tous deux seraient sur le dos d'un animal de cinq cents kilos. C'était à la fois une responsabilité écrasante et une joie bouleversante. Un tel niveau de confiance était incroyablement sexy, enivrant. Rien que d'y penser, Joey sentit son pantalon devenir trop serré. Il dut délibérément évoquer des images écœurantes pour réussir à se calmer.

Alors qu'il continuait à préparer Twilight, il entendit sonner le téléphone de Robbie. Il secoua la tête, reconnaissant la musique désormais familière. La voix du jeune aveugle lui parvenait, un peu étouffée. Joey termina de seller la jument au moment où Robbie raccrochait.

— Tu es prêt ?

— Bien sûr !

Son excitation résonna dans toute l'écurie.

— Dans ce cas, je vous retrouve tous les deux devant la porte.

Quand Joey sortit à son tour, tirant la jument derrière lui, il vit Robbie se plier en deux. À ses côtés, Rex sautait et réclamait son attention.

— Salut, toi.

— Je vais monter le premier, indiqua Joey. Eli t'aidera à t'installer derrière moi.

Une fois en selle, Joey glissa ses pieds dans les étriers et se positionna le plus en avant possible. Robbie monta derrière lui.

— Mets les bras autour de ma taille et colle-toi à moi le plus possible.

Grâce au ciel, nous sommes tous les deux minces ! pensa Joey. La selle était un peu juste mais au moins le pommeau ne lui écrasait pas l'entrejambe.

Il sentit les bras de Robbie glisser autour de lui, ses hanches se plaquer à son derrière, ses cuisses prendre appui sous ses jambes.

— Amusez-vous bien, tous les deux, déclara Eli. Et si tu trouves quelque chose, Joey, téléphone-moi, je t'enverrais du renfort. Je crois que Lumpy et Pete meurent d'envie de réparer les clôtures.

La remarque sarcastique était presque drôle. C'était l'une des tâches que les deux hommes détestaient plus que tout au monde.

Joey donna à Twilight le signal du départ d'un claquement de langue assorti d'un coup de talons sur son flanc, la jument se mit en marche.

— Tout d'abord, nous allons traverser les champs, ensuite, nous traverserons la forêt jusqu'aux pâturages sud. Je t'indiquerai quand baisser la tête si nous passons sous des branches un peu basses.

— D'accord. Qu'est-ce que je dois faire ?

Ils étaient déjà au milieu des champs.

— Rien, profite seulement de la promenade. Tu as mis tes lunettes ?

Il entendit et sentit le gloussement de Robbie.

— Oui, maman.

Joey se mit aussi à rire.

— Je n'en suis quand même pas à ce point-là !

— Non, personne ne l'est. Elle passe sa vie à s'inquiéter. Elle m'appelle trois ou quatre fois par jour depuis que je suis en tournée. J'avais pensé avoir un moment tranquille, loin d'elle, mais je me suis trompé. Bien trompé.

— Ma mère vit en Floride. Elle me téléphone encore pour me demander si tout va bien, si je mange suffisamment. Je pense qu'elle se sent un peu seule.

— C'est peut-être aussi le cas de maman. Mon père a son travail, mais elle reste essentiellement à la maison, à s'occuper des tâches domestiques et du jardin, et à prendre soin de moi.

— Ma mère a eu du mal au début, quand je suis parti pour l'université. Ensuite, elle s'est adaptée.

Joey se mit à rire avant d'ajouter :

— Quand je revenais à la maison, elle me rendait dingue. Elle me chouchoutait tellement qu'elle m'étouffait.

— Ma mère fera pareil quand je rentrerai. Elle essaie déjà mais il faudra que les choses évoluent. Je suis bien plus autonome ici que je ne l'ai jamais été chez moi.

— Hein ?

— Ma mère ne m'a jamais laissé l'aider au jardin. Elle a peur que je me blesse. Et si elle me voyait, ici et maintenant, elle ferait un arrêt cardiaque.

Joey sentit Robbie poser sa tête sur son épaule, sa chaleur corporelle traversant le tissu de sa chemise.

— … et je n'ai jamais rien fait en cuisine jusqu'à ce matin. Quand Eli m'a proposé de faire du pain, j'ai cru qu'il était devenu fou. Mais je me suis bien amusé, et j'ai véritablement pu l'aider.

Les mots, épicés de leur délicieux accent sudiste, résonnaient aux oreilles de Joey comme de la musique.

— Si tu n'aides pas quand tu es chez toi, qu'est-ce que tu fais ?

— Je lis. J'ai des tonnes de bouquins en braille. Je joue, je m'entraîne, je révise. Parfois, j'écoute simplement la radio… La plupart du temps, dès que je quitte ma chambre, quelqu'un vient m'aider, me demander ce dont j'ai besoin, où je veux aller. Je connais cette maison comme ma poche mais personne ne me laisse jamais déambuler tranquille. Que ce soit par maman ou un membre de son personnel, je suis toujours escorté là où je veux aller.

Joey sentit Robbie se reculer légèrement.

— J'adore ça, reprit le jeune aveugle. J'adore sentir un cheval sous moi, le soleil sur ma peau, la brise…

Il inspira profondément et se mit à rire.

— Tout sent si bon, si frais. Il n'y a pas de gaz d'échappement, pas de gens, juste la nature, si nette, si propre.

Joey eut envie de se retourner pour voir le sourire qui, il en était certain, devait illuminer le visage de Robbie. Avec un sourire intérieur, il poussa Twilight en avant.

Les deux hommes approchaient des bois, aussi Joey fit une pause.

— Son personnel ? Ta maison est aussi grande que ça ?

— Oui, immense. Du moins, je la revois immense. Il y a des piliers et un porche à l'avant. La famille de mon père possède cette bâtisse et ces terres depuis des siècles.

Joey sifflota en entendant cette description.

— Tu veux dire que c'est une plantation qui date d'avant la guerre de Sécession ?

— Oui. Maman est une fervente partisane de la préservation des demeures historiques, ce qui signifie pour elle dépenser l'argent de papa. Et il est ravi de la laisser faire. Nous sommes une famille de vrais aristocrates sudistes, bien rétrogrades.

En prononçant sa dernière phrase, Robbie avait accentué son accent jusqu'à la caricature, Joey éclata de rire.

— D'accord. Bon, maintenant, nous allons entrer dans le bois. Je vais y aller tout doucement pour éviter les branches basses.

Il pivota sur sa selle pour vérifier que tout allait bien avec Robbie, et vit Rex arriver vers eux à travers champs, au galop.

— Apparemment, ajouta-t-il, nous sommes suivis.

— Suivis… par qui ?

— Par Rex. Je pense qu'il tient à te garder à l'œil.

Joey remit le cheval au pas, le trio pénétra dans la forêt. L'ombre dense des arbres était rafraîchissante et délicieuse, la brise agréable, mais rien ne parvenait à calmer les pensées enflammées de Joey. Il était douloureusement conscient de la présence de Robbie derrière lui, de ses bras, ses mains, la façon dont son pelvis se frottait à son derrière. Et il y avait aussi son… Joey se trompait-il ou pas ? Il recula légèrement afin de vérifier. Oui ! Il eut un sourire victorieux en sentant le membre durci pressé contre lui.

— Ça te fait bander de monter à cheval ?

Robbie ricana doucement.

— Non, c'est toi qui me fais bander.

Robbie glissa les mains sous sa chemise, ses doigts souples lui caressaient la peau.

— Dans ce cas, nous sommes deux dans cet état.

Une chance pour lui que la jument soit au pas ! Sinon il aurait risqué d'abîmer une partie importante de son anatomie.

Lorsqu'il sortit du bois, Joey dirigea Twilight vers l'abord des pâtures afin de commencer son inspection. Dans l'enclos, le bétail immobile paissait tranquillement. Les deux hommes firent le tour des champs, vérifiant que tout était en ordre, avant de s'éloigner. D'ordinaire, ce genre de tâche était parfaitement ennuyeux mais aujourd'hui, avec Robbie derrière lui, Joey trouvait son travail très agréable.

Tout à coup, Robbie lui parla à l'oreille :

— Tu entends ?

Joey secoua négativement la tête.

— Continue à avancer, insista Robbie. J'ai l'impression que ça devient plus fort.

— Tu as raison, maintenant j'entends. On dirait qu'une bestiole a des ennuis.

Il suivit le tintamarre jusqu'au moment où il trouva, dans le pré, un petit animal à fourrure.

—Ah, zut ! C'est un chat, il a été piétiné.

Non loin de là, les broussailles s'écartèrent et Rex en émergea, portant entre ses mâchoires un chaton qu'il tenait par la peau du cou. Le chien jeta aux deux hommes un coup d'œil, puis il s'éloigna en direction de la ferme, le chaton se balançant au rythme de ses pas.

Robbie pointa du doigt :

— J'entends des cris, par là.

— Ne bouge pas, je reviens.

Joey glissa au bas de sa selle et tendit à Robbie les rênes de la jument.

— Tiens-les bien et reste immobile, elle ne bougera pas.

Il avança dans l'herbe en suivant les miaulements. Il trouva un autre chaton, tout éperdu. Se baissant, il ramassa la boule de fourrure noire et blanche qu'il ramena, blottie entre ses deux paumes, jusqu'à l'endroit où Robbie et Twilight l'attendaient.

— Tiens, Robbie, tu peux me le tenir ?

Il lui donna le chaton avant de remonter en selle, de façon moins que gracieuse. Puis il récupéra la petite bête dans l'une de ses mains.

—Accroche-toi bien. J'ai encore quelques clôtures à contrôler, ensuite, nous rentrons.

Il incita Twilight à se remettre au pas pour faire le tour de l'enclos, puisqu'ils étaient déjà arrivés à son extrémité.

De retour à l'écurie, les deux hommes trouvèrent le chien étalé à l'ombre, près de la porte, un petit chat gris et blanc grimpé sur son dos. Une fois encore, Joey confia son chaton à Robbie le temps de descendre, puis il apporta la petite bête auprès de son congénère. Bientôt, les deux chatons escaladaient avec entrain le chien immobile.

Joey entendit des pas sur le gravier et vit Arie se diriger vers lui, le visage aussi dur que du granit.

— Tu es vraiment décidé à ce qu'il se blesse, c'est ça ?

Joey avait très envie de répondre avec feu mais il s'en abstint, préférant se retourner pour aider Robbie à descendre de la jument. Ce n'était pas son combat mais celui du jeune aveugle.

— Il ne devrait pas être sur un cheval et certainement pas rester sans surveillance. Il ne voit rien, bon sang de bois !

Dès qu'Arie se mit à hurler, Joey regarda Robbie en se demandant ce qui se passait au juste. Arie arrivait à leur niveau.

— Mais à quoi tu penses ? Il aurait pu tomber, il aurait pu se blesser, sinon pire.

Joey vit l'expression de son accusateur changer, sa peur se mêlant à une émotion nouvelle. Mais si son visage s'était adouci, la voix d'Arie resta tout aussi violente :

— … et ensuite, qu'est-ce que tu comptes faire ? Lui apprendre à attraper des taureaux au lasso ?

Joey recula d'un pas. Tout à coup, il aperçut le visage de Robbie, magnifique et figé, décidé à laisser Arie déverser sa bile sans rien dire. Joey remarqua cependant la bouche pincée, la mâchoire ferme.

— Tu as terminé ?

Ce furent les premiers mots du jeune aveugle, prononcés d'un ton calme et déterminé. Lorsque Joey déchiffra son expression, il fut très heureux de ne pas se trouver dans la peau d'Arie en ce moment présent. Il récupéra les rênes de la jument et la maintint en place.

Puis il attendit que le feu d'artifice commence.

ROBBIE NE savait plus quoi penser. Avec la sensation du cheval sous lui, il entendait la voix d'Arie hurler ses accusations contre Joey. Il sentit contre sa jambe la main du jeune homme l'aidant à placer son pied dans l'étrier. Il comprit qu'il devait descendre de cheval, ce qu'il fit avec une relative aisance.

Jusqu'à maintenant, la journée avait été presque parfaite. Il avait aidé en cuisine et passé des heures au soleil, à cheval, avec Joey. Il avait même trouvé le courage de glisser ses mains sous son tee-shirt. Plusieurs fois, il avait effleuré ses tétons, les sentant devenir des petites billes durcies sous ses attouchements. Bien sûr que Joey le faisait bander ! Et maintenant, voilà qu'Arie faisait irruption et tirait de la situation des déductions ridicules.

— Tu as terminé ?

Il tentait de son mieux de maîtriser sa voix parce qu'en vérité, il aurait voulu étrangler Arie pour avoir osé s'en prendre à Joey. Comme le jeune homme n'avait pas répondu, Robbie ne savait pas s'il était en colère ou non. Quant à Arie, il commençait enfin à se calmer.

— Au nom du ciel, mais qu'est-ce qui te prend ? ajouta Robbie.

La sécheresse de son ton interrompit tout net le discours d'Arie.

— Je te rappelle que tu n'es pas ma mère. Juste mon ami. Du moins, je le croyais.

Robbie entendit la brusque inspiration d'Arie.

— Je suis ton ami !

Il paraissait blessé.

— Dans ce cas, démontre-le.

— C'est ce que je fais !

— Non, absolument pas. Tu réagis comme un clone de ma mère.

Il espérait que sa réflexion attirerait l'attention du jeune musicien.

— Je n'arrive pas à croire que tu lui aies téléphoné pour lui raconter ma chute. Franchement, tu te prends pour qui, son indic ?

Il entendit des bruits étouffés et pensa qu'ils étaient une manifestation de nervosité.

— Il faut que tu décides de quel côté tu es, Arie. Celui de ma mère ou le mien.

— Je suis ton ami, je l'ai toujours été.

La tonalité plaintive indiquait à Robbie qu'Arie commençait à comprendre son point de vue.

— Dans ce cas, agis comme tel. Au cours des derniers jours, j'ai vécu des expériences que je n'aurais jamais crues possibles. Et tu sais pourquoi ? Parce que tout le monde me surprotège : toi, mes parents, tous ceux qui m'approchent. Aujourd'hui, je suis monté à cheval. Demain, je serai peut-être sur un tracteur, derrière sur une moto, ou ailleurs. Si tu es mon ami, tu m'y aideras, sans m'enfermer dans un cocon. Oui, je suis aveugle, je n'ai pas pour autant l'intention de passer tout le reste de ma vie dans un fauteuil parce que c'est plus sécurisé.

Le monde autour de lui parut se figer. Les chevaux cessèrent de s'ébrouer, les chatons se tenaient tranquilles, et même le vent sembla retenir son souffle. Puis il entendit un claquement des sabots et de la paille grincer sous des pas, juste derrière lui, de plus en plus assourdis.

— Je suis désolé. Je n'aurais pas dû téléphoner à ta mère.

— Non, effectivement.

Robbie n'était pas encore prêt à pardonner à Arie.

— Je n'aurais pas dû non plus me mettre en colère.

— C'est exact.

Il croisa les bras sur sa poitrine.

— Bon sang ! C'est parce que je m'inquiétais pour toi.

Alors seulement, Robbie sentit se dissiper ce qui lui restait de colère et d'indignation.

— Si j'ai besoin d'aide, je la demanderai, mais je dois accomplir certaines choses par moi-même. Je veux aussi savoir jusqu'où je peux aller. Et pour te rassurer, je te signale que je n'étais pas seul, j'étais avec Joey.

Seul le silence lui répondit. Robbie attendit. Il savait posséder bien plus de patience qu'Arie.

— D'accord, je vais essayer.

— Très bien.

Robbie sourit et sentit Arie l'étreindre en réponse. Joey se rapprocha, Robbie entendit ses pas sur les graviers. Le jeune homme demanda :

— Tout va bien ?

Au même moment, Arie s'écartait. Robbie répondit :

— Oui, je crois.

Joey prit position à ses côtés et glissa un bras autour de sa taille. Robbie sourit, conscient que le jeune homme marquait son territoire. Il pouvait presque sentir la testostérone de son geste, plus ostentatoire que d'habitude mais peu importe, l'attirance existait toujours, presque électrique.

— Tu veux rester déjeuner avec nous ? demanda Joey à Arie.

— Vraiment ? Oui, j'aimerais bien, merci.

Robbie nota la surprise dans la voix de son ami, mais il ne releva pas et laissa Joey l'entraîner vers la maison.

— Et les chatons ?

— Ils ne risquent rien. Ils s'amusent comme des petits fous avec Rex.

La voix de Joey, toute proche, était intime, même si les mots n'avaient rien de particulier.

Le déjeuner fut agréable, bien qu'un peu chaotique. Les gens ne cessaient d'entrer, de s'asseoir le temps de manger avant de repartir. À un moment, Robbie conseilla à Geoff d'installer une porte-tambour pour la cuisine. Geoff se mit à rire, comme tous les autres convives attablés. Robbie avait cessé de se concentrer pour trier les voix des ouvriers de la ferme, préférant se concentrer sur ceux qu'il connaissait déjà.

Quand Eli se leva pour débarrasser la table, il demanda à Robbie :

— Auras-tu besoin de moi ?

— Non, je ne crois pas.

— Très bien. Je serai dehors tout l'après-midi, alors, si tu as besoin de quelque chose, appelle.

Robbie sentit sa main se poser sur son épaule, puis s'écarter. Peu après, la porte arrière s'ouvrit et se referma. Il restait seul avec Joey et Arie. Joey repoussa sa chaise en annonçant :

— Je vais y aller, j'ai du travail pour cet après-midi.

Sans réfléchir, Robbie demanda :

— Quel genre de travail ?

Il entendit presque le plaisir de Joey dans sa réponse :

— J'ai des champs en jachère. Je vais y répandre de l'engrais organique.

— Tu parles de fumier, c'est ça ?

Robbie nota dans la voix d'Arie la surprise et le dégoût.

— Comment peux-tu supporter cette odeur ? ajouta le musicien.

Joey le remit à sa place, sans en avoir l'air :

— On s'y habitue. Tu sais, il y a plus d'un millier de têtes de bétail à la ferme, ce qui représente beaucoup de fumier.

— Tu vas travailler avec un tracteur ? s'enquit Robbie tout excité. Je peux venir avec toi ?

— Tu as envie d'aller répandre du fumier ?

La stupéfaction d'Arie était presque comique.

— Non, mais j'ai envie de monter sur un tracteur.

Arie se mit à bafouiller :

— M-mais…

Robbie lui jeta un œil noir, afin de lui rappeler sa récente promesse. Très sagement, Arie cessa de discuter.

— Il faut que je prépare mes affaires, indiqua Joey. Je vais aussi vérifier ce que deviennent les chatons. Je reviens te chercher dans une demi-heure.

Il effleura l'épaule de Robbie avant de quitter la pièce. L'écran de moustiquaire claqua bruyamment derrière lui.

— Qu'est-ce qui se passe au juste entre toi et lui ?

La question parut à Robbie légèrement accusatrice. Il poussa un profond soupir.

— Je ne sais pas trop. Je l'aime bien… et je pense que lui aussi m'apprécie.

— Tu veux dire qu'il t'apprécie… *vraiment* ?

Sa voix avait une curieuse intonation, trop détachée.

— Arie, je sais que tu es gay. Tu me l'as dit il y a des années.

— Et tu m'as répondu que toi, tu ne l'étais pas.

Robbie ne sut quoi rétorquer. Il commençait à peine à réaliser ce qu'il ressentait.

— J'aime bien Joey.

Et tout à coup, une idée lui venant, il enchaîna :

— … et si tu t'avises de le répéter, je fais de toi un eunuque !

— M-mais… tes parents ? Que vont-ils dire ?

Arie paraissait nerveux et Robbie appréciait ce changement de position : lui-même, par conséquent, se sentait plus à l'aise.

— Écoute, la pipelette, ma vie sexuelle ne concerne que moi. Je te préviens encore une fois : si tu parles, je ne t'adresserai plus jamais la parole de toute ma vie.

Arie était une telle commère, parfois !

— Tu sais bien que tes parents t'adorent, que tu sois gay ou pas n'a aucune importance.

Robbie déglutit.

— Oui mais… réfléchis un peu.

Il tenta d'imaginer l'expression d'Arie, sans y réussir.

— Oooh !

— Exactement. Donc, garde ton mignon petit clapet bien fermé.

Il entendit un grand soupir et sentit Arie le prendre par la main.

— Pas de souci. Je ne dirai rien. Je te le promets.

Il y avait dans sa voix une note étrange que Robbie n'arrivait pas à déchiffrer. Mais avant qu'il puisse poser d'autres questions, la porte arrière s'ouvrit et se referma.

— Je reviens dans deux minutes.

Robbie entendit Joey traverser la maison en direction de l'escalier.

396

— Tu n'as aucune idée de la tête qu'il a, pas vrai ? chuchota Arie.

— Il a eu un accident. Je sais que son visage en garde des cicatrices, mais celles qu'il a à l'intérieur sont pires. Il se considère comme affreux et je comprends pourquoi, vu la façon dont les autres le traitent. Après tout, je t'ai entendu réagir en le voyant.

— Je sais. Je n'en suis pas très fier. Et je ne le trouve pas affreux.

— Il est très gentil avec moi.

— C'est ce que je constate.

Les pas se rapprochant, leur conversation s'interrompit dès que Joey entra dans la cuisine.

— Voilà, je suis prêt. Arie, ça te dit de venir avec nous ?

Un gloussement lui répondit.

— Dieu du ciel, sûrement pas ! Robbie, je te revois demain, à la répétition. Et Joey, j'ai été heureux de mieux te connaître.

Arie leur fit ses aDieux et s'en alla.

— Comment est-il venu ? demanda Robbie à voix haute.

— Je crois qu'il a marché. Je le vois par la fenêtre, il se dirige vers la route.

Joey se tut, Robbie imagina qu'il regardait toujours Arie s'éloigner.

— Il doit résider chez les Rubas, ce sont les seuls voisins que nous ayons dans cette direction.

Les pas se rapprochèrent.

— On y va ?

Robbie se leva et mit ses lunettes.

— Bien sûr, Arthur !

En entendant le rire de Joey, il souhaita être capable de provoquer régulièrement une telle réaction. C'était si agréable de l'entendre rire !

Les deux hommes quittèrent la maison. Robbie entendit alors un grondement mécanique qui semblait approcher. Même le sol sous ses pieds en vibrait !

— C'est le tracteur ?

Joey dut hausser la voix pour se faire entendre.

— Oui. Les gars ont attelé et chargé la remorque, tout baigne.

Une odeur douceâtre et nauséabonde monta aux narines de Robbie.

— Ça, je n'en doute pas.

Il agita la main devant son nez.

— Allez, en route, allons répandre ces bonnes petites crottes.

À nouveau, il entendit Joey rire, puis sa main se posa sur son bras et le guida en direction du tintamarre.

— C'est bon, Joey, on peut te laisser continuer ?

L'homme hurlait presque.

— Oui, Lumpy. Aucun problème.

Le moteur tournait toujours.

— Il y a quelques marches. Fais attention… je vais t'aider à monter.

Robbie sentit Joey le toucher, puis lui placer la main sur une surface de métal bien lisse et le pied sur une marche. Très lentement, il monta à l'intérieur, Joey le surveilla jusqu'à ce qu'il soit dans la cabine.

— Le siège est juste devant toi.

— Et toi, comment feras-tu pour conduire ?

— C'est le siège passager.

Une fois installé, Robbie sentit contre ses lèvres le souffle de Joey, puis un baiser léger.

— Tu es bien comme ça ?

— Oui. Je ne m'attendais pas à trouver la clim.

La porte se referma, étouffant presque le bruit extérieur.

— Alors, en route.

Joey paraissait aussi excité qu'un enfant. Robbie sentit l'énorme engin se mettre en marche et avancer.

— C'est vraiment génial !

Il ne voyait rien mais il sentait la puissance de la machine qui les transportait et roulait sur la chaussée.

— Tout s'est bien passé, avec Arie ?

— Oui.

Robbie ne savait pas trop quoi avouer à Joey de sa conversation avec Arie.

— Il est amoureux de toi, tu sais.

— Arie ? Sûrement pas.

— Mais si, Robbie. Je vois bien la façon dont il te dévisage.

— Est-ce que tu ne serais pas un peu jaloux ?

— Peut-être.

Robbie se demanda si Joey avait trouvé cet aveu difficile.

— Arie n'est qu'un ami. Il ne m'a jamais intéressé, pas de cette façon.

Il tendit la main, rencontra le corps de Joey et s'appuya contre lui, laissant leurs chaleurs corporelles se mêler l'une à l'autre dans la cabine ventilée.

Robbie sentit le tracteur changer de direction, puis l'asphalte de la route fut remplacé par un sol plein d'ornières. Il entendit le moteur baisser de régime, avant de ralentir.

— Que se passe-t-il ?

— J'ai mis l'épandeur en route. Ça ne devrait pas tarder.

Robbie sentit Joey glisser un bras autour de sa taille tandis que le tracteur continuait à avancer. Quoi qu'il se passe à l'extérieur, malgré le fumier qui se répandait dans les champs, dans l'habitacle, tout était différent. Les deux hommes roulaient ensemble, tranquilles. De temps à autre, Robbie tressautait à cause d'un cahot mais, la plupart du temps, il ne sentait que le bras de Joey le soutenait. Il trouvait merveilleux d'être aussi proche de lui.

398

Le roulement cessa, il y eut le changement de rythme. Puis le tracteur se remit en marche. Un autre tournant et la route à nouveau. Durant toutes les manœuvres, Robbie n'enleva jamais sa tête de l'épaule de son compagnon.

Les deux hommes passèrent l'après-midi à faire des allers-retours de la ferme jusqu'aux champs, et Robbie perdit compte du nombre de ces déplacements. D'ailleurs, c'était pour lui sans importance. Il était seul avec Joey. Chaque fois que le jeune homme quittait la cabine ou y revenait, il l'embrassait avant de reprendre place dans son siège et de le serrer tout contre lui. Robbie ne pouvait s'empêcher d'y penser : les autres allaient sans doute trouver bizarre de voir deux hommes ainsi blottis dans l'habitacle. Tant pis, il s'en fichait. Il était merveilleusement bien, grâce à la présence de Joey. Le reste ne comptait pas.

Ayant perdu toute notion du temps, Robbie fut surpris lorsque Joey coupa le moteur.

— Que se passe-t-il ? Tu as fini ?

— Oui. Eli ne devrait pas tarder à servir le dîner.

Joey l'aida à descendre de la cabine et, à sa grande surprise, le prit dans ses bras pour l'embrasser avec passion.

— Tu m'as tenu chaud tout l'après-midi !

Robbie l'enlaça à deux bras et s'accrocha à lui durant cette fiévreuse équipée. Les lèvres de Joey étaient si agréables, elles avaient si bon goût ! Sa langue jouait contre la sienne, insistant doucement pour pénétrer dans sa bouche et mieux l'embrasser.

— Alors, vous deux, vous venez manger ou pas ?

Robbie entendit la voix de Geoff résonner derrière lui mais Joey ne s'interrompit pas pour autant. Au contraire, il se plaqua plus fort encore contre lui. Quand le jeune homme s'écarta enfin, Geoff fit une remarque concernant le dessert consommé en avance.

Il se sentit très gêné à l'idée d'avoir été surpris pendant un moment aussi intime.

— Joey...

Une main calleuse de travailleur glissa gentiment sur sa joue.

— Tu n'as pas à avoir honte. Geoff m'a toujours dit qu'ici, nous étions à l'abri. Depuis bien longtemps, la ferme est un lieu à part. Le père de Geoff, décédé il y a quelques années, était gay. Son partenaire, Len, reviendra dans quelques jours, avec Chris. Il y a maintenant cinq ans que ces deux-là se sont mis ensemble. Alors tu vois, tu n'as pas à t'inquiéter.

Joey incita Robbie à avancer.

— Et les autres ?

— Pete est marié à la cousine de Geoff. Et Lumpy est très ouvert d'esprit. Tous les autres sont au courant... et jamais Geoff n'aurait embauché quelqu'un d'intolérant. Comme je te l'ai dit, ici, nous sommes à l'abri.

Robbie sentit Joey le prendre dans ses bras avant de chuchoter à son oreille :

— Ça te dit que nous dînions très rapidement ?

— Tout ce que tu veux, mon mignon.

Le dîner fut délicieux. Ensuite, les hommes s'installèrent au salon devant la télévision. La journée avait été longue, tous se sentaient fatigués. Robbie entendit Joey parler aux deux autres de cultures et autres termes techniques. Il en profita pour s'éloigner et remonter dans sa chambre avec précaution. Il trouva son violon sur la commode, là où il l'avait laissé. Ouvrant l'écrin, il en sortit son instrument et son archet, avec lequel il caressa les cordes. Peu après, la musique se déversait dans la petite pièce. Robbie se laissa emporter, son esprit revoyant tout ce qu'il avait accompli dans la journée. Il l'exprima dans son jeu, ses doigts naviguant sur les cordes, l'archet devenu une extension de ses émotions. La joie et l'excitation d'être monté sur un tracteur avec Joey, le plaisir ressenti en l'embrassant dans la cabine, la surprise de découvrir les petits chats… tout lui revint, son corps vibrant du besoin de tout exprimer – et c'est exactement ce qu'il fit. Robbie remplit la pièce de l'émerveillement extatique qu'il ressentait après ces nouvelles expériences.

Une fois de plus, il perdit toute notion du temps. Quand il s'arrêta enfin, il entendit des applaudissements étouffés.

— C'était magnifique. Que jouais-tu ?

— Rien de particulier.

Tout en répondant, il rangeait son instrument dans son écrin. Il entendit Joey avancer dans la pièce.

— Non, je parlais de ce que tu exprimais dans ton jeu.

Robbie se sentit sourire.

— C'était tout ce que nous avons accompli aujourd'hui…

Il s'attendait à une réponse verbale, elle fut gestuelle. Les mains de Joey glissèrent sur ses épaules, ses lèvres s'emparant de sa bouche pour un baiser incendiaire. Robbie lui aussi embrassa Joey, il s'accrocha à lui, confiant qu'il atterrirait à bon port. Une pluie de baisers tomba sur ses joues, des caresses effleurèrent son visage, des doigts passèrent dans ses cheveux. Il se sentit fermement guidé.

— Où allons-nous ?

Il pensait que Joey l'entraînait au lit mais, à moins qu'il ait perdu son sens de l'orientation, ce qui était possible vu que la tête lui tournait, ce n'était pas la bonne direction.

— Dans ma chambre.

Sans s'écarter de lui d'un seul pas, Joey réussit à les diriger. Collés l'un à l'autre, les deux hommes traversèrent le couloir. Robbie entendit la porte se refermer, il sentit ensuite Joey glisser ses mains sous son tee-shirt et en soulever l'ourlet. Il leva les bras pour aider à se débarrasser du vêtement. Des paumes lui caressèrent la peau, des mains qui ne cessaient de bouger, de s'aventurer partout.

— J'adore te toucher… j'adore te regarder.

Les lèvres de Joey quittèrent les siennes pour descendre le long de son corps et s'attaquer sur un de ses tétons, suçant et léchant. Robbie craignit que sa tête explose. Déjà, la bouche savante était passée de l'autre côté.

— Joey…

C'est si bon ! Il avait de la peine à croire que tout ça lui arrivait 'pour de vrai'. Il le sentait, mais c'était si incroyable… Il aurait presque cru qu'il s'agissait d'un autre que lui. Les baisers descendirent plus bas, une langue lui caressa le ventre, de douces lèvres déposant des baisers mouillés sur sa peau. Une main, à sa ceinture, en ouvrit la boucle ; son pantalon glissa, de plus en plus, dénudant ses hanches d'abord, ses jambes ensuite.

— Tu es si beau, Robbie. Ta peau est comme de la soie couleur de miel, lisse et parfaite.

Une main sur sa poitrine, son ventre, puis elle s'empara de son sexe. Robbie poussa un halètement surpris quand Joey le toucha. Personne ne l'avait jamais fait ! Et c'était un million de fois meilleur que quand lui-même se caressait. Robbie se débarrassa de son pantalon d'un coup de pied puis il fut poussé jusqu'au lit… où il s'étendit. Il entendit le bruit des chaussures de Joey qui tombaient sur le sol, suivies par le cliquètement métallique d'une ceinture elle aussi jetée à terre. Ensuite, le lit fut agité d'un soubresaut et le souffle tiède de Joey lui caressa les lèvres.

— Je sais que c'est ta première fois, aussi préviens-moi si quelque chose ne te plaît pas.

— D'accord, je te le promets.

Les lèvres de Joey se remirent à explorer son corps, sa main se referma autour de lui. Et tout à coup, il se trouva au cœur d'une chaleur humide et inconnue.

— Que se passe-t-il ?

Il eut de la peine à respirer en réalisant ce qui se passait : c'était certainement les lèvres de Joey qui se promenaient tout le long de son membre. Robbie en devint aussi pantelant que s'il venait de courir le marathon. Joey l'engloutit profondément tandis que ses doigts agiles lui caressaient les bourses.

Robbie ne savait pas combien de temps il pourrait tenir… déjà, il sentait la pression monter. Il aurait voulu savourer cette caresse plus longtemps : c'était tellement bon, tellement… indescriptible.

— Joey ?

La brûlante humidité disparut.

— Tu aimes ?

— Hmm hmm, c'est sublime.

Toujours haletant, Robbie tenta de relever sa tête de l'oreiller.

— Tant mieux. C'est le but.

Et tout recommença, cet étau de velours trempé qui le serrait si délicieusement, aspirant avec force. Robbie s'abandonna et laissa le plaisir l'emporter, puisque Joey le lui dispensait avec tant d'enthousiasme. L'idée que le jeune homme le caresse ainsi et lui octroie de telles sensations provoqua en Robbie comme un raz-de-marée. Il se cambra et hurla, sans se retenir, tandis que sa jouissance culminait et explosait.

Quand il retrouva son souffle, il se rassit et sentit les lèvres de Joey contre les siennes. Cette fois, il s'accrocha très fort et plaqua Joey contre lui, tandis que ses mains, à leur tour, partaient en exploration.

— Je peux ?

Il ne savait trop ce que réclamait sa question, il voulait juste expérimenter ce que Joey venait de lui faire découvrir, et plus encore.

— Tout ce que tu veux.

Joey se retourna dans le lit et s'allongea sur le dos, avec lui à califourchon au-dessus. Il aima cette position. Il n'avait pas souvent l'occasion de se sentir dominant, quelle que soit la situation. Après quelques tâtonnements, ses mains découvrirent les tétons de Joey. Robbie se baissa pour les embrasser, ravi de les sentir durcir sous ses caresses. Il y goûta avec plaisir et entendit Joey gémir doucement et se cambrer pour mieux s'offrir, ce qu'il trouva de bon augure. Lorsqu'il accentua la pression, les gémissements devinrent plus forts.

— Joey, je peux moi aussi te goûter, comme tu l'as fait pour moi ?

— Tu peux, mais tu n'y es pas obligé.

Robbie nota la voix éraillée de Joey, son souffle difficile. Il tenait vraiment à rendre le plaisir qu'il venait de connaître mais ne savait trop comment faire. Il se sentait bien trop gêné pour poser des questions. Les mains en avant, il se guida sur le corps étendu et très vite, trouva le sexe en érection.

Il apprécia le contact de ce membre, long et épais, entre ses mains. Réfléchissant aux caresses qui lui plaisaient, il le malaxa de haut en bas, afin d'approfondir ses sensations.

— Robbie !

Il sourit en sentant Joey se tordre sous lui. Il se pencha et, d'un coup de langue hésitant, effleura le bout du sexe qu'il tenait toujours. Le goût de Joey explosa sur ses papilles. Il fit glisser sa langue sur toute la longueur, y déposant de petits baisers. C'était enivrant !

Ouvrant la bouche, il prit le gland entre ses lèvres, le plongea plus profondément en lui, avant de s'écarter.

— Vas-y doucement, conseilla Joey.

Robbie fit une nouvelle tentative. Cette fois, il se sentit plus à l'aise. En fait, c'était une expérience étonnante, exquise. Sentir Joey glisser sur sa langue, entendre les sons qu'il poussait, associés à ces petits mouvements de hanches… Robbie chercha à se souvenir de ce que Joey lui avait fait et qu'il avait tant apprécié… Il fit de son mieux pour imiter sa technique. D'après lui, il ne s'en sortait pas si mal s'il devait en juger par les gémissements étouffés et les soupirs que ses caresses provoquaient.

— Robbie, je vais jouir…

Il appliqua de plus belle et entendit le cri de Joey. En même temps, il eut la bouche remplie de son sperme. Il s'efforça de tout avaler, puis s'étendit de tout son long sur le corps de Joey. Aussitôt, des bras forts le câlinèrent, des mains fermes le serrant tendrement, des lèvres douces lui embrassant le visage.

Les deux hommes restèrent ainsi couchés, Joey parcourant des mains sa peau, son corps. Robbie se demanda ce qu'il allait faire. Joey était si tendre, si attentif, où trouverait-il le courage de le quitter pour rentrer chez lui à la fin de la semaine suivante ? Il tombait amoureux du jeune homme. Il le savait. Il ignorait juste s'il s'agissait d'un engouement passager ou bien d'un amour sincère.

— À quoi penses-tu ? chuchota Joey contre ses lèvres.

— À la semaine prochaine…

Il n'aurait pu cacher le trouble de sa voix, même s'il avait essayé.

— Je sais, Robbie. J'y pense aussi.

Les bras de Joey se resserrèrent autour de lui, Robbie eut la sensation qu'il s'agissait d'un rempart protecteur destiné à lui épargner toute inquiétude concernant un avenir incertain.

V

Le temps était frais et nuageux, ce qui était parfait pour désherber le jardin. Joey se trouvait à arpenter les rangées, à quatre pattes, arrachant les plantes parasites ayant eu l'audace de pousser parmi ses légumes. Robbie était assis non loin de lui, sur un carré d'herbe, Rex à ses côtés. Les deux chatons, joueurs et turbulents, grimpaient sur le dos du chien ou les genoux du jeune aveugle.

Les derniers jours avaient été les meilleurs dont Joey se souvenait depuis son accident. Robbie et lui passaient l'essentiel de leurs journées ensemble, à cheval le plus souvent, pour inspecter les clôtures ou surveiller les champs. Quand Robbie s'en allait pour une répétition, Joey redoublait d'efforts, se débarrassant des tâches les plus difficiles pour avoir du temps libre au retour de Robbie. Mais ce qu'il préférait, c'était les nuits, quand Robbie et lui se retrouvaient seuls, dans le noir et à égalité, chacun explorant à tâtons le corps de l'autre.

— Tu crois qu'il va pleuvoir ? demanda Robbie.

Joey leva les yeux et vit un chaton tenter d'escalader la poitrine du jeune homme.

— J'espère bien ! Ça fait déjà plusieurs jours qu'on nous le promet, les champs en ont bien besoin.

Il se remit au travail en disant :

— J'aimerais juste qu'il s'agisse d'une bonne ondée, pas d'un déluge.

Il entendit le rire de Robbie et chercha à déterminer ce qui l'avait provoqué : le chaton, blotti contre son torse, lui léchait le visage de sa langue rappeuse.

— As-tu réfléchi aux noms à leur donner ?

— Moi ? demanda Robbie qui riait toujours.

— Bien sûr. Rex paraît t'avoir adopté et ces petits chats sont à lui, aussi c'est à toi de leur donner un nom.

Il y eut d'autres rires, Joey détourna les yeux avec un sourire pour recommencer à arracher ses mauvaises herbes. Durant un moment, le silence régna.

Ensuite, Joey perçut un mouvement à l'endroit ou Robbie était assis avant que les notes chaleureuses de son violon flottent sur le jardin. Sans réfléchir, Joey cessa de travailler pour écouter et regarder Robbie qui jouait.

Il ne reconnaissait pas cet air, pourtant captivant. Même les chatons avaient oublié leurs gambades et s'étaient pelotonnés contre Rex, la tête posée, pendant que Robbie jouait. C'était une mélodie heureuse, enjouée, et Joey comprit que le jeune aveugle exprimait en musique ce que tous les deux ressentaient. Et tandis qu'il écoutait, oubliant complètement la tâche à accomplir, la sérénade devint le reflet même de son bonheur.

Il finit par émerger de sa transe pour se remettre au travail avec un sourire. Il arracha ses mauvaises herbes au rythme de la musique.

Lorsque la dernière note mourut, Joey entendit un raclement de gorge.

— Je ne voulais pas vous interrompre.

Ravi, Joey leva les yeux en reconnaissant cette voix. Il ôta un de ses gants et se redressa pour serrer contre lui l'homme qui venait d'apparaître au jardin.

— Len ! Quand es-tu rentré ?

Son aîné lui rendit son accolade et répondit :

— La nuit passée.

Joey s'écarta lorsque Len demanda :

— Qui est-ce ?

Se souvenant des bonnes manières, Joey se chargea des présentations :

— C'est Robbie. Il est de passage en ville avec l'Orchestre des Jeunes, il réside chez nous jusqu'à la semaine prochaine.

Robbie remit son violon dans son écrin puis il se leva. Joey vit Len avancer vers lui, Robbie tendit la main et attendit, sans bouger. Un peu surpris, Len continua à marcher, pour échanger avec le jeune aveugle une ferme poignée de main.

— Ravi de te rencontrer.

— Moi aussi. Joey m'a beaucoup parlé de vous.

Robbie s'accroupit et tâtonna autour de lui, s'assurant que ses instruments étaient bien protégés puisque les premières gouttes de pluie commençaient à tomber.

Joey se pencha pour récupérer un des chatons.

— Tu te sens capable de retourner seul à la maison ?

— Oui.

Robbie retourna vers la maison avec son écrin à la main.

Joey entendit Len marmonner entre ses dents :

— Il est aveugle ?

— Ouais. Il est absolument génial.

Joey rassembla ses gants et ses outils avant de rentrer lui aussi. Tout en portant ses affaires, il surveillait Robbie afin de s'assurer que tout allait bien. Il déposa ses outils dans l'antichambre avant de pénétrer dans la maison.

Il y avait déjà une petite foule agglutinée autour de la table de la cuisine. Et Chris, qui était depuis cinq ans le partenaire de Len, en faisait partie. La pièce résonnait de voix sonores lorsque Joey guida doucement Robbie jusqu'à une chaise vacante.

— Chris, voici Robbie, dit-il.

Après un échange de salutations, la conversation reprit, passant à toute vitesse d'un sujet à l'autre, d'un homme à l'autre, y compris Pete, Lumpy et les autres employés. Tous attendaient avec impatience des détails concernant la croisière de Len et Chris. Ce dernier avait un don pour animer une anecdote et il provoqua de nombreux rires en relatant leurs expériences à bord – dont l'homme qui, un soir au dîner, avait coincé la nappe dans son pantalon et emporté avec lui

405

les couverts en se relevant... ou le gosse qui avait perdu son maillot sur le toboggan aquatique.

Puis Len posa sa tasse de café dans l'évier et demanda à Geoff :

— Dis-moi, la scie électrique se trouve toujours dans la remise ? Il y a dû y avoir un orage pendant notre absence parce que j'ai vu quelques branches tombées près de la maison.

Quelques années plus tôt, Len avait déménagé pour s'installer avec Chris. Les deux hommes paraissaient très heureux.

— Oui, elle se trouve sur le comptoir des outils.

Les autres comprirent que la récréation était terminée, ils se levèrent et firent leurs aDieux avant de rentrer chez eux.

— Je vais aller la chercher et la mettre dans le coffre de la voiture, proposa Chris.

Il se leva et caressa les épaules de Len d'une main aimante.

Une fois Chris sorti, Len demanda :

— Alors, Robbie, comment as-tu atterri parmi ces rigolos ?

Joey expliqua la situation difficile dans laquelle Mari s'était retrouvée au dernier moment. Robbie évoqua toutes ses expériences à la ferme. Même aveugles, ses yeux brillants furent expressifs lorsque Robbie raconta à Len que, grâce à Joey, il était monté à cheval pour la première fois.

— D'après ce que je vois, tu t'amuses bien.

— Oui, c'est vraiment génial.

Sous la table, Robbie serra très fort la cuisse de Joey, qui retint de justesse un piaillement surpris.

La porte arrière claqua, Chris revenait dans la cuisine.

— C'est bon, annonça-t-il, avant de s'installer à table. Geoff, j'ai vu une moto dans la remise. Elle est à toi ? Elle est vraiment superbe !

Tous les yeux se tournèrent vers Joey, qui chercha aussitôt à déterminer s'il pouvait disparaître sous terre.

— C'est la mienne, admit-il.

— Merde, je suis désolé. Elle est si belle, j'ai oublié ce qui t'était arrivé.

Le plus étrange, c'est qu'au cours des derniers jours, Joey aussi avait oublié. L'accident, son visage, rien ne comptait vraiment quand il était avec Robbie.

— Que comptes-tu faire de cette moto ? demanda Chris.

Joey haussa les épaules, mais ce fut Robbie qui parla :

— M'emmener faire un tour.

Et ce n'était pas une suggestion.

— Je ne suis pas sûr de le pouvoir.

Joey n'était même pas sûr d'être un jour capable de remonter sur cette moto, ou n'importe quelle autre. Quand il trouva enfin le courage de regarder. Robbie, il découvrit sur son beau visage une expression nouvelle, complètement inconnue.

406

Il ne dit rien. Pourtant, Joey avait le triste pressentiment qu'il n'avait pas fini d'entendre parler de cette histoire.

Eli se redressa et annonça :

— Il faut que j'aille m'occuper des chevaux, qu'il pleuve ou pas.

Se penchant, il embrassa Geoff et ajouta, avec un sourire entendu :

— Je risque d'être en retard. De plus, c'est à ton tour de faire la cuisine ce soir.

— Dans ce cas, nous irons manger en ville, au restaurant.

Ils se mirent tous à rire, y compris Eli, qui accorda un autre baiser à son amant avant de quitter la cuisine pour se rendre à l'écurie. Chris déclara avoir des coups de fil à donner, il passa donc dans une autre pièce.

Geoff débarrassa la vaisselle et lui aussi s'en alla en direction de son bureau en disant :

— J'ai de la paperasserie à régler.

— Quant à moi, dit Robbie, je vais répéter pour le spectacle de demain.

Joey alla lui chercher son écrin à violon, puis le jeune aveugle monta l'escalier, laissant Len et son protégé tout seul dans la cuisine.

Len ne perdit pas de temps :

— Alors, Robbie et toi, vous êtes ensemble ?

— Pour le moment.

Joey tenta de ne pas penser ce qui se passerait la semaine prochaine… quand Robbie rentrerait chez lui.

— C'est bien ce que je pensais. Tu souris beaucoup plus et tu parais… heureux. Je ne t'avais pas revu comme ça depuis bien longtemps.

— Je suis à la fois heureux et terrorisé. Il s'en ira dans une semaine pour retourner dans le Mississippi.

Il tenta de dissimuler sa vive déception.

— Qu'est-ce que tu ressens pour lui ?

Levant les yeux pour scruter le visage de Len, Joey n'y trouva que de la bonté à son égard. Len représentait le père qu'il n'avait jamais eu, il éprouvait pour lui une véritable vénération.

— Je pense que…

Joey ne réussit pas à aller plus loin. Il n'était pas prêt à avouer son amour à voix haute. Parce que s'il le faisait, il aurait ensuite à en affronter les conséquences.

Il sentit une main se poser sur son bras.

— Tu connais ce vieux dicton : 'Mieux vaut avoir aimé et perdu, que de n'avoir jamais connu l'amour'. Il y a un fond de vérité là-dedans. Notre cœur choisit qui il veut aimer mais Dieu seul décide combien de temps donner à notre amour. Tu dois profiter au mieux de celui qui t'est accordé, qu'il s'agisse de sept jours, de sept mois ou de sept ans.

Joey s'essuya les yeux.

— Je ne suis pas certain que je supporterais de le perdre. C'est l'un des hommes les plus merveilleux que j'aie jamais connus. Avec lui, même répandre le fumier ou réparer les clôtures devient un plaisir.

C'était des tâches que tous les hommes de la ferme détestaient.

— Tu n'as pas d'autre choix. Tout ce que tu peux faire, c'est profiter du temps que tu passeras avec lui.

Les notes du violon de Robbie traversaient déjà la maison.

— Merci, Len.

— Que vas-tu décider ?

Joey nota le regard entendu de son vis-à-vis.

— Si Robbie est assez courageux pour monter à cheval, je vais sans doute essayer de remonter sur la moto.

Les deux hommes se levèrent et, avant que Joey puisse faire un pas, Len le prit dans ses bras.

— Ça me fait vraiment plaisir que tu sois revenu, Len.

Tout à coup, Joey aperçut un reflet doré. Il demanda :

— C'est nouveau ?

Len releva sa manche pour lui faire voir de quoi il s'agissait : une grosse montre scintilla sous la lampe.

— Ouais. C'est Chris qui me l'a offerte pendant notre séjour aux Antilles.

— C'est vraiment de l'or ?

Seigneur, un truc pareil devait coûter une fortune !

— Ouais. Chris a insisté pour me l'acheter quand il m'a vu examiner la vitrine d'un bijoutier, sur l'île de St Martin.

Len n'en paraissait pas tellement heureux.

— C'est un bijou superbe mais pas vraiment le genre que j'imaginais te voir porter un jour.

— Je pense comme toi.

Bien que Len n'ait rien d'ostentatoire, Chris avait pris l'habitude de lui offrir des cadeaux coûteux depuis que ses affaires devenaient florissantes. Les deux hommes s'étaient rencontrés lorsque Len avait engagé Chris pour aider à la ferme. À l'époque, Chris avait besoin d'un salaire régulier pour lancer son entreprise.

— Ah…

D'après Joey, Len était bien trop gentil pour refuser un cadeau, même une montre ne correspondant pas à ses goûts. Il tourna la tête en direction du salon et insista :

— Quelque chose ne va pas ?

Pendant quelques secondes, Len parut mener une bataille intérieure.

— Rien de grave. C'est juste que Chris travaille beaucoup ces derniers temps. J'ai presque l'impression qu'il me fait des cadeaux pour se faire pardonner d'être si souvent absent.

Joey eut un sourire de conspirateur.

408

— Je me souviens de ce que tu me disais toujours, lorsque j'étais enfant : quand on tient à quelqu'un, on dépense toujours… soit de l'argent, soit du temps.

— C'est exact. J'aimerais que Chris soit plus généreux avec son temps. Je ne lui en veux pas, je ne pense pas qu'il ne m'aime plus, c'est juste…

Len se reprit en secouant la tête.

— Tu n'as pas besoin d'entendre tout ça. Va plutôt retrouver ton charmant jeune compagnon.

Joey ne supportait pas de voir Len malheureux. Il aurait voulu l'aider mais il ne savait pas comment.

— Vas-y, répéta Len. Ne t'inquiète pas pour moi.

Sur ce, Len quitta la cuisine pour rejoindre Chris, toujours au téléphone. Joey nota la façon dont Chris accueillait son amant en lui ouvrant les bras pour le serrer contre lui, avant de raccrocher.

La musique continuait, attirant Joey à l'étage comme le chant irrésistible des sirènes. Il trouva Robbie assis sur son lit, devant un auditoire à quatre pattes. Joey s'installa près de Rex pour lui gratter les oreilles.

— Je t'en prie, continue à jouer.

Relevant son archet, Robbie reprit sa mélodie, tandis que Joey se perdait dans ses propres réflexions. Len avait raison : autant qu'il profite de son temps avec Robbie. À la fin de la semaine, le jeune aveugle rentrerait chez lui, dans sa plantation familiale, où il retrouverait du personnel et d'autres avantages dont Joey ne pouvait que rêver. Mais tant qu'il se trouvait avec lui, à la ferme, Joey s'efforcerait d'ensoleiller leurs moments passés ensemble. Joey savait qu'il n'avait pas sa place dans le monde de Robbie. Si l'argent causait déjà des problèmes entre Chris et Len, son cas serait bien pire. Comment lutter avec ce que Robbie trouverait en rentrant chez lui, le luxe en abondance, aucun souci financier concernant l'avenir ? Non. Même s'il s'était laissé aller à envisager un futur, il devait abandonner tout espoir. Robbie et lui auraient une semaine ensemble. Un point c'est tout. Il avait la ferme intention d'accepter son destin. Même s'il n'en avait pas envie.

JOEY ÉTAIT tellement plongé dans ses pensées qu'il ne réalisa pas tout de suite que Robbie s'était interrompu, du moins pas avant que le jeune aveugle commence une nouvelle mélodie. Plus lente, plus sombre, elle reflétait son humeur morose. Elle se déversa dans la pièce au rythme de la pluie qui battait sur les carreaux. En écoutant cette chanson, Joey espéra sincèrement que Robbie ne faisait que s'exercer, et non qu'il exprimait ce qu'il ressentait. Pour rien au monde il ne voulait transmettre sa mélancolie au jeune aveugle. Lorsque la musique mourut, Robbie baissa son instrument.

— Qu'est-ce qui ne va pas ? Et ne me réponds pas 'rien', je sens bien que tu as quelque chose sur le cœur.

— Je réfléchissais, c'est tout.

Joey se pencha à travers le lit pour effleurer la joue de Robbie avant de lui embrasser doucement les lèvres.

Dès que leurs bouches se rejoignirent, la chambre s'illumina. Les rayons de soleil brillèrent par la fenêtre, comme si Mère Nature elle-même tentait de dissiper la morosité de Joey.

— Combien de temps dois-tu encore t'entraîner ?

— Une heure, je crois. Pourquoi ?

Joey se redressa.

— Dans ce cas, je vais te laisser tranquille. J'ai des choses à faire.

Après un autre baiser, il quitta le lit. Il embrassa encore Robbie avant d'avancer jusqu'à la porte. Là, il se retourna, le jeune aveugle levait son violon.

— Tu n'as pas besoin de rester là.

Avec un sourire, Robbie plaça son violon sous son menton.

— J'aime te regarder.

Joey nota le regard concentré, l'expression attentive du visage de Robbie lorsqu'il caressa de son archet les cordes de son violon, en tirant une note magnifique. Il soupira doucement et redescendit l'escalier. Une fois sorti de la maison, il marcha jusqu'à la remise où étaient rangés les outils.

Sa moto se trouvait toujours là où il l'avait laissée, la bâche, un peu de travers, protégeant le moteur. Autrefois, cet engin avait été sa fierté, sa joie. Aujourd'hui, Joey avait du mal à toucher la bâche pour l'enlever.

— Et si tu retrouvais tes couilles ? se morigéna-t-il.

Il ôta la bâche qu'il plia sur le sol derrière lui et regarda la moto violette et blanche. Se forçant à avancer, il caressa d'une main la bécane remise en état. Seules quelques égratignures encore visibles témoignaient de ce qui s'était passé, des mois plus tôt. Pendant son séjour à l'hôpital, Geoff avait veillé aux réparations de sa moto. Malgré tout, en revenant à la ferme, Joey y avait à peine jeté un coup d'œil.

Il se souvint alors d'un conseil que lui avait donné Len, autrefois, après sa première chute de cheval : 'Tu ne peux vivre en ayant peur ni en ne pensant qu'aux risques potentiels'. Len l'avait illico remis en selle.

D'un coup de pied, Joey repoussa la béquille puis il fit rouler sa moto à l'extérieur. Les nuages s'éclaircissant, tout paraissait propre, neuf. Les rayons du soleil scintillaient sur les gouttes et l'air encore humide.

Joey inspecta sa moto de fond en comble, vérifiant le niveau d'huile, remplissant le réservoir d'essence. Il ne cessait de se le répéter : il lui fallait franchir cette étape. Et Len devait trouver qu'il n'avait déjà que trop tardé.

Il inspira profondément puis il coiffa son casque et enfourcha sa moto, posant son derrière sur le siège. Il serra les cuisses pour garder l'équilibre lorsqu'il repoussa sa béquille d'un coup de pied. Il tourna la clé, entendit le démarreur s'enclencher, mais le moteur ne démarra pas. Joey fit une seconde tentative, pressant l'accélérateur pendant qu'il titillait le démarreur. Cette fois, un rugissement annonça que le moteur se ranimait.

Joey faillit tout arrêter et s'en aller. Au lieu de cela, il resta en place et poussa les gaz. Peu de temps après, il roulait dans l'allée et se retrouvait sur la route.

Libérant tout, il dévala la rue déserte, l'air tourbillonnant tout autour de son corps. S'il était toujours nerveux, il retrouvait également d'anciennes sensations : la liberté et la joie intense qu'il avait toujours éprouvées sur sa moto. Aujourd'hui s'y ajoutait la prudence.

— Je peux le faire.

Il prit un carrefour et revint vers la ville, avant de choisir un autre embranchement qui lui fit faire un grand détour en pleine campagne avant de le ramener jusqu'à la ferme.

Quand il approcha, il vit Len dans la cour, Robbie à ses côtés. Les deux hommes arboraient un grand sourire. Au moment où Joey se garait, Chris émergea de la maison et rejoignit Len. Tous deux adressèrent à Joey un salut de la main avant de monter en voiture pour rentrer chez eux. Quant à Robbie, souriant toujours, il trépignait presque sur place, sautant d'un pied sur l'autre.

Joey enleva son casque et coupa le moteur.

— Tu veux vraiment faire un tour ?

— Absolument.

Joey n'était pas certain d'en avoir envie. Et s'il y avait un autre accident ? Si Robbie était blessé à cause de lui, il ne se le pardonnerait jamais.

— Je ne suis pas sûr que ce soit une bonne idée.

Rien qu'en y pensant, Joey sentait son estomac faire des soubresauts. Mais il changea vite d'avis en voyant l'excitation pleine d'espoir disparaître sur le visage de Robbie.

— D'accord, mais nous n'irons pas loin. Laisse-moi te trouver un autre casque.

Joey mit la béquille et descendit de sa moto, avant de pénétrer dans la remise. Il en revint peu après avec un casque blanc.

— Je vais t'aider à l'enfiler mais, d'abord, enlève tes lunettes.

Avec des gestes doux, il plaça le casque sur la tête de Robbie, attacha la sangle sous son menton et baissa la visière. Ensuite, il guida le jeune aveugle et l'aida à s'installer sur le siège de la moto.

— Dès que j'aurai démarré, tu mettras ton pied ici…

Il montra à Robbie où se trouvait le cale-pied.

— … et tiens-moi bien par la taille, comme quand nous sommes sur le dos de Twilight.

— D'accord.

Dès que Joey remonta sur sa moto, il sentit Robbie l'empoigner aux hanches. Il baissa la tête et vérifia que le jeune aveugle avait bien placé ses pieds à l'endroit indiqué, puis il démarra, repoussa la béquille et se mit en route, lentement.

Au stop, il vérifia qu'aucun véhicule n'approchait. La route étant déserte, Joey s'y engagea et accéléra. Il sentit Robbie resserrer sa prise. Il n'allait pas vite.

Il entendit cependant Robbie parler. Comme il ne comprenait pas, il s'arrêta le long du trottoir.

— Ça va ?

Le casque blanc s'agita vigoureusement.

— C'est génial.

— Très bien, dans ce cas, accroche-toi.

Joey se remit en route et donna un peu de champ à sa moto, tout en vérifiant avec soin la route et sa vitesse. Pas question de courir le moindre risque ! Après tout, il avait derrière lui une précieuse cargaison. Il trouvait très agréable de sentir sous lui la puissance habituelle de sa moto ; il adorait aussi avoir Robbie installé derrière lui.

Il prit plein nord, vers les routes de campagne. Il parcourut les douces collines tout en gardant un œil sur ce qui l'entourait. Peu à peu, il se détendit et commença à apprécier la promenade. Puis il prit conscience d'une nouvelle sensation pressée contre lui. Robbie bandait ! Son sexe érigé s'appuyait contre les fesses de Joey. Ben dis donc ! Son Robbie était un vrai diable ! *Son Robbie…* Joey préféra repousser cette idée et se concentrer sur la route.

Il aurait voulu demander à Robbie ce qu'il ressentait mais cette érection collée à lui était suffisamment parlante. Il prit un autre carrefour et continua, toujours prudemment. Il y avait devant lui un tournant sans visibilité, il s'y engagea et accéléra doucement au moment où une voiture apparaissait quelques mètres devant lui, d'une route perpendiculaire. Joey ralentit mais la voiture continuait à la même d'allure, elle tourna et se plaça devant lui. Joey commença à paniquer, une sensation électrique et paralysante le parcourut des pieds à la tête. C'était comme si son corps se souvenait et réagissait. Tout à coup, il vit les feux arrière s'illuminer en rouge, la voiture venait de s'arrêter, juste devant lui. Au milieu de la route !

Joey freina de toutes ses forces, faisant crisser ses pneus.

— Seigneur, ça ne va pas recommencer ! hurla-t-il dans son casque.

Parce qu'il voyait une autre voiture arriver en face d'eux, sur la voie de gauche, ce qui coupait toute issue de secours à sa moto.

Il se souvint de son dernier accident, de la terreur, de la douleur… Tout lui revint en plus d'une inquiétude terrible : Robbie était assis derrière lui.

ROBBIE SENTIT le siège sous lui déraper avant de tressauter. Il n'arrivait pas à comprendre ce qui se passait. Puis la moto freina, ce qui le projeta en avant. Il heurta Joey avant de retomber sur son siège. Il entendit les graviers gicler sous les roues… ils dérapaient encore, d'un côté, puis de l'autre. Robbie ne savait pas quoi faire, il se sentait terriblement impuissant.

— Joey ! cria-t-il.

Le son se perdit dans le casque qui lui entourait la tête. De toute façon, crier ne servait à rien. Il s'accrocha à Joey aussi fort qu'il le put. Entre cahots et secousses, la moto continua son chemin erratique, puis enfin, elle ralentit.

— Mon Dieu, vous n'avez rien ?

Robbie entendit le cri – une voix de femme – lorsque la moto s'arrêta enfin, le moteur fut coupé. Il était assourdi par le son de sa propre respiration qui résonnait dans le casque à ses oreilles.

La voix de la femme devient plus forte :

— Dites-moi que vous n'êtes pas blessés !

Robbie lui prêta à peine attention. Il resta assis à sa place, sur la moto, tétanisé de terreur, s'accrochant à Joey comme si sa vie en dépendait. Son cœur battait encore à des millions de kilomètres à la minute.

— Oui, je pense que tout va bien.

C'était la voix de Joey qui venait de répondre ; lui non plus, comme Robbie, ne bougeait pas d'un poil. Puis Joey se retourna et demanda :

— Robbie, ça va ?

Sa voix était plus audible. Robbie se contenta de hocher la tête, il n'avait pas encore confiance dans son gosier pour répondre directement. Il n'était pas blessé, juste terrorisé.

La femme cria :

— Mais enfin, papa ! Mais qu'est-ce que tu fais ? Tu n'es pas censé conduire !

Sa voix s'assourdissait, elle devait s'éloigner. Elle dut obtenir une réponse parce que Robbie l'entendit encore crier :

— Quoi ? Chercher le courrier ? Tu as failli provoquer un accident !

Il sentit la main de Joey sur son bras.

— Je pense que nous devrions rentrer à la maison.

Une fois de plus, Robbie acquiesça. Il refusa de lâcher Joey lorsque le moteur se remit en route. Ils recommençaient à avancer… la moto tourna et rebondit légèrement, puis la route devint plus lisse. Ils rebroussèrent chemin jusqu'à la ferme. En silence.

Robbie sentait bien qu'il se crispait à chaque cahot, à chaque tournant. Puis il entendit les graviers sous les roues et Joey coupa le moteur. Ni l'un ni l'autre des deux passagers ne bougea.

— Il faudrait que nous descendions.

Très lentement, Robbie relâcha sa prise et redressa l'échine avant de poser les pieds par terre pour descendre de la moto. Il entendit Joey marcher sur les graviers avant de sentir ses doigts s'activer sur la sangle de son menton. Puis le casque disparut de sa tête, il pouvait à nouveau entendre normalement.

— Ça va ? chuchota Joey.

— Oui, très bien. Qu'est-ce qui s'est passé ?

Robbie fit un effort pour que sa voix n'exprime rien de sa terreur mais, selon lui, il n'y réussit pas.

— J'ai failli rentrer dans une voiture arrêtée au beau milieu de la route. C'était un vieux qui a surgi droit devant nous… Pour ne pas l'emplafonner, j'ai dû couper sur le trottoir et rouler un moment sur de la pelouse.

La voix de Joey paraissait froide, distante. Robbie entendit des pas, puis un doux grincement. Sans doute Joey qui faisait rouler sa moto pour aller la ranger, pensa-t-il.

Il attendit son retour un long moment. Rien ne vint. Robbie était toujours planté à l'endroit où il était descendu de la moto. Il se demandait ce que faisait Joey.

— Joey ?

Aucune réponse. Il n'y avait autour de lui que les bruits habituels de la ferme.

— Robbie !

C'était la voix de Geoff, émanant probablement de la ferme. Du moins, c'est ce que Robbie espérait. Des pas qui accouraient vers lui.

— Que s'est-il passé ?

— Je ne sais pas trop.

Il était à la fois troublé et vexé. Joey l'avait oublié ?

— Nous faisions un tour en moto. Il y a eu un incident. Il m'a ramené à la maison.

— Où est-il à présent ?

La voix de Geoff exprimait une très nette contrariété, Robbie en était certain.

— Je ne sais pas.

Il craignit de fondre en larmes et déglutit pour se retenir.

— J'ai cru qu'il était parti ranger sa moto mais il n'est pas revenu.

Robbie ne savait pas trop quoi penser de cet abandon. Il sentit la main de Geoff se poser sur son bras et l'entraîner à travers la cour de la ferme.

— Nous sommes presque arrivés à la porte de derrière.

Du bout du pied, Robbie trouva la marche qui permettait de pénétrer dans la maison, Geoff le guida jusqu'à la table de la cuisine.

— Alors, comment s'est passée la balade ?

La voix pleine d'entrain d'Eli tira Robbie de sa morosité.

— C'était super jusqu'au moment où quelqu'un a surgi devant nous. Joey a réussi à éviter un accident, il nous a sauvés. Il y a eu quelques cahots mais nous nous en sommes bien sortis, tous les deux. Quand nous sommes revenus à la ferme, il m'a aidé à descendre de sa moto et ensuite, il a disparu.

Robbie prit un siège et s'installa.

— Joey l'a laissé tout seul au milieu de la cour, indiqua Geoff, toujours mécontent.

La conversation se poursuivit autour de Robbie, qui n'y prêta aucune attention. Il savait que les deux hommes n'appréciaient pas du tout l'attitude désinvolte de Joey à son égard. Lui avait besoin d'y réfléchir. Et pour y arriver, il n'y avait qu'une chose à faire. Aussi, il se leva et traversa la maison en direction de l'escalier. Une fois dans sa chambre, il trouva son écrin à violon là où il l'avait laissé, il l'ouvrit et en sortit son instrument.

Au lieu de placer le violon directement sous son menton, il fit courir ses doigts sur le bois lisse… la chaleur des matériaux et le délicat travail de l'artiste réussirent à apaiser sa douleur interne. Il prit son archet, s'assit au bord du lit, positionna son instrument et en caressa les cordes. Les notes émanèrent du plus profond de son âme. Ce que Robbie éprouvait, son trouble, son impuissance, tout se transmettait dans sa musique. Le Requiem Allemand de Brahms lui traversa l'esprit, il entendit l'opus dans son entier ; l'orchestre et les chœurs accompagnaient son propre jeu. Robbie sentit les larmes couler sur ses joues pendant qu'il continuait à jouer, exprimant sa profonde sensation de perte. Enfant, il avait souvent pensé avoir eu de la chance de connaître la vue avant d'en être privé par ses gènes défectueux mais, en vérité, cela rendait la situation encore plus tragique. Et aujourd'hui, c'était pareil. Il avait connu la liberté et avait été encouragé à devenir plus autonome, pour ensuite se retrouver abandonné, perdu et impuissant, au milieu d'une cour. Et cette trahison venait de celui qu'il considérait comme son ami, sinon plus.

Robbie joua des heures durant, se perdant complètement dans sa musique. Puis un coup discret frappé à la porte le ramena sur terre. Il déposa son instrument et pressa un bouton sur sa montre. La voix mécanique lui indiqua qu'il était neuf heures et demi du soir. Il entendit la porte s'ouvrir.

— Je t'ai apporté de quoi manger, indiqua Eli à mi-voix. Tu n'es pas descendu dîner et nous ne voulions surtout pas te déranger.

Robbie rangea son violon. Il sentit une assiette se poser sur ses genoux, un verre se presser dans sa paume.

— C'est juste un sandwich mais si tu veux autre chose, je peux te l'apporter.

— Merci beaucoup.

Assoiffé, Robbie vida d'une seule gorgée la quasi-totalité de son lait avant de déposer son verre sur la table de nuit. Puis il tâtonna dans son assiette pour trouver son sandwich.

— Joey est rentré ?

Il avait à la fois envie de le savoir et de l'ignorer.

— Il est revenu, il y a quelques heures. Il est aussitôt ressorti sans dire un mot à personne. J'aimerais savoir ce qui ne va pas.

Eli paraissait inquiet.

Robbie termina son sandwich et son lait, puis Eli récupéra son plateau.

— Tu veux redescendre avec moi ?

Robbie secoua la tête, il ne voulait surtout pas bouger.

— Tu as encore faim ?

— Non merci.

Déjà, Robbie reprenait son violon et se remettait à jouer. Il n'entendit même pas la porte se refermer. Il ignora combien de temps il se perdit dans sa musique mais quand il émergea enfin de sa transe, la maison était silencieuse et lui, complètement épuisé. Il rangea son instrument pour essuyer ses joues qu'il découvrit trempées. Il se leva, déposa son écrin sur la commode et ouvrit la porte. Il entendit un bruit de pas pressés et le sommier grinça. *Rex...* Avec un sourire, Robbie se prépara à se coucher. Quand il revint sous ses couvertures, Rex se blottit contre lui.

Mais Robbie ne trouvait pas le sommeil. Il resta étendu sur son lit, à écouter les ronflements du chien. De temps à autre, il lui sembla que l'animal courait en dormant, ses pattes s'agitant nerveusement, très vite. Robbie espérait toujours entendre sa porte s'ouvrir et la voix de Joey s'adresser à lui. Il voulait que le jeune homme le rejoigne dans son lit et le prenne dans ses bras. Il aurait aimé des explications sur ce qui s'était passé. Mais non, rien. Il n'y avait autour de lui que le silence et la solitude. Il essaya de dormir, sans y réussir.

Il tâtonna sa montre, la voix lui indiqua qu'il était un peu plus de deux heures du matin. Il prit alors sa décision. Au moment où il quittait le lit, il entendit Rex renifler. À tâtons, Robbie trouva la porte qu'il ouvrit sans faire de bruit. Il fit trois pas, comme il en avait pris l'habitude, pour traverser le couloir. Il trouva la porte de Joey fermée et posa la main sur la poignée. Il se figea, cherchant à rassembler son courage. Il finit par pousser la porte et écouta. Il n'entendit rien. Pas de respiration, rien.

Du moins au début.

— Robbie ?

Ce simple mot lui suffit pour se repérer. Il entra dans la pièce, referma la porte derrière lui, et avança jusqu'au lit.

— Qu'est-ce qui t'a pris au juste ?

Il projeta vivement sa main en avant, satisfait d'entendre un claquement sec, peau contre peau.

— Tu m'as laissé planté au milieu de la cour ! Je ne savais pas où j'étais, je ne savais pas où aller.

Il parlait plus fort, parce que sa colère montait.

— Je te faisais confiance ! Tu m'as abandonné !

Il chercha à relever la main et des doigts se refermèrent sur son poignet.

— Comment as-tu osé me faire ça ?

Robbie commençait à perdre pied sous le coup de l'émotion. Il essaya de libérer son bras, il voulait retourner dans sa chambre.

— Je suis d-désolé.

Il y avait un tel désespoir dans la voix de Joey que Robbie cessa de se débattre et écouta.

— L'idée d'avoir frôlé un accident avec toi était...

Il entendit la cassure dans la voix de Joey et sentit sa main libérer son poignet. D'un côté, Robbie avait envie de s'en aller et de laisser Joey souffrir autant que lui-même avait souffert. Mais bien plus encore, il tenait à savoir ce que Joey avait à dire. Aussi, il prit sa décision et s'installa sur le bord du lit. Il croisa les bras sur sa poitrine.

416

— Je t'écoute.

— Je suis désolé d'avoir fait ça.

Robbie entendit un reniflement, il sut que Joey pleurait – et qu'il devait déjà le faire avant son irruption dans la chambre.

— J'ai failli provoquer ta mort pendant cette promenade. J'ai pensé que tu préférerais ne jamais me revoir. Et je ne pouvais pas t'en blâmer.

— Qu'est-ce qui s'est passé ? C'était comme la première fois ?

Robbie sentit une boule se former dans sa gorge.

— Oui. Quelqu'un a surgi droit devant nous, avant de s'arrêter net. Ce n'était qu'un vieillard qui sortait de chez lui pour récupérer son courrier. Il ne nous a pas vus, il a simplement tourné sur la route. Mais ensuite, il s'est arrêté.

— Je ne vois pas en quoi c'est de ta faute…

Robbie s'interrompit et attendit ce que Joey avait à répondre.

— J'aurais dû m'y préparer… aller plus doucement.

Seigneur, il y avait une telle douleur dans sa voix ! Robbie en avait les larmes aux yeux.

— J'ai compris que je ne pourrais pas m'arrêter à temps, reprit Joey. Alors, je suis passé sur le trottoir et nous nous sommes arrêtés au milieu de la pelouse.

Robbie expira enfin l'air qu'il avait retenu.

— Et c'est tout ?

Il frappa au hasard la couverture à sa portée.

— Tu nous as sauvés. Est-ce que nous avons eu un accident ? Non. Est-ce que nous avons heurté quelque chose ? Non. Tout ce qui nous est arrivé, c'est une belle frousse et quelques cahots pendant un moment. Ensuite, tu t'es garé pour nous mettre hors de danger.

— Mais j'ai failli te tuer !

La douleur était toujours aussi présente.

— Et tu ne l'as pas fait. Au contraire, ta vive réaction nous a sauvés tous les deux.

Robbie inspira profondément.

— Tu n'avais rien fait de mal avant… avant notre retour à la ferme. Là, tu t'es laissé aveugler par ta terreur et tu m'as abandonné. Je te faisais confiance… et tu m'as abandonné.

Robbie entendit de nouveaux reniflements.

— Je pensais que tu me détestais après avoir failli être blessé, sinon pire. Bon sang, c'est moi qui t'ai blessé en te laissant tout seul !

Robbie sentit la main de Joey sur son bras.

— Je suis désolé. Te faire souffrir est vraiment la dernière chose que je voulais au monde.

Pour la première fois depuis leur retour à la ferme, Robbie sentit son estomac se détendre.

— J'ai passé les dernières heures à me demander ce que j'avais fait de mal.

Sa colère et sa frustration lui revinrent.

— Je te pensais furieux contre moi parce que j'avais insisté pour faire ce tour en moto.

Robbie attendit… puis il entendit le rire étouffé de Joey.

— Ah, nous formons une sacrée paire, toi et moi.

— Oui, c'est vrai.

Robbie s'apprêtait à se lever lorsqu'il sentit les bras de Joey autour de lui, le ramenant en arrière et le pressant contre la chaleur de son corps. Des mains aimantes lui frottèrent le dos pour l'apaiser, avant de le serrer très fort, comme s'il était infiniment précieux.

— Ne m'abandonne plus jamais ! grogna Robbie.

Mais sa douce remontrance fut étouffée quand des lèvres se posèrent sur les siennes. Des mains le guidèrent sous les couvertures. C'était ce qu'il avait attendu plus tôt, dans la soirée : que Joey lui fasse l'amour. Jusqu'à présent, Robbie avait laissé Joey décider de tout durant leurs 'ébats nocturnes'. Avec un sourire, il se souvint que sa mère évoquait le sexe de cette façon détournée. Mais cette fois, même s'il rendit à Joey ses baisers avec enthousiasme, Robbie utilisa son poids pour plaquer son partenaire sur le matelas. Il le sentit se débattre et refusa de se soumettre. Il continua à l'embrasser jusqu'à sa capitulation.

Robbie adorait cette position de contrôle. Il avait si peu l'occasion de décider dans sa vie.

— Fais tout ce que tu veux, Robbie.

Ces mots étaient une invitation que le jeune aveugle n'avait jamais reçue. Il passait bien trop de temps à être guidé et dirigé par autrui. Il sentit son cœur gonfler d'émerveillement. Il accorda enfin à Joey son plein pardon, ravi de la confiance qu'il recevait.

Il sentit les mains de son amant glisser sur son dos, passer sous l'élastique de son caleçon, et prendre ses fesses en coupe.

— Soulève les hanches.

Il obéit et le tissu glissa le long de ses jambes. Robbie s'en débarrassa et soupira doucement en sentant Joey contre lui, peau à peau. Sans jamais interrompre ses baisers, il laissa ses mains explorer les kilomètres de peau brûlante qui s'offraient à lui. Ses doigts dessinaient un plan parfait de chaque contour du corps abandonné.

— Tu prétends toujours que je suis beau mais, toi aussi, tu es magnifique.

— Bien sûr que non !

Il ne put manquer de percevoir l'incrédulité dans la voix de Joey.

— Mais si !

Il fit glisser ses mains le long de ses hanches, sur son ventre…

— J'aime bien cet endroit-là…

Joey, chatouillé, se mit à rire, avant de l'embrasser, plus fort encore.

— Je te signale, insista le jeune aveugle, que ce n'est pas l'aspect extérieur qui compte, c'est ce qu'il y a à l'intérieur.

Puis il se perdit dans ses baisers en ondulant des hanches, son sexe frottant contre la peau de Joey. *Ne m'abandonne plus jamais.* Cela continua une éternité… baisers, caresses, frottements. *Je veux mon autonomie.* La tension montait peu à peu. Robbie, avec ses mains, sa bouche, son corps, se régalait de tout ce que Joey avait à offrir. Peu à peu, l'excitation atteignit son paroxysme. *Je peux faire tout ce que je veux !* À cette réalisation, Robbie ressentit un tel choc d'adrénaline qu'il trouva la jouissance dans un cri silencieux qu'il ravala, en même temps que celui de Joey.

Lorsque Robbie s'abandonna, il sentit Joey le rattraper, le serrer contre lui, l'embrasser doucement, avec adoration. Les deux hommes, tout pantelants, avaient du mal à retrouver leurs souffles.

— Ne fait plus jamais ça ! insista Robbie à mi-voix.

Il sentit le sourire de Joey contre ses lèvres.

— C'est promis.

Il fut pris dans des bras puissants et plaqué à une peau brûlante. Un doux tissu passa sur lui et le nettoya, puis le cocon de chaleur revint l'entourer, tandis que les draps étaient tirés autour d'eux.

— C'est juré, insista Joey.

Robbie nota dans sa voix une douce intensité, qui laissait beaucoup de non-dits. Il savait bien ce que pensait le jeune homme, parce qu'il avait exactement les mêmes idées. Il aurait voulu le dire… il ne s'agissait que de trois petits mots après tout, mais il ne le fit pas. Dans moins d'une semaine, il rentrerait chez lui, et tout changerait. Il entendit Joey répéter, tout doucement :

— C'est juré.

Cette fois, il répondit :

— Moi aussi.

Le lit tressauta quand Rex y grimpa pour se rouler en boule aux pieds de Robbie. Quelques secondes plus tard, de doux miaulements suivis par des froissements de tissu lui indiquèrent que les deux chatons s'étaient également invités dans le lit.

— Tu leur as trouvé des noms ? demanda Joey. Je te signale qu'il s'agit d'un mâle et d'une femelle.

— Pourquoi pas Mimi et Marcello. J'adore La Bohème.

Joey éclata d'un rire plein d'entrain.

— Va pour Mimi et Marcello.

Robbie s'allongea dans le lit et Joey l'enlaça ; il ne fallut pas longtemps pour que la respiration régulière du chien et des petits chats s'accorde à celle des deux hommes endormis.

VI

JOEY SE réveilla en tenant Robbie dans ses bras. Aujourd'hui, c'était leur dernier jour ensemble. Demain matin, il devrait ramener Robbie à l'école et le regarder monter dans le bus qui l'emmènerait au loin. Il tenta de ne pas sombrer dans le désespoir. Il s'était promis de savourer au maximum le temps qui leur restait… et il l'avait fait ! Robbie et lui avaient régulièrement monté Twilight tout autour de la ferme, ils avaient fait du tracteur. Joey avait même laissé Robbie prendre le volant. Ou plutôt, il avait assis le jeune aveugle sur ses genoux pour que tous les deux conduisent ensemble. Chaque nouvelle expérience était suivie par des ébats torrides, le soir, lorsqu'ils se couchaient. Le jeune aveugle était véritablement un diablotin !

Il entendit soudain la voix endormie de Robbie :

— À quoi tu penses ?

Joey répondit avec un soupir :

— À ton retour chez toi, demain.

Il aurait vraiment préféré ne pas s'attarder sur cette idée. C'était leur dernier jour et Joey tenait à profiter de la moindre minute.

— Je pensais que nous pourrions faire du cheval ce matin. Et cet après-midi, nous irons nager.

Interrompu par le téléphone de Robbie, il fit la grimace alors que le jeune aveugle répondait à sa mère. Au cours des quinze derniers jours, il s'était habitué à ces appels incessants qu'il appelait : 'l'alerte-ceinture de chasteté'. Il avait l'impression que cette femme téléphonait toujours aux moments les plus inopportuns.

Croisant les mains derrière sa tête, il attendait que Robbie en ait terminé lorsqu'il se retrouva tout à coup écrasé sous le corps de l'homme le plus mignon qu'il ait jamais rencontré.

— Tu disais ?

En posant sa question, Robbie avait posé la tête sur son épaule et titillait de l'index un de ses tétons.

— Je voulais savoir si tu avais une répétition ce matin.

— Nan, répondit Robbie, tandis que sa langue glissait sur la peau de son amant. Je suis tout à toi jusqu'au spectacle de ce soir…

Ils entendirent du bruit dans le couloir : Geoff et Eli descendaient l'escalier.

— … et si tu veux mon avis, il est temps de se lever.

Robbie repoussa les couvertures, mais Joey le tira en arrière pour un dernier baiser.

— Voilà, maintenant tu peux te lever.

Il regarda bouger le petit derrière bien ferme du jeune aveugle qui quittait le lit et le longeait jusqu'à la porte. Robbie s'apprêtait à l'ouvrir quand Joey se leva d'un bond pour aller le prendre par la taille. Il poussa un glapissement suivi d'un gloussement tandis que Joey le soulevait et l'emportait dans ses bras.

— Joey !

Robbie éclata d'un rire joyeux en réalisant que son amant le ramenait au lit.

— Tu as du travail !

— Non, pas du tout. J'ai une journée de congé et Eli m'a conseillé de la passer avec toi.

Plaçant Robbie au milieu du lit, Joey se mit à l'embrasser et bientôt, les baisers cédèrent la place à d'autres caresses merveilleuses…

Les deux hommes finirent par descendre au rez-de-chaussée, bien après que tout le monde eut disparu pour vaquer à ses occupations.

— J'ai pensé que nous pourrions aller nager. Je me demandais si ça te plairait qu'Arie vienne avec nous.

Au cours de la dernière semaine, Arie et Joey s'étaient liés d'amitié. Joey réalisait peu à peu que le jeune musicien et lui avaient beaucoup plus de points communs que chacun d'eux ne l'aurait cru au départ. Il y avait en particulier le fait qu'ils étaient tous les deux attachés à Robbie.

— Tu es sérieux ? Je pense qu'il se sent un peu seul.

— Bien sûr. Dis-lui que nous partirons d'ici une heure ou deux.

Joey se lança dans les préparatifs du petit déjeuner pendant que Robbie passait son coup de fil. En raccrochant, Robbie déclara :

— Il arrive.

Relevant les yeux, Joey vit le sourire qu'arborait le doux visage.

— Merci, ajouta Robbie.

— De rien.

Aujourd'hui, il aurait fait n'importe quoi pour que Robbie garde cet air heureux.

Ayant terminé sa tâche, Joey déposa des assiettes pleines sur la table tout en expliquant à Robbie ce qui se trouvait dans la sienne, lorsque la porte arrière s'ouvrit et claqua en se refermant.

— Salut, Arie. Tu as déjà déjeuné ?

— Oui, mais je ne refuserais pas un café.

Arie s'installa à table et Joey lui apporta une tasse avant de s'asseoir à côté de Robbie.

— Alors, quels sont les projets pour aujourd'hui ? Robbie m'a dit que nous allions nager, j'ai apporté un maillot.

Joey sirota son café.

— Parfait. Nous partirons dès que nous aurons terminé.

Le petit déjeuner fut rapidement avalé. Joey se chargea de tout ranger dans la cuisine avant de réunir leurs affaires qu'il empila dans le coffre de sa voiture.

Le trajet prit environ une demi-heure, Joey les conduisit jusqu'au parc national de Ludington et s'arrêta juste devant la porte principale.

Dès que la voiture s'arrêta, Robbie demanda d'une voix trépidante d'excitation :

— Qu'est-ce qu'on va faire ?

— Il y a un canal à l'endroit où la rivière rejoint le lac Michigan. J'ai pensé que nous pourrions nager dans les tourbillons.

Arie sortit de la voiture et s'éloigna vers la plage tandis que Joey aidait Robbie à se changer pour mettre son maillot.

— Je ne sais pas nager, avoua Robbie.

Il paraissait honteux de sa confession.

— Ne t'inquiète pas, je ne te lâcherai pas.

Il enfila à son tour son maillot, puis aida Robbie à traverser la plage jusqu'au bord du canal. Il le guida également pour pénétrer dans l'eau. Dès les premiers pas, le courant bouillonna autour de leurs jambes. Plus l'eau devenait profonde, plus Joey maintenait fermement Robbie avant de se laisser emporter par les flots. Au début, Robbie parut inquiet, mais Joey le soutenait d'une poigne solide. Très vite, le courant les amena jusqu'au lac, où ils reprirent pied. Main dans la main, ils remontèrent jusqu'à la plage pour recommencer.

Ils s'apprêtaient à faire une nouvelle descente lorsqu'Arie demanda à Robbie :

— Alors, ça te plaît ?

— C'est génial !

Robbie ne cessa de sourire tandis que Joey et lui avançaient ensemble pour se laisser emporter par les eaux. Il rit ensuite durant toute la descente. Joey passait un moment délicieux. Chaque fois que les deux hommes perdaient pied, il en profitait pour serrer Robbie contre lui, pressant leurs deux corps l'un contre l'autre, mais le meilleur à ses yeux, c'était la joie du jeune aveugle. Son visage était aussi raDieux que lors de sa première fois à cheval. Ce don qu'avait Robbie de trouver tant de bonheur dans chaque expérience, chaque découverte, permettait à Joey de les regarder également sous un nouveau jour.

— Quand est-ce qu'on mange ?

— Arie, ton estomac passe toujours en premier, plaisanta Robbie.

Joey le guida pour quitter la rivière et retourner à la voiture.

Les trois amis se changèrent sur le siège arrière, puis retournèrent en ville, en parlant et riant. Durant le trajet, Joey tenta d'oublier la tension qui menaçait toujours de s'emparer de lui. C'était son dernier jour avec Robbie, chaque heure qui passait le rapprochait d'une séparation définitive. Il secoua la tête et reporta son attention sur la conversation, repoussant une fois de plus ses pensées négatives, tout en sachant qu'elles lui reviendraient, de plus en plus insistantes, au fur et à mesure que la journée se déroulerait. Il se gara dans l'avenue Ludington et conduisit ses deux compagnons en direction d'un des restaurants, poussant un Robbie intimidé à l'intérieur.

Tandis que les trois hommes s'asseyaient, Joey perçut les commentaires chuchotés des autres clients, leurs claquements de langue pleins de commisération. Les visages autour de lui exprimaient cette pitié qui ne lui était que trop familière. Mais cette fois, à sa grande surprise, il n'y prêta aucune attention. Robbie ne le voyait pas et ceux qui comptaient pour lui ne se souciaient pas de son visage, alors pourquoi lui-même devrait-il s'en inquiéter ? Pour la première fois, il réalisa une vérité profonde : au cours des quinze derniers jours, il avait pu faire découvrir à Robbie de nouvelles expériences mais, dans le même temps, le jeune aveugle lui avait également offert un cadeau : la confiance en soi. Robbie le trouvait beau. Il le lui avait assez souvent répété pour que Joey commence à y croire.

— Je suis Carrie, que puis-je vous apporter à boire ?

La jeune femme s'exprimait du ton aimable et animé d'une serveuse chevronnée. Les trois amis passèrent commande, elle s'éloigna. Joey lut à Robbie le menu pour l'aider à choisir ce qu'il voulait. Quand la serveuse revint, les trois hommes commandèrent leur déjeuner puis, en attendant leurs plats, ils se mirent à bavarder.

— À quelle heure est le spectacle de ce soir ?

— Nous devons y être pour sept heures et demi ce soir, répondit Arie. Le spectacle commencera à vingt heures.

— Tu vas venir ? demanda Robbie, plein d'espoir.

— Je ne veux surtout pas rater ça. Qu'est-ce que vous jouez ? Je sais bien que tu me l'as déjà dit, mais j'ai oublié.

La commande arriva et les trois amis attendirent que la serveuse s'en aille pour reprendre leur conversation.

— Nous jouerons la Neuvième symphonie de Beethoven, avec des solos et des chœurs locaux. Pendant les répétitions, c'était vraiment réussi.

Robbie parlait entre deux bouchées, puis il ajouta avec un sourire :

— C'est vraiment délicieux !

Il replongea ensuite dans son assiette. Tous trois continuèrent à parler, à manger et à rire. Dans sa tête, Joey prenait des photos mentales de chaque sourire de Robbie, il enregistrait son rire. Après le déjeuner, les trois amis retournèrent à la voiture.

Sur le chemin du retour, ils déposèrent Arie chez ses hôtes avant de continuer jusqu'à la ferme. Joey se gara près de l'écurie et guida Robbie à l'intérieur.

— J'ai pensé qu'une petite balade à cheval te ferait plaisir.

Il brossa Twilight avant de la seller, puis aida Robbie à monter sur son dos avant de se hisser à son tour.

La jument connaissait le chemin jusqu'au ruisseau, elle n'avait pas besoin que Joey la guide, et c'était tant mieux parce qu'il prêta à peine attention au parcours. Son esprit était entièrement concentré sur les bras noués autour de sa taille, le souffle chaud qui lui caressait le cou. Son corps tout entier était connecté à Robbie, à sa poitrine pressée contre son dos, ses hanches plaquées contre son derrière. Lorsqu'ils pénétrèrent dans les bois, Joey fit ralentir le cheval, le mettant au pas. Arrivé près du ruisseau, il dirigea sa monture à contre-courant, jusqu'à arriver dans une petite clairière où il s'arrêta enfin.

— Où sommes-nous ?

— À l'endroit le plus merveilleux de toute la ferme.

Joey glissa du cheval et tendit à Robbie les rênes en disant :

— Je reviens tout de suite.

Robbie acquiesça. Joey emporta la couverture qu'il avait attachée à la selle et la déposa sur le sol avant de guider Twilight jusqu'à un poteau où il l'attacha. Il aida ensuite Robbie à descendre et l'entraîna jusqu'à la couverture ; les deux hommes s'y installèrent.

— Geoff me l'a raconté un jour : c'est ici que lui et Eli ont fait l'amour pour la première fois.

Joey adorait cet endroit mais il s'en approchait toujours avec précaution, parce que Geoff et Eli y revenaient très souvent. C'était après que Joey les eut surpris, ici même, que Geoff lui avait expliqué pourquoi cette clairière comptait tellement pour eux.

Joey se pencha, prêt à faire le premier geste, mais Robbie le prit de vitesse. Plaçant ses deux mains sur ses joues, il l'embrassa de manière intense, longuement.

— Je sens bien que tout est merveilleux alentour : le bruissement des feuilles, le glouglou du ruisseau, le claquement des sabots de Twilight, l'odeur de terre et des fleurs. C'est magnifique !

Joey déglutit. Comment un aveugle pouvait-il ressentir la beauté qui l'entourait ? Cela lui coupait le souffle.

— C'est magnifique, mais je ne vois que toi.

Robbie rougit. Il commença à secouer la tête mais Joey coupa net à son déni en l'embrassant. Il le poussa ensuite à la renverse sur la couverture. C'était leur dernier jour ensemble. Durant le séjour de Robbie, les deux hommes avaient partagé beaucoup de 'premières fois'. Désormais, tout ce qu'ils faisaient ensemble était des 'dernières fois'. Et Joey était déterminé à les rendre inoubliables.

Très lentement, sans cesser ses baisers, il déboutonna la chemise de Robbie et la fit glisser sur ses épaules, le long de ses bras. Ensuite, le reste de leurs vêtements sembla disparaître comme par magie. Joey ne se souvenait de rien et c'était sans importance. Tout ce qui comptait, c'était le contact des lèvres de Robbie, la caresse de ses mains sur sa peau. Son âme en avait besoin, c'était une question de survie. Il revivait sous ce toucher.

S'écartant des lèvres adorables, Joey fit glisser sa bouche le long du corps étendu, sa langue s'attardant aux tétons érigés avant de s'attaquer à l'abdomen, puis plus bas. Le long membre rigide l'attirait comme un aimant. Il ne perdit pas de temps pour s'en emparer. Robbie et lui étaient déjà bien trop excités pour des préliminaires. Ouvrant la bouche, Joey prit Robbie profondément, caressant de sa langue toute la longueur du membre. Sous lui, son amant gémissait et se tordait, avec des petits cris d'appel qui ne faisaient qu'enflammer la passion de Joey.

— Joey !

C'était un avertissement dont Joey ne tint aucun compte. Il voulait avoir dans sa bouche le goût de cet homme, il en avait besoin pour se rappeler de lui le plus longtemps possible.

Quand Robbie s'effondra sur la couverture, Joey recommença à l'embrasser, lèvres contre lèvres, pendant très longtemps.

— Je voudrais garder ce moment gravé dans ma mémoire. Éternellement.

— Moi aussi.

Robbie serra les jambes autour de la taille de Joey. Une invitation immanquable.

— Tu es sûr ? demanda Joey contre ses lèvres.

En réponse, il reçut un baiser fiévreux et passionné. Avec un sourire amusé que Robbie ne pouvait voir, il le savait, Joey se remit à l'embrasser, à caresser de sa langue le corps souple qu'il tenait sous lui. Cette fois, il ne s'arrêta pas. Il souleva les jambes de Robbie et regarda son visage tandis que sa langue partait en exploration, jusqu'à ce qu'elle découvre l'endroit le plus secret de ce corps écartelé. Sous la caresse d'une intimité troublante, Robbie ouvrit grand la bouche et poussa un long cri muet, ses yeux écarquillés relevant sa joie silencieuse.

Entre deux gémissements, deux halètements incrédules, il finit par prononcer avec difficulté :

— Mais qu'est-ce que tu fais ?

Au lieu de lui répondre, Joey s'attaqua à nouveau à sa cible, titillant de la langue la petite ouverture qui l'attirait tant. Lorsqu'il y introduisit ses doigts, profondément, Robbie haleta.

Joey fouilla la poche de son pantalon, y trouva un petit sachet, et le déchira. Il enfila le préservatif sur son sexe. Puis, lentement, amoureusement, il pénétra le corps de Robbie.

Tandis qu'il s'enfonçait, de plus en plus profond, la simple chaleur qui l'accueillait faillit lui faire perdre la tête. Il le posséda complètement, les petits cris que poussait Robbie l'incitant à continuer. Enfin, les deux hommes furent unis, ne formant plus qu'un, et la chaleur corporelle de Robbie traversa Joey de part en part, les connectant corps et âme.

Joey aurait voulu ne plus bouger mais son corps exigeait davantage. Très lentement, il s'écarta avant de replonger le plus profondément possible, la pression autour de lui devenant presque insupportable. Il s'agissait de Robbie, 'son Robbie'. Même si aucun des deux hommes n'avait jamais prononcé son aveu, même si c'était la première et dernière fois qu'ils partageaient une telle union, pour Joey, c'était 'son Robbie'. Il devait le laisser s'en aller, il en était conscient, il l'acceptait, mais pour le moment, Robbie lui appartenait. Se penchant en avant, Joey embrassa Robbie très fort et s'accrocha à ses lèvres pulpeuses tandis qu'il plongeait au plus profond de son corps. Le jeune aveugle arborait un air d'extase infinie. Et Joey comprit alors que Robbie ressentait la même chose que lui.

Ils ondulèrent ensemble, leurs corps et leurs âmes s'accordant parfaitement dans cette matérialisation physique, la réalisation ultime de leur amour. Ni l'un ni l'autre ne l'avait jamais avoué, mais c'est ce qu'ils exprimaient par leur union. Et tous les deux le savaient.

— Robbie !

Joey entendit sa voix se casser lorsqu'il ne put retenir plus longtemps sa passion. La tête lui tourna, le monde rétrécit jusqu'à devenir uniquement cette petite clairière où l'homme qu'il aimait se trouvait étendu.

Il entendit Robbie hurler son nom, il sentit son corps se contracter autour de lui. Il sut alors que le jeune aveugle jouissait et ce fut ce qui fit se rompre les derniers lambeaux de son contrôle. À son tour, il céda à l'orgasme.

Il se figea, effrayé à l'idée de bouger parce que, s'il le faisait, leur connexion serait brisée, leur union rompue. Et Joey voulait qu'elle dure éternellement.

Mais dans la vie, tout a une fin. Aussi, lentement, à contrecœur, il s'écarta du corps de Robbie et s'étendit sur la couverture, serrant son amant contre lui. Leurs baisers furent moins intenses mais tout aussi importants.

— Je ne veux pas que tu t'en ailles.

Voilà, il l'avait dit. Du moins, il avait avoué une partie de ce qui le troublait.

— Je sais.

Robbie fit glisser ses doigts dans les cheveux de Joey.

— Et toi, tu as très envie de rentrer chez toi ?

Joey savait bien que sa question était incorrecte, mais peu importe, il la posa.

— Oui.

Joey sentit son cœur se contracter. Mais c'était de sa faute. Il n'avait pas à poser une question s'il ne voulait pas entendre la réponse.

Robbie continua :

— Tu vois, c'est ma maison. C'est l'endroit au monde que je connais le mieux. Mais tu vas me manquer. Beaucoup. Cette ferme compte pour moi. Parce que tu comptes pour moi, ajouta Robbie après une légère pause.

Joey déglutit pour tenter d'avaler la boule qui s'était formée dans sa poitrine.

— C'est pareil pour moi.

Il s'accrocha à Robbie, serrant son corps nu contre lui.

— Tu comptes. Tu comptes beaucoup.

Il ne put en dire davantage, même s'il avait les mots fatidiques sur le bout de la langue. Il préféra coller ses lèvres à celle du jeune aveugle, serrer ce corps souple et en dessiner les contours du bout des doigts, emmagasinant dans sa mémoire la douceur de sa peau, ses cheveux soyeux… et les doux gémissements que son amant poussait toujours sous ses caresses, comme s'il s'agissait d'une découverte inattendue et merveilleuse.

Une douce brise fit frémir le feuillage des arbres avant de caresser les deux hommes étendus à l'ombre. Joey serra Robbie contre lui, effrayé de bouger et de rompre le charme, aussi ils restèrent étendus là tout l'après-midi, à écouter ensemble le chant du vent et le murmure du ruisseau. Non loin d'eux, Twilight broutait paisiblement dans la clairière. C'était un moment presque parfait, la seule ombre qui troublait Joey était le départ de Robbie, il regrettait que cet après-midi ne soit qu'éphémère.

Sans bruit, Joey roula sur le côté. Robbie se blottit contre son dos, en cuillère, un bras autour de la taille, sa main lui caressant le ventre.

Joey sentit alors les larmes lui monter aux yeux. Sous le coup de la déception, il eut un accès d'auto-apitoiement. Depuis son accident, il avait abandonné toute idée de rencontrer un jour un amour comme celui que partageaient Geoff et Eli. Il pensait qu'il ne trouverait jamais personne pour l'aimer autant. Et pourtant, il l'avait découvert. Avec Robbie... et devoir le perdre le déchirait.

Parfois, la vie était vraiment trop injuste !

TOUT SOMNOLENT sous le soleil d'été, Robbie reposait entre les bras de Joey. Leur union avait été si tendre, si merveilleusement érotique. Il trouvait à la fois délicieux et coquin d'être nu en plein air mais, avec Joey, cela semblait naturel et sensuel.

— Nous devrions rentrer, chuchota Joey. Et pourtant, je voudrais éternellement rester ici, avec toi.

Robbie entendit une note fébrile dans la voix de son compagnon. Il la reconnut parce qu'il éprouvait exactement le même sentiment.

— Je sais, répondit-il.

Il tâtonna autour de lui, puis se mit à rire.

— Je ne trouve plus mes vêtements.

— Dans ce cas, je vais te faire monter à poil sur Twilight pour te ramener à la maison.

Le corps de Robbie réagit au rire étouffé de Joey. Il aimait le son de cette voix, sexy et chaleureuse. Chaque fois, elle le traversait de part en part, jusqu'au bas-ventre.

— Imagine un peu la réaction des autres si tu arrivais tout nu dans l'écurie ? Je devrais les repousser à coups de bâton.

Robbie lui envoya une tape affectueuse. Il sentit une main glisser sur son derrière.

— J'ai besoin de mon pantalon pour t'éviter des ennuis, alors.

Ses vêtements lui furent rendus peu après. Il les enfila à contrecœur. Le moindre geste avait une connotation de finalité, même le plus banal, comme par exemple s'habiller. Quand il eut terminé, Joey le prit par la main et le ramena jusqu'à Twilight, où il l'aida à s'installer. Une fois lui aussi vêtu, Joey enfourcha la jument. Robbie retrouva alors ce qui était devenu sa position favorite : sur le dos d'un cheval, les bras autour de son compagnon. Il entendit un doux bruit de langue et Twilight se mit en route pour les ramener à la ferme.

Une fois arrivés, Robbie aida Joey à desseller la jument et à la nourrir, puis les deux hommes retournèrent à la ferme. En entrant dans la cuisine, Robbie entendit des signes d'activité ; Eli et Geoff œuvraient ensemble. Ils paraissaient si bien s'entendre et s'accorder avec tant de bonheur. Robbie ne percevait pas les paroles qu'échangeaient à mi-voix les amants mais parfois lui parvenait le son d'un baiser. Il fit de son mieux pour ne pas y prêter attention.

— Le dîner est bientôt prêt, ensuite nous irons nous préparer pour le concert de ce soir.

Après un cliquettement de vaisselle, une tasse fut posée devant Robbie sur la table.

— Qui vient au juste ?

— Tout le monde. J'ai acheté quatorze billets. Tous les employés seront là ainsi que Len, Chris et les tantes de Geoff. Nous serons plutôt nombreux !

Ému, Robbie sirota son café. Il trouvait très touchant que tous viennent l'écouter jouer.

— Vous savez où est Joey ?

À peine assis, il avait entendu les pas du jeune homme s'éloigner.

Une chaise grinça sur le plancher.

— Je crois qu'il est allé parler à Geoff. Tu sais, si ça te dit de rester, nous t'accueillerons volontiers.

Robbie vida sa tasse et la reposa sur la table.

— Merci, mais le problème n'est pas là.

— Je sais. Geoff et moi tenions simplement à ce que tu saches que tu seras toujours le bienvenu ici.

Effleurant le bras de Robbie, Eli le tapota gentiment, puis il se leva et retourna à ses préparatifs du dîner, mais pas avant d'ajouter :

— Nous nous sommes tous beaucoup attachés à toi.

Robbie nota qu'Eli déglutissait ; il y avait dans sa voix une sorte d'hésitation.

Quinze jours plus tôt, Robbie n'aurait jamais imaginé qu'il lui serait aussi difficile de rentrer chez lui. Il y avait deux mois qu'il se déplaçait de ville en ville et il avait trouvé toute la tournée intéressante, mais les deux dernières semaines... étaient une révélation. Sa vie avait connu un changement irrémédiable, il ne voulait pas y mettre fin. Il venait enfin de trouver l'amour, il avait entamé avec lui-même un dialogue sincère concernant son orientation sexuelle, ce qu'il était, ce qu'il voulait. Et voilà qu'il lui fallait quitter Joey ? Chaque fois qu'il y pensait, Robbie avait dans la gorge une boule de la taille d'un pamplemousse. En plus, il comptait annoncer à ses parents qu'il était gay. Il n'était pas certain de leur réaction mais il ne doutait pas de leur amour, quoi qu'il fasse.

Il reprit sa tasse de café au moment où sonnait son téléphone. *Quand on parle du loup...* Il répondit à sa mère et échangea quelques phrases avec elle, sans réellement prêter attention à ce qu'elle lui disait. Il se contenta de lui donner ses horaires d'arrivée. Après avoir raccroché, il se leva et traversa la maison d'un pas sûr pour monter l'escalier.

ROBBIE SORTIT de la douche et se sécha avec soin, tout en veillant à ne pas heurter d'obstacle. Dans un environnement familier, il était plutôt doué pour mémoriser ce qui se trouvait autour de lui mais il préférait rester prudent et ne courir aucun risque. Il noua sa serviette autour de sa taille et retourna dans la chambre qui avait été la sienne au cours des quinze derniers jours. Il rentrait chez lui. Il aurait dû être heureux à l'idée de revoir sa famille après des mois d'absence mais ce n'était pas le cas. Pas vraiment. Il lui serait très dur de quitter Joey. Il savait bien que la séparation était inévitable mais il aurait vraiment voulu rester.

Une fois dans sa chambre, il tâtonna sur le lit et trouva ses vêtements étalés et préparés. Il trouva aussi Rex qui, apparemment, s'était couché sur son veston.

Il tapota la tête du chien avec affection.

— Salut, le chien. J'ai besoin de mon veston.

Robbie n'eut qu'à pousser un peu Rex pour le faire bouger, du moins le temps de s'installer sur ses oreillers.

— Où sont les chatons ?

À point nommé, il entendit des miaulements et sut que les petites bêtes grimpaient sur le lit. Il aurait pu s'en douter : les bébés quittaient rarement leur papa.

Robbie ôta sa serviette et commença à s'habiller, faisant de son mieux pour se concentrer sur cette tâche, ce qu'il trouva difficile. Il avait la gorge sèche et les doigts maladroits. Il finit par s'asseoir au bord de son lit.

— Et zut !

Il ne voulait pas quitter Joey. Ses parents lui manquaient. Sa maison à Natchez lui manquait aussi. Mais il savait bien que quitter Joey serait horriblement difficile.

— Pourquoi tout est-il aussi compliqué ?

Il entendait Joey s'activer dans sa chambre, de l'autre côté du couloir. Robbie envisagea de le rejoindre mais il ne le fit pas. Au contraire, il se redressa et reprit ses préparatifs. Il termina de s'habiller, boutonna sa chemise et enfila son veston.

— Tu es superbe.

Il n'avait pas entendu la porte s'ouvrir mais la présence de Joey lui fit plaisir. Il sentait presque l'intensité du regard qui le parcourait des pieds à la tête.

— Tu as besoin de mon aide ?

— Non, c'est bon, j'ai terminé.

Robbie attachait sa cravate lorsqu'il sentit Joey s'approcher pour le prendre par le bras. Avant qu'il ne puisse dire un mot, Joey déclara d'une voix suppliante :

— Je sais bien que tu n'as pas besoin de moi, je voulais juste te toucher.

Robbie ressentait le même désir. Il leur restait si peu de temps à passer ensemble !

Il suivit Joey jusqu'à l'escalier qu'il descendit lentement. La maison était silencieuse. Joey lui effleura la joue avant de l'embrasser doucement.

— Tout le monde nous retrouvera là-bas.

Robbie comprit que les autres leur accordaient un dernier moment d'intimité. Il pressa le bouton de sa montre et entendit la voix mécanique lui donner l'heure.

— Nous devrions y aller.

À peine avait-il descendu deux marches que son téléphone sonna. Il répondit après un grognement contrarié.

— Bonsoir, maman.

— *Bonsoir, chéri.*

Elle n'ajouta rien.

— Tu as quelque chose à me demander ? Je suis déjà un peu en retard.

— *Non, je voulais juste m'assurer que tout allait bien pour toi.*

Elle commença à lui poser une litanie de questions résultant de son inquiétude maternelle, pour s'assurer qu'il n'avait rien oublié d'important.

— J'ai tout ce qu'il me faut, maman. Je dois y aller. Je t'appellerai demain dès que je monterai dans le car.

Robbie ne voulait pour rien au monde que sa mère interrompe sa dernière nuit avec Joey.

— *Très bien, dans ce cas, à demain.*

Robbie nota l'excitation de la voix de sa mère. Il savait qu'elle attendait avec impatience son retour à la maison.

— Tout va bien ? demanda Joey.

— Oui, ma mère est heureuse…

Robbie aurait aimé ressentir la même chose. Dans ce cas, il souffrirait moins.

— Allons-y, ajouta-t-il d'une voix contrainte.

Les deux hommes se dirigèrent ensemble jusqu'à la voiture. Une fois installé à l'intérieur, Robbie attacha sa ceinture et attendit. Joey referma sa portière avec un claquement sec avant de démarrer. Ils restèrent silencieux durant le trajet, mais Robbie sentait le poids de la main de Joey sur sa cuisse. Lui-même serrait les doigts sur cette main : il avait besoin de ce contact physique.

La voiture ralentit, puis s'arrêta. Le moteur fut coupé. La portière s'ouvrit, Robbie sortit et sentit Joey le prendre par le bras et le guider vers le bâtiment. Des instructions, régulières et rassurantes, lui parvenaient aux oreilles en un flot régulier.

Une fois dans l'auditorium, il reconnut la voix d'Arie, puis son ami se trouva à ses côtés.

— Je l'emmène au vestiaire. Vous avez des sièges au premier rang.

Robbie s'accrocha au bras de Joey, il ne voulait pas le voir s'en aller. Mais il dut relâcher sa prise. Joey lui tendit son écrin à violon avant qu'Arie l'entraîne.

— Tout va bien, Robbie.

Arie lui parlait en le guidant dans le couloir. Robbie tenait son violon serré contre lui comme s'il s'agissait d'une bouée de sauvetage. Il entendit le sifflement d'une porte qui s'ouvrait, avant d'être entraîné jusqu'à un siège.

— Ah… Arie, qu'est-ce que je vais faire ?

— Tu l'aimes, c'est ça ?

Robbie n'arrivait plus à parler. Il se contenta d'acquiescer, lentement.

— Tant mieux, parce qu'il t'aime, lui aussi.

— Il ne m'a rien dit.

Robbie sentit ses yeux se remplir de larmes.

— Et toi, lui as-tu dit ce que tu ressentais ?

Sans répondre, Robbie secoua la tête.

— Alors, comment voulais-tu qu'il te dise quelque chose. Tu as une bouche, non ? Pourquoi ne pas t'en servir ?

Robbie envoya à son ami une bourrade, conscient qu'un vague sourire lui montait au visage.

— De plus, si je dois en croire ce que je viens de voir, il y a un bon moment qu'il est amoureux de toi.

Robbie en perdit son sourire, le désespoir reprenant possession de lui.

— Qu'est-ce que je vais faire ?

— Je ne sais pas. Je peux juste te conseiller de profiter au mieux de ce que tu as.

Tout autour d'eux, le silence tombait parce que le directeur tenait à donner de dernières instructions. Ensuite, les musiciens se préparèrent. Arie prit la main de Robbie et l'entraîna jusque sur scène.

Robbie prit son siège sous les applaudissements nourris de l'assistance. Il écoutait de toutes ses oreilles.

— Robbie…

Le mot n'était qu'un murmure mais, pour le jeune aveugle, il fut comme une corne de brume sonnant la bienvenue. D'instinct, il se tourna vers l'endroit où, il le savait, était assis Joey. Il sentit son regard posé sur lui.

Les applaudissements redoublèrent, puis les musiciens préparèrent leurs instruments et le silence retomba. Le chef d'orchestre fit son apparition. Robbie attendit les sons habituels, le doux tapotement, le pied de l'homme sur le plancher.

Les premières notes l'emportèrent au loin. La musique ne cessait jamais de l'émerveiller. Il se sentait partie prenante de la mélodie. Ne l'ayant jamais vue écrite, il ne la connaissait que de mémoire. Et Beethoven, c'était l'inverse : sourd comme un pot, le compositeur n'avait jamais entendu son œuvre, il l'avait seulement lue sur une partition. Cette étrange similitude liait tout particulièrement Robbie à cet opus.

431

Les musiciens jouèrent le premier, puis le second mouvement. Robbie sentit se créer une connexion invisible, comme si Joey et lui étaient liés par la musique. À la fin du second mouvement, l'orchestre aurait un temps de pause lorsque le chœur et les solos interviendraient. Derrière eux, les rideaux se levèrent avec un grincement, et Robbie sentit son excitation monter d'un cran.

Le troisième mouvement commençait, énergique et animé, annonçant le dernier tellement dramatique. Lorsque la musique s'interrompit, Robbie entendit un commentaire chuchoté qui lui alla droit au cœur : 'c'était magnifique !' Joey utilisait si souvent ce mot avec lui que Robbie l'aurait reconnu n'importe où.

Le chœur vint prendre place derrière lui et le quatrième mouvement commença. L'Ode à la Joie était l'une des œuvres préférées de Robbie, tous musiciens confondus, un opus qui le bouleversait régulièrement. Tandis que la mélodie enflait en volume, les solos répondant au chœur jusqu'au bouquet final, Robbie eut l'impression que tout s'effaçait autour de lui – les autres musiciens, le chef d'orchestre, les voix… – et il se concentra uniquement sur un siège précis du premier rang.

Il joua comme il n'avait jamais encore joué, la musique enflant en crescendo, le chœur exprimant à pleine voix la chanson de la joie, et le violon de Robbie chantant avec eux. Comme un écho de cette allégresse divine, Robbie envoya tout ce qu'il avait à Joey, toute la joie, tout l'amour, tout… C'était sa seule et unique chance de faire cet aveu. Aussi, il s'y adonna de tout son cœur. Et l'orchestre sembla le comprendre et l'approuver, tous les musiciens mêlaient aux siens leurs vœux de bonheur, ils remplissaient l'espace. Robbie avait la sensation que chacun de ses partenaires s'adressait exclusivement à Joey.

La musique se calma un moment, puis reprit de son ampleur jusqu'au final tonitruant de Beethoven. Lorsque la dernière note fut enfin jouée, la musique sembla renvoyer des échos bien longtemps après. En baissant son violon, Robbie avait le souffle coupé. Le silence fut bientôt rompu par une ovation frénétique.

S'il n'avait joué que pour un seul auditeur, Robbie en fut récompensé lorsqu'il entendit une mélopée unique et chuchotée : 'Robbie, Robbie…' C'était à peine audible mais Robbie entendit ses autres amis lui faire savoir qu'ils se trouvaient là. Avec un sourire, il se leva et suivit les indications d'Arie pour quitter la scène.

Il était à peine revenu dans les vestiaires lorsqu'il se sentit pris dans une étreinte énergique et féroce. En même temps, quelqu'un d'autre – *probablement Arie*, pensa-t-il – lui prenait son instrument des bras.

— Tu as été génial ! s'exclama Joey.

— Merci.

Robbie ne savait quoi dire d'autre, son cerveau n'étant pas reconnecté. Quand des lèvres douces se pressèrent contre les siennes, quelques gloussements amusés retentirent dans son dos, mais Robbie n'en tint pas compte. Il embrassa Joey comme si c'était une question de vie ou de mort. Dire que quelques semaines plus tôt, il avait encore du mal à accepter qui il était et maintenant, il partageait un baiser en public sans même y accorder une seconde pensée.

Derrière les deux hommes, Arie se mit à rire.

— Allez, filez tous les deux. Tiens, Robbie, prends ton écrin. À demain.

Robbie sentit Joey s'écarter légèrement de lui, mais il refusa de le lâcher. Il s'accrocha simplement à la poignée de son écrin à violon pressée dans sa paume.

— Merci, Arie. Tu es un vrai ami.

Et c'était le cas, depuis leur discussion cœur à cœur. Arie n'aurait pu être un meilleur soutien. Robbie l'entendit grommeler quelques mots concernant ses derniers préparatifs mais Joey l'entraînait déjà vers l'extérieur. Une petite foule les attendait. Tous bavardèrent un moment, rires et commentaires furent échangés concernant la prestation de la soirée, puis après une série d'aDieux, ils se dispersèrent.

— Nous devrions rentrer.

Le bref trajet fut accompli en silence, les deux hommes étant plongés dans leurs pensées. Robbie sentit la voiture tourner dans l'allée, les graviers crisser sous les roues.

— J'aimerais passer un moment à l'écurie pour faire mes aDieux. Demain, je vais devoir partir tôt, je n'aurai pas le temps de revenir.

La voiture s'arrêta, le moteur fut coupé.

— Bien sûr. Tu es juste devant la porte de derrière. Dès que tu auras ouvert ta portière, c'est droit devant toi.

Robbie fit un pas en avant, il sentit la dalle de béton sous ses pieds, puis la porte contre sa main tendue. Lorsqu'il releva le loquet, l'odeur familière l'accueillit. Cela lui manquerait.

— Coucou, Twilight.

Il avança jusqu'à la jument et trouva le long museau qu'il caressa.

— Tu vas me manquer, ma belle. Merci pour toutes les aventures magnifiques que nous avons connues ensemble.

De l'autre côté de l'allée, il y eut une sorte de reniflement chevalin.

— Tiger ? Tu es jaloux ?

Robbie se tourna en direction du bruit et fit quelques pas, il reçut vite un coup de tête dans la poitrine. Mais cette fois, il s'y attendait : c'était ainsi que le cheval lui démontrait son affection.

— Toi aussi, tu vas me manquer.

— C'est pareil pour eux, déclara Joey. Tu vas tous leur manquer, Robbie. Et à moi aussi.

Robbie sentit grossir la boule dans sa gorge. Il tourna la tête et écouta les bruits de la ferme pour les graver dans sa mémoire. Il inspira profondément, inhalant à plein nez l'odeur de la paille fraîche et des chevaux. Puis Joey fut à ses côtés, le prenant dans ses bras, les lèvres pressées dans son cou.

— Et si nous rentrions ?

Robbie perçut ces mots pourtant chuchotés. Il se sentit entraîné, très lentement, hors de l'écurie et dans la maison. Il entendit des voix étouffées, quelque part. Apparemment, Eli et Geoff discutaient – ou se disputaient ? Robbie n'arrivait pas à comprendre ce que disaient les deux hommes dont les voix devinrent vite inaudibles tandis que Joey et lui montaient l'escalier jusque dans la chambre du jeune homme. La porte claqua légèrement. Les lèvres de Joey s'emparèrent des siennes, l'embrassant doucement. L'intensité monta.

— Joey, je veux…

Joey l'interrompit par un baiser, ses mains douces faisant glisser la veste de ses épaules, ôtant sa cravate, ouvrant sa chemise. Puis ces mêmes mains si chaudes et fortes continuèrent leur tâche, sans jamais s'arrêter jusqu'à ce que Robbie soit entièrement nu. Joey s'écarta alors. Un froissement de tissu, des vêtements jetés sur le sol, un claquement métallique de ceinture, le choc jumeau des chaussures qui tombaient. Déjà, Joey recommençait à l'embrasser, sa peau chaude pressée contre la sienne. Une vague de feu traversa Robbie de part en part tandis qu'il était guidé vers le lit.

Sans jamais interrompre ses baisers, Joey le positionna, son corps lourd et chaud pressé contre le sien, ondulant contre lui. Les deux hommes roulèrent sur le lit et ce fut au tour de Robbie de peser sur son amant, l'enfonçant dans le matelas. Il adorait que Joey accepte de lui céder tout contrôle. C'était important pour lui, que Joey le considère comme son égal. Cela lui manquerait terriblement

Quand Robbie sentit Joey lui entourer la taille de ses jambes, il sut ce que cela signifiait. Il embrassa son amant de plus belle, ses mains parcourant tout son corps, ses doigts l'explorant, le caressant. Il le dévora de baisers tandis que leurs sexes frottaient l'un contre l'autre. Puis Robbie trouva l'ouverture du corps offert et y pénétra lentement. Alors seulement, il écarta ses lèvres pour retrouver son souffle et laisser les sensations l'envahir comme un raz-de-marée.

Joey lui prit la tête à deux mains pour ramener son visage contre le sien, pour que ses lèvres retrouvent leur place contre sa bouche.

— Prends-moi, Robbie. Je suis à toi.

— Moi aussi, je suis à toi.

C'était presque une déclaration d'amour, du moins la seule que l'un et l'autre acceptaient de faire. Pour le moment, c'était suffisant. Robbie frotta son nez dans le cou de Joey tout en le pénétrant profondément, savourant la chaleur et la pression tout autour de lui. Puis il entendit quelque chose… d'entièrement nouveau. Dans son esprit, l'Ode à la Joie jouait à plein volume. Même si ce n'était pas ce qu'avait prévu le compositeur, pour Robbie, ce fut la joie ultime.

Et tandis que les deux hommes ondulaient l'un contre l'autre, en cadence, Robbie s'entendit chantonner, il adressait toute sa joie à Joey – qui lui répondit. Ensemble, les amants s'activaient ; ensemble, ils chantaient ; ensemble, ils étaient heureux. Ils s'échangèrent mutuellement leur joie jusqu'au moment où ils ne purent en supporter davantage. Ils jouirent à l'unisson, chacun criant le nom de l'autre.

Peu à peu, la passion partagée se calma. Robbie sentit Joey le câliner et l'embrasser partout où ses lèvres aimantes pouvaient l'atteindre : sur les joues, les épaules, les lèvres. Tendant le bras, Joey s'étira et prit une douce serviette avec laquelle il nettoya son amant.

Robbie se pelotonna ensuite au creux de son bras.

— Je ne sais pas quoi te dire, avoua-t-il.

— Il n'y a rien à dire. Surtout maintenant.

La voix de Joey se cassa. Puis son bras resserra sur lui son étreinte. Robbie laissa ses mains s'aventurer sur le torse de Joey.

— Qu'est-ce que tu fais ? s'étonna le jeune homme.

— Je demande à ton cœur de ne pas m'oublier.

Du bout des doigts, il battait un doux tempo sur la peau de Joey.

— C'est du morse ?

— Oui. Je l'ai appris quand j'étais enfant. Ça me permettait d'envoyer à mes amis des messages que personne ne comprenait. Ma mère et les domestiques n'appréciaient pas du tout.

— Je ne comprends pas ce que tu dis.

— Je sais. Mais ton cœur, lui, comprendra.

Robbie continua ses tapotements, répétant le même message, encore et encore. Il n'arrêta pas au moment où Rex vint les retrouver et sauta sur le lit. Il n'arrêta pas non plus quand les deux chatons le suivirent. Il n'arrêta qu'au moment où il s'endormit, dans les bras de Joey qui le serraient très fort.

ROBBIE OUVRIT les yeux au son de la pluie. *Cela tombe bien !* Même la météo comprenait son état d'esprit et s'y accordait. Il sentit Joey s'étirer au moment où le bourdonnement du réveil sonnait dans la pièce. Robbie ne savait pas quoi dire. Et Joey non plus, apparemment, parce qu'il se contenta de resserrer son étreinte alors que les autres résidents de la maison commençaient à bouger.

On frappa doucement à la porte.

— Joey, Robbie. Il faut que vous vous leviez. Nous devons partir dans moins d'une heure.

Même la voix triste d'Eli était en accord avec ce que les deux hommes ressentaient.

— Tu veux que je t'aide pour tes valises ?

Joey quittait le lit. Robbie sentit le poids de son regard sur lui.

— Non, ça va aller.

Il avait besoin de quelques minutes de solitude pour retrouver son équilibre.

— Dans ce cas, je te rapporterai tes vêtements dans ta chambre d'ici un moment.

Joey le prit dans ses bras et l'embrassa si fort que Robbie en eut la tête qui lui tournait. Quand le jeune homme s'écarta, Robbie alla jusqu'à la porte et il traversa le couloir désert pour rejoindre sa chambre.

Une fois vêtu, il rangea lentement, mais avec soin, ses affaires dans sa valise. Ses partitions trouvèrent leur place dans la poche latérale, ses vêtements étaient parfaitement pliés.

— Tu savais bien que ça risquait d'arriver et pourtant, tu es tombé amoureux.

Il se parlait à lui-même, cherchant à mettre des mots sur ce qu'il ressentait. Mais il savait qu'il ne pouvait plus rien y changer. Surtout pas maintenant.

Robbie entendit la porte s'ouvrir.

— Je t'ai rapporté ton smoking. Et Rex est venu te faire ses aDieux.

Le chien sauta sur le lit. Robbie le caressa avec affection, recevant en retour de grands coups de langue en guise de baisers.

— Occupe-toi bien de tes chatons.

Et zut ! À nouveau, il avait la gorge serrée.

Récupérant les vêtements que Joey lui avait apportés, il termina ses valises. Il entendit les pas de Joey s'éloigner, puis revenir.

— Robbie…

La voix du jeune homme lui paraissait aussi étranglée que la sienne.

— Viens avec moi !

— Reste avec moi !

Ils avaient parlé en même temps, chacun conscient de demander à l'autre l'impossible, mais peu importe, ils avaient tous les deux à exprimer ce qu'ils éprouvaient.

— Je sais, répondirent-ils, à l'unisson.

Robbie devait rentrer chez lui. Là où était sa famille. Sa mère était peut-être pénible et un peu trop étouffante, mais c'était son foyer. Et jamais il ne demanderait à Joey d'abandonner la ferme et la famille qu'il avait ici.

— Que feras-tu en rentrant chez toi ? demanda Joey

Robbie terminait ses bagages. Jamais aucun des deux n'avait évoqué ce qui se passerait après le départ de Robbie. Parce que ni l'un ni l'autre ne voulaient y penser.

— Avec un peu de chance, je peux trouver un emploi permanent dans un orchestre.

Je penserai à toi. Je regretterai que tu ne sois pas avec moi.

Robbie referma sa valise et tira sur la fermeture éclair.

— J'ai oublié quelque chose ?

Il entendit Joey se déplacer à travers la pièce.

— Non.

Joey prit la valise qu'il emporta au bas des escaliers. Robbie le suivit peu après, écoutant une dernière fois les bruits de la maison. Puis il prit le chemin désormais familier jusqu'à la cuisine.

— Je sais bien que tu dois t'en aller, mais tu vas nous manquer. Et si tu veux revenir un jour, tu es le bienvenu.

Eli l'étreignit brièvement avant de s'écarter. Geoff prit sa place, enlaçant Robbie dans une étreinte d'ours.

— Prends bien soin de toi. Et n'oublie pas de nous donner des nouvelles.

Ben ça alors ! Est-ce qu'il avait bien entendu ? *Geoff devenant sentimental ?*

— Bien sûr.

Le vide se fit autour de lui. Joey le guida jusqu'à la voiture, déposa dans le coffre sa valise. Le moteur démarra, la voiture se mit en route, faisant d'abord crisser les graviers de l'allée, puis retrouvant l'asphalte lisse de la route, pour refaire le même trajet que deux semaines plus tôt, lorsque les deux hommes étaient encore étrangers l'un à l'autre.

— Joey, j'aimerais vraiment pouvoir rester.

— Je sais, je comprends. Et moi, j'aimerais pouvoir venir avec toi, mais pour quoi faire ? Je suis fermier, je ne sais rien faire d'autre. Et ici, tu n'aurais aucun avenir pour ta musique. Tu as besoin d'un endroit plus civilisé pour exercer, ce n'est pas possible ici. J'en suis conscient. Ce n'est pas pour autant que ça me plaît.

Robbie entendait dans sa voix toute sa douleur et sa frustration. Il ressentait la même chose mais ne voyait aucune solution à leur dilemme.

— Je suis désolé, Joey. Nous aurions peut-être dû en parler.

— Peut-être. Mais ça n'aurait rien changé. Tu aurais quand même dû rentrer chez toi.

Robbie sentit Joey lui prendre la main et la lever jusqu'à ses lèvres pour déposer sur ses jointures un baiser.

— Tu vas tellement me manquer.

— Tu vas aussi me manquer.

La voiture ralentit, puis tourna dans une allée avant de s'arrêter. Joey se pencha pour lui accorder un dernier baiser. L'aveu faillit jaillir des lèvres de Robbie, mais il le retint.

— Tu me téléphoneras ?

— Oui, si tu me choisis une jolie mélodie.

Robbie sortit de sa poche son téléphone portable.

— Je t'ai déjà attribué l'Ode à la Joie.

Doucement, il fit glisser ses doigts sur la joue de Joey, notant que le jeune homme se crispait à ce contact.

— N'oublie pas, Joey : à mes yeux, tu es magnifique.

Ses mains s'attardaient sur le visage aimé, la peau douce des joues, la barbe du menton, le nez parfait et même ces cicatrices que Joey détestait tant mais qui faisaient pourtant partie de lui. De cet homme que Robbie aimait. Il avait gravé dans sa mémoire le moindre de ses traits, bosses, méplats, et autres.

Il n'avait pas envie de bouger, de partir, mais il le devait, aussi se pencha-t-il pour un dernier baiser avant d'ouvrir sa portière pour quitter la voiture. Il récupéra sur le siège arrière son écrin à violon. Il entendit le coffre s'ouvrir et se refermer, puis les pas de Joey s'approcher et sa main le guider vers le bus.

— ADieu, Robbie.

Pris dans une étreinte ferme, Robbie la rendit tout aussi vigoureusement, murmurant ses propres aDieux à l'oreille de Joey. Puis il s'écarta, Joey l'aida à monter les marches et à s'installer dans le bus.

Arie se précipita pour le guider jusqu'à son siège, déposant son instrument dans les casiers suspendus. Le moteur du bus se mit en marche, le véhicule commença à avancer. Au premier carrefour, Robbie s'exclama :

— Arie, tu entends ?

— On dirait des coups de klaxon.

— Oui, mais…

Robbie écouta de toutes ses oreilles. Cela recommençait, ce n'était pas très clair mais il trouva cependant un rythme. *Point – trait – point – point*. L. *Trait – trait – trait*. O. *Point – point – point – trait*. V. *Point*. E. Cela continua, presque inaudible maintenant que le bus s'éloignait. LOVE – AMOUR. Joey devait avoir regardé comment l'écrire en morse pendant que Robbie faisait ses valises.

— Arie, qu'est-ce que je vais faire ? demanda Robbie.

Il cacha son visage contre l'épaule de son ami tandis que les larmes s'écoulaient de ses yeux aveugles.

VII

— BON SANG, râla le grand blond efflanqué en sortant de l'eau. D'abord, tu es trop occupé pour m'accorder du temps… ce que je comprends.

Il avança sur le sable jusqu'à l'endroit où Joey était assis. Dégoulinant d'eau, il aspergea le jeune homme, ce qui finit par attirer son attention.

— Hé, est-ce que tu m'écoutes au moins ?

Joey émergea de ses pensées. Il s'y était perdu, vraiment perdu.

— Désolé.

Le blond mit les mains sur ses hanches et simula l'indignation en s'écriant :

— Tu es toujours désolé ! Comme je le disais, répéta-t-il d'une voix tonnante, tu m'as quand même largué pendant deux semaines et voilà que j'en découvre la raison : tu as rencontré quelqu'un. Mais il y a maintenant un mois que ce Robbie est parti et tu n'arrêtes toujours pas de faire la tête.

Il se laissa tomber sur la serviette étalée près de Joey.

— Je sais, Lane. Je suis désolé. C'est juste… Je suis venu ici avec Robbie et je me rappelais le plaisir qu'il a eu à jouer dans l'eau.

Joey pouvait presque voir le sourire de Robbie tandis que tous les deux se laissaient emporter par le courant.

— Il m'a dit qu'il ne savait pas nager mais je l'ai aidé, et nous avons joué dans l'eau des heures durant. C'était un moment tout à fait spécial.

Pour Joey, les sensations étaient tout aussi vivaces et douloureuses que le jour du départ de Robbie. Tout le monde, Lane y compris, ne cessait de lui affirmer que le temps était un bon guérisseur et que Joey finirait par oublier Robbie mais, pour le moment, ce n'était pas le cas.

— J'aurais aimé le rencontrer.

Lane s'accouda sur sa serviette pour mieux profiter de l'ombre. Joey éclata de rire parce qu'il savait que Lane prenait un 'bain d'ombre', selon ses propres mots. Il avait la peau si pâle qu'il devenait rouge comme un homard dès qu'il passait vingt minutes au soleil, du moins, c'était ce qu'il prétendait.

— J'aurais aussi aimé te le présenter mais, si tu te rappelles bien, tu terminais ton séminaire de…

Il s'interrompit et fit la grimace.

— Zut, j'ai oublié, c'était quelle matière déjà ?

Joey s'en souvenait parfaitement mais il avait peu d'occasions de se moquer de Lane, aussi il ne comptait pas laisser celle-ci lui échapper.

— En littérature ! s'exclama un Lane indigné.

Il jeta à Joey un regard féroce.

— En littérature ? Tu m'as dit toi-même qu'il s'agissait de livres cochons !

Il se couvrit la bouche de la main pour ricaner à son aise.

— C'était un séminaire très intéressant qui explorait l'histoire de l'écriture érotique à travers diverses cultures.

Joey vit les yeux de Lane pétiller de malice.

— C'était très drôle et quelques-uns des livres présentés étaient plutôt… chauds.

Lane envoya une bourrade sur l'épaule de Joey et changea de sujet :

— Alors, est-ce qu'il va revenir ?

Joey haussa les épaules.

— Je ne sais pas, mais je l'espère bien. Il me manque vraiment.

— Tu es tombé amoureux de lui, déclara Lane d'une voix qui ne souffrait aucune contradiction. Bien sûr qu'il te manque mais il faut que tu te remettes à vivre normalement. Tu t'es enterré à la ferme, tu t'acharnes à travailler tout le temps pour tenter de ne pas gérer tes sentiments. Ce qui n'est pas sain.

Joey leva les yeux au ciel.

— Je te remercie, Lane Freud.

— Je suis sérieux. Il faut que ta vie reprenne son cours normal. Tu l'appelles souvent ?

— Non, juste une fois par semaine.

Joey s'étendit sur sa serviette, espérant que Lane comprendrait à ce geste son désir de ne pas discuter davantage. Ce ne fut pas le cas.

— Tu lui envoies souvent des mails ?

Joey fit semblant de ne pas avoir entendu mais Lane n'était pas du genre à abandonner. Et son ami le savait.

— Plusieurs fois…

Jetant un coup d'œil en direction de Lane, il vit ses yeux brillants fixés sur lui, attentifs, qui surveillaient sa réponse. Joey poussa un long soupir exagéré avant d'ajouter :

— … par jour.

— Alors, tu lui parles et tu corresponds avec lui sans espoir de le revoir ? Comment peux-tu espérer l'oublier ?

Joey savait bien que la réaction de Lane provenait de son inquiétude pour lui, mais ce n'est pas pour autant que ça lui était plus facile de l'accepter.

— Joey, tu sais que je t'adore, aussi c'est pour ton bien que je te le dis. Il faut que tu cesses tout contact avec lui, du moins pendant un temps, et que tu fasses de vrais efforts pour l'oublier. Pour le moment, tu ne fais que prolonger ta douleur.

Joey ne sut comment réagir. Il n'avait absolument aucune envie d'oublier.

— Je ne sais pas comment je pourrais faire ça, répondit-il, avant de rouler sur le côté pour regarder Lane. Que dirais-tu si quelqu'un d'important pour toi coupait les ponts, sans préavis ?

Joey savait bien qu'il ne pourrait pas le faire.

— Eh bien, il faut quand même que tu réagisses parce que tu ne peux pas continuer dans cet état tout le reste de ta vie.

Le soleil tapait dur, l'ombre dont avaient bénéficié les deux hommes disparaissait rapidement. Lane se releva et commença à plier sa serviette.

— Nous devrions rentrer avant que je sois brûlé. D'ailleurs, ne devais-tu pas aider Eli pour une de ses leçons ?

Joey récupéra la chaussure dans laquelle il avait protégé sa montre.

— Zut, il faut que nous y allions. Le cours commence dans une heure.

Joey roula sa serviette et enfila un short avant de suivre Lane en direction du parking.

Le trajet jusqu'à la ferme fut très amusant. Les amis roulaient vitres baissées, radio à fond, en chantant à tue-tête, plutôt faux, tout ce qui passait sur les ondes. Retrouver Lane avait fait du bien à Joey. Le blond avait un optimisme contagieux. Pour la première fois, Joey se sentait presque normal au moment où la voiture se gara près de la maison. Il sortit et récupéra ses affaires sur le siège arrière.

— Je te dis à demain, nous pourrions faire une promenade à cheval.

Lane agita la main avant de s'en aller. Joey pénétra dans la maison pour se changer, puis il retrouva Eli dans le manège, juste avant le début de son cours débutant. L'enclos, derrière l'écurie, résonnait des voix excitées des élèves d'Eli. La plupart d'entre eux étant de jeunes enfants, Eli avait besoin d'aide pour les équiper et s'assurer durant le cours qu'ils ne risquent rien. C'était aussi une des classes préférées de Joey : il aimait voir les enfants aussi joyeux.

Ce groupe avait commencé à apprendre à monter quelques semaines plus tôt. Quand Eli avait demandé son aide à Joey, ce dernier avait d'abord hésité. Bien entendu, quelques-uns des enfants lui avaient demandé pourquoi son visage était abîmé ; il leur avait répondu en parlant d'un accident. La plupart, satisfaits de sa réponse, étaient retournés à leurs précédentes occupations, au grand soulagement de Joey.

Mais pas tous. Une petite fille d'environ cinq ans, Kerry, s'était accrochée à une jambe de son pantalon.

— M. Joey ?

Elle avait levé ses grands yeux vers lui quand il avait baissé la tête pour la regarder. Timide, elle avait plié le doigt pour l'inciter à se rapprocher. Il s'était accroupi.

— Moi, avait-elle chuchoté, quand j'ai mal, ma maman m'embrasse pour enlever le bobo.

Elle s'était penchée pour déposer sur sa joue un gros baiser sonore.

Joey lui avait souri.

— Merci, ça va beaucoup mieux.

Elle lui avait rendu son sourire avant de s'échapper à la recherche de son poney. Joey était resté sur place un moment, à la fois émerveillé et complètement surpris. *La vérité sort de la bouche des enfants.*

— M. Joey !

Il se tourna et vit Kerry arriver en courant dans l'écurie pour récupérer le poney que Joey terminait de seller pour elle. Comment une aussi petite fille pouvait-elle posséder une voix capable de remplir toute l'écurie ? Joey n'en savait rien, mais c'était certainement le cas.

— Framboise est prête ?

La petite leva la tête vers lui, il acquiesça avant de l'aider à monter, puis il la conduisit par la bride jusqu'au manège

Eli commençait juste à faire avancer les enfants au pas lorsque Kerry rejoignit le groupe. La leçon débutait.

— Tu t'es bien amusé à la plage ?

Joey n'eut pas à tourner la tête pour savoir que Geoff se trouvait à ses côtés. Lui aussi regardait les élèves, mais il savait que toute l'attention de Geoff se concentrait sur le maître de manège.

— Ouais, répondit-il, sans quitter des yeux le groupe. C'était agréable de quitter la ferme pendant quelques heures.

— Tu as travaillé bien trop dur ce dernier mois. Bien sûr, c'est ton habitude, mais ces dernières semaines, tu as exagéré. Je ne veux pas que tu t'épuises.

Cette fois, Joey se tourna pour regarder Geoff bien en face.

— Tu as quelque chose à me dire ?

— Non, pas vraiment. Je ne pense pas que te parler soit capable de t'aider.

Joey vit Geoff hocher lentement la tête et il reporta donc son attention sur les enfants. Après quelques minutes à les regarder, il pénétra dans l'enclos et s'efforça d'aider les élèves qui avaient des difficultés. Travailler – ou au moins rester occupé – empêchait son esprit de ressasser. Mais durant la nuit…

Le cours se passa très bien, les enfants étaient tout excités et souriants lorsqu'ils quittèrent leurs montures. Les plus âgés desssellèrent les poneys avant de les ramener dans leurs stalles, pendant qu'Eli et Joey aidaient les plus petits. Les deux hommes firent ensuite une tournée d'inspection générale des bêtes avant de revenir vers la maison.

— Je peux te parler une minute ?

Joey reconnut ce regard. Il l'avait suffisamment rencontré ces quatre dernières semaines. Il s'arrêta et se tourna vers Eli. Au cours du dernier mois, tout le monde avait tenu à lui parler de Robbie et tout le monde avec une opinion sur ce que Joey devrait faire. Seul Eli ne lui avait pas donné son avis, pas plus qu'il n'avait demandé à lui parler.

Joey remarqua la façon dont la bouche d'Eli se tordait dans un demi-sourire sarcastique.

— Je sais bien que tu as reçu ce dernier mois bien trop d'avis concernant les meilleures façons de gérer un cœur brisé. Je te promets que je n'ai pas l'intention d'en rajouter.

Joey hocha la tête et attendit qu'Eli continue.

— Tu étais déjà à la ferme quand je suis arrivé, tu sais donc que je suis reparti un moment chez moi, revoir ma famille.

— Je sais. Et Geoff était effondré durant toute ton absence.

Joey vit naître sur le visage d'Eli une nuance de tristesse qui s'effaça tout aussi vite.

— Ce que tu ignores, c'est la raison qui m'a poussé à revenir. Ma mère m'a pris un jour entre quatre yeux pour me parler. Elle voyait bien que je n'étais pas heureux, elle m'a demandé pourquoi. Je lui ai dit que j'avais rencontré quelqu'un, que je l'avais quitté pour retrouver notre communauté. C'est la seule et unique fois où j'ai vu dans ses yeux la colère. Elle m'a dit que j'agissais comme un idiot, qu'il me fallait être heureux, qu'il lui fallait à elle aussi que je sois heureux. Elle m'a dit que si vivre dans ma famille et dans ma communauté était ce qui me rendait heureux, dans ce cas, je devais le faire. Mais... et je la vois encore, assise dans sa chaise, occupée à coudre un vêtement pour l'un de mes frères... si je ne restais que pour eux ou pour mon père et si cela me rendait malheureux, alors, il valait mieux que je m'en aille.

Joey ouvrit la bouche pour répondre mais Eli l'en empêcha en secouant la tête. Le jeune homme referma donc très vite les lèvres.

— Je te raconte tout ça parce que ce que ma mère m'a dit est également valable pour toi. Si rester ici te rend heureux, dans ce cas, c'est ce que tu dois faire. Mais si ton bonheur est lié à Robbie, alors, tu dois être avec lui.

— C'est bien le problème. Nous sommes restés ensemble si peu de temps. Comment savoir ce que je dois faire ?

C'était pour lui la vraie question. Avait-il exagéré la portée de ces deux brèves et merveilleuses semaines ? Ou bien Robbie était-il véritablement celui qui compterait dans sa vie ?

Joey vit le sourire de connivence et le hochement de tête d'Eli.

— Il te faudra trouver toi-même la réponse à cette question.

Joey ne bougea pas tandis qu'Eli se détournait en direction de la maison, le laissant seul avec ses pensées. Il cria dans son dos :

— Selon toi, je devrais aller vivre à Natchez ?

Eli cessa de marcher.

— Je ne peux répondre à ta place mais je t'affirme que, pour avoir l'esprit en paix, tu dois le vérifier.

Il fit encore un pas, puis s'arrêta à nouveau.

— Et s'il te plaît, décide-toi avant que toute la ferme n'ait besoin de Prozac !

Joey nota le grand sourire que lui adressa Eli avant de disparaître dans la maison.

Au lieu de rentrer, comme il l'avait prévu, Joey tourna les talons et fit le tour de la maison jusqu'au potager. Debout contre la haie qui délimitait un grand carré cultivé, il étudia les rangées bien alignées de laitues, carottes, haricots et choux... puis son regard dériva vers les tomates plantées par Robbie.

443

— Il a raison. Il faut que je sache. Mais comment ?

Il marcha un long moment à travers le jardin en continuant à réfléchir, avant de rebrousser chemin jusqu'à la maison où il pénétra. Il trouva Geoff et Eli assis dans la cuisine avec Len et Chris. Apparemment, tous les quatre attendaient quelque chose et Joey craignait fort que cela le concerne.

— Joey, assois-toi, je te prie.

Len indiquait une chaise à ses côtés. Oui, pas de doute, c'était bien lui qu'ils attendaient. Joey avait la sensation d'être le cancre de service convoqué dans le bureau du directeur.

— Nous nous faisons tous du souci pour toi, commença Len. Au cours du dernier mois, tu es resté morose, très abattu, et nous tenons tous à te voir heureux.

Joey fit des yeux un bref tour de table et il vit les quatre hommes hocher la tête avant que Len reprenne la parole :

— Je sais que tu as connu un gros chagrin d'amour mais je pense que ce n'est pas que ça.

Cette idée percuta Joey en pleine tête, pour rebondir à l'arrière de son crâne et revenir au centre.

— C'est vrai. J'ai réfléchi. Je pense avoir besoin de vacances. J'ai aussi quelques coups de fil à donner.

Joey vit Geoff sourire.

— Je veux juste que tu reviennes à temps pour les moissons, dans quelques semaines, indiqua Geoff.

Joey repoussait déjà sa chaise pour se lever. Tout à coup, il se sentait plein d'excitation et d'énergie, contrairement à son atonie des dernières semaines. Il avait traversé pas mal d'émotions depuis le départ de Robbie, peut-être était-il temps pour lui de reprendre son destin en main.

Il sortit son téléphone portable et composa le numéro qu'il connaissait par cœur. Il écouta les sonneries.

— *Allô, Joey ?*

— Salut, Robbie, je ne te dérange pas ? Tu as le temps de me parler ?

Seigneur, pourquoi se sentait-il aussi… nerveux ?

— *J'ai toujours le temps de te parler. Pourquoi, que se passe-t-il ?*

Joey entendit des bruits à l'autre bout du fil, il imagina que Robbie déposait près de lui son violon et son archet.

— Je me demandais si tu avais prévu quelque chose pour la semaine prochaine.

Joey avait l'estomac tout contracté de nervosité et d'excitation.

— *Non.*

La réponse était prudente, presque méfiante. Joey faillit abandonner mais il réussit à s'accrocher.

— Geoff m'a accordé quelques jours de vacances. J'avais pensé te rendre visite. Du moins, si ça te convient.

— Quoi ? Bien sûr que ça me convient !

Joey ne pouvait manquer la joie qui s'exprimait dans la voix de Robbie ; il eut une image mentale et très vivace de son grand sourire lumineux.

— Je vais tout arranger avec maman. Elle n'a jamais refusé un autre de mes invités, aussi je ne pense pas qu'il y ait de problème.

Joey nota parfaitement que la voix de Robbie sonnait plus creux. Il commença à se demander si son idée était tellement bonne.

— Qu'est-ce qu'il y a ?

Il entendit Robbie déglutir à l'autre bout du fil.

— Hum... je ne leur ai encore rien dit.

— À quel sujet... ? commença Joey avant de s'interrompre. Tu parles de moi ou bien du fait que tu es gay ?

— Les deux.

— Dans ce cas, ce n'est peut-être pas une bonne idée.

Joey avait vraiment envie de raccrocher sans plus attendre. Quel idiot il était d'avoir tant désiré ce déplacement. Il pensait Robbie amoureux de lui mais, maintenant, il n'en était plus aussi certain.

— Je te rappellerai, déclara-t-il, prêt à raccrocher.

— Non, Joey, ne raccroche pas, s'il te plaît.

Joey interrompit son geste pour écouter.

— Je veux que tu viennes chez moi, et je sais qu'il faut que je leur en parle.

Un long soupir émergea du téléphone. Joey en eut de terribles remords. Il savait qu'il mettait Robbie sous les projecteurs, ce qui n'était pas son intention. Il tenait bien trop au jeune aveugle pour faire peser sur lui une telle pression.

— Ce n'est pas grave. Je peux être simplement un ami de passage.

— Non !

Il y avait tant de véhémence dans la voix de Robbie que Joey recula d'un pas.

— Ce ne serait pas juste pour toi. Il faut que je le leur dise.

— S'il te plaît, ne le fais pas pour moi.

Joey bafouillait presque en prononçant ces mots, tandis que des flash-back concernant son propre coming-out lui revenaient à l'esprit. Il revit sa nervosité et sa colère pendant qu'il en parlait à sa mère, bien qu'elle ait déjà tout deviné.

— Ce n'est pas le cas. Mes parents méritent de savoir qui je suis et, pour le moment, ils n'en ont aucune idée.

La nervosité de Robbie s'entendait au téléphone.

— Si tu veux, je serais avec toi.

— Je pense que je dois le faire, déclara doucement Robbie avec un soupir. *Je t'en prie, viens, j'en ai vraiment envie.*

Il y avait dans sa voix une attente fébrile et Joey reconnut le sentiment qui l'avait torturé au cours du dernier mois. Et cette réalisation, plus que tout autre, réussit à le convaincre : Robbie désirait véritablement sa présence chez lui.

— Moi aussi, j'en ai envie. Je veux te revoir. Je veux te tenir contre moi.

Joey sentit sa jambe se mettre à trembler, toutes ses émotions intimes bouillonner et monter... Il fit de son mieux pour se contrôler.

— *Alors, tu vas venir ?*

Une fois encore, Joey nota l'espoir impatient.

— Oui, je vais venir.

Désormais, même des chevaux sauvages ne pourraient le garder en arrière. Que Robbie parle ou non à ses parents n'avait plus d'importance, Joey tenait à le revoir. Son cerveau ne lui laissait plus aucun répit, il avait pris sa décision, sa résolution ; il savait ce dont il avait besoin.

Joey raccrocha et rangea son téléphone dans sa poche, puis retourna dans la cuisine où quatre paires d'yeux l'attendaient avec impatience. Joey ne put retenir son sourire.

— Apparemment, je vais dans le Sud.

Les quatre visages affichèrent le même sourire, puis tout le monde se leva pour aller travailler. Il y avait des préparatifs à mettre en place.

ROBBIE ÉTAIT assis à l'ombre du porche principal, à l'avant de la maison. Chaque bruit, chaque voiture qui passait lui faisaient battre le cœur plus vite. Joey arrivait aujourd'hui, Robbie était bien trop excité pour rester à l'intérieur. Il aurait probablement dû le faire parce que la chaleur estivale l'oppressait, mais il ne pouvait s'y résoudre.

Des pas et des verres qui cliquetaient lui annoncèrent une arrivée.

— M. Robbie, je vous ai apporté de la limonade fraîche.

Il entendit le plateau se poser près de lui.

— Merci.

Robbie se tourna pour adresser un sourire à Adelle. Dans la famille, elle était une institution. Elle et le jardinier, Raymond, s'occupaient de tout, l'une à l'intérieur, l'autre à l'extérieur. Durant l'enfance de Robbie, ces deux-là avaient été ses plus proches amis. Même en prenant de l'âge, ils ne ralentissaient pas leur rythme et s'occupaient toujours aussi bien de lui.

— Assois-toi avec moi, proposa-t-il, ayant soudain envie d'un peu de compagnie.

— Je ne peux pas, bébé.

Il sentit sa main lui effleurer l'épaule.

— Ta maman a prévu demain un brunch avec d'autres dames, j'ai beaucoup à faire.

Elle lui tapota la main avant d'ajouter :

— Tu devrais vraiment rentrer à l'intérieur. Tu vas frire sur place en restant ici.

— Je sais, mais...

446

Robbie ignorait ce que pensait Adelle de l'arrivée prochaine de Joey et, tout à coup, son opinion lui parut d'une importance primordiale.

— Cela ne te fait rien que je sois… tu sais… gay ?

— Mon cœur, si c'est grâce au jeune homme que tu attends que tu as été aussi heureux cette dernière semaine, je tomberais bien volontiers sur mes vieux genoux pour remercier le doux Jésus de te l'avoir envoyé.

Sur ce, elle rebroussa chemin et Robbie entendit ses pas s'éloigner. Il eut un sourire intérieur avant de soupirer, doucement. Il aurait vraiment souhaité que tout le monde fasse preuve de la même ouverture d'esprit.

APRÈS SA conversation avec Joey, Robbie raccrocha son téléphone et un courant d'excitation le traversa de part en part. Joey venait lui rendre visite ! Il eut à peine le temps de savourer cette réalisation qu'il entendit les pas de sa mère dans le hall. Il se souvint alors de ce qu'il devait faire. Il ramassa son violon posé sur un coussin à côté de lui et retrouva son archet dont il caressa quelques cordes, se perdant dans les notes et le rythme.

Il oublia toute notion du temps, ce qui n'était jamais difficile pour lui dès qu'il s'agissait de musique. Les heures disparaissaient en un clin d'œil, seuls ses bras douloureux et son cou courbaturé lui rappelaient qu'il était l'heure de s'arrêter. Il rangea son instrument dans l'écrin dont il fit claquer les loquets. Il entendit au même moment la porte s'ouvrir.

— Tu as fini pour aujourd'hui ?

La salle de musique était le seul endroit de la maison où sa mère ne l'interrompait jamais. Pendant qu'il jouait, elle le laissait tranquille.

— Oui, maman.

Robbie se redressa et avança lentement en direction de la voix.

— Quelle heure est-il ? J'ai laissé ma montre dans ma chambre.

— Il est presque l'heure du retour de ton père.

Tous les soirs, en début de soirée, une heure était consacrée aux cocktails, une tradition fermement établie qui commençait dès que son père revenait à la maison, après avoir quitté son bureau, et s'interrompait lorsque Harriet servait le dîner.

— Je vais t'aider à descendre.

Il sentit sa main peser sur son bras tandis qu'elle le guidait à travers la maison.

Les cocktails étaient servis dans la pièce que sa mère nommait 'le parloir'. Robbie se souvenait d'avoir connu l'endroit avant sa cécité mais il était certain que rien ne ressemblait au souvenir qu'il en gardait. Il n'avait aucun moyen de modifier l'image imprimée dans son cerveau, aussi pour lui, elle demeurait vivace. Alors qu'il s'installait sur le sofa, il entendit s'ouvrir la porte principale, puis les pas de son père traversèrent le hall, en se rapprochant.

— Robert Edward, comment s'est passée ta journée ?

Robbie entendit le cliquètement d'un verre.

— Que veux-tu boire ?

— La même chose que toi, ce sera très bien.

Robbie espérait qu'un peu d'alcool l'aiderait à calmer sa nervosité. D'ordinaire, il se contentait de rester assis et de boire un soda tandis que ses parents sirotaient plusieurs martinis en discutant de leurs journées respectives.

— Donne-lui plutôt un soda, intervint sa mère.

— Quelle idée, Claudine ! C'est un homme à présent, il a l'âge de boire s'il le désire.

Robbie sentit le verre se presser dans sa main, puis ses parents se mirent à parler entre eux, comme d'habitude, presque comme s'il n'était pas présent avec eux dans la pièce.

— J'ai quelque chose à vous dire, à tous les deux.

La conversation s'interrompit net, Robbie se demanda ce que ses parents avaient en tête, à l'instant présent.

— Ce n'est pas un aveu facile pour moi, je ne sais pas quelle sera votre réaction, aussi je vais être le plus bref possible.

Robbie inspira profondément et vida une bonne partie du verre qu'il tenait à la main, l'alcool lui brûlant la gorge tout du long.

— Voilà, je suis gay.

Robbie attendit une réaction, mais la pièce demeurera parfaitement silencieuse, seul le tic-tac d'une horloge dans un coin remplissait le néant. Robbie était certain qu'une tonne de signaux non verbaux s'échangeait entre ses deux parents – des gestes et des regards qu'il ne pouvait surprendre. Ils avaient l'habitude de communiquer en silence quand ils ne voulaient pas l'inquiéter ou qu'ils préféraient lui cacher leurs ressentis. Apparemment, c'était ce qu'ils faisaient depuis des années mais Robbie ne l'avait appris qu'un an plus tôt, lorsqu'Arie lui en avait parlé.

Au bout d'un long moment, son père intervint enfin :

— Tu ne crois pas qu'il s'agit uniquement d'un trouble passager ?

Il y avait dans sa voix une douceur que Robbie n'entendait pas souvent, en tout cas pas depuis sa maladie. Une vague de chaleur le traversa soudain, il réalisa que cette intonation lui avait manqué.

— Non, papa, ce n'est pas le cas. Je suis peut-être aveugle mais je sais ce que j'éprouve et ce que je pense.

Il tenta de garder sa voix stable et d'utiliser la raison plutôt que laisser son émotion diriger la situation.

— Mais chéri, comment peux-tu le savoir puisque tu ne vois pas ?

Il se tourna en direction de la voix de sa mère.

— Je le sens, maman. Je sais ce que je ressens.

Il devait accorder à ses parents une chose : ni l'un ni l'autre ne criait ou hurlait. Au contraire, ils faisaient des efforts pour tenter de le comprendre.

— Je sais que c'est dur pour vous, mais il y a un moment déjà que j'y pense, même si j'ai eu moi-même du mal à l'accepter. Il m'a également fallu du temps pour trouver le courage de vous en parler. Je ne veux pas vous perdre.

Il entendit sa mère renifler discrètement.

— Nous t'aimerons toujours, quoi que tu fasses. Nous t'aimons tous les deux énormément, chéri, nous ne voulons que ton bonheur. Mais ce genre de nouvelle est quand même un choc.

Elle ne mentait pas. Il l'entendait dans sa voix. Il tenta d'imaginer comment son père prenait la nouvelle. D'après le cliquètement des glaçons, son père avait eu besoin d'un remontant.

— Je sais, maman, mais je veux que papa et toi sachiez la vérité à mon sujet. Je ne veux plus vous mentir.

Il avait la sensation qu'un poids lui avait été ôté des épaules. Ses parents lui parlaient, l'écoutaient. Et puisqu'il y était, autant vider son sac complètement.

— Il y a autre chose... À la dernière étape de la tournée de notre orchestre, j'ai rencontré quelqu'un. Un garçon qui s'appelle Joey.

Sa mère étouffa un cri.

— Vivait-il dans cette ferme où tu as séjourné ?

Robbie nota que sa voix devenait réprobatrice. Sa mère ne trouverait jamais personne digne de son fils.

— Je savais bien que j'aurais dû t'envoyer résider avec Arie !

Il y avait tant d'erreurs dans cette simple phrase que Robbie ne savait pas par où commencer, aussi il décida de laisser passer cette déclaration en l'imputant à l'émotion de sa mère.

— Claudine, ne t'affole pas, déclara son père d'un ton apaisant. Mais toi, Robert Edward, tu as des explications à nous donner.

Le ton était plus sec. Et son père avait usé de son nom complet, indiquant ainsi à Robbie qu'il se trouvait sur la sellette.

Aussi, il reprit, pour tenter de leur faire comprendre :

— Je sais bien que j'aurais dû vous en parler plus tôt mais je n'étais pas prêt moi-même à gérer tout ça. J'ai dû le quitter et ce dernier mois m'a été très pénible. Il me manque terriblement.

— Tu sais, le problème n'est pas seulement que tu sois gay. Nous pouvons le gérer et même l'accepter, mais tu es notre fils. Être gay ne te dispense ni de tes responsabilités familiales ni d'un comportement décent.

Il le savait. Le plus étrange, c'est qu'il avait été bien plus nerveux à l'idée de parler à ses parents de Joey que de leur annoncer son homosexualité. Il savait que toutes les chances étaient contre lui : ses parents réagiraient mal.

449

Les glaçons tintèrent quand les verres furent à nouveau remplis, Robbie pensa que ses deux parents avaient chacun vidé leur cocktail et qu'ils étaient prêts pour une seconde tournée.

— Que vont en dire nos relations ? Je vais devenir un paria.

Sa mère avait toujours tendance au mélodrame.

— Que feront les dames de l'U.D.C. – les Filles de la Confédération – quand elles découvriront que mon fils, mon fils gay, fréquente un fichu Yankee ?

— Joey est peut-être un fichu Yankee mais je crois bien que je l'aime !

Cette déclaration surprit autant Robbie que ses parents, elle eut en tout cas l'effet bénéfique de faire tomber un silence sidéré. Robbie n'avait jamais été de toute sa vie aussi soulagé d'entendre 'le dîner est servi'. Il quitta son siège d'un bond et sentit qu'on lui ôtait des doigts le verre qu'il tenait encore.

— Cette discussion n'est pas terminée !

La voix de son père n'était plus en colère mais toujours inquiète. Robbie sentit le nœud qu'il avait à l'estomac se détendre légèrement. Une main se posa sur son bras et l'entraîna. Il était d'ores et déjà certain que le dîner serait plutôt tendu.

Son pressentiment s'avéra exact. Il y eut peu de conversation entre ses parents, chacun évitant délibérément d'évoquer son aveu. Dès la fin du repas, Robbie s'excusa et laissa Adelle le conduire à l'étage. Il s'enferma dans sa chambre, saisit instantanément son téléphone, et appela Arie pour se confier à lui.

— Alors, tu leur as tout dit, c'est ça ?

— Oui.

Robbie se sentait plutôt fier de lui. Il avait été franc vis-à-vis de ses parents en leur avouant la vérité.

— Et il va vraiment venir te rendre visite ?

Arie paraissait satisfait.

— Il doit m'appeler demain pour me donner ses horaires d'arrivée. J'espère que d'ici là, mes parents se seront faits à cette idée.

Robbie ne parvenait pas à cacher son excitation. Parler à ses parents l'avait libéré d'un fardeau, il se sentait plus léger et leur réaction ne comptait pas vraiment.

— Mais oui, bien sûr. Ils ont juste besoin d'un peu de temps pour digérer ce que tu viens de leur annoncer. Tout se passera bien, tu verras.

IL FALLUT que Robbie y mette du sien mais en vérité, sa mère avait fini par s'y faire, du moins jusqu'à un certain point. De nature très maternelle, elle voulait avant tout voir son fils heureux. Ils parlèrent très longtemps de son homosexualité et, même si elle avait encore un peu de mal, elle faisait des efforts. Le gros problème, c'était le Yankee.

— Quand doit-il arriver ?

Robbie savait sa mère très impatiente de rencontrer Joey. Lorsqu'il sentit sa main peser sur son épaule, il noua ses doigts aux siens.

— Merci, maman. Je comprends bien que tout ça a été difficile pour toi et pour papa.

Il se tourna pour regarder dans sa direction. Elle soupira doucement.

— J'ai toujours espéré avoir un jour des petits-enfants.

Elle détacha sa main et s'installa auprès de lui.

— Seigneur, qu'il fait chaud !

Après s'être un peu agitée sur son siège, elle resta silencieuse.

— Maman, que se passe-t-il ? Pourquoi as-tu peur ?

— Je ne cesse d'oublier que tu perçois certaines choses bien mieux que la plupart d'entre nous.

Il l'entendit inspirer profondément.

— Qu'est-ce que j'ai fait pour que tu sois... tu sais... ?

Elle ne parvenait pas à prononcer le mot.

— Gay ?

— Oui. Est-ce que j'ai été trop exigeante ? Est-ce que je t'ai trop couvé ?

Il y avait de la terreur dans sa voix.

— Mais non, tu n'as rien fait de mal.

Robbie se pencha vers elle pour trouver ses mains. Il continua :

— Au fond de mon cœur, j'ai toujours su être né comme ça. Si tu veux mon avis, tout ce que tu as pu entendre concernant l'influence des mères trop exigeantes et dominatrices, ce n'est que de la foutaise.

Il la sentit se crisper sous ce juron, pourtant modéré. Jamais sa mère ne disait un gros mot – 'connerie', par exemple – même quand elle était prête à exploser.

— Désolé, maman, mais c'est la vérité. Je sais bien que certains n'aimeront pas apprendre que je suis gay et que tu risques d'en payer le prix.

Robbie connaissait les 'Filles de la Confédération', un groupe de viragos farouchement conservatrices, aussi bien question religion que dans tout autre domaine.

— Ne t'inquiète pas pour moi, chéri.

— Mais si, maman, bien sûr que si, dit Robbie en déglutissant péniblement. Je ne veux pas que tu aies des ennuis à cause de moi.

Il attendit un moment une réponse qui ne vint pas. Aussi, il continua :

— J'étais tellement nerveux à l'idée de vous en parler, à papa et à toi. J'apprécie vraiment que vous vous soyez montrés si compréhensifs.

Il se pencha pour embrasser sa mère sur la joue.

— Je t'aime, maman.

— Je t'aime aussi.

Robbie était conscient qu'il y avait dans la voix de sa mère beaucoup d'autres sentiments. Elle aurait aimé qu'il soit hétéro, et qu'il se marie un jour, et qu'il ait des enfants pour hériter de Wildwood. À dire vrai, il suspectait même que ses deux

451

parents espéraient de sa part une folie passagère bientôt oubliée. Il n'était pas naïf au point d'espérer qu'ils le comprennent vraiment. Ce n'était pas possible, pas dans un aussi court délai. Mais ils l'avaient écouté et faisaient des efforts d'adaptation. Pour le moment, il ne pouvait leur en demander davantage. Bon sang, c'était plus que ce qu'il avait espéré ! Il commençait à s'inquiéter : et si quelqu'un s'en était déjà pris à sa mère.

— Que t'ont-elles dit pour le moment, ces braves dames ?

— Je ne leur en ai pas parlé ! Et je n'ai pas l'intention de le faire. Et pendant la visite de ton jeune ami, je compte sur vous pour avoir en public un comportement irréprochable.

Là, Robbie retrouvait la mère qu'il connaissait.

— Ce qui se passe derrière une porte close ne regarde personne mais ce qui se passe en public regarde tout le monde. J'espère que ce garçon a de l'éducation.

Robbie sourit et attendit que sa mère réalise ce qu'elle venait de dire.

— Ce n'est pas que je t'autorise à avoir des relations avec ce garçon sous mon toit !

Oui, c'était sans conteste la mère qu'il connaissait. Avec un autre sourire, Robbie lui tapota gentiment les doigts. Il n'avait pas la moindre intention de se priver des mains et autres parties du corps de Joey durant toute la semaine.

Une voiture arriva de la route et s'arrêta devant la maison. Robbie l'entendit redémarrer, tourner dans l'allée, et se garer devant le porche. Il sentit son cœur accélérer ses battements tandis que son esprit recréait l'image de Joey qu'il avait en tête.

Oh Seigneur. Il avait oublié de prévenir sa mère !

VIII

JOEY ARRÊTA la voiture devant l'adresse indiquée par Robbie, puis il regarda la maison, bouche bée. Il vérifia le GPS, fourni avec le véhicule par l'agence de location, avant de relever les yeux sur la maison.

— Seigneur !

Se reprenant, il enclencha une vitesse et s'engagea dans l'allée privée encadrée de fleurs luxuriantes et d'une haie de buissons bas, soigneusement taillés.

Il se gara à une place qu'il espérait ne pas être strictement interdite, sortit de la voiture, et ne put s'empêcher d'écarquiller les yeux devant l'édifice encadré de piliers blancs. Il y avait deux porches, l'un au rez-de-chaussée, l'autre à l'étage. Joey sentit son estomac faire des cabrioles, il faillit remonter dans sa voiture pour s'en aller tellement il se sentait peu à sa place. Mais alors, il vit Robbie, assis sur un des sièges installés sous le porche. À ses côtés se trouvait une femme superbe et Joey pensa qu'il devait s'agir de sa mère. Une fois de plus, il se reprit et vérifia son reflet dans le rétroviseur extérieur de la voiture : il espérait ne pas avoir l'air aussi pauvre et misérable qu'il se sentait.

— Et zut !

Il était bien coiffé mais il ne vit que ses cicatrices. Sa seule consolation fut que Robbie les connaissait déjà… et qu'il ne s'en souciait pas.

La chaleur lui tomba dessus tandis qu'il marchait dans l'allée en direction des marches de l'entrée, un pas prudent après l'autre, comme s'il approchait d'un sanctuaire. Lorsqu'il vit mieux Robbie, Joey dut faire un effort pour ne pas se jeter sur lui. Tout son corps désirait plaquer Robbie contre lui, le serrer dans ses bras. Il baissa brièvement les yeux pour s'assurer que son excitation intérieure n'exhibait pas de signes révélateurs.

— Joey, c'est toi ?

— Oui, j'ai réussi à trouver.

Il sourit, même si Robbie ne pouvait pas le voir. Le jeune aveugle se leva.

— Je te présente ma mère, Claudine Jameson.

Elle fit un pas en avant ; Joey avança jusqu'à elle et lui serra la main.

— Je suis enchanté de vous rencontrer, Mme Jameson. Robbie m'a beaucoup parlé de vous.

Joey se rappela qu'il devait sourire, tout en essayant d'oublier les papillons qui battaient follement des ailes dans son estomac.

— Très heureuse de faire votre connaissance, répliqua-t-elle, en bonne Sudiste, un peu guindée.

D'un geste de la main, elle lui proposa ensuite un des sièges vacants et s'enquit :

— Aimeriez-vous un verre de limonade ?

Joey nota que si les yeux de la mère de Robbie s'attardaient sur lui, son visage n'exprimait qu'un intérêt poli.

— Je vous remercie, madame, bien volontiers.

Il aurait bu n'importe quoi pour oublier cette intense chaleur.

Elle lui servit un verre, remplit celui que Robbie avait vidé, puis déposa le pichet sur le plateau.

— Je vous prie de bien vouloir m'excuser. Adelle viendra vous prévenir quand le dîner sera servi.

Dès qu'elle se leva pour s'en aller, Joey posa son verre et se redressa également. Il ignorait où il avait appris ces bonnes manières mais quelque chose lui indiquait qu'on ne restait pas ainsi quand une dame quittait une pièce.

La mère de Robbie se tourna vers lui, une esquisse de sourire sur les lèvres.

— Vous avez de l'éducation, je vous l'accorde.

Puis elle retourna dans la maison, laissant les deux hommes en tête-à-tête. Joey eut la sensation qu'il pouvait à nouveau respirer. Il se rassit. Il aurait voulu tendre la main vers Robbie, l'attirer dans ses bras et l'embrasser jusqu'à en perdre le souffle, mais il ne se trouvait pas à la ferme, aussi se maîtrisa-t-il.

— Tu as fait bon vol ?

Robbie paraissait nerveux, tout raide, Joey ne savait quoi en penser.

— Oui, très bon, mais c'était long. Bien trop long.

Depuis sa décision de rejoindre Robbie, Joey avait eu l'impression que tout se déroulait au ralenti. Au cours du dernier mois, il n'avait pensé qu'à revoir le jeune aveugle mais, maintenant qu'il se trouvait en face de lui, il ne savait plus quoi faire.

— Tu veux que nous rentrions à l'intérieur ? La chaleur est horrible ! Je ne suis resté là dehors que pour t'attendre.

Joey soupira, soulagé.

— Oui, merci. Seigneur, je n'ai jamais connu une telle canicule !

Robbie ricana.

— Même quand la climatisation tombait en panne dans ton tracteur ?

— Je pouvais au moins ouvrir les vitres.

Robbie éclata de rire et se leva, puis il se retourna et avança avec prudence jusqu'à la porte.

— Prends tes affaires, je vais les faire monter dans ta chambre.

Ma chambre ? Joey en ressentit un bref élan de déception. Il n'avait pas réalisé qu'il espérait dormir avec Robbie, comme à la ferme, alors que ce n'était ni pratique ni réaliste.

Il retourna à sa voiture pour sortir du coffre sa valise, puis retrouva Robbie à la porte. Il le laissa lui prendre le bras tandis que tous deux pénétraient à l'intérieur.

Dès la porte franchie, Joey trouva très agréable de retrouver l'air conditionné mais alors, il s'arrêta, bouche béante, en prenant conscience de ce qui l'entourait. De l'extérieur, il avait trouvé la maison immense, mais à l'intérieur, c'était un vrai palais, avec des boiseries lumineuses, du cristal étincelant, des tapis soyeux et des tableaux partout sur les murs.

— Quelque chose ne va pas ? demanda Robbie.

Joey se raccrocha à son bras.

— Non. Mais je n'ai jamais rien vu de pareil. J'ai l'impression d'être dans un musée.

— Je n'en sais rien. Il y a dix ans, quand je suis devenu aveugle, toutes les pièces me paraissaient semblables et les images que j'en ai gardées s'effacent avec le temps.

Certaines portes étant ouvertes, Joey eut un aperçu d'un superbe salon pendant qu'il avançait vers le grand escalier. Son regard fut également attiré par la salle à manger, avec ses murs précieux et sa table bien cirée. Il se sentit soudain terriblement intimidé.

Il ne cessa de regarder autour de lui tandis que Robbie et lui montaient l'escalier jusqu'au palier du premier étage.

— Ta chambre est la première porte sur la gauche.

Robbie désignait d'un doigt tendu l'endroit en question, dont la porte était ouverte. Joey s'y rendit, en espérant que Robbie le suivrait.

La chambre était claire et immense, avec un coin salon et un lit à l'ancienne. Manifestement, les amis étaient bien accueillis dans la famille de Robbie. Joey déposa avec soin sa valise sur le lit et regarda autour de lui, effrayé de toucher à quoi que ce soit.

— Joey, ce n'est qu'une maison !

Robbie pénétra dans la pièce et referma la porte avec un léger cliquètement.

Joey considéra qu'il s'agissait d'une invitation. Il se déplaça rapidement pour céder enfin à l'envie qui le possédait depuis son arrivée. Il prit Robbie dans ses bras et ses lèvres retrouvèrent leurs congénères. Leur goût sucré et leur souple douceur étaient exactement ce dont il se souvenait. De la langue, il dessina le pourtour de cette bouche incroyable, redécouvrant ce qui lui avait tant manqué. Et alors, il l'entendit… ce gémissement sourd et étranglé qui envoyait tout droit à son bas-ventre de vifs éclairs de désir.

Joey sentit Robbie s'accrocher à lui pour garder son équilibre, lui-même ayant l'esprit obscurci par un besoin primitif et essentiel.

— Joey, geignit Robbie contre ses lèvres. Il nous faut faire attention…

Sur ce, le jeune aveugle posa sa tête sur son épaule et se serra contre lui.

— Comment tes parents ont-ils pris la nouvelle ?

— Que je suis gay ? Bien mieux que de savoir que tu étais Yankee.

Sous le coup de la surprise, Joey faillit reculer d'un pas.

— Ça existe encore, ce genre d'attitude ?

Il avait du mal à le comprendre. Pour lui, ce genre de ségrégation appartenait au passé.

— Oh que oui ! Dans le Sud, ça existe.

Joey se contenta de tenir Robbie dans ses bras, savourant la chaleur de ce corps pressé contre lui et l'odeur propre de sa peau.

— Tu m'as manqué, chuchota-t-il à son oreille.

— Ah oui, qu'est-ce qui t'a manqué le plus ?

Il y avait dans ses mots une étincelle joueuse.

— Ta voix… et la façon que tu as d'allonger une syllabe en deux.

Joey se pencha pour promener sa langue le long du cou de Robbie.

— La façon dont tu trembles quand je t'embrasse, juste ici…

Du pouce, il effleura la lèvre inférieure de Robbie. Puis il se pencha pour prendre cette lèvre entre ses dents, tira dessus doucement avant de la libérer.

— La façon dont tu trembles au moment où tu jouis.

— Est-ce que tu le penses vraiment ? Ce message que j'ai entendu, quand je suis monté dans le bus… C'était bien toi ?

— Oui, c'était moi. Et oui, je le pense vraiment. J'ai regretté de ne pas te l'avoir dit plus tôt mais quand tu es monté dans ce bus, j'ai trouvé un feuillet dans ma poche. Je l'avais imprimé le matin même pour tenter de déchiffrer ce que tu avais tapoté sur moi. Et alors, j'ai compris que je ne voulais pas te laisser partir sans te dire ce que j'éprouvais. Je n'étais pas certain que tu comprendrais mais je tenais à essayer.

Avant que Joey ait pu en dire plus, on frappa légèrement à la porte. Robbie s'écarta, la poignée tourna et le panneau s'ouvrit.

— M. Robbie, le dîner sera servi dans une demi-heure. Vous devriez vous habiller.

Joey vit pénétrer dans la pièce une Afro-américaine toute menue.

— Merci, Adelle. Voici Joey Sutherland.

Elle eut soudain un sourire lumineux qui la rendit très belle.

— Alors, voici le jeune homme que tu attendais avec tant d'impatience !

Elle reporta son attention sur Robbie et continua :

— Faites bien attention, tous les deux, ta maman a demandé à tout le personnel de vous surveiller de très près. Mais avec moi, vous ne risquez rien, ajouta-t-elle, l'expression radoucie.

Joey la regarda retourner vers la porte, la refermer avec soin, puis sortir de son tablier un objet qu'elle pressa dans la main de Robbie en disant :

— Ce soir, veillez juste à ne pas faire de bruit.

Sur ce, elle rouvrit la porte et les laissa seuls. Robbie montra alors à Joey ce qu'il tenait dans la main : deux clés, deux passe-partout.

— Qu'a-t-elle voulu dire ? Il faut se changer pour dîner ?

— Maman insiste pour que nous fassions le soir un effort de toilette, surtout quand mon père se trouve à la maison.

Joey sentit à nouveau les papillons prendre leur envol.

— Je n'ai rien apporté de sophistiqué.

— Il te suffit d'une chemise et d'une cravate. Et tu peux emprunter une des miennes si tu en as besoin.

— Non, ça va aller.

Joey porterait ce qu'il avait de mieux et si ça n'était pas suffisant ou que ces gens-là se montraient trop snobinards, tant pis pour eux ! Il était venu pour voir Robbie, pas pour jouer les dandys.

— Dans ce cas, je vais me changer.

Joey s'empara une dernière fois des lèvres de Robbie, puis il le regarda ouvrir la porte et s'éloigner dans le couloir d'un pas incertain. Étonné, il s'approcha de l'entrebâillement pour surveiller ce qui se passait, il ne comprenait pas la maladresse du jeune aveugle. À la ferme, Robbie se déplaçait toujours d'un pas si confiant, il retrouvait son chemin sans difficulté. Joey finit par refermer sa porte, il ouvrit sa valise et sortit ses affaires, dont sa plus belle tenue.

Une fois lavé et changé, il s'examina dans le miroir. Il portait une chemise de couleur vive et un pantalon à peu près correct, à la place de son jean. Il espérait qu'il n'aurait pas à s'habiller tous les soirs, sinon il porterait éternellement ce même pantalon.

Tandis qu'il étudiait son reflet, Joey remarqua que ses cicatrices avaient bel et bien commencé à s'effacer. Il ne se regardait pas souvent, aussi nota-t-il pour la première fois que les marques jadis rosées blanchissaient, et disparaissaient même pour de bon à quelques endroits, ainsi que le chirurgien l'avait promis. Il haussa les épaules et attacha sa cravate, vérifiant qu'elle était bien droite, puis se dirigea vers la porte. Celle de Robbie était toujours fermée. Joey pensa le jeune aveugle déjà descendu, aussi avança-t-il jusqu'à l'escalier.

Il ne trouva personne dans la salle à manger mais la table était mise et le couvert impressionnant. Les mains dans les poches, Joey suivit un bruit de verres qui s'entrechoquaient ; il vit Claudine à côté d'un homme grand et large qui devait être le père de Robbie.

L'homme était occupé à servir à sa femme un verre qu'il lui tendit.

— Vous devez être Joey, déclara-t-il en levant son pichet. Je vous sers un verre ?

— Je vous remercie.

Le père de Robbie se chargea des présentations après avoir terminé sa tâche et déposé son pichet sur la table.

— Robert Edward Jameson.

Il tendit la main, Joey la serra vigoureusement.

— Joseph Sutherland. Mais tout le monde m'appelle Joey.

— Je suis ravi de vous rencontrer.

Tout en parlant, il tendait à Joey son cocktail martini. Le jeune homme ne cessait de chercher un sens caché aux paroles qu'il entendait, sous-entendu moqueur ou sarcasme, mais il n'en trouvait aucun.

— Où est Robbie ? s'affola Claudine Jameson.

— J'ai cru qu'il était déjà descendu, répondit Joey, un peu surpris. Sa porte était fermée.

Il ne comprenait pas du tout la réaction de cette femme. Elle paraissait de plus en plus inquiète.

— Comment ? Vous ne l'avez pas attendu pour descendre ? Je vais charger Adelle de le faire.

Sa voix était nettement réprobatrice, Joey se demanda ce qu'il avait raté.

— Mais pourquoi quelqu'un doit-il se charger d'escorter Robbie ?

Il prit une gorgée de son cocktail et faillit s'étouffer. Le père de Robbie n'y avait pas été de main morte sur le vermouth. Bon sang, c'était puissant !

— Parce qu'il est aveugle !

Elle le regarda comme s'il était complètement idiot avant de quitter la pièce. Joey ne savait pas comment réagir mais quelque chose n'allait pas. Il tenta de s'expliquer :

— Quand Robbie était à la ferme, il se déplaçait très facilement dans la maison. Et également dans l'écurie.

— Je sais.

Joey retint de justesse un sourire devant l'accent du père de Robbie, qui s'asseyait dans un des larges fauteuils du salon.

— Sa mère insiste pour l'assister en permanence au lieu de lui laisser un peu d'autonomie.

Il sirota son cocktail en haussant les épaules. Apparemment, c'était un point de discorde que le couple avait régulièrement et le père de Robbie ne tenait pas à y revenir.

— Vous trouvez mon accent comique, mon garçon ?

Joey comprit que, contrairement à ses illusions, il n'avait pas réussi à garder une expression impassible.

— Non, mais je comprends pourquoi vous le pensez.

Le père de Robbie se frappa la cuisse avec un éclat de rire.

— Ah, vous avez le sens de l'humour ? Ça me plaît.

Il but à nouveau une gorgée de son cocktail avant d'indiquer un siège en disant :

— Asseyez-vous.

Joey obtempéra et resta le dos raide sur son fauteuil en se demandant ce qu'il pouvait dire. Il décida que rester muet était aussi bien. Il essaya aussi de ne pas renverser le verre qu'il tenait à la main.

Quelques minutes plus tard, Claudine revint avec Robbie à son bras. Joey se leva pour lui céder son siège et s'installa sur le canapé à côté de Robbie. Claudine le fusilla des yeux. *Le dîner va être charmant*, pensa Joey. Il espérait seulement qu'il aurait une chance de s'expliquer.

Il se promit de demander plus tard à Robbie ce qui se passait. Son père dut remarquer l'atmosphère tendue parce qu'il commencera à lui poser des questions anodines concernant son voyage, pour meubler la conversation.

— D'après ce que j'ai compris, vous vivez dans une ferme ?

Joey adorait son accent sudiste.

— Oui, monsieur. Nous possédons plus de mille deux cents hectares et deux mille têtes de bétail, sans compter les chevaux.

— Que faites-vous exactement dans cette ferme ?

Joey savait bien qu'il était discrètement mis sur le grill, aussi resta-t-il calme et répondit-il d'une voix aussi tranquille que possible.

— Je m'occupe de la superficie productive, nous faisons pousser du maïs, du foin, du soja et de la luzerne.

— Que représente cette superficie ?

— Environ quatre cents hectares.

Le père de Robbie parut impressionné. Joey continua :

— Quand je suis sorti diplômé de l'université, Geoff et Eli m'ont offert un poste.

Il s'agita sur le canapé et sentit la jambe de Robbie contre la sienne. Ce léger contact fut rassurant.

— Ce sont eux qui possèdent la ferme ?

Des regards, rapides et subtils, furent échangés entre Claudine et Robert.

— Oui monsieur. Geoff a hérité cette ferme de son père, elle est dans sa famille depuis plusieurs générations. Geoff et Eli sont ensemble depuis maintenant six ans.

Joey ne cacha pas la satisfaction qui résonnait dans sa voix. Il était fier de sa ferme et de ses amis, il tenait à le faire savoir. Avant qu'il ait à subir d'autres questions, Adelle pénétra dans la pièce et croisa le regard de Claudine, elle s'éloigna ensuite sans un mot. La mère de Robbie se leva.

— Allons-y, si vous le voulez bien.

Joey prit Robbie par le bras – il ne tenait pas à encourir une fois de plus la colère de sa mère – et le guida jusqu'à la salle à manger.

D'après Joey, le dîner fut un peu étrange. La conversation, ou du moins ce qui passait pour telle, fut assez animée, grâce au père de Robbie, mais Claudine, assise en face de Joey, ne perdit aucune occasion de le dévisager. Au début, Joey pensa qu'elle s'intéressait à ses cicatrices, mais il comprit très vite qu'elle ne l'appréciait pas du tout. Elle s'exprima parfois au cours du dîner mais s'adressa très peu à lui, juste quelques mots imposés par la politesse. Quant à Robbie, il ne dit presque rien. Il se contenta de manger lentement sans prêter attention à son environnement. C'est vrai que l'animation restait essentiellement visuelle, ce qui lui échappait complètement.

Après ce qui parut à Joey des heures, les convives se levèrent de table et Robbie souhaita bonne nuit à ses parents. Au grand soulagement de Joey, le jeune aveugle lui demanda son aide pour monter à l'étage. Joey se sentait épuisé, mal à l'aise, pour ne citer que ça. Après son voyage, ce dîner et l'incessante attention de Claudine, il en avait assez. Il voulait simplement retrouver son lit. Ou pour être plus honnête, il voulait retrouver Robbie dans son lit, dans ses bras, mais il n'était pas certain de l'obtenir.

Joey quitta Robbie devant sa porte, il vérifia rapidement que le couloir soit désert, puis il l'embrassa doucement avant de retourner dans sa chambre. Il regarda la pièce, de plus en plus mal à l'aise. Il ouvrit sa valise et en sortit un vieux short et un tee-shirt. Il ôta ses vêtements de soirée, les plia avec soin, puis enfila sa tenue confortable. Il se laissa tomber sur le lit, son cerveau tourbillonnant à toute vitesse. *Je n'aurais pas dû venir.* Robbie et lui avaient passé à la ferme des moments merveilleux mais le jeune homme plein d'enthousiasme qu'il avait connu n'était pas le Robbie qui se trouvait dans la chambre, de l'autre côté du couloir.

Joey se rassit brusquement, laissant ses pieds pendre le long du matelas tandis qu'il réfléchissait. Il savait ce qu'il allait faire. Il n'avait pas sa place ici et sa présence risquait de rendre les choses plus difficiles pour Robbie. Dès demain matin, il téléphonerait à l'aéroport, changerait son vol et rentrerait chez lui. Ayant pris sa décision, Joey éteignit sa lampe.

C'est alors qu'il perçut les sons étouffés du violon de Robbie. Il avait entendu le jeune aveugle jouer très souvent mais jamais de cette façon. C'était comme une musique funéraire, lente, basse, et triste, si triste. Joey fut attiré de l'autre côté du couloir comme un papillon par une flamme. Il poussa la porte et l'ouvrit. Il trouva Robbie assis sur le bord de son lit, à jouer doucement, les larmes coulant sur ses joues. En général, le jeune aveugle exprimait ce qu'il ressentait dans son jeu et aujourd'hui ne faisait pas exception.

— Je n'aurais jamais cru pouvoir être plus malheureux que dans ce bus, quand je m'éloignais de toi.

Les mains de Robbie s'étaient immobilisées mais son archet restait plaqué contre les cordes.

Joey referma la porte pour venir s'asseoir sur le lit, à côté de Robbie.

— Ça va aller.

Robbie déposa son violon.

— Non, ce n'est pas vrai. Tu es mal à l'aise. Je n'ai pas besoin de te voir pour le savoir. Je parie que ma mère t'a fixé durant tout le dîner.

Robbie se déplaça un peu sur son lit.

— Tu sais, je ne t'en voudrais pas si tu t'enfuyais en courant.

Joey lui prit doucement l'instrument des mains pour le ranger dans son écrin.

— Je ne vais pas te mentir. J'ai effectivement envisagé de m'en aller. Je n'ai pas ma place ici et ta mère me déteste.

— Mais mon père t'aime bien et c'est important. Tu m'as tellement manqué !

Robbie se pencha contre lui, posant sa tête sur sa poitrine. Et c'était la raison pour laquelle Joey avait entrepris ce long voyage. Il sentit sa résolution commencer à s'effriter. Robbie se tourna pour rapprocher sa bouche de la sienne. Et ce fut tout. Un seul effleurement de ces lèvres et Joey comprit que, pour Robbie, il accepterait d'endurer les regards mauvais d'une armée de mères. Il approfondit le baiser, sa langue caressant les lèvres de Robbie, goûtant sa saveur unique.

Le jeune aveugle gémit doucement.

On frappa à la porte, ce qui les força à se séparer. Joey grogna lorsque Robbie s'écarta. La porte s'ouvrit. Claudine pénétra dans la pièce.

— Tu as besoin de quelque chose avant de te coucher, chéri ?

Ses yeux effleurèrent brièvement Joey avant de revenir s'attacher à Robbie.

— Non, maman, tout va bien. Je te dis à demain.

Robbie tendit les bras vers sa mère et l'embrassa tendrement sur la joue. À nouveau, Joey vit le regard de Claudine s'appesantir sur lui, étudiant sa proximité avec Robbie. Au lieu de s'éloigner, Joey prit la main de Robbie dans la sienne et la serra. Il vit l'expression de Claudine changer mais, sans rien dire, elle quitta la pièce.

— Je devrais moi aussi me préparer à me coucher.

Joey se pencha sur Robbie et prit son visage dans ses mains pour rapprocher leurs lèvres. Il ne fut en rien subtil, il approfondit son baiser et dévora les lèvres offertes, festoyant sur cette bouche. Délibérément, il n'esquissa aucun autre geste que ce baiser, qui exprimait tout ce qu'il ressentait.

Des gémissements de gorge, ardents et impatients, atteignirent ses oreilles. Il continua à embrasser Robbie. Il savait bien qu'il le rendait fou de désir, il le sentait tenter de se rapprocher de lui, mais il l'en empêcha et le força à demeurer immobile, soumis à sa bouche exigeante. Puis il s'écarta en mordillant la lèvre inférieure de Robbie. Quand il lâcha cette chair pulpeuse, il pressa ses lèvres à l'oreille du jeune aveugle et chuchota :

— Bonne nuit.

Il fut difficile à Joey de quitter Robbie, il s'enfuit presque de la chambre. Il n'était pas certain de faire ce qu'il fallait mais il avait besoin que ce soit Robbie qui décide de la suite des événements.

Quand il ouvrit la porte et sortit dans le couloir, il se tourna en direction de sa chambre et vit Claudine postée à l'autre bout du corridor. Elle surveillait manifestement la porte de son fils tout en faisant mine d'entrer dans une autre pièce. D'un geste nonchalant, Joey leva la main pour la saluer puis, sur un hochement de tête, il entra dans sa chambre et referma la porte. Il était certain d'une chose : s'il n'avait pas quitté très rapidement la chambre de Robbie, il y aurait eu d'autres coups frappés à la porte, nettement plus impérieux cette fois.

Il espérait que Robbie viendrait le rejoindre mais sans savoir si ce serait possible avec le garde-chiourme Claudine faisant le guet dans le couloir. Et pourtant, Joey voulait avoir Robbie dans ses bras plus qu'il n'avait jamais rien

461

voulu de toute sa vie. Embrasser le jeune aveugle et s'en aller ensuite lui avait été presque impossible, mais la décision devait provenir de Robbie.

Joey fit un brin de toilette, se déshabilla, éteignit les lampes et monta dans son lit.

Il ne put pas dormir. Son esprit était surexcité, son corps hurlait de désir pour Robbie. Le savoir si proche et pourtant si loin… Couché sur le dos, les yeux au plafond, Joey regardait dans le noir en écoutant les sons de la maison, en regrettant que Robbie ne se trouve pas à ses côtés. Il entendit des pas dans le couloir – et quelqu'un s'arrêta même devant sa porte… Joey espéra qu'il s'agissait de Robbie mais les pas inconnus éloignèrent.

Joey tenta de dormir, sans y réussir.

La maison devint silencieuse, la lumière dont les rais passaient sous sa porte vacilla et s'éteignit. Et toujours pas de Robbie. Joey se résigna à passer la nuit tout seul. Il roula sur lui-même et bourra son oreiller de coups de poing, en cherchant à forcer le sommeil à venir. En vain.

ROBBIE NE savait pas quoi faire. Il y avait des heures qu'il restait couché sur son lit en tentant de décider ce qu'il voulait. La maison était devenue silencieuse mais, plusieurs heures auparavant, il avait entendu un frôlement devant sa porte. Deux fois, il s'était levé pour aller jusqu'à sa porte, pour ensuite retourner se coucher. Il repoussa ses couvertures et quitta son lit, tâtonna sur le plateau de la commode pour retrouver les clés qu'Adelle lui avait remises. Ensuite, une fois de plus, il alla jusqu'à sa porte. Il pressa l'oreille contre le panneau et écouta… Il n'entendit rien.

Lorsqu'il tourna la poignée, le bois craqua légèrement. Pour les oreilles sensibles de Robbie, ce fut aussi violent qu'un coup de tonnerre. À nouveau, il se figea pour écouter. Rien. Personne ne lui demanda ce qu'il faisait. Soulagé, il se faufila dans le couloir et referma sa porte. Il laissa la clé dans la serrure et chercha à la tourner, sans succès. Il poussa un juron qu'il étouffa entre ses dents. Il utilisa l'autre passe-partout pour verrouiller sa porte. Il tourna les talons et, sur la pointe des pieds, détala dans le couloir jusqu'à la porte de Joey, en espérant la trouver ouverte. La poignée tourna sous sa main, il pénétra dans la pièce.

Il entendit un chuchotement entrecoupé d'un bâillement.

— Robbie, c'est toi ?

Il n'eut pas le temps de répondre. Déjà, des pas se précipitaient sur lui, des bras l'enserraient, des lèvres s'emparaient des siennes. C'était ce qu'il avait désiré au cours des dernières heures, il se demanda vraiment pourquoi il avait tant attendu.

— J'espère bien, chuchota-t-il, sinon ce serait ma mère que tu es en train d'embrasser.

Quand Robbie se mit à glousser, Joey le fit taire avec d'autres baisers.

— Nous ne devons pas faire de bruit.

Robbie se sentit entraîné, puis le matelas lui heurta l'arrière des jambes. Joey le fit s'étendre et il y eut aussitôt un craquement sonore. Les deux hommes se figèrent. Dès qu'ils se remirent à bouger, un autre craquement leur répondit.

— Seigneur !

Joey s'écarta du lit en disant :

— Attends une minute.

La chambre s'anima alors de froissements de tissu. Robbie savait bien que Joey bougeait tout autour de lui mais il n'arrivait pas à comprendre ce qui se passait ; Joey paraissait se trouver partout à la fois. Dès qu'il croyait deviner sa position, elle changeait immédiatement.

— Joey ?

Un doigt se posa sur sa bouche.

— Chut. J'en ai pour une minute.

Les lèvres lui caressant le cou, Robbie frissonna brièvement mais, déjà, le contact avait disparu. *Boum. Boum.* Robbie se tourna vers le bruit mais, maintenant, tout était silencieux.

— Voilà. Donne-moi ta main.

— Qu'est-ce que tu fais ?

Robbie sentit des mains caresser sa poitrine, descendre sur ses hanches, et faire glisser son boxer le long de ses jambes.

— Tu n'en as pas besoin.

Son sexe rigide se redressa dès que le sous-vêtement le libéra. Robbie fit un pas en avant pour s'en débarrasser. Déjà, Joey se remettait à l'embrasser tout en l'entraînant vers le sol. D'abord, Robbie se demanda pourquoi mais il sentit ensuite le contact de couvertures et d'oreillers, puis un corps nu se pressa contre sa peau.

— Il ne faut pas que nous fassions le moindre bruit.

Robbie entendit Joey ricaner contre son cou.

— Je te signale que ce n'est pas moi qui hurle en jouissant !

Il aurait voulu protester mais Joey lui coupa la parole par un baiser puissant et enivrant. Robbie en oublia tout ce qu'il voulait dire. Les mains flottaient partout sur sa peau, il ne put se retenir de gémir. Chaque fois qu'il geignait, Joey l'embrassait plus fort. Les caresses continuant, Robbie les rendit en faisant glisser ses mains sur le dos de Joey, avant de s'accrocher aux muscles de ses fesses, durcis par les efforts physiques.

— Joey, je te veux.

Il roula sur le ventre, sous le corps de son amant qu'il sentait peser sur lui. Il se tordit la nuque pour continuer à l'embrasser.

Des lèvres s'abreuvaient aux siennes, elles glissèrent ensuite sur ses épaules, le long de son dos. Il eut la chair de poule quand Joey déposa sur son corps une pluie de baisers. Quand la bouche atteignit son postérieur, Robbie dut cacher son visage dans l'oreiller pour ne pas hurler. Mais quand Joey lui écarta les fesses pour plonger profondément sa langue en lui, Robbie cria en se plaquant contre la bouche le coussin de plume.

Il dut brièvement relever son visage pour pouvoir respirer. Une langue tiède et humide le préparait, un long doigt plongeait en lui... Très vite, Robbie enfouit à nouveau son visage dans le coussin, ses hanches se levant d'elles-mêmes. Robbie se remit à geindre quand Joey trouva en lui l'interrupteur magique. En avant, en arrière. Ses hanches s'enfonçaient dans le nid de couverture. Il tenta de crier un avertissement mais la langue de Joey le pénétra en profondeur. Il explosa dans un éclair qui lui parut plus sonore que le bouquet final de Beethoven. Ensuite, vidé, il s'écroula sur le sol.

Robbie grogna quand Joey embrassa le moindre centimètre carré de son dos, puis le fit rouler sur lui-même pour s'attaquer au côté face qu'il caressa de ses lèvres de la tête aux pieds, sans manquer un seul endroit. Ensuite, Joey lui souleva les jambes. Robbie pressa ses lèvres contre celle de son amant et ils s'embrassèrent pendant la lente pénétration. Robbie ne voyait pas Joey mais il sentait son souffle... et c'était comme si son propre cœur battait à ses oreilles.

— Joey, encore...

Son corps ayant repris feu, il avait du mal à respirer. Il devint de plus en plus pantelant tandis que Joey le pilonnait. *Plus vite, plus fort. Plus vite, plus fort.* Le mantra résonnait dans sa tête. Robbie aurait voulu le hurler. Joey sembla l'entendre malgré tout parce que dès que Robbie pensait vouloir quelque chose, Joey le lui donnait. La pression monta en lui jusqu'à ce qu'il ne puisse plus se retenir ; il dut presser son poing dans sa bouche pour ne pas hurler sa joie en jouissant pour la seconde fois. Il sentit Joey se vider en longs jets pulsatiles au plus profond de lui.

Joey s'écarta ensuite tout doucement et le serra très fort contre lui. Robbie se sentit embrassé, aimé ; des doigts glissaient doucement sur sa peau.

— C'était bon ?

Il entendit les mots. En guise de réponse, il gémit tout doucement, parce que Joey lui mordillait l'oreille.

— Dis-moi au moins que je ne t'ai pas fait mal.

— C'était merveilleux.

À tâtons, Robbie trouva les joues de son amant et frotta doucement la peau rugueuse de barbe.

— *Tu* es merveilleux, ajouta-t-il.

Joey referma ses bras autour de lui, emmêlant leurs jambes, avant de les enrouler ensemble dans une couverture qui formait un cocon de chaleur.

— Je suis tellement heureux d'être là.

— Et moi donc.

Robbie commençait à s'endormir, l'esprit court-circuité.

— Je t'aime, Joey.

Il entendit la réponse : '*je t'aime aussi*', prononcée d'une voix étouffée, endormie. C'était la plus belle musique qu'il ait jamais entendue, surtout accentuée par l'étreinte des bras solides serrés contre lui. Le corps de Joey était plaqué à son dos, en cuillère. Ses lèvres lui effleurèrent l'épaule. Puis, le souffle de son amant se faisant régulier, la chambre devint peu à peu silencieuse, Robbie le suivit très vite dans un sommeil plein d'étoiles.

Un son à la limite de sa conscience finit par pénétrer dans les rêves de Robbie. Il commença à s'éveiller en réalisant qu'il s'agissait d'un grincement de gonds. La porte de la chambre s'ouvrait lentement.

— M. Robbie, chuchota une voix dans la pièce endormie.

— Adelle ? s'étonna Robbie.

— Oui, c'est moi, bébé.

Il entendit des pas et la porte se referma. Il sentit Joey se réveiller à ses côtés. Quelque chose de doux remonta sur lui, cachant sa nudité.

— Il faut que tu retournes dans ta chambre avant que ta maman se réveille, dit Adelle.

Robbie commença à bouger mais une main se posa sur son épaule.

— Je t'attends dehors. Et je te suggère de t'habiller avant de sortir. Je n'ai plus l'âge de te voir en tenue d'Adam, tu sais.

Elle riait sans bruit en retournant jusqu'à la porte, un grincement indiqua qu'elle l'ouvrait, et la refermait.

— Bonjour…

Robbie fut immédiatement empoigné et étreint, des lèvres se plaquèrent aux siennes, son esprit oublia tout le reste. Le baiser s'adoucit, puis disparut.

— Il faut que tu retournes dans ta chambre.

Il entendit Joey se lever et marcher à travers la pièce.

— Tu cherches à te débarrasser de moi ? demanda Robbie, mi-figue mi-raisin.

Les pas s'arrêtèrent une seconde, puis se rapprochèrent très vite.

— Bien sûr que non ! Mais j'ai entendu ce qu'a dit Adelle – et ta mère me prend déjà pour le diable incarné.

— Eh bien, tu es un peu diable, ricana Robbie.

Joey lui tendit son boxer, il l'enfila et se redressa. Il entendit un grognement et une couverture lui tomba sur les épaules.

— Adelle m'a déjà vu tout nu, tu sais.

À nouveau, ce grognement tandis que Joey serrait davantage la couverture autour de lui.

— Dis-moi, est-ce que tu ne serais pas un peu possessif ?

— Oui, tu peux parier ton joli petit cul là-dessus !

Joey n'hésita pas à lui pincer les fesses avant de le pousser jusqu'à la porte. Quand Robbie l'ouvrit, il entendit Adelle dire quelque chose à son compagnon. Elle lui prit ensuite la main et l'entraîna presque au pas de course de l'autre côté du couloir jusque dans sa chambre.

— Je croyais que tu m'avais donné tes clés.

Elle émit un bruit de gorge réprobateur.

— Je t'ai donné celles de ta mère. Tu me prends pour une idiote ?

Sa voix moqueuse indiquait qu'elle n'était pas vraiment fâchée.

— Allez, habille-toi maintenant. Je reviendrai tout à l'heure. Je vais d'abord aider ton ami à remettre son lit en place.

— Merci, Adelle.

Il lui serra les doigts avant de la laisser s'en aller. Dès qu'il entendit la porte s'ouvrir et se refermer, il laissa tomber la couverture et se dirigea jusqu'à sa salle de bain. Au moment où il coupait l'eau et sortait de sa douche, il entendit bouger dans sa chambre, puis plus rien. Il noua une serviette autour de sa taille, termina sa toilette, remit tout en place, et se prépara à s'habiller.

Il suivit des mains le rebord de son lit pour avancer jusqu'à sa commode. Il remarqua que la couverture avait disparu et que son lit était refait. Il comprit aussi que ses vêtements avaient été préparés. Adelle… Elle s'occupait si bien de lui, tout en veillant à ne pas en faire trop. Exactement comme Joey.

Robbie trouvait la routine réconfortante, il appréciait ce qui était prévisible. Avec un sourire, il laissa tomber sa serviette pour commencer à s'habiller.

Il avait juste terminé et s'apprêtait à faire sécher sa serviette quand il entendit frapper à la porte. Peu après, elle s'ouvrit.

— Tu es prêt ? Adelle me dit qu'elle nous a préparé un petit déjeuner.

Tout à coup, Joey était très proche ; Robbie sentit la chaleur émaner de lui et son pantalon commença à le serrer. Il décida que la prochaine fois, il veillerait à se réveiller bien plus tôt.

— Allons-y, je suis mort de faim.

Il se pencha plus près de ce corps qui rayonnait et susurra :

— … et je ne parle pas seulement de nourriture.

Sa main glissa le long du corps de Joey, jusqu'à la barre rigide qu'il trouva dans son pantalon. Il la caressa avec un sourire.

— C'est vraiment vache de ta part ! se plaignit Joey. Surtout que ta mère arrive déjà dans le couloir.

Robbie enleva précipitamment sa main et recula si vite qu'il faillit en perdre l'équilibre. Joey le rattrapa, puis lui prit la main tandis que les pas de Claudine se rapprochaient. Robbie les aurait reconnus n'importe où. Ils s'arrêtèrent brièvement devant sa porte avant de continuer. Robbie avait la sensation de mal se conduire en tenant la main de Joey sous les yeux de sa mère, mais ce n'est pas pour autant qu'il s'écarta.

— Bonjour, maman.

Sans doute ne l'avait-elle pas entendu parce qu'elle ne lui répondit pas. Déjà, ses pas dévalaient les marches de l'escalier.

— On y va ? proposa Joey.

Sa voix rendait un son étrange… Robbie ne savait trop quoi en penser. Il laissa Joey le conduire jusqu'à leur petit déjeuner.

Au sommet des marches, Joey demanda :

— Qu'as-tu prévu pour aujourd'hui ?

— Rien de particulier. Qu'aimerais-tu faire ? Je ne pourrais te servir de guide, pour des raisons évidentes.

Il descendit l'escalier lentement.

— Je veux juste passer la journée avec toi.

Au bas de l'escalier, Robbie perçut des bruits de vaisselle.

— Pourquoi ne pas téléphoner à Arie et lui demander de te faire faire le tour de la ville ?

Il sentit Joey se figer et s'en étonna.

— Qu'est-ce qu'il y a ?

— Je suis venu pour te voir, pas pour passer mon temps avec Arie pendant que tu restes seul, enfermé chez toi.

Sa voix se fit très ferme lorsqu'il répéta :

— Je suis venu te voir.

Robbie trouva sa véhémence très agréable, il aimait être le centre de cette attention fort bienvenue. Pour dire la vérité, il avait cru que Joey préférerait passer la journée à l'extérieur et que lui-même ne le reverrait que plus tard.

— Dans ce cas, je vais demander à Arie de nous emmener en balade tous les deux.

Robbie pensa que si cela rendait Joey heureux, il pouvait s'imposer. De plus, il risquait de bien s'amuser.

Il garda son sourire pendant tout le petit déjeuner que lui et Joey prirent dans la cuisine. Adelle l'informa que sa mère, ayant une réunion avec les Filles de la Confédération, avait déjà quitté la maison.

— Dans ce cas, elle sera absente toute la journée, c'est ça ?

Adelle grommela et devint plus brusque avec sa vaisselle dans l'évier.

— Oui, après la réunion, ces dames iront déjeuner ensemble. Elle ne reviendra pas à la maison avant l'heure des cocktails.

Robbie eut un sourire et sentit Joey lui serrer les doigts tandis qu'Adelle marmonnait, mécontente :

— Ça, elle ne manque jamais ses cocktails !

Joey intervint :

— Adelle, et si vous vous asseyiez avec nous ? Ça me met mal à l'aise de vous voir travailler pendant que je ne fais rien.

— M. Joey, il faut bien que je fasse ma vaisselle.

— Asseyez-vous un moment, je vous aiderai ensuite pour la vaisselle.

Robbie entendit une chaise grincer sur le carrelage, puis le claquement d'une tasse sur la table.

— Merci beaucoup, dit Joey.

Adelle se mit à glousser.

— Vous autres, les Yankees, vous êtes bien étranges.

467

Cette fois, ce fut au tour des deux amis de rire. Robbie sentit immédiatement qu'il lui fallait expliquer à Adelle la cause de son hilarité, mais Joey s'en chargea le premier.

— Vous savez, à la ferme, nous nous aidons tous les uns les autres.

— Et qui s'occupe de la cuisine ?

Robbie se mit à manger tout en écoutant les réponses de Joey :

— La plupart du temps, c'est Eli, parce qu'il est de nous tous le meilleur cuisinier, mais en vérité, nous nous en chargeons à tour de rôle. Et nous participons tous au rangement et à la vaisselle. Quand c'est au tour de Geoff de se mettre aux fourneaux, nous finissons au restaurant, en ville.

Adelle paraissait fascinée.

— Qui est-ce au juste, 'nous' ?

Robbie continuait à manger avec ardeur, mais aussi avec soin, il ne voulait pas causer de dégâts qui donneraient à Adelle du travail en plus.

Joey ne se fit pas prier pour donner de plus amples explications :

— Geoff et Eli, les propriétaires de la ferme. Je vis avec eux. Geoff est comme un grand frère pour moi.

Robbie entendit claquer l'assiette de Joey sur la table.

— Adelle, c'était vraiment délicieux !

Elle eut un éclat de rire.

— Vous avez un bon coup de fourchette !

Un silence retomba sur la cuisine, aussi Adelle ajouta très vite :

— Ce n'était pas un reproche, au contraire. J'aime voir les gens manger, cela signifie qu'ils apprécient ma cuisine.

— Je me suis régalé, affirma Joey.

Robbie savait déjà que Joey venait de gagner le cœur d'Adelle.

— Bien, terminez de manger tous les deux. Et ne vous avisez pas de chercher à m'aider. J'ai du travail à faire. Je vais peut-être vous faire du poulet grillé ce soir.

Robbie ne chercha même pas à retenir son sourire.

— Tu sais, elle fait le meilleur poulet grillé de tout l'État, je te le jure.

Adèle fit 'pfutt' mais Robbie savait qu'elle était contente.

— Maintenant, sauvez-vous et amusez-vous. Profitez de ce calme répit, cela ne durera pas.

RAVI DU coup de téléphone de Robbie, Arie accepta sans se faire prier de les emmener faire le tour des environs. Aussi, une demi-heure plus tard, déjà prêts, Robbie et Joey attendaient sous le porche. Robbie entendit une voiture arriver, puis le rire d'Arie qui sortait du véhicule.

— Vous avez vraiment l'air chou tous les deux ensemble !

Robbie se mit à rougir comme une fille et sentit Joey glisser un bras rassurant autour de sa taille.

468

— C'est aussi mon avis, répondit Joey d'un ton très assuré.

— Allez, venez les amoureux, en route.

La main d'Arie se posa sur son bras pour le guider jusqu'à la voiture.

— Tu as pris ta canne ?

Robbie tapota son flanc où pendait une petite besace en cuir, attachée à sa ceinture.

— Parfait, tu n'en auras probablement pas besoin parce que nous sommes là, mais...

La voix d'Arie s'étouffa un peu lorsque la portière de la voiture s'ouvrit, Robbie tâtonna pour trouver le siège arrière et s'y installer.

— Pourquoi tu ne monterais pas avec lui, Joey ? Ça ne me gêne pas de jouer au chauffeur.

— Merci, Arie.

Robbie appréciait vraiment la gentillesse de son ami. Il entendit les portières claquer puis sentit Joey s'asseoir à ses côtés sur le siège. La voiture démarra et un air conditionné fort bienvenu se mit à souffler des aérateurs.

— Je pensais d'abord vous conduire en ville pour montrer à Joey nos quartiers historiques, ensuite nous pourrions faire un tour en bateau sur le Mississipi, à Natchez.

Manifestement, Arie adorait jouer au guide, Robbie sentit Joey vibrer d'excitation.

Ils restèrent dans la voiture durant l'heure qui suivit, à arpenter la ville, tandis qu'Arie discourait des principaux sites, expliquant l'histoire des divers quartiers et de quelques maisons. Joey, comme un enfant, bondissait d'enthousiasme sur le siège à ses côtés. Robbie était enchanté d'être venu. Il trouvait l'excitation de Joey contagieuse. Même s'il ne voyait rien de ce dont ses deux amis discutaient, il le ressentait à travers son amant.

— Quand part le vapeur ? demanda Joey.

Robbie sentit au même moment une main se glisser dans la sienne.

— Dans trois quarts d'heure. J'ai déjà réservé nos places par téléphone.

— Super !

Joey paraissait prêt à exploser d'impatience. Robbie éclata d'un rire qui reflétait son bonheur sans limites.

La voiture finit par s'arrêter et la porte s'ouvrit. Robbie sentit Joey lui prendre la main et l'aider à sortir. Le parking était rempli de gens, Robbie perçut quelques bribes de conversation en traversant la foule. Joey lui tenait le bras d'un côté, Arie de l'autre. Le trio avança avec prudence jusqu'au bateau, l'odeur du fleuve devenant de plus en plus marquée tandis qu'il s'approchait.

— Bienvenue à bord.

Le plancher ondula souplement sous ses pieds lorsqu'il fit ses premiers pas sur la passerelle jusqu'au pont du bateau.

— C'est vraiment génial ! s'exclama Joey à ses côtés.

469

— Si tu t'excites davantage, tu finiras par exploser.

Robbie sourit en tournant la tête en direction de Joey, du moins il espérait ne pas se tromper. Il reçut en retour une brève étreinte et, peu après, il sentit Joey s'asseoir près de lui.

— Pourquoi ne vas-tu pas faire le tour du bateau, Joey ? Je reste avec Robbie.

Le jeune aveugle accueillit avec soulagement la proposition d'Arie. Il savait bien qu'il ne bougerait pas de toute la croisière. Si personne ne poussait Joey à s'amuser en explorant les lieux, son ami resterait tout le temps coincé à ses côtés.

— D'accord, je ne serai pas long.

Un violent coup de sifflet annonça que le bateau quittait le quai.

Robbie effleura la main de Joey... Du moins, il espérait qu'il s'agissait bien de la sienne.

— Prends ton temps et amuse-toi.

Il entendit ensuite le '*vroum-vroum*' des pales de l'hélice qui heurtaient l'eau et les grincements de l'arbre de transmission indiquant que la roue tournait.

Arie l'aida à se relever, tous deux traversèrent le pont d'un pas prudent. Un flot régulier d'instructions chuchotées parvenait aux oreilles de Robbie. Il comprit, à la fraîcheur climatisée de l'air qui l'entourait, avoir pénétré à l'intérieur du bateau où Arie leur trouva vite une table.

— Que voulez-vous boire ?

Il s'agit probablement d'un serveur, pensa Robbie. Arie commanda une bière mais Robbie n'avait pas soif.

— Je peux te demander quelque chose ?

La voix d'Arie paraissait inquiète.

— Tout ce que tu veux, Arie.

Puis Robbie se corrigea, une main sur la bouche pour étouffer ses ricanements entendus :

— Enfin, *presque* tout.

Il entendit Arie grogner doucement.

— Je vois bien que ça te plaît qu'il soit venu, je sais combien il t'a manqué.

Robbie se contenta de hocher la tête en silence. Son ami reprit :

— Dis-moi, as-tu envisagé ce que tu voulais faire ?

— À quel sujet ?

— Robbie, réfléchis un peu. Dans quelques jours, Joey va rentrer chez lui et toi, tu te sentiras aussi mal que lorsque nous avons quitté le Michigan, peut-être pire encore.

Robbie ne répondit rien. Arie continua :

— Tu as été horriblement malheureux durant tout le trajet retour. Je dois t'avouer que même Adelle commence à en avoir assez de cette musique funéraire que tu leur as jouée pendant quinze jours pleins.

La colère simulée de son ami faillit tirer à Robbie un sourire, mais il se retint, le sujet était trop grave.

— Je pense que seul le coup de fil de Joey, lorsqu'il a demandé à te rendre visite, a réussi à te tirer de ton abattement.

Arie ne faisait que chuchoter mais la véracité de ses paroles atteignait Robbie jusque dans la moelle de ses os.

— À ton avis, que faut-il que je fasse ?

Soudain, il avait le vertige, il craignit d'en avoir la nausée.

— Tu dois te préparer et l'accepter. Profites-en bien pendant qu'il est là mais tu devras ensuite le laisser s'en aller.

Robbie déglutit. Il entendit à ce moment un verre se poser sur la table. Il regretta de ne pas avoir passé commande. Il avait tout à coup la bouche très sèche.

— Je suis désolé. Je n'aurais peut-être pas dû t'en parler ici, ou maintenant, mais je ne sais pas quand j'aurais l'occasion de te revoir en tête-à-tête.

— Ce n'est pas grave, Arie. Tu ne m'as rien dit que je ne sache déjà. En principe…

Robbie avait perdu toute la joie précédemment éprouvée. Qu'allait-il faire ? Il était certain d'une chose : il ne voulait plus jamais se sentir aussi triste et abandonné. Il y avait tant de choses qu'il aurait voulu demander à Arie… Trop tard. Il entendit des pas arriver, une chaise bouger juste à côté de lui, puis l'odeur de Joey lui monta aux narines. Sous la table, une main glissa dans la sienne. Malheureusement, cette fois-ci, au lieu de le rendre heureux, le geste ne fit qu'accentuer sa solitude. Il savait que Joey n'allait pas tarder à rentrer chez lui.

Le bateau continua sa croisière le long de la rivière. Joey convainquit Robbie de revenir sur le pont. C'était une journée dont il se souviendrait longtemps : l'odeur de l'eau, le roulis du bateau, le léger contact de la main de Joey sur son bras. Peu à peu, Robbie sentit se dissiper la morosité dans laquelle il s'était laissé sombrer. Il avait retrouvé le sourire au moment où la balade se termina. Il ne pourrait jamais ressentir de tristesse en présence de Joey, c'était totalement impossible.

Joey le guida hors du bateau, jusqu'à la terre ferme.

— Et maintenant, qu'as-tu prévu ? demanda Robbie à Arie.

— J'ai pensé que nous pourrions aller à Windsor.

Robbie eut un grand sourire.

— Excellente idée !

— C'est quoi, Windsor ? demanda Joey.

— Les ruines d'une immense propriété, il faut que tu les voies, répondit Robbie tout excité. Je me souviens de les avoir visitées quand j'étais enfant, c'était l'un de mes endroits préférés.

Plein d'enthousiasme, Robbie accéléra le pas en direction de la voiture. Peu après, le trio se remettait en route. Robbie devina instantanément le moment de leur arrivée.

— Oh la vache ! s'écria Joey à peine la voiture arrêtée.

— Plutôt impressionnant, pas vrai ? s'exclama un Arie très animé depuis le siège avant. La maison a été bâtie dans les années 1800, c'est l'une des plus importantes demeures qui datent du Sud d'avant-guerre. Elle a été détruite par un incendie en 1890. Il n'en reste que ces colonnes et quelques balustrades.

Les portières s'ouvrirent, Joey aida Robbie à sortir. Le jeune aveugle attendit et laissa Joey le guider.

— J'adore cet endroit.

— Pourquoi ? chuchota Joey tout en marchant. Bien sûr, c'est absolument merveilleux à voir, mais…

Robbie eut un sourire.

— Tu vas vite comprendre. Fais-moi encore avancer…

Le sol se fit moins lisse sous ses pieds lorsque les deux amis traversèrent la pelouse.

— Voilà, tu es juste au milieu. Qu'est-ce que nous attendons ?

Robbie mit ses lunettes, il sentait le soleil sur sa peau. Il faisait chaud et humide, mais il attendait que la brise se lève, que le vent bruisse en passant dans les arbres.

— Écoute…

Le vent trouva son chemin à travers les hauts piliers, il souffla et fit gémir ce qui restait des balustrades reliant entre elles les quelques colonnes. Plus le vent forçait, plus les sonorités devenaient aiguës, variées… le son monta, plus riche encore, jusqu'au moment où tout s'arrêta.

— C'est de la musique !

Robbie sentit que Joey s'était figé à ses côtés. Le vent revint, les colonnes se remirent à jouer, cette fois toutes ensemble, chacune ayant une sonorité différente, une harmonie.

— C'est un endroit où la musique émane des ruines.

— C'est magnifique, Robbie.

La main de Joey se posa sur son bras.

— Je te remercie de me l'avoir fait découvrir.

Autour du trio, d'autres touristes allaient et venaient, visitant la vieille demeure et s'émerveillant de l'amplitude de ses ruines, mais Robbie restait silencieux, heureux d'être encadré par son meilleur ami et son amant, tandis qu'il écoutait la mélodie des colonnes défuntes.

IX

LES DERNIERS jours avaient été pour Joey de vraies vacances. Il avait obtenu ce qu'il était venu chercher : du temps à passer en compagnie de Robbie. Au cours de la journée, les deux amis faisaient des choses ensemble. Parfois, ils restaient simplement assis dans l'une ou l'autre des pièces de l'immense demeure du jeune aveugle, lisant à tour de rôle ; ou bien Joey écoutait tranquillement Robbie jouer pour lui. Parfois, Joey se sentait nerveux, mais il se souvenait alors qu'il n'était pas à la ferme.

La veille, pendant que Robbie répétait, Joey s'était faufilé un moment dans la cuisine pour aider Adelle à préparer son fameux poulet frit. Quand Joey lui avait demandé sa recette, elle avait pris soin de refermer la porte avant de lui faire jurer le secret. Ensuite seulement, elle lui avait accordé le droit de la regarder s'activer. Les deux complices terminèrent juste à temps : Robbie avait terminé ses gammes. Et le repas qui suivit fut absolument délicieux.

Oui, Joey passait de très bons moments.

Pour l'heure, il était assis dans la cuisine, à écouter les notes du violon de Robbie traverser toute la maison.

— Vous allez terriblement manquer à ce garçon lorsque vous repartirez.

Adelle continuait à travailler mais Joey ne manqua pas l'inquiétude qui résonnait dans sa voix.

— Je sais.

C'était la vérité. Et Robbie lui manquerait tout autant. Si leur précédente séparation avait été horrible, la prochaine serait encore pire. Joey savait désormais ce qu'il éprouvait concernant Robbie. Il n'avait plus le moindre doute. Son cœur le lui criait avec une clarté absolue.

— Le problème, c'est que je ne sais pas comment l'éviter. Je resterais ici si c'était possible, mais…

Il ne put terminer sa phrase. Il entendit des éclaboussures, ensuite une poêle fut déposée dans le lave-vaisselle.

— Vous ne serez jamais véritablement accepté dans cette maison.

— À cause de Claudine… Oui, je l'ai bien senti.

Au cours des derniers jours, la mère de Robbie s'était montrée plus aimable envers lui : elle lui parlait, elle lui souriait même à l'occasion. D'après Joey, elle était juste heureuse de son prochain départ. À présent, il ne lui coûtait plus rien de démontrer son hospitalité.

— Le plus étrange, c'est que Robbie a été très bien accepté chez nous, par tous ceux qui vivent à la ferme.

— Comment est-ce possible ? Il n'y a séjourné que quinze jours.

Adelle paraissait extrêmement sceptique. Joey éclata de rire avant d'expliquer :

— Je vous parle d'une ferme qui appartient à deux homosexuels, dont l'un a été élevé par un père gay et son partenaire.

Se moquant d'elle-même, Adelle joignit son rire à celui de Joey.

— Je vois. C'est une réflexion très juste, M. Joey.

Ensuite, elle garda le silence jusqu'au moment où Joey se leva pour aller retrouver Robbie.

— Vous étiez sérieux ? Chez vous, les gens ne se soucient pas d'une origine, sudiste ou nordiste ?

Une fois de plus, sa voix marquait son scepticisme.

— Les gens que je connais ne s'en soucient certainement pas, affirma-t-il, en reprenant les mots d'Adelle. Mais je vis dans une ferme. Qui pourrait protester, les chevaux ? Personnellement, je trouve Robbie tout particulièrement attirant grâce à ses origines sudistes. Elles font partie de sa personnalité unique.

Elle le chassa ensuite de la cuisine. Il traversa le hall en direction de la salle de musique ou Robbie s'entraînait. Lorsqu'il approcha, Joey entendit des voix étouffées, il vit Robbie et sa mère discuter. Robbie hochait la tête mais il paraissait mécontent. Il avait la mâchoire crispée, le corps raidi.

Quand Claudine cessa de parler, elle tapota le genou de son fils et se leva, adressant au passage un sourire à Joey. Elle se dirigea vers le salon. Ce devait être l'heure des cocktails.

Lorsque Joey pénétra dans la pièce, il vit l'expression de Robbie s'éclairer. Comme toujours, il semblait reconnaître son approche. Et Joey appréciait cette perception. Il savait bien que les autres sens de Robbie s'étaient renforcés pour compenser sa cécité mais ça le surprenait toujours de voir le jeune aveugle discerner sa présence même quand Joey ne disait pas un mot.

Robbie tapota le siège près de lui en demandant :

— Alors, tu as bien papoté avec Adelle ?

— Oui. Tu sais, je l'aime bien. C'est quelqu'un de très spécial.

Joey ne savait pas trop ce qui différenciait Adelle, peut-être simplement qu'il était facile de lui parler. Il sentait qu'elle écoutait vraiment.

— En grandissant, j'ai passé beaucoup plus de temps avec Adelle qu'avec mes parents. Elle m'a pour ainsi dire élevé toute seule. Quand je suis devenu aveugle, c'est elle qui m'a aidé à apprendre le braille. Elle n'a jamais baissé les bras, même quand je lui jetais mes livres sur la tête.

— Pourquoi le faisais-tu ?

Joey posa la main sur celle de Robbie, espérant entendre la suite de ses confidences.

— Par frustration, j'imagine. J'avais douze ans. Jusqu'ici, je portais des lunettes et, en moins d'un an, j'ai complètement perdu la vue. J'étais fou de rage

474

contre le monde entier et c'est à elle que je m'en prenais. Mais elle a patiemment supporté tous mes caprices.

Robbie s'interrompit et frotta ses grands yeux aveugles.

— J'ai failli abandonner le violon. Maman disait que c'était aussi bien mais Adelle a formellement refusé. Elle ne cessait de me demander de jouer… alors, à la fin, j'ai cédé, j'ai suivi ses conseils. Elle m'a démontré que, même aveugle, je pouvais encore jouer.

Robbie s'enfonça dans son siège.

— Excuse-moi, tu n'es pas venu jusqu'ici pour entendre tout ça.

Il s'essuya les yeux avant de baisser les mains.

— Bien sûr que si ! Je veux tout savoir à ton sujet.

Après un moment de silence, Joey prit son courage à deux mains pour demander :

— Est-ce que tes parents t'ont traité différemment une fois que tu es devenu aveugle ?

Robbie ne put retenir un rire un peu gêné.

— À ton avis ? Tu les as vus faire, non ?

Il continua à ricaner, sans le moindre humour.

— C'est mon père qui a le plus changé. Autrefois, quand je voyais, nous faisions des choses ensemble. Ensuite, je crois qu'il n'a plus su quoi faire de moi. Maman s'est mise à séjourner davantage à la maison pour rester avec moi. Mais nous ne faisions rien ensemble, elle avait plutôt tendance à me surveiller. Un jour, Adelle m'a dit qu'à son avis, maman avait très peur de me perdre.

Voilà qui expliquait ce que Joey avait remarqué : Claudine surprotégeant son fils et Robert travaillant beaucoup à l'extérieur. Joey regarda la pièce autour de lui ; il se leva et referma les lourdes portes de chênes pour que Robbie et lui ne soient pas dérangés.

— Je pense qu'il est temps que nous parlions mais je ne sais pas trop comment commencer.

Il revint jusqu'au canapé et s'installa près de Robbie. Puis, il enchaîna :

— Quand tu es parti, j'ai réalisé que je t'aimais. Sans toi, j'ai été très malheureux. Dans quelques jours, je vais devoir retourner à la ferme. Et j'aimerais que tu viennes avec moi.

Voilà, il l'avait dit. Robbie pouvait refuser sa proposition mais, cette fois au moins, Joey avait eu le courage de l'énoncer clairement. Il attendit la réaction de Robbie. Il n'espérait pas une réponse immédiate mais il fut rassuré en voyant l'air béat de Robbie, son grand sourire.

— Tu es sérieux ?

— Bien sûr que oui !

Joey sourit en sentant monter en lui l'excitation et l'espoir.

Puis il vit le sourire de Robbie disparaître.

— Je ne peux pas.

Joey eut la sensation d'avoir reçu un coup de poing dans les tripes. Seule la main de Robbie qui se posait sur la sienne le retint au moment où il s'apprêtait à se lever pour quitter la pièce.

— Joey, dans une ferme, je n'ai aucun rôle. Je ne peux ni vous aider ni contribuer aux taches communes. Je ne serais qu'un fardeau.

— Foutaise !

— C'est la vérité et tu le sais très bien. Je ne peux pas vous aider. Pas vraiment. De plus, Eli et Geoff n'ont pas besoin d'une bouche supplémentaire inutile dans la maison.

Évidemment, les arguments de Robbie n'étaient pas sans fondement, mais Joey refusa d'en tenir compte. Il eut l'étrange pressentiment que Robbie ne lui disait pas tout.

— Je ne pense pas que ce soit la véritable raison. Parce que tu le sais très bien, si je te ramène avec moi, Eli et Geoff t'accueilleront à bras ouverts. Alors pourquoi ne me dis-tu pas le vrai motif de ton refus ? Est-ce parce que tu ne m'aimes pas assez ?

Seigneur, il espérait vraiment que ce n'était pas le cas.

— Non, bien sûr que non !

La voix de Robbie vibrait de sincérité.

— C'est juste qu'ici… C'est ma maison…

Et voilà, toujours la même rengaine.

— Tu pourrais peut-être rester ? offrit Robbie.

— Ce n'est pas possible et tu le sais très bien, répondit Joey d'une voix adoucie. Je voudrais vraiment… Non, j'ai *besoin* que tu viennes avec moi.

Joey étudia le visage de Robbie, que traversait une myriade d'émotions. Il fut heureux de ne pas recevoir un refus immédiat.

— Pourquoi est-ce si vital que je vienne avec toi ? Ta vie compte-t-elle davantage que la mienne ?

Joey déglutit avec difficulté et réfléchit un moment avant de répondre.

— Non. Pour te dire la vérité, ta vie est bien plus importante que la mienne à mes yeux. Et c'est pour ça que je veux te ramener avec moi.

Le visage de Robbie se crispa d'incompréhension.

— Je ne comprends pas du tout ce que tu veux dire.

— Et pourtant, j'ai raison.

— Explique-moi pourquoi ?

Joey chercha les mots exacts, puis il décida d'exprimer simplement ce qu'il ressentait.

— Je veux retrouver mon Robbie, bredouilla-t-il, très vite.

— *Ton* Robbie ?

Les yeux bleus aveugles flamboyaient.

— Oui, mon Robbie. Je veux le Robbie qui montait à cheval avec moi et qui me suppliait de l'emmener faire un tour en moto. Je veux le Robbie qui passait ses après-midi à m'aider à planter le jardin ou à conduire un tracteur.

Joey parlait d'une voix de plus en plus forte, ses mots jaillissaient plus vite.

— Je veux le Robbie qui est capable de se déplacer dans la maison sans avoir besoin qu'on l'aide à faire un pas. Mais plus que tout, je veux le Robbie qui me répète sans arrêt que je suis magnifique et qu'il n'existe pas de limites dans la vie – sauf celles qu'on s'impose à soi-même.

Joey continuait, craignant que s'il s'interrompait, il ne trouverait jamais plus le courage de dire ce qu'il lui fallait dire.

— Je suis allé avec toi sur la rivière, nous avons passé du temps en ville. Les gens se tournent et me regardent, certains me dévisagent. Penses-tu que j'aurais été capable de le faire avant de te rencontrer ?

Il inspira profondément et continua :

— Tu m'as démontré que j'étais capable de faire tout ça, que je me condamnais moi-même en me cachant.

Robbie parut choqué mais Joey ne s'était pas autant livré pour s'arrêter à présent.

— Ensuite, je suis venu ici et j'ai vu l'homme que j'aime, le diablotin que je connaissais, incapable de se déplacer seul dans sa propre maison.

— Ils cherchent juste à m'aider.

La réponse de Robbie paraissait peu convaincue.

— Comment ? En t'étouffant sans jamais te laisser la moindre autonomie ?

Joey commençait à se sentir en colère de voir son amant ainsi étouffé. Il tenta de se calmer… Et tout à coup, il entendit sa voix résonner à travers la pièce immense :

— Je t'aime, Robbie, plus que je n'ai jamais aimé dans ma vie. Et j'aime celui que tu es vraiment. Tu te rappelles tout ce que tu as fait à la ferme ? Tu te rappelles comme nous nous amusions ensemble ? Tu te rappelles cette sensation que tu avais de pouvoir tout accomplir ?

La voix de Joey baissa de plusieurs tons :

— Tu te rappelles ce que c'était d'être mon Robbie… sans limites ?

Il se pencha et embrassa doucement un Robbie éperdu.

— La décision t'appartient. Si tu préfères rester ici, je comprendrais.

Joey attendit une réaction mais Robbie resta figé, immobile. Alors, Joey tenta un autre moyen d'obtenir une réponse.

— S'il te plaît, joue pour moi.

Robbie secoua la tête.

— Non, je pense que je préférerais rester seul un moment.

Joey ne sut que penser de cette déclaration. Il se demanda s'il n'avait pas trop insisté. Se relevant, il alla jusqu'à la porte mais, avant de l'ouvrir, il se tourna et scruta Robbie à la recherche d'un signe quelconque, d'un indice. Il ne trouva rien sauf une mâchoire serrée et une expression troublée. Très lentement, Joey ouvrit la porte, il entendit des conversations et des glaçons cliquetant dans du cristal.

Robert l'interpella depuis le salon :

— Joey, c'est vous ? Robbie et vous vous êtes-vous enfin décidés à nous rejoindre pour prendre un verre ?

Tandis que Joey se dirigeait vers le 'parloir', les notes d'un violon résonnèrent derrière lui. Il se figea pour écouter, espérant trouver dans la musique une réponse, mais elle n'exprimait rien, absolument rien. Joey n'était pas certain de pouvoir affronter Claudine mais il n'avait pas d'alternative, aussi il pénétra dans la grande pièce.

Il parla peu durant l'heure consacrée aux cocktails, tout comme durant le dîner. Il ne cessa de regarder Robbie, en se traitant de tous les noms pour lui avoir mis trop de pression. Robbie restait lui aussi quasiment muet mais, par chance, Claudine avait un projet pour restaurer les colonnes du porche avant et elle discourut de ses plans pendant tout le repas. Quand ce fut terminé, Robbie se leva et Adelle apparut à l'entrebâillement de la porte. Joey voulut aider le jeune aveugle mais il recula en croisant le regard d'Adelle. Il la regarda escorter Robbie jusqu'à la salle de musique. Quelques minutes plus tard, une autre mélodie se répandit dans toute la maison.

Joey se rendit jusqu'à la porte pour regarder Robbie jouer. Il sursauta en sentant une légère pression sur son épaule.

— M. Joey, il faut que vous lui donniez un peu de temps.

— Il vous a dit quelque chose ?

Il se tourna vers elle, arrachant son regard de Robbie. Elle secoua la tête en signe de dénégation.

— Il n'en a pas eu besoin.

Elle regarda autour d'elle puis, d'un signe de tête, indiqua la cuisine avec une mine de conspiratrice. Sans un mot de plus, elle se précipita dans le couloir pour rejoindre l'office par la porte arrière. Joey s'attarda quelques minutes encore à regarder Robbie mais le jeune aveugle ne cessa pas de jouer, entièrement concentré sur son jeu. Avec un soupir, Joey finit par se résigner à s'en aller.

Il trouva Adelle occupée à ranger la cuisine. Il n'arrivait absolument pas à comprendre comment elle pouvait préparer de si délicieux dîners avec aussi peu de désordre et de vaisselle.

— Asseyez-vous. Je vais vous servir une tasse de café.

Joey obtempéra. À sa grande surprise, Adelle s'installa également à table avec lui, une tasse à la main.

— Ceci ne me regarde pas mais j'adore ce garçon comme s'il était à moi. Je l'ai élevé depuis sa naissance. Le voir devenir aveugle a failli me tuer.

Joey ouvrit la bouche mais elle le fit taire d'un claquement de langue réprobateur.

— Laissez-moi vous expliquer.

Joey hocha la tête et la laissa continuer.

— Je sais que vous lui avez demandé de venir avec vous à la ferme.

Elle dut remarquer la surprise de Joey parce qu'elle lui expliqua :

— Dans cette maison, je n'entends jamais rien, mais je sais tout, si vous voyez ce que je veux dire.

Joey hocha la tête. Enfin, quelque chose qu'il comprenait. Ce n'était pas trop tôt.

— Alors, je vais rompre une de mes règles habituelles pour vous parler. Il est troublé, il a très peur. Ici, il a l'habitude d'être bien entouré et protégé – peut-être trop – mais il se sent à l'abri et il sait qu'il ne risque rien. Partir avec vous serait se lancer dans le vide.

Elle but une longue gorgée de son café puis reposa la tasse en silence pour laisser à ses paroles le temps de s'incruster.

— Je sais que vous l'aimez. Et Dieu sait que lui vous aime aussi ! N'en doutez pas, quoi qu'il finisse par décider. Pour lui, tout changement est difficile, les événements le surprennent parce qu'il ne les voit pas arriver.

La porte de la cuisine s'ouvrit, Claudine passa la tête et fronça les sourcils. Très vite, elle s'esquiva en refermant la porte derrière elle. Adelle se leva et se remit au travail sans un mot de plus. Joey lui tendit sa tasse avant de quitter la cuisine, veillant à ce que Claudine le voie traverser le hall vers la salle de musique. Sans bruit, pour ne pas rompre la concentration de Robbie, il s'installa dans un des fauteuils et écouta, sans parler, sans bouger, sans même remuer dans son siège.

Des heures durant, la musique magnifique jaillit et, pour Joey, elle semblait partie prenante de son amant. Tandis que les envolées emplissaient la pièce, Joey avait la sensation de changer avec elles, comme si elles le traversaient et prenaient racine dans son cœur. Lorsque s'éteignit la dernière note, Joey remarqua combien la poitrine de Robbie se soulevait rapidement. Le jeune musicien, épuisé, baissa son violon et parut seulement reprendre conscience de son environnement. Il rangea son instrument dans son écrin et se leva, se dirigeant jusqu'à la porte de derrière, d'où il appela doucement Adelle. Ce fut alors que Joey réalisa une chose : Robbie ignorait sa présence. Auparavant, aussi discret soit-il, Robbie la percevait toujours, mais pas cette fois. Peut-être que la magie les ayant jadis connectés s'était évanouie. Joey n'en savais trop rien mais il fut surpris de constater combien il se sentait vacant, comme s'il avait perdu un trésor infiniment précieux.

Joey surveilla Adelle guider Robbie jusqu'à la porte, puis quitter la pièce. Quelques minutes plus tard, il entendit le bonsoir que le jeune aveugle adressait à ses parents, suivi par le bruit de ses pas dans l'escalier. Joey se força enfin à quitter son siège et à souhaiter à son tour une bonne nuit à ses hôtes.

Une fois dans sa chambre, il fit sa toilette et grimpa dans son lit, d'où il écouta les sons de la nuit sudiste qui lui parvenait de derrière les vitres. Chaque bruit de la maison lui donnait de l'espoir mais les lumières du couloir s'éteignirent et la demeure s'endormit sans que Robbie le rejoigne.

Pour la première fois depuis son arrivée à la plantation, Joey passa la nuit tout seul.

ROBBIE ENTENDIT Joey monter l'escalier et s'arrêter devant la porte de sa chambre. Il fut soulagé qu'il ne frappe pas à sa porte et retourne plutôt dans la pièce qui lui avait été attribuée, à l'autre bout du couloir. Il ne comptait pas le punir, il avait juste besoin de réfléchir, ce qui lui était impossible quand Joey se trouvait avec lui, à le toucher, à l'aimer. Aussi Robbie se déshabilla-t-il et se mit-il au lit.

Plus tard, il entendit frapper à sa porte, et la voix de son père lui parvint de l'entrebâillement. Il en fut extrêmement surpris. Il n'arrivait pas à se souvenir de la dernière fois où son père s'était donné la peine de s'arrêter lui parler.

— Je suis désolé. Tu es déjà couché.

Il sentit que son père allait s'en aller.

— Non, papa, ce n'est pas grave. Je ne dormais pas.

Robbie se rassit dans son lit et tourna le visage en direction de son père. Bien sûr, pour lui, ça ne changeait rien, mais il avait pris l'habitude de le faire, ses interlocuteurs se sentant mal à l'aise quand il regardait dans le vide.

Il entendit les pas lourds de son père résonner sur le plancher, puis le bas du lit tressauta sous son poids.

— Il y a bien longtemps que je ne suis pas venu… Trop longtemps sans doute. Si j'avais passé plus de temps avec toi, peut-être ne serais-tu pas devenu… tu sais.

Il entendit son père déglutir avant de prononcer :

— Gay.

— Papa !

— Robbie, peut-être devrais-tu m'appeler père ? Tu es un homme maintenant, tu devrais agir en adulte. Papa, c'est bon pour les enfants, je pense qu'il est temps que nous cessions de te traiter comme tel.

Robbie en reçut un choc.

— Pap… Je veux dire, père, tu n'as rien fait pour me rendre gay. C'est juste dans ma nature. Même si toi et moi avions lancé la balle, été à la pêche, ou chassé l'alligator ensemble, ça n'aurait rien changé. Je serais quand même à la fois gay et aveugle

Il souriait. Il espérait que son père souriait aussi.

— Tu ne me facilites pas les choses, tu sais ?

— Pourquoi le ferais-je ? Au cours des dix dernières années, nous n'avons presque jamais passé un moment ensemble.

Tout à coup, Robbie se sentit peu enclin au pardon. Après tout, son père l'avait bel et bien ignoré depuis une décennie. Et c'était douloureux.

— Pourquoi, père ? Qu'est-ce que j'ai fait ?

Il sentit une main sur son épaule.

— Rien, mon fils. Tu n'as rien fait du tout. C'est juste que… j'ignorais comment gérer ta cécité, et plus le temps passait, plus c'était difficile pour moi. Avant que je le réalise, tu étais déjà adulte, et je ne te connaissais plus du tout.

— Alors pourquoi maintenant, père ?

— Il t'a fallu beaucoup de courage pour nous annoncer ton homosexualité, à ta mère et à moi. Il t'en a fallu davantage pour inviter à la maison cet homme dont tu es manifestement amoureux. J'ai enfin pris conscience que tu n'étais plus un enfant. Tu es un homme, tu as désormais à prendre tes responsabilités d'adulte.

Robbie écoutait, mais il se demandait où son père voulait en venir.

— Ce qui signifie, père ?

— Joey t'a probablement demandé de partir avec lui.

— Et alors ?

— Et alors…

Robbie pensa entendre un sourire dans la voix de son père.

— … Je me souviens de la première fois où j'ai rencontré ta mère, il y a près de trente ans. Son père se montrait oDieux envers moi mais elle était la fille la plus jolie et la plus intéressante que j'aie jamais rencontrée. Il m'a fallu des années pour oser lui demander de sortir avec moi et ensuite, je l'ai suivie deux ans comme un toutou avant de la convaincre de m'épouser. Tu sais, le jour de nos noces a été le plus heureux de ma vie, jusqu'à celui de ta naissance, deux ans plus tard.

Il paraissait à la fois si fier et si triste.

— Ce que je veux te dire, fils, c'est que j'ai supporté ton grand-père pendant des années parce que j'aimais ta mère, et chaque jour passé avec elle valait bien cet effort.

— Je ne comprends toujours pas où tu veux en venir, père.

— Je m'explique sans doute mal mais je veux te démontrer que l'amour, le véritable amour, vaut toutes les épreuves endurées.

Robbie sentit son lit bouger quand son père se releva, pour le prendre dans ses bras et le serrer très fort.

— Je suis fier de toi, Robbie. Et je t'aime infiniment.

Son père le libéra, ses pas éloignèrent. Il y eut un cliquètement de serrure.

— Et tu es l'homme le plus courageux que je connaisse.

Sur ces derniers mots, la porte se referma.

— Waouh !

Robbie était sidéré, mais heureux. Est-ce que son père lui conseillait de s'en aller ? Quelque part, Robbie n'en était pas certain. Peut-être son père lui avait-il seulement annoncé que, quel que soit son choix, il serait là pour le soutenir. Sentant venir une migraine, Robbie se laissa retomber dans son lit, l'esprit mitraillé par toutes sortes d'idées et de questions.

Ses parents accepteraient-ils de le laisser partir ? Apparemment, son père ne s'y opposerait pas, mais le cas de sa mère serait très différent. Dès qu'il quittait la maison, elle lui téléphonait sans arrêt. Depuis son retour, elle s'était comportée comme de coutume : très présente, étouffante. C'était seulement depuis l'arrivée de Joey qu'elle avait accordé un peu d'espace à Robbie. Il savait qu'elle se comportait volontiers envers lui comme une lionne défendant son petit.

Geoff et Eli accepteraient-ils de le recevoir ? L'argent n'était pas un problème, il avait des fonds placés qui lui permettaient de vivre sans travailler tout le reste de sa vie. Mais pouvait-il n'être qu'un fardeau à la ferme ? C'était le problème – ou un des problèmes – qu'il n'arrivait pas à dépasser. Il savait bien qu'il ne pourrait aider de façon conséquente. Chez lui, il ne le faisait pas davantage mais au moins, il se trouvait en famille.

Aimait-il Joey ? Oui, sans l'ombre d'un doute. L'aimait-il assez pour courir un tel risque ? Et Joey l'aimait-il assez pour s'encombrer à vie d'un partenaire aveugle ? Des questions, encore des questions, toujours des questions, qui ne cessaient de lui traverser l'esprit, encore et encore.

Aux petites heures de l'aube, après une nuit blanche, Robbie parvint enfin à une décision, bonne ou mauvaise. Il savait ce qu'il devait faire pour son bonheur et, plus important encore, celui de Joey.

Il faillit quitter son lit pour rejoindre Joey dans sa chambre mais ce n'était pas possible. Pas encore.

Quand le soleil se leva, des bruits à l'intérieur et à l'extérieur de la maison le tirèrent d'un sommeil agité. Il était encore très tôt mais Robbie se leva pourtant et traversa sa chambre jusqu'à la porte. Il avança ensuite dans le couloir. Sans frapper, il ouvrit la porte de Joey et pénétra dans la pièce. Il repéra les ronflements discrets qui émanaient du lit.

Se guidant au bruit, Robbie tâtonna et trouva la peau de Joey, sa chaleur contre ses paumes. Les ronflements cessèrent quand Joey lui prit la main et le fit tomber dans son lit, comme un enfant s'accrochant à une grosse peluche.

Robbie sourit tandis qu'il était attiré plus près, au creux du lit. Puis il entendit le rire de Joey et sut qu'il était fichu. Bras et jambes s'enroulèrent autour de lui. Robbie se retrouva à rire comme un fou, et Joey avec lui.

Son gloussement devint vite un gémissement assourdi quand il sentit les jambes de son amant caresser les siennes. Une peau brûlante se frotta contre lui et il sentit, au niveau de sa hanche, le sexe dur de Joey, dans sa prison de tissu. L'esprit embrumé par le désir, Robbie oublia tout le reste.

Perdu dans le labyrinthe de sa passion, il marmonna :

— Joey … S'il te plaît… il faut que je te parle.

Les mains s'immobilisèrent, le lit trembla légèrement tandis que le poids de Joey se déplaçait.

— Quelque chose ne va pas ? demanda une voix inquiète.

— Non. Si. Je veux juste te parler.

Il ne voulait pas le faire ici même, mais il devait s'exprimer avant que la situation dérape. Le lit bougea encore, Robbie perdit une bonne partie de la chaleur corporelle de Joey, son toucher disparut. Puis un grand soupir résonna dans la pièce.

— Je sais ce que tu vas me dire… Tu ne reviens pas avec moi.

Le chuchotement exprimait un désespoir profond.

— Je ne peux pas.

Quatre petits mots qui firent exploser le cœur de Robbie. Arie avait raison : c'était encore plus douloureux que la fois précédente, infiniment pire. Des larmes lui brûlaient les yeux, il fut incapable de continuer à parler. Le poids de Joey se rapprocha de lui et Robbie comprit qu'il lui fallait s'en aller. Il glissa du lit, retourna jusqu'à la porte, la referma derrière lui et parcourut le couloir jusqu'à sa chambre où il s'enferma à double tour. Il réussit à retrouver son lit avant de s'effondrer en larmes.

Il entendit les pas de Joey devant sa porte. Il entendit les coups frappés sur la porte. Mais il ne pouvait pas le voir, pas dans cet état. Ce qu'il venait de faire était la plus pénible épreuve de toute sa vie mais elle était nécessaire au bien-être de Joey.

Au bout d'un long moment, Joey s'éloigna. Robbie réussit alors à se reprendre. Une clé tourna dans sa serrure, il faillit crier à Joey de s'en aller, mais… c'était la voix d'Adelle. La porte s'ouvrit, elle pénétra dans sa chambre.

— Ça va aller, bébé. Ça va aller.

Il se retrouva dans ses bras. Elle le berça comme autrefois, lorsqu'il était enfant.

Peu à peu, Robbie se reprit, Adelle le relâcha sans dire un mot de plus. Elle s'activa dans la chambre et lui tendit ses vêtements avant de lui serrer l'épaule une dernière fois. Puis elle s'en alla. Robbie réussit à faire sa toilette et à s'habiller. Maintenant qu'il se sentait mieux, il espérait pouvoir expliquer à Joey sa position. Juste avant qu'il quitte sa chambre, il entendit la porte s'ouvrir et des pas se précipiter sur lui.

— Que s'est-il passé ?

C'était la voix d'Arie.

— Joey m'a demandé de retourner à la ferme avec lui. Je lui ai expliqué que c'était impossible.

Il déglutit la boule qui l'étouffait et tenta de se maîtriser.

— Quoi ? Pourquoi aurais-tu fait quelque chose d'aussi stupide ?

Arie ne laissa pas à Robbie la moindre chance de lui répondre. Il enchaîna :

— J'ai croisé Joey en bas des escaliers, il avait l'air encore plus effondré que toi. Je ne pensais pas que c'était possible.

— Il mérite davantage.

— Davantage que…

Arie fit une pause avant de reprendre :

— Robbie, tu ne veux quand même pas dire… ? Bon sang, pour un aveugle, tu ne vois vraiment rien…

Tout à coup, il se mit à rire.

— Ce n'est pas ce que je voulais dire.

483

— Non, sans blague ?

— Je voulais juste… Écoute, je croyais être amoureux de toi et au début, j'ai été oDieux avec Joey parce que je pensais qu'il t'éloignait de moi. Et alors, j'ai réalisé que ce n'était pas de l'amour, mais une très forte affection. Je voulais te protéger et m'occuper de toi.

Robbie croisa les bras sur sa poitrine.

— Oui, et alors ?

Il n'avait pas besoin d'un sermon, juste d'un peu de soutien pour se sentir mieux.

— Alors, Joey t'aime. Il est follement amoureux de toi. Il ne veut pas t'avoir avec lui pour te protéger, ou s'occuper de toi, ou je ne sais quoi. Il t'aime. Point final. Il t'aime pour ce que tu es. Il sait déjà que tu es aveugle mais il t'aime parce qu'il te voit tel que tu es.

Robbie sentait sa belle résolution se dissoudre.

— Et comment sais-tu tout ça ?

Il entendit Arie ricaner.

— Je vois bien la façon dont il te mate !

Arie esquiva la gifle que Robbie lui envoyait.

— Je suis sérieux. Je ne sais pas quelle raison tu as concocté dans ton merveilleux cerveau mais fais bien attention ! Il faut que ce soit la bonne parce que tu t'apprêtes à faire deux malheureux.

Robbie entendit Arie se diriger vers sa porte. Il se sentait de plus en plus troublé.

— Alors, d'après toi, je devrais m'en aller ?

Les pas s'arrêtèrent.

— Non, d'après moi, tu es le seul capable de décider ce que tu veux faire de ta vie. Pas ce que tu 'penses' vouloir ni ce qui ferait plaisir à ta mère ni ce qui serait le mieux pour Joey. Lui, il t'a exprimé ce qu'il voulait en te demandant de venir avec lui.

Le plancher craqua doucement, indiquant qu'Arie avait recommencé à se déplacer. Robbie entendit peu après sa porte s'ouvrir.

— Tout le monde t'attend au rez-de-chaussée.

La porte claqua vigoureusement.

Robbie s'assit sur le bord de son lit, la tête dans les mains. Il avait passé l'essentiel de la nuit à décider ce qu'il lui fallait faire et voilà qu'il était à nouveau plus indécis que jamais. Il avait fait de la peine à Joey et se sentait lui-même très malheureux à l'idée de ne pas vivre avec lui. Il pensait avoir agi pour le mieux, mais maintenant…

Sa migraine empira.

Robbie n'avait plus qu'une seule certitude : il avait le cœur brisé.

X

QUAND JOEY entendit qu'on appelait son vol, il quitta son siège pour se rendre à la porte d'embarquement. Il donna à l'hôtesse sa carte d'accès à bord et s'engagea sur la passerelle. Quelques minutes plus tard, il avait déposé ses bagages à main dans le compartiment et pris son siège. Autour de lui, les gens allaient et venaient, mais Joey, perdu dans ses pensées, était à des kilomètres d'eux. Faire ses aDieux à Robbie, sur le perron de sa grande maison, sous les colonnes majestueuses, avait été la pire épreuve de toute sa vie.

Une hôtesse déclama les habituelles consignes de sécurité et Joey sentit l'avion se mettre à rouler, s'écartant de la porte d'embarquement pour rejoindre la piste de décollage. Après d'autres annonces du personnel de bord, l'avion quitta le sol. Joey, l'estomac noué, fit de son mieux pour se calmer. Il rentrait chez lui. Il allait retrouver Geoff et Eli, sa famille, la ferme et les animaux qu'il aimait tant.

Lorsque l'avion atteignit sa vitesse de croisière, Joey finit par ressentir les effets de la fatigue après ses dernières nuits blanches. Il ferma les yeux et tenta de se détendre. Par miracle, il sombra dans un sommeil agité.

Il se réveilla alors que l'avion était secoué, cahoté. Le pilote demanda à tous les passagers d'attacher leur ceinture. Une pluie violente frappait les hublots désormais assombris. Joey comprit que l'avion perdait de l'altitude. Il poussa un soupir de soulagement quand, après une approche plutôt mouvementée, les roues reprirent contact avec la piste d'atterrissage. N'ayant pas trouvé de vol direct, il faisait escale à Cleveland. Lorsqu'il quitta l'avion et se retrouva dans l'aéroport, les écrans d'information annonçaient 'retardé' pour presque tous les vols en cours.

Au cours des heures suivantes, les retards ne firent que s'aggraver. De violents orages condamnaient les avions à rester au sol. Certains vols furent même annulés et Joey se retrouva coincé. La compagnie aérienne lui proposa un autre vol dans la matinée mais il aurait plusieurs heures à attendre. Il sortit son téléphone portable pour appeler la ferme et prévenir Eli de ce qui le retenait. Ensuite, il s'installa dans un secteur tranquille de l'aéroport pour y passer la nuit.

Lorsqu'il se réveilla le lendemain, sa première pensée fut pour Robbie. Il se reprit très vite et se releva, il avait dormi à même le sol. Il trouva des toilettes et se nettoya de son mieux puis alla vérifier les horaires de son vol. C'était incroyable la différence en seulement un jour ! Le soleil brillait derrière les vitres, son avion serait parfaitement à l'heure. D'ici peu, Joey atterrirait chez lui et quelques heures plus tard, il serait à la ferme.

Après un vol sans encombre, Joey se retrouva en voiture, ses bagages dans le coffre arrière. Une fois sur l'autoroute, il prit la direction du nord, vers la ferme, son foyer. Deux heures après, il tourna au feu clignotant sur l'US10, le dernier tronçon de son parcours. Encore dix minutes de route et il emprunterait l'allée familière pour se garer à sa place habituelle.

— Joey !

Il entendit la porte arrière s'ouvrir et vit Eli se ruer vers lui pour le serrer dans ses bras.

— Nous nous faisions du souci pour toi !

Joey ouvrit le coffre et Eli l'aida à transporter ses bagages dans la maison.

— Je t'ai gardé un encas. Assieds-toi et raconte-moi tout ce qui s'est passé pendant ce voyage.

La valise tomba sur le plancher avec un bruit sourd. Joey examina son environnement si familier. La ferme n'avait rien de sophistiqué ni de grandiose, elle ne comportait certainement pas de meubles somptueux ou d'antiquités, mais c'était son foyer. Et il le trouvait superbe.

— Où est Geoff ? Il travaille à l'extérieur avec les gars ?

Eli se rendit au fourneau pour faire réchauffer un plat.

— Non, il avait une course à faire. Il reviendra d'ici quelques heures.

Ce qu'il préparait sentait merveilleusement bon, Joey en eut l'eau à la bouche. Il se servit une tasse de délicieux café et l'emporta avec lui jusqu'à la table, où il s'installa.

— Alors, comment était Natchez ?

Joey sirota son café tout en narrant les principales anecdotes de son séjour. Tout en l'écoutant, Eli lui remplit une assiette qu'il déposa devant lui. Joey se mit à manger avec entrain, il n'avait pas réalisé combien il était affamé ! Eli l'informa ensuite de tout ce qui s'était passé à la ferme durant son absence. Au cours du repas, Rex entra dans la cuisine, la queue battant en signe de bienvenue et vint poser le museau sur les genoux de Joey. Derrière le chien, les chatons cabriolaient, ils se poursuivirent entre ses pattes.

Quand Joey eut terminé de manger, il bâilla à s'en décrocher la mâchoire. Eli débarrassa son couvert en disant :

— Monte tes affaires à l'étage, tu devrais te reposer un moment.

Joey bâilla une fois de plus, avant d'acquiescer. Il souleva sa valise en se faisant la réflexion qu'elle était devenue plus lourde au cours de la dernière heure. Il monta l'escalier jusqu'à sa chambre.

Aussi heureux soit-il d'être revenu chez lui, tout lui paraissait déserté, comme c'était le cas depuis la minute où Robbie était monté dans ce fichu bus. Sans se soucier de vider sa valise, Joey la déposa sur sa commode. Il ôta juste ses chaussures et s'étendit sur son lit. Les bruits familiers de la maison le berçant, il s'endormit, caressé par la brise estivale qui pénétrait dans la chambre par la fenêtre ouverte. Joey se tourna et se retourna quelques fois, il ouvrit même un œil de temps à autre, mais pour la première fois depuis plusieurs jours, il profita enfin d'un vrai repos. Il était chez lui. Quel que soit son avenir, au moins, il était revenu à la maison.

Il se réveilla des heures plus tard, non pas qu'il y ait du bruit ou qu'il soit assez reposé, mais parce que la chaleur devenait insoutenable dans la pièce. Après un grand bâillement, Joey se décida à se lever.

Toujours endormi et vaseux, il déambula à travers la maison, à la recherche de compagnie. En vain, tout était tranquille, désert. Il étendit l'oreille et perçut des rires joyeux emportés par le vent. Bâillant encore, il sortit du frigo une bouteille d'eau et s'aventura à l'extérieur. Il traversa la cour en direction de l'écurie. Il n'y avait personne mais les animaux se trouvaient là et Joey tenait à leur dire bonjour.

Les nobles têtes se relevèrent dès qu'il approcha. Tiger traversa sa stalle en quelques foulées et s'arrêta près de la palissade, espérant des caresses. Il renifla aussi la poche de Joey et parut déçu.

— Désolé, vieux, je ne t'ai rien apporté. Je reviendrai tout à l'heure avec une friandise, c'est promis.

Il flatta la longue encolure noire, puis fit quelques pas pour saluer Twilight et les autres bêtes.

Désormais, les rires étaient plus audibles, ils se mêlaient à la voie patiente d'Eli. Joey comprit qu'il y avait un cours, là dehors. Avec un sourire, il sortit de l'écurie pour se rendre au manège et regarda Eli s'occuper d'un groupe de débutants. Les enfants étaient aussi excités que d'ordinaire.

— Jimmy, baisse les talons ! cria Eli.

Se rapprochant de l'endroit où Joey se tenait, contre la barrière, Eli demanda :

— Tu as bien dormi ?

Joey acquiesça.

— J'en avais bien besoin !

Il étudiait des yeux le groupe qui trottait en cercle dans le manège.

— Carrie Ann, laisse le poney te guider, tu n'as pas besoin de tirer sur les rênes.

Eli approuva d'un hochement de tête, puis il alla jusqu'à la petite fille montée sur Cacahouète. Joey regarda son ami expliquer avec douceur à l'enfant comment placer ses mains.

Un bruit derrière lui attira son attention, il se retourna. À travers l'écurie, il vit arriver le 4x4 de Geoff et deux silhouettes en descendre.

— Geoff ! cria Joey.

Il attendit que l'homme émerge de l'ombre dense de l'écurie et lorsqu'il le fit, Joey réalisa enfin qui l'accompagnait, accroché à son bras. Il en perdit le souffle.

— Robbie ?

Il resta figé sur place, sans bouger, jusqu'à ce que Geoff guide le jeune aveugle jusqu'à lui.

— Je n'aurais jamais cru que tu viennes aussi vite ! Je ne t'attendais pas avant plusieurs semaines…

En secret, Joey craignait surtout que Robbie ne change d'avis, aussi avait-il préféré ne pas trop croire à son retour. Et maintenant, Robbie était là, jusque devant lui, si près que Joey sentait son souffle le caresser. Très vite, il fut dans ses bras, à l'embrasser.

— Oooh ! Ils s'embrassent ! s'exclama derrière eux une petite voix flûtée.

D'autres enfants, toujours sur leurs montures, gloussaient et ricanaient comme s'ils avaient surpris un spectacle décadent. Joey s'écarta et se mit à rire. Robbie également.

— J'ai réussi à prendre un vol ce matin de bonne heure, expliqua Robbie. J'ai téléphoné à Geoff, il m'a dit que tu étais bloqué à Cleveland. Un problème d'intempéries d'après ce que j'ai compris.

— Si j'avais su que tu venais, je t'aurais attendu.

Joey jeta à Eli un regard entendu et reçut en échange un grand sourire. Bien sûr, le petit salopiot était au courant… et il ne lui avait rien dit !

— Après ton départ, maman et moi avons longuement discuté. Mais je pense que mon père lui avait déjà parlé.

— J'espère que ça s'est mieux passé que la première fois. Juste avant de partir, j'ai entendu un vrai concert de hurlements.

Quand Robbie avait annoncé à sa mère sa décision de vivre avec Joey, elle avait émis des sons qui paraissaient humainement impossibles, du moins de l'avis de son fils.

— Elle s'était calmée. Bien sûr, elle a tenté de me faire changer d'avis, mais…

La voix de Robbie fut étouffée par un chœur de rires et d'applaudissements : Eli venait de mettre fin à son cours.

— Je lui ai dit que j'étais un homme à présent. Je prends seul mes décisions.

Joey ne put se retenir de sourire.

— Et qu'a-t-elle répondu ?

— Rien.

— Dans ce cas, qu'est-ce qui a pu la convaincre ?

— Je lui ai expliqué ce que tu m'avais dit concernant les limites, les restrictions… et qu'il était temps que j'élargisse les miennes. Je pense que, pour la première fois, maman a réalisé m'avoir élevé dans un cocon et que cela ne m'aidait pas.

Robbie posa la tête sur l'épaule de Joey.

— Mais quand même, ne t'étonne pas trop si nous recevons très vite un coup de téléphone de sa part qui annoncera sa visite.

Robbie tenta de retenir son rire. En vain.

— Je lui ai dit que ça ne poserait pas de problème. Je lui ai aussi demandé si elle savait monter.

Sa joie était contagieuse, Joey n'y résista pas.

— Je vois mal ta mère avec son maquillage et sa coupe sophistiquée traverser les champs à cheval.

Robbie gloussa de plus belle.

— Justement, c'est le meilleur. Elle m'a répondu…

Il prit un ton hautain pour copier la voix de sa mère, qu'il imitait parfaitement :

— *Bien entendu, je sais monter. Mon grand-père était dans la cavalerie.*

Les deux hommes explosèrent de rire. Quand Joey se calma un peu, il demanda :

— Et toi ?

— Et moi, quoi ?

— Tu as envie d'une petite chevauchée ?

L'odeur de Robbie lui monta aux narines, effaçant tout le reste alentour.

— Oh que oui, je rêve d'une chevauchée sauvage.

Robbie garda un visage impassible mais Joey y vérifia à deux fois avant de l'entraîner jusqu'à l'écurie. Robbie patienta le temps que son compagnon selle Twilight, puis Joey aida Robbie à monter, avant de le rejoindre sur le dos de la jument. Aussitôt, il sentit les mains de Robbie se nouer à sa taille.

Dès qu'ils furent tous les deux prêts, Joey incita Twilight à se mettre au pas d'un claquement de langue.

Ils s'élancèrent à travers champs. Très vite, Joey sentit les mains baladeuses de Robbie glisser d'abord sur sa poitrine, puis sous sa chemise.

— Tu peux t'arrêter une minute ? proposa le jeune aveugle.

Tout en se demandant ce qu'il avait en tête, Joey fit stopper la jument. Il sentit son passager s'agiter derrière lui. Sa chemise fut relevée puis, avec une certaine maladresse, ôtée. La peau de Robbie se pressa à son dos, un doux soupir caressa son oreille.

— C'est beaucoup mieux.

Joey ne put qu'approuver. C'était beaucoup mieux. Et ça le devint encore plus lorsque Robbie se mit à le caresser partout, ses mains explorant son torse, ses doigts ciblant ses tétons. Joey adorait ce contact, il se pressa davantage contre la douceur de Robbie.

La jument avançait toujours, Joey fit de son mieux pour prêter attention au chemin parcouru tandis que les mains de son compagnon poursuivaient leur danse magique. Il sentit des lèvres se presser sur son épaule et s'étira malgré lui comme un chat sous ce toucher. La main de Robbie s'aventura plus bas le long de son torse jusqu'à son ventre mais, au lieu de s'y arrêter, elle continua à descendre. Des doigts agiles firent sauter le bouton de son jean, puis se glissèrent à l'intérieur, s'agrippant à lui et caressant son sexe désormais rigide.

— Robbie…

— Quoi ? fit une voix faussement innocente à son oreille. Tu veux que j'arrête ?

Les deux hommes pénétraient au même moment à l'ombre des bois.

— Oh… Seigneur !

489

Le tissu de son jean s'ouvrit davantage, Robbie utilisait maintenant ses deux mains, l'une passant sous Joey pour doucement masser ses testicules.

— Robbie, je suis baisé !

— Oui, c'est exactement ce que j'espère, Joey.

Le cheval continuait à marcher, Joey le dirigea vers le ruisseau et le poussa jusqu'à atteindre la clairière. Il n'avait rien prévu pour simplifier les choses mais, dès que Robbie descendit de cheval, il n'hésita pas à ouvrir son pantalon avant de s'en débarrasser.

Joey étala sur l'herbe la couverture qu'il avait emportée par habitude et attira Robbie à lui. Très vite, chaussures et vêtements s'entassèrent sur le sol, leurs deux bouches se retrouvèrent, leurs deux corps se pressèrent l'un contre l'autre.

— Je suis désolé de t'avoir fait subir tout ça, haleta Robbie entre deux baisers.

— Tu n'as pas à être désolé. Tu es là, à présent, c'est tout ce qui compte.

Puis ils n'eurent plus de mots parce qu'ils faisaient l'amour à l'ombre des arbres. Il n'y eut plus dans la clairière que des gémissements et des cris de désir, Robbie laissant son fauve intérieur prendre le contrôle de son être. Ses mains paraissaient être partout à la fois, ses lèvres sucèrent et léchèrent le corps de son amant, du bout du nez au creux des genoux. Quand Robbie le prit enfin dans sa bouche, Joey craignit de voir sa tête exploser.

— Je te veux, Joey.

Robbie laissa le sexe de son amant lui glisser des lèvres et remonta se plaquer sur le corps étalé sous lui.

— Mais je n'ai rien…

Joey ne put continuer, il ne supportait pas la déception qui s'affichait sur le visage de Robbie.

— D'accord, mets-toi sur le dos. On va la jouer à l'ancienne.

Robbie obtempéra et s'étendit sur la couverture.

— C'est quoi, au juste, à l'ancienne ?

— Tourne-toi, je vais te montrer.

Sans cacher son expression curieuse, Robbie se retourna. Joey prit position entre les longues jambes, ses mains caressant l'arrière des cuisses, depuis les genoux jusqu'aux fesses. Dès que Robbie écarta les jambes, Joey fonça droit sur sa cible, sa langue pointée en avant.

— Si c'est ça, la jouer à l'ancienne…

Robbie perdit la faculté de parler lorsque Joey titilla l'entrée de son corps. Le jeune aveugle rejeta la tête en arrière et poussa un long gémissement de gorge. Il oublia ce qu'il voulait dire en hurlant son plaisir.

La saveur musquée du corps de Robbie explosa sur la langue de Joey lorsqu'il l'enfonça plus profondément. Il sourit en voyant son amant se tordre et tressauter sous lui. Alternant ses doigts et sa langue, Joey savoura les geignements et les plaintes qui montaient dans la clairière, assez forts pour étouffer les glouglous du ruisseau. Il savait exactement où caresser, où appuyer, et il s'en donna à cœur joie, obtenant des cris de plaisir de plus en plus vifs, surtout lorsqu'il pressa cet interrupteur spécial à l'intérieur de son amant.

Lorsqu'il sentit les muscles de Robbie se détendre, Joey se positionna et pénétra avec soin le corps offert. Dans une union parfaite qui ne faisait qu'un de leurs deux êtres, il s'enfonça profondément.

— Oh, Seigneur !

Robbie se mit à geindre sous la force de l'intrusion et Joey ferma très fort les yeux en entendant cette voix qui, combinée à la chaleur interne qui l'enserrait, faillit le faire basculer par-dessus bord. Il se figea et respira profondément, puis se mit à bouger, d'abord doucement, en ondulant des hanches tandis que l'incendie émanant de Robbie prenait possession de lui. Il tomba lourdement sur le corps étendu sous lui. Leur passion montait crescendo, lentement mais sûrement. Robbie hurlait de plus en plus fort, Joey perdait le souffle chaque fois qu'il baissait les yeux sur cet homme magnifique, altruiste et aimant qui était son amant.

Lorsqu'il ne put plus supporter la pression, lorsque les cris de Robbie indiquèrent que lui aussi était au bord de la rupture, Joey changea légèrement son angle de pénétration. Cette fois, Robbie ulula et son orgasme résonna tout au fond des bois. Joey poussa lui aussi un grand cri de triomphe et de jouissance fiévreuse.

DEUX SEMAINES… Robbie était revenu à la ferme depuis deux semaines, il se sentait à la fois épuisé et ravi. Quel idiot il avait été de se croire incapable d'aider ! Les autres l'avaient accablé de travail, l'occupant à chaque minute de chaque journée, et Robbie adorait ça.

Descendant les escaliers derrière Joey, Robbie comptait inconsciemment les marches. Rex marchait sur ses talons. Il ne savait pas trop où se trouvaient les chatons mais ils ne devaient pas être loin derrière, c'était certain. La nuit, le lit qu'il partageait avec Joey ressemblait à une vraie ménagerie. Lorsque Robbie étirait ses membres, il dérangeait souvent un corps endormi ou l'autre mais il n'avait jamais à s'inquiéter d'avoir froid, pour sûr.

La maison lui était devenue si familière qu'il n'avait même plus besoin de réfléchir pour se déplacer. Il savait exactement où tout se trouvait. Une fois au bas des marches, il se tourna et traversa le corridor jusqu'à la cuisine, il entendit la télévision donner les nouvelles du jour lorsqu'il passa devant le salon.

— Robbie.

Un bruit, qu'il supposa être celui du café siroté, suivi par un claquement de langue, qui n'appartenait qu'à Geoff.

— Tu peux t'occuper ce matin de revoir les détails du prêt avec la banque ?

Robbie tira une chaise, la sienne, et s'installa.

— Oui, bien sûr. Le dossier est sur ton bureau ?

— Oui, à l'endroit habituel.

Robbie avait vite oublié ses doutes quant à l'accueil qu'il recevrait à la ferme. Pour lui, Geoff avait réaménagé son bureau, y installant tous les outils dont un aveugle pourrait avoir besoin : un clavier spécifique avec des touches en braille et en relief, un second PC avec haut-parleurs hauts de gamme, le meilleur logiciel de reconnaissance vocale existant sur le marché, et des tas d'autres accessoires du même genre. Dorénavant, Geoff parlait de Robbie comme de son 'très capable assistant'.

— Très bien, je m'y mets dès que la banque sera ouverte.

Robbie s'était découvert un don inné pour la paperasserie, il passait une bonne partie de la journée à gérer pour Geoff les commandes et divers autres petits problèmes.

— Merci. Je ne me suis jamais vraiment entendu avec Jenkins mais il semble avoir un faible pour toi.

Si Robbie passait ses matinées à travailler au bureau, il aidait Joey autant que possible durant l'après-midi. Il avait même découvert qu'il était capable de donner un coup de main durant la fenaison et autres projets communs. Bien sûr, il avait des limitations, mais ses journées étaient bien occupées et ses nuits… merveilleuses.

Son attention revint au petit déjeuner lorsqu'Eli lui posa une question :

— Robbie ? Tu veux un œuf ou deux ?

— Un seul, merci.

Il entendit Joey s'asseoir à ses côtés, sentit Rex se coucher à ses pieds et devina que les chatons galopaient sur le plancher de la cuisine. Une assiette fut déposée devant lui, Joey lui expliqua où tout se trouvait sur la table, avant de se mettre à manger.

Les conversations tournaient autour de la ferme et les projets du jour, échanges d'idées ou débats d'opinion. La porte arrière s'ouvrit et se referma tandis que les employés arrivaient, un par un, pour recevoir leurs ordres. C'était l'époque des moissons, il y avait beaucoup à faire.

— Il vous reste beaucoup à engranger ? s'enquit Robbie entre deux bouchées.

— Suffisamment pour nous occuper toute la journée.

— Dans ce cas, ne perdez pas de temps. Il ne va pas tarder à pleuvoir.

Robbie entendit des couverts cliqueter sur de la porcelaine, ils venaient d'être jetés dans les assiettes.

— Et comment tu sais ça ?

Il y avait dans la voix de Geoff beaucoup de scepticisme mêlé à une nervosité soudaine.

— Je le sens, indiqua Robbie qui se tapota le nez.

Le bois d'une chaise craqua.

— Je ne vois pas un seul nuage dans le ciel.

— En tout cas, je t'aurais prévenu…

Robbie était certain de l'acuité de ses sens. Autour de lui, la table fut silencieuse durant un moment.

492

— Très bien, décida Geoff, je vais devoir réclamer de l'aide supplémentaire. Je vais de ce pas passer quelques coups de fil.

Geoff prenait son avis au sérieux ? Robbie trouvait ça génial ! Il termina son petit déjeuner et se leva, marchant avec soin jusqu'au bureau. Il emportait une tasse de café avec lui. Une fois, il avait failli tout renverser mais depuis lors, Eli lui avait trouvé un modèle spécial, en aluminium, et avec un couvercle, ce qui évitait tout accident.

Robbie trouva le dossier et écouta son ordinateur lui réciter une liste de noms et de numéros de téléphone. Il terminait à peine lorsque son portable sonna, avec une musique qui autrefois le faisait grimacer.

— Bonjour, maman.

Désormais, elle ne lui téléphonait plus que deux ou trois fois par semaine, ce qui était une amélioration notoire.

— *Ton père et moi envisageons de te rendre visite le mois prochain, si ça te convient.*

— Bien sûr !

Robbie était tout excité à l'idée de faire découvrir la ferme à ses parents. Il précisa cependant :

— Maman, tu sais que je ne rentrerai pas avec vous.

Il entendit sa mère soupirer.

— *Oui, je sais. Mais tu me manques terriblement.*

Robbie entendit une autre voix en arrière-fond. Sa mère ajouta :

— *Adelle me charge de te dire que tu lui manques aussi.*

— Et vous me manquez tous mais je suis heureux ici, je me sens utile.

Il continua, racontant à sa mère ce qui composait ses journées : l'équitation, les tâches administratives pour aider Geoff, la façon dont il avait réussi à convaincre Joey de l'emmener faire une autre balade en moto, qui s'était cette fois-ci déroulée sans incident. Son discours fut suivi par un très long silence.

— Maman, qu'est-ce qui ne va pas ?

Il faillit lâcher son téléphone lorsqu'il perçut un reniflement.

— *Est-ce vraiment moi qui te coupais les ailes ?*

Oui !

— Tu t'inquiétais pour moi parce que tu es ma mère et que tu m'aimes. Je sais que tu as agi pour mon bien, pour ce que tu pensais être le mieux.

— *Et pour ta musique, comment ça se passe ?*

Robbie, accroché à son téléphone, eut un grand sourire.

— C'est le plus merveilleux ! J'ai obtenu un poste au collège de Ludington, je commence cet automne. Je vais apprendre le violon aux enfants. Ce sera seulement trois jours par semaine mais je meurs d'impatience.

La porte arrière s'ouvrit, Robbie entendit Geoff l'appeler.

— Maman, je dois y aller. Rappelle-moi pour me dire quand tu veux venir nous voir. Je t'aime très fort.

— Je t'aime aussi. Salue Joey de ma part.

Il entendit un cliquètement lorsqu'elle raccrocha. Il avait du mal à se remettre de sa stupéfaction. *Peut-être,* décida-t-il, *ma mère sera-t-elle enfin capable de converser normalement avec mon amant lorsqu'elle viendra nous rendre visite.*

Les pas pressés de Geoff pénétrèrent dans le bureau.

— Tu as préparé la glacière ?

— Mais oui, elle est juste à côté de la porte arrière. Dis, c'est moi qui suis aveugle ! Vérifie, elle doit être là.

La première fois que Geoff l'avait chargé de remplir la glacière, Robbie s'était gonflé de fierté. Il avait trouvé tout seul où elle était rangée, puis sorti les canettes du frigidaire et les packs de glace du congélateur. Malheureusement, au toucher, toutes les canettes se ressemblaient. Robbie pensait avoir offert un panel de choix mais il avait découvert après coup n'avoir mis que des Diet Coke… et rien d'autre. Les gars les avaient bus mais Robbie avait entendu Pete râler et dire à Geoff qu'un aveugle n'était pas vraiment apte à remplir la glacière. Depuis lors, Eli veillait toujours à placer les différents containers à une place spécifique dans le frigidaire. Et Robbie n'avait plus reçu la moindre plainte.

— Combien d'hommes supplémentaires as-tu trouvés ?

— Quatre. Ils ne devraient pas tarder.

Il entendit les pas de Geoff s'éloigner précipitamment, puis un dernier cri :

— Merci !

— De rien ! s'écria Robbie au moment où la porte se refermait.

Durant de tels jours, il aurait souhaité pouvoir les aider mais il savait qu'il valait mieux ne pas se trouver dans leurs pattes. Il tâtonna sur le bureau et découvrit la liste que Geoff avait préparée. Il la lut du bout des doigts, reprit son téléphone et appela la banque.

Durant toute la matinée, les gens entrèrent et ressortirent à la hâte, pressés de retourner au travail. Il y eut des bruits de moteur qui allaient et venaient, des hurlements, des questions, tout un brouhaha d'activité dans la cour de la ferme. Le repas fut constitué de sandwiches qu'Eli avait confectionnés le matin même et qui furent avalés sur le pouce.

Quand Robbie eut terminé tout ce qu'il pouvait faire pour aider Geoff, il monta à l'étage. Une fois dans sa chambre, il sortit son violon et se mit à jouer. Il se sentait satisfait et heureux au-delà de tout ce qu'il avait pu imaginer. Il laissa la musique jaillir de son cœur et lui traverser les doigts avant de s'exprimer à travers son instrument.

— Je ne connais pas cette chanson.

Surpris d'entendre la voix de Joey, Robbie cessa de jouer.

— Elle n'existe pas, je viens de l'inventer.

— Elle paraissait pleine de joie.

Robbie déposa son instrument sur ses genoux.

— C'est parce que je le suis aussi. Personne n'a besoin de toi dans les champs ?

— Nous venons juste de terminer.

Il sentit les mains de Joey sur ses jambes, puis ses lèvres sur les siennes.

— Pourquoi ce baiser ?

— Écoute...

Robbie entendit alors le grondement sourd du tonnerre à distance.

— Heureusement que vous avez pu engranger les moissons avant la pluie.

— C'est grâce à toi. Si tu n'avais pas prévenu Geoff ce matin, nous n'aurions pas eu assez de mains disponibles.

Robbie sentit Joey s'éloigner de lui.

— Bien, il faut maintenant que j'aille ranger les outils et le reste du matériel avant la pluie.

Un dernier baiser puis les pas s'éloignèrent, Joey quitta la chambre et dévala l'escalier. Robbie reprit son violon et se remit à jouer ; il n'arrêta pas avant d'entendre claquer la porte arrière de la maison et la pluie tambouriner sur les fenêtres. Devinant qu'il avait une audience, il cessa de jouer et se tourna vers la porte.

— Joey.

Il savait que c'était lui.

— Tu es si beau quand tu joues. Presque autant que quand tu...

Robbie sentit que son violon lui était enlevé des mains, il se retrouva plaqué sur le lit. Jusqu'ici, Rex lui tenait compagnie, mais le matelas remua quand le chien se leva pour ne pas être écrasé.

— Je t'aime, Robbie Jameson.

La main de Joey glissa sous sa chemise, sa paume brûlante lui caressant la peau. Robbie commença à se tortiller. Son pantalon devenait trop serré, il voulait que Joey le touche. Il leva les hanches pour tenter d'attirer l'attention de son amant sur la partie inférieure de son corps. En vain. Les doigts persistaient à torturer ses tétons tandis que les lèvres ardentes lui ôtaient le souffle de la bouche.

— Robbie !

L'appel lancé à tue-tête provenait du bas des escaliers.

Joey se releva à contrecœur.

— Parfait timing, Geoff, maugréa-t-il.

— Téléphone pour toi !

Robbie se redressa, effleurant au passage le visage de Joey. Sa peau, sa barbe qui repoussait, ses cicatrices presque effacées qui se discernaient à peine sous ses doigts.

— Moi aussi, je t'aime.

Il reçut un baiser pour sa peine, puis se dirigea vers la porte, suivi par le rire de Joey.

— Tu marches de travers comme un marin en bordée !

495

— Ah oui, et à qui la faute ?

Robbie tenta de se reprendre en descendant les escaliers. Une fois en bas, il croisa Geoff qui lui tendit le combiné.

— M. Jameson, ici Juanita Figueroa de Mason Lake, l'école primaire du district,

Robbie plissa le front, sans comprendre. La femme continua :

— J'ai discuté avec M. Laughton concernant le projet de créer à la ferme un programme de TAC – thérapie avec le cheval ou équithérapie. Il est d'accord. Il m'a chargé de discuter avec vous des détails d'application.

— L'équithérapie, chuchota Robbie.

Il se parlait à lui-même mais elle l'entendit.

— Oui. Il s'agit d'un programme complémentaire aux soins médicaux, qui prend en considération le patient dans son entité physique et psychologique, et utilise le cheval afin d'atteindre un objectif fixé. Nous nous chargeons pour le moment d'aider les enfants handicapés en leur donnant une chance de pratiquer l'équitation. Cela les aide à renforcer leur masse musculaire et, pour vous dire la vérité, cela permet beaucoup de ces enfants de pratiquer un sport qu'ils n'auraient jamais cru possible dans leur cas.

Robbie se retrouva à sourire béatement. Puis il sursauta légèrement en sentant des bras le ceinturer par derrière.

— En quoi consiste au juste ce programme ?

Cette perspective l'enchantait de plus en plus.

— J'espérais pouvoir vous rencontrer pour tout mettre au point.

Robbie trouva l'idée excellente.

— Bien sûr. Vous pourriez passer à la ferme ?

— Bien entendu. Cela vous convient-il si je passe demain, disons, vers dix-sept heures ?

Robbie se tourna vers Joey pour lui expliquer rapidement la situation. Joey hocha la tête avec un sourire qui marquait son approbation, oubliant complètement que Robbie ne pouvait pas le voir. Il se reprit et chuchota :

— C'est parfait. Nous serons là pour veiller sur toi.

— Une dernière chose, déclara son interlocutrice. Il faut que je vous demande si vous avez déjà l'expérience des personnes handicapées ?

Robbie se mit à rire. Il se sentait aimé, utile, il avait trouvé sa place. Pour la première fois de sa vie, il avait un rôle à jouer où il se sentait bien. Il termina sa conversation et mit au point les derniers détails. Joey le serra plus fort, leurs corps se fondant l'un dans l'autre. Blotti dans les bras de son amant, Robbie sentit se dissiper les dernières limites qu'il s'était lui-même imposées.

Il sut de façon certaine qu'avec Joey à ses côtés pour le soutenir, il était capable de tout accomplir.

ÉPILOGUE

Joey avait du mal à en croire ses yeux.

— Cici, tu te débrouilles comme un chef.

— Merci, M. Joey.

Elle avait peut-être des attelles aux deux jambes mais elle apprenait à diriger un cheval en cavalière accomplie. Elle lui adressa un sourire ravi tandis que le petit groupe, cinq montures et six cavaliers, continuait à avancer lentement sur le chemin de randonnée.

— Ils s'en sortent vraiment très bien, chuchota Joey à Robbie.

Comme de coutume, Robbie avait pris place derrière lui, sur Twilight, qui ouvrait la route. Derrière les deux hommes se trouvait Cici sur Belle, suivie par trois autres chevaux et cavaliers, chaque enfant guidé par un adulte responsable de lui.

— Je n'arrive pas à croire que ce programme se déroule aussi bien.

Joey entendit le chuchotement discret de Robbie. Il savait que le jeune aveugle surveillait d'une oreille attentive la moindre anicroche, tout comme lui veillait sur le petit groupe les yeux grands ouverts.

— Moi, ça ne m'étonne pas, puisque c'est toi qui l'as organisé.

Joey était certain d'une chose : tout ce que son compagnon décidait d'accomplir ne pouvait que réussir. D'ailleurs, Robbie commençait lui aussi à y croire. Ils avaient trois sessions d'équithérapie par semaine, chacune avec quatre élèves, quatre enfants. Aujourd'hui, Cici et trois petits aveugles. Pour l'instant, Cici représentait la plus belle réussite du programme. Lorsqu'elle était arrivée à son premier cours, elle avait si peur qu'elle avait failli refuser de monter à cheval. Au dernier moment, ayant vu Robbie monter derrière Joey, elle avait consenti à essayer. Au début, deux adultes encadraient la petite fille, un de chaque côté. Dès qu'elle trouva la bonne assiette, sa mère se chargea de guider son cheval autour du manège.

Joey se souvint du jour où Cici déclara à sa mère qu'elle pouvait chevaucher seule. Et ce fut le cas. Elle se débrouillait très bien. Elle avait besoin qu'on l'aide à monter, rien de plus.

— Juanita a téléphoné. Ils veulent ajouter ton programme au site Internet du district.

Joey arrêta Twilight et tordit la nuque pour surveiller le groupe. Tout allait bien, les chevaux paraissaient heureux – comme s'ils réalisaient porter des cavaliers particulièrement fragiles – les enfants et leurs accompagnateurs souriaient et riaient.

— Elle a dit aussi qu'il nous fallait lui trouver un nom.

— Oui, elle m'en a déjà parlé. J'ai pensé à 'Cheval... sans limite', qu'est-ce que tu en penses ?

— C'est parfait.

Pour reprendre le chemin du retour à l'écurie, Joey fit tourner la jument sur elle-même, guidant par son exemple le groupe à l'imiter. En passant devant les accompagnateurs, il surveilla la façon dont chacun faisait faire volte-face à son cheval. La plupart étaient un des parents des jeunes cavaliers, ce qui était merveilleux, mais le plus beau c'était la joie qu'affichait le visage des enfants.

Une fois dans la cour, Joey et Robbie descendirent, puis Joey se chargea d'aider les enfants à quitter leurs montures, obtenant de chacun d'eux une étreinte chaleureuse. Lorsqu'il souleva Cici, elle se serra à son cou et il sentit les attelles de ses jambes autour de sa taille.

— Tu sais, si tu continues à faire du sport, tu seras bientôt assez forte pour ne plus en avoir besoin.

Il lui rendit son accolade avec enthousiasme puis adressa un sourire à la mère qui s'approchait. De toute évidence, elle avait entendu sa dernière remarque.

— Vous savez, le médecin lui a dit la même chose.

Les yeux pleins de larmes, elle sourit à sa fille.

— Et tout ça, c'est grâce à vous.

Elle lui offrit un dernier sourire puis elle entraîna Cici vers sa voiture. Joey les regarda s'éloigner et les entendit parler d'aller manger des glaces.

— La vie ne pourrait pas être plus belle, tu ne crois pas ?

Joey sentit Robbie poser sa main sur son bras.

— Tu as entendu ?

Voilà qui ne devrait pas le surprendre.

— Absolument tout !

Un bref instant, Robbie accentua son accent sudiste : il avait la même voix que sa mère, Joey ne put se retenir de rire.

Il ne fallut pas longtemps pour ramener tous les chevaux dans leurs stalles. Chacun ayant reçu une friandise, ils se mirent gaiement à mâcher leur foin. Joey vit Eli et Geoff brosser leurs montures avant de les seller, un regard très particulier dans les yeux. Les deux hommes s'éloignèrent ensemble en direction de la cour.

— Il commence à faire frais, déclara Robbie qui se blottit contre lui.

— C'est l'automne.

Sentant Robbie frissonner contre lui, Joey crut devoir l'avertir :

— Il va faire de plus en plus froid, tu sais, mais je pense que c'est la plus belle saison de l'année. Je regrette que tu ne puisses pas la voir.

Il posa le bras sur ses épaules pour le réchauffer.

— Raconte-moi.

— Les collines sont couvertes d'arbres aux feuillages rouge et jaune. Les chênes ont toutes les teintes de brun, quelques érables sont même orange. Quant aux pins, ils sont restés verts. On dirait vraiment que la nature a assorti sa palette de couleurs et qu'elle les a toutes utilisées.

Robbie se pelotonna davantage, Joey baissa les yeux sur son visage, aux paupières closes.

— Tu sais, je le vois dans ma tête, exactement comme tu me le décris.

Joey caressa sa lèvre inférieure de son pouce.

— Et si nous rentrions ?

— D'accord, à condition que tu n'aies pas oublié ta promesse.

Joey se mit à rire doucement. Il avait bien l'intention de tenir parole.

— Je te réchaufferais durant l'hiver.

— Je pensais utiliser cette promesse bien avant.

Le bras autour de la taille de Robbie, Joey le guida vers la porte arrière de la maison. Il entendit derrière eux Eli et Geoff enfourcher leurs montures, puis le claquement des fers des sabots s'éloigna à travers champs, s'atténuant peu à peu. Il savait que Robbie lui aussi écoutait et, à son sourire, il devinait ce qui allait se passer.

— Ils ont emporté des couvertures ?

— Oui.

Joey embrassa son amant avant d'ouvrir la porte pour pénétrer dans la cuisine douillette.

— Hmm, je crois bien reconnaître cette odeur !

Il inspira profondément, son estomac se manifestant déjà, bien qu'il ait à attendre plusieurs heures avant le dîner.

— C'est vrai, je vous prépare du poulet frit, votre plat préféré.

Adelle continua à s'activer devant le comptoir, s'assurant que chaque morceau de son poulet était bien épicé.

— J'ai aussi prévu un pain de maïs.

Robbie poussa instantanément un soupir de satisfaction.

— Tu es bien installée, Adelle ?

Elle lui adressa un grand sourire, les yeux pétillants.

— Oh que oui ! Ma chambre est tout à fait adorable.

Elle garda le sourire en se remettant à la tâche. Un mois après que Robbie eut quitté Natchez, il avait reçu un coup de téléphone d'Adelle qui lui demanda : *est-ce que par hasard vous auriez besoin de quelqu'un pour faire la cuisine et le ménage, les garçons ?* Joey et Robbie en discutèrent avec Geoff et Eli, tous les quatre décidant à l'unanimité – et avec enthousiasme – d'accepter qu'elle vienne les rejoindre.

Ils s'étaient mis à l'œuvre pour rénover une des chambres pour Adelle, abattant même une cloison pour qu'elle possède un coin bien à elle, avec salon et salle de bain privative. Elle était arrivée quinze jours plus tôt, s'installant à la ferme comme si elle y avait toujours vécu. Mine de rien, elle avait pris en main les rênes de la maison. Individuellement, elle s'adressait à eux sous le nom de M. Geoff et M. Eli, ce qui faisait rire tout le monde. Mais en général, elle parlait de 'ses garçons', ce qui leur plaisait encore plus.

Claudine avait très mal pris la désertion d'Adelle. Après un mouvement d'humeur, elle avait fini par s'y faire et cherché à la remplacer. Elle avait déjà renvoyé deux gouvernantes.

— Les garçons, est-ce que vous comptez jouer au poker ce soir ?

— Bien sûr, c'est vendredi.

— Dans ce cas, je vais vous préparer des sandwiches.

— Merci, Adelle. Ça vous dirait de jouer avec nous ?

Elle fit de son mieux pour paraître choquée.

— Len et Chris ont déjà confirmé qu'ils viendraient, ajouta Joey. Et je pense que Pete, Frank et Lumpy devraient également nous rejoindre.

Joey éclata de rire en voyant Adelle le regarder comme si elle envisageait de lui arracher le crâne à coups de torchon. Mais ensuite, elle eut un grand sourire.

— Si je jouais, je vous ruinerais tous.

Quelque part, Joey n'en doutait pas.

— Allez, sauvez-vous et allez-vous détendre. Laissez-moi terminer mon travail.

Ils quittèrent la pièce pour se rendre au salon. Joey s'installa sur le canapé, avec Robbie allongé, les jambes posées sur ses genoux. Joey lui ôta ses chaussettes pour lui masser les pieds, ce qui provoqua chez son amant un chœur de soupirs béatement satisfaits.

— Alors, comment ont été tes élèves aujourd'hui ?

Trois fois par semaine, Robbie donnait des cours de violon dans un collège des environs.

— Ils font des progrès. Ils commencent à apprendre qu'ils ne peuvent pas me chahuter, même si je suis aveugle.

Au début, Robbie avait eu quelques problèmes avec certains de ses élèves mais, très vite, les enfants avaient compris que même sans les voir, le professeur était capable de discerner tout ce qu'ils faisaient.

— Ce sont de braves gosses, quelques-uns sont même doués. Nous donnerons notre premier concert en décembre. Tu penses que tu pourras venir ?

Joey caressa le mollet de Robbie avant de le chatouiller derrière le genou.

— Bien sûr que oui !

Il se pencha davantage et l'embrassa doucement.

— Hé, rentre un peu tes griffes !

Robbie jeta un coup d'œil menaçant à l'un des chatons qui venait de sauter sur sa poitrine. Dédaignant la remontrance, la bestiole se mit en boule contre son épaule. Dès que Robbie le caressa, le chaton ronronna de joie, on aurait cru qu'un avion à réaction s'apprêtait à décoller.

— Est-ce que tu regrettes ta maison ?

Joey s'en inquiétait souvent, Robbie avait tant abandonné pour venir vivre ici avec lui !

— Si tu parles de Natchez, oui, quelquefois. J'ai bien aimé la visite de mes parents mais j'ai bien apprécié aussi de les voir s'en aller.

Robbie fit une pause, avant de continuer :

— Mais si tu me demandes si je regrette ma décision, la réponse est non. Et je veux que tu le comprennes bien, ma maison est ici. Ma maison est avec toi.

TABLE DES MATIÈRES

ANDREW GREY a grandi dans l'ouest du Michigan, auprès d'un père qui aimait raconter les histoires et d'une mère qui aimait les lire. Depuis, il a vécu dans tout le pays et voyagé dans le monde entier. Il a un Master de l'Université de Wisconsin-Milwaukee et travaille dans le département informatique d'une grande société. Collectionner les antiquités, jardiner et laisser traîner sa vaisselle sale partout sauf dans l'évier (surtout quand il écrit) comptent parmi les activités favorites d'Andrew. Il se considère lui-même comme béni d'avoir une famille qui l'accepte, des amis fantastiques et le partenaire le plus solidaire et le plus aimant au monde. Andrew vit actuellement dans la ville magnifique et chargée d'histoire de Carlisle, Pennsylvanie.

Visitez le site internet d'Andrew à l'adresse www.andrewgreybooks.com et son blog à l'adresse andrewgreybooks.livejournal.com .

Envoyez-lui un e-mail à : andrewgrey@comcast.net

Par ANDREW GREY

Alchimie organique
Destinés l'un à l'autre
Fermier malgré lui
Feu et eau
Une juste cause
Le rancher solitaire

AMOUR…
Amour… sans honte
Amour… et courage
Amour… sans limite
Amour… et liberté
Amour… sans peur

LES ARÔMES DE L'AMOUR
La saveur de l'amour
Une portion d'amour

HISTOIRES DE CŒUR
Cœur de loup
Cœur à prendre
À cœur ouvert
À cœur perdu

PAR LE FEU
Le baptême du feu
Tout feu, tout flamme

Publié par DREAMSPINNER PRESS
www.dreamspinner-fr.com